八十自述

八十自述

錢理群

香港城市大學出版社
City University of Hong Kong Press

國際統一書號：978-962-937-609-3

出版

　　　香港城市大學出版社

　　　香港九龍達之路

　　　香港城市大學

　　　網址：www.cityu.edu.hk/upress

　　　電郵：upress@cityu.edu.hk

The Soul at 80: A Reflection on My Life

(in traditional Chinese characters)

ISBN: 978-962-937-609-3

First published 2021
Second printing 2023

Published by
　　　City University of Hong Kong Press
　　　Tat Chee Avenue
　　　Kowloon, Hong Kong
　　　Website: www.cityu.edu.hk/upress
　　　E-mail: upress@cityu.edu.hk

Printed in Hong Kong

目錄

60 年代與母親項浩合攝於南京：終身最深刻的家庭記憶。

1939 年出生於四川重慶，年幼時攝於重慶郊區清涼庵龍洞石橋下。

1960 年 21 歲，於中國人民大學新聞系畢業，被分配到落後邊遠山區的貴州中專教語文，途經武漢長江大橋時攝。

1948 年一家人本打算由上海往台灣,抵上海後母親着父親錢天鶴先到台灣
看看,一家人自此再沒有團圓過。此為 50 年代全家合照,攝於南京。圖中
有大姊錢寧一、大哥錢寧、大嫂龔維瑤、二姐錢樹榕、小哥錢匡武、小姐
錢韓娟。

60 年代全家合照，攝於南京，有母親項浩、四哥錢樹柏、四嫂傅玉華。兩張家庭合照中皆沒有父親錢天鶴、三哥錢臨三、三嫂凌群珍，他們都客居台灣和美國，可見亂世時代到處漂泊的家園。錢理群曾憶述，文革被抄家時，僅存的父親的照片被自己親手燒掉──「這是我最恐懼的回憶。」

1963 年在貴州安順衛生學校任語文教員時與同事合影。從 21 歲到 39 歲都在貴州生活，這 18 年間，正職教語文，業餘時間讀魯迅，在艱苦的磨練中慢慢形成了自己的魯迅觀及世界觀。

1968 年 29 歲，文革中被批判鬥爭，從牛棚中放出後
所攝。「那時作為一個有理想、有抱負的年輕人，連戀
愛都未經歷過，在那個社會卻無容身之地。」

9 歲時在《兒童周刊》上發表過一篇處女作「假若我生了兩隻翅膀」、「一
定要飛到喜瑪拉雅山的最高峰，去眺望……世界上最長的長城……」27
年後的 1975 年終於與可忻同遊長城。

80 年代，三哥錢臨三、三嫂凌群珍海外歸來。

2005 年退休後，最愜意的莫過於國外漫遊。逃離中心，走向邊緣；回歸家
庭，回歸本心——排除一切身外之物，暫且忘情於文字，把一切歷史文化
拋諸腦後，並享受自然。2017 年，與可忻同遊柬埔寨時攝。

2006 年結婚三十週年紀念。

2014 年準備搬家時在書房留影：一直研究知識分子的精神痛苦，面對鏡頭卻暢懷大笑，朋友都笑我似一尊彌勒佛。「這道理很簡單，人是立體的，書本、課堂上所顯示的，只是人的精神面貌的某一側面，僅根據人在特定場合的言說來對一個人作出判斷，往往會造成只知其一，不知其二的片面性。」

我對神臉的特別關注:「最令我動心的是佛相的雙重性:一方面,許多佛相
會令你想到在當地街市上遇到過的面孔,也就是它有世俗的一面,因此才
神態各異;但另一方面,佛相又不同於世俗面孔,自有神聖之光彩,事實
上是人的內在人性中神性的一種昇華。」

在各種評價中，最喜歡、最珍惜的是聽見學生說我「可愛」：「我甚至希望將來在我的墓碑上就寫這幾個字：這是一個『可愛的人』」。「可愛」是真誠 —— 但有點傻；是沒有心機 —— 但不懂世故；是天真 —— 但幼稚；是有赤子之心 —— 但永遠長不大，是個老孩兒。因此「可愛的人」也是「可笑的人」。

八十自述

　　今年（2018 年）是我考入北京大學中文系攻讀研究生四十周年。我的一生，也就以 1978 年為界，分為「前半生」（三十九年）和「後半生」（四十年）。前半生又分為兩段：1939-1960 年，從出生到 21 歲，主要是一個學習、成長階段。我 5 歲上學，先後在中央大學附屬小學、上海愚園路小學、南京師範大學附屬小學、中學，以及北京大學、中國人民大學學習，可以說是在中國最好的學校接受了最好的教育，為一生的學習、做人打下了較好的基礎。1960 年 21 歲大學畢業後，我被分配到貴州，在那裏工作、生活了十八年，在中國社會的底層經歷了大饑荒和文化大革命，在艱苦的磨練中基本形成了自己的世界觀和人生觀，同時也在孤獨寂寞中堅持作學術研究的準備，由此決定了此後一生的發展。

　　1978 年，在北京大學中文系師從王瑤和嚴家炎先生後，開始了自己的學術人生。大體也可以分為三個階段。1978-1997 年，是接受正規的學術訓練，以成為一個體制內的學者為追求的二十年。1997 年，

在獲得了學院體制的承認以後，又為學院對自己的束縛感到不安，在貴州形成的生命中的野性的驅動和魯迅的啟示下，破門而出，開始介入社會，發出獨立的批判的聲音，由此走上「學者兼精神界戰士」的道路。以學者的身份，並以學術研究的成果作為思想資源，參與中小學語文教育改革，推動青年志願者運動和鄉村建設運動，立足於民間思想啟蒙與社會自治運動。2002 年退休以後，又逐漸走出現代文學研究專業，開始了現當代中國政治、思想史和精神史的研究，以及地方文化研究，並更深入、自覺地參與民間思想運動。但經過十多年的觀察與思考，認定中國社會和學術將進入一個更加複雜、曲折、嚴峻的歷史時期，於是在 2014 年末，宣佈退出學術界、教育界。2015 年搬進養老院，開始作「歷史與現實的觀察者、記錄者和批判者」，更自覺地繼承以司馬遷為代表的中國知識分子的「史官」傳統，作有距離的更根本性的思考，並以創建對現當代中國歷史具有解釋力與批判力的理論，作為自己的追求。這又是一個重要的選擇：用「以退為進」的方式，走完自己最後一段學術、人生之路。

這樣，經過四十年的不間歇的耕耘，在學術上終於有了收穫：到 2017 年共出版著作 87 本（加上寫好未出的應是 91 本）。在已出版著作中，除去選本，實際寫作 70 部；如以每本三十萬言計，應有兩千一百萬字，未發表或出版的還有二百萬字，總計約兩千三百萬，平均每年寫作五十萬言。四十年編輯或主編的書，已出 54 部，加上準備出的共有 59 部。保守一點計算，至少也有兩千餘萬字。這樣，積四十年之努力，所寫所編的著作就有 150 部，總字數在四千萬言以上，平均每年一百萬字。

這樣的四十年如一日的寫作，主要有兩個方向。一是「現代文學史寫作」，我給自己的學術定位是「文學史家」，要求在中國現代文學史寫作上形成獨立的文學史觀、方法論，獨特的結構方式，敘述方式。因此，儘管我參與寫作的《中國現代文學三十年》產生了很大

影響，我自己更看重的是《中國現代文學編年史 —— 以文學廣告為中心》三卷本和準備寫的《錢理群新編現代文學史》。此外，「現代文學學科史上的學人研究」也是我感興趣的。另一個學術重心是「20 世紀中國歷史經驗教訓」的探討與總結，進行現當代思想史、精神史的四個方面的研究。其一，「現當代知識分子精神史研究」。除前期完成的「魯迅研究」三部曲（《心靈的探尋》、《與魯迅相遇》，《魯迅遠行以後》），「周作人研究」三部曲（《周作人傳》、《周作人論》、《讀周作人》），以及曹禺研究（《大小舞台之間 —— 曹禺戲劇新論》），世界知識分子精神史研究（《豐富的痛苦 —— 堂吉訶德和哈姆雷特的東移》）外，還寫有「當代知識分子精神史」三部曲（《1948：天地玄黃》，《1949-1976：歲月滄桑》，《1977-2005：絕地守望》）。其二，「當代民間思想史研究」，也有三部曲：《拒絕遺忘：1957 年學研究筆記》，《爝火不息：文革民間思想研究筆記》、《未竟之路：1980年代民間思想研究筆記》。其三，「當代（毛澤東時代和後毛澤東時代）政治思想史研究」，同樣形成三部曲的格局（《毛澤東時代和後毛澤東時代：歷史的另一種書寫》，《知我者謂我心憂 —— 十年觀察與思考（1999-2008）》，《不知我者謂我何求 —— 又一個十年觀察與思考（2009-2018）》）。其四，地方文化研究，主要成果是主編的近 200萬言的《安順城記》。以上將近 20 部著作集中了我主要的研究成果。此外，還有大量的關於教育（大學教育和中小學語文教育，以後者為主），關於當代志願者文化，民間社會運動，關於鄉村建設（包括貴州建設）諸多方面的論述，代表作有《語文教育門外談》、《語文教育新論》、《二十六篇 —— 與青年朋友談心》、《論志願者文化》等，最能顯示我的社會關懷和責任，並產生了一定社會影響。

在這些大量的學術和社會活動的背後，是有精神支撐的：這集中體現在我的人生座右銘上，這也是在文革中的貴州「民間思想村落」裏形成的；2002 年退休時最後一堂課上曾將它留贈給北大學生。一共

有三句話:「路漫漫其修遠兮,吾將上下而求索」(屈原);「永遠進擊」(魯迅);「在命運面前碰得頭破血流,也絕不回頭」(文革中流傳的毛澤東語)。這是可以來概括我一生的堅守的:永遠在探索,永遠保持積極進取的人生態度,無論遭到怎樣的壓力也永遠不回頭。在80歲的回顧裏,這是我最感欣慰的。

於是,又有了我的三大人生經驗。一是「永遠和青年人保持密切的精神聯繫」:不僅以青年作為自己的學術研究和教學的對象,而且自覺從年輕一代中不斷吸取精神資源和力量,使自己生命永遠保持青春活力。其二是「自覺構建兩個精神基地」。我的人生與學術道路之所以有自己的特點,追根溯源,就在於我和處於落後邊遠地區的貴州和被視為「精神聖地」的北京大學都建立了血肉般的聯繫。我曾經說過,「出入於社會的頂尖與底層,中心與邊緣,精英與草根之間,和學院與民間同時保持密切的精神聯繫,這是一種理想的生命存在方式,也是我的人生之路與治學之路的基本經驗」。以上兩點,我已經多次談到;現在我還想補充第三點,就是人生很短,個人精力和時間也有限,因此,在學術和人生上要有所得,就必須有所棄。我的經驗,就是對自己想做、願意做的事(對我來說,就是讀書、寫作)要竭盡全力、心無旁騖地去做;對於不是自己追求的事,就堅決不做或少做。這就需要學會拒絕,特別是拒絕誘惑。我之所以能連續四十年保持每年編寫100萬字的數量和速度,就是因為我幾乎拒絕、放棄了一切「身外之物」,但我卻得到了我想要的東西,甚至有了超水準的發揮,從而獲得了生命的意義與樂趣。這樣做,當然也有問題,所以我一再強調,這帶有很大的個人性,並不足以效仿。但在這個充滿誘惑的時代,我的「拒絕誘惑」的經驗,大概還有點意義。

這就談到了八十人生的缺憾。首先,我的學術研究的一切成果,都有待於歷史的檢驗,尤其我的研究,具有很大的批判性,探索性,這就更需要用時間來證明其是否立得住,有沒有價值。我的學術研究

確實是為了探索真理，但我自己卻並非真理的掌握者、壟斷者和宣講者，我的研究得出的所有結論都是可以質疑的，我歡迎，甚至是期待不同意見平等、自由的爭論。即使我的看法被證明有道理，但我在對研究對象有所發現的同時，也必定有所遮蔽：對真理的探索絕不是一次性完成的。因此有價值的學術也永遠是有缺憾的，我稱之為「有缺憾的價值」，這是規律，我也這樣看待和評價自己的學術。

更讓我感到不安的是，我自身的先天不足，或者說是我們這一代先天的不足，給自己的學術研究帶來的損傷。我在前面談到，我在青少年時期接受了最好的教育，這也是和此後的教育比較而言。應該說我在上一世紀 50 年代所受的教育，是存在根本性的缺陷的，特別是1956 年反右運動以後，提出批判「封（建主義）、資（本主義）、修（正主義）文化」，這樣的強調「和傳統徹底決裂」的教育，就造成了我們這一代人知識結構上的根本缺陷。具體到我，就是我一再說到的兩大致命弱點：不懂外文，古代文化修養不足，或者如我在自嘲裏所說，我不過是一個「無文化的學者，無情趣的文人」。這樣的根本性弱點，就使得我與自己的研究對象，特別是魯迅、周作人這樣的學貫中西、充滿文人氣息的大家之間，產生了隔閡，我進入不了他們更深層次的世界。這一點我心裏很明白。因此當人們過分地稱讚我的魯迅、周作人研究，我只有苦笑：我不過是這一研究領域的「歷史中間物」而已。更重要的是，知識結構缺陷背後的研究視野、思維能力、言說方式諸多方面的不足，這就形成了我的學術抱負（期待能有原創性的大突破，在理論上有所建樹等等）和實際能力與水平之間的巨大差距，可以說這是我內心的一個隱痛。現在作一生總結，也只能說自己是一個認真、勤奮、有特點的學者，學術成就是十分有限的。聊可自慰的是，我還是一個有良知的知識分子，儘管一生磨難重重，至今也還難以逃脫，但我始終守住了知識分子的本分和底線。

另一個缺憾，是我的生命的過於精神化，在某種意義上，我是一個「精神人」，能夠吸引我，我願意全身心的投入的，只是精神問題。用老伴的話來說，我整天生活在雲裏霧裏，自己日思夜想的，和別人交往中談的都是思想、文化、政治、歷史和學術。這當然有特點，甚至與眾不同，但從我自己最關心的人性發展來說，這顯然屬於魯迅所說的「人性的偏至」。而對世俗生活的陌生、不懂，甚至無興趣，也造成了和自己在精神上最為關注的底層人民（包括貴州的父老鄉親）和青年一代之間的隔膜。這大概是一個人性、人生的悖論，有一種內在的悲劇性，甚至荒謬性。我明白於此，卻不能、也不想糾正，就只能這樣有缺憾地活着，一路走下去，直到生命的終點。

2018 年 2 月 28 日–3 月 1 日

在當今中國與世界，我們將何為
——八十寄語

　　這是一位朋友從網上發來的一個問題：在當今巨變中的世界與中國，知識分子將何為？我覺得這個問題太大，籠統地談知識分子問題不好談，不如具體地談「我們將何為」。所謂「我們」，一是指「治學者」，即在大學任教或研究部門就職的學人，或者像我這樣的退休老學者；二是有了副教授、副研究員以上的職稱，也就是溫飽問題已經解決，基本上作到了衣食無虞的知識分子。我不敢、也不忍把那些還在為基本生存條件而掙扎的年輕學者和在校研究生包括在內，但暗地裏還是希望他們當中真正有志獻身於學術的人，對我下面要討論的問題，有所關注與思考。

　　首先一個問題，自然是如何認識「當今之中國與世界」。對此我陸陸續續寫了不少，這裏只能概括地說，這是三個「新時代」：國際上，由「美國主導的全球化時代」轉向「群雄爭霸的後全球化時代」；國內由「走出文革」的鄧小平時代，「九龍治水」的江、胡時代轉向回歸毛澤東的「新時代」；在科學技術上，則開啟了「人工智慧新時代」。

更重要的是，是如何看待這樣的「新時代」？這也是人們最感困惑之處：新時代帶來了太多的新問題。「後全球化」時代，是一個沒有真相，沒有共識，原有價值、理想都受到嚴重挑戰的時代，更是充滿了不確定性，缺乏安全感，讓人不知所措的混亂的時代。國內的「新時代」控制越來越緊、誘惑越來越多，是讓獨立知識分子難以生存，也最容易失去知識分子操守的時代。而人工智慧新時代更是向人的存在提出了挑戰，提出了「何以為人，人將何為」的根本問題。

但我們也可以從另一個角度看：「新時代」也給研究者提出了新的課題，出現了新的機遇。

「後全球化」時代面臨最大問題自然是全球性的危機。對全球性危機，我曾經有過一說法，叫「全世界都病了」，即現存的所有的社會制度（無論是資本主義制度，還是社會主義制度等等），所有的發展模式，所有的文明形態（無論是基督教文明、伊斯蘭文明，還是中華文明等等）都出現了危機。但這也就意味着，現存的所有的社會制度、發展模式、文明形態的內在矛盾以及其內在的合理性（它們在今天的存在，以及繼續發揮作用本身就有一種合理性），都得到前所未有的充分暴露。這就給重新審視所有的文明形態，社會制度、發展模式提供了一個大好時機。只要我們不落入「西方文明崩潰，中國文明崛起」的先驗結論和官方的政治引導，而是以科學的態度，面對一切客觀事實，對每一種文明形態、社會制度、發展模式，都不迴避其矛盾、弊端、危機，也不輕易否認其歷史與現實的合理因素。這樣，我們就能夠站在新的歷史高度，進行科學的總結與檢討：既總結經驗，也檢討教訓，並在此基礎上提出具有某種綜合性的、新的社會理想，新的價值觀念，以便為混亂的世界提供某種新的可能性，更準確的說，這將是一種多少有些新烏托邦性質的人類發展的可能性，它本身也需要實踐的檢驗。而這樣的對人類文明的重新審視、全面檢討，就不能拘於既定的理論、主義。在我看來，曾經給中國知識分子巨大影響的自由

主義與新左派的理論，在當下全球歷史與中國歷史的巨變中，都失去了解釋力，至少顯示了解釋力的不足。這是一個呼喚理論創新的時代，也是一個歷史的新機遇。而且這裏討論的人類文明的重新審視、全面檢討，是在後全球化時代世界各國學者共同面對的歷史課題和任務，在這方面也有很大的國際交流與合作的空間。

說到中國的國內研究，我一直心存一個遺憾。早在 21 世紀開始的 2002 年，我就在〈科學總結 20 世紀中國經驗〉一文（收《追尋生存之根：我的退思錄》）裏指出，在 20 世紀世界歷史發展中，中國始終處在歷史漩渦的中心地帶，中國人民為此「付出了極其慘重的代價，作出了巨大犧牲，忍受着難以想像的痛苦，並且在這一過程中獲得了獨特的中國經驗」，但這樣的經驗又是與慘痛的歷史教訓糾纏在一起，就成了一個「燙山芋」，誰也不（不願？不敢？）去碰它。這就使得「20 世紀中國經驗與教訓的總結，始終是少有人進入的領域」。在我看來，「這是中國學術界的最大失職，這是一個必須償還的歷史欠帳」。將如此豐富、獨特的 20 世紀中國經驗和教訓（包括中國文學經驗教訓）提升到理論的高度與深度，創造具有解釋力與批判力的中國理論，不僅是中國學者職責所在，也是中國學者能夠為世界學術作出貢獻的一個最佳突破口。長時期將其棄之不顧，不能不說是一個大的遺憾。最近這些年，總結「中國經驗，中國道路」突然熱了起來，但這是出於政治需要的有着明顯的意識形態引導所致，很難說是嚴肅的科學研究。要麼被冷落，要麼被利用，這大概就是中國有價值的學術研究的宿命。我這裏要說的是，對 20 世紀中國經驗的理論總結之所以舉步維艱，還有一個重要原因，就是儘管它的研究動力來自現實，但真正進入研究，又必須和現實保持距離，沉下心來，作長時期的超越性的思考和創造。而中國學者的問題，恰恰在於坐不下來，過於緊跟潮流，多有一蹴而就的浮光掠影之作，少有長期積累、深思熟慮的研究成果。從這一角度來看當下的學術環境，一方面，必須正視言說空間的

日趨狹窄給學術自由發展帶來的嚴重損害，真正有擔當的學者也依然要尋找時機堅持對社會發言，作「絕望的抗爭」；另一方面，也需要以退為進，尋找新的發展空間。真正有自己的理想信念和學術追求的學者，正可以藉此機會，沉下心來，作有距離的、長時期的、根本性、超越性的研究，即魯迅所謂「躲進小樓成一統，管它春夏與秋冬」。這不是逃避現實，而是把對現實的關懷，轉為有距離的根本性追問和批判；而且不受現實政治的干擾，也不跟隨時代潮流，「管它春夏與秋冬」，只管營造一個屬於自己的「一統」天下，在其中獨立思考，進行超功利的自由研究與創造；而且下定決心，「板凳甘坐十年冷」，耐住寂寞，不怕孤獨，同時也自得其樂，積十年、數十年之功，自會有大成果，大收穫。其實，在中國歷史上，以至世界歷史上，都不乏在政治黑暗時期出大作家、大學者的先例，即所謂「西伯拘而演《周易》；仲尼厄而作《春秋》；屈原放逐，乃賦《離騷》；左丘失明，厥有《國語》；孫子臏腳，《兵法》修列」。我經常激勵自己說，今天我們的處境再差，也比司馬遷要強得多；我們成不了司馬遷，但他那樣的「發憤著述」，「究天人之際，通古今之變，成一家之言」，「藏之名山，傳之其人」的精神和中國文人傳統，還是應該借鑒和繼承的。

再說「人工智慧的新時代」。它固然對人的存在本身提出挑戰，但也給人的發展提供新的方向與機遇。我在 2017 年有個演講，講到人工智慧的發展，把人逼到「回歸人的本質」之道，即要做機器人不能替代的「人」，創造不能替代的「人」的文學藝術，「人」的學術，「人」的教育，這就意味着要從根本上改造和提升人的思維、能力。最近，我又讀到兩位科學家的文章和講話，提出了「原始創新，顛覆性創新」的概念，指出「人類是在不斷建立超世界存在、超自然存在的過程中更好地成為他自己」的，因此，對人來說，最重要的是，「對現存世界中某些東西的超越和否定的批判性思維」，要「入世而不屬世」，始終和現存社會既定的公論、共識、權威結論，保持一種張力，進行「理

性的征服」，而非「理性的適應」。後者只能在現有技術上作修補、改進的「增量創新」，只有前者才會作出前人所沒有的「原始創新」。作為「人」的，而非機器人的學者、科學家，應該「聚焦『從 0 到 1』的原始創新，而不是『從 1 到 2』的跟蹤研究；更多地前往科研『無人區』，而不是『焦點景區』，從而獲取前人所未曾獲的發現」（參看李培根：〈批判性思維到底和我們有什麼關係〉；〈中科院院士丁奎嶺談「創新環境」〉）。這可以説是：「人工智慧新時代」所展現的「人的學術」的廣闊前景。

我們面對的，就是這樣一個陷阱四伏、危機重重的時代，又是有新的使命、新的機遇的時代。問題是，我們如何自處，怎樣選擇。這是我進養老院以後，思考得最多的問題，也是作為一個八十老人，最想和中、青年朋友交流的問題。我想講四句話。

一要「守住底線」。在這個時時要人表態，處處要人站隊的時代，我們一定要謹慎自律，盡可能守住沉默權，不在場權。即使不得不作某些妥協，也要守住「底線」，即必須是被迫而非主動，絕不能傷害他人等。我經常對年輕朋友説，「要憑興趣做學問，憑良知教書，做人」，「即使被迫做奴隸，也絕不做奴才」，談的也都是「底線」。説是「底線」，要堅守也不容易。但咬緊牙關也得守住，絕不能鬆口，一鬆口，就順流而下，收不住了。

其二，要「拒絕誘惑」。這包括政治的誘惑，經濟的誘惑，時尚的誘惑。這是我的老師王瑤先生對我的教誨，也是我自己的人生經驗：人的時間、精力有限，要在學術上有所得，就必須在其他方面有所失，而且是大得必有大失。尤其是在當下的中國，政治收編成為既定國策，物質主義、享樂主義、實用主義成為時尚，能否拒絕誘惑，就成了一個最考驗人的關口。在我看來，「守住底線，拒絕誘惑」的背後，仍然是一個有沒有自己的理想、信念和學術追求的問題。人一旦失去了人所特有的精神追求，就變成了本能的人；而人的最大本能，

就是「趨利避害」；趨利避害就必然經不住誘惑，守不住底線。而現行體制對知識分子的收編也正是從這裏入手：採取種種手段，實行種種政策，設置「跟我走，有名有利；不跟我走，什麼都沒有，還多有風險」的陷阱，「請君入甕」。對此，必須有清醒的認識和高度警惕。人皆有名利之心，即使不能完全拒絕，也要有所克制。沉迷於名利場中，即是墮落的開始。

其三，要尋找發展空間，作獨立之研究。我經常說，在當下中國要做成些事，得有兩個東西，即韌性與智慧。認準一個目標，就要堅忍不拔長期做下去；同時，也還要善於在現行體制下尋找發展空間。而這樣的空間是存在的。在我所關心的範圍內，我覺得有兩個領域就大有可為。一個是中國傳統文化的研究。這在當下中國是受到鼓勵，具有極大「合法性」的。更重要的是，長期以來對中國傳統文化的評價，總是在兩個極端來回搖擺：要麼全盤否定，以至決裂，要麼自尊自大，大搞「中華中心主義」。這就為今天的「重新研究」留下了很大的餘地。如果把對中國傳統文化的研究放到前文談到的「對人類文明的重新審視」的大視野下，就會有更廣闊的天地。另一個是地方文化、鄉土文化的研究，這也是越來越受重視的。而有着極其豐富、多元的地方、鄉土文化，本是地域遼闊的中國的特殊優勢，卻長期被忽略，而且在社會、經濟的快速發展中又面臨被淘汰、遺忘的危機。因此，今天的地方文化、鄉土文化研究，就具有某種還債、搶救的迫切性，同時也關係着「中國的現代化道路究竟應該怎麼走」的大問題，其發展空間和前景，也是可以期待的。

但也還有另外一面：在受到鼓勵、重視，具有研究合法性的同時，也存在着意識形態的政治引導，並且極容易被商業化與時尚化，這也是必須警惕的。這就有了第二句話：必須堅持研究的獨立性，一定要和政治、商業、時尚保持距離。只有獨立的研究，才有可能以科

學的態度，面對一切客觀事實，充分揭示研究對象的豐富性與複雜性，真正有新的突破。

其四，要「沉潛十年」。這本是我二十年前即 1998 年對我的研究生提出的要求，強調要「着眼於長遠的發展，打好做人的根基，學術的根基，而且要潛入下去，潛到自我生命的最深處，歷史的最深處，學術的最深處」（見〈沉潛十年〉，收《二十六篇：和青年朋友談心》）。現在二十年過去，當年的學生都已成為教學與學術研究的骨幹；今天，我又想再度提出「沉潛十年」的期望。在我看來，今天的中青年學者，已經具備了超越我們的條件：他們的知識結構更加合理，有了進行多學科的綜合研究的可能；擁有信息化時代提供的更好的研究條件；在全球化時代，有更多的國際交流，更開闊的研究視野；也有了從事學術研究的基本物質保證。儘管他們也面臨言說環境嚴峻和學術生態的不盡理想等問題，但如前文所討論，這也是可以以退為進，變被動為主動的。在某種意義上可以說，關鍵就在能否排除外在與內在的干擾，真正坐下來，堅持自己的學術理想與追求，集中精力，發憤著述，再沉潛十年，必有大成果，至少寫出自己最想寫的，能夠顯示自己的學術水平的最佳著作。這樣在他們中間最後就有可能出現真正的名副其實的大學者、學術大師。我始終認為，沒有出現大師級的學者，是中國現當代學術史上的最大遺憾，也是一筆歷史的欠帳，只有寄希望於新一代的學者了。

這樣，我的這篇〈八十寄語〉，也就具有了濃厚的理想主義色彩，都是些雲裏霧裏不切實際的「夢話」。我早就說過，我的一生，就是「一個不斷做夢，不斷把夢轉化為現實的歷史過程」（見〈人生如夢：總結我走過的路〉，收《一路走來》）。現在到了 80 歲又開始說新的夢話。還是那句老話：我姑妄言之，諸位就姑妄聽之吧。

2018 年 3 月 19 日–20 日

我的文學史家的追求與努力

在《反觀與重構》的〈後記〉裏，我對自己的研究有這樣的陳述：「『文學史的研究與寫作』一直是我的學術研究的主要興趣所在。這也是一種『揚長避短』的自我選擇與定位：與許多學友着重於某一文體、某一類作家的研究，成為某一方面的專家不同，我的研究很不專一。樊駿先生說我『對什麼課題都有興趣，也都有自己的看法』，甚至連所寫的文章，也『各具特色，難以形成統一的印象』，確乎如此。差不多現代文學研究的各個門類，從思潮、理論，到小說、詩歌、戲劇、散文，以及作家作品、文學現象，我都有所涉及，卻不甚深入（和專門家相比）。正是這一種沒有特色的『特色』，把我逼上了進行『文學史』的綜合研究之路，近 20 年來，我一直在思考文學史理論與實踐問題」。在我的研究重心從 20 世紀 90 年代後期開始轉向思想史、精神史、政治思想史研究之前，我始終把自己認定為「文學史家」。

作為文學史家，我的關注、思考與努力，主要集中在五個方面。

首先自然是文學史的寫作實踐。早在 80 年代中期，我在北京人文
函授大學講課，就整理了《中國現代文學函授講義》（未出版）；同時
奉王瑤先生之命，和吳福輝、溫儒敏、王超冰一起在《陝西教育》上
連續發表現代文學史講稿，最後整理成《中國現代文學三十年》一書，
於 1987 年由上海文藝出版社出版，後轉北京大學出版社，於 1998 年
出版修訂本。此書因成為各大學中文系現代文學課程的教科書，而產
生了很大影響。此後我一直堅持作文學史寫作的多種實驗。1995 年與
董乃斌、吳曉東等合作，編寫了《彩色插圖本中國文學史》，擔任「新
世紀的文學」部分編寫工作，這是一次將現代文學研究「重新納入中
國文學史的總體結構中」的自覺努力。（參看〈「分離」與「回歸」——
彩色繪圖本《中國文學史》（20 世紀部分）的寫作構想〉，收《反觀與
重構》）。2007 年編選《大學國文》負責現代文學部分，就自覺地作
「以作家作品主體的文學史」寫作的嘗試。（見〈寫在前面〉）。2013
年和吳福輝、陳子善等合作，出版了三卷本《中國現代文學編年史 ——
以文學廣告為中心》，此書由我提供總體構想、設計，自己又寫了 80
萬字的條文，可以說是體現了我的文學史理念與追求的。我還有一個
「以作家作品為中心」的現代文學史寫作構想，希望在有生之年完成：
這樣，現代文學史寫作，就構成了我的三四十年學術生涯中的一個貫
穿性的線索，真正是從頭寫到底了。

　　其二，我在進行文學史寫作實踐時，還有很高的理論創造的自
覺。可以說，我的現代文學研究（包括文學史寫作）主要著作，都有
進行現代文學研究的理論與方法、文體試驗方面的設想，並及時作理
論的提升。收入《反觀與重構》第二章、第三章裏的文章，就通過對
自己寫作經驗的總結，提出了「典型現象與單位觀念」、「從一個人
看一個世界」、「人類共同的精神命題」、「『設身處地』與『正視後
果』」、「結構與敘述」、「現代人的生存困境及審美形態」、「多學科的
綜合眼光」、「研究的想像力」、「『分離』與『回歸』」、「創作的超前

性與評價的相對化」、「警惕現代學術的陷阱」等等重要的文學史研究的理論與方法論命題。我當時（1998年）說，「我並不奢望構建理論體系與模式，這顯然是我自己力所不及的；但又確實期望提出一些能引起人們思考的命題，以為後來者的理論建構提供或許有用的斷磚片瓦，如此而已」（見《反觀與重構》後記）。到2013年，當我主持寫出了能夠體現自己文學史寫作追求的《中國現代文學編年史——以文學廣告為中心》以後，我又寫了〈我的文學史研究情結、理論與方法〉的長文，作了更進一步的較為系統化的理論總結，討論了「歷史哲學中的主客體關係」、「歷史研究中的時間觀」、「史料與史識的關係」等重要問題，對於我一直堅持的「典型現象研究」的文學史觀、文學史思維和學術話語方式，進行了深入的討論。這都表明，我的自覺追求也是一以貫之的，就是我在〈八十自述〉一文裏所說，「要求在中國現代文學史寫作上形成獨立的文學史觀、方法論，獨特的結構方式，敍述方式」。現在看來，努力的結果未必完全如意，理論修養的不足，始終是制約我的主觀追求的難以克服的障礙，但我依然是「雖不能至，也要心嚮往之」。

其三是對現代文學史學科發展史的關注，而重心又集中在學人研究。這是很自然的：我們考研究生，要進入學科領域，第一步就是「尋師，拜師」，學習和繼承學科研究的既定傳統；而且一旦入門，最吸引自己的，恰恰是導師的學養、品格、風範，在一定意義上，「學人」的影響比「學問」的傳授更重要，更根本，更帶基礎性。1980年代，我來到北大校園，進入現代文學研究界，最刻骨銘心的，就是前代學人的學術與精神的薰陶：開始只是被動的讚賞、吸引，後來就變成自覺的研究和繼承。而且如陳平原所說，我們這一代學人，最幸運的是，在學術研究的起點上，就與創建現代文學史研究學科的、活躍在1930、1940年代學界的「第一代學人」相遇，直接承續他們的學術傳統。與此同時，作為文革結束後的第一批研究生，我們又得到了成

長於 1950 年代、1960 年代，正成為文革後學界主力的「第二代學人」的傾心扶植。這樣，我們的「學人研究」，自然從對第一代和第二代老師輩的學術思想、觀念、方法、風格的研究入手。收入《中國現代文學學人論集》一書的第一代王瑤、李何林、任訪秋、田仲濟、賈植芳、林庚、錢谷融研究，第二代嚴家炎、樊駿、支克堅、孫玉石、劉增傑、洪子誠研究，都是相應的研究成果。應該說，我在研究設計上，就有意識地盡可能地涵蓋最具代表性和影響力的學人，計劃要寫的還有唐弢、陳瘦竹兩位老先生，最終沒有寫成，也算是一個遺憾吧。我最為着力的，當然是王瑤先生的研究。這不僅是出於王瑤先生學科史上的開創作用，也是作為王瑤先生的弟子和助手的責任所在。記得開始動手寫，是在先生受到現實巨大打擊，身心陡然衰老的時刻，我覺得冥冥中有一種力量在召喚我，要搶先寫下先生的歷史貢獻與精神。那時，王先生似乎也有這樣的期待，當我告訴他，我要為他的魯迅研究寫點什麼時，他是微笑點頭的。後來寫成的〈「尋找你自己」── 王瑤先生的魯迅研究〉一文裏，我強調先生這一代魯迅研究者是「把魯迅精神化為自己的血肉」，「用魯迅精神來研究魯迅」，我相信是能夠得到先生的認可的，這也是我最願意追隨，要自覺繼承的傳統。先生在那樣一個非常時刻遠離我們而去以後，我懷着「大樹倒了，以後一切都要靠我們自己」的心情，繼續研究先生，討論「一代學者的歷史困惑」，「『掙扎』的意義」，「學術研究的清醒與堅守」，等等。直到先生誕辰百周年，我依然寫〈1952–1969：讀王瑤檢討書〉、〈王瑤師的十四句話〉，都是以先生作為現當代知識分子的典型，研究他在中國當代歷史中的命運與堅守。這或許超出了學科發展史的研究範圍，但卻是「學人研究」不可迴避的。這大概也是顯示我的學人研究的特點吧。

我自己，也是成長於 1950、1960 年代，我和洪子誠先生是同齡人，本應屬於「第二代」；但我成為「學人」卻是在 1980 年代，也就

自然被看成「第三代學人」。特別是我和遠比自己年輕的黃子平、陳平原一起提出「20世紀中國文學」的概念，就更被視為「青年學者」的代表了。直到本世紀，人們才赫然發現錢理群已經成了「老教授」：就像我自我調侃的那樣，我是「沒有中年」的學人。但我也因此有機會和現代文學史研究領域的「第三代學人」同呼吸，共命運，深知其執着的追求、承擔與堅守，和另一種形態的掙扎的痛苦；因此寫下了討論趙園、楊義、吳福輝、王富仁的文字。這些文字更多的是一種評論，而非嚴格的研究，寫作對象的選擇也有一定的偶然性，只限於我所熟悉的北京學界，並沒有統一的構思和計劃：這都有別於對第一、二代學人的系統研究，其局限性是明顯的。

我的錯代的歷史身份，又決定了我從一開始就有強烈的「歷史中間物」的意識 —— 這是當時的第三代學人所沒有的，或不自覺的。我在自己的第一部獨立著作《心靈的探尋》題詞裏宣佈，新的一代學人出現時，我將「自動隱去」，許多學界朋友，包括王瑤先生都覺得不可理解。儘管後來我也一直沒有隱去，但那樣的把希望寄託在「第四代學人」即我的學生輩的觀念卻十分頑固。我也因此把培養、扶植青年一代作為自己的主要職責之一。特別是我擁有了一定的學術地位，更是自覺地利用自己的影響力為第四代學人開闢學術道路。在這樣的背景下寫出的〈新一代的中國現代文學研究者〉、〈唐弢青年文學研究獎評語〉、〈新的可能性與新的困惑〉、〈學術堅守與寬容〉等，都別具一種學術情懷。在退休、遠離學術界以後，我依然在默默關注我的學生的學生，應該是「第五代學人」的學術與精神成長，偶爾有機會參加在校研究生的論文答辯，也就寫下了《從研究生的論文看到的學術研究新動向，新希望》、《自覺繼承「五四」開創的現代文學研究傳統》這樣的發言稿，不過，都只是些感慨、感想。不管怎樣，我的廣義上的「學人研究」也堅持了幾十年，涵蓋了五代研究者。我說過，這是對樊駿先生開創的研究領域的一個繼承與發展（見《中國現代文學研

究史論·後記〉）；現在最後編成《中國現代文學學人論集》，也算是一個交代，而且期待後繼有人。

其四是不僅研究學科發展的歷史，更關注學科的研究現狀和實踐；不僅關注個人的研究，更關注整個學科的發展，不斷思考和提出具有前沿性的理論與方法問題，倡導新的學術探索，在一定程度上起到學術引領與組織作用。這看起來有些「自作多情」，背後隱含着對整個學科的歷史責任感和使命感。我曾給研究生作過一個〈學術研究的承擔問題〉的報告（收《中國現代文學史論》），提出了所謂「三承擔」：對自我的承擔，追求學術研究對自身生命的意義；對社會和歷史的承擔，追求學術研究的社會價值，歷史作用，對人（讀者）的精神影響之外，還要有對學科發展的承擔，即所謂「天生我才必有用」，我就是為這個學科所生所用，天生的要時刻思考學科的發展，中國現代文學史研究這門學科不能沒有我錢理群！早在 1980 年代，在自己的現代文學史研究起步階段，我就和黃子平、陳平原共同提出「20 世紀中國文學」的概念，就是要打破當時佔主流地位的現代文學史研究模式，從對中國革命史的依附中擺脫出來，建構獨立的現代文學史研究的全新格局，因而引發了爆炸性的反響，深刻地影響了此後的現代文學史的研究。到 1990 年代初，我又寫了〈展望：從本世紀末到下世紀初〉，對現代文學史學科「未來研究發展的主要趨向」作了種種預測（文收《世紀末的沉思》）。到 1990 年代中期中國現代文學這門學科「已經不再年輕，正走向成熟」的關鍵時期，我更是着眼於學科發展的全局，制定了〈我的中國現代文學研究大綱〉（文收《返觀與重構》），提出了一系列的新的開拓點與突破口，包括「抓住對 20 世紀中國文學的發展有着直接影響與作用的三大文化要素：出版文化、校園文化與政治文化」，開展「20 世紀文學市場的研究」、「20 世紀中國文學與現代教育、學術關係的研究」，以及「20 世紀中國國家（政權）、政黨（政治）與文學關係的研究」；「對經典作品進行精細的文本分析，

抓住『有意味的形式』這一中心環節，總結現代作家的藝術創作經驗，進行理論昇華，逐步建立『中國現代詩學』」。同時探討「文學史結構」，進行建立「文學史的敍述學」的嘗試。這些具有前瞻性的設想，對 1990 年代，以至 21 世紀的現代文學史研究產生了持續的影響。我還在 2003 年提出了「1940 年代大文學史」研究的「總體設計」，強調「40 年代文學的研究被相對忽略，是一個極待開發而又很有發展餘地的『生荒地』」，所謂「大文學史」是「文化、思想、學術史背景下的文學史」。（文收《追尋生存之根 —— 我的退思錄》）。可惜這一設想一直未引起注意，直到最近幾年現代文學史研究界才逐漸意識到 40 年代文學研究的意義和價值，已經推遲了十數年。早在 2000 年因高行健獲諾貝爾文學獎，我就提出了一個「現代漢語文學」的概念，強調「現代漢語文學寫作自然是以中國本土為基地，但確實已經超越了國界，成為一種世界文學現象，而且還有繼續發展的趨勢」（〈現代漢語文學所走的道路〉，收《生命的沉湖》）。以後又寫過一篇〈全球現代漢語文學：我的文學想像與文學史想像〉（收《活着的理由》），討論全球化時代中國現、當代文學發展的一個新的動向，提出了「全球現代漢語文學」的新概念，這都有一定的超前性。到 2003 年我退休以後，研究的重心轉移到了思想史、精神史研究，但仍然不忘自己的文學出身，提倡「用文學的方式研究、書寫歷史」；同時還繼續關注現代文學史研究學科發展的新動向，經常想着這門學科應該如何發展的問題，不時冒出新的設想，儘管已經無力過問，只能成為永遠的遺憾，但那樣一種滲入骨髓的對中國現代文學史的學術情懷，學科發展全局的關照與思考，已經成為我的學術生命的一個部分，永遠也擺脫不掉了。

其五是對國際漢學有關中國現代文學史研究的關注。我曾經說過，我們這一代學人的最大幸運，是在進入現代文學研究領域，一開始就「接觸到學術的高峰」：「不僅是得到國內學科創建人王瑤、唐弢、李何林那一代前輩直接、間接的指導與培養，而且有機會和國際漢學

界進行學術的交流，得到許多教益」。我特別提到了日本魯迅研究的「三巨頭」：丸山升、伊藤虎丸、木山英雄先生，「讀他們的著作，沒有一般外國學者著作通常有的『隔』的感覺，就像讀本國的前輩的著作一樣，常常會產生強烈的共鳴，以及『接着往下做』的研究衝動」。（〈我看丸山升先生的學術研究〉）。給我這樣感覺的，還有韓國學人的研究。中、日、韓學者之間的這種心心相印，恐非偶然。我在和韓國學者交流中，就提出，在 20 世紀同為東方國家，我們面對着共同或相似的問題，就會有共同或相似的思考，像魯迅這樣的大師就有了超越國界的意義。我因此提出了「東亞魯迅」的概念；「我們講的『魯迅遺產』，主要是指魯迅和同時代的東方，特別是東亞國家的思想家、文學家共同創造的 20 世紀東方思想文化遺產，它是 20 世紀中國和東方經驗的一個重要組成部分」。（〈「魯迅」的「現在價值」—— 在「中韓魯迅研究對話」會上的講話〉）。這是一種全新的研究眼光：在全球視野下的中國現代文學史研究，是別一種境界。

2019 年 12 月 25 日，27 日定稿

「因為我對這土地愛得深沉」
——我的 1940 年代文學研究的歷史回憶（代後記）

面對剛剛編完的《1940 年代中國文學研究論集》，真是感慨萬千。

我的研究一直是按自己預先設計的計劃進行的，也會不時插入靈機而動的新計劃、新夢想，但最後基本上都能實現，我自己暗地裏是頗以此為自豪的。但也有最後未能實現的「黃粱美夢」。一是 1997 年設計的《中國知識分子「世紀心路」系列》，洋洋灑灑七大本，最後只寫出一篇〈20 世紀中國知識分子空間位置的選擇與移動〉的概括性的長文（收《追尋生命之根》。此文與「世紀心路」計劃都收入《現代文學學科建設論集》），就沒有了下文。再就是 1990 年代擬定的《40 年代文學史總體設計》，也是洋洋灑灑五大卷，並具體規定，「1991–1992 年先寫出《40 年代小説史》，同時為寫此書積累材料，1993 年繼續準備；1994–1998 年，一年寫一卷，最遲至 1999 年即 60 歲生日前寫出全書」。但這計劃還是泡了湯，成為終生遺憾，只要一想起，心裏就隱隱作痛。去年過 80 歲生日，還念念不忘。一次在和學生聊天時提起此事，學生告訴我，最近幾年，1940 年代文學的研究，正

越來越引起學界，特別是年輕一代學者的關注；關於 40 年代，老師還是寫了不少，不妨彙集起來，也算是給當今的研究者提供一個基礎。此建議自然深得我心，於是，就有了此書的編輯整理。沒想到，居然有了厚厚一大疊。我這才發現，原來設計的幾大方面：文學思潮、文化背景研究，作家生活與精神研究，文學本體發展研究，代表作家列傳，代表性作品點評等，其實我都有相關研究成果，原先設想中的許多思考，雖未充分展開，也都不同程度地體現在具體論述之中。坦白地說，面對這些當年傾注了自己的心血，卻幾乎被遺忘的文字，我感動得不能自己，真的是心潮澎湃，引發了許多回憶與聯想，忍不住要把它一一寫下，也算是我的學術研究史的重要一頁吧。

事情要從 30 年前的 1989 年說起。這一年的 3 月 7 日（農曆己巳年正月三十日）晨，正值我的 50 壽辰，我寫下了《周作人傳》的最後一句話，意味着 1980 年代一直糾纏我的周作人研究暫時告一段落，我長長地吐了一口氣；卻按照自己「馬不停蹄」的研究習慣，立刻把目光轉向 1940 年代的文學研究。

這一轉向自然是早有準備，胸有成竹的。記得我和黃子平、陳平原三人在 1985、1986 年間，共同提出了「20 世紀中國文學」的概念，引起了學界和社會的廣泛注目與熱烈討論。許多人都在追問：你們什麼時候開始「20 世紀中國中國文學史」的具體寫作，如何進行？多年以後，許多朋友見了我們，都還在問，並為我們未能及時寫出而感到遺憾。其實，當時是有一個寫「20 世紀小說史」的計劃的，此系列由嚴家炎老師主編，我們三人和其他朋友，如吳福輝、洪子誠都參與其中；當時計劃先編一套「20 世紀小說理論資料」，我和平原都及時拿出了最初的成果：我編的就是《40 年代小說理論資料》卷。我心裏則有一個更大的計劃：要以 1940 年代文學研究作為自己下一步（1990年代）學術研究的主攻方向，並以此作為 20 世紀中國文學研究的突破口。我作這樣的選擇，是有周密考慮的，是基於我對 1940 年代文學的

基本特質，其在 20 世紀中國文學的特殊地位的認識，也是基於對自己的學術研究與文學教育工作的基本設計。我在 2003 年發表的〈關於 20 世紀 40 年代至 70 年代文學研究的斷想〉一文裏，作了五個方面的概括與說明。

其一，40 年代文學在 20 世紀中國文學發展格局中具有特殊位置：「它是一個中間環節，上承 20 世紀前半世紀的『五四新文學』，同時又下啟後半世紀的『共和國文學』」，因此，「研究 20 世紀中國文學，從 40 年代文學切入，就可以起到『拎起中間，帶動兩頭』的作用」。在《40 年代文學史總體設計》裏，我也明確規定「全書寫作以『面對 20 世紀，總結 20 世紀』為基本指導思想」，「本書是『20 世紀中國文學史』總體學術工程的一部分；本書的寫作帶有『試驗性』，即『中間突破，帶動兩頭』——在本書完成以後，取得經驗，將同時從『世紀初』和『50 年代』開始第二階段的寫作」：可見當時學術雄心（野心）之大。

其二，40 年代文學的基本特質：這是戰爭年代的文學。「40 年代特殊的反抗日本侵略的戰爭環境，所帶來的作家生存狀態、生活方式、生命體驗、心理、情感方式——的深刻變化，並最終導致了寫作觀念、形式的深刻變化」，就決定了 40 年代文學從內容到形式的基本面貌與特徵，與之前的 20、30 年代，之後的 50 年代的「和平時期」的文學根本區別開來。

我在《40 年代文學史總體設計》裏規定，整個研究要「以特定歷史時期戰爭情境下的『人』為中心：文學中的人，創作、接受文學的人」。

戰爭環境還深刻改變了中國現代文學的基本格局，即所謂「文學空間的流動」：20、30 年代的北京、上海兩大城市為中心的單一文學格局被打破，形成了多中心的新結構。不僅出現了「國統區（大後方）文學」、「解放區文學」與「淪陷區文學」的多元並存，重慶、香港、桂林、昆明、延安，以至金華、贛州、貴陽、新疆，南洋——都成了

文人、書店、報社、出版社的聚集地。五四新文學因為戰爭的流動得以深入邊遠地區、社會底層，意義不可小估。

其三，中國的抗日戰爭，在總體上屬於民族自衛戰爭，但在共產黨和國民黨兩黨主導的不同的地區又含有不同的意識形態意義：在國統區，國民黨政府奉行「民族國家本位」主義，強調「民族至上，國家至上」；在解放區，共產黨則推行「新民主主義」，要求「無產階級文化即共產黨主義思想的領導」（見毛澤東《新民主主義論》）。國、共兩黨不同的文化政策對 40 年代文學都產生了巨大影響。這樣，如我在《40 年代文學史總體設計》裏所說，20 世紀三大事件，「戰爭與文學與人，民族解放運動與文學與人，共產主義運動與文學與人」就在 40 年代的中國「交叉」在一起，形成十分複雜、豐富的思想、文化、文學局面。

其四，中國抗日戰爭，屬於「世界反法西斯戰爭」的一部分，不僅與日、德、法西斯對立，和同盟國蘇、美各國都產生複雜關係。廣泛的國際來往與文化、文學交流，賦予 40 年代的文學更為廣闊的國際視野，影響更為深遠。

其五，以上四個方面，就決定了 40 年代文學「內部與外部關係的極端複雜性和豐富性，其內在的理論含量，更為我們的學術想像力、理論思辨力與創造力，提供了一個可供馳騁的開闊天地」。而在 1980 年代，五四文學、30 年代文學都是研究熱門，40 年代文學則被相對忽略，是一個「亟待開發而又很有發展餘地的『生荒地』」。意識到這一點，我的眼睛為之一亮：這正是我自己的研究與教學難得的機遇，這樣的學術與教育的新領域、新挑戰，是我求之而不得的。頓時就產生了一個設想：「如果帶着我的研究生一起來開發這塊生荒地，既是對現代文學研究的一個新的開拓，同時又可以帶出一批人才來」。[1]

---

1 以上討論見錢理群：〈關於 20 世紀 40 年代至 70 年代文學研究的斷想 —— 在社科院文研所現代文學研究室召開的座談會上的講話〉，收《追尋生存之根 —— 我的退思錄》，263–266 頁，267 頁，270 頁，廣西師範大學出版社，2005 頁。

而且說幹就幹，我立即將老的、新招的研究生動員起來，從原始資料的發掘入手，與教研室的封世輝老師合作，編選了《中國淪陷區文學大系》，共分《新文藝小說》（上、下冊）、《通俗小說卷》、《詩歌卷》、《散文卷》、《戲劇卷》、《評論卷》、《史料卷》7 卷 8 冊，共約 540 萬字。從 1992 年底開始策劃，到 1998 年由廣西教育出版社正式出版，歷時六載。這是第一次對淪陷區文學的系統整理，「不僅發掘了一批重要的作家、作品，而且第一次整理了 1,268 條淪陷區文學大事記，鈎沉了 466 個文學（文化）社團、611 位作家的基本情況，編寫了 1,200 種雜誌和報紙副刊介紹，1,648 種書目與簡介，並特別編入了台灣日據時期的資料，有關日文的報刊和日人參與的社團資料。」如專家所評論，如此大規模的覆蓋面廣的資料發掘與整理，是「第一次全面地向世人展示了淪陷區文學的真實面貌」，這套《大系》「找回來的是一個失落的、不可忽視的文學世界」。[2]

　　而且從一開始，就提出了三大要求與目標：不僅要「對淪陷區文學原始資料進行一次全面搜尋與梳理」，而且要以「高品質的『導言』的形式，對淪陷區文學的主要方面 —— 文學思潮的演變，各文體發展的軌跡，代表性作家（含批評家）、作品的文學成就與貢獻，以及淪陷區文學的總體特徵與文學史地位 —— 作一次系統的分析，希望在已有的研究基礎上，對整個淪陷區文學的研究，有一個新的推動與開拓」；這樣，就能夠在史料發掘與系統分析的過程中，「為淪陷區文學與 40 年代文學研究訓練一支隊伍」。[3]應該說，這樣的從引導學生直接投入原始史料的發掘、整理、研究入手，對學生「是一個相當全面的訓練：從作品的篩選與研究，作家的發掘與定位，到對一個時期的文學現

2　錢理群：〈《找回失落的文學世界》——答《南方文壇》記者問〉，《生命的沉湖》，50 頁，53 頁，55–56 頁。三聯書店，2006 年出版。

3　錢理群：〈《找回失落的文學世界》——答《南方文壇》記者問〉，《生命的沉湖》，52 頁。

象，特別是文體現象的把握與概括」，這是一個培養研究生的研究興趣、眼光、素養、方法的極有意義的嘗試，可惜後來沒有延續下來。[4] 事實上，參與這次《大系》編寫工作的研究生，吳曉東、孔慶東、范智紅、朱偉華、葉彤、謝茂松，都從中獲益匪淺，為他們以後從事研究、編輯、教學工作奠定了堅實的基礎。有意思的是，我以後的研究生也有不少人選擇 40 年代的文學作為他們畢業論文的選題，如王家康關於 40 年代的歷史劇創作與 40 年代思想、文化、學術思潮的關係的研究，張慧文關於馮至的《伍子胥》的資源（中國傳統資源與德國文學資源）與創變的研究，姚丹關於西南聯大的教育與文學關係的研究，韓國學生申東順關於《萬象》與上海淪陷區文學的研究，安榮銀關於解放區的秧歌劇運動的研究，范智紅還出版了一本研究 40 年代小說的專著，似乎形成一個傳統，這也是我所樂見的。

我自己也從 1989 年下半年和 90 年代初，即投入 40 年代文學的研究。主要作了三個方面的努力。一是在組織、參與《淪陷區文學大系》編寫工作中，寫了兩篇有一定理論色彩的總體概括性的文章，即〈「言」與「不言」之間 —— 淪陷區文章總論〉，〈普通人日常生活的重新發現 —— 淪陷區散文掃描〉，前者討論了在異國侵略者統治下，「既不准說自己想說而又應該說的話，又要強制說（不准不說）自己不想說、也不應該說的話」的言說困境下，淪陷區作家（知識分子）的言說掙扎，導致了淪陷區文學對「戰爭中人的生存困境的特殊關注」，以及「對人的日常平凡生活的重新發現與肯定」，從而獲得了一種特殊價值。另一面，「由於政治的限制，幾乎被迫地失去了表達與激發民族救亡熱情的文學啟蒙功能以後，文學市場的需求，就成為淪陷區文學發展更為直接的動因」，由此形成了淪陷區文學「雅、俗共賞」的追求

4　錢理群：〈關於 20 世紀 40 年代至 70 年代文學研究的斷想〉，《追尋生存之根 —— 我的退思錄》，263 頁。

及由此帶來的矛盾與困惑。後文則深入討論了淪陷區散文「在戰爭背景下對於個體生命存在價值的關懷與探尋」，對五四啟蒙傳統的繼承和發展；而對「沒有傳奇成分的人生，沒有戲劇性的平凡日子」的特殊關注，又是對五四新文學特有的英雄主義、浪漫主義的擺脫與掙扎。[5] 可以看出，這樣的研究，既是對淪陷區文學的特殊性的自覺把握，其中又內含着更為普遍的意義，應該說這是最顯示我的學術研究的追求的，我至今仍有些偏愛這兩篇文章，這裏就多說了幾句。

我的第二項研究工作，也是基礎性原始資料的搜尋與整理，最後於 1997 年由北京大學出版社出版了《二十世紀中國小說理論資料》第 4 卷，並寫有長篇總結性論文〈戰爭浪漫主義及其反撥與超越——40 年代小說理論概說〉，無論在資料的發掘與總體概括上，都具有開創性。所作的第三項工作，是 40 年代作家作品分析，這也是基礎性研究，主要對象是路翎、盧焚、無名氏、廢名和曹禺，而且都寫於 1989 年 7、8 月至 1990 年初。那正是「六四」風波以後，我的精神處於極度苦悶之中。因此，就很自然地對處於戰爭困境中的這些「40 年代中國大地的跋涉者的生命軌跡」產生濃厚興趣與強烈共鳴，於是就寫下了〈盧焚：知識者的漂泊之旅〉、〈無名氏：生命的追尋與幻滅〉、〈路翎：走向地獄之門〉、〈廢名：現代堂吉訶德的歸來〉，這樣的生命之感既是 40 年代作家的、也是我自己的：我的研究總能找到自我生命與研究對象生命的契合之處。[6] 這也決定了，我對 40 年代作家作品的關注，首先是「作家生活與精神研究，即所謂『文人身心錄』」。[7] 於

---

5 參看錢理群：〈「言」與「不言」之間——淪陷區文學總論〉，〈普通人日常生活的重新發現——淪陷區散文創作掃描〉，收《精神的煉獄——中國現代文學從「五四」到抗戰的歷程》，178 頁，181 頁，183 頁，184 頁，194 頁，196 頁，廣西教育出版社，1996 年出版。

6 錢理群：《我的精神自傳——以北京大學為背景》，191–193。頁，台灣社會科學雜誌社，2008 年出版。

7 錢理群：〈關於 20 世紀 40 年代至 70 年代文學研究的斷想〉，《追尋生存之根》，268 頁。

是，這一時期又寫有〈「流亡者文學」的心理指歸〉，也是一篇傾心之作。這些我的 40 年代文學研究的最初成果，最後都彙集在《精神的煉獄 —— 中國現代文學從「五四」到抗戰的歷程》一書中（廣西教育出版社，1996 年出版）。

以上文章發表、書出版以後學界雖有好評，但總體來說，是冷淡的，這也屬正常。不正常的倒是一些吃「批判飯」的「左爺」的特殊關照。1999–2000 年對我的全國大批判中，《文藝報》就在 2000 年 1 月 11 日、5 月 18 日，先後發表陳某、裴某的文章，打着「民族大義要明，大是大非要分」的大旗，點名批判我主編的《中國淪陷區文學大系》和我寫的〈總序〉是「混淆是非，錯樹樣板，把淪陷區文學更加搞得面目全非，混亂不清」，並具體安上「在〈總序〉中對附逆作家張愛玲大捧特捧」，「在《中國淪陷區文學大系》中選收文化漢奸與附逆作家作品」的罪名。在此之前，《文藝理論與批評》還發表一篇自稱「石油工人」寫的文章討伐我的《周作人傳》，也指責我「多方」為漢奸「辯護和開脫」，「應該承擔誤導青年，歪曲歷史的責任」，並直截了當地說，錢理群和周作人「有共通之處」，乾脆把我打入「漢奸」之列。[8] 這大概就是在中國進行認真、獨立的研究，必然付出的代價吧。

我的第一批研究 40 年代作家作品的文章，寫到 1990 年初，就停下來了。原因是 1990 年 5 月，我因手掌生癌住院動手術，第一次感到「生命之有限」，就產生了「先前沒有過的『要趕快做』的念頭」。[9] 那麼，我最極需「趕快做」的又是什麼呢？就是「對歷史、現實和自身的反思」。我清楚地知道、明白，自己不是一個純粹的學者，真正能觸

---

8 錢理群：〈「大批判」紀實（1999 年 8 月–2000 年 12 月）〉，收《知我者謂我心憂：十年觀察與思考（1999–2008）》，84 頁，92 頁。里克爾（香港）有限公司，2009 年出版。

9 錢理群：〈初版後記〉，《大小舞台之間 —— 曹禺戲劇新論》，421–422。頁，北京大學出版社，2007 年出版。

動我拿起筆來的，通常並不是學術的衝動，往往更是現實生活所提出的問題，以及內心的需求。這是我多次說過的，我的學術研究的真正動力來自一個根本性的追問：「我是誰？我何以存在與言說？」而這樣的自我存在的追問，又是和對我所生活的時代的歷史與現實存在的追問，聯繫為一體的。因此，最吸引我，我最要「趕緊做」的，是時代和自我生命所提出的重大問題。[10] 在 1990 年初，就是如何走出「六四」帶來的精神困境，回答蘇聯、東歐瓦解後的知識分子自我反省和道路選擇問題。儘管此時對 40 年代文學的研究正處在興頭上，我還是毫不猶豫地轉向了《大小舞台之間 —— 曹禺戲劇新論》和《豐富的痛苦 —— 堂吉訶德與哈姆雷特的東移》的寫作，整整花了兩年時間（1990 年 6 月–1992 年 8 月）。其實，也沒有完全忘記 1940 年代，《曹禺戲劇新論》裏就有專章討論曹禺 1940 年代以《北京人》和《家》為中心的劇作，還起了一個極富詩意的標題：〈在秋陽春光裏靜靜流瀉〉，我自己也寫得特別投入。《豐富的痛苦》也特闢一章描述抗戰時期的〈中國堂吉訶德和哈姆雷特〉。但到 1994 年 9 月–1995 年 7 月在韓國講學一年期間，就把精力全部轉向《毛澤東：世紀中國遺產》一書的寫作準備，大概真的要遠離 1940 年代文學研究了。

但到 1995 年 11 月，正準備集中精力開始毛澤東研究與寫作，8 日那天下午，一位熟悉的年輕朋友來住處，代表謝冕先生，約請參加他主持的「百年中國文學總系」，負責寫其中「1948 年文學」一書，突然打動了我。「稍考慮，即欣然同意。遂同去謝冕家，商討計劃。回來即開始工作：編寫《1948 年年表》，興奮不已」。這樣的「突變」，陡然間就被某個「夢想」所吸引，大概也是能顯示我的研究風格和個

---

10 參看錢理群：〈前言〉，《我的精神自傳 —— 以北京大學為背景》，4 頁。〈自序〉，《倖存者言》，1–2 頁，復旦大學出版社，2011 年出版。

性的。但似乎也並非突如其來，還是有由頭的：其實，我這些年也一直沒有忘記「1940 年代小説史」的研究，不僅是因為已經列入國家項目必須交差，更是被其內在豐富性、複雜性所吸引，在寫這些大著作的間隙，也總在陸續看材料，翻作品，寫讀書筆記和研究設想 —— 這是我的研究習慣，每有所思，即在隨手拉來的亂紙片上胡亂寫幾句「隨想」，或抄錄一些材料，塞進一個個大紙袋裏，最後積累下來，已經有好幾個抽屜。但始終動不了筆，除了心有旁騖之外，還有一個沒有説出的學術原因：我內心對前文一再提及的《40 年代文學史總體設計》並不滿意。它依然脱不出「文學背景＋作家、作品」的文學史寫作的老框架，「我期待着更富有實驗性，也更具有挑戰性的文學史研究」，這樣的設計不能滿足我內心對學術的追求。這就意味着我還沒有找到適合自己的文學史結構方式，自然也就激發不起我的寫作衝動。而謝冕的邀約之所以對我一觸即動，就是因為提供了「從一個年代看一個時代」的文學史結構方式，它雖然明顯借鑒於黃仁宇先生《萬曆十五年》一書，但正適合我，自然要抓住不放。可以看出，這一回「1948 年文學」的寫作，和我之前所有的研究都不同，它的寫作衝動完全「來自一種文學史寫作形式（結構與敍述方式）的試驗欲求」：這就顯露了我的文學史家的本色。但在寫作過程中，卻又有了新的變化：我最初以為這將是一次純客觀的歷史研究，卻不想研究越深入，就越在研究對象中發現了自己：寫 1948 年的「校園風暴」，立刻聯想到此時正在南京參加地下學生運動的我的四哥；寫解放軍部隊的「戰地歌聲」，就彷彿聽見了服務於文工團的二姐的歌唱；特別是寫到倉促「南下」的「告別」，就彷彿寫到了自己：我也是在那樣的情境下與父親永別的。沒想到，關於 1948 年的寫作，竟然會喚起我早已深埋的家族隱痛的回憶，最終還是捲入主客體交戰中不能自拔。這大概是本性難移，也是

命中註定。[11] 這樣，《1948：天地玄黃》就成了我的代表作，它將文學史、思想史、精神史融為一體，較好的體現了我的寫「大文學史」（即「文化、思想、精神史背景下的文學史」）的追求。我的 1940 年代文學史的研究，也最後以這本《1948：天地玄黃》作結，我應該滿足了。

其實，在開始寫《1948：天地玄黃》之前，即 1995 年下半年，我還作了一件事，即開設了「40 年代小說研讀」課：我總是喜歡將自己的研究與教學結合為一體，在課程的開場白裏，就明白宣告「要請研究生同學參與我的 40 年代小說研究」。課程的開設也採取了師生共同進行「對話與漫遊」的方式：前有教師的「領讀者言」，對 40 年代小說作了總體掃描；中有「眾聲喧嘩」，師生共同對 10 篇小說進行文本細讀；最後再回到教師的「縱橫評說」，論述這些實驗性小說在文學史上的獨特地位與價值。整個課程既有教師的主體導讀，又有師生共進的多元探討；既有宏觀評述，又有微觀解讀，從而形成了一個開放性體系：這在研究與教學上都是有意識的實驗，是又一次人才培訓，參加這門課的研讀的研究生，如賀桂梅、王風、姚丹、李憲瑜、薩支山、謝茂松，後來都成了學科研究與教學的骨幹。這就作到了研究與教育的「雙豐收」。

我自己在研究上也多有收穫。主要有兩點。在課程最後，我作了一個〈四十年代小說的歷史地位與總體結構〉的長篇講解，實際是對我進行了六七年的 40 年代小說研究的一個初步總結，提出了 40 年代作家（知識分子）對於「戰爭」的兩種觀察、體驗方式：或立足於「國家（民族）本位」、「階級本位」，這就能決定了其創作的「愛國主義」的總主題與「抗戰」題材的選擇；或立足於「個人本位」、「人類本位」，更關注個體生命在戰爭中的困境，更具有人類學普遍意義的困惑

---

11 以上討論見錢理群：〈我怎樣想與寫這本書 —— 代後記〉，《1948：天地玄黃》，320 頁，323 頁，327–329 頁。山東教育出版社，1998 年版。

與矛盾。由此決定了 40 年代作家對於戰爭存在着「英雄主義與浪漫主義的」，和「非（反）英雄主義與浪漫主義的、凡人化的」兩種不同的體驗方式與審美方式。進而產生了「戲劇化」的小說與「非（反）戲劇化」的小說這樣兩種小說體式。[12] 這三大概括或許有些簡單化，但確實是我的研究心得和獨立發現，我的《四十年代小說史》如果最終寫出，大概就是這樣的結構與論述。

我對 40 年代小說的總體收穫和價值，還有這樣的概括：一方面，以一些代表性作品的出現（如長篇小說中的《霜葉紅似二月花》、《四世同堂》、《寒夜》等，短篇小說中的《在其香居茶館裏》、《華威先生》、《果園城記》、《北望園的春天》、《荷花澱》等，中篇小說《長河》等）為標誌，形成了相對成熟的中國現代小說規範、模式。另一方面，又出現了一大批突破規範的、帶有探索性的實驗性作品，這種實驗不僅其深度與廣度都超過了在此之前（二三十年代）所進行的探索，而且在起點上就達到了相當的水準。而在現實研究中，人們的關注往往集中在處於文壇中心位置的相對成熟的作家作品，而對邊緣化作家的試驗性作品多有忽視，以至種種誤讀。而我一直認為，能否打破既定文學史框架，發掘被忽略、淹沒的具有文學史價值的作家、作品，是對文學史家的眼光、見解、學養的一個重要考驗。因此，這一次研讀，就有意識地精心挑選了一批非主流、邊緣化，但在藝術上卻具有實驗性與超前性的作家作品。既有重新發掘出的作家作品（如李拓之及其《文身》，卞之琳的《海與泡沫》），又有因不代表其主要風格而相對被忽略的作品（如路翎的《求愛》，張愛玲的《封鎖》，蕭紅的《後花園》），還有一些未得到足夠評價的作品（如馮至的《伍子胥》）。汪曾祺在 80 年代對 40 年代作品的「重寫」（《異稟》和《職

---

12 錢理群：〈四十年代小說的歷史地位與總體結構〉，《對話與漫遊：四十年代小說研讀》，504–505 頁，510 頁。上海文藝出版社，1999 年出版。

業》）也是這門課的新發現。我同時提醒，對非主流作家作品的發掘，並非要否定主流作家作品，「片面強調主流作品價值一定高於非主流作品，或反過來主觀斷定邊緣性作品價值一定高於處於中心位置的作品，都很難說是實事求是與科學的」。[13]

這些邊緣作家大都對文學語言、形式、美學試驗有高度自覺，對他們的作品進行文本細讀，這就給我提供了一個彌補自己研究的不足的機會。我多次說過，「我無法迴避自己內心深處對文學形式，特別是文學語言的迷戀。它對於我是一種近乎神秘的誘惑。我知道自己的精神氣質與文學藝術有着本能的親和。而我所受的教育與在被扭曲了的時代裏所形成的多少被扭曲了的知識結構和積習，又使我與文學的審美之間，橫隔着某種障礙」，「明明本性上具有審美的欲求，面對魯迅和其他研究對象已經達到的藝術高峰，要對之進行描述與闡釋卻顯得力不從心。我從這裏感到了一種命運的殘酷」。[14] 由此形成了自己研究的一個特點，也是問題：「習慣於從思想、文化、心理上去把握作家、作品，而對作品藝術形式的把握則相對弱一點」。[15] 而現在要對這些實驗性作品做文本細讀，就不能不注意到：「說書人敍述的插入」，「隱含作者的顯隱變換」，「中心意象的營造與轉移」（蕭紅）；「耀眼、怪異的、華麗的、雕琢的、繁富的美」的價值（李拓之）；追求「抽象的抒情」，「小說（與詩）的哲理化，語言的具象性與抽象性的融合」（沈從文）；「回溯性敍事中的『兒童視角』（端木蕻良、駱賓基、蕭紅）；在民族化聲浪鋪天蓋地之下，「死不媚俗」的姿態，大張旗鼓加強歐化色彩的自覺對抗（路翎）；「在俗白中追求精緻的美」，構建「純淨的語

---

13 錢理群：〈四十年代小說的歷史地位與總體結構〉，《對話與漫遊：四十年代小說研讀》，500–501頁，502頁，503頁。

14 錢理群：〈文學本體與本性的召喚——《詩化小說研究書系》序〉，《中國現代文學史論》，250頁。廣西師範大學出版社，2011年出版。

15 錢理群：〈請作一次精神對話與學術漫遊〉，《對話與漫遊：四十年代小說研讀》，7頁。

體」的語言實驗（馮至，趙樹理，孫犁）；拒絕「詩化」，追求議論、描寫、敍述結合的「散文化小說」新模式（廢名）；才華氾濫，過度追求多義性、豐富性、可分析性的「意義的充溢（爆滿）」（張愛玲）；詩性的描寫語言與質樸的敍述語言，個人話語的壓抑與偶爾突顯，群體語言中軍事、政治鬥爭與地理政治語彙的遊戲化，造成的充滿「語言縫隙」的小說文本（卞之琳）等等。[16] 應該說，這樣的語言、形式、美學的關注與敏感，在我的 40 年代文學研究，以至整個文學史研究中是並不多見的，儘管可能是「露拙」，我自己卻非常珍惜。

但當《1948：天地玄黃》於 1998 年由山東教育出版社出版，《對話與漫遊：四十年代小說研讀》於 1999 年由上海文藝出版社出版時，我已經在此之前的 1997 年宣佈，要擺脫學院的束縛，在體制的邊緣上，走一條「學者與精神界戰士相結合」之路，不僅更多地參與民間啟蒙與自治運動，而且學術研究的重心也由現代文學轉向思想史、精神史的研究。這樣的「告別文學研究，告別文學」的選擇自然是出於回應時代的召喚和服從內心的命令，這是本性使然，因此也沒有多少猶豫。但在內心對於文學研究，特別是 40 年代文學研究，仍有些藕斷絲連，只要有機會，就會有所眷顧。回想起來，大概有三次。

第一次就在 1997 年。這一年下半年對《中國現代文學三十年》作了一次重要修訂。本來，1985、1986 年編寫初稿時，我就負責寫 40 年代詩歌、戲劇部分，共三章：〈艾青：根植在土地上的民族詩人〉、〈新詩走向歷史的綜合〉和〈追隨大時代的國統區話劇的豐收〉。[17] 這次修訂，因為 1989 年以後有了新的研究，就幾乎進行了重寫：詩歌一

---

16 錢理群：〈教師講評〉，《對話與漫遊：四十年代小說研讀》，78 頁，121–122 頁，152頁，190 頁，246 頁，313 頁，409 頁。錢理群〈《關於 20 世紀 20 年代至 70 年代文學研究的斷想》〉，《追尋生存之根》，280 頁。

17 參看錢理群、吳福輝、溫儒敏、王超冰：《中國現代文學三十年》，上海文藝出版社，1987 年出版。

章突出了「七月派」、「馮至等校園詩人」、「穆旦為代表的『中國新詩派』」和「敵後根據地詩歌創作」四大詩人群；戲劇一章則概括提出「廣場戲劇」與「劇場戲劇」兩大戲劇模式，分析了它們抗戰初期、中期、後期在大後方，解放區、淪陷區的不同表現形態。這樣的文學史敘述吸取了最新研究成果，因此頗有創意，顯示了一個新的水準與高度。[18]

第二次是 2003 年，中國社科院文學研究所現代文學研究室召開「20 世紀 40 年代至 70 年代文學研究」座談會，期待打通現當代文學研究，對整個學科發展有新的推動。我也趁這個機會，將 1989-1993 年間，我的 40 年代文學研究的材料和思想碎片（即所謂「胡思亂想」）整理出來，以〈40 年代文學史（多卷本）總體設計〉為題，公之於眾，以便留存於世，供後來的研究者參考。文章最後深情地寫道：「希望有一天還能再回到 20 世紀 40 年代中國這塊土地上來 —— 我是誕生在那個年代的：1939 年 3 月，我在重慶山城第一次睜眼看這個世界。現在已經看了 65 年，許多人和事越看越不明白，就想回到這歷史的起點上，從頭看起。我知道，自己內心深處的 40 年代情結是根源於對生我養我的這塊土地的永遠的依戀。此時我心中默念的，正是同樣孕育於那個大時代的艾青的詩句 ——『為什麼我的眼裏常含淚水？因為我對這土地愛得深沉……』」。[19]

最後，2007-2012 年，我又回到現代文學史的研究上來：主持並參與執筆《中國現代文學編年史 —— 以文學廣告為中心》三卷本的撰寫。這是一個全面實現我的現代文學史研究夢想的嘗試。自然要把 40 年代文學的描述作為一個重點，我自己就寫了 46 條，其中〈戰爭爆發

---

18 參看錢理群、溫儒敏、吳福輝：《中國現代文學三十年》（修訂本），北京大學出版社，1998 年出版。

19 錢理群：〈關於 20 世紀 40 年代至 70 年代文學研究的斷想〉，《追尋生存之根》，284 頁。

時中國作家的反應〉、〈救助貧困作家運動〉、〈抗敵宣傳隊的活動〉、〈「文章入伍」：抗戰初期的戰地文化運動〉、〈西南劇展：抗戰戲劇運動的總檢閱和大討論〉、〈重慶文藝中心地位的確立〉、〈桂林文化城〉、〈1940 年代文化格局中的香港〉、〈貴州文化和新文化的相遇〉、〈戰時東南文藝運動〉、〈郁達夫在南洋的活動〉、〈茅盾在新疆〉、〈戰後初期的台灣文化重建〉、〈「建設台灣新文學」的討論〉、〈國民政府抗戰時期的文化戰略和文化政策〉、〈上海淪陷區的文化厄運〉、〈戰國策派及其引發的論爭〉、〈民族形式問題的論爭〉、〈《文藝先鋒》和「文藝政策」論戰〉、〈「論主觀」引發的風波〉、〈華南方言文學討論〉、〈平津文壇「新寫作」〉，等等，[20] 或開拓新的領域，或對原有的研究有新的闡發，都大大豐富和發展了 40 年代文學的研究。

這樣，從 1989 年 8 月開筆，到 2012 年收官，我的「40 年代文學研究」前後持續了 23 年；今天（2020 年）來進行總結，又過了 8 年。31 年時間流逝，我從 50 歲活到 80 歲，但作為「1940 年代之子」，對 1940 年代文學及其背後的人的命運，民族的命運的關注卻始終如一：它已經成了我的學術生命的重要源泉。

　　　　　　　　　　　2020 年 2 月 23–25 日寫於疫情封閉中。

---

20 參看錢理群（總主編）、陳子善（第三卷主編）：《中國現代文學編年史 —— 以文學廣告
　為中心》第三卷（1937–1949）。北京大學出版社，2013 年出版。

期待後來者的超越
——《中國現代文學學科建設論集》後記

　　我這個人大概真有點「自作多情」：人生道路和學術研究到了一定階段，就喜歡作自我總結、反省，以便告別「過去」，然後輕裝前進。2019 年八十壽辰算是人生告一大段落，就寫了《八十自述》，還編了攝影集，以顯示「錢理群的另一面」，又協助學生編《錢理群畫傳》。似乎沒過足「癮」，2020 年（已經 81 歲）又連編四大本「論集」，對自己的學術論著重作編輯整理。我的研究本有兩大塊：一是近年我自己比較強調，學界、思想界也比較關注的精神史、思想史研究，於是，就編一本《絕望中的堅守 —— 當代中國思想史、精神史論集》。二是多少有些被淡化的中國現代文學史研究，就特意編了三大本：《1940年代中國文學史研究論集》、《中國現代文學學人論集》，以及這本《中國現代文學學科建設論集》。下一步，還準備編《錢理群序跋集》、《錢理群書信集》、《錢理群文本細讀集》：這就洋洋灑灑有了 10 大本，無異於對讀者進行一次「疲勞大轟炸」。其實，我心裏有數：不會有人認真讀的，頂多隨便翻翻有興趣的一兩本。它只是一個自我紀念而已。

但編的時候還是認真的。就這本《中國現代文學學科建設論集》來說，它本來是編《中國現代文學學人論集》一書的副產品：一些關於現代文學研究和學科發展的思考、總結文章收不進《學人論集》，就乾脆另編一本《學科建設論集》，也藉此顯示我的學術研究的一個特點：不僅有強烈的學術、社會承擔意識，對學科發展也有自覺的承擔。最初以為把自己有印象的文章歸整歸整就可以，沒想到翻箱倒櫃越翻越多，好些文章我都忘記了，現在重見天日讀起來也還有點意思。像當年編《現代文學研究叢刊》寫下的〈編後記〉，背後就有許多現代文學學會和叢刊編輯部的學術組織、引領工作，以及編者與讀者關係、來往的許多「小故事」，不僅能喚起我們這些歷史當事人的美好回憶，也為後人研究 1980、1990 年代現代文學學科發展的歷史，提供難得的具體情境和歷史細節。而另外一些書序、書評、會議發言，關於學科發展中的研究視野、方法、心態、精神、境界的思考，則可以看出那個時代的現代文學研究者的追求、苦悶、困惑、掙扎，都具有「史」的意義。其中也包含一些歷史經驗，如強調現代文學研究的「當代性」，重視「歷史與現實的對話」；提倡「創新」，呼喚學術研究的打破常規、不守規矩、不拘一格的「想像力」和「創造力」；把握「沉潛」的學術心態，創造「同存共棲」的學術生態與環境等等，這些我們當年的自覺追求，雖然在學科後來的發展中都不同程度地受到質疑以至否定，但卻能經受歷史的檢驗：今天看來，仍不失其啟示意義。

　　但我更要強調與期待的是，今人（後人）對我們的突破與超越。我在寫這篇後記時，翻到「中國現代文學研究」叢刊 2019 年 12 期發表的中國人民大學文學院的青年學者楊慶祥寫的〈對現代文學研究幾個基本問題的理論思考〉，受到了很大啟發。我還記得楊慶祥，他在讀博士時曾採訪過我，他記錄整理的〈「二十世紀中國文學」和 80 年代的現代文學研究〉一文也收入了本書。我當時的印象，他是一位有歷史感和很能思考的年輕人，現在他作出當下現代文學研究的基本問

題的理論思考，當然不是偶然，更使我頓生「後繼有人」的喜悅感。更重要的是，他文章的兩個主要觀點，都引起了我的強烈共鳴。他強調，「『現代』的命題在中國當下都是『進行時』，而不是『過去時』」，「中國現當代文學是一個既立足於『歷史性』（從現代看當代，當下），又立足於『當代性』（從當代、當下看現代）的沒有完成的歷史主體」；這都深得我心，我就曾反覆強調「魯迅的『現在進行式的存在』」的意義：這確實是現當代文學、作家與「過去式」存在的古代文學、作家的區別所在。因此，每一代的現代文學研究者都要努力尋找現代文學的歷史資源與自己所處的時代當下歷史語境的具體聯繫。楊慶祥在文章裏引述程光煒的意見指出，我們這代人在 1980 年代是找到了「五四」啟蒙主義歷史資源和文革後的中國思想解放的歷史語境之間的契合點，從而發現和把握了「現代文學」的「當代性」的：這一概括是符合實際的。問題是，身處 21 世紀 20 年代的楊慶祥這一代的現當代文學研究者如何找到「從過去延續到當下的歷史的主體」。楊慶祥別具眼光地指出，要做到這一點，首要任務，就是「目前的現代文學研究要再一次地從 1980–1990 年代形成的知識結構和知識觀念中『解放』出來」。這是抓住要害的：我多次講過，年輕一代和老師輩的前代學人的正常關係應該有三部曲：先學習，再反叛，最後在更高層面相遇。現在正應該是「反叛」老一輩的學術既定規範、道路，尋求思想「解放」的時候。最近這幾年，我一再向我周圍的年輕人建議：應該嚴肅、認真地討論我們這一代人的局限、不足，並以此為開端，來尋找自己這一代獨立研究之路，講的也就是這個意思。那麼，包括本書在內的我的這一次總結，如實地呈現我們當年的種種設想，我們的知識結構、知識觀念，也正好給新一代學人提供一個「靶子」，在吸取我們的經驗的合理部分的同時，更注意其中的不足、失誤，進行無所顧忌的質疑、批判，尋求新的解放的突破口：這是我最期待於本書的年輕讀者的。

我自己也不會因為這樣的質疑、批判而喪失信心：我當然已經不可能完全突破自己這一代人的歷史局限性，但我也有自己的事，就是完成和完善自己，並在自己的範圍內，作出新的努力。如本文一開頭所說，我不斷總結、反省自己本身，就是要尋找新的開始。我在八十壽辰之際，如此大張旗鼓地重新整理舊作，絕不是要作自我欣賞，而是要藉此「結束」已經作過的一切，從而開始思想與學術的新的探險，完成自己想做還沒有做的事。但願外在環境和自我身心，能夠再給我一些時間與空間，以便最後給自己的一生和學術，以及我所生活的時代，作一個相對完滿的交代。——我期望着，準備着。

2020 年 2 月 22 日，81 歲生日之時

絕望中的堅守
── 我的中國當代思想史、精神史研究

　　我的專業是從事中國現代文學史的研究。我的研究的一大特點，是對作為知識分子的作家的精神歷程，以及其作品中的思想內涵，有特別的興趣和闡發。我的早期著作《心靈的探尋》、《與魯迅相遇》、《周作人傳》，以及《大小舞台之間 ── 曹禺戲劇新論》，都可以看作是魯迅、周作人和曹禺的精神史、思想史的研究。這樣的研究趨向，可能與我在從事學術研究之前，曾在邊遠的貴州社會底層經歷大饑荒、文革，摸爬滾打了 18 年的經歷有關。我所關注的，始終是時代和自我生命提出的重要問題，這是我的學術研究的源泉與動力。因此，1990 年蘇聯、東歐瓦解，引起了我思想上巨大震動，就產生了要追問「共產主義運動與知識分子的關係」問題的衝動，由此而引發了《豐富的痛苦：堂吉訶德和哈姆雷特的東移》一書的研究與寫作。我的研究因此進入了世界知識分子精神史這一更為廣闊的層面，也進入知識分子精神本體、人性的層面，獲得更大的深度。到 1990 年代末，我又寫了《1948：天地玄黃》，這是一次將文學史與思想史、精神史有機結

合的自覺嘗試。有意思的是，這本書和《豐富的痛苦》都把對中國知識分子精神歷程的探討，寫到 1948 年，即中華人民共和國成立的前夕；它也就預示着我的研究必然要延伸到建國以後。我後來也確實把這本《1948：天地玄黃》列為我的「共和國思想史、知識分子精神史」三部曲的第一部。這也就意味着，到 1990 年代末和 2000 年代初，我的研究方向、重心的一個重大轉移，即由「現代」轉向「當代」，由「文學史」轉向「思想史，精神史」。這自然是出於對時代召喚的響應，和對內心命令的自覺服從。

　　而當我進入當代中國思想史、知識分子精神的研究時，首先面對的，就是一個嚴峻的現實：在中華人民共和國國家體制下的「中國知識分子的厄運」。這大概有三個方面。知識分子首先面對的是「被改造」的命運。在「高貴者最愚蠢，卑賤者最聰明」的思想指導下，知識成了原罪，知識分子被作為批判、打擊，最終要消滅的對象，承受着難以想像的肉體折磨，還要無休止地自誣自辱。但後來知識分子又遭遇了「被收編，被利用」的厄運，在「尊重知識」的旗號下，一切都向知識分子敞開：要名有名，要利有利，要權有權，但要有一個條件：聽話、配合，不聽話者則嚴懲不殆。恩威並重之下，大多數知識分子選擇了屈從或忍辱負重：這是一種在舒舒服服條件下的「自願的改造」。我多次談到，人說學術上要有成就，必須「板凳甘坐十年冷」；但中國的體制就是不讓知識分子坐冷板凳，開始是不准坐，坐就是有罪，現在又用種種誘惑、干擾，讓你坐不下來，久而久之，你自己也不習慣、不想坐了。一切創造性的獨立的知識生產，也就此終止。知識分子還有第三個厄運：隨着知識在國家發展中的重要性的日益凸顯，知識分子的地位的提高，影響的擴大，這些知識、地位、影響本身，在商業社會裏，都成了一種有利可圖的商業價值，具有了可觀的文化資本。這本身並不一定是壞事，但有些知識分子利慾薰心，用這些文化資本來進行商業投機，也就遠離了知識與學術的本意本性。如

果再進一步，以此為資本，與權力相勾結，自身也就成了現行體制下的既得利益集團的一個部分，那就走到了歷史的反面：這恰恰是當下中國全球化、知識化背景下相當一部分知識分子的選擇，在我們這些仍然堅守本性的知識分子看來，這樣的自己選擇的墮落是一種更深刻的「厄運」。

我們要強調的是，生活在中華人民共和國體制下的大陸知識分子的這三大厄運，儘管具有不同時代的不同特點，但對中國思想、學術發展的損害，以及對大陸知識分子精神的傷害、毒害卻是一致的，是極其嚴重，怎麼估計也不為過。這裏的一個不可迴避的問題，是面對厄運，知識分子（主要是人文知識分子）的選擇。如黃子平在90年代寫的一篇文章裏所說，許多知識分子選擇了「演戲或者無所為」。所謂「演戲」，就是當年魯迅所說的「同意和解釋」，「宣傳與做戲」，成了「御用文人」。「無所為」大概是大多數知識分子的選擇，不僅放棄了批判性思維，而且在學術研究與寫作中盡量淡化思想，這就是人們詬病的「沒有思想的學術生產」。這兩種選擇雖然性質不同 —— 前者不可原諒，後者多少可以理解，但卻都是一種歷史性的選擇錯誤：這是體制充分利用知識分子的弱點，人性的弱點的結果。而後果卻是災難性的，導致了中華人民共和國國家體制內無思想，更無思想家。正如近年頗有影響的評論家榮劍所說，這是一個「沒有思想的中國」。

那麼，我們的當代思想史、知識分子精神史的研究和寫作，又何以進行，依據何在？這就需要注意到中國當代知識分子的另一種選擇，當代思想和知識分子精神發展的另一個方面：當大多數知識分子不同程度地屈從體制時，仍有少數不畏強權，不怕孤獨的先驅者，他們超脫一切身外之物，一心追求真理，堅持獨立的思想批判和創造，在體制的邊緣，或體制外，用自己的寫作，留下了極其可貴的思考和研究成果，而且前仆後繼，連綿不絕，構成了一部民間思想史。因此，我們的當代思想史、知識分子精神史，實際就是民間思想史和

民間知識分子精神史。我曾經將中華人民共和國國家體制下的民間思想，概括為三大特徵：一是它的思想異端性，批判性，因此不為主流所容，處於邊緣位置。二是它的特殊傳播方式：大多數情況下，都不是通過國家市場的正式媒體傳播，而是以民間轉抄的方式流行於世。在毛澤東時代，在特定的歷史時期，如 1957 年的鳴放，文革時期，常以在牆頭張貼大字報的方式流傳。有的則作為「反面教材」被批判者印成書，因而流傳下來。有的文本則留存於個人日記或檔案裏，事後被研究者發掘出來。其三，它的作者，作為叛逆者和民間思想者，大都有比較坎坷的遭遇，有的還為堅持獨立思考與寫作而犧牲了生命。民間思想者並不以身份為定，不僅有底層普通民眾，學生，也有為體制不容流放底層的知識分子，在與世隔絕條件下，孤獨寫作的知識分子，等等。

　　最後還要説説，我關注民間思想始於 1998 年，正式作民間思想史的研究與寫作，卻是在 2003 年 5 月。為躲避瘟疫，與世隔絕而關閉在家裏，「那早已在記憶中淡漠、消失了的時代，突然打破種種隔離，穿窗而入。那個政治瘟疫橫行無阻的年代赫然再現，使我產生了真正的恐慌，但這一次我已不再躲避，而是把彼此對視中匆匆產生的種種思緒，一一寫下」。[1] 這一開筆，就一直止不住。收入本書的最後一篇〈先行者的思想遺產 ── 朱厚澤逝世十周年祭〉，竟也是寫在又一次瘟疫大流行的 2020 年 2 月，這回是在被封閉的養老院裏。這連續 17 年的穿越時空的關注與思考，歷史與現實的不斷重逢，莫非也是命運的安排？

　　還是回到當代中國思想史和知識分子精神史上來：根據我的研究，它應該包括三個部分。

1　錢理群：〈寫在前面〉，《拒絕遺忘：「1957 年學」研究筆記》，18 頁，牛津大學出版社，2007 年出版。

首先是當代獨立知識分子。它為數不多，卻也包含了各種類型的知識分子。本書即選擇了作為左翼知識分子的胡風，「鄉村建設派」的知識分子的領軍人物梁漱溟，被認為是「自由主義、民主個人主義」的沈從文，還有忠誠的共產黨人，卻不斷為農民說話的趙樹理，和本應該成為大科學家，卻被徹底改造的束星北。我對他們的關注與研究，最後形成了兩個基本概念：「改造」與「堅守」。對知識分子進行思想改造，如此系統，完備，有組織，有計劃，有目的，全覆蓋的推行，這是最具當代中國特色，古今中外所無的。它的要害就是使知識分子不成為知識分子，使人不成為人。問題是，它在中國大陸是有效的，在某種程度上改變了許多知識分子以至普通民眾的某些觀念，思維，情感，心理，行為方式，形成新的集體無意識，新的國民性，而且影響至今；對這些獨立知識分子則形成巨大壓力，同時也造成了一定程度的思想困惑與混亂。我要追問的是，這一切是怎麼發生的？中國知識分子改造的秘密在哪裏？其中的觀念、邏輯、手段、體制是什麼？也就在這被普遍改造的背景下，這些獨立知識分子的「堅守」，就特別令人敬佩與珍惜。我通過研究，把他們堅守的知識分子精神概括為三點：始終如一地探索真理；在任何情況下都不放棄獨立思考；不論遇到多大壓力都要堅持對權勢者的既定觀念與體制提出質疑和批判。這樣的精神傳統，至今仍不失去其意義。

最讓我動情的，還有民間反抗運動中的青年思想者。其中一個原因，是它起源於 1957 年北京大學校園裏的思想解放運動，我當時正在中文系就讀，是歷史的在場者。運動的發動者自稱要推動一場「社會主義時代的五四新文化運動」，他們高舉「五四」「重新估定價值」的思想旗幟，宣佈要對人們「習以為常」的現行主流觀念，「重新進行估計，評價和探索」。他們的思考，除了現實社會、政治、經濟問題外，還包括更為廣泛的思想、文化問題，出現了一批理論探討的長篇論文，還發佈了《自由主義者宣言》、《利己主義者宣言》。這表明，當

體制內專門從事學術研究的知識分子表現出驚人的理論上的沉默時，尚處於準備階段的青年學子遠非成熟的理論習作，卻充任了這個時代的理論水準的代表。他們也果然提出了時代最尖銳額外問題，要求維護人的獨立思考的權利，宣言「我們要走自己的路」，「我們要回答：生活走向哪裏，歷史走向何方？」而且這樣的年青一代的民間思考一直延續下去，從 1957 年林希翎、譚天榮代表的「右派」新思潮，到 60 年代的林昭、張春元代表的《星火》群體，再到文革「民間思想村落」中湧現出的王希哲、陳爾晉、盧叔寧、王申酉等為代表的民間理論家，其本身也形成了一個傳統。

不可忽視的，更有體制內的思想者。顧準和朱厚澤即是其中最傑出的代表。他們都曾在黨和政府部門位居要職，是黨的中高層幹部。顧準在 1940 年代的解放戰爭時期，曾任中共蘇南路東特委宣傳部長，江南行政委員會秘書長，建國以後 1950 年代又任上海市財政局長兼稅務局局長，華東軍政委員會財政部副部長。朱厚澤則在 1980 年代先後擔任中共貴州省委第一書記，中共中央宣傳部部長。但他們同時又一生坎坷，備受打擊：顧準在 1953 年的「三反運動」中受到撤銷黨內外一切職務的處分，1957 年和 1965 年又兩次被劃為右派分子。朱厚澤則於 1964 年「四清運動」中被開除黨籍，下放勞動；1987 年又在黨內高層鬥爭中被撤離中宣部崗位。難能可貴的是，他們在被清出黨外或在黨內被邊緣化以後，痛定思痛，都開始了獨立反思和批判。如王元化所說，這就意味着他們要「反省自己的信念，提出大膽的質疑」，要「反省和檢驗由於習慣惰性一直紮根在頭腦深處的既定看法」，對於這些最早投身於中國革命的馬克思主義營壘內的思想者，無疑是另一場革命。顧準說，「面對它需要的勇氣，說得再少，也不亞於我年輕時走向革命道路所需要的勇氣」。更重要的是，正因為他們來自營壘內部，他們的反思和批判，就更能擊中要害，對歷史、現實、時代所提出的重大問題，作出的及時、有力的回應。而這些回應都具有一定

的理論高度與深度。這顯然與他們的特殊經歷與素養直接相關：顧準從 1950 年代政治上被清洗以後，就轉入了經濟學研究，成了資深理論家；而朱厚澤年輕時即有理論興趣，並一直關注科學技術的發展，在這兩方面都有比較深厚的學養，他對歷史與現實的反思，從一開始，就有一種理論的自覺。這樣，顧準和朱厚澤的反思與研究，就不僅達到較高的理論水準，而且具有一定的體系性。這就多少彌補了民間思考理論性不足和思想碎片化的弱點。我也據此作出這樣的評價：顧準、朱厚澤是中國當代思想史的兩大支柱，有了他們，中國當代思想史就撐起來了！「我們幸虧有了顧準和朱厚澤！」

我的另一個總體性評價是，不可否認，中國當代思想史是在一種非正常的，受壓抑、限制，被控制的情況下，在歷史的空隙裏發展起來的，是由非專業人員主導的，某種程度上是一種「業餘研究」。這就決定了其理論性不足，思想碎片化的弱點；但它卻具有一個本質上的不可替代的優勢：這是深扎在中國這塊土地上，深扎在中國普通人心中的研究；它直面當代中國歷史巨變中所提出的最尖銳、最根本的問題；它的研究者都是歷史的在場者，受害者，他們的研究也就具有了特殊的反思性，反省性和批判性，因為是和自身的生命、命運直接關連，也就具有一種內在的深刻性與震撼力。我經常說，中國大陸學者最根本的職責與使命，是創造出「對中國現當代歷史與現實具有解釋力與批判力的理論」，在這方面，我們無論對自身，還是對世界學術界，都是欠了債的。現在我要說，當代民間思想者的研究，它的最大價值，就是為這樣的對當代中國歷史與現實具有解釋力與批判力的理論創建奠定了基礎，而它所體現的邊緣知識分子、普通人的精神，更是當代中國最匱缺、最珍貴的精神財富，其複雜性、豐富性，是中國歷史，以至世界歷史所罕見的。

最後要說的，是我和民間思想研究的關係。我在文革後期參與了民間思想村落的活動，也可以算是民間思想者；1980 年代，為了進入

學術體制，以獲得話語權，一度和民間思想者有所疏離；被體制接納後又感到了壓抑和束縛，到 1990 年代末，就產生了走出體制的欲求，重又回到了民間思想者這裏，並開始了當代民間思想史和知識分子精神史的研究。我始終把它定位為「倖存者的寫作」。所謂「倖存者」有兩方面的含義：在我所經歷的歷次政治運動中，許多遠比我優秀的人都犧牲了，我還活着；現實生活中，也還有許多民間思想者在堅持思考，寫作，探索，但卻沒有發言權，我因為成了學者，就多少有了發出聲音的條件。作為這樣的倖存者，我對於那些被毀滅了的生命，對沉默的大多數，就多少有了點義務和責任。如我經常所說，「他們存在於我的生命之中，無聲地站在我的身後，支援我，激勵我，又要求我，監督我。當我提起筆來時，無法不聽從這些無聲的命令：我正為他們而寫作」。

　　這也就決定了我的民間思想史研究，知識分子精神史研究的命運。它很難被學術界的主流接受：我 1998 年提出的「建立 1957 年學」的倡議，至今學界無人理睬；我的關於知識分子精神史的研究論著，在國內出版時，被刪去了 40 萬字。但我卻在學術圈外，獲得了相當數量的讀者：我的 1957 年民間思想研究在右派朋友中引起了可以說是爆炸性的反響；我的文革民間思想研究、知識分子精神史研究論著，雖然只能在海外出版，但也都通過網路或其他方式在大陸民間私下流傳：我始終有一批「忠實讀者」，分散在全國不少大、中、小城市。這反過來深刻地影響了我的研究。我在〈為中國讀者寫作〉一文中這樣寫道：「我之所以不知停息地寫作，從不敢有絲毫的懈怠，就是因為不敢辜負這些忠實讀者。他們中許多人是我凡有新作，必要購買的：我害怕看見他們失望的眼神」。

2020 年 2 月 27、28 日寫於封城之中

「不知我者謂我何求」
── 我的當代政治思想史研究

　　2019 年 9 月 1 日，寫完了《2018 年總結》最後一個字，我長長地吐了一口氣：我的「中國當代政治思想史」三部曲終於完稿。三部曲中第一部《毛澤東時代和後毛澤東時代：另一種歷史書寫（1949-2009）》（上、下冊），寫於 2009-2010 年，2012 年由台灣聯經出版事業股份有限公司出版，共 80 萬字；第二部《知我者謂我心憂：十年觀察與思考（1999-2008）》，寫於 1999-2009 年，2009 年由香港星克爾出版有限公司出版，共 40 萬字；第三部《不知我者謂我何求：第二個十年觀察與思考（2009-2018）》．寫於 2010-2019 年，共 60 萬字。180 萬言寫了整整 20 年，從 60 歲寫到 80 歲，算是我晚年寫作的重頭。

　　這是一次當代人寫當代政治思想史的自覺嘗試，借用《毛澤東時代和後毛澤東時代：另一種歷史書寫》的廣告語的說法，這是一個「獨立知識分子對於自己如何走過毛澤東影響下之共和國」70 年歷史的「回顧與反思」。1949 年中華人民共和國成立時，我剛剛 10 歲，

以後的 70 年是和共和國共同成長的。個人的生命發展史和共和國歷史同步，這是我們這一代人與其他各代人的區別所在。因此，我寫當代史實際是在寫自己的歷史，具有很大的主體投入性。寫作的動力也來自己內在生命的需要。我一生經歷了共和國歷史上決定每一個中國人命運的三大政治思想事件：1957 年 18 歲時的「反右運動」，1966–1976 年 27 歲 –37 歲時的「文化大革命運動」，1989 年 50 歲時的「天安門運動」，到了晚年，7、80 歲時又生活在新的時代大變動中。問題是這三大政治思想事件至今也還被主流意識形態和歷史書寫所遮蔽和禁錮，新時代變動更缺乏深度研究。面對這樣的現實，我只能自己來整理、分析、總結這段歷史與現實，雖不敢說一定能完全揭示真相，但至少可以給我這樣的歷史當事人一個能接受的說法。同時，我也有責任將我們這一代人付出了沉重的代價的歷史經驗、教訓留給後代。這就是我經常所說的，我是為自己，也為後人寫作的，而不提為當代人寫：這也是對中國「史官」傳統的自覺繼承。「以董狐之筆寫歷史春秋」，作歷史與現實的觀察者、記錄者與批判者，將所見所聞所思，一一記下，留存於世。

不可否認，我的「當代政治思想史」三部曲寫作，也自有學術的追求。我是一個「不守規矩」的學者，喜歡「胡思亂想，胡說八道」，挑戰既定的學術規範與模式。這大概有四個方面。一是前文提到的「主體投入性」。在《毛澤東時代和後毛澤東時代：另一種歷史書寫》裏，不僅寫共和國歷史的故事，也寫自己在共和國歷史中的遭遇的故事；《知我者謂我心憂：十年觀察與思考》和《不知我者謂為我何求：第二個十年觀察與思考》，更是年度史，寫「這一年國際、國內大事在我思想、心靈上的反響」，是「社會存照」，更是一個「自我存照」。[1] 如此

1　《知我者謂我心憂：十年觀察與思考（1999–2008）》，香港里克爾有限公司，2009 年出版，463 頁。

強烈的主體性，顯然是對把純客觀性推到極致的現行主流歷史寫作規範的一個「冒犯」。其二，傳統與既定歷史寫作，都強調「歷史的距離感」，以保證更全面地掌握史料，揭示歷史的方方面面，作更客觀、準確的把握和歷史評價，這應該是歷史寫作的基本規範，我自己也努力遵守；但我又認為，不能將其絕對化，應該允許有「例外」，這是因為歷史寫作的背後總是有現實關懷，而且歷史現場寫作，會有有距離的寫作所難有的歷史情境的具體感受。因此，在總體上堅持歷史寫作的距離感的同時，也可以嘗試進行近距離的更有現場感的歷史寫作。因此，我的《毛澤東時代和後毛澤東時代：歷史的另一種書寫》，在新世紀初（2009、2010 年）寫 1949 年以後的共和國歷史，總體是一種有距離的寫作，但我卻寫到 2009 年，以寫當下正在或剛剛發生的事件為結束，這就多少有些「出格」。而《知我者謂我心憂：十年觀察與思考》和《不知我者謂我何求：第二個十年觀察與思考》，就是「年度觀察史」，在每年年初寫剛剛過去的一年的「歷史」，是一種歷史在場者的近距離的觀察與寫作。但我也依然努力使其具有歷史感，和時事評論區別開來，做到現場感與歷史感的結合。這裏的關鍵是觀察現實要有歷史的眼光，胸襟，以及長距離的思考的方法與習慣，這當然是一個很高的標準，但根據我的寫作實踐，也不是完全做不到的。其三，我在研究共和國歷史過程中提出了一個「兩個中國」的概念與理論概括：「事實上存在着兩個中國、兩條不同的發展路線：一個是佔主流地位的中國，另一個就是儘管被鎮壓、被抹殺，卻始終頑強存在的『地下中國』；一條是在現實中實現的發展路線，另一條是與之相對立、儘管沒有現實化，卻存在着合理性的發展路線。而所謂『毛澤東時代』和『後毛澤東時代』就是兩個中國、兩條發展路線。應該説這樣的「兩個中國」論是貫穿於我的當代政治思想史三部曲的。許多被遮蔽、

遺忘的民間思想者、實踐者也因此第一次進入了共和國歷史書寫。[2] 其四，在歷史的研究方法和敍述方式上，我也嘗試着「用文學的方法研究歷史」。無非是關注大歷史中的個體生命，注重歷史細節的呈現，以及敍述文字的生命感，等等。

在作歷史的清理、敍述的同時，我還暗暗給自己定了一個更高的目標：通過具體的歷史研究，最終創造出一種對共和國歷史具有解釋力與批判力的理論。我心裏當然明白，對學術功底不深、理論修養不足的我，這是一個難以實現的目標；但也正是這一點，激發了我的倔勁兒：即使達不到，也要努力試一試，即所謂「雖不能至，也心嚮往之」。而且我也確實提出了一些理論構想，還想把這樣的嘗試繼續下去。

2019 年 9 月 6 日

---

2 《毛澤東時代和後毛澤東時代：歷史的另一種書寫》（上），113–128 頁，415–424 頁。
　　《毛澤東時代和後毛澤東時代：歷史的另一種書寫》（下），115–149 頁，213–217 頁，
　　228–231 頁，294–296 頁，308–315 頁，321–323 頁。

我的教育思想與教育改革實踐（上）

　　寫下這個題目就有些猶豫：因為實在沒有什麼「我的教育思想」，所寫、所講都是一些教育常識。在 2003 年出版的第一本談教育的書《語文教育門外談》〈後記〉，就說過這樣的話：自己「在理論上並沒有多大的建樹，說的多是常識。但在我們這裏，回到常識也要付出巨大代價；這本講恢復常識的書因此有了價值：這也是令人感慨的」。[1]15 年後作總結，也還是這番話，就更「令人感慨」。

　　問題是，我講的是什麼樣的「教育常識」？為什麼講常識在中國現實的教育體制與環境下，就成了問題？我為什麼、又怎樣不惜付出巨大代價地堅守教育常識？這就是本文所要討論的。

1　錢理群：〈後記〉，《語文教育門外談》，464 頁，廣西師範大學出版社，2003 年出版。

■ 我為什麼對教育獨有情鍾？■

我與教育的關係有兩個層面。首先是我經常講的，「我有兩個身份，一是教師，二是學者；但對於我來說，教師始終是第一位的」，「我有根深蒂固的教師情結，天生的就是當教師的料。我寫過一本書，題目就叫《人之患》，就是喜歡做老師，好為人師」。[2] 但本文討論的，是另一層面：大概從 1993、1994 年間在上海《語文學習》開闢「名作重讀」專欄就開始「越界發言」：我的本行是作中國現代文學研究，本職是在大學給中文系學生上課，現在卻由被動到主動地逐漸參與中小學語文教育及相應的教育改革，而且越陷越深，一直到 2014 年出版《中學語文教材中的魯迅作品解讀》，才最後與中小學語文界「告別」，前後堅持了 20 年。從 1996 年 10 月 25 日在北大學生中作《周氏兄弟與北大精神》公開演講開始，又以北大建校一百周年為契機，主動介入北大和大學教育改革，一直到 2014 年才以《我的北大之憂，中國之憂》的公開發言，結束了也是近 20 年的北大教育、大學教育的關注。這樣的關注也超越我的中文系普通教員的「身份」與「職責」，也算是「越界」吧。因此，我在許多人的眼裏，就是一個不安分守己的「好事之徒」。而且總要引起善意的好奇：你為什麼對中國的教育如此「獨有情鍾」？當然也有惡意的質問：你的「目的」與「用心」何在？

我的回答主要有三。

對「五四」傳統的自覺繼承與發展

（1）我在參與大學和中小學教育改革一開始，就寫了〈現代文學與現代教育關係之考察〉與〈五四新文化運動與中小學國文教育改革〉這

---

2 〈我的教師夢〉，收《我的教師夢——錢理群教育演講錄》，8 頁。華東師範大學出版社，2008 年出版。

兩篇文章，對五四新文化運動和大學、中小學教育改革的關係，作了學術的清理和歷史的考察，強調「1917年初蔡元培就任校長以後對北京大學所進行的一系列的教育改革，與新文化運動的發動，幾乎是同步的，改造後的北京大學自然就成了新文化運動的中心」；[3]同時指出，「文學革命與作為教育革命的一個方面的國文教育改革，都構成了五四新文化運動的有機組成部分」，「五四文學革命所採取的策略是：在理論倡導之後，着力於新文學實績的創造；再將新文學作品作為『國語文』典範選入中小學課本，使其在一代代的年輕國民中普及，從而成為全民族的共同的『國語』」。因此，1920年教育部正式通令全國「凡用文言文編的教科書一律廢止，要求各學校逐步採用經審定的語體文教科書」，就不僅使「五四時期中小學國文教育改革，以及整個教育改革邁出了決定性的一步」，而且也是「五四文學革命最具實質性與決定意義的成果」。[4]五四新文化運動的先驅都積極參與了中小學語文教育的理論建設與實踐工作，這當然絕非偶然。蔡元培的《國文之將來》（1919），胡適的《中國國文的教授》（1920）、《再論中學國文的教學》（1922），周作人的《兒童的文學》（1920），以及梁啟超的《中學以上作文教學法》（1922），都為語文學科的發展奠定了基礎，開啟了語文教育，以致整個中小學的教育改革。在這些五四新文化先驅者的心目中，中小學的語文教育，是「改造中國人和中國社會」的歷史性工程的一個基礎性工作，關乎民族的未來，為之獻力是自己的歷史責任。在此後的20-40年代，著名的教育學家陶行知，語言學家黎錦熙、陳望道、呂叔湘，史學家周谷城、周予同，文學家、文學史家劉半農、朱自清、夏丏尊、葉聖陶等，都積極參與語文教育，或作理論探討，或編寫教材，或直接到

3　錢理群：〈現代文學與現代教育關係之考察 ——《20世紀中國文學與大學文化》序〉，收《學魂重鑄》，69頁，文匯出版社，1999年出版。

4　錢理群：〈五四新文化運動與中小學國文教育改革〉，收《語文教育門外談》，102頁，116頁，105頁。

中小學任教……。由此而形成了一個大學與中小學，教育界與思想文化、學術界相互溝通、合作的傳統。我們現在所要作的，無非是恢復在1949年以後被中斷了這樣的傳統，打破大學與中小學，學術界與教育界相互隔絕的封閉格局，重建「一支多學科合作、學者化的語文教育研究工作者隊伍」，在語文教育界內部，也要加強語文教師與語文教育研究者之間的合作。[5]我正是意識到這一點，而以一個大學教師、現代文學研究者的身份，自覺投入中小學語文教育改革的。在我看來，這是分內應做之事，絕非越界：「教育是個全民族的問題，每一個公民（學者自然也在內）不僅有享受教育的權利，更有議論教育的權利」；[6]這更是對自己的研究對象──五四新文化運動傳統的一個繼承與發展。而且也是自有傳承的：我的導師王瑤先生就參加過他的導師朱自清先生主持的中小學教材編寫工作；而朱自清先生一生所做的最後一件事，就是編寫語文教材。我不過是接着做，就像我經常說的那樣，「接着『五四』往下講，接着『五四』往下做」。

（2）由此決定了我的教育思想的兩大來源。

一是蔡元培的教育改革思想。

1912年，蔡元培出任教育總長第一件事就是召開全國臨時教育會議，重新確認國民教育的宗旨。在會議一開始，蔡元培即明確指出：「專制時代，教育家循政府方針以標準教育，常為純粹之隸屬政治者。共和時代，教育家得立於人民之地位以定標準，乃得超軼政治之教育」，由此而提出教育改革的要求與目標：變「君主政治時代」的教育為「現代民主政治時代」的教育。在蔡元培看來，中國乃至世界教育的根本問題在於「二弊」：「一曰極端之國民教育」，引國民「遷就於君主或政府之主義」，實際上是一種國家主義的教育，使受教育者「皆

5　錢理群：〈一點感想〉，《語文教育門外談》，83頁，84頁。

6　錢理群：〈「教育中國」：我們的世紀之夢〉，《語文教育門外談》，42頁。

富於服從心，保守心，易受政府牽制」。「二曰極端之實利教育」，「以致用之科學為足盡教育之能事，而摒斥修養心性之功者」，是一個教育和受教育者依附於市場的實用主義的教育。蔡元培認為，對中國這樣的「人民失業者至多，而國甚貧」的落後國家，國民教育和實利教育是有某種迫切性的；但走向極端，就會導致教育的根本價值與目標的失落。他因此提出了「五大教育」的思想。即把教育分為兩個層面。一是「現象層面」（即「此岸世界」）的教育，包括「軍國民教育」（相當於今天說的「體育」），「實利主義教育」（相當於「智育」），「道德主義教育」（相當於「德育」），這是服從於現實國家的需要，是為實現國家的獨立、富強，追求現世的幸福的政治目標服務的教育，是偏於「術」的教育。二是「實體世界」（彼岸世界）的教育，包括「世界觀教育」與「美感教育」。着眼點是人的個體生命的全面、自由的發展，培養人的終極關懷，信仰，人格，情操，創造力的開發，是偏於「道」的教育。在蔡元培看來，這兩個層面的教育，相互矛盾，又相互補充、制約，構成一個有機整體，現代教育就實現在這二者的張力之中。而世界觀教育、美感教育又是更帶根本性的。正是從這樣的教育理念出發點，蔡元培給「什麼是教育」下了這樣的定義：「教育者，養成人格之事業也。使僅為灌輸知識、練習技能之作用，而不貫之以理想，則是機械之教育，非所以施於人類也」。耐人尋味的是，會議最後審定的決議，只肯定了「以國家為中心」的道德教育、實利教育與軍國民教育；而蔡元培的教育思想最核心的「世界觀教育」和「美感教育」，則被攔腰砍去。這就意味着，中國的現代教育從一開始就是一個「半截子的教育」，而且一直延續下來。[7]

7　錢理群：〈我理想中的大學教育〉，收《我的教師夢》，80–85 頁。參看〈教育史上的一件往事〉、〈漫說北京大學與五四新文化運動〉，收《論北大》。廣西師範大學出版社，2008 年出版。

更直接影響了我的教育思想的，是魯迅「立人以立國」的思想。這是魯迅在上一世紀初提出的命題。其最吸引我的，是背後的問題意識。他在〈文化偏至論〉、〈科學史教篇〉、〈破惡聲論〉等文裏尖銳地提出了「何謂文明」，也即要確立什麼樣的「現代文明」目標的問題：「將以富有謂文明歟？」「以路礦謂文明歟？」「以眾治謂文明歟？」應該說，富裕、科學與民主、平等，這是一個世紀以來許多人一直追求的目標；魯迅並不否定四大目標的意義，但卻提出了他的質疑。他問：「物質能盡人生之本也耶？」他提醒人們注意其「弊果」：「諸凡事物，無不質化」，「人惟客觀之物質世界是趨，而主觀之內面精神，乃舍置不之以省」，就必然造成人的「靈明日以虧蝕，旨趣流於平庸」，「物欲來蔽，社會憔悴，進步以停」。又問：「科學」真的可以「至上」嗎？「蓋使舉世惟知識之崇，人生必大歸於枯寂。如是既久，則美善之感情滴，明敏之思想失，所謂科學，亦同趨於無有矣」。三問：「社會之內，蕩無高卑，此其為理想誠美」，但這樣使「天下人歸於一致」的絕對平等，會不會將「個人殊特之性，視之蔑如」，而造成「夷峻而不湮卑」，將社會發展降低到「進步水平以下」呢？還有，過分強調民主「眾治」，會不會導致「以獨制眾者古」，「以眾虐獨者今」的新的壓迫、奴役呢？魯迅這三問，問得我心驚肉跳：因為這樣的對富裕、科學、民主、平等的盲目崇拜，恰恰是 1980 年代以至 1990 年代支配改革開放的現代化思潮的主流。我正是從魯迅的多少有些超前的質問裏，懂得了魯迅的「首在立人，人立而凡事舉」，「國人之自覺至，個性張，沙聚之邦，由是轉為人國」思想的深遠意義。[8]以此魯迅「立人

8　魯迅：〈文化偏至論〉，《魯迅全集》1 卷，57 頁，54 頁，51–52 頁，58 頁。〈科學史教篇〉，《魯迅全集》1 卷，35 頁。〈破惡聲論〉，《魯迅全集》8 卷，28 頁。人民文學出版社，2005 年出版。

思想」作底，參與教育改革，我從一開始就保持了某種清醒與自省意識，採取了「既堅持啟蒙主義，又質疑啟蒙主義」的獨特立場與態度。

對中國和世界問題與教育的關係的自覺體認

我對教育的關注與投入的背後，更是對中國現實問題的關注與焦慮。正是在這一點上，與同樣憂國憂民的處於中小學教育第一線的有思想的教師產生強烈的共鳴，成為我們之間的親密合作的思想基礎。我的有關思考，也融入了他們的意見：這是我的教育思想的另一個重要來源。

這是我在不同場合多次談到的，也是我對中國問題的基本判斷，我願意為教育獻身的基本理由 ──

> 教育是立人立國之根本。教育問題已經成為制約中國長遠發展的瓶頸問題。因此，我願意為教育獻身，「鞠躬盡瘁，死而後已」。[9]

> 現在許多人所關心的問題，例如輿論的開放、政治體制的改革等等。在我看來，都是在 21 世紀必須要解決的；而最難解決的，還是中國民族精神、民族道德的損傷。這恐怕是需要幾代人才能逐漸好轉的。而要真正治好民族精神的創傷，除了制度的變革外，最根本的，就是要從教育入手，「從娃娃抓起」。這就是我近年來關注中學語文教育的內在動因。這也是我們《新語文讀本》同人的一個共識。[10]

9　錢理群：〈我為什麼「屢戰屢挫，屢挫屢戰」〉，《我的教師夢》，31 頁。

10　錢理群：〈《新語文讀本》：一段歷史，一個故事，一個未完成的過程〉，《錢理群語文教育新論》，175–176 頁。華東師範大學出版社，2010 年出版。

中國的問題可以講出很多，但我覺得最重要、最基本的一條，是中國的人心出了問題。人心的問題是因為教育出了問題。教育的基本問題又出在中小學教育上。而教育的問題又不是突擊一下就能立竿見影的，它需要及早地抓，持續地下功夫，是需要長時段的努力才能見效的。在我看來，中小學教育的問題已經成了一個制約中國長遠健康發展的根本問題，我對中小學教育的關注正是基於這樣的危機感。[11]

教育的問題用一句流行的話來說也可以分為「軟體」、「硬體」兩方面。我們的教育失敗主要表現在軟體上。而軟體的失誤更是一時看不出來的。越是一時看不出來，積累下來的問題就會越多，隱藏的惡果也必定越大。[12]

以後在與中小學老師討論中，對問題的認識，又有了深化。

我在〈這才是個合格的真正的教師〉一文裏，這樣談到我的母校南師附中的王棟生老師：「所有的社會問題，在他那裏，最後都歸結為教育問題，所有的社會危機都最後歸結為教育危機」。他的理由有二。首先是「當今糾纏社會的許多問題，如環境污染、安全生產事故、犯罪、漠視生命、落後習俗，等等，最後無不歸結為人的素質差，無不歸於中國教育落後」，「教育上的任何舉措都有可能影響社會風氣的變化」，「『教育腐敗』比『司法腐敗』更可怕。教育為立國之本，如果根本發生動搖，不但我們畢生的奮鬥將變得毫無意義，幾代人的努力也將付之東流」，「教育的任何不負責任的言行，都會記錄為歷史痕跡。一朝悔悟，如同手上沾過無辜者的血，心靈的陰影，一輩子也洗不淨」。而最讓王棟生忍不住要大聲疾呼的，是「社會的腐敗，教育的

---

11 錢理群：〈我的農村教育理念和理想〉，《我的教師夢》，210頁。
12 錢理群：〈語文教育的弊端及背後的教育理念〉，《語文教育門外談》，72頁。

腐敗，其最大危害，其罪惡滔天，不能容忍之處，就在於它會污染、傷害孩子的心靈，這無異於對國家、民族未來的謀殺」。可以說，「將教育危機與民族危機視為一體」已經成為王棟生的「思維方式」，這構成了他的「大憂患、大恐懼的心理內容」。

由此產生的是一種「自覺的承擔意識」：「中國的教育將向何處去？明天，誰來建設這個國家？這些問題，如果我們不思考，也許就沒有人去思考了」。我對此評價說，「『教育為立國之本』的理念，對許多人，許多所謂的教育專家、教育官員，不過是一種宣傳，口號；但在王棟生這樣的自覺的教師這裏，卻已經融入他的生命，成為他的思維習慣」與教育動力。[13]

在我接觸的中學教師中，對教育問題的思考最有思想與理論深度，對我啟發最大，我視之為「標識性的代表」的老師主要有三位。王棟生老師之外，還有廣東東莞中學的馬小平老師，湖北仙桃中學的梁衛星老師。馬小平思考的最大特點是，「在 21 世紀的世界大格局，人類文明的大視野下，來審視與思考我們所面臨的教育問題」。他反覆強調，在思考教育改革時，不能局限於中國一國範圍的觀照，看不到我們面臨的問題的世界性，自然就不能從世界文明發展的高度來思考這些教育問題的嚴重性，以全球的眼光來尋求出路。他在 1999 年就寫過一篇題為〈面向知識經濟，培養一代新人 —— 關於普通中學迎接 21 世紀的挑戰〉的文章，明確提出了「教育究竟應該如何變革，才能迎接 21 世紀的挑戰」的問題，並且強調，中國「要想在 21 世紀獲得成功，必須從教育改革入手」。馬老師還就此問題和他的學生黃素珍一起專門討論了「人類文明進步（其主要標誌是科技的發展與現代化發展）帶來的教育危機」：「市場經濟的發展，現代生活的急劇改變和動

---

13 錢理群：〈這才是一個合格的、真正的教師〉，《做教師，真難，真好》，29–31 頁。華東師範大學出版社，2009 年出版。

盪不安，社會發展為人生提供的種種令人眼花繚亂的機遇和各種各樣的可能性，各種生活方式之間的相互衝突，這一切都會使人對人生的意義感到迷惘」，而產生「失去意義的人的危機」，進而產生教育的危機：其直接表現就是教學中老師與學生「生命的缺失」，「充滿了思想貧乏症和精神貧乏症」。它的危險性就在於可能導致「文明的腐蝕和毀滅」。「21世紀人類所面臨的挑戰，歸根結底，是對人的挑戰，對人的素質的挑戰，對培養人的教育的挑戰」。馬老師因此一再提及英國學者湯因比提出的「與災難賽跑的教育」的理念，強調「要趕在災難尚未毀滅人類之前，把能夠應對這種災難的一代新人給培養出來。這是一個很緊迫的問題」。作為一個教師，包括自己這樣的普通中學教師，都要以「對國家與民族」和「對人類的前途」的雙重責任感，來面對我們的教育。[14]

可以說，正是出於對教育危機與民族危機、人類危機緊密相連的關係的體認，我和王棟生、馬小平老師們深感教育改革的迫切性，而責無旁貸地全身心地投入；另一方面，我們也因此清醒地意識到，我們所面對的教育問題，直接「連接着中國的社會體制與國民性」，[15] 更與全球化時代世界文明面臨的問題息息相關，這也使得我們對中國現實的教育，和掙扎於其間的校長、教師和學生產生了一種「理解和同情」，[16] 並加深了對教育改革的艱巨性、曲折性與長期性的認識，做好了「只顧耕耘，不問收穫」的精神準備。[17]

---

14 錢理群：〈一個普通的中學老師能夠走多遠 —— 讀馬小平老師的教育札記和對話〉，《做教師真難，真好》，87頁，89頁，95頁，96頁，86頁。

15 錢理群：〈堅守，需要韌性與智慧 —— 王雷《戰戰兢兢的講台》序〉，《智慧與韌性的堅守》，190頁。

16 錢理群：〈我們給孩子提供了什麼樣的教育環境〉，《活着的理由》，138頁。

17 錢理群：〈我理想中的中小學教育和中小學教師〉，《我的教師夢》，75頁。

這是我自身生命發展的需要

我在 1999 年所寫的〈懇請參與《新語文》編寫工作的一封信〉裏，對自己「破門而出」，參與中小學教育改革，提出了一條理由：「到了世紀之末，自己也步入老年的時候，似乎對一切都絕望了；唯一沒有、也不敢絕望的事，就是為孩子們（也是為中國與世界的未來）做一點力所能及的工作」。[18] 據說就是這句話打動了許多朋友。後來成為我的主要合作者的王尚文先生還專門來信，說這句話「讀之如聞夜半鐘聲，久久縈繫心頭」。就憑這句話，他願意投入其中，並作好「入地獄的思想準備，知其不可為而為之的決心和韌性」。[19]

我之對孩子「不敢絕望」，不僅是出於對「中國與世界的未來」的責任感，也還暗含着在「步入老年」以後，自我生命的選擇與依託的問題。我在很多場合和文章裏，都談到在年輕時候我十分敬佩的俄國文學批評家、教育家柏林斯基說過的「人生三部曲」：在中小學、大學受教育的階段，應該是人的生命的「春天」，是一個「做夢」的季節，唯一的任務就是追求理想；到了進入社會，就步入炎熱的「夏日」，充滿涼意的「秋天」，不可避免地要產生夢想的幻滅感，面對理想與現實的巨大反差而作出艱難的人生選擇；人到老年，進入生命的「冬天」，就應該回到「春天」的理想主義，在更高層面上「做夢」：這是人性的良性回歸。柏林斯基的這一人生設想影響了我的一生：我在「春天」盡興做夢；在「炎夏」、「涼秋」的掙扎與堅守中收穫豐富的痛苦；現在，到了「冬暖」季節就想繼續自由做夢。[20] 問題是到哪裏去做夢？中

---

18 錢理群：〈懇請參與《新語文》編寫工作的一封信〉，《〈新語文讀本〉：一段歷史，一個故事》，3–4 頁。

19 王尚文：〈要有入地獄的思想準備〉，《〈新語文讀本〉：一段歷史，一個故事》，5 頁，6 頁。

20 錢理群：《和「為中國而教」的朋友們的通信》，2018 年寫，未發表。

小學自然是最好的精神夢鄉。在我看來,「人一生中要有兩次和中小學的精神家園相遇。生命的『春天』在這裏養育,成長;到了『初夏』時節,就從這裏出發,走向遠方;到了生命的『隆冬』季節,又回歸這裏,靜靜棲息,默默感悟生命的真諦:中小學教育在人的生命成長中的特殊作用與地位,它所特有的意義和價值,都在這裏了」。我當然知道,「當今的校園早已被污染,不但教師,連中小學生也都不那麼純真了」,但「人的原始本性的東西,總會頑強存在」,學生生命中的「愛的萌芽,文明的萌芽」依然有待發掘,培育,「和社會比起來,校園裏的教師與學生身上所保留的純真還是相對多一些」。這樣,只要走進校園,和中小學教師、學生平等交流,就依然可以「從中吸取生命的元氣與活力」。[21] 我說過,「在當了 21 年大學教師以後,又回到中學,這在我的生命史上也是極富詩意的一頁,是值得我永遠珍惜的」。[22] 而在此後,我對教育的關注逐漸深入到農村教育,打工子弟教育,平民教育,就和底層的教師、學生,以及支農支教的志願者,有了更多的交流,「我這個『老宅男』正是通過他們和現實世界、底層社會保持了或一程度的精神聯繫;也正是他們不斷吹送來的新鮮的生活氣息,刺激我不停地思考,保持了思想的活力。很多朋友都為我晚年精神與身體的健康感到詫異,這應該是一個重要原因吧」。[23]

以上總結的我關注教育問題、參與教育改革的三大動因和背景,也就決定了我的教育思想的基本性質與特點,可以概括為一句話:這是「一個人文學者體制外談教育」。

---

21 錢理群:〈我理想中的中小學教育和中小學教師〉,《我的教師夢》,53 頁,70 頁。〈這才是一個合格的,真正的教師〉,《做教師真難,真好》,26 頁,27 頁。

22 錢理群:〈後記〉,《錢理群中學講魯迅》,363–364 頁。三聯書店,2011 年出版。

23 錢理群:〈也是沉潛十年〉,《論志願者文化》,555 頁。三聯書店,2018 年出版。

它首先有一個專業的立場與學養基礎，即作為現代文學研究者、魯迅研究者，對五四新文化運動中的教育改革的傳統的學術把握與自覺繼承；它又有思想者的大視野，是從中國和世界歷史發展、變革的大格局中去考察與思考教育問題；它同時注入了強烈的生命意識，不僅憑據「一個從教 40 餘的老教師的生命體驗」去感悟教育，而且在介入教育改革時也把自己的生命全部投入；它自始至終都立足於民間立場，以推動自下而上的教育改革為己任。[24]

■ 我的「以『立人』為中心」的教育思想 ■

提出「立人的教育」的問題意識

　　我在 1998 年開始介入中小學教育改革時，其實只寫了一篇文章，接受了一次訪談。文章是對當年高考試卷的評論，卻起了一個矚目的題目：〈「往哪裏去？！」〉。我注意的是考題的兩個特點。「一是偏向對考生（教育對象）的判斷力、理解力的要求」，「二是對考生思維能力的要求，主要是思維的正確、明確、準確、恰當與精密，而對正確性、準確性 —— 的理解又是十分機械和刻板的，實際上是按『非此即彼』的思維模式去要求考生」。「孤立地看，要求本身似乎並無問題，但如果聯繫着被排斥、遺忘在外的教育要求，例如想像力、情感力看、感悟力、審美力、形象思維能力，以及思想的創造性、批判性、逆向思維 —— 就不能不提出這樣的問題 —— 如此片面的考試標準，究竟預設着怎樣一個語文教育標準與人才培養目標？」

---

24 錢理群：〈後記〉，《我的教師夢》，278 頁。

進一步的考察，就發現這樣的「把考生的思維和寫作納入一個早已預設好的，符合社會公共意志與規範的，幾乎沒有個人意志、想像、創造空間的模式中」的「標準化的試題」，實際上已經規定了一種人才標準：「他們有很強的能力能夠正確（無誤）、準確（無偏至）地理解『他者』（在學校裏是老師，校長，在考試中是考官，以後在社會上就是上級、長官、老闆）的意圖、要求；自覺地壓抑自己不同於『他者』要求的一切想法；然後正確、準確、周密地，甚至是機械、死板地執行，所謂一切『照章（規定，社會規範）辦事』，做到恰當而有效率；並且能夠以明確、準確、邏輯性很強而又簡潔的語言文字，作出總結，並及時向『他者』彙報。這樣的人才正是循規蹈矩的標準化、規範化的官員、技術員與職員。他們能夠提供現代國家和公司所要求的效率，其優越性是明顯的；但其人格缺陷也同樣明顯：一無思想，二無個人的創造力、情感力與想像力，不過是能幹的奴隸與有用的工具。在這個意義上，他們也是齒輪與螺絲釘，而且是國家機器與商業機器的雙重齒輪與螺絲釘」。由此得出結論：「我們今天高考的弊端所暴露的教育危機，並不在於對知識、能力訓練本身，而是走向了科學主義的極端。一方面，知識、能力的訓練陷入了繁瑣哲學，一方面又忽略、排除了作為教育的根本的對人的心靈、智慧的開發，對人的性情的陶冶，人格和個性的培育，獨立、自由精神的養成，甚至有可能走向窒息與控制受教育者的心靈的反面」。[25]

　　到以後我正式參加語文教育改革，並因此寫了作為我的教育思想的綱要的〈以「立人」為中心 —— 關於九年制義務教育中的語文課程改革的一些思考〉一文時，就對這樣的科學主義的教育背後的國家發展目標進行了進一步的追問與考察。我發現，這樣的科學主義的教

25　錢理群：〈「往哪裏去？！」〉，《語文教育門外談》，70–71頁。

育，是「一種適應國家工業化要求與『趕超（西方發達國家）』戰略目標的現代教育」。「為實現『趕超』，所謂多快好省地培養國家急需的人才，於是就建立起了國家包攬、控制一切的高度集權、統一的計畫化的剛性教育體制，不但完全取消了教育的社會職能與社會的有機聯繫，也剝奪了所有教育者和受教育者的自主權」。「而工業化所要求的是專業化程度越來越高的門人才，強調知識的專一化與標準化」，如一位研究者所說，這就導致了「『現代化的邏輯』滲透於整個教育，形成了一系列的教育理念。如重實用知識，輕普遍知識；重科技，輕人文；強調理性，壓抑非理性；強調知識的積累，壓抑知識創新；強調職業技能的訓練，壓抑心靈、智慧、能力的開發；鼓勵思維與行為的趨同，壓抑逆向的批判性、發散性的思維；強調被動的接受性的教育，壓抑主動的、創造性的教育……」。這裏存在着一個「現代教育的悖論」：「一方面，它確實需要培養有知識有效率的專門科學技術人才，但同時它又存在着使人工具化與奴隸化的陷阱與危險」。面對這樣的悖論，我們在探索社會與教育發展的道路時，就必須走出「非此即彼」的二元對立的簡單思維模式，在「追求現代化與反思現代化的矛盾張力中尋求發展」。一方面，要「承認『現代性邏輯』的某種合理性，注重知識的積累，科學理性精神的發揚，邏輯思維能力與語言的準確性、簡明性的培育與訓練，滿足國家建設的需要」；另一方面，又要「警惕、防止教育與人的工具化，注重對人的創新能力，思維的批判性、發散性的培育，人的精神的薰陶，想像力、創造力的開發」。在我看來，這兩個方面的要求是可以在「人的個體生命全面、和諧發展」這裏達到某種統一的。這也是我的「以『立人』為中心的教育」思想的核心。[26]

---

26 錢理群：〈以「立人」為中心 —— 關於九年制義務教育中的語文課程改革的一些思考〉，《語文教育門外談》，5頁，6頁。

如果把思考再深入一步，就可以發現，所謂「教育為國家工業化和趕超戰略服務」的「現代教育觀」的背後，還有一個「要選擇怎樣的『現代化道路』」的問題。這其實正是 1980 年代、1990 年代中國政治、經濟、思想文化、理論界一直存在爭議的問題。我在相關文章裏，就曾經提到，在 1980 年中國大學校園裏，就有過一場「中國需要『什麼樣的現代化』、『什麼樣的改革』」的大辯論。主要有兩派意見。一派是所謂「經濟唯一論」：現代化的目標是實現「富國強兵」，現代化就是（或主要是）經濟現代化；經濟決定一切，經濟發展了就自然帶來政治、思想的民主化；為了集中力量發展經濟，就必須在一定時期內高度集權。另一種針鋒相對的意見，認為現代化的目標，就是「實現人的全面發展」，「改革的起點和動力是人，改革的歸屬點和目的也是人」；而「現在的中國人，廣大工農，知識分子和一般幹部」都「渴望經濟上的物質利益，政治上的民主權利，思想上得到自由發展」，他們要求「社會整體的改革，實現整體現代化」，即「經濟現代化，政治民主化，思想現代化」。[27] 這樣的爭論幾乎貫穿於整個 1980 年代，最後以 1989 年天安門鎮壓強行結束；此後的中國改革就走上了一條自上而下的，單一的經濟改革的不歸路。我們這裏所説的 1990 年代末、21世紀初教育改革大討論中，所要質疑的服務於國家工業化和趕超戰略的國家主義、科學主義、實用主義的教育，就是這樣的單一的經濟改革路線的產物。因此，我在討論中提出「以『立人』為中心」的教育思想，其真正的問題意識，還是「中國社會和中國教育需要什麼樣的『現代化』，什麼樣的『改革』」；強調「以人的全面發展」為教育改革的旨歸，其背後也隱含着對經濟、政治、社會、思想文化的全面改革的期待。在我看來，經濟的發展，政治的民主，思想的自由，都是實

27　錢理群：〈不能遺忘的思想遺產〉，《論北大》，151 頁，147 頁，150 頁。

現「立人的教育」的必要條件；推動民間教育改革，也是要尋找一條自下而上的改革途徑，以打破單一的自上而下的改革格局。

重新確立教育的終極目標

我在 1998 年接受採訪，第一次公開發表對教育和教育改革的看法時，就明確提出，「現在的問題不僅僅是中小學的問題，也不僅僅是大學的問題，而是整個國家教育的問題。其根本的問題就是教育的精神價值的失落。如果要解決這個問題，首先要追問，追問到教育的原點上，追問到前提性的問題上：我們辦教育是幹什麼？大學是幹什麼？中學是幹什麼？小學是幹什麼？如果這些問題不解決，其他枝節問題就沒法講清楚」。也就是在這次談話裏，我特意談到了上一世紀初，蔡元培的「教育思想，特別是他的超現實的世界觀教育和美育，不被大多數教育着接受」的歷史，指出：「我們這些年所貫徹的教育，也還是被攔腰砍斷的教育，是片面的、殘缺的、喪失終極目標的教育」。[28]

這裏提出要回到「辦教育是幹什麼的」這一「原點」上，實際上就是要回到教育的「常識」上；這就是我經常說的，有思想、有追求的教師就是「常識的捍衛者」，包括「人是有精神追求的思想的動物」這樣的常識。[29]

在我看來，教育所要「幹」的，就是對每一個學生生命個體的健康成長的呵護與精心培育。因此，「我關注小學、中學、大學、研究生教育，其着眼點始終是處於身體發育和精神發育不同階段的個體，所遭遇的具有不同特點的教育問題」，並且因這些不同特點，而對小學、

---

28 〈重新確立教育的終極目標 —— 錢理群訪談錄〉，《語文教育門外談》，52 頁，53 頁。
29 錢理群：〈直面存在困境 —— 讀梁衛星教育隨筆〉，《智慧與韌性的堅守》，174 頁。

中學、大學、研究生的教育提出不同要求，形成不同特點，又相互連接，構成一個生命成長的鏈條和有機體。—— 正是「立人」和「生命」構成了我的教育思想的兩個關鍵字。[30]

小學和中學是幹什麼的？

要回答這一問題，首先就要弄清楚「中小學教育對象」的生命特徵：他們都是「7 歲到 19 歲的孩子，正處於一個人生命成長的童年、少年和青年階段。人在這一生命階段自有其生理和心理以及精神發展的特點。這些特點就決定了中小學教育，以及中小學教師的一些基本性質、特點、意義和價值」。這是一個「生命成長的初始階段，是『未成年人』，還不是公民，是受家庭與學校、社會的保護，而無須為家庭和社會做貢獻、盡義務的。他們是未來的公民，唯一的任務就是『學習成長』，這裏有一種『成長之美』。中小學的最大任務，就是創造一切條件，使孩子能夠盡享成長之美」。[31] 中小學教育更要「着眼於學生生命的長遠發展」，要「為學生終身發展墊底」。[32] 在我看來，最主要的，就是要打好三個「底子」：「終身精神發展的底子」，「終身學習的底子」和「健康的身體的底子」，以保證每一個學生「一生可持續的發展」。[33]

---

30 錢理群：〈後記〉，《我的教師夢》，278 頁。
31 錢理群：〈我理想中的中小學教育和中小學教師〉，《我的教師夢》，37 頁，38 頁。
32 錢理群：〈民間教育實驗的意義與力量 ——《生命化教育的責任與夢想》序〉，《做教師真難，真好》，167 頁
33 錢理群：〈以「立人」為中心 —— 關於九年制義務教育中的語文課程改革的一些思考〉，《語文教育門外談》，10 頁。〈我理想中的中小學教育和中小學教師〉，《我的教師夢》，51 頁。

精神發展的底子

一、感官的開發 —— 發現世界的美

「對美的敏感，是中小學生最基本的感官與心靈的，生理與心理的特點。美更是青春期生命的內在需要。中小學教師的第一職責，就是充當美的使者與播種者」。[34] 羅丹有一句名言：「美是到處都有的，對於我們的眼睛，不是缺少美，而是缺少發現」。兒童天生地具有靈敏的眼睛，耳朵，手足，但這樣的天賦條件僅僅是一個物質、生理的基礎，「要真正能夠發現、感受美的眼睛、耳朵、手足與心靈，是需要長期的培育與訓練的」，自覺地開發學生的感官，進行審美力的培育，應該是中小學教育，特別是小學教育的基本任務。[35]

二、基本想像力的開發與培育

培育學生的想像力，這是貫穿整個教育過程，從小學、中學，到大學，研究生教育的基本任務；作為基礎教育的中小學教育，更應該注重「基本想像力」的開發與培育。所謂「基本想像力」包括兩個方面。人類和各民族都有一些基本想像，它積澱在古老的神話傳說，以及在本民族幾乎家喻戶曉並在世界廣泛流傳的童話中。在這些基本想像裏，積澱了各民族以至人類的基本精神傳統，它本身也成為後世的種種想像的一個原型與源泉。因此「應該成為中小學穩定的基本閱讀教材，讓孩子從小就通過閱讀將這些精神火種永遠埋藏在心中」。除此之外，基本想像還包括宇宙基本物質元素、生命元素（金、木、水、火、土）的想像，基本圖形（圓形，方形，三角形，點與線……）的想像，以及對時間、空間的想像。在這些想像的背後，都包含着「對

---

34 錢理群：〈我理想中的中小學教育和中小學教師〉，《我的教師夢》，55 頁。

35 錢理群：〈關於中小學寫作教育的斷想〉，《語文教育門外談》，400–401 頁。〈《新語文讀本》編輯手記〉，《語文教育門外談》，289 頁。

於宇宙生命的一種新的想像，對存在本質的新的發現，以及對於語言的新的突破與新的創造」。「這樣的基本想像的培育，對於處於成長階段的青少年宇宙觀、世界觀的形成，生命意識的培育，想像力的開發與表達能力的訓練，都有着重要的意義，而且我們或許還可以從這裏找到中學文科教育與理科教育的契合點」。[36]

三、引導學生「對未知世界的期待和好奇」

「好奇」本就是兒童的天性，我們講「赤子之心」，其中一重要方面，就是這樣的好奇心。在孩子的眼裏、心中，世界永遠是神秘的，未知的，這就有一種說不出的魅力，誘惑自己產生不斷去探索、發現的衝動，這「是一切創造性的學習、研究與勞動的原動力，是涵蓋了文學藝術、科學、教育，以至人生的真諦，也是孩子成長的秘密所在」。因此，正如一位外國教育家所說，「讓世界永遠保留一點神秘，讓心靈永遠保留一點好奇，不要輕易地把世界『看透了』」，這應該是教育，特別是中小學教育的一個基本原則。而且教育還有培育這樣的「對未知世界的期待和好奇心」的任務。我因此經常引用我的老師林庚先生的一句囑託：「要永遠像嬰兒一樣，睜大了好奇的眼睛，去看周圍的世界，去發現世界新的美」，並且這樣對中學生們說：美國作家梭羅在他的《瓦爾登湖》裏說，人在休息了一夜之後，人的靈魂，或者說是人的官能吧，每天都重新精力彌漫一次，因此，早晨醒來，會有一種「黎明的感覺」。「那麼，你就這樣懷着黎明的感覺走在上學的路上，儘管你已經走了千百次，對路上的一切早已麻木得失去了感覺，那麼，這一次，你試圖用新的眼光再看一次，你會因突然的發現而產生新的感動，你甚至會覺得你的似乎已經厭倦的重複的生活又有了新的開始。如果你每天都這樣重新看一切，你就會有古人所說的『苟日

---

36 錢理群：〈《新語文讀本》編寫手記〉，《語文教育門外談》，292–294頁。

新，日日新，又日新』的感覺，也就是進入了生命的『新生』狀態，長期保持下去，也就永遠擁有了一顆赤子之心」。[37]

四、引導學生「發現自然，發現自己，發現社會」

三發現中首先是「發現自然」。人本是自然之子，親近自然，本也是兒童的天性。我多次說過，「人在自然中，這本身就是一個最基本的，最重要的，也是最理想的教育狀態。腳踏大地，仰望天空，這樣的生存狀態，對人的精神成長，可以說是具有決定意義的」。現在的問題是，隨着城市的畸形發展，生態環境的破壞，學生距離大自然越來越遠，以至患上了「對於自然無所感動」的「現代病」。正因為如此，我們就應該把「生活在自然中」作為重要的教育命題提出來。「農村教育應該充分發揮（『在自然中』）的優勢，城市教育也要創造條件讓孩子到農村去，不是走馬觀花的獵奇似的旅遊，而是實實在在生活一段時間，和農村孩子一起在泥土裏打滾，在山野間瘋跑，接受鄉村野氣的薰陶，吸取新鮮的空氣。這樣的自由空間，對中小學生的身心健康，是至關重要的」。即使沒有這樣的在農村生活一段的機會和條件，也可以通過組織集自然景觀與人文景觀於一體的教學旅行活動，引導學生注意大自然背後的精神：「那無與倫比的博大氣質，那頑強生存繁衍不息的生命現象，或雄偉或柔曼或清純，或絢麗等千姿百態變幻無窮的風貌」，並「在大自然的薰陶中獲得心靈的自由與解脫，獲得襟懷的大度與大氣」。這就能達到「人（學生）與大自然兩種生命的感動與交融」，這大概就是「發現自然」的真意。[38]

---

37 錢理群：〈我的人生之路與治學之路 —— 與南師附中同學談心〉，《語文教育門外談》，259 頁，460 頁。錢理群：〈重在建構孩子自己的精神家園 —— 讀嚴淩君「青春讀書課」系列教材〉，《錢理群語文教育新論》，85 頁。

38 錢理群：〈我理想中的中小學教育和中學生老師〉，《我的教師夢》，41 頁。錢理群：〈關於中小學寫作教育的斷想〉，《語文教育門外談》，403–404 頁。

其次，是發現自我。從小學到高中，有一個人的生命基本主題，也是教育的母題一直貫穿，這就是「我是誰」，這是一個對自我不斷發現與提升的過程。在小學低年級就應該問：「小朋友，你對自己瞭解嗎？你從哪裏來？你『呱呱落地』的時候是怎樣的？問問你爸爸媽媽，為什麼給你取這樣的名字？你怎樣向小朋友介紹你自己？」到了高年級，就要及時提醒說：「你們已經 10 歲，是個小大人了。可父母還是把你們摟在懷裏，左一聲『寶貝』，右一聲『乖孩子』。想想看，你們怎麼向大人們證明，你們已經長大了？」。到了初中階段，孩子告別童年，進入少年時期，自我意識開始覺醒，「這一階段是心理變化，情感變化最大的年齡段，也是思想最活躍的時期」，就「應該及時引導學生向自己的內心世界開掘，真誠而自然地表達自己的體驗，感受，思考，抒發自己的情感，並在這一表達過程中，正確地認識與分析自己，調整自己的心態與情緒，提高自己的精神境界」。到了高中階段，學生開始走向獨立，於是就有了這樣的談話：「童年和少年時代漸漸遠逝，周圍的人不再把你當作孩子，你也懂得了一個人的自尊，也開始知道了要尊重每一個人。雖然，你只是一個中學生，但因為你有了獨立的思想，你就是一個站起來了的人！」

　　其三，還要發現社會。從根本上說，人是社會的動物，「引導學生感悟自我生命和他人生命的相連和溝通，從而建立起人與人之間的和諧關係，應該是我們的教育的根本任務」。從小學低年級開始，就要喚起孩子對周圍人的感覺：「你有沒有發現老師的眼睛會說話？在媽媽撫摸你的時候，你有什麼感覺？你有沒有覺得奶奶的嘮叨裏包含着對你的期望？」初中階段的孩子是最敏感的，也容易陷入自戀自憐，這時候就「特別需要引導他們關注更廣大的世界，擴大他們的胸襟」。到了高中階段，就要「鼓勵學生『想大事，立大志，說大話』，即所謂『少年意氣，慷慨文章』」。「喜歡思考大問題，包括人生、哲學的根本問題，這正是青少年思維的一個特點」，「初生牛犢不怕虎，什麼事都敢

想，什麼話都敢說」，這是「極其可貴，極應該保護的」。「從青少年起，就有一個高遠的眼光與胸襟，培育一種大氣度，一股沛然之氣，這就為學生的終身發展奠定了一個高起點」。[39]

五、「愛的教育」應該是中小學教育的核心與基本母題

「愛」也是孩子的天性，「愛」（父母之愛，教師之愛，社會之愛）既是中小學生生命健康成長的基本條件，「如何認識與對待愛」也是他們生命成長中必須面對、思考的問題。「愛的教育」的重要性，本是不言而喻的；但在中國卻別具一種特殊的重要性。魯迅早在上一世紀初，就已經提出中國國民性中最缺乏的就是「誠」與「愛」；再加上建國以後我們在「階級鬥爭為綱」的治國路線下，一直批判「愛的教育」，推行「仇恨的教育」，嚴重損傷了年輕一代，以至整個民族的心靈。人們總結歷史教訓，就達到了一個共識：「必須從小就在孩子的心靈上打下『愛』的底子，這是改造中國國民性的根本」，也是中國改革（包括教育改革）健康發展的前提與保證。[40]

問題是如何理解與進行愛的教育？我在〈我理想中的中小學教育和中小學教師〉裏引述了弗羅姆《愛的藝術》裏的觀點：愛有一個從初級階段向高級、成熟階段的發展過程，從「兒童自我中心」的「被人無條件地愛」，發展到「關心他人以及同他人統一」的「愛別人」、「創造愛」。由此引出一個中小學愛的教育觀：「教師的職責，不僅是要如父母那樣，滿足孩子被『無條件地愛』的感性的本能的需要，而且要用理性的力量，引導學生『愛別人』、『創造愛』，從而獲得成熟的愛。這是引導學生的生命從幼稚階段走向成熟階段的一個重要方面」。在我看來，「在溺愛成為當今家庭教育中一個值得憂慮的現象，導致部

---

39 錢理群：〈關於中小學寫作教育的斷想〉，《語文教育門外談》，404頁，405頁，406–407頁；408頁409頁，411頁。

40 錢理群：〈《新語文讀本》編寫手記〉，《語文教育門外談》，295頁，296頁。

分青少年的自我中心主義氾濫的情況下，這樣的學校教育中理性的成熟的愛，也許是更為需要的。」[41]

因此，學校教育中的「愛」必須是一種「博大的愛」：「對父母的親情的愛，對朋友的友愛」之外，還有「對普通人，特別是對下層人民、弱者的關愛」，「對人的日常生活的愛」，對「民族文化的愛，對祖國的愛」，「當然也包括對世界文化的關注，對人類的愛」，不可或缺的還有「對大自然，對小動物的愛」等等。「浸透於愛之中的，是對人的生命的珍愛與敬畏，是自我生命個體與所有外在生命體同身受的情感聯繫，是建立人與世界的和諧關係的生命欲求，這是人性美、人情美的一種集中體現」。[42]

六、培育學生求真、懷疑、創造的科學精神，追求「真、善、美的統一」

作為基礎教育，科學教育應該是中小學教育的一個重要方面。而科學教育不僅是科學知識的傳授，更是科學精神的培育。所謂科學精神，我和許多老師都認為，它應該包括三個方面。首先自然是「求真」的精神，不屈不撓的追求和捍衛真理的精神，這是科學的世界觀的核心，應該在青少年時期就打下基礎。其次是懷疑的精神，以及相應的逆向思維、批判性思維，和獨立思考的能力。能夠對公認的結論提出質疑，破除對任何一種既定學說的迷信，敢於向科學權威挑戰，這才會激發出新的想像力，才會有科學的創新。王棟生老師更是尖銳地指出，「如果學生對教學內容不敢有個人觀點，如果學生連校政都不敢評論，把教師、家長的話奉為金科玉律，如果學生對社會灌輸給他的任何東西都『深信不疑』，會有什麼結果？」「學校只能教出一群精神侏儒，只能培養馴服的思想奴隸」，如何攀登科學高峰，如何成為國家、

---

41 錢理群：〈我理想中的中小學教育和中小學教師〉，《我的教師夢》，61 頁。
42 錢理群：〈《新語文讀本》編寫手記〉，《語文教育門外談》，296 頁。

社會的棟樑？質疑當然不能只是簡單的否定，更需要創造。王棟生老師因此提出，中小學教師的基本職責就是培養學生的「創造意識」、「創造激情」和「創造思維」以及相應的能力，而教師自身也應該是一個有創造力的人。[43]

我們提倡科學和科學精神，同時也向學生提出「如何科學評價科學和技術在人類文明的恰當地位？」的問題，意在防止陷入「唯科學主義」，避免對科學本身的迷信。這對「大多數學生長期所受的單向教育所形成的科學觀，是一次衝擊和挑戰」。我們要倡導一種「將人文科學、社會科學、自然科學滲透與相通」的新的知識觀，科學觀，文明觀，強調「科學之美」，提倡「真、善、美」的統一，這應該是中小學教育的理想目標。[44]

以上六個方面，可以概括為一種「青春精神」。我曾經把自己的母校南師附中的精神傳統也概括為「青春精神」，包括「對明天、未來的美麗想像，對理想的執着追求，對彼岸世界的終極關懷；由此煥發出的內在與外在的激情，生命的活力；永遠不息的精神的探索，永遠不滿足於現狀的不斷創造的欲求，等等」。[45]

也許我們更應該注意的是，深圳育才中學嚴淩君老師提出的一個概念：「敬畏青春」。他提出「青春時代不只是為了成年生活作準備，它不是一個過渡的階段。青春時代，本身就是一種生活，是一個人一生中最熱情洋溢的日子。最多的夢想，最純的情感，最強的求知欲，最真的人生態度」，「讓我們一邊欣賞自己青春的美，一邊為自己的未來播種」。也就是說，我們要充分認識、尊重、珍惜「青春」的特殊價

43 錢理群：〈這才是合格的、真正的教師 —— 讀王棟生老師的教育隨筆〉，《做教師真難，真好》，32 頁，33 頁。
44 錢理群：〈《新語文讀本》編寫手記〉，《語文教育門外談》，304 頁，305 頁，306 頁，307 頁。
45 錢理群：〈願老師與母校青春常在〉，《語文教育門外談》，456 頁。

值：「青年作為一個具有獨立而獨特個性的人的生命階段，可以說一個人的本質和生命的理想都奠定在這一時期，能夠成為自己一生中的依靠以至最終根據的精神力量也都孕育於這個時期，我們以後的收穫，都取之於我們的生命之樹在春天的萌芽」。因此，「不要輕信那些『總有一天，會把今天極為珍視的一切的絕大部分東西看作只是幻想』的膚淺的說教」，更要「對抗對青春財富的隨意拋棄」，拒絕所謂的「成熟」，那不過是患上「貧乏、屈從和遲鈍」症，「像老鼠一樣畏畏縮縮地活着」。「青春精神」是和特定生命階段聯繫在一起的，自然有待發展，調整，完善，但青春精神的內核，卻積澱了人性（人的精神性，神性）的根本，是永恆的。[46]

終身學習的底子

中小學學生的學習的最大特點，自然是在教師指導下的學習；但福建一中的陳日亮老師說得好：「『教是為了不需要教』，這是我終生信奉的教育宗旨」，最重要的是，要培育學生的「自學」精神與能力，這才能為他的「終身學習打下底子」。綜合陳日亮和其他老師的經驗，所謂「自學」精神與能力，應包括六個方面，即「授予學習和學科的基礎知識」，「培育讀書學習的興趣」，「培訓語言思維的基本能力」，「教給讀書與寫作的基本方法」，「養成讀書學習寫作的意識，形成習慣」，「培育語言文明的教養」，這知識、興趣、能力、方法，意識、習慣與教養六大基礎的奠定，將使學生終身受益，應該成為中小學教育的基本職責。[47]

---

46 錢理群：〈重在建構孩子自己的精神家園 —— 讀嚴淩君「青春讀書課」系列教材〉，《錢理群語文教育新論》，86–87 頁。

47 錢理群：〈以心契心的交流，彌足珍貴的個案 —— 陳日亮《我即語文》序〉，《錢理群語文教育新論》，52 頁。錢理群：〈我理想中的中小學教育和中小學老師〉，《我的教師夢》，51 頁。

對此，我們可以作幾個方面的討論。

其一，作為基礎教育，授予學生「學習與學科的基礎知識」，這是第一位的。因此，要鼓勵、要求學生認真學好每一門課程，不可偏科。因此，我們提倡「文理交融」，就是說，喜歡文科的學生，也要打好理科的基礎；反過來也一樣：要善於發現文、理的相通、互補，建立一個比較全面、合理的知識結構，這同時也是一種更為理想的人生的，精神的境界。[48]

其二，中小學教育的主要手段，就是引導學生讀書；讓學生「生活在書籍的世界裏」，應該是中小學生教育的根本。

為了闡明讀書對中小學學生的特殊意義，嚴淩君老師提出了一個「兩種生活」的概念，即所謂「平面的生活」與「立體的生活」。平面的生活指的是日常的生活，它是受到具體的時空限制的，是偏於物質的；而中小學生他們的日常生活受時空限制更大，他們還沒有走向社會、人生，生活範圍主要就是家庭和學校。這就需要超越具體時空的，相對豐富多彩的精神生活，即所謂「立體的生活」。而中小學生要進入、構造立體生活，主要途徑就是讀書。我經常說，「讀書的最大特點和好處，就是不受時間、空間的限制，可以和千年、百年之遙，萬里之外的任何一個寫書人進行精神的對話與交流，而且可以『召之即來』，打開書就是朋友，『揮之即去』，放下書就彼此分手，何等的自由、爽快！」這樣，「閱讀，就成為學生和自身之外的世界相連接的主要通道」，「閱讀所建立起來的，是一切尚未開始的生命和幾千年人類文明積澱下來的意義世界的聯結」。同時，學生又「通過寫作，和他人與社會建立精神聯繫」，「並在這兩種聯繫中，構建一個屬於自己的意義世界，進而構建自己人生的意義世界，使自己脫離生物性的野蠻和愚昧，成為一個精神的人」。或者說，正是讀書，為學生「打開文化空

---

48 錢理群：〈《新語文讀本》編輯手記〉，《語文教育門外談》，303 頁。

間，引入文化之門」，「在文化傳遞中完成『從自然人變成文化人，由自在的人變成自為的人』，這也就是我們所説的，學生在學習中「『成長』的本質與意義」。[49]

這樣的讀書，按照陳日亮、馬小平老師的説法，應該有三個特點。一是「博涉」，不限於教科書和教參的閱讀，「對於一個善於思考的學生來説，大約有三分之一的時間用在閱讀教科書上，三分之二是用在非必修課的閱讀的」，而且是「喜歡讀什麼就讀什麼，輕鬆自如，不擔心考試，也不像課內盡是聽老師講解分析」，而真正閱讀興趣的養成，思考習慣的養成，

都在這自由、隨意，不受限制的課外書籍的閱讀中。陳日亮老師有一句名言在一屆屆學生流傳：「趁年輕的好時光」多讀書！因此，這樣的閱讀，是「出於內心的需要，並在閱讀中享受『人類的巨大喜悅』」，這種自願的研讀時的「喜悅和精神振奮，就是一個強大的槓桿，靠它支撐，能夠把大塊的知識高舉起來」。而強制的閱讀，不但會變成「不堪忍受的負擔，還由此產生許許多多的災難」。更重要的是，閱讀必須是「情感和智慧參與的閱讀」，要和自己的生命發生關聯，自己的生命要在場，「要讀出自己心靈深處的感動」。[50]

其三，但中小學教育中的閱讀畢竟不同於學生進入社會以後的閱讀、寫作與自學：它是有教師按照一定的教育目的與要求進行指導的閱讀、寫作與學習。具體説來，又有兩大特點。

---

49 錢理群：〈我理想中的中小學教育和中小學教師〉，《我年的教師夢》，48–49 頁，50 頁。
錢理群：〈一個普通的中學教師能夠走多遠 —— 讀馬小平老師的教育札記和對話〉，《做教師真難，真好》，100 頁，102 頁。

50 錢理群：〈一個普通的中學教師能夠走多遠 —— 讀馬小平老師的教育札記和對話〉，《做教師真難，真好》，101 頁。〈以心契心的交流，彌足珍貴的個案 —— 陳日亮《我即語文》序〉，《錢理群語文教育新論》，52 頁。

中小學的閱讀與學習，應以經典的閱讀為主。與此相聯繫的是，儘管學生的閱讀不能局限於教科書，但教科書依然應該是學生基本的閱讀材料與基礎。教材編選的一個基本原則就是「從人類和民族經驗中，選出最主要的來，供作教學的材料」，而且這樣的原則對課外閱讀也應有引領作用：課外閱讀也要重視經典的閱讀與學習。我和許多老師都一再強調，「絕不能低估經典對培養下一代的意義」，因為「經典是民族和人類文明的結晶，是歷代前人智慧與創造的結晶。而真正的經典又總是超越民族與時代的，具有超前性。文、史、哲的經典更是關注人性的根本，不懈地挖掘人的靈魂的深，同時也是語言藝術的典範，具有永遠的思想與語言的魅力。經典的閱讀可以使年輕一代從生命與學習的起點上，就佔據一個思想文化學術與精神的制高點，這對學生一生的發展的影響，是深遠的，具有決定性的。我和老師們還提出了一個「高峰體驗」的概念，強調「經典閱讀會使教師與學生的生命在某一個閱讀時刻達到暢酣淋漓的自由狀態。這樣的『高峰體驗』，生命的瞬間爆發與閃光，會使學生以一種全新的眼光去看自我與世界，甚至從根本上改變學生的生命狀態與選擇」。「當然，每一個學生在什麼時候，在什麼作品上，與經典作家發生生命的撞擊，產生高峰體驗，是不一樣的，而且也是為數不多的。但只要有幾次，甚至只是一次，就會永遠難忘，對其終生產生難以估量的影響」。[51]

不可忽視的，是學校教育的閱讀、寫作，與成人的閱讀、寫作不同，它的責任不僅要引導學生讀書、寫作，還要讓學生「得法」，學會讀書、寫作的方法。這裏有兩個問題，一是讀書與寫作有沒有「法」，回答是：「定體則無，大體則有」；二是學生的讀書與寫作，要不要「循法」，答案更是肯定的：「讀書寫作本來是可以『無師自通』的，現在

---

51 錢理群：〈《新語文讀本》編輯手記〉，《語文教育門外談》，307–308 頁。

需要教育，就是因為通過教育，可以使學生懂得規範，學得方法，形成習慣，從而使自己的語文活動（讀書與寫作）由自發變成自覺」。如陳日亮老師所說，「學生還是學生，受到生活閱歷和文化積累的限制，包括閱讀經驗的不足，他們作為讀者的『前理解』是有限的」，因此，他們的學習自主性和所能擁有的自由都是有限的，「學校的語文教育的任務就是要增加他們的文化積累，教給他們閱讀、寫作的方法，讓他們習得讀書、寫作的基本規律，這就得訓練」，也包括思維方式的訓練。這就是「先規範而後出格」，「為了自由而節制，為了自主而依法有序，為了放而收」。「離開了必要的規範，不掌握規律、方法的自由、自主，其實是虛假的；而失去了自由、自主的目標的規範、方法，就會變形，甚至導致閱讀、寫作本性的喪失。在這兩方面，我們都是有教訓的」。[52]

還應該指出，中小學的閱讀、寫作教育既然是有引導的教育；那麼，也就存在一個引導的導向問題，即引導學生的閱讀、寫作向哪個方向發展？這正是教育改革所提出的根本問題，也是爭論的焦點。「應試教育」的要害，就是在閱讀指導上，將學生的閱讀範圍與視野局限在死記硬背教科書和高考複習參考書，造成學生文化、精神空間的極端狹窄；在寫作指導上則引導、鼓勵學生說假話，說考官和權勢者要求自己說的話，不說真話，不說自己的話。具體地說，應試教育下的寫作教育，就是「培養各式各樣的八股，包括土八股，洋八股，黨八股和革命八股。土八股是模仿與服從，洋八股的特點就是顛倒黑白，混淆是非，形式上非常華麗，鏗鏘有力，氣勢磅礴，但全是空話」。而培養什麼樣的話語方式就是培養如何做人：說別人說的話就是奴隸，說假話、大話、空話，講歪理，就是奴才，「土八股是養育奴隸的，洋

---

52 錢理群：〈以心契心的交流，彌足珍貴的個案 —— 陳日亮《我即語文》序〉，《錢理群語文教育新論》，53頁。

八股培育的是奴才」。在這個意義上，可以説我們要進行中小學語文教育的改革，目的就是「要讓學生學會像人那樣説話，像人那樣思考問題」。[53]

其四，在中小學教育裏，「教給方法」之外，還要「養成習慣」，這才能真正做到學會自學而受用終身。陳日亮、馬小平等老師都認為，養成學習習慣（愛讀書，勤動筆，勤查工具書，收集信息等等）這應該是「語文教育的出發點與歸宿」。道理也很簡單：「在絕大多數情況下，學生在學校裏掌握的知識，並不是他們在今後的謀生中直接有用的」，這就需要終生不斷地學習新知識，開拓自己的精神世界；如果從小沒有養成讀書學習的習慣，不會進行知識的更新，那就會被社會淘汰。而「閲讀與寫作一旦成為習慣，成為發自內心的生命需要，他的一生都將處於閲讀與寫作的狀態中，不斷擴大自己與人類文明、他人及社會的精神聯繫，並且和自身的社會實踐結合起來，因此不斷更新與發展自己的生命意義：這樣的人生才是真正幸福與快樂的人的一生」。[54]

其五，在養成「語文行為（讀書、寫作）習慣」之外，還應該養成「語言文明的習慣」。「如果説。『語文行為習慣』是將語文知識、能力轉化為習慣，那麼。『語言文明習慣』就是將語言文明的理念轉化為習慣。這兩方面，就構成了我們所説的『語文素質』」。所謂「語言文明習慣」，應包括：表達真實的思想和情感的習慣，尊重不同意見，容納多種聲音，不打斷他人説話的習慣，在談話與論辯中服從真理、修正錯誤的習慣，勤思考、愛質疑的習慣等等。可以看出，這都是顯示了一個人的教養與風度；在王棟生老師看來，這正是「現今學校教育」

53 錢理群：〈語文教育的弊端及背後的教育理念〉，《語文教育門外談》，78 頁，79 頁。

54 錢理群：〈以心契心的交流，彌足珍貴的個案 —— 陳日亮《我即語文》序〉，《錢理群語文教育新論》，55 頁。錢理群：〈一個普通的中學教師能夠走多遠 —— 讀馬小平老師的教育札記和對話〉，《做教師真難，真好》，101 頁，103 頁。

的一個根本問題：「在過於重視學科成績的同時，忽略了『教養』；而『德育』的形式內容繁多，又偏偏忽略了『風度』」，而認識不到「一個沒有教養的孩子今後在文明社會裏將寸步難行」。[55]

健康的身體的底子

著名的教育學家陶行知說過，「要學做一個人，一個整個的人」，其中一個要素，就是「要有健康的身體」。[56] 對於處在人的成長的初始階段的中小學生，打下健康的身體的底子，更有特殊的重要性。

而且我們說的「健康的身體的底子」，應該是身、心兩個方面的健康。這就說到了嚴淩君老師一再強調的中小學生「自由成長」的兩大權利。首先是「自由的空間與時間」。本來，時間與空間都是「屬於一切剛剛開始的孩子的，他們應該有充分的時間去做他們想做的事情；而我們的教育也應當給孩子一個開闊的成長空間」。而當今中國教育的最大問題，就是對學生自由空間的剝奪：「城市居住擁擠的空間，使得他們頭頂的空間本來就非常狹窄，現在又被數不清的書本壓着，眼睛裏就是書，哪裏還有天空？物質的天空，精神的天空，都沒有了」。「被剝奪的還有孩子的時間。請老師們，家長們，都來關心一下，每天有多少時間讓你們的學生、孩子自由支配？」「剝奪了孩子自由的時間和空間，就意味着剝奪了孩子生命的自由，就是對生命的扼殺」。

被剝奪的，還有「歡樂的權利」。本來，青少年時期的孩子，生命中就是兩件事，一是「讀書」，一是「玩」。而且「青少年時期的『玩』，必須盡興、盡情，最大限度地發揮人的天性，本性，最大限度

---

55 錢理群：〈以心契心的交流，彌足珍貴的個案 —— 陳日亮《我即語文》序〉，《錢理群語文教育新論》，55 頁。錢理群：〈這才是合格的、真正的教師 —— 讀王棟生老師的教育隨筆〉，《做教師真難，真好》，35 頁。

56 錢理群：〈認真總結二十世紀中國中學教育的經驗 ——《鐘鼓嵯峨 —— 百年金陵人文作品選讀》序〉，《活着的理由》，153 頁。廣西師範大學出版社，2010 年出版。

地享受生命的歡樂」,「中小學教育的本職,就是創造一切條件,達到這兩個『最大限度』,以促進孩子身、心兩個方面的正常、健康的成長」。[57]

當然,最基本的還是身體的鍛煉。這就需要強調體育教育在中小學教育中的特殊地位與意義。體育教育的根本,就是要培育青少年的「人體之美」。所謂「人體之美」又有兩個基本要素,一是軀體的「健壯」,二是軀體的「協調」。這樣的身體的健壯與協調,「不僅是人的生命發展的基礎,而且本身就體現了人的生命的意義,人的魅力」。因此,體育對於學生的意義,不僅是身體、生理的,也是心理、心靈的。正像奧林匹克精神所強調的,「體育所激發的是一種對人的生命發展的積極的參與態度和創造活力,是對『更快、更高、更強』的生命狀態的追求」,「最終達到的,是人的身心兩個方面的健康與和諧發展」。[58] 前面談到,青少年應在中小學讀書期間養成讀書的習慣與寫作的習慣;現在再加上鍛煉身體的習慣,有了這三大習慣,就為我們的孩子一生持續的健康發展奠定了最堅實的基礎。中小學教育說起來好像很複雜,其實也很簡單:讓學生在校期間養成這三大習慣,就盡職盡責了。

校園裏不能沒有詩

第一線的有思想、有追求的教師,在談到中小學教育時,都強調「詩歌教育」,這恐怕不是偶然的。

嚴淩君老師說:「幾乎每一個民族的祖先,都不約而同地選擇詩歌作為最初的母語文學形式」,「幾乎在每一個人的一生中,都有一段

57 錢理群:〈我理想中的中小學教育和中小學教師〉,《我的教師夢》,40頁,43頁,44頁。
58 錢理群:〈和志願者談生活重建〉,《論志願者文化》,269頁,三聯書店,2018年出版。

詩意盎然的歲月，那是多愁善感、混沌初開的青春期，迷惘執着的深情，敏感纖細的心靈，彷彿只有詩歌才能敍說滿腹的心思，書寫對生活最初的感應。因而，每個年輕人天生就是詩人」：他強調的是「詩歌與年輕人（中學生）之間的天然的生命聯繫」。馬小平老師則強調人應有的「詩意的生活」：「所謂詩意的生活，就是避免情感的沙化。讓我們的心靈不再那麼粗糙，情感變得細膩，精神變得豐富」，「在詩意的生活中，人就更能成其為人，靈魂就可以更加清澈」，因而，「詩歌是教育，而且是最好的教育」。[59] 王棟生老師更是沉重地指出，如今不僅是整個中國，而且本應是詩的沃土的校園，「青年愛詩的環境沒有了」。愛寫詩的學生竟然成了學校領導、教師、同學心目中的異類，即使課文裏選有少量的詩歌作品也納入應試的軌道：「讓學生背誦詩詞名句以備考，拿着『鑒賞辭典』指導他們『賞析』」。「在錯誤的教育觀之下，學生不僅僅不愛詩，不會愛一切美的事物，也不會有心靈的高尚。而更可悲的，是一個沒有詩的民族也將沒有希望和前途」。[60]

於是，就有了「讓詩歌走進孩子的心靈」的呼籲；我也因此與洪子誠先生合作，主編了一套《詩歌讀本》，在〈編寫雜感〉裏，強調了「詩教傳統」。我引述有關專家的研究成果，指出：「對兒童時期（也包括青少年時期）進行詩教有兩個作用：一是『有助於兒童建立個人與古典文明和民族思想文化價值傳統之間的親和聯繫』，二是『有助於啟動人類本源的精神自由與想像力』。而對兒童進行詩教的必要與可能，又源於「詩與童心的內在契合」，即「人天生具有歌唱的本能」，「在聲音與節奏、韻律與情感之間，兒童天生地即與詩有一種親密的聯

---

59 錢理群：〈《詩歌讀本》編寫雜感〉，《錢理群語文教育新論》，258頁，259–260頁。

60 錢理群：〈校園裏沒有詩意味着什麼 ──《南師大附中校友詩選》序〉，《靜悄悄的存在變革》，36頁，華文出版社，2014年出版。

繫』；詩的創造就『植根於這種原初的天才的想像力和本質性的兒童精神生活中』」。[61]

《詩歌讀本》還提出了「讓詩歌伴隨你一生」的教育命題，試圖將「學校詩教」與「家庭詩教」、「社會詩教」有機統一起來，並作了「如何進行詩教」的嘗試。我們依據「人類個體發生和系統發生的程序相同，兒童時代又經過文明發達的歷程」的人類學原理，強調「人在生命成長的不同時期：童年，少年，青年，中年，老年，和詩歌發生不同的關係，有着不同的詩歌閱讀的需求和期待」，因此，「我們要根據人的生命成長、心理發展的不同程序來編讀本，在人生命和心理發展的不同階段，提出不同詩教要求」。具體分為六個階段。一，「學前期的詩教」：「從出生到進幼稚園之間的詩歌，是父母吟唱給孩子聽的，是為『母歌』，其特點是詩教與樂教的統一」；「從孩子進入幼稚園開始，就進入『兒戲』階段，最大特點是群體的歌、舞、詩、畫的統一」。二，「小學階段的詩教」：「詩逐漸和歌、舞、畫分離，成為獨立的文學閱讀」；「由群體性的遊戲性閱讀變成個體的閱讀行為」；「除聲音層面外，開始注意詩歌的意義層面」。三，「初中階段的詩教」：「少年時期是人一生中感覺最敏銳，情感最豐富，想像最活躍，自我意識開始覺醒的時期，也是詩的自覺意識覺醒的時期」，相應的詩歌閱讀可以偏重於浪漫主義作品，以生命母題組織閱讀單元，充溢生命的亮色；同時開始介紹詩歌基本知識，引導孩子自己朗讀詩，寫詩。四，「高中階段的詩教」：「學生從少年逐步走向青年，思想、情感都趨於複雜，這是接觸『現代詩』的最佳時期」；「要引導學生對詩歌的理解逐漸進入詩學的層面，在感性的激發之外，也多一些理性的沉思」。五，「大學階段的詩教」：「大學和大學以後的詩歌讀者，大都本身就是詩人或詩歌研究者，他們對詩歌有一種迷戀和探索熱情」，因此，詩教的任

---

61 錢理群：〈《詩歌讀本》編寫雜感〉，《錢理群語文教育新論》，262 頁。

務就是「詩道尋蹤」：一方面，更偏向於對「詩」本身的理性思考，展現「詩歌在現代社會的位置及詩歌文化的多個側面」；另一面，則要在更深層面上觸及詩、詩道背後的人的精神、人道。六，「老人、童年相遇時期的詩教」：「這是人的生命的合題」，也是「詩教的合題：老人和孩子一起讀詩」，而且全是中國古典詩詞：「這都有返元、歸根之意」。[62]

中小學校的「精神家園」價值與作用

最後，我們要把關於中小學教育的討論歸結到這一點上：中小學教育在人一生生命成長中，應處於什麼地位，起什麼作用，有什麼特殊意義和價值？於是，就有了「精神家園」的命題的提出。「中小學階段，正是人生的起始階段，是人的生命個體的童年，與人類生命中的原始時期有一種同構關係。在這個意義上，中小學校園在人生的漫長旅途中是一個『精神之鄉』，從這裏出發，最終回歸於此。而中小學生活與人際關係相對單純、無邪、明亮，充滿理想，就使得中小學時期更是人生中的『夢之鄉』。學生在中小學階段開始構築一片屬於自己的精神家園，即使帶有夢幻色彩，但卻會為終生精神發展墊底，成為照亮人生旅途的精神之光；而且可以時時反顧，是能夠反歸的生命之根。因此，中小學教育的影響是輻射到人的一生的。通俗地說，是『管』人的一輩子的」。[63]「是的，孩子們終將走出學校，走向社會，他們將面對社會的黑暗，陷入理想與現實的矛盾，從而引發許多痛苦：這都是成長必須付出的代價。但如果他們從小已經在學校裏打下了真、善、美的底子，面對假、惡、醜的現實，就有足夠的精神力量與之抗衡。光明的底子愈深厚，抗衡黑暗的力量愈強大。儘管他們會有

---

62 錢理群：〈讓詩歌伴隨一生 ——《詩歌讀本》總序〉，《智慧與韌性的堅守》，209–211 頁。

63 錢理群：〈重在建構孩子自己的精神家園 —— 讀嚴凌君「青春讀書課」系列教材〉，《錢理群語文教育新論》，77 頁。

困惑，有妥協，有調整，但終究不會被黑暗所吞沒，更不會和黑暗同流合污，而能夠最終守住從青少年時代就深深紮根在心靈中的做人行事的基本原則和底線。這正是中小學教育的作用、影響和力量所在」。我因此多次談到，「中小學教育給孩子們留下什麼樣的童年的、青少年的記憶：是寧靜的，還是浮躁的；是溫暖的，還是陰冷的；是蓬勃的，還是消極退縮的；是陽光的，還是灰暗的；是多彩的，還是無色無味的，都將決定一個人的一生」。我還說，「中小學教師的生命的全部意義和價值，就在於能夠成為學生童年、青少年記憶中最溫暖、最光明的那個瞬間，我稱之為『神聖瞬間』」。[64]

大學是幹什麼的？

大學教育在民族精神、文化發展中的兩大功能

一、大學的「保守性」：民族文化、人類文明的積澱與傳承

這樣的積澱與傳承包括相互依存的兩個側面。首先是知識的傳授，也就是將思想文化轉化為知識、學術，並將其規範化、體制化，形成專業課程，進入課堂，成為一種教育資源，通過教師的傳授與學生的學習，一代一代地傳承下去。因此，學生上大學，第一任務，就是學好專業知識，而且是規範化、系統化的知識，並進行嚴格的專業訓練，成為具有深厚的專業基礎的國家建設和學術研究的專業人才。這裏強調的，是知識的學習、繼承、借鑒，積累，而且在學習的初期，還有一個模仿、重複前人的過程，「沒有『舊知』的積澱，絕不可

---

64 錢理群：〈他在進行一場決定中國教育命運的「靜悄悄的變革」——讀李國斌《我的學生我的班》〉，《靜悄悄的存在變革》，20頁，21頁。

能出『新知』」。這大概就是大學學習的「保守性」的一面，這是打基礎的。

　　大學同時承擔的，是精神的傳遞與堅守。學生上大學不僅是學知識，更要傳承精神。大學在民族、國家、社會的總體結構中，是一個民族文化傳統、民族精神的象徵，是民族思想、文化、精神的堡壘。這就需要有「堅守（保守）精神」。在某種意義上可以說，「大學精神就是堅守精神」，尤其在民族危難和社會失範的時期，大學的這種堅守精神就顯得特別的重要。

　　這就決定了，大學與社會時尚、流風世俗應該保持一定距離。我經常說，今天的大學特別需要「沉靜」，「清潔」和「定力」，應當保留「一方心靈的淨土」：當整個社會陷於喧鬧，大學，大學裏的教師和學生，就應該沉靜；當整個社會空氣被腐敗所污染，大學就應該清潔；當整個社會陷於浮躁，大學就應當有定力。大學最迷人之處，就是身處校園，可以「沉潛」下來，「沉潛到歷史的最深處，學術的最深處，民族和人類文明的最深處，自我生命的最深處」。這是一種生命的「潔身自守」：「潔身」就是培育自己人性的根本，處世、做人的根本，保持生命應有的清潔、純正；「自守」就是守住基本規範，求學、治學的規範和做人的規範，一切有不受外界壓力和誘惑左右的，絕不放棄，絕不讓步，絕不妥協的一定之規。[65]

二、大學的「革命性」：在質疑與創造中提供新思維，新的想像力

　　大學功能的第二個方面，就是對社會發展的既定形態，對已有的文化、知識體系，以至人類本身，作不斷的反省，質疑和批判，並進行思想文化學術的新的創造。不僅要回答現實生活所提出的各種思想

65　錢理群：〈我理想中的大學教育〉，《我的教師夢》，96–99 頁。錢理群：〈那裏有一方心靈的淨土 —— 林庚先生對我的影響〉，《論北大》，253 頁。錢理群〈中國大學的問題與改革 —— 關於北大改革的一次發言〉，《論北大》，307–308 頁。

理論問題，更要回答未來中國以及人類發展的更根本的問題，思考似與現實無關，卻是更帶原創性的所謂純理論（包括自然科學理論）問題，為民族、國家、人類社會的發展與變革，提供新的精神資源，提供新的思維，新的想像力與創造力。

這就是大學功能中的「革命性」的一面。這決定了大學在關注社會和思想文化的現實形態的同時，又要與之保持一定的距離。大學應該與「現狀」（社會，政治，經濟，思想，文化，學術 —— 的現狀）保持本質上的張力關係，保持某種懷疑的、批判的態勢，這才有新的創造的可能。沒有批判（質疑和否定），就不會有創造（立新，建設）；而批判的目的是為了創造。大學至少應有相當部分的教授與學者自覺地處於社會、學術的邊緣位置，以保持思想、學術的獨立性、徹底性和超前性，以及本質上的批判性和創造性。大學是絕對不能成為現狀（無論是政治、社會的現狀，還是思想、學術的現狀）的維護者、辯護者的；大學的教師、學者絕不能服從某一個利益集團的意志，更要防止自身成為利益集團。大學的基本精神，就是魯迅所説的「永遠不滿足現狀的，永遠的批判和創造精神」，就是「永遠保持精神的獨立和思想、學術的自由的精神」：這樣的獨立、自由、批判、創造的精神和前述堅守精神相輔相成，構成了「大學精神之魂」。[66]

這些年，我們一直在談「創建一流大學」；在我看來，真正的一流大學，就是能夠最大限度地發揮大學的兩大功能，在民族和國家的思想文化結構裏，同時擔負「學術、文化、精神的堡壘」和「新學術、新思想、新文化的發源地」的雙重重任的。在現代大學史上，五四時期的北京大學和抗戰時期的西南聯合大學都起到了這樣的作用。[67]

---

66 錢理群：〈我理想中的大學教育〉，《我的教師夢》，99–101 頁。錢理群：〈中國大學的問題與改革 —— 關於北大改革的一次發言〉，《論北大》，311–313 頁。

67 錢理群：〈我理想中的大學教育〉，《我的教師夢》，103–104 頁。

當然，也要看到，大學功能的這兩個方面，總體來說，自然是統一的，而且是相互滲透，很難截然分開的。但也存在某種緊張關係：要完成思想、文化的積澱與傳承，就需要將思想文化轉化為知識、學術，並將其規範化與體制化；而新思想、新文化、新學術的創造，又是以對被規範化、體制化的既成思想、文化、學術提出質疑為前提。這樣的「規範化、體制化」和「對規範、體制的突破」的雙重要求，就構成了大學、學院學術的內在緊張。大學教育實際上就是在這兩者的張力中進行的，是在相互矛盾與制約、相互補充中達到某種平衡，獲得比較健全的發展的。事實上，大學也常有兩類教授，有的是學問家，對傳統知識如數家珍，雖然可能創造性不足，但能夠很好地起知識的積澱與傳承作用。有的則對現有知識體系多有煩言，試圖自立新說，儘管並不成熟，卻打開了一個新的思路。這兩類教授都不可缺，學生們正可以從他們的相互比較與補充中學到比一種類型、一個模式的教學更多的東西。如蔡元培先生所說，「大學教員所發揮之思想，不但不受任何宗教或政黨之拘束，亦不受任何著名學者之牽制。苟其確有所見，而言之成理，雖在一校中，兩相反之學說，不妨同時並行，而一任學生比較而選擇，此大學之所以為大也」。[68]

大學教育的目標：要培養怎樣的大學生？

　　大學生與中學生處於人的生命發展的不同階段，自然有自己特殊的要求、特點，生命成長的特殊使命：這是我們首先要把握的。中學生總體來說，是未成年人，是受到家長和老師的保護和限制的；而大學生卻已經成人，是一個具有比中學生更多的自主性的獨立的成年

---

[68] 錢理群：〈我理想中的大學教育〉，《我的教師夢》，104–105 頁，106 頁。錢理群：〈中國大學的問題與改革 —— 關於北大改革的一次發言〉，《論北大》，313–314 頁，318–320 頁，

人，是國家的公民。但另一方面，大學生還是處在人生的準備階段，並不要求直接為國家、社會服務。因此我開玩笑說，這是一個「有公民權利，暫時無須盡義務」的人生的黃金時期。大學生應該在這生命的盛夏季節，大膽追求「知識，友誼與愛情」，盡享青春生命的歡樂。[69] 我在北大給一年級新生做報告時，就鼓勵年輕的大學生「應該有棱有角，有鋒芒，應該有一股狂氣，狂勁：此時不狂，更待何時？！」「還要有冒險精神，要記住：無限風光在險峰！」[70] 但另一方面，我又提醒大學生：「如果說中學生由於自身未成年總體是被動地受教育，那麼，大學生就應該有更多的獨立自主性，要更充分地發揮自己的主觀能動作用，更自覺、自由地設計各自的大學目標，選擇自己的人生道路，發展自己的個性」；同時也要「自覺地承擔應負的責任，不僅是社會責任，也包括對自己的選擇所產生的後果的承擔」。[71]

那麼，大學生如何設計自己的「大學目標」呢？這自然有很大的選擇空間；不過，也要有一個前提：必須充分考慮前述大學的功能、性質決定的大學教育自身的目標：大學要培養怎樣的大學生？對大學生提出怎樣的要求？按我的理解，應該有以下幾個方面。

一、要「走進專業」，又「走出專業」

學生上大學，就是為了學習專業知識技能，使自己成為合格的專業人才，以便適應國家建設的需要，適應人才市場的需要，就個人和家庭而言，也是獲得謀生的手段：我們不必迴避這樣一些所謂「世俗」的目的；魯迅早就說過，人「一要生存，二要溫飽，三要發展」，生存、溫飽成了問題，是談不上發展的。但我們又不能只限於生存、溫

---

69 錢理群：〈我理想中的大學教育〉，《我的教師夢》，92頁。

70 錢理群：〈周氏兄弟與北大精神──1996年10月25日對北大新生的演講〉，《論北大》，168頁，169頁。

71 錢理群：〈追求文、理的融通──理科「大一國文」的開場白〉，《論北大》，258頁。

飽的思慮，眼光要更大更遠一些。特別是大學生，步入人生的「成年」階段，就必須面對嚴肅的人生問題，關心人之為人的精神問題。具體地說，就是要思考、探索「人活着是為什麼？」「在現代社會，人與人之間，人與社會，人與自然、宇宙世界之間應該建立起怎樣合理、健全的關係？」「在現代社會，個人對他人、社會、國家、民族、人類負有什麼責任？」這樣一些根本問題，為確立自己的世界觀、人生觀打下堅實的基礎。而且要着眼於一生的長遠發展，就自己的人生志向、生活目標，作出自我設計，即「我準備做怎樣一個人？」這關係着一輩子的安身立命，是不能掉以輕心的。這就需要「走出專業」，看到專業世界之外，還有更廣大的人生世界，不斷開拓和充實自己的精神世界，追求自我心靈的超越與自由，做一個健全發展的自由的「人」：大學教育的根本也是「立人」。

這就需要警惕「現代科技病」。在大學期間，如果唯知專業而不知其他，把技術的世界看作唯一的世界，這就把自我的精神天地壓縮在極小的空間，知識面越來越窄，興趣越來越單調，生活越來越枯燥，最終導致精神的平庸化與冷漠化。這種情況也最容易產生「靠技術吃飯」的觀念，把專業知識與技術功利化了，實際也將自己（掌握了專業知識的人）工具化了。人的這種精神的狹窄化與自我的工具化，正是意味着人最終成了科學技術、專業知識的奴隸：這就根本違背了教育的宗旨。[72]

我們也終於懂得了愛因斯坦的那句名言：「學校應該永遠以此為目標：學生離開學校時是一個和諧的人，而不是一個專家」。[73]

---

72 錢理群：〈追求文、理的融通 —— 理科「大一國文」開場白〉，《論北大》，258–260 頁。

73 參看錢理群：〈中國大學的問題與改革〉，《論北大》，305 頁。

二、文、理交融，追求知識與思想的「通」

這也就涉及了大學生如何設計自己的知識結構。我在給北大理科學生開設「大一國文」時，一開始就介紹了周作人建立「人學」知識結構的設想。他提出，讀書求知的目的，就是為了更好地「認識人自己」，認識世界也是為了認識生活於其中的人。而人要認識自身，就必須從多學科的綜合認識入手。周作人提了五個方面：（一）「關於個人」，應學習生理學（首先是性知識）、心理學和醫學史知識；（二），「關於人類及生物」，應學習生物學、社會學（包括人類學、民俗學、文化發展史、社會學）、歷史；（三），「關於（人所生活的宇宙）自然現象」，要學習天文地理、化學；（四），「關於科學基本」，要學習數學與哲學；（五），「關於藝術」，要學習神話學、童話學、文學、藝術及藝術史。我說，「聽起來，這個設想幾乎是不可能實現的。一個人要同時精通這麼多學問，當然不可能；但精通其中一兩門，對其他學科有所涉獵，懂得一些常識，卻是既可能又必要的。」其實，蔡元培當年主持就提出了「融通文理」的思想。他在很多場合都提出要破除學生「專己守殘之陋見」。他指出，「文科學生，因為理科隔絕之故，直視自然科學為無用，遂不免流於空談」；「理科學生以與文科隔絕之故，遂視哲學為無用，而陷於機械的世界觀」。在蔡元培看來，有些學科甚至是「不能以文、理分」的，「如『地理學』，包有地質、社會等學理；心理學，素隸屬哲學，而應用物理、生理惡儀器及方法」。他的結論是：文理兩科之間，「彼此交錯之處甚多」，「故建議溝通文、理，合為一科」。1919 年北大進行教育改革，就明確規定：「習文科各門者，不可不兼習理科之某種；習理科者，不可不兼習文科之某種」。強調「融通文理」，不僅在知識面的拓寬，更「意味着人的視野、胸襟、精神境界的闊大，就可以發現各類知識，及其所反映的人的內外世界

的萬般景象的內在聯繫，從而達到一種『通』：不僅是知識、學問的『通』，更是思想的『通』，這才是求知治學的高境界」。[74]

三、培養具有應變能力與創新能力的人才

在確立當今大學的人才培養目標時，還應該有一個重要的角度與思路，這就是有的學者提出的「新的時代變革對人的要求有什麼變化」的問題。這個問題也涉及每個大學生在讀書期間如何確立自己學習的目標，如何設計、要求自己的問題。這些年大學盛行所謂「就業教育」，許多大學領導和教師都以對學生進行職業的訓練和指導為己任，把大學辦成了當年蔡元培極為警惕的「職業培訓班」，許多學生也按照就業的需要來設計自己的大學生活。以至於出現了與就業無關的教育進入不了大學教育的危險。這裏就有一個認識的誤區：當今社會和未來社會的發展究竟需要什麼樣的人才？大學生們要作怎樣的準備？我為此專門和大學生就「大學教育與就業」問題進行了一次討論。我提醒大學生們注意：「我們對就業問題的看法，應該有一個長遠的眼光」，要充分認識：當今和未來社會是一個「知識社會，信息社會」；這個社會的最大特點就是「職業轉換很快，很少有固定一個職業的人。這是因為隨着社會科學技術的發展，不斷有一些新的專業、新的課題、新的職業出現。這就使得每個人必須不斷變換自己的職業，自己的社會角色」。這就是說，當今與未來知識社會、信息社會對人才是有自己的要求的，簡單地說，它要求要有很強的應變能力和創新能力：這是一個「新人才觀」，「當今和未來社會的競爭，就是一個素質的競爭，一個學養的競爭，一個創新能力與應變能力的競爭」。我按照這樣的要求，提出在大學期間，至少應該培養學生的三大能力，即：「終身

---

74 錢理群：〈追求文、理的融通 —— 理科「大一國文」開場白〉，《論北大》，255–256 頁，254–255 頁，256 頁。

學習的能力，包括中外語言的聽說讀寫能力，利用文獻、工具書的能力，收集信息的能力等等」;「研究能力，包括發現問題，提出問題，解決問題的能力，實驗、計算的基本方法和能力，等等」;「思維能力，具有開闊性、廣泛性、創造性、批判力和想像力的思維能力」。在我看來，具備了這三大能力，就可以適應社會發展和自我發展的變化着的需要，不斷變換自己的工作和社會角色，在知識社會、信息社會的競爭裏，立於不敗之地。如果只一味追求眼下的市場需求，把自己的視野、知識面、能力的訓練弄得非常狹窄，即使取得了一時之效，但底氣不足，在持久的競爭中遲早要被淘汰。[75]

需要補充的，是對大學生「具有開闊性、廣泛性、創造性、批判力和想像力的思維」的訓練，不僅會培育大量創新型人才，還有希望培養出思想家型的人才，更具有原創性的大師級的人物。我曾經為北大的培養目標提出了這樣的期待:「它應該着眼於民族的、人類的長遠利益，培養為未來國家、人類的發展提供新理想、新思維的思想家、人文學者;它所培養的各類專家，也不是操作型、技術型的，而應該是思想者，是本專業新的學術思想、思路，新的研究領域、方向，新的技術、方法的開拓者、領軍者」。[76]

四、培育大學生社會性的公民人格

在前述「大學教育和就業」的討論中，我還提到一個關於就業單位對大學畢業生的意見的調查，就談及現在的大學生的兩大不足，一是知識面太窄，獨立思考和創新能力不足，另一就是缺乏團隊精神。後者就提出了一個重要的教育問題。人的本性就具有個體性與社會性

---

75 錢理群:〈以「立人」為中心 —— 關於九年制義務教育中的語文課程改革的一些思考〉，《語文教育門外談》，9 頁。錢理群:〈尋找失去的「大學精神」〉，《致青年朋友》，31–32 頁。中國長安出版社，2008 年出版。

76 錢理群:〈想起了七十年前的紀念〉，《論北大》，198 頁。

兩個方面，而且人的個性只有在一定社會條件下，在社會交往中，才能得到健全的發展。因此，「現代教育的基本任務，不僅要引導學生建構獨立的個體人格，而且要培育學生社會性的公民人格，也就是要促進學生在個體個性化與個體社會化之間求得平衡發展」。而提出對「公民人格」的培育，對剛剛成為公民的大學生的意義是不言而喻的：這也是為做一個合格的公民打基礎。[77]

培育現代團隊精神，應該是社會性的公民人格培養的一個重要方面。這實際上就是教學生學會如何進行「社會交往」，處理個人與他人的關係，個人與團體（集體）的關係。這裏有一系列的理念與實踐的問題，例如「學會對話、合作與互動；學會信任與尊重；學會平等、公平和互惠；學會寬容、妥協、自我約束和相互監督」等等。[78]

不可忽略的，還有公民權利意識，首先是民主意識的培育。這不僅有民主理念的問題，而且有履行民主的能力和習慣，提高民主素質的問題：這都是需要培養與訓練的。胡適當年就提出過要在校園進行「民主訓練」，引導學生講究民主秩序、要容納反對黨的意見、人人要負責任等等。[79] 我在和北大學生的討論中，也提出過「大學能不能成為民主實驗區？」「研究生會、學生會可不可以進行直選，是不是可以搞競選」的設想。在我看來，校園民主實驗，不僅保證學生真正成為校園的主人，而且也是一個學生「自我教育，自我成長的過程」，目的是「培養具有民主意識、民主能力和習慣的未來的民主治國的人才」，「這關係到每一個學生的長遠發展，更直接關係到中國的未來，是不可以掉以輕心的」。[80]

---

77 錢理群：〈尋找失去的「大學精神」〉，《致青年朋友》，31 頁。錢理群：〈關於「現代教師」的幾個基本理念——《現代教師讀本》序〉，《做教師真難，真好》，5 頁。

78 錢理群：〈「我們」是誰〉，《論志願者文化》，171 頁。

79 錢理群：〈北京大學教授的不同選擇——以魯迅與胡適為中心〉，《論北大》，42 頁。

80 錢理群：〈尋找失去的「大學精神」〉，《致青年朋友》，29–30 頁。

五、社會承擔意識的培育，引導學生適當參加社會實踐活動和志願者服務

公民意識、人格還有一個核心，即對社會的承擔意識和歷史責任感。因此需要作專門的討論。

前文談到，就總體而言，大學時期大學生還處於人生的準備階段，並不需要直接為社會服務。但這並不意味着大學和大學生可以與世隔絕，更不意味着學生只須埋頭讀書，不要參與社會實踐。而且學生的實踐也不能局限於教學實習，而應該安排一定時間（主要是利用假期和課餘時間）參加適當的社會服務工作。我正是從這樣的教育理念出發，對 21 世紀初興起的大學生志願者運動，給予了極高的評價。在我看來，這「是一個當代大學生自己聯合起來，在參與社會變革的實踐中尋求新的價值理想，確立新的人生目標的自我教育運動」。它的價值與意義有二。它是大學生「自己聯合起來」的自治組織，在某種意義上，它本身就是一所「公民大學堂」，就能夠通過自我教育、實踐，培育自己的「公民人格」，特別是前文提到的團隊精神，民主意識、能力和習慣。[81] 更重要的是，志願者運動是以支持農村教育、支持鄉村建設運動為其主要活動的，這就意味着大學生們「走出了校園，到廣大的農村，到社會的底層，去認識腳下的土地，接觸更真實的人生，尋找生命存在之根」，[82] 這對大學生以後一生的發展的意義，是怎麼估計也不為過的。

81　錢理群：〈「我們」是誰？〉，《論志願者文化》，167–168 頁，171 頁。

82　錢理群：〈「用雙腳去丈量現實」以後 —— 青年志願者日記《西部的家園》序〉，《論志願者文化》，300–301 頁。

研究生教育是幹什麼的？

培養創造型的專業人才

　　討論研究生教育要從它與大學教育的區別說起。就專業的培訓而言，大學階段是培養「通才」的。大學生在學好公共基礎知識（中外語言、數學與哲學）與專業基礎知識，掌握相應的學習與思考的方法的同時，應盡可能地擴大自己的知識面，但不求精通，即所謂「好讀書而不求甚解」。到了碩士階段，才真正進入專業。這時候需要收縮讀書的範圍，以學習專業為主；但在專業的範圍內也應該「廣」。一般說來，專業的基本訓練應該在碩士階段完成。博士階段的任務是進一步擴大知識面，為進入跨學科的領域作準備，這即是所謂博士之「博」。這「通」（大學生）—「專」（碩士）—「博」（博士）的發展三階段，大概也就是一個專業人才的培養過程。

　　培養研究生，就必得進行學生規範的教育與訓練，使他懂得「規矩」，即所謂無規矩不成方圓。而學術規範，不僅是指論文形式上的書寫規範，而是基本的學術思維、方法，以及操作技能的基本訓練，這當然是完全必要的。有沒有經過正規訓練，是大不一樣的。

　　但學術規範的訓練只是打基礎；真正重要，主要的還是創造性的思維與能力的培育和訓練。我說過，大多數的研究都是接着他人往下講的；但前人的研究只是你研究的基礎，往下講的必須是自己的東西，你的獨立發現。繼承與借鑒不能代替創造；前者是必要前提條件，後者才是目的。衡量學術論文、著作的價值並不在引證的材料有多少，而是看對已有的研究有沒有新的推動。我的老師王瑤先生甚至要求我們：每一篇重要的論文、著作都要做到別人再作同樣或類似的課題，都繞不開你，非要參考你的文章，因為它代表了一個階段、一個時期的研究的最新水準。這都是要求研究的創造性。這正是研究人

才與教師的不同之處。教師的主要任務是傳遞知識，他的創造性體現在對他人創造的領悟、整理、發揮，結合接受者的需要進行改造；而研究人才所要完成的是新知識的創造，為社會提供新的思維，新的想像力，需要的是原創力。而對原創力的培育，正是研究生教育的核心。

　　需要培育的，還有研究的視野與眼光。真正的研究人才對自己的學科的發展是有自覺的承擔的，要有「這個學科不能沒有我」的志向，雄心，還要有膽識，即是對本學科的發展方向、前景、路徑、新的動向，可能性──這樣的全域性的問題，要有密切的關注與思考，作到胸有成竹，並在這一基礎上，找到自己的研究對象，領域，研究方向，方法和出發點。能不能「找到自己，形成獨特的研究個性」，是一個博士生，一個年輕的研究者，能否在學科立足的關鍵，也是一個研究人才成熟的標誌。

　　從研究生教育的角度看，這裏還有一個「如何對待特別的學生」的問題。這也是我最喜歡討論的話題：有一些研究生以尋常的眼光看來是比較「怪」的，他們的思維有些反常規，經常讓導師大吃一驚。但仔細分析，「他們的『怪念頭』有的恰恰是極富創造性的，甚至是超前的；但同時又是與一些混亂不清的甚至是謬誤的東西混雜在一起，一時難以區分」。「作為導師，就有責任保護這樣的學生極其可貴的創造性，那些屬於未來的創造萌芽；同時也要指出其問題，加以引導」。「這樣做的前提，是導師要有自我質疑的精神，不能簡單地認為，自己不能理解與接受的，與自己不同的，就是錯的，不好的」：研究生的教育特別需要學術民主的環境與氣氛。[83]

---

83 以上討論均見錢理群：〈關於研究生教育的思考〉，《我的教師夢》，181 頁，182 頁，184 頁，183 頁，190 頁。

把研究生的精神境界提到一個新的高度

我們通常說，研究生教育的任務就是培養專業的學術人才，這是有道理的，卻是不全面的：在此之上，還有一個更根本性的目的：要把學生培養成更加健全的人。這本是一切教育的共同目的，但研究生教育也自有其特殊意義，即前文反覆談到的對人的一生發展具有決定性意義的世界觀、人生觀，中小學教育，以至大學教育，都只是打基礎，它的真正形成，人的理想、信仰的確立，都要到研究生階段，或相當於研究生的階段。而且這一時期，世界觀、人生觀，以至理想、信仰的追求與確立，都是和專業的學習與選擇緊密聯繫在一起的，它是更為實在、具體、可實現的。從另一面看，研究生階段的專業學習與閱讀，就不僅是純知識的，而是一個人生信仰、信念的尋找、形成的過程。正是在這個意義上，我曾經提出，「研究生的培養，主要是把學生的精神境界（包括人的信仰、信念，文化教養，精神素質，人格，情操，審美趣味，等等）提到一個新的高度」。即使研究生畢業以後，不從事專業工作，在任何崗位上，都會顯出別一種精神風貌和狀態：研究生教育的關鍵還是人的培養，人的精神的培育。[84]

「腳踏大地，仰望星空」：關懷現實，又超越現實

關於研究生應有的精神世界，還可以作進一步的討論。

在一次和研究生的談話裏，我特地提到「學者的精神世界是極為開闊的」，提醒研究生們的胸襟、視野絕不能「像自己生活於其間的書齋那樣狹窄」，而應該「熱愛生活，熱愛生命」，「對人與人的世界，對宇宙的生命乃至非生命，都保持濃厚的興趣，甚至是孩子般的好奇

---

84 錢理群：〈關於研究生教育的思考〉，《我的教師夢》，185–186 頁，187 頁。

心」,「對平凡人生中濃濃的人情味,更應該保持本能的嚮往與摯愛,以至於依戀」。[85]

　　或許更為重要的是,作為一個未來的學者,如何處理與現實的關係。我在和研究生討論中就提到,作為現代知識分子,學者當然應該關心現實,對社會、歷史、國家、民族、人類都應該具有承擔意識,學術脫離了現實,也就失去了生命的活力;但學者關注現實的方式,不是政治家、社會活動家,輿論宣傳家的那種方式,而是有自己的獨特方式:他「要將社會現實問題轉化為學術問題」。具體地說,學術研究是必須有問題意識的,問題意識常常產生於現實 —— 不只是政治、社會現實,更包括思想、文化、學術、經濟、科學發展的現實,等等;但學者在進入研究時又必須和現實拉開距離,進行深度的觀照,學理的探討,理論的概括與提升。也就是說,問題是從現實出發的,而思考、研究的心態與視角,則是超越的。真正的學術研究正實現於二者的矛盾的張力之中。這樣,學術與現實的關係就呈現出比較複雜的狀態:有的關係比較明顯,有的則比較隱蔽。特別是一些抽象程度比較高的理論著作,看似和現實無關,其實更是有一種大關懷,是承擔着為時代提供價值理想、思維模式和新的想像力的大使命的。而我自己,是更看重這樣的思想家的理論創造的。這也就對學者提出了很高的要求:「既要對現實有程度不同的關注與敏感,又要有將現實問題轉化為學術問題、研究課題的眼光、方法、能力和習慣」,而這些都是需要培養與訓練的,這也是研究生教育不可或缺的一個重要方面。應該培育研究生這樣的素質與素養:既和自己生活的時代和現實保持密切的聯繫,充滿探討的激情;又有超越現實的大視野,大問題,大思考,保持學術研究必須的冷靜、客觀的態度,將對現實的關懷內化在

85 錢理群:〈沉潛十年 —— 1998 年 10 月為北大中文系現代文學研究生所作的演講〉,《我的教師夢》,204–205 頁。

自己的學術研究裏，成為自我生命的有機組成。[86] 這樣的既關注現實，又超越現實的精神素質，用形象的話來説，就是「腳踏大地，仰望星空」。我們對中小學教育也提出過這樣的要求，那是一種生存狀態，是形而下層面的；現在到研究生教育階段，就是一種精神境界，具有形而上的意味，這也就標誌着一個人的真正成長與成熟。我曾經説過，「中小學教師永遠是、而且只能是『春天的播種者』，而不可能收穫『秋天的成果』。我們大學教師，特別是研究生導師，才是秋天的收穫者。」[87] 從幼兒教育、小學教育到研究生教育，才是一個完整的教育過程。

我的書院教育夢

坦白地説，我對現行的研究生教育是不滿意的。導師與學生的關係蜕變為老闆與打工者的僱傭關係，教育成了知識的買賣；以及學習的急功近利，技術化、體制化等等，都意味着研究生教育出了大問題。我就想另尋教育資源作為現行研究生教育的參照與補充，至少提供一種新的可能性。於是就把目光轉向中國傳統教育的歷史經驗，作起了進行「書院式教育實驗」的夢。

在我看來，研究生的學習和中小學、大學教育的一個重大區別，就是採取導師私人講授的方式，不僅是知識的傳授，更是精神的傳遞，人格的薰陶。我常説，研究生教育不是在課堂正經講授完成的，而是在教授的客廳裏，聽他海闊天空的閒聊中結業的。研究生教育還有一個重要的環節，就是研究生群體即同門師兄（姐）師弟（妹）之

---

86 錢理群：〈沉潛十年 —— 1998 年 10 月為北大中文系現代文學研究生所作的演講〉，《我的教師夢》，201–202 頁。錢理群：〈學術研究的承擔 —— 2008 年 4 月 1 日在北大中文系研究生班上的講話〉，《重建家園》，86–89 頁，廣西師範大學出版社，2012 年出版。

87 錢理群：〈我理想中的中小學教育和中小學教師〉，《我的教師夢》，75 頁。

間的相互影響。而這兩方面，都和中國傳統的書院教育相通，似乎存在某種繼承關係。[88]

　　許多人都認為，書院教育的最大魅力，也是最大特點，就在於「從夫子遊」，「攜弟子遊」：師生朝夕相處，作兩個方面的盡興之遊。一是遠離塵世的喧囂和誘惑，心無旁騖地讀書，作「精神之遊」：「導師講課之外，主要是學生自己讀書，師生共同討論，詰難。更多的時間是海闊天空的神聊，作無所顧忌、無所不至的精神漫遊」。另一是「自然之旅」，書院設置在自然風景之地，師生「在大自然中休閒從容漫步」，盡享「腳踏大地，仰望星空」之樂。書院唯一的「作業」，就是寫「遊學記」，逼向自己的內心，把從遊之樂內斂為深沉的思考與生命的感悟。正是這「心無旁騖」、「悠閒從容」和「逼向內心」，構成了書院教育的核心要素，這是真正的「練內功」，是最能體現研究生教育的本質的。我曾經希望以貴州作為自己的實驗地，還在貴州大學作過專門的演講，也有一些具體設想；雖然最後未能變成現實，但始終心嚮往之，願意在自己的教育生命中留下這永遠的夢。[89]

2018 年 12 月 24 日–2019 年 1 月 9 日

---

88 錢理群：〈關於研究生教育的思考〉，《我的教師夢》，186 頁。
89 錢理群：〈我的書院教育夢 —— 2005 年 8 月 25 日，在貴州大學座談會上的講話〉，《我的教師夢》，114–118 頁。

附：錢理群有關教育的論著述目錄

專著

1. 《名作重讀》，上海教育出版社，1996 年出版，2006 年第 2 版。
2. 《語文教育門外談》，廣西師範大學出版社，2003 年出版。
3. 《對話語文》，與孫紹振合作，福建人民出版社，2005 年出版。
4. 《我的教師夢》，華東師範大學出版社，2008 年出版。
5. 《論北大》，廣西師範大學出版社，2008 年出版。
6. 《做教師真難，真好》，華東師範大學出版社，2009 年出版。
7. 《錢理群語文教育新論》，華東師範大學出版社，2010 年出版。
8. 《解讀語文》，和孫紹振、王富仁合作，福建人民出版社，2010 年出版。
9. 《錢理群中學講魯迅》，三聯書店，2011 年出版。
10. 《中國教育的血肉人生》，灕江出版社，2012 年出版。
11. 《經典閱讀與語文教學》，灕江出版社，2012 年出版。
12. 《中學語文教材中的魯迅作品解讀》，灕江出版社，2014 年出版。
13. 《情繫教育 —— 教師與青年篇》，三聯書店，2015 年出版。

相關著作中的教育論述

1. 「教育的追問」10 篇，收《學魂重鑄》，文匯出版社，1999 年出版。
2. 「建構精神家園」8 篇，收《追尋生存之根 —— 我的退思錄》，2005 年出版。
3. 「情繫教育」5 篇，收《那裏有一方心靈的淨土》，中國文聯出版社，2008 年出版。
4. 「教育問題」6 篇，收《活着的理由》，廣西師範大學出版社，2010 年出版。

5. 「重建大學精神」3 篇，「鄉村文化和教育重建」11 篇，收《重建家園》，廣西師範大學出版社，2010 年出版。

6. 「直面教育」11 篇，收《智慧與韌性的堅守》，新華出版社，2011 年出版。

7. 《給農村教師講三句話》等 5 篇，收《夢話錄》，灕江出版社，2012 年出版。

8. 「靜悄悄的教育變革」5 篇，「精神流浪漢的歷史命運」3 篇，收《靜悄悄的存在變革》，華文出版社，2014 年出版。

9. 「讀書三講」、「青少年與讀書」7 篇，收《風雨故人來 —— 錢理群談讀書》，商務印書館，2016 年出版。

未收入集的文章

1. 〈願「馬老師」們能夠成為教育改革的依靠力量〉（2012 年）

2. 〈最適合堅守的人 —— 讀田帥軍：《這裏，有我》〉（2013 年）

3. 〈為生命給出意義 —— 談「靜悄悄的存在變革」〉（2013 年）

4. 〈建立自覺的詩歌意識與詩教意識 ——《詩海巡覽》序〉（2013 年）

5. 〈推薦一篇好文章 —— 讀周春梅《現代詩教學簡記》〉（2013 年）

6. 〈老少咸益，多多益善 —— 讀《我的故事》叢書有感〉（2014 年）

7. 〈讀書，為了健康地，快樂地，有意義地活着〉（2014 年）

8. 〈家長們一起來讀書 —— 為《讓孩子們成為愛因斯坦》寫幾句話〉（2014 年）

9. 〈《大一國文選本》審讀意見〉（2014 年）

10. 〈我的北大之憂，中國大學之憂〉（2014 年）

11. 〈獨立與自由的文本解讀 —— 讀梁衛星《一個人的高中語文》〉（2014 年）

12. 〈我讀《魯迅在南京》〉（2016 年）

13. 〈我讀《正當七點半》〉（2017 年）

14.〈一個鄉村教師給我們留下了什麼 ── 讀趙旭《風雨人生路 ── 記夾邊溝倖存者王永興》〉（2017 年）

15.〈和「為中國而教」的朋友們的通信〉（2018 年）

編撰教育讀物目錄

1.《二十世紀中國文學名作中學生讀本》，廣西教育出版社，1998 年出版。

2.《二十世紀中國文學與大學文化叢書》，廣西師範大學出版社，1999 年、2000 年先後出版。

3.《走近北大》，四川人民出版社，2000 年出版。

4.《新語文讀本》（中學卷，12 冊），廣西教育出版社 2001 年出版，2004 年出版農村版，2007 修訂出版。

5.《中國大學的問題與改革》，與高遠東合編，天津人民出版社，2003 年出版。

6.《新語文作文》小學卷，初中卷，高中卷，分別由商友敬、黃玉峰、王棟生主編，錢理群任顧問，為總策劃人。由廣西教育出版社，2003 年出版。

7.《中學生魯迅讀本》，江蘇教育出版社，2004 年出版。台灣社會科學雜誌社，2009 年出版，改名為《魯迅入門讀本》；中國長安出版社，2012 年出版簡體本。

8.《大學文學》，與李慶西、郜元寶合編，負責編選第二編《中國現代文學》，上海教育出版社，2005 年出版。

9.《那時我們多年輕：北大 ── 人大（1956-1960）》，中國人民大學新聞系 56 級 13 班集體編寫，2004 年自印。

10.《魯迅作品選讀》，此為中學選修課教材，與南師大附中語文教研組合編，江蘇教育出版社，2005 年出版。

11. 《魯迅作品選讀教學參考書》，與南師附中語文教研組合編，江蘇教育出版社，2005 年出版。

12. 《現代教師讀本》，為主編之一，廣西教育出版社，2006 年出版。

13. 《附中：永遠的精神家園》，此為中學同學回憶錄，自印。

14. 《我的父輩與北京大學》，北京大學出版社，2006 年出版。

15. 《〈新語文讀本〉：一段歷史，一個故事》，廣西教育出版社，2007 年出版。

16. 《小學生魯迅讀本》，與劉發建合編，廣西師範大學出版社，2009 年出版。

17. 《地域文化讀本》，包括《北京讀本》、《上海讀本》、《江南讀本》、《楚湘讀本》，分別由鄭勇、薛毅、張中、王乾坤編，由錢理群、王棟生任主編，華東師範大學出版社，2010 年出版。

18. 《詩歌讀本》，共分《學前卷》、《小學卷》、《初中卷》、《高中卷》、《大學卷》、《老人兒童合卷》6 卷，和洪子誠共同主編，廣西師範大學出版社，2010 年出版。

19. 《小學生名家讀本》，分《小學生魯迅讀本》、《小學生冰心讀本》、《小學生老舍讀本》、《小學生葉聖陶讀本》、《小學生朱自清讀本》、《小學生豐子愷讀本》、《小學生巴金讀本》、《小學生沈從文讀本》、《小學生蕭紅讀本》、《小學生汪曾祺讀本》共 10 本，浙江少兒出版社，2011 年出版。

我的教育思想和教育改革實踐（下）

■ 中國教育和教育改革的問題，以及我的質疑 ■

中國現有教育權力結構問題

我在《做教師真難，真好》一書的〈後記〉裏這樣寫道，中國的教育和教育改革要獲得健康、持續的發展，「不僅要改變教育理念和教育改革指導思想，而且還要有制度的保證；要做到這一點，就勢必要對現有教育權力結構有所改變，調整，也就必然要觸動某些既得利益集團的利益：這就是中國的教育改革發展到今天所遇到的瓶頸問題，其難度是可以想見的」。[1]

---

1 錢理群：〈後記〉，《做教師真難，真好》，280–281 頁。華東師範大學出版社，2009 年出版。

那麼，中國現有教育權力結構的問題在哪裏呢？我以為有以下四個方面。

權力高度集中，不受制約與監督

中國的教育改革完全是自上而下，由政府行政部門主導的。由於教育從來就是一個國家行為，因此，這樣的主導有它的合理性。但卻存在兩個問題。「一是缺乏自下而上的民間改革力量的支持與制約」，「另一是政府行政部門運用自己的權力主導教育改革，這個權力應使用在什麼範圍，要不要有所限制？」我和許多第一線的老師在討論語文教育改革時，就指出，國家制定《課程標準》是必要的，其指令性與權威性都是國家意志的表現；但它只需要、也只能提出語文教育品質的國家標準，用準法律的形式把它明確下來，並把它具體化，提出階段性的指標，最後通過國家考試的辦法進行考核，檢查各個學校是否達到了這些品質標準，培養出來的學生是否合格。至於依據什麼教育理念，遵循什麼教育原則，使用什麼教材，採取什麼教學方法，來達到這樣的教育標準，應該由學校和教師自主決定：「在統一教育標準以後，就應該給學校和老師以充分的實踐、實驗的選擇權，自主權」。現在的問題正在於，「國家對語文學科的性質、教學原則、方法這些學術爭論的問題，需要在教學實踐中不斷解決的問題，通通作了統一的、硬性的規定，由於《課程標準》所特具的準法律的性質，執不執行這些統一規定就和權力和利益緊密結合在一起，這就是本來是語文教育問題上正常的學術分歧和不同意見的爭論，最後演變成輸贏之爭、生死之爭，黨同伐異的利益之爭的最基本的原因。[2] 這裏的關鍵，就是國

2　錢理群：〈王尚文先生的教育思想及其命運〉，《智慧與韌性的堅守》，154–155 頁。新華出版社，2011 年出版。

家權力的不受限制，管了它不應該管的問題。這正是中國教育改革的問題的要害所在。因此，我在 1998、1999 年介入中小學語文教育改革的一開始，就明確指出，「這一次中小學，以至整個教育改革，是對教育的計劃體制的一次有力的衝擊，將要實現的是集權式管理體制向分權的轉變，由直接管理向間接管理的轉變，由控制式管理向方針、政策指導與協商的轉變」。[3] 但也就在教育體制，教育權力結構改革這一根本問題上，始終止步不前，甚至沒有提到議事日程上。以至到 2008 年，也即 10 年以後，我談到教育問題時，依然沉重指出，「現在全國都在談政府部門的轉變職能，要分權，要放權；然而教育部門越來越擴大自己的權力，幾乎擴大到難以想像的地步。如前不久突然宣佈，要規定中小學音樂課都要唱京戲。這種事情該教育部門來管嗎？還提倡在中學跳華爾滋舞，權力擴張到可怕的地步。還有所謂的『教育評估』，更是有計劃、有領導的，大規模、長時間的權力擴張，管了許多教育部門不應該管的事情，弄得怨聲載道，但仍然堅持到底，輿論監督也沒有用。這到底是為什麼？這背後有沒有既得利益問題？」[4]

強化黨和國家意志，為國家戰略目標服務的國家主義的教育理念與目標

這樣的有計劃、有領導的，大規模、長時間的權力擴張，教育部門的既得利益集團固然是一個大問題，我們在下文會有專門討論；這裏需要指出的，這背後其實是有着更大的既得利益問題，即大一統體制的既得利益。

3　錢理群：〈以「立人」為中心──關於九年制義務教育中的語文課程改革的一些思考〉，《語文教育門外談》，25 頁。廣西師範大學出版社，2003 年出版。

4　錢理群：〈尋找失去的「大學精神」〉，《致青年朋友》，29 頁。中國長安出版社，2008 年出版。

2017 年網上曾流傳一篇題為《大陸高等教育折騰史》的文章，對建國後 60 年中國教育作了這樣的總結：「前 30 年強調『教育為無產階級政治服務』，按政治發展需要發展教育；中間 10 年是調整時期；後 20 年要『拉動內需』，為經濟收入擴張教育。60 年從未有過按照教育本身的規律協調中國教育的發展」，結果就造成了中國教育的兩大問題：「一是教育不平等；二是遠離『人的教育』本質，不能培養『身心健全的人』」。這裏談到的無論是「為無產階級政治服務」的教育，還是「為經濟建設服務」的教育，都是「為國家不同時期的戰略目標服務」的教育，貫穿的是黨和國家意志。這就必須把教育的權力完全集中到黨和國家手裏。這就是其他領域可以不同程度的放權，分權，而教育領域始終要牢牢掌握絕對領導權的原因所在。

而這也是 1998 年開始的教育改革必然變形和失敗的原因。如教育研究專家所說，現代教育的一個悖論，就是教育既是國家行為，需要執行「國家意志」，同時又是社會行為，必須考慮「社會意志」，教師的教學實際上是在這兩種意志的張力中進行的。[5] 應該説，1998 年開始的教育改革並無意否認國家意志，只是藉以表達社會意志，希望教育更符合教育自身的發展規律，也因此要求享有一定的教育獨立自主權。而這又恰恰是掌控教育的絕對權力所絕對不允許的。無情的事實表明，在大一統的體制下，不存在任何教育獨立自主的空間。

這樣，中國的教育改革的變質就是不可避免的。我所經歷的北大兩次所謂「教育改革」就是這樣的典型。2003 年北大公佈了《北京大學教師聘任和職務晉升制度改革方案》，校方宣佈：要「面向社會，適應市場」，並提出了「使學科建設和教學更好地服務於經濟建設為中心的社會發展需要」的改革指導思想，還大談「大學裏的社會學科、人

5　參看錢理群：〈關於「現代教師」的基本理念——《現代教師讀本》序〉，《做教師真難，真好》，7 頁。華東師範大學出版社，2009 年出版。

文學科的任務是為國家決策作貢獻」。我寫了〈中國大學的問題與改革——我的追問與思考，以及我的言說立場〉的長文，發出警示：「或許正因為北大是這樣一個『精神的堡壘』，總是有一種力量，要想摧毀它」，「曾有過『政治大換血』的改革計劃，終未能見效」，今天「一定要注意：不要以經濟的力量去大換血，用資本的邏輯將最後一個精神堡壘也一起摧毀」。我又對「改革至上」的傾向表示憂慮：「當『改革』『與時俱進』成為一種時髦的時候，我更想提醒人們注意其背後可能存在的危險」，「北大不要在任何時候都領天下風氣之先」，「有時候冷一冷，看一看，保守一點，未見得不好」。到 2014 年即 11 年後，北大又推出了以創辦燕京學堂為中心的改革方案，宣佈要以創設「中國學」作為「學校新的辦學模式的探索」。這依然是「順應國家的戰略目標」，只不過隨着中國成為世界第二經濟大國，就由為經濟建設服務變成「服務於提高中國軟實力的國家戰略需要了」，因此，提出了「立足中國，影響世界」的辦學方針。所謂「中國學」的任務與目標，「一是與西方爭奪話語權；一是要輸出中國發展模式，把中國文化推向全世界」。我對此作了《我的北大之憂，中國大學之憂》的演講，尖銳地指出，「從為經濟建設服務，到為提高國家軟實力服務，其內在理念沒有變。對知識分子、學者，教育與學術的要求，就是魯迅所說的『同意與解釋』：第一表示擁護和贊成；第二用自己的學科知識論證決策的英明、正確、科學，使其合法化；第三、第四步就落入『宣傳和做戲』，原形畢露」。「這就意味着教育與學術的獨立、自主性徹底喪失」，「完全背離了北大的批判傳統與學術傳統」。[6]

　　照這樣的「為國家戰略目標服務」的教育邏輯一路延續下來，到 2017 年的「新時代」就有了進一步的發展：黨和國家最高領導人明確

6　錢理群：〈精神夢鄉的愛與恨——我與北大〉，《一路走來——錢理群自述》，269–270頁，272 頁。河南文藝出版社 2016 年出版。

提出「教育就是要培養中國特色的社會主義事業的建設者與接班人，而不是旁觀者和反對派」的教育目標。接着提出了「建設世界一流大學，成為世界教育的中心」的要求，把教育納入「引領全世界的大戰略」之中。在此前後，又開始對中小學教育中「道德與法治」、「語文」、「歷史」三門課程實行「統編教材」，從而廢止了一科多種教材的教育改革；並且明確提出，「教材是國家事權」，必須統一，而且要「強化國家意志」，突出教材的「意識形態性」，強調「教材是落實社會主義核心價值觀的重要載體」。這樣的高度意識形態化的，服從黨國體制和領袖意志的教育思想、路線方針的提出，就宣佈了中國教育改革的最後終結。

高度集權的、官僚化、等級化的
剛性教育權力結構

由此而建立與強化高度集中的剛性教育權力結構，正是為這樣的黨和國家對教育的絕對領導和掌控提供體制保證。其特點有三。一是「等級授權」，校長和教育部門領導都由上級任命，層層對上負責，不受其他任何監督，由此形成嚴密的等級制。二是地方各級教育部門，到基層學校，都實行「第一把手專政」，越是底層，越是實行暴力化管理的專制統治。如一位來自底層學校的教師所説，「一個校長、支部書記就可以肆無忌憚地管你，就因為他有權力，你反他就是反黨」。三是行政部門權力無限擴張，行政機構無限膨脹，造成教育的嚴重官僚化，衙門化。[7]

7　錢理群：〈我理想中的大學教育〉，《我的教師夢》，106 頁。華東師範大學出版社 2008 年出版。〈做有限的可以做的事情〉，《靜悄悄的存在變革》，5 頁，華文出版社，2014 年出版。〈中國大學的問題與改革〉，《論北大》，285 頁。廣西師範大學出版社，2008 年出版。

重要的是，這樣的集權教育體制通過教育評價機制擁有對教師的絕對控制權。在中小學，就是以學生的考分作為教師價值的唯一體現與唯一評價標準，並實行「定期考核制」，「末位淘汰制」。這樣，考分就不僅是學生的命根，更是教師的命根，甚至是教育官員的命根。其結果，不是優勝劣汰，而是劣勝優汰，即所謂「劣幣驅逐良幣」。這樣的評價機制事實上成為掌權者控制教師的法寶。[8] 而在大學裏，這樣的控制手段，就是我所説的「新科舉制」，並且有一套評價標準、競爭機制和操作程序。如職稱的評定與競爭，學科帶頭人、人才工程的成員的評定和競爭，碩士點、博士點、重點學科、學術基地的評定和競爭，不同級別的科研專案的評定和競爭，不同級別的獎項的評定和競爭，等等。所有的教師都圍繞着這樣的評價、競爭機制轉，浪費了無數時間與精力，根本無暇坐下來認真研究與教學不説，這更是典型的「請君入甕」：最初是為獲得基本生存條件不得不入，一旦從中獲得好處，就會由無止境的利益衝動和欲望所驅動，入其中而得其樂，進而樂不思返，就真的被「收編」了。其代價就是放棄教育與學術的獨立、批判、創造精神，拋棄教師、知識分子的職責與良知，最後的結果就是「教育失精神，失靈魂」，而這正是教育權力的掌控者所需要的。[9]

也就是這樣的「劣幣驅逐良幣」的教育體制，造成了中國教育的種種「怪狀」。首先是我所説的「教育、學術流氓」與「偽教師」的得勢。所謂教育、學術流氓，他們沒有自己的教育觀念和立場，隨着長官意志而隨意變換。如在語文教育觀念大辯論中，領導傾向工具論，他們比誰都更「工具」；只要領導一談「人文」，他們又搖身一變，成了工具論最堅決的批判者，而且這樣的變來變去，是無須邏輯和理由

8　錢理群：〈做教師真難〉，《做教師真難，真好》，10 頁。〈有這樣一位農村教師〉，《做教師真難，真好》，126 頁。

9　錢理群：〈我理想中的大學教育〉，《我的教師夢》，103 頁。

的。在我看來，多年來語文教育以至整個中國教育的瞎折騰，上有長官意志，下面就有這些教育、學術流氓在起作用。[10] 所謂「偽教師」，他們的教學水準可能並不低，因此具有一定的迷惑性；但他們是沒有任何教育思想、理想，也毫無教育公心，既不真正關心學生的成長，也不從教育自身追求個人生命的意義，只是追求和教育本質相違背的個人名利。因此，他們的一切教育行為都是圍繞權力轉的。[11] 無論是教育、學術流氓，還是偽教師，都是竭力在現行權力結構裏，獲取自己的最大利益，自然成為高度集權的教育體制的忠實執行者與社會基礎。與此相類似的，還有引領形形色色的「學術新潮」的所謂「教育、學術權威」。我們當然不能不加區別的否定一切權威；但權威也確實有真、假之別。真正的權威在擁有自己的真知灼見的同時，也是有一種自我質疑、反省的精神的；而需要打問號的權威卻總是將自己的或許具有某種合理性的思想、觀點絕對化，推向極端，並在體制的鼓勵、支持下，無限放大，成為強制性的「教育改革的目標與方向」。這樣，他們自身也成為教育權力統治的一個有機組成部分，也就必然引起獨立思考的真正的教師的質疑：「我不相信某個名師的方法可以放之四海而皆準；我不相信某個被人推崇的理論完美無缺；我不相信某個潮流可以代表教育的終極目標；我不相信台上某個慷慨陳詞的專家自己相信自己的學說；我不相信來自官方的評價就是教師的立身之本」。[12] 更嚴重與可怕的是，這樣的高度集權的教育體制形成的「權力至上」的觀念和教育邏輯對教師思想、行為的影響。就像一位小學教師所說，在學校裏，大家都要爭權力。連普通的老師都會利用自己有限的權力

---

10 錢理群：〈王尚文先生的教育思想及其命運〉，《智慧與韌性的堅守》，158 頁。新華出版社，2011 年出版。

11 錢理群：〈做有限的可以做的事情〉，《靜悄悄的存在變革》，16 頁。

12 錢理群：〈「莫斯科不相信眼淚」——夏昆《率性教書》序〉，《智慧與韌性的堅守》，168 頁，169 頁。

對學生進行暴力統治,「專制成為日常教學生活邏輯了,可以不假思考地這樣做,成了習慣。你要違背這個邏輯,你就是異端,它就要把你搞掉」。[13] 而對學生心靈的腐蝕就更加觸目驚心。梁衛星老師的一篇文章裏,就談到這樣的學生:「他們是學校裏的『優秀班幹部』。他們在我們的教育引導下,已經有了明確的人生目標:『要在現有的生存條件(和體制)下活得最好』。他們信奉『權力就是一切』的人生哲學。他們忠誠地為擁有權力的校方維持學校秩序;學校領導則給他們以制服班級同學的特權,放手讓他們在實行『強權統治』上小試身手,或作特殊推薦,為他們打開通往真正的權力之路」,「這樣的學生,在學校已經形成了強權人格,為了獲取權力可以越過一切道德底線,其畸形發展到了令人恐怖的地步」,卻恰恰是現行教育體制所要培養的「接班人」。[14]

由此形成的,是一個「等級森嚴的金字塔」的教育結構。各級教育官僚,他們都有兩重性:即對授權於己的上級的依附,自覺、不自覺地充當奴才;對自己管轄下的教育部門,則仰仗所掌握的權力為所欲為。而他們周圍,都擁有一批打着權威、專家旗號,具有教師、學生身份的自覺的依附者。處於金字塔底層的,是第一線的教師。[15] 如我在《做教師真難,真好》一書的〈後記〉裏所說,「我們的一切教育理念,一切教育改革的措施,最後都要落實到教師的課堂教學上,並接受其檢驗。但現實生活中的教師,在教育和教育改革上,卻沒有任何權利,他們始終是『沉默的大多數』。各級教育官員,各種教育專家合理的、不合理的,可行的、不可行的,名目繁多,常常是朝令夕改

---

13 錢理群:〈做有限的可以做的事情〉,《靜悄悄的存在變革》,5 頁。

14 錢理群:〈直面中學教育的深層次問題 —— 讀梁衛星:《淩月、樊強、郁青青》〉,《做教師真難,真好》,69–70 頁。

15 錢理群:〈和中小學老師、學生的通信〉所引一位農村中學老師的來信,收《做教師真難,真好》,258 頁。

的觀念、舉措，他們都得聽，都得執行，而且承擔一切後果。也就是說，整個中國教育的責任與壓力，都是加在這些不會依附權勢，卻又極端辛苦勞累的普通教師身上的」，他們卻處於既無權利，又無力量，即所謂「無權無勢」的地位。這就形成了「第一線教師的獨立性及主體地位與作用的喪失，這是暴露了中國教育和教育改革的根本問題的」。[16]

本來，教育是有一種自救的力量的：它本質上的理想主義，總能吸引有志向、有眼光、有愛心的教師為之獻身。也就是說，即使在現行教育體制的鼓勵下出現了偽教師，也會有不受體制收編的，我所說的「真正的教師」。這些教師本當是教育改革的群眾基礎和依靠力量；但由於他們表現出來的獨立自主性恰恰為高度集權的教育體制所不容，他們在課堂上所進行的教育改革試驗總是受到多方掣肘。權力主導的教育改革，一面標榜要「解放教育生產力」，一面卻在事實上壓抑校園裏最具活力的力量，這是一個極大的矛盾，極大的嘲諷。[17]

用政治、戰爭、計劃經濟的思維、邏輯，群眾運動的方式，管理教育，搞教育改革

現行體制顯然與毛澤東時代一脈相承，連其管理方式，推行改革的方式，也是毛澤東時代的延續。我曾有過這樣的描述：「我們的教育改革所採取的是群眾運動的方式，大嚷大鬧，大造聲勢，搞各種各樣的教育工程，舉辦花樣百出的公開課，評比，檢查，樹標兵（我們叫「名師」），立樣板，現在又加上商業操作，更是熱鬧非凡。完全忽視了教育是一個慢的事業，是一個長期的實踐中潛移默化的過程。這就

---

16 錢理群：〈後記〉，《做教師真難，真好》，279 頁。
17 錢理群：〈後記〉，《做教師真難，真好》，280 頁。

必然導致教育改革的形式主義化，空洞化，扭曲化」。[18] 這都是「運動遺風」，其結果是「上課熱熱鬧鬧，課後空空蕩蕩，學生一無所獲」，更是敗壞了教風與學風，毒化了學校以至社會的風氣。[19] 經歷過毛澤東時代的老教師陳日亮因此發出警示：「不要搞『大躍進』，不要搞『群眾運動』，不要出現『語文泡沫』」，[20] 這真是一語中的。大學的教育與改革也是如此：「首先規定在某個時間內『實現創建世界一流大學』的目標，這本身就是一個『計劃指標』，是用發展工農業生產的方式（而且有極強的計劃經濟的印記）來規範學校教育，是根本違背教育、學術發展的規律的。於是，又有了花樣百出的『形象工程』、『政績工程』、『精品工程』，『造大船』，還有什麼『誓師大會』、『春種秋收』等等。這正是中國特色：最喜歡用工農業生產的詞彙（『工程』、『造船』、『種收』）與戰爭詞彙（『誓師』）來講學術、教育。這或許也是一種隱喻：官員們就是用經濟與軍事的邏輯和方式來管理教育與學術的」。「所謂『精品工程』，就是由某一名教授掛帥（更多的情況下是掛名），搞『大兵團作戰』，這是大躍進時代的『大搞科研群眾運動』的做法，現在又『重來』了」。「這種領導方式還有一個背景：這些年國家加大了對教育與學術研究的投資；一些掌握了權力的官員就產生了『有錢不花，過時無用』的心理。有不少『學術工程』就是『花錢工程』，用納稅人的錢來買自己的『政績』」，最終就導致了教育的腐敗。而這樣的用政治、經濟、軍事思維與邏輯管理教育的背後，是隱含了一個基本理念的，即「不承認教育、學術具有獨立的邏輯和獨立的價值，將其視為政治、經濟的附屬」，這就導致了教育、學術獨立自

---

18 錢理群：〈王尚文先生的教育思想及其命運〉，《智慧與韌性的堅守》，155 頁。

19 錢理群：〈相濡以沫 —— 與中學語文老師的通信〉，《語文教育門外談》，174 頁。

20 錢理群：〈以心契心的交流，彌足珍貴的個案 —— 陳日亮《我即語文》序〉，（錢理群語文教育新論），59 頁。

主性的匱缺與喪失，這正是中國教育從毛澤東時代開始「幾十年不變的根本問題」。[21]

教育產業化、商業化及其嚴重後果

教育的產業化

我在許多場合都談到自己的一個觀察：「我是 1988 年介入教育改革的，我發現 2000 年開始，中國教育實現產業化以後，也就是權力和市場結合以後，就逐步出現了全面的大潰退」。[22]

可以説，當中國的執政者、教育主管部門提出「教育產業化」的目標以後，「中國的教育（從大學到中小學）的性質發生了根本的變化」：教育不再是國家應盡的公共服務的責任，不再是公民應該享受的權利，而變成了盈利的工具。[23] 教育價值觀也發生變化：家長把送孩子讀書當作投資，學生把上學看作是消費支出，教師也把教書視為賺錢的手段，校長、教育官員更把辦教育作為一種經營，用辦公司開商店的法子來辦學。[24] 如一位研究者所説，「教育變成了『為受教育者服務』的商業行為，即所謂『受教育者應像顧客一樣，教育的目的在於滿足受教育者的要求』」。這樣，「教師就成了學生及家長的僱員」。「這些年有些地方出現的某些家長（特別是某些身為大官和大款的家長）任意使喚教師，對教師缺乏起碼的尊重的怪事，就是在這樣的極端功利

21 錢理群：〈中國大學的問題與改革〉，《論北大》，286 頁，303 頁。
22 錢理群：〈做有限的可以做的事情〉，《靜悄悄的存在變革》，7 頁。
23 錢理群：〈精神流浪漢的傳統和它的命運〉，《靜悄悄的存在變革》，235 頁。
24 錢理群：〈這才是合格的、真正的教師——讀王棟生老師的教育隨筆〉，《做教師真難，真好》，42 頁。

主義的商業化的社會、教育思潮結出的惡果。在這種情況下，教師的獨立性與主體性自然是談不上的」。[25] 正是在「教育產業化」的目標下，教育的性質、觀念，教育者（校長、教師）與受教育者（學生）及其家長的關係，全搞亂了，或者說，全都被金錢所浸泡了：這在共和國教育史上是一個前所未有的質的變化。

改變了的還有學校領導與教師的教育行為。「創收」成為學校各級領導的主要任務，學術研究的第一動力，也吸引了許多教師的主要精力。於是，就出現了種種教育的「怪相」，還美其名為教育改革的「新氣象」。如在中小學競辦「重點學校」、「快慢班」，實行高收費，為教育腐敗敞開大門；不顧主客觀條件在大學實行大規模的「擴招」，意在增加教育收入，吸引教育投資；大辦形形色色的課外輔導班，「第二職業」反倒成了主業；買賣文憑，大搞學校領導與各級官員、企業家之間的交易；還有在本身具有一定意義的校辦工廠，「產、教、學」三結合中，大發橫財，聽任腐敗蔓延；等等。[26]

而有領導、有組織、有計劃的推行弱肉強食的競爭教育，更是毒化了校園風氣，敗壞了整個教育。本來，市場經濟對教育也有正面作用，學生中學習上的競爭更屬正常[27]；但教育產業化的競爭所推行的是「適者生存」的叢林法則。所謂「應試」，就是「做人上人，還是人下人」的殘酷競爭和篩選，並因此在學生中劃分「成功者」與「失敗者」，人為製造新的等級，新的仇恨，把所有的人都視為敵人。[28] 如王棟生老師所說，「在這樣的『狼文化』的浸染和『殘忍的教育』培育

---

25 錢理群：〈做教師真難〉，《做教師真難，真好》，11 頁。

26 錢理群：〈中國大學的問題與改革〉，《論北大》，291 頁，288 頁。〈這才是合格的真正的教師——讀王棟生老師的教育隨筆〉，《做教師真難，真好》，42 頁。

27 錢理群：〈關於「現代教師」的幾個基本理念〉，《做教師真難，真好》，7 頁。

28 錢理群：〈直面中學教育的深層次問題——讀梁衛星《淩月、樊強、郁青青》〉，《做教師真難，真好》，73 頁。

下，人很快就能回變成野獸」。人們從中嗅到了血腥味，不能不再一次呼喊：「救救孩子」！[29]

教育既得利益集團的形成

　　產業化教育的最大危害，在於對教育權力結構的侵蝕，導致「權力與市場的結合」，從而形成新的既得利益集團。它是在同樣背景下，在全國範圍形成的「權貴資本集團」的有機組成部分。早在 2003 年北大推行所謂「人事改革」時，我即在〈中國大學的問題與改革〉裏引述黃子平先生的論斷，指出中國教育面臨的問題是：「官衙門積疾未除，又添洋場新疫」，並且具體分析說，今日之官，與計劃經濟時代的官，既有基本的相同，卻也有了新的時代特點。其大有雄心（或曰「野心」）者，已不滿足於只當官（書記，校長，主任等），還要當教授、博導，董事長，「將政治、思想、組織的權力與學術的權力、經濟權力集於一身」，把所有的利益全部撈到手，還要官官相護，以形成利益集團。他們人數不多（但有與時俱增的趨勢），但能量極大，在官場上頗能呼風喚雨，對同事中的正派人、老實人的打擊是不擇手段的，同時也很懂得籠絡人心，即所謂利益分享，以擴大既得利益集團的社會基礎。[30] 同樣的情況也發生在中小學教育界。如我在一次講話裏所說，今天的中小學「已經形成了一個巨大的無所不及的利益鏈條」，佔據主導地位的無疑是掌握份額不等的權力的各級黨和教育行政部門，也包括不同程度上跟着他們以求分得一杯羹的教師，職員，以及各種「吃應試教育飯」的輔助教材的編寫者、出版者，補習學校……等等花樣

29 錢理群：〈這才是合格的，真正的教師 —— 讀王棟生老師的教育隨筆〉，《做教師真難，真好》，42 頁。〈直面中學教育的深層次問題 —— 讀梁衛星《淩月、樊強、郁青青》〉，《做教師真難，真好》，73 頁。

30 錢理群：〈中國大學的問題與改革〉，《論北大》，287 頁。

百出的利益群體，還有期待通過應試教育達到讓孩子往上爬的利益要求的相當部分的家長，以至學生自己。因此，「在今天的中國，如果真的要把應試教育變成素質教育，多少人的飯碗沒有了，那是要跟你拼命的」。[31]

　　這就說到了另一個要害問題：在權力和利益相結合的現行教育體制下，是不可能、也不允許進行任何動真格的教育改革的。這就是我在另一篇文章裏所說，在現行教育結構下的所謂改革，「要不要改，改什麼，改成什麼樣，完全取決於是否有利於教育既得利益集團的利益。這就是為什麼多年來，各式各樣的花架子假改革暢行無阻的秘密所在：因為它既有改革之名（這也是利益所需），又不觸動現有的利益格局。如果要動真格，就必然觸動既得利益，當然為其所不容」。[32] 我們在前面的討論中已經說到，應試教育是一種科學主義、國家主義、實用主義的教育，是現行單一的經濟改革的產物；因此，它是最符合社會與教育的既得利益者的利益的，也就自然要受其竭力保護。早在2004 年，我就引述魯迅關於在中國改革者命運的論述指出，在現行體制下，挑戰應試教育，倡導素質教育，必然要經歷「三部曲」：先是受到權力的壓制和習慣勢力的抵制，舉步維艱；擋不住了，權勢者就突然改變態度，變成改革的支持者，人人都高喊素質教育，把它變成時尚品牌，就不可避免產生變形、變質的危險；而一旦出現混亂，就有人打着「糾偏」的旗號，反攻倒算，走回頭路，就像魯迅所說，「改革一兩，反動十斤」。[33] 現在幾十年過去，總結起來，這些話不幸而言中：中國的素質教育改革果真經歷種種曲折而夭折，應試教育依然牢

---

31 錢理群：〈做有限的可以做的事情〉，《靜悄悄的存在變革》，6 頁。

32 錢理群：〈直面中學教育的深層次問題 —— 讀梁衛星《淩月、樊強、郁青青》〉，《做教師真難，真好》，77 頁。

33 錢理群：〈對話語文〉，《錢理群語文教育新論》，4–5 頁。

牢佔據中國教育的統治地位，甚至變本加厲了。儘管口頭上還在講「改革」，但已經是「教育領域裏的既得利益集團操縱的『改革』，只能繼續以新的名目來損害教育弱勢群體的利益」。梁衛星老師說，他現在一聽到「教育改革就頭皮發麻」，是有充分理由的。我也因此提出，「沒有相應的社會、政治體制的改革，教育很難進行根本性的改革，也很難實行真正的素質教育」，其核心就是要觸動既得利益集團的利益，這就需要「超教育而言教育」。[34]

最嚴重的後果：培養精緻利己主義者和 黑社會的後備力量

一切教育的後果都體現在培養出什麼樣的學生。這正是我們所要追問的：「錢權交易」的現行教育體制，和相應的教育，在塑造什麼樣的人格，培養出了什麼樣的學生？

前文已經一再提及的梁衛星老師的《淩月，樊強，郁青青》，就提供了三個典型。前兩位都是校長、班主任、老師、家長心目中的「好學生」，「好幹部」。他們已經把實際支配我們教育的理念化作了自己的人生信條，或者認定「只有吃得苦中苦，只有考上重點大學，才能做人上人，才能擁有想要擁有的一切」，一面永遠都在追求「第一」，一面卻又恐懼於得不到「第一」，形成了「成功者的自信與失敗者的自卑的結合」的畸形人格；或者信奉「權力就是一切」，形成了為了獲取權力可以越過一切道德底線的「強權人格」。[35]這兩類被視為「尖子」

---

34 錢理群：〈做有限的可以做的事情〉，《靜悄悄的存在變革》，7頁，3頁，13頁。錢理群：〈直面中學教育的深層次的問題 —— 讀梁衛星《淩月，樊強，郁青青》〉，《做教師真難，真好》，79頁。

35 錢理群：〈面對中學教育的深層次問題 —— 讀梁衛星《淩月，樊強，郁青青》〉，《做教師真難，真好》，69–70頁。

和「接班人」的學生，實際上就是我所説的「精緻的利己主義者」。最早提出這一問題的是梁衛星老師，他稱之為未來上層社會的「紳士淑女」。王棟生老師就説得更加尖鋭，坦率。在一篇〈如今少年老成精〉的文章裏，他説自己過去「怕學生高分低能」，「現在最怕看到『高能人精』」。可怕之處，就在於成年人的「權力病正像瘟疫一樣侵蝕着幼小的心靈」；更讓人恐懼的是，這將影響、決定其一生：「二十歲就立志滑頭，三十而老於世故，四十大奸似忠，五十而扮正人君子，可作『關心下一代狀』」，那將是怎樣的人生，社會？這又是怎樣的教育？！[36] 正是這兩位中學老師的警示震醒了我，猛然意識到，「這是一個教育的輸送流程：中學（特別是所謂『重點中學』）培養出這樣的利己主義尖子，輸入北大這樣的重點大學，經過深加工，變得更加絕對，更加精緻，最後再輸送到國家，成為接班人」。[37] 於是，就有了「絕對的，精緻的利己主義者」的概念的提出，以及相應的討論：「所謂『絕對』，是指一己利益成為他們言行的唯一的絕對的直接推動力，為他人和社會所做的一切，全都是一種投資。所謂『精緻』，是指他們有很高的智商，教養，所做的一切在表面上都合理、合法，無可挑剔；同時，他們又驚人的世故老成，經常作出忠誠的姿態，很懂得配合、表演，最善於利用體制的力量，最大限度地獲取自己的利益，達到自己的目的」。我這裏使用的是「絕對的利己主義」的概念，而不是「個人主義」的概念，是經過慎重考慮的：「個人主義」強調維護個人的欲望，利益與權利，是具有合法性與合理性的，在總是用黨的利益、國家的利益、集體的利益來強迫人們放棄對個人利益、權利的追求的現當代中國，尤其有不可忽略的意義。因此，培養學生的個體意識，自

---

36 錢理群：〈這才是個合格的、真正的教師 —— 讀王棟生老師的教育隨筆〉，《做教師真難，真好》，40 頁。

37 錢理群：〈這才是給合格的、真正的教師 —— 讀王棟生老師的教育隨筆〉，《做教師真難，真好》，41 頁。

覺維護和爭取自己的合法利益與權利，也是教育的基本任務。而「絕對的利己主義」的問題，在於理想與信仰的缺失，沒有超越一己私利的大關懷，大悲憫，對社會的責任感和承擔意識，就像魯迅批評的那樣，把一己的悲歡看作整個世界，就必然將個人的私欲作為唯一的追求目標，這就不但忽略了人的社會性，造成人性的狹窄與扭曲，而且會將自己套在「名韁利索」之中，是自我的庸俗化。更為要害的是，也是我所最為警惕、最感憂慮的，是絕對的精緻的利己主義者與擁有絕對權力的體制的關係：他們在我們的教育下，信奉「有權就有一切」的人生哲學，在權力欲念的支配下，自覺地作出「忠誠的姿態」，高智商又能產生執政辦事的高效率，這兩個方面，都是高度集權的現行體制所急需的，他們成為接班人不僅理所當然，而且已經是既成事實。我說過，這樣的精緻利己主義者一旦掌握了權力，「其對國家、民族的損害，是大大超過那些昏官的」；而在我國的國情下，更多的情況是精緻的利己主義者與低俗的利己主義者相互配合，為所欲為。問題是，這些精緻的與低俗的利己主義者都是我們的現行教育培養出來的，這對現實與未來的國家、民族的發展帶來不可預計的危害，在某種意義上可以說是一種浩劫。造成這樣的後果，我們的教育就不僅是失職，「從根本上說，是犯罪的」。[38]

梁衛星老師的文章裏，還談到了現行教育中的所謂「問題學生」：「我們的教育使他們對生活、家庭、學校，都失去了信任，感覺自己是一個「多餘的人」，就形成了過早衰老的，或反社會的畸形人格：「內心對一切正常的東西都失去了興趣，只有不斷地犯禁，不斷地做讓人不能接受的事，才有活着的快感」。而對這樣的「問題學生」，我們從來不反省自己的教育責任，最後將其逐出學校，推向社會。其結果，常常成為「黑社會的後備軍」和這些年「愈來愈多的自殺者群體的後

---

38 錢理群：〈尋找失去的「大學精神」〉，《致青年朋友》，33–35 頁。

備軍」。問題的嚴重性更在於，前面説到的學校眼裏的「好學生，好幹部」，如果由於種種原因在高考中失敗，突然成了「人下人」，也會落入這兩種後備軍中。這或許是更令人沉重的教育後果。

應該説，精緻的利己主義者與黑社會的後備軍，都是我們教育的極端後果，是處於最高與最低的兩極；處於中間的大多數，則被培養成「冷漠機械型人格」。梁衛星老師分析説，「這種人格奉行活着主義：人生的唯一要務在於活下去並且要活得更好一些。他們不關心任何價值問題，為了避免價值風險，社會大眾的價值觀就是他們的價值觀」。在梁衛星看來，這樣的大眾價值觀自有其意義和價值，「但是如果發展成活着就是一切的犬儒主義哲學，就會形成盲目聽命於權力者的順民性格，事實上成為強權統治的社會、心理基礎」。

當然，不可否認，我們的教育在「梁衛星們」的努力下，也在培育出自尊獨立型人格，但在學生中是少數，而且因為獨立，註定他們的人生在自有難得的價值的同時，也充滿了曲折與痛苦。[39]

來自家庭、輿論，
社會習慣勢力的現實存在造成的教育困境

可以從一個細節説起：《南方週末》有一個關於馬小平老師的報導，其中寫到一個場面：「有一次馬老師被許多家長圍住，責問他為什麼不按應試教育那一套教學。馬老師顯得很疲憊，甚至有一點手足無措，最後泣不成聲」。這個細節讓我震撼，更看清了馬老師這樣的有着變革要求的有思想的教師現實的教育生存環境，他們要面臨五大困境：教育行政部門、各級領導的掣肘、壓制；家長的包圍；學生的反

---

39 錢理群：〈直面中學教育的深層次問題——讀梁衛星：《淩月，樊強，郁青青》〉，《做教師真難，真好》，71 頁，72 頁。

對；同行的另眼看待；以及社會輿論的不理解。[40] 尤可注意的是，這五大壓力，除行政官員、教育領導部門的干預直接來自體制外，都來自周圍的社會環境。

首先是魯迅說的「社會習慣勢力」。這是中國的教育改革和有志於改革的教師必須面對的現實：我們所質疑、批判的應試教育已經成為社會習慣勢力。它是魯迅說的「古人模模糊糊傳下來的道理」，有深厚的歷史淵源與基礎：中國古代就有通過讀書、考試成為「人上人」的應試傳統，即所謂「朝為田舍郎，暮登天子堂」；而建國後幾十年的應試教育，更使得「讀書做官」成為「天經地義」。再加上體制的有組織、有領導、有計劃的引導，就自然成為強大的習慣勢力。它的特點，就是魯迅指明的，是一種「無主名，無意識的殺人團」[41]：它由無數無名的普通人組成，根本無法追究；更多的時候是「『無物之陣』，阻力分明存在，卻摸不著，看不見」。它更是「無意識」的，甚至是出於善良的動機。馬老師遇到的家長的圍攻就是這個性質：他們信奉功利主義與實用主義，「不管學校給了孩子什麼，只要能讓孩子通過高考就行，一切都以高考為標準。學校、老師的教育行為，一有可能不利於高考，他們就要干涉」。但他們是大多數，而且確實出於好意，他們「希望孩子有碗飯吃，有個好工作，本來就無可非議」。他們也就這樣成了應試教育的強有力的社會基礎，結果就是扼殺了孩子的天性、本性，確實是另一種形態的「殺人」。[42] 王棟生老師因此對鼓吹「『家長』是群眾，『群眾』就是『人民』」的所謂「辦人民滿意的教育」的主流說法，提出質疑：家長、市民「可以對教育發表意見；但是僅僅因為

40 錢理群：〈做有限的可以做的事情〉，《靜悄悄的存在變革》，15–16 頁。華文出版社，2014 年出版。

41 魯迅：〈我之節烈觀〉，《魯迅全集》1 卷，129 頁，人民文學出版社，2005 年出版。

42 錢理群：〈一個理想主義者對中學語文教育改革的期待和憂慮〉，《語文教育門外談》，34–35 頁，36 頁。

他是家長、市民，他的話就能代表『人民』？他就可以肆意歪曲教育？」在王棟生老師看來，「教育不同於一般的行業，其中的許多問題（特別是教學問題）不能通過『群眾討論』『群眾投票』來解決。如果假借所謂『民意』反對教育改革，那就有可能造成不堪設想的惡果」。而這樣的以家長的名義，打着人民群眾的旗號的輿論干預，提醒我們：「討論中國教育問題不能局限於教育內部，教育同時是一個社會問題」，家長與學校、老師的關係，社會輿論與教育的問題等等，都直接關係着教育的社會環境，其對教育的發展方向的影響是絕不能低估的。[43] 而中國教育的嚴重性正是在於，不僅教育界內部（從各級教育官員到學校校長、教師）都以應試作為教育的全部目標與內容，而且教育界的外部，從家長、市民到社會輿論，也都是應試教育的堅強後盾。這就意味着，「應試教育的巨網，從外到內地籠罩着中國的中小學校園，針插不進，水潑不進，一切不能為應試服務的教育根本無立足之地。」[44]

　　令人恐怖的，不僅是教育環境，更有急劇惡化的社會環境。一直在農村底層任教的馬一舜老師就說到他所面對的不僅是「教育的錯謬」，更是「社會的錯謬」，而且正是後者深刻地影響着我們的學生：「我們日常使用的隨時可能是假冒偽劣產品；我們所聽到的十之八九是言不由衷的話語；孩子們出門，聽到的最多的囑咐是『不要上當受騙』。如果說中國的孩子生活在謊言中，生活在假冒偽劣的物質之中，生活在對假的提防與恐懼中，實不為太誇張」，「我們所面臨的教育問題的嚴重性，在於幾乎每一個方面都和社會問題緊密聯繫在一起」，「是社會風氣敗壞了教育風氣。我們每一個成年人，校長、老師、家長，整個社會，都在有意無意地傷害着、錯誤引導着我們的孩子，扭

---

43 錢理群：〈共同營造揚惡抑善、寬容、寬鬆的教育環境 —— 讀楊老師的「萬言書」〉，《靜悄悄的存在變革》，28 頁。

44 錢理群：〈我為什麼「屢戰屢挫，屢挫屢戰」〉，《我的教師夢》，26 頁。

曲着他們的心靈。這是『大人犯渾，在孩子這裏遭到報應』」。[45] 王棟生老師因此沉重地說，「學校教育目前還不是社會風氣的對手」，「教師不是『流行』的對手」，社會現實的邏輯遠比教育的邏輯強大得多，有效得多。問題是面對這樣的社會風氣、世俗力量，作為教育者的「我們怎麼辦？」王棟生老師的回答是：「因憚於世俗的力量的頑固而放棄思想，放棄吶喊，那才是無價值的人生」，他和許多真正的教師的選擇是「堅持着，做反抗絕望的思想者」。[46] 但這樣的教育堅守者只是少數；讓人憂慮的，是夏昆老師說的「教育的媚俗」：「不僅媚體制，媚專家，更是媚家長，媚學生」，「當教育放棄了自己的原則和陣地，成為體制的奴隸、專家的信徒、家長的替身、學生的弄臣的時候，教育喪失的，已經不僅是斯文了」。[47] 這教育獨立性的全面喪失，是讓一切教育中人，一切關心中國教育的人，不能不悚然而思的。

　　梁衛星老師因此提出了「非存在之境」的概念。他指出，人（學生和教師）並非生活於真空，而是存在於社會，而社會「包容了政治、經濟、文化、娛樂、意識形態、思維方式，生活方式……所有人的存在的一切方面，它們像空氣一樣存在於學生（或許還有老師——錢注）從出生那一刻開始的一呼一吸之中，它們也因此佔有了學生（和教師）的肉體和靈魂」，形成了一個異化的存在，梁衛星老師稱之為「非存在之境」。在梁老師看來，教育的使命就是要幫助學生和老師自己，從這樣非存在之境（異化的存在）中掙脫出來，成為「自己的反對者」。這都顯示了教育本質、本性上的烏托邦性，並必然導致教育「對人

---

45 錢理群：〈有這樣一位農村教師〉，《做教師真難，真好》，119 頁，122 頁。

46 錢理群：〈這才是合格的、真正的教師——讀王棟生老師的教育隨筆〉，《做教師真難，真好》，45–46 頁。

47 錢理群：〈「莫斯科不相信眼淚」——夏昆《率性教育》序〉，《智慧與韌性的堅守》，169–170 頁。

的現實存在的對抗性，批判性」。這就揭示了教育的一個根本性的困境：「沒有什麼人的教育可以抵抗來自社會、家庭、日常生活的教育合力」，在現實存在的邏輯面前，教育註定是失敗者；但教育自身的存在價值又必須體現在對現實的非存在之境即異化的存在的對抗上，這樣的「明知失敗仍要堅守」的「反抗絕望」就構成了教育的本質，也就帶來了本體性生存困境。

於是，所有堅守教育的烏托邦的理想主義的本性的教師都落入人生的「荒謬處境」：所有的具有反抗現實存在性質的教育行為，都「成為社會家庭與日常滲透的教育的強大力量的見證」，自身則陷入「西西弗斯不斷推石上山的苦役」。失敗的教育後果讓他們陷入無休止的自責與自我懷疑。梁衛星老師就這樣追問自己：「如果沒有我，學生會活得雖然混沌，卻沒有存在意義的痛苦；而現在，他們活得清醒，卻永遠失去了快樂。如果教育的影響只能是人生的痛苦，這樣的教育還是人道的嗎？我自然知道，如果我隨波逐流，我的教育依然是非人道的。我無論怎樣做，都是錯誤的嗎？」[48] 因此，我常說，在當下中國，一個有思想的真正的教師，他的困境，不僅是體制的壓制，不僅是集體無意識和輿論的壓力，不僅是家長、學生的不理解、拒絕以至出賣，不僅是同行的不容、「戰友」的背叛、分離，最致命的是自身的困惑，最終要面對的是自己，即所謂「反身自噬」，而戰勝自己是更為困難的。[49]

48 錢理群：〈直面存在困境——讀梁衛星教育隨筆〉，《智慧與韌性的堅守》，174–175 頁。

49 錢理群：〈作為思想者的教師——給梁衛星老師的一封信〉，《做教師真難，真好》，64 頁。〈這才是個合格的真正的教師——讀王棟生老師的教育隨筆〉，《做教師真難，真好》，46 頁。

教育兩極分化下的鄉村教育

教育公平問題始終是中國教育的根本問題

我從介入中小學教育改革的一開始，就強調必須堅持兩條基本原則：一是教育的平等性：「一切適齡青少年，不論民族、地區、家庭背景⋯⋯都要毫無例外地接受九年制義務教育」；二是基礎教育的義務性：「所有的教育經費都由國家承擔，這是國家對納稅人應盡的義務」。[50]「基本教育權的享有，這是基本的人權，公民權，應當受到法律的保護。一切對義務教育權的剝奪，無論是來自哪一級政府，還是監護人，都應該受到法律的制裁」。[51]

在我看來，在中國，實現教育平等的重點，是應該保證農民和他們的子女的受教育權。我特地引述 80 年代農村改革的先驅杜潤生先生的觀點：農村改革的方向應該是使農民成為馬克思、恩格斯在《共產黨宣言》裏提出的「自由人」，關鍵是要「使農民變成有完整權利的公民」，除了經濟上的自主權、政治上的民主權利以外，還「要使每個農民都能受教育」，「農民應該成為有知識、有文化的勞動者，提高他們的競爭地位，在起跑線上就處於平等的地位」。[52]我因此提出，農民問題始終是「中國問題的根本」，「談中國的教育，絕不能忽視農民自身和他們的孩子的教育」，「而中國的教育，最大的問題可能也在這裏」。我在 2000 年作出這樣的判斷，是有大量事實作為依據的。我在文章中

50　錢理群：〈一個理想主義者對中學語文教育改革的期待和憂慮〉，《語文教育門外談》，38 頁。

51　錢理群：〈以「立人」為中心 —— 關於九年制義務教育的語文課程改革的一些思考〉，《語文教育門外談》，6–7 頁。

52　錢理群：〈以「立人」為中心 —— 關於九年制義務教育的語文課程改革的一些思考〉，《語文教育門外談》，7 頁。

引述了教育專家楊東平先生提供的一組數據所顯示的三大問題：教育資源配置的失衡：「高教經費中 80% 來自政府，義務教育中只有 60% 來自政府撥款」，「東部、中部和西部教育投資的差距也呈拉大之勢」；農民子弟入學率的大幅度下降：縣及縣以下學校裏，「農村學生佔初中在校學生的比例為 56.85%，在高中階段農村在校學生僅佔 14.5%」；教育的高收費：「非義務教育的高收費，年增幅達 30% 左右，更導致農村新的『讀書無用論』的抬頭。由於繼續升學在經濟上難以承受，許多農民子女都選擇了輟學」。當時就有研究者指出，中國存在着一個「城鄉分治，一國兩策」的二元社會結構。在我看來，上述教育的不平等正是這樣的「一國兩策」的重要表現，因此而大聲疾呼：「發展教育，不要忘了農村的孩子，不要忘了中國民工的孩子，不要忘了在社會與教育中處於不利地位的群體的孩子！不要忘了受高品質的教育，是他們的基本權利！」[53]。

2007 年我又寫了一篇題為〈鄉村文化、教育重建是我們自己的問題 ——《鄉村教育的問題與出路》序〉的文章，這已經是七年以後。應該說，這七年間，中國社會、中國農村、中國農村教育都發生了巨大的變化，這中間自然有許多積極的進展，但依然存在諸多問題，也正是我和一切關注教育和改革的人們必須正視的新的現實。我首先考察的是農村的生存狀況，也就是「這塊土地上的多數人是怎麼『活着』的」。於是，就注意到我曾經關注過的雲南邊遠地區的發拉村，這是一個絕對貧困地區，短短幾年間，全村因生活維持不下去，被迫搬遷，在外地流浪的，達 180 戶：農民已經無法在這塊土地上容身。同樣驚人、超出想像的，還有精神的貧困：因爭食、爭救濟而鬥毆，以至殺人，幾成常事。在殘酷的生存競爭中，家族的親情越來越淡薄，家族

<hr>

53 錢理群：〈「教育中國」：我們的世紀之夢 ——《人文學者談教育》序〉，《語文教育門外談》，41–42 頁。

凝聚力已徹底喪失，加之政府基層組織的癱瘓，整個鄉村民間社會正處於瓦解過程中。東部農村這些年基本解決了溫飽問題，但卻是以河水髒了、青山禿了為代價的。更內在的代價是精神的傷害：大量的外出打工者早就對生養自己的農村產生隔膜，甚至厭惡的情緒，又將畸形的城市價值理念、生活方式帶到農村：能不能賺錢已經內化為一切思想、行為的最大理由和動力；許多富裕了的農民因為精神的空虛和投機心理，走上爛賭之路，敗壞了社會風氣，也敗壞了家庭、鄰里、人與人之間的關係。

在這樣的生存狀態下，出現新的教育危機是必然的。我瞭解的大概有五個方面。其一是與農村的凋敝相應的教育的凋敝。像發拉村的學齡兒童中，三分之一以上失學，未失學的，無法交書錢，買不起紙筆的又佔 20%，於是，就出現了「無書，無紙，無筆，空手來校，空手回家」的「學生」。據統計，全國 15% 的人口，大約為 1 億 8000 萬人口居住的地區，主要是西部農村地區，還沒有普及九年制義務教育。2007 年國家公佈全國還有 8500 萬青壯年文盲。其二，教育資源的分配越來越不公平。新世紀以來農村孩子在大學生生源的比例比 1980 年代下降了一半。另一方面出身農村家庭的大學生就業更加困難。北大的一個調查顯示，父親為公務員的工作落實要比農民子弟高出 14 個百分點。其三，教育成本越來越高，一個大學生 4 年學費大約相當於一個農村居民 20 年純收入。農民已經難以承受教育帶來的經濟重負，所謂「不上學等着窮，上了學立刻窮」。在一些地方已經明顯地出現了因教致窮、因教返貧的現象，甘肅 2004 年抽樣調查顯示，因教返貧的農戶佔返貧總數的 50%。其四，大量學生輟學，湖南一個調查表明，農村貧困生失學率高達 30.4%。同時，大批的輟學生和失業的大、中學校畢業生，遊蕩於農村、鄉鎮，成了新的流民階層的主要來源。其五，農村出現了大量留守兒童，導致家庭親情的嚴重缺失和淡漠。一個調查表明，38.4% 的留守兒童認為父母不瞭解自己，7.4%

的甚至不願意和父母在一起。再加上學校教育的無力與無奈，社會風氣的影響，許多留守兒童的人生觀、價值觀非常消極。他們厭學，翹課，就自然羨慕那些整日遊手好閒而不缺錢用，又有兄弟義氣的遊民、流氓，有的就成了農村遊民階層的後備力量。以上事實都表明，中國教育的不公的後果全部由農民承擔，「教育不但不能改變農民的命運，反而成為他們不堪承受的重擔」。可以説，中國社會的兩極分化在教育方面表現得最為突出。[54] 在我看來，中國教育始終存在兩大問題，一是前文所討論的在「培養什麼人」上出了大問題；再就是我們這裏所説的教育的不公帶來的兩極分化問題。

我對農村教育的觀察、思考與設想

農村教育的重建是我們自己的問題

當我逐漸意識到中國教育的兩極分化造成的農村教育問題的嚴重性時，引發了內心的極大震動。我開始反省：「包括我自己在內的許多關注中小學教育的知識分子，實際是將自己的關注點集中在城市的中小學，特別是重點中學、重點小學上，廣大的最需要關注的農村教育反而在我們的視野之外，而這恰恰是問題所在」。我對自己説，對中國教育的關注「立足點不應該放在城市的教育，關注那裏的人已經不少了。我不應該做『錦上添花』的事，而應該『雪中送炭』，把注意力轉移到極須關注而又沒有引起足夠關注的農村教育上去」。[55] 我的這一從城市教育到農村教育關注點的轉移，或許還有一種「期待和奢望」：在

---

54 以上討論均見錢理群：〈鄉村文化、教育重建是我們自己的問題 ——《鄉村教育的問題和出路》序〉，《做教師真難，真好》，182 頁，183–188 頁，193 頁。

55 錢理群：〈我的農村教育理念和理想 —— 2005 年 9 月 17 日，在「西部農村教育論壇」上的講演〉，《我的教師夢》，212–213 頁。

城市教育已經完全被應試教育籠罩、控制得天衣無縫的情況下，農村教育「或許正因為不被重視，正因為落後，反而存在着某些應試教育所沒有完全佔領的空間，為進行理想的教育實驗提供某種可能性。這也可以說是『後發展（地區，領域）優勢』吧。」儘管後來事實證明，廣大農村依然是體制支持的應試教育的一統天下，我還是太天真了；但對我來說，只要有一絲可能，就不願放棄改革的努力。於是，又對農村教育問題，思考了許多，也講了許多「夢話」。其實，我是勉力為之的。因為我深知，受主客觀條件的限制，我已經不可能像介入城市教育那樣，參與直接的教育實踐，只能充當「吹鼓手」。只說不做，這本身就內含着一種荒謬性與悲劇性。但我也管不了這些：能說多少就說多少吧。[56]

而且我還對自己提出警戒：絕不可以「精英」立場、思路，「代言人」的姿態，居高臨下地去「關懷」農民問題和農村教育，而要像魯迅說的那樣，「連自己也燒在裏面」：「今天中國農村、農民所面臨的問題，特別是深層次的精神、文化、教育問題，也就是今天中國的精神、文化、教育問題，特別是我們知識分子的問題。我們是和中國的農民，農村教師一起來面對這些問題，並一起來探討、解決這些問題的理論思路和實踐途徑。在這一共同探討中，我們又各自發揮自己的獨特優勢和作用，相互吸取，相互補充」。[57]

---

56 錢理群：〈我為什麼「屢戰屢挫，屢挫屢戰」——2007 年 5 月 27 日在「呼喚教育家精神座談會」上的講話〉，《我的教師夢》，29 頁。

57 錢理群：〈鄉村文化、教育重建時我們自己的問題 ——《鄉村教育的問題和出路》序〉，《做教師真難，真好》，203 頁，204 頁。

我對農村教育的幾點思考與設想

一、農村教育的兩大問題：「城市中心」的教育取向和農村教師的權利貧困

「城市中心主義」一直是中國教育的一大痼疾，這是農村教育始終處於邊緣位置，教育資源配置不平等的原因所在。而其更內在的表現就是整個教育設計中的「城市取向」。通過逐層考試，使農村的孩子最後成為「城裏人」，成了農村教育的最終目的與最終指向；這樣，農村教育就成了與鄉村生活無關的教育，可以說，「農村完全退出了我們的農村教育以至整個教育的視野」。正是這樣的城市取向的教育使農村教育陷入了困境：極少數的農村孩子，承受着遠超過城市孩子的負擔，以超常的努力，通過殘酷的高考競爭，上了大學，實現了「逃離農村」的夢，但也就此走向了永遠的「不歸路」；而絕大多數無力參加高考競爭的失敗者，或提早退出而輟學，即使繼續在校學習，也因為無望而失去學習的動力與興趣，學校的教育者校長、老師則將其視為負擔而忽略對他們的教育。這些農村的孩子儘管「混」到了小學、初中、高中畢業，實際上並沒有達到相應的文化程度。他們到了社會上，在市場競爭中就始終處於被動、不利的地位。在城市打工很難立足，又因為從小就接受的城市取向的教育而拒絕回到農村，就成了無論在城市還是農村都找不到自己的位置的「遊民」：這是農村教育的真正失敗。

中國農村教育的另一根本問題，是西北師範大學一位教授提出的農村教師的「義務與權利失衡」的問題：這些默默無聞的第一線的老師承擔了遠比城市老師更為繁重、複雜的教育重任，卻陷入物質貧困、權利貧困和精神貧困之中：我們的農村教師實際上是一個「被管理和被利用的對象」。這也是「中國特色」：越是基層，教育官員、校長的權力越大，真的是為所欲為。在這樣的教育體制和環境中，中國的農村教師就處在研究者所說的「四無狀態」：或「無助」，想做事而得不到任何支持；或「無奈」，想做的事沒有辦法去做；或「無望」，

看不到自己的希望何在；或「無為」，最後就無所作為，在孤獨、寂寞中「混日子」。最後留下的問題是：「農村教師的需要究竟是什麼？他們的生存狀態和發展中的真實困難又是什麼？這些問題，有誰能站在農村教師的立場上去思考，去研究，去解決呢？」這是包括我在內的每一個關心農村教育的人，必須時刻向自己提出的問題；而做不到這一點，不能建立農村教師「賦權」與「增能」的長效機制，中國農村教育是毫無希望的。[58]

二、重新確立農村教育的定位，價值和目標

正是出於對現行農村教育的弊端的以上認識，我提出了自己的農村教育的設想：「必須改變以升學為唯一取向和目標的定位，要面對全體學生，著眼於他們自身生命的健全成長，為他們以後多方面的發展，打下堅實的基礎。無論是留守農村，還是在城市發展，都能打開局面，即『走得出，留得住』。同時要加強教育與農村生活的聯繫，注重對鄉村建設和改造人才的培養」。

由此而提出農村教育的「三重使命」。一是「向高等學校輸送人才」。這既是發展高等教育的需要，也是農村青少年的權利。農民的後代應該和城市人的子弟一樣，接受高等教育，在中國以至世界的廣闊空間尋求自己的發展。在這一點上現行的高考制度是有它的合理性的，不能輕易全盤否定。第二是「向城市建設輸送人才」。在今後相當長的時期內，城市建設都需要從農村吸收勞動力，農村自身也有城鎮化的發展趨勢。培養有文化的城市勞動者必然是農村教育的重要任務。第三，「培養鄉村建設與改造的人才」。由於中國地域廣大，地理情況複雜，人口眾多，即使城市化程度得到極大的提高，仍然會有廣

---

58 以上討論均見錢理群：〈我的農村教育理念和理想〉，《我的教師夢》，221–223頁，219–220頁。

大的農村,「建設社會主義新農村」始終是國家建設和發展的不可或缺的戰略任務,相應人才的培養,主要還是要仰賴本地的農村學校。[59]

為適應和落實以上三大使命,必須建立農村教育的新的結構。我和研究鄉村建設的社會學家討論過這個問題,提出了一個「三元結構」的設想。首先是「發展和完善九年制義務教育」,以此作為農村教育結構的重心,使每一個農村的孩子都毫無例外地接受從小學到初中的基本的高品質的現代教育,這是教育和社會平等的基礎。這裏有一個「發展教育的重點應該放在哪裏」的問題。我在 2000 年討論西部地區教育問題時,就指出,「勞動者的素質低,這是長期制約西部地區經濟、文化發展的最基本的因素。在這種情況下,如果只考慮城市孩子要求上大學的社會壓力,把教育經費主要用於發展高中與大學教育,忽略了更廣大的城鄉九年制義務教育這一塊,就會把本已存在的東、西部地區教育及勞動者素質的距離越拉越大」,我正是據此而提出「西部地區發展教育的戰略選擇,應是重點發展九年制義務教育,適當發展高中和大學教育」。[60] 還應該看到,目前西部地區經濟、社會發展的實際水準決定了大多數的農村青少年在完成了九年制義務教育以後,就要走向社會。因此,在初中教育以後,應該同時發展兩種教育,一是「職業教育」,以培養城市建設與鄉村建設需要的技術人才,或作基本的技術、技能培訓;二是「高中教育」,以為高校輸送人才。這樣的義務教育與義務教育以後的高中教育的結合,就構成了比較合理、健全的教育結構與佈局。義務教育完全由國家承擔;職業教育和高中教育除國家要有投資外,應向社會開放,特別是職業教育要有更大的靈活性。[61]

---

59 錢理群:〈我的農村教育理念和理想〉,《我的教師夢》,223–224 頁。

60 錢理群:〈西部開發中的教育問題之我見〉,《語文教育門外談》,94–95 頁。

61 錢理群:〈我的農村教育的理念與理想〉,《我的教師夢》,224–226 頁。

三、重新認識農村教育的特點與優勢

在「城市中心主義」的教育觀念裏，農村教育是絕對落後於城市教育的，這背後有一個「城市 —— 鄉村」、「先進 —— 落後」的二元對立的模式，「教育城市化即是教育現代化」的認識誤區。這樣，農村教育的獨特性及其獨有優勢就被完全忽視了。

我和一些教育研究者討論過這一問題，一致認為，中國農村教育至少有三大特點和優勢。首先是「農村本土的地方文化、民間文化的薰陶」。孩子活躍於鄉村民間節日裏，在享受童年的歡樂的同時，也接受了潛移默化文化傳遞，在某種程度上這是融入生命的教育，影響是更為深遠的。還有「大自然的薰陶」。我多次說過，「人在大自然中」，這本身就是一個最基本的，最重要的，也是最理想的教育狀態。傳統的鄉村生活還有一個習以為常，卻對孩子的教育有很大影響的特點，就是全家人在一個庭院裏，朝夕相處，鄰里間雞犬相聞，來往密切，就形成了「充滿親情、鄉情的精神空間」，自有一種口耳相傳、身教勝於言教的教育方式，這對農村孩子的健康成長的影響也是潛移默化、意義深遠。

坦白地說，我和教育研究者在討論以上傳統農村教育的特點和優勢時，心情不免有些沉重，因為我們必須面對這樣的農村傳統的教育資源正在日趨萎縮的現實。地方文化傳統（包括民間節日）的失落與變形，農村自然環境的污染，以及農民工大量外出造成農村家庭和社會生活的空洞化：這已經成為當下中國農村三大社會文化、生態、經濟問題，對農村教育的影響與衝擊是明顯的。這也反過來證明，恢復與發展農村的內在教育資源的迫切性。同時提醒我們，農村教育的發展必須和農村本土文化的重建與自然環境的保護結合起來，形成良性的相互補充與推動。[62]

---

62 錢理群：〈我的農村教育的理念與理想〉，《我的教師夢》，227–229 頁，230–231 頁。

在重建地方文化方面，農村教育不僅義不容辭，而且也有發展的空間。在 2005 年左右，國家提出了在中小學課程設計、安排裏，應有 10% 的「校本課程」的要求，這就為鄉土文化進入課堂，提供了一次難得的歷史機遇。鄉土教材的編寫也因此成為教育改革的重要課題。[63]我也參與了相關討論，並在一些專家研究基礎上，寫了〈民族、地方性知識與鄉土知識 —— 關於鄉土教材編寫的斷想〉一文。文章談到，「在長期的歷史實踐中，中國每一個地區的老百姓都找到了一種適合於在自己鄉土上生存的生產方式和生活方式，並形成了利用和保護自然的經驗和知識。它不僅能指導當地人以最低成本且有效的方式，利用和保護現有自然資源，同時也是維繫社區內與社區間、人與自然、人與人、人與社會和諧關係的奠基石」，這就是所謂「一方水土養育一方人」，在人和環境的經濟、社會和精神的長期歷史聯繫中，必然產生一個地方、一個民族的知識與文化。這樣的「民族、地方性知識，是不同於主要由文化精英所創造的，超越於地方、民族文化的，意在求同的，分科研究的『普同性知識』的另一種知識體系」。應該說，「地方性知識、鄉土知識與普同性知識，都這樣類認知客觀世界不可或缺的一翼。兩類知識之間不存在是非優劣之別，反而需要相互依存、交錯制約，共同服務於人類社會的存在和可持續發展的需要」。但遺憾的是，我們的教育，包括農村教育，從來（從歷史到當下）都把民族、地方知識、鄉土知識排除在外，只是普同性知識的一統天下，這就造成了我們的教育知識體系先天性的片面與畸形。因此，民族性、地方性文化，鄉土知識進入課堂，就具有歷史補課的重大意義，應該是中

---

63 錢理群：〈我農村教育的理念與理想〉，《我的教師夢》，231 頁。

小學教育，特別是農村教育改革的重要內容。我們的目的是「普同性知識與地方性知識有效接軌」。[64]

四、重新認識農村教育在鄉村建設和改造中的地位與作用

我們這裏討論的鄉村學校教育，是屬於國民教育體系的；其實，農村教育還有一個重要方面：現代農村社區教育體系，這是對農民的教育與培訓，即所謂「村民教育」。農民是鄉村建設和改造的主體，但要真正發揮主體作用，有兩個關鍵環節，一是要把農民組織起來，另一方面就是要使農民接受現代教育，使其成為具有現代意識、覺悟與知識的現代農民。農村學校應該把國民教育和社區教育統一起來，同時擔負起村民教育的任務。通過辦夜校等方式，「使學校成為農村文化、教育的中心，成為鄉村社會『家園』的象徵與載體」，「鄉村教師也自然成為鄉村精英的重要成員，鄉村建設與改造的骨幹力量」。而這樣的任務僅僅依靠學校教師是完成不了的，需要有鄉村政權，鄉村自治組織與學校的相互配合，這涉及多方面的複雜問題，更需要具體的實驗。這裏只是提出一個理念與設想，也算是我的農村教育的一個夢想吧。[65]

打工子弟的教育，以及以打工者為主體的平民教育

上億農民進城打工，成為城市建設的主力，卻不能享受城裏人的權利：這也是最具中國特色的。由此而產生了農民工的教育問題，這可以說是農民教育的延續，也有兩個側面：打工子弟的教育，以及打工者自身的教育。

64 錢理群：〈民族、地方性知識與鄉土知識 —— 關於鄉土教材編寫的斷想〉，《論志願者文化》，401 頁，402–403 頁，405 頁，404 頁。北京三聯書店 2018 年出版。

65 錢理群：〈我的農村教育的理念與理想〉，《我的教師夢》，232–233 頁。

前文談到農民工進城以後，「留守（農村的）兒童」的教育問題；那些隨父母進城的孩子也同樣面臨能不能、如何接受教育的問題。但是，農民工沒有城市戶口，他們的子女就進不了城市學校的大門；農民工自己組織起來，成立打工子弟學校，卻長期不被承認，不具合法性。我就是在這樣的背景下，從 2004 年退休後第一年起，就介入了農民工子弟的教育，而且從一件具體小事做起：我應邀參與了北師大學生志願者組織的「首屆北京市打工者子弟學校作文競賽」，擔任顧問，並親自閱卷，評分，在新聞發佈會上發言，在頒獎會上作總結報告。在發佈會上，我特意談到，「儘管城市裏的各式各樣的作文競賽已經令人厭煩了，但打工子弟的作文競賽卻是第一次。這『第一次』既讓人興奮，又令人感到心酸，同時也在提醒我們成年人：對這些天真無邪的孩子，我們是欠了債的。什麼時候，打工子弟可以隨便參加城市裏的任何文化、教育活動，可以不必為他們單獨舉行這樣的競賽，我們大概才能心安」。我由此而發出呼籲：打工子弟和他們的父母「有權利發出自己的聲音」，「最根本的，是要讓打工子弟學校的校長、老師、學生自己站立起來，去爭取屬於自己的權利！」[66]

　　此後我又參加了許多打工子弟教育的活動，幾乎是有請必到。我尤其關注是打工子弟學校的老師的權利和培養問題，強調「要使流動兒童教育朝着健康、持續、有品質的民辦教育的方向發展，關鍵在於要建設一支穩定的、高品質的教師隊伍」。[67] 在一篇題為《打工子弟教育的意義和貢獻》的演講裏，我又十分動情地指出：打工子弟學校的老師，「是在得不到足夠的愛的沙漠裏，用自己的生命的泉水滋潤着學生焦渴的心靈，實行着真正的愛的教育」，「是在兩極分化的社會環

---

66 錢理群：〈他們有權利發出自己的聲音 —— 在「首屆北京市打工子弟學校作文競賽」新聞發佈會上的講話〉，《論志願者文化》，516 頁。

67 錢理群：〈發出自己的真的聲音 —— 2008 年 3 月 15 日在北京市打工子弟學校師生文學聯誼賽啟動儀式暨校長座談會上的講話〉，《論志願者文化》，523 頁。

境下，為給弱勢群體的孩子享受高品質的教育的權利，追求教育的公平，而不懈努力的」，更是在「自身被社會漠視、歧視的生存條件下堅守崗位，在孩子的成長中獲取自我生命成長，享受生命的意義和歡樂，從而維護了自己生命的尊嚴的」。「把他們的三大堅守置於中國教育的大背景下，就更是顯示出其不同尋常的意義。愛的教育的缺失，教育的不公平，教師的尊嚴的喪失，正是當下中國教育中帶有根本性的問題。而這些生活在中國社會與教育的底層、邊遠地區的老師們，卻在最缺少愛的地方堅守愛的教育，在最不公平的地方堅守教育的公平，在最沒有尊嚴的地方堅守教師的尊嚴，這是怎樣的崇高與偉大！每一個良知尚存的人，都應該向他們脫帽致敬」。[68] 我說這番話是真誠的，同時也感到自身的無力：我除了「脫帽致敬」還能做什麼呢？

但我還要關注農民工的教育。在 2013 年退休 10 年以後，又應邀主編了一套《平民教育人文讀本》。在〈總序〉裏指出，隨着社會、經濟的發展，中國的平民中出現了兩個新的群體或階層，一是城市裏的農民工，二是仍然留在農村裏的農民群體。共青團北京市委於 2012 年發佈的調查表明，農民工已經完成了由第一代向第二代的轉型。新生代農民工基本受過初中或初中以上的教育，有着和老一代農民工不同的精神困惑、精神需求。他們中 94% 的人會上網，平均每天 3.5 小時。這就意味着，他們正渴望有一個更廣大的世界，以獲取更廣泛的信息；他們具有在城市裏落地生根，獲得有尊嚴的人的生活的緊迫感；他們對世界也有自己的看法，一旦開始說話，任何人都不能忽視。而不可忽視的還有留守農村和這些年陸續回鄉發展的青年群體的精神文化需求；有研究者指出，即使今後每年有數以千萬計的農民轉為市民，再過 20 年，農村（含鄉鎮）居民，還會有 5 億多人。以上兩

---

68 錢理群：〈打工子弟教育的意義和貢獻 —— 2012 年在「清華偉新・新公民園丁獎」頒獎會上的致辭〉，《論志願者文化》，532–533 頁。

個中國新平民階層所提出的新的文化、精神需求,「都要求今天的平民教育必須有新的內容,新的方法和形式以及新的探索」。應該說,我是比較早地意識到這一新的教育課題的重要性與迫切性的。我和北大中文系的部分老師與研究生編寫《平民教育人文讀本》就是試圖作一些嘗試。我們提出了在以新農民工、新農民為主體的新平民中進行人文教育的兩大理念。一是「要用人類文明和民族文明最美好的精神食糧來滋養新一代的工人和農民,這也是他們的權利」;二是「閱讀經典的目的,又在於要提高新工人、新農民的『文化自覺』。這是他們尋求自我解放、爭取自己的權利的根本條件與前提」。[69]

　　以後,我在《給新農民工的一封信》裏,又提出了一個「建立『文化身份自信』」的命題。問題是這樣提出的:農民工被稱作是「城市裏的鄉下人」,他們一方面很難融入城市社會,另一面又不願意再回到農村,甚至在內心逐漸將生養自己的鄉土遺忘,這樣,就很容易落入在城鄉之間流浪的失根狀態。如一位年輕人給我的信所說,「在城市人的眼裏,我們是『鄉巴佬』,在鄉親眼裏,我們又是『城裏人』,無論在哪裏都無法得到一種歸宿」。這就陷入了游離於城市文化、鄉土文化的文化身份的尷尬。我在和年輕讀者的通信裏,就提出:「我們能不能換一個角度思考:這樣的身份有沒有自身的價值?」「出身於農村,又來到城市發展的諸位,如果善於利用自己的特殊身份,既珍惜、保留、深化與發展自己的農村經驗,又渴求、主動、積極、廣泛地吸取城市文化和世界文明的積極成果,就會形成雙重優勢。這是單有一個方面(無論是農村與城市)的經歷、經驗的同齡人所不具備的。」「我曾經說過,一個人,如果能夠自由出入於城市和鄉村、高層與底層、中心與邊緣、精英與草根之間,那就能夠得到較為健全的發展。當然,你們現在距離這樣的境界,還相當遠。但你們出入於城鄉之間的身份,

---

69 錢理群:〈《平民教育人文讀本》總序〉,《論志願者文化》,537–538 頁。

就有一個很好的基礎。目前這只是一個潛在的優勢，需要你們自己去將其轉化為實實在在的現實優勢」，「你們現在正處於人生選擇的關鍵時刻，首先要解決的是文化選擇的問題，建立文化自覺與文化自信。具體的人生道路，比如繼續在城市發展，還是重返農村發展，都不是最重要的。有了鄉村文化和城市文化的雙重優勢，無論在哪裏發展，都會有不同於他人的特點與優勢」。[70]

網絡時代的教育問題

在我的中學教師朋友中，最早關注「教育與現代科學技術的關係」問題的，是馬小平老師。他早在 1999 年就提出「關於普通中學迎接 21 世紀的教改設想」，明確指出：「教育必須運用現代教育技術」，「當前對電腦技術和網絡技術在教育領域的作用的認識還沒有達到它應有的程度。電腦和網絡雖然是技術問題，但它將會給我們帶來一種全新的思維模式與教育模式」，「以計算機為核心所形成的多媒體系統及網絡系統將引起一場教育的革命」，「教育這個高智慧的行業，卻最少用科學技術的成果來改變自己的生產方式，廣泛運用現代教育技術，這將是改革現行教育模式的一個突破口」。馬小平老師還同時提出了他所理解的教育革命的目標：「通過改變觀念，改變辦學模式，利用新的教育技術，開發學生的資源，開發教師的資源，從而解放人，發展人，使人成為自己，使人成為主人，使教師與學生的價值得以充分實現」。[71] 促使我進一步思考與研究網絡教育問題的，是曾宏燕老師 2003

---

70 錢理群：〈建立「文化身份自信」——給「新農民工」的一封信〉，《論志願者文化》，542–543 頁，545–546 頁。

71 馬小平：〈關於普通中學迎接 21 世紀的教改設想〉，參看錢理群：〈信息技術與語文學科的優化整合——讀鄧虹老師的教學實驗〉，《錢理群語文教育新論》，126 頁。

年所寫的《今日網事》一書。我在為該書所寫的序言裏，第一次明確提出了「網絡時代的教育問題」，認為這是「當前和未來中國中小學教育，包括語文教育的一個重大的、最具有挑戰性的新課題」。我引述了曾老師在其〈自序〉裏的一段話：「人類科學史上任何一次發明帶給人們的影響，都沒有網絡的出現帶來的影響大：它幾乎改變了人們的生存時空，甚至可以讓我們忽略空間的存在、時間的流動，還有人際交往的傳統因素」；而我尤其注意與強調的是，「網絡的開放性、遊戲性與隱蔽性，以及隨之而來的神秘性，都對正在成長的青少年具有特殊的吸引力。可以說，我們的孩子比我們大人們更容易、也更快地進入了網絡時代」。由此而作出一個論斷：「今天的中小學生，比他們的父輩——家長，老師，家庭中的兄長，以及我這樣的祖輩，最大的區別就在他們是網絡時代培養出來的新的一代。這不僅會在這一代的身心發展上，他們的思維方式、言說方式、交往方式、心理、情感……產生至今還難以預計的深刻影響，而且給我們的教育，從教育形式到教育內容，從教育方法到教育理念，提出了許多新的問題，並必然引起同樣是至今還能以預計的深刻變革。而我們的思想文化界，我們的教育界恐怕至今對此還缺乏足夠的心理準備，因而也沒有給予足夠的重視。也正是在這一點上，暴露了我們的教育與社會的發展，社會實際生活，包括教育對象的實際生活的嚴重脫節。我們遲早要為這樣的『教育滯後』付出代價」。

〈序言〉還著重討論了網絡為我們的教育所提供的新的可能性，所帶來的新的問題。指出「這背後還隱含着一個更大的問題：如何正確地認識與對待人類科學技術的新發展。因為任何一種科學技術的新進展，都有其兩面性：既給社會的進步，人的發展帶來新的推動，提供新的可能性，同時又會在不同程度上產生新的人的異化問題。而這兩個方面都會對教育問題提出新的挑戰。在我看來，這正是網絡問題的實質所在」。「如果我們承認，21世紀將是人類的科學技術大發展的

時代，那麼，如何以正確的態度對待網絡這類新科學新技術，就是一個將貫穿整個世紀的重大課題」。「首先要以極大的熱情關注並歡迎這一人類科學技術的新成就，同時又自覺注入科學的理性精神」，「一方面對可能產生的負面作用，進行科學的分析，研究其合理性與產生問題的原因和機制，並進行適當的引導；另一方面，又著眼於積極的開發，為孩子們打開一扇通向『無以估價的礦藏』之門」。[72]

　　這也構成了我關注網絡時代的教育問題的兩個側面：如何著眼積極的開發，又如何分析與對待其可能產生的負面問題？

如何積極開發網絡給教育提供的新的可能性？

　　這既是一個理論問題，更是一個教育實踐的機遇。我主要參與了三個方面的實驗，並寫了相應文章。

網絡評價實驗

　　我最初介入中小學語文教育改革，其實是有兩個方面的：一是編選《新語文讀本》，以推動教材和課外讀物的改革，另一就是應邀擔任清華大學雲舟網絡教育實驗室主持的「網絡評價」語文組的研究顧問，以推動教育評價觀念、方法和制度的改革：在我看來，這都是教育改革的關鍵環節。這次網絡評價改革的重點，在「變一次性評價為過程性評價」，「變單一的知識性評價為創新人才的綜合性評價」。為此，我們充分利用了電腦和網絡技術，既可以打破時空界限，進行遠距離的長時段的觀測；又具有可重複性，便於進行大量的統計性評價，以保證評價的相對準確性；還便於多方面的人才的參與，監控，以保證

---

72 錢理群：〈網絡教育：一個迫切的、意義重大的教育課題 —— 讀曾宏燕《今日網事》〉，
　　《錢理群語文教育新論》，123–124 頁。

評價的公平性，所需成本也相對少。我們嘗試着進行了網上的專題討論，夏令營中的小論文答辯和小論文及自由寫作的輔導與考查，我也有了與中學生交流、討論的機會。為了便於交流，還組織了一個「錢理群學術周」。先讓中學生通過網站看我部分研究魯迅的文章，再在網上進行現場討論與爭辯，這同時也是一個考查與評價的過程：和學生處於被動狀態的考試不同，考查的題目是作為討論的話題提出的，把知識與能力的考察隱藏在問題的背後，學生主動地自由地在網上盡可能充分的自我表現，作多方面的展示；我和助手則從旁觀察，並在電腦中記錄在案，對多重信息的客觀分析，就可以作出比較符合學生實際的綜合評價，而且確實從中發現了一些優秀人才，向清華大學作了推薦，經過校方進一步面試。有的被錄取，即使未被接受，也為打破一張考卷定終身的評測體系打開了一個新的思路。[73]

信息技術與語文學科的優化組合實驗

處在教學第一線的最有創造力的老師，都把網絡技術的出現，看作是解決教學中長期存在的一些問題的新機遇，作了大膽的實驗。北師大附中的語文老師鄧虹就是其中的一位，她就一直在作「信息技術與語文學科的優化組合」的實驗，並取得了很大成功。我也始終關注鄧老師的教學工作和實驗，在她寫出《激情作文點擊——來自高三實驗基地的報告》的總結以後，我也寫了長篇論文，作為回應，指出：「我們過去許多關於教育，關於語文教育的理念，設想，一直苦於找不到實施的手段，就只能是一個理想，甚至是空想。而現在網絡技術的出現，就給了我們一個變成現實的途徑，展現了新的可能性：這大概是鄧老師的實驗最具啟發性之處」。文章具體分析了鄧老師兩個方面的實驗的意義和價值。

---

73 錢理群：〈我與清華大學的網絡評價試驗〉，《語文教育門外談》，238–239 頁，241 頁。

一、閱讀教學的實驗：虛擬課堂與實體課堂的自由切換

實驗的重點在把單一、單向的教師課堂講授變成實體課堂與虛擬課堂自由切換、師生互動的三個環節。首先是網絡的「預習」：要求學生利用網絡技術收集經典課文（如魯迅的《藥》）的相關資料與信息；然後根據自己初步閱讀的感受、認識在網上交流。這樣，就由原先學生個人關在家裏預習，變成全班同學在網上的相互啟發和爭論，教師也借此瞭解了學生初步接受的情況，便於有的放矢地設計自己的教案。而且學生因為有了爭論，產生了許多問題，迫不及待地要在課堂上討論。這樣，在課堂實體教學裏，教師和學生都取得了主動權，學生帶着問題學，教師則有針對性的講解：將學生在網絡預習中發表的好意見加以展開和昇華，對認識上的不足以至誤讀予以糾正或引導，教學重點與難點的把握都比較準確，符合學生實際，就較好地營造了一個「作者、教師、學生良性互動」的教學氛圍。最有創造性的，是第三個教學環節的設置：再回到網絡寫網上作文，題目是「和作者（如魯迅）一起重寫課文（如《藥》）」，要求學生選擇一個特定的敘述視角，根據作者文本提供的材料，重新寫一篇課文。如有的學生把《藥》側面描寫的夏瑜改寫成正面講述；有的學生專寫康大叔的故事；有的還選擇「路燈」的視角，寫它看到的故事，等等。這就引導了學生反覆閱讀、消化課文，並發揮自己的想像力和創造力，進行再創作。這既是閱讀教學的創新，又是對學生使用網絡的一個正面引導，培養了他們隨時從網上獲取信息、處理信息，自覺、主動地思考與學習，並和他人進行自由交流的能力與習慣，這就為學生終身學習打下了一個基礎。

二、寫作教育實驗：構建激發創造活力的「寫作場」

傳統的作文寫作都擺脫不了教師與學生「一對一」的模式，而現在學生的網上作文，幾乎在同一時間內就從老師與同學那裏得到快速

的反應。這是相互傾訴與傾聽，又是相互評比、競爭與激勵。在這樣的網絡平台裏，每一個人都是獨立自主、自由平等的；而網絡特有的隱蔽性與遊戲性，就更加放鬆，沒有太多束縛、顧慮，這裏的表達是不設防，因而也是最真誠、最自由的。每一個學生，以及老師都可以無拘束無忌地把自己心靈中最美好的方面，把自己的聰明、智慧、才能，展現在這個學習群體裏面，達到相互映照與欣賞。而這樣的網絡的民主參與也包括家長，於是，就出現了全家人一起坐在電腦前分享網上交流的快樂的場面。這樣的學校教育與家庭教育的交融，是令人感動的。

由此改變的，是學生作文的性質、功能與意義。網上的對話與交流，就使學生的寫作具有了發表的功能，成了一種「公眾言說」；而網上作文所建立的公眾平台，是一個班級的公共輿論空間，它是由老師引導的，自有一種寫作、輿論導向，而同學在參與中也有相互監督的作用，這都有效地避免了網上寫作的無序性所造成的弊端。因此網上的作文寫作，既不同於專門寫給老師和考官看的應試作文，也不同於網上聊天的純私下寫作，其所打造的是一個良性、優化的寫作空間、輿論空間，自有一種揚善抑惡的功能，既充分利用和發揮了網絡的優勢，又避免了可能產生的消極影響。

更重要的是，學生在網絡寫作中，自由展現自己的思想、情感、個性，和老師、同學對話交流，對班級集體發言，在公共展現的過程中，實現了言說的價值，獲得成功感，體會到言說的尊嚴。這時候，寫作就成了內心的需要，自我生命成長的需要，不再成為負擔，就從「老師要我寫」變成「我要寫」了。長期困擾着作文教學的學生寫作動力不足的問題，也就迎刃而解。而且學生的網絡寫作同時具有網絡遊戲的功能，學生把網上寫作當作同場競技，在比試創造性的精彩紛呈的擂台比武中，感受到了「寫作的快樂」。由此形成的網絡寫作的快樂

性原則、成功性原則和創造性原則，是最能顯示中學生作文的特點與特質的，這都是傳統的作文教學可望而不可求的。

網絡寫作還較好地體現了作文教學中一直追求的「教師的主導作用與學生的主體地位」的原則。學生是網上作文的當然主人，而學生和家長都把老師稱作網絡裏的「織網人」，鄧老師在她的網絡作文實驗裏，就成功地擔負起了「網絡學習群體的組織者，學生自學的諮詢者和學生智力交流的協調者」的重任。而教師全程參與指導的最大作用，就是照顧學生寫作的差異性，培養學生的寫作個性，「把學生的個別差異作為一種教育資源來開發」，而學生寫作潛力的發掘、培育，核心就是人的潛力的釋放，是一個「解放人、發展人」的過程，而寫作的個性化，其實質更是使「學生的價值得以充分地實現」。

鄧老師的實驗特地選擇了在高三階段進行，這就別有一種深意。學生在總結中寫道，「儘管網上作文已經結束，但在網上度過的時光已經成為我生命中一份彌足珍貴的財富」，「不知何時，『作文基地』成了我們的家」，「現在家中的孩子要遠行了，但是家還是家。雖然身在異鄉為異客，在淚眼朦朧中，也會飽享家的溫暖」。這裏說的「精神家園價值」，對中學閱讀、寫作教育，以至整個中學教育，是具有「本原性」的意義與價值的。鄧老師說得好：「讓寫作擺脫應試的唯一目的，真正回歸寫作本原 —— 心的棲息方式。這樣的作文才能從根本上實現『作文』與『立人』的最終結合」。[74]

三、網上讀書俱樂部：有理想的教師的精神聚集地

網絡教育也給教師的教學工作和師生關係，提出了新的問題與要求。一位福建老師就這樣對我說，「網絡時代信息的暢通打破了教師對

---

74 以上討論見錢理群：〈信息技術與語文學科的優化整合 —— 讀鄧虹老師的教學實驗〉，《錢理群語文教育新論》，127 頁，128–130 頁，131 頁，133–134 頁，137–139 頁，140 頁，145 頁，143 頁，146 頁。

知識的壟斷，現在學生對老師的崇拜心理減弱。我個人認為我需要向學生學習的地方也不少。從現代民主平等的角度，我自己更希望與學生建立『亦師亦友』即良師益友的關係」。[75] 還有一位教師也談到，「在當今的信息時代，學生通過各種管道所獲取的知識相當廣泛，而且有一定深度。因此，在教育教學過程中常有力不從心的感覺」。[76] 在我看來，這都提出了一個網絡時代教師自身的學習、提高的問題。我因此提出，今天的中國迫切需要一批愛讀書，愛學習，愛思考的老師，在某種意義說甚至可以說，這是中國教育能夠持續健康發展的一個關鍵環節。但中國的現實卻是這樣的愛讀書，愛學習，愛思考的好老師在各個學校儘管所在多有，但卻都處於分散、孤立的地位，形成不了一種能夠在教學中發揮引領作用，推動教育改革的群體力量。於是又提出了建立「好教師聯盟」的設想：「不是一個很組織化的機構，而是有更多心心相印的人，更多相互欣賞、相互關注、相互支持的人，相互研究問題，共同去實踐」。[77] 而網絡不受時間與空間限制的特點，正好為這些分散的孤獨的個體（有理想，有追求，愛讀書，愛思考的老師）提供一個精神的聚集地。福建就有這樣一批老師，在網上建立「1+1讀書俱樂部」，每月集體讀一本書，在網上充分交流，在形成某種教育觀念、理想的共識以後，就集體從事某種教育實踐活動。他們通過網上聯繫希望得到我的支持，我立刻義不容辭地趕去福州，讀書俱樂部的老師也從省內各縣趕到省城，和我一起交流。我非常重視福建的這一經驗，就利用講學的機會，在全國各地教師中廣為推薦。[78] 而在我的

---

75 錢理群：〈我理想中的中小學教育和中小學教師〉，《我的教師夢》，64頁。

76 錢理群：〈做教師真難〉，《做教師真難，真好》，15頁。

77 錢理群：〈民間教育實驗的意義與力量——《生命化教育的責任與夢想》序〉，《做教師真難，真好》，173頁。

78 錢理群：〈給農村教師「講三句話」——2011年5月7日在《新語文讀本》出版十周年紀念河南新野教師報告會上講〉，《夢話錄》，220頁。灕江出版社，2012年出版。

心目中，網絡的出現，不僅為「教師中的思想者的培育、聚集，開闢了一個新的天地」，[79] 而且「現在的許多網站事實上正在成為全國具有獨立自由思想的精神流浪漢的聚集地，一個自由交流、相互支撐的精神園地。其對有追求的年輕人（他們正是民族未來的希望）的健康成長，對政治、思想、文化、學術自由空間的開拓，社會風尚的變化的作用，是不可低估的」。[80]

正視網絡帶來的教育問題，構建學校教育與網絡教育相互補充的更為合理的教育結構

我在接觸、關注網絡教育的一開始，就注意到了所謂「網絡成癮症」的問題。這是一種過度使用互聯網的心理疾病。據說許多人，特別是青年學生往往沉溺於網上的互動遊戲，忽視了現實生活的存在。初時只是精神上的依賴，而後可以發展成為軀體上的依賴，影響到人的身體健康，引發各種疾病，甚至可能導致死亡。[81] 後來，一位農村教師給我的來信裏，附錄了一篇他的學生寫的討論「是什麼原因使青少年沉溺於網絡的虛幻中，不能自拔」的文章，讀得我心驚肉跳：「堆積如山的作業，壓得喘不過氣來的（高考）的期望和可怕的分數，陰沉沉地籠罩在少年的天空，生活中沒有了快樂，一切只是勉強地撐着，撐得身心疲憊。這時虛幻來了，刀光劍影，英雄美人，遊戲是多麼刺激！在那個虛幻的世界裏，自己成了主宰，可以隨心所欲的玩，沒有作業，沒有分數，沒有名次，沒有……」。「為什麼孩子沉迷於網絡的虛境，因為他們在現實中太不快樂！」我說，這是一個「黑色的真

---

79 錢理群：〈《教育思想者》叢書總序〉，《智慧與韌性的堅守》，162 頁。
80 錢理群：〈我的書院教育夢〉，《我的教師夢》，119 頁。
81 錢理群：〈網絡教育：一個迫切的、意義重大的教育課題〉，《錢理群語文教育新論》，124 頁。

實」,「網絡成癮症」的背後,是整個中國的教育問題;而這樣的剝奪人(特別是青少年)的享受快樂的權利的教育,「其實是中國社會的一個縮影」。[82]

但我更想討論的是,網絡本身帶來的機遇與問題。在這方面給我很大啟發的,是台灣作者郝明義先生所寫的《越讀者》一書。大陸出版社要引進該書,希望我寫序推薦,我也因此有了學習的機會。我在序言裏重點介紹了郝先生的一個分析。他把問題的思考與討論放在一個長時段的歷史過程中,指出,傳統教育是一種「書籍的閱讀」,特別注重的是「經典的閱讀」;而它只是一個「歷史的產物」:在人類演化的四萬年的歷史中,五千年前學會閱讀文字,一千年前懂得使用書籍,「只是一個短暫的過程」。而且文字和書籍閱讀帶來的,也不僅是人類文明和文化發展前所未有的大推進,也產生了新的局限:文字固然提供了一個「可以極為抽象又方便地認知世界的方式」,但卻也導致了「我們原先綜合運用各種感官的全觀能力的退化」;書籍把「文字的傳播力量做到最大的擴散」,也使「我們容易忽視——甚至,貶低——書籍以外的知識來源」。從這樣的歷史眼光和立場出發,就不會將書籍閱讀絕對化,而看清「人類在使用了文字和書籍一段路程之後,又透過科技發明了一種新的形式,企圖擺脫文字和書籍閱讀的限制,也是一種歷史的必然」:這樣,網絡的出現及其歷史作用與意義,就得到了科學的說明。

引起我的共鳴的,更是郝先生的一個論斷:網絡的出現,「同樣也是一個超越局限,又自然產生新的局限的過程」。郝先生指出,「網絡終將結合文字以外的聲音、影像、氣味、觸感,甚至意念,提供了一個全新的認知經驗」,也可以說是「被書籍閱讀壓抑了的精神需求的一種釋放」。同時,網絡也使「文字閱讀與寫作成為更加平民化,無所不

---

82 錢理群:〈和中小學老師、同學的通信〉,《做教師真難,真好》,261 頁。

在、無時無刻不在進行的社會行為」，出現利用網絡上的資源與工具，「一個高中學生都可以像哈佛大學博士研究生一樣進修」的可能。但這樣的網上影像閱讀也會「形成新的遮蔽，造成閱讀的平面化、世俗化，影響閱讀的深度與個性化」。在郝先生看來，「網絡閱讀與書籍閱讀可能長期並存，形成互補」；他因此提出「要學會善用網絡與書籍的不同特質，來對待過去與新生知識及資料，來對待『影音像』及『文字』不同的媒體」。[83]

我在與第一線的中小學老師交流中，也一再面對這樣的網絡、影視教育的問題。在談到學校裏的詩歌教育危機，中國詩教傳統的失落時，就有教師與研究者指出，「在現代生活中，詩的本有的自由精神之失落不僅源於日常生活缺乏詩意和工業技術的人的異化。更為重要的原因是現代電影電視藝術對詩的精神產生了致命的衝擊，而且這種對抗已經顯示出視覺刺激對內心想像的一種侵蝕」，「影視藝術的魅力在於它能將任何想像性的內容變成現實的圖像，而且將那些不能變成現實的圖像粗暴地遺棄，從而使思想變得簡單」，「電影和電視藝術的想像是直接的、確定的、圖像化的，它具有一種特殊的強制性，即讓接受者沒有自我創造和自我獨立想像的空間，只有被動接受與感知的自由」，其結果「很可能全世界兒童的想像力在將來都是一樣的，這是十分可怕的」。結論是：「詩與視覺藝術在本質上具有對抗性。我們自然不可能消滅電影和電視藝術，但我們可以通過保存詩教的方式來保護兒童的自由想像力」。[84] 而更多的老師則談到了「今天的文本閱讀，特別是經典閱讀，所面臨的迅猛發展與普及的影視與網絡的巨大挑戰」，「這確實是今天許多年輕人越來越疏離文本和閱讀（即所謂『少爺、小

---

83 錢理群：〈閱讀的危機和如何應對 —— 郝明義《越讀者》大陸版序〉，《重建家園》，324–325 頁。廣西師範大學出版社，2012 年出版。

84 錢理群：〈《詩歌讀本》編寫雜想〉，《錢理群語文教育新論》，263 頁。

姐不讀書』）的重要原因」。影視與網絡使我們獲得了很多東西，也取消了許多東西，「主要是深度閱讀和個性化閱讀」，這正是文本閱讀，特別是經典閱讀的優勢所在。就許多人都關注的閱讀的愉悅而言，影視和網絡所帶來的愉悅是明顯的，但同時又是表面的；而經典文本閱讀的魅力正在於它的內在愉悅性。在老師們看來，影視、網絡和文本閱讀都是不可替代的，只能是相互補充。[85]

老師們認為，這背後，實際上是一個學校教育與社會教育，學校文化與大眾文化的關係問題。面對「與市場經濟緊密相連的作為文化工業的影視、網絡等大眾文化教育對學校教育的挑戰與衝擊，既不能完全否定、排斥，又不能隨意迎合」，這都是當下中國教育所遇到的難題。[86]許多教師都指出，「我們不能一般地否定流行文化，它在對孩子的教育上自其價值與意義；但流行文化即使其最好的方面，也是一種社會文化的平均水準的反映。如果只是用流行文化滋養我們的孩子，就必然導致文化的貧弱症和精神的平庸化與鄙俗化」。因此，「健全的教育，就應該為孩子提供廣闊的文化空間，在流行文化與高雅文化之間形成某種張力。學校教育、課堂的語文教育，應以向學生提供高雅文化的滋養為主，同時對學生課外對流行文化的吸取進行必要的引導。在閱讀教育上，我們之所以提倡閱讀經典名著，正是出於這樣的理念」。[87]我們的學校教育，既「要適應現實的需要，又要有精神的超越性：這也是學校教育和社會教育的區別所在」。[88]在我看來，網絡與影

85 錢理群：〈懷着歡度盛大節日的心理去閱讀經典〉，《錢理群語文教育新論》，163 頁。

86 錢理群：〈關於「現代教師」的幾個基本理念 ——《現代教師讀本》序〉，《做教師真難，真好》，7 頁。

87 錢理群：〈重在建構孩子自己的精神家園 —— 讀嚴凌君「青春讀書課」系列教材〉，《錢理群語文教育新論》，80 頁。

88 錢理群：〈《新語文讀本》：一段歷史，一給故事，一個未完成的過程〉，《錢理群語文教育新論》，178 頁。

視等新科技手段的出現，給我們的教育提出了兩個方面的新課題：一是「如何利用網絡的優勢，更充分地發揮學生的學習主動性，促進學生與老師之間、學生與學生之間的平等、自然、無拘的交流，形成良性互動」，這是我們在前文已有討論的；另一則是「如何將中學生所關注的流行文化與學校教育所要強調的經典閱讀二者溝通，相互滲透、補充與制約，即所謂『在野』與『在堂』之間的良性互動」：在這兩個良性互動中就可以建立起更為合理的教育結構。[89]

漫說「人工智慧時代的教育」

我在 2012 年宣佈要「超教育而談教育」以後，就很少直接談教育了，但依然在關注着教育，思考着教育問題。到 2018 年的一次對話裏，因為談及「準備迎接人工智慧新時代的挑戰」問題，就忍不住說了一番話，都關涉到教育問題。我談了三點。首先，要重新回到最基本的哲學問題、人文問題的討論上來：「何以為人？人將何為？」也就是：人有沒有機器人取代不了的東西？這個東西是什麼？什麼是人之為人的本質、本性，人性應該向哪個方向發展？人將在哪個方面作為？回答是：人的最大本質在於它的創造性思維；而所謂「創造性思維」的基本特點就是「不可複製，不可替代」。在我看來，最主要的，它是異端思維，是對一切公理、公意、共見、定論提出質疑與挑戰的另一種思維；它同時又是極富想像力的思維，在別人認為不可能的地方想像、創造出新的可能性。其次要按照這樣的機器人不能替代的「人」的標準，來重新思考文學創作、學術、教育問題：「什麼是『人』的教育？由此提出了什麼新的要求，新的挑戰？」有研究者就指出，過去我們的教育是「學以御物」，以學術、知識、技術服務於「御物」

---

89 錢理群：〈重在構建孩子自己的精神家園 —— 讀嚴淩君「青春讀書課」系列教材〉，《錢理群語文教育新論》，94 頁。

即滿足人的物質需要的教育；現在就需要「學以成人」，以使人成為人，獲得人性全面發展，特別是以滿足人的精神文化需求為目的。其三，更要關注的，是為了達到這樣的「人的教育」而不是「機器人的教育」的目標，需要什麼樣的教育環境？這又涉及到我們前文所討論的現行教育體制的方方面面的改革問題；這個問題不解決，一切都是空談。[90]

　　以上所談，都只是「漫說」，需要更深入的思考與討論。我也只能在此打住了。

■ 我所參與的教育改革實驗 ■

思想者與實踐者的相互補充與制約

　　我對中小學語文教育改革的參與，實際上扮演了「思想者」與「實踐者」兩個角色。我曾說過，思想者與實踐者是有各自不同的邏輯，因而又發揮着不同的作用。思想者著眼於新的教育理念的建設，並從自己的教育理念出發，對現行教育的弊端作出批判，從而形成一種思想、輿論的壓力，以促成改革，並為其所呼喊的改革提供思想資源；因此，要求思想的徹底，並具有一定的超前性，因此帶有理想主義的色彩，而不考慮現實的操作。實踐者面對的是教育的現狀，不僅感受到改革的必要性與迫切性，更要考慮在現實的主客觀條件下，改革的可能性與有限性，因而奉行逐步推進的改革策略，這其中包括必要的妥協，而不可能像思想者那樣徹底。對於中國的教育改革，思想者與實踐者都是不可或缺的，他們既互補又相互制約：如果沒有思想者所

---

90 錢理群教授與洪子誠教授對話實錄，網上文章。

提供的大視野與新理念，及其銳利的批判所形成的巨大衝擊力，改革或者根本不可能進行，或者只能在既有框架內打轉，變成「換湯不換藥」的表演；反之，如果沒有實踐者對思想者的理想的調整和具有可行性的操作與試驗，也會因為思想與實踐脫節、過於超前而帶來災難性的後果。我因此提出了「思想要激進，態度要積極，行動要謹慎」，「開始要早，步子要慢」的主張，就是試圖將思想者與實踐者的不同邏輯統一起來，作為自己介入中小學語文教育改革的指導思想與行動準則。[91] 應該說，我最初是以思想者的身份、立場與姿態介入語文教育改革的，因為思想旗幟的鮮明和尖銳的批評力產生了很大影響，也遭到很大的非議，而成為教育既得利益集團與保守勢力的打擊對象，力圖將我趕出中小學語文教育領域；我偏偏不走，但也改變了策略，更多地參與具體教育改革活動，以實踐來回應我的圍攻者，以此堅守與發展我的教育思想。

推動「新語文」民間改革實驗

我採取了「以退為攻」的戰略：既然既得利益者不允許我參與政府主導的教育改革，我就在民間社會尋求發展空間。這其實是抓住了現行教育改革的一個要害的：本來教育的國家性質決定了教育改革也必須以政府為主導，其合理、合法性是毋庸置疑的；但中國的教育改革的問題，卻在將「主導」變成「壟斷」，完全拒絕民間社會力量的參與，也完全忽視對教育界內部的改革力量 —— 教師與學生積極性的調動，使改革成了一個外在的、強制性的純粹的政府行為，改革成了與校長、教師與學生自身的生命發展無關的事情，甚至成了不堪承受

---

91 錢理群：〈我與清華大學的「網絡評價」試驗〉，《語文教育門外談》，237 頁。

的負擔。這樣，教育改革，甚至教育自身的內在動力與內在尺度的匱缺，就成為中國教育改革的根本問題。民間的自下而上的改革實驗運動正是這樣應運而生。

在我看來，民間教育改革運動，我們當時將其命名為「新語文運動」，具有兩大特點與優勢。它首先是一個教育的理想主義者的自願的結合，他們的參與是出於內在生命的需要：不滿意於語文教育的現狀，希望改革，尋求新的語文教育的資源，以有利於孩子的健康成長。這不僅是一個內在動力，也是一個內在尺度。可以說，這是一個「教育志願者」群體：其特點、價值、力量就在這裏，其限度也在這裏：沒有價值的認同，就會遠離你，只能在一定範圍內發揮作用。其次，民間教育改革運動具有相對的獨立與自由，至少體制方面的限制、意識形態的限制，要少一點。這就有可能以更開闊的視野來吸納更廣泛的精神資源與教育資源，思想也可以更解放一點，旗幟鮮明地實踐自己的教育理念，更具有實驗性，自成「一家之言」。

尤其令人欣慰的是，這樣的民間語文教育改革的實驗，一直存在着，並在不斷發展中。就以我們在下文還會詳加討論的課外讀物的編選而言，就有多樣的嘗試。我所見到的，即有于漪老師主編的《高中文化讀本》，王尚文老師主編的《現代語文讀本》，嚴淩君老師一人編選的《青春讀書課讀本》等等，和我們的《新語文讀本》相互聲援。還有許多第一線的老師在推廣這些讀物的同時，也在編選補充讀物，在自己的班級、學校和一定範圍內流傳。更有不少語文教育雜誌，也以一定的篇幅，刊登經典選文或當代美文，作為教材的補充。這樣，在1990年代就逐漸打造出了一個相對高品位、多元化的課外閱讀的民間語文教育空間和精神空間，又反過來對體制內的教材改革產生影響與制約，形成了「一綱多本」的多元化的教材格局。這樣，就出現了一個前景：政府主持的自上而下的教育改革與民間社會的自下而上的改革運動的良性互動：前者發揮主導作用，後者作為補充，加強其群

眾基礎，並發揮或一程度的制約作用。這都有可能對中國的教育改革和教育生態產生深遠的影響。儘管這只是一種可能性，我和我的朋友還是緊緊抓住這樣的歷史機遇，作出了巨大努力，也取得了一定的積極成果；同時也作好了被無端打壓而夭折的準備。[92]

課外讀物的民間編選實驗

選擇編寫課外讀物作為推動民間新語文運動的突破口與主要抓手，是出於兩個方面的考慮。首先是一個自我定位。我們深知，作為民間思想者，在現行體制下，要進入教材體系，不僅掌權者不允許，即使有機會，也會以放棄自己的民間立場為代價，自身也難以接受。更為重要的是，我們清醒地意識到，教材編寫是一門科學，它對編寫者有很高的專業要求，在這方面，我們顯然準備不足，如貿然進入，佔據可能決定千百萬學生未來發展的中心位置，是不負責任的。不如堅守民間讀物的邊緣位置，在一個有限的範圍內實實在在的發揮自己的作用。這表明，民間立場的選擇，既是我們的信念所致，也是客觀情勢所致，同時是對自我局限性的一種自覺認知。[93]

而選擇編寫課外讀物作為突破口，則是出於對中國改革的全域的一個重要判斷。1990 年代市場經濟的興起及其展現的發展前景，是一個重要的經濟現象，其對中國未來的政治、經濟，以至思想、文化、教育……的深遠影響，是必須面對的重大問題。當時，思想、文化、教育界的許多朋友，無條件地擁抱、追隨者有之，心持疑慮多有保留

---

92 錢理群：〈《新語文讀本》：一段歷史，一個故事，一個未完成的歷史過程〉，《錢理群語文教育新論》，171–173 頁。

93 錢理群：〈《新語文讀本》：一段歷史，一個故事，一個未完成的過程〉，《錢理群語文教育新論》，174 頁。

者也有之。我們的態度則比較複雜，既看到其給中國教育的發展帶來的挑戰，和可能或已經產生的消極影響，又敏感到它對現行大一統體制的衝擊，其所開拓的新的發展空間，就為推動民間教育運動提供了一次難得的歷史機遇。於是，我們選擇了出版市場，作為推行新語文教育的新天地。民間編寫課外讀物，最大的困難之處，是如何將有共同的教育理想，又分散在各地的民間力量組織起來；而出版社正可以發揮這樣的聯結作用：它利用自己所享有的出版、發行的自由權利，以及經濟實力和在社會與讀者中的影響，以某一有影響的學者為牽頭人，在全國範圍組織一批志同道合的高水準的作者，集中進行包括編寫課外讀物在內的某一重大的教育和學術課題，形成從選題、立項，到組織作者、編輯隊伍，到具體編寫，到出版、發行的「一條龍」格局，環環相扣，節節呼應。這樣，不但使出版社由被動接受書稿變成主動組織稿源，使出版「精品」的目標有了切實的保證，而且在由國家資金資助，進行國家課題的教育、學術模式之外，開闢了一條以出版市場為依託，以出版社為中心的發展民間教育與學術的新途徑。[94] 我們所進行《新語文讀本》的編選，就是開闢這一新途徑的第一個嘗試：最初我們是與一家民營企業廣州認真版公司合作，後經過許多曲折又落戶廣西教育出版社。[95] 此後，我主持編寫的《新語文寫作》、《詩歌讀本》、《地域文化讀本》、《小學生名家文學讀本》等課外讀物，《詩化小說研究書系》、《中國現代文學編年史 —— 以文學廣告為中心》等學術專案，都是採取這樣的模式，先後與廣西教育出版社、廣西師範大

94 錢理群、李人凡：〈關於「教育、出版、學術」的夏夜啟示錄 —— 一位出版社總編與一位大學教授在一個夏天夜晚的晤談〉，《《新語文讀本》：一段歷史，一個故事，一個未完成的過程〉，234 頁，235 頁，廣西教育出版社，2007 年出版。錢理群：〈我和三聯的學術因緣〉，《重建家園》，320 頁。
95 參看〈《新語文讀本》後記〉，《《新語文讀本》：一段歷史，一個故事，一個未完成的過程〉，379–383 頁。

學出版社、華東師範大學出版社、浙江少兒出版社、北京大學出版社合作，確實開拓了一個民間教育、學術的新格局。

其中最成功、最有影響的，自然是《新語文讀本》。不同於國家主持的語文教材，我們從一開始，就將《新語文讀本》定位為「既是語文讀本，又是精神讀本」，全套書貫穿一個「基本啟蒙」的理念，以體現我們作為民間思想者、教育者的教育理想。它包含了三個方面的意義。

首先是「基本觀念的啟蒙」。《新語文讀本》的一個最大特點，是以精神命題組成單元，並提出一系列的精神命題。而這些精神母題的提出，都有一定的針對性：「在我們看來，中國民族精神的創傷，主要是精神的奴化與毒化。因此，主張通過廣泛的經典閱讀，提供精神資源，進行文化傳承，使人類文明和民族傳統中的基本價值理念與理想在孩子心上紮根。」一是自由、民主、平等的觀念，提倡獨立思考與懷疑精神；二是強調對真、善、美的追求，提倡人與人、人和自然關係的和諧，提倡人道、博愛的精神；三是強調和培育與腳下的土地、土地上的文化、普通的民眾的血肉來聯繫，提倡對底層社會的關懷，對生命的敬畏與關愛，等等。

我們更為重視的，是對青少年內在精神的培育。因此，將開發學生的感官，進行審美力的培育，作為編寫《新語文讀本》的重要的貫穿性線索。同時提出了「基本想像」的概念，強調作為民族和人類精神積澱下來的基本想像的傳遞和學生自身的基本想像（對物質、生命基本元素的想像，對基本圖形的想像，對時空的想像，等等）的開發。在引導學生馳騁想像，誘發他們對未知的遠方世界的好奇心的同時，又注意引導學生感受身邊的日常生活的美，培育他們的生活情趣。我們要求讀本的選文，應該體現人性的豐富和精神的浩瀚，引導青少年開拓最廣大的精神空間，實現最豐富的精神自由。

其三，也是中小學語文教育的基本啟蒙任務，就是言說方式、閱讀方式的改變，培育全新的話語方式、文明的言說習慣，訓練學生怎樣「聽」別人說話，自己怎樣「說」話，怎樣「讀」書，怎樣「寫」作，這其實都是直接指向人的心靈與行動的。培養一個人如何聽、說、讀、寫，既是語文能力的訓練，更是培養一個人怎樣做人。語言文明習慣的養成，是魯迅等先驅一直追求的「國民性改造」的真正落實。

以上三個層面的啟蒙，觀念層面是整個中小學教育共同的任務，而語文教育的經典閱讀又自有其特殊作用；而另外兩個層面，即想像力、審美力與情感的培育，話語方式、語言文明習慣的養成，則是語文教育的基本功能和作用。我們因此提出了「通過立言以立人是中小學語文教育的基本目的與任務」的理念。

我們同時認定，《新語文讀本》具有相當的理想主義色彩。它所面對的不是全體學生，這正是課外讀物與教材的主要區別所在；我們預設的接受對象，主要是那些有更大的學習潛力，語文課堂教育不能滿足他們的學習欲求，希望通過課外閱讀來求得更大的語文和精神空間的學生。但並不意味着我們因此排斥大多數中等程度的學生，這裏也有一個教育學的原則：「教育必須注意學生的可接受性，教育同時也一定要有一定的超前性，為學生設置一定的難度，使學生在克服困難中成長，而且一旦戰勝困難，就會使學生的語言感悟能力與精神境界提到一個前所未有的高度」。[96]

不難看出，《新語文讀本》以上理念是以前文所討論的作為主編的我的「以立人為中心」的教育觀為基礎的，其中也吸收了編委會許多朋友的真知灼見；在這個意義上可以說，《新語文讀本》是我和我的

---

96 錢理群：〈《新語文讀本》：一段歷史，一個故事，一個未完成的過程〉，《錢理群語文教育新論》，176–178 頁，179 頁。

朋友的教育思想的一次實驗。而且應該說，獲得了相當的成功，產生了超出我們預想的影響。許多專家和老師們都認為，《新語文讀本》的出版，「是語文教育改革的一個重要成果」，「確實是踏踏實實地邁出了語文改革的很有意義的一步」；「這是繼《開明讀本》以後的一個新的創造」，「它意味着一種新的語文觀——一種有利於開發心智、豐富思想、培養性情、操練想像並利於學生的寫作能力的語文教育觀的產生」，「作為一種自覺的努力，《新語文讀本》的編寫，就是對五四傳統的一種呼應和追尋，它首先恢復的，正是我們文科教育已經十分稀薄的人文主義、民主主義價值」。[97]

倡導大學教授到中學上選修課

這又是一次難得的歷史機遇：在國家制定的課程標準裏，規定在高中階段要開設選修課，並佔有相當的比重。這是中學教育的一個全新課題，在起步階段顯然有相當大的困難。在這樣的情況下，大學教授利用自己的專業研究的優勢，到中學上點與自己專業有關的選修課，就有了必要與可能。這同時也起到了直接將大學教育與中學教育溝通的作用。中學開設選修課，其意義與目的正是要使中學與大學銜接，有助於學生進入大學以後，較早地進入狀態。我多次說過，絕不能低估中學生的學習與創造潛力。大學教授到中學上課，正可以起到「早開發」的作用。不僅可以從總體上提升中學生的境界，而且也可以使一些有才華與悟性的學生較早地進入學習與創造的高峰狀態，這對他們終生發展的影響可能是難以預計的。對於大學，特別是重點大

---

[97] 《新語文讀本》2001 年在上海、北京舉行懇談會上的發言，其中有華東師範大學教授徐中玉、復旦大學教授陳尚君、首都師範大學教授、教育專家饒傑騰、作家曹文軒、北京理工大學教授楊東平、北京大學教授謝冕等。〈《新語文讀本》大事記〉，〈《新語文讀本》：一段歷史，一個故事，一個未完成的過程〉，380 頁，389 頁。

學，更是提供了一個發現、選拔與培養人才的途徑。大學教授到中學上選修課，還可以將大學，特別是有傳統的名牌大學的某些精神、理念，以及具有參考價值的教學方法傳播到中學，同時將中學裏的好的精神傳統帶到大學，形成良性的互動。其實，大學與中學教師的相互流動，本來就是五四以後的中國新教育的一個傳統，1949年建國以後中斷了，我們現在所要做的，只是打破大學與中學相互隔絕的狀態。[98]我正是抓住了這一時機，於2004年、2005年間，在南京師範大學附屬中學、北京大學附中、北京師範大學附中，開設了一門「魯迅作品選讀」課，算是1949年以後第一個到中學開設選修課的大學教授；對我而言，則是實踐自己的中學教育理念、理想的一個嘗試。

我所進行的教育實驗有兩個方面。首先是嘗試按照我的「以立人為中心」的教育理念進行中學語文教學。為此，我的魯迅教學選擇了三個重點：一是講「魯迅的想像力」，講「魯迅與動物」，「魯迅筆下的鬼與神」，「魯迅筆下的生命元素（火與雪）」，讓學生帶着好奇心，進入魯迅世界；二是講「魯迅語言的色彩感、音樂感和鏡頭感」，以此體味中國漢語的繪畫美、音樂美和遊戲性，提高學生的語言審美力；三是講「魯迅的基本命題」，對中國歷史與現實的批判，對中國國民性的批判，魯迅提出的人生選擇：做聰明人、奴才，還是傻子的問題，等等，引導學生認識和理解魯迅看世界的方式和思維方式，感悟和學習魯迅徹底的懷疑、批判精神，包括對自我的懷疑和批判。[99]我的另一個實驗重點是：如何在中學講經典作品？我也作了兩個方面的努力。其一是努力「尋找經典作家（魯迅）與學生之間的生命契合點、連接點，打開精神通道」。並作了如下分析：高中階段的學生，正處於即將「告

98 錢理群：〈關於大學教授到中學上課的思考〉，《錢理群語文教育新論》，273頁，274頁。
99 錢理群：〈把魯迅精神紮根在孩子心上〉，《錢理群語文教育新論》，282–283頁，285–286頁。錢理群：〈和中學老師談魯迅作品教學〉，《經典閱讀與語文教學》，98頁。

別童年」進入「成年」的過渡時期，這時候容易產生逆反心理，如何處理和父母，特別是父親的關係，就成為他們急待解決的生命課題。而魯迅不僅也有着童年、青少年時期和父親愛愛仇仇的複雜關係的經驗和體驗，他還提出了「怎樣做人之子與人之父」的生命命題，他自己也是將對子女超脱利害關係的無私的愛，擴展到社會的弱者、幼者，而自覺充當「歷史中間物」的人生選擇的。這樣，就在「怎樣做人之子與人之父」這一命題上找到了高中學生與魯迅的生命契合點。我的「魯迅作品選修課」就從「且説父親與兒子」講起，引導學生細讀魯迅〈五猖會〉、〈父親的病〉等作品，體會魯迅與父親之間既相互隔膜又彼此糾纏為一體的複雜關係，以及魯迅刻骨銘心的愛與恨。讀着讀着，學生就覺得魯迅所寫的就是他們自己的問題，進而產生對魯迅的親切感，以及強烈的與魯迅對話的欲望。接着又引導學生自己來寫《我和我的父親》，許多學生都極其嚴肅、認真、真摯、動情地寫下了他們和父親感情的糾纏和碰撞：魯迅的生命命題就這樣轉化成了學生自己的生命命題，在與魯迅的對話、交流中，學生的生命境界就達到了一個新的高度與深度：這也是在中學生中進行經典閱讀的目的所在。[100]

其二，在學生與魯迅對話以後，還有一個環節，即引導學生「研究魯迅」，提出「研究魯迅是每個中學生的權利」，「魯迅研究是沒有止境的，魯迅作品常讀常新，每一個人都可以找到自己的題目來研究魯迅」，「中學生也可以研究魯迅，因為我們的心與魯迅相通，我們能夠説出成年人説不出的新的意見」等三大原則。[101] 這樣就把閱讀教學與寫作教育有機結合起來，不僅鍛煉了學生的獨立思考、研究，獨立寫作的能力，更把學生的精神境界大大提高了一步。後來學生在課程學習總結裏，就談到，「不知不覺間同魯迅的思想為伴，已經有了一段時日。看

100 錢理群：〈和中學老師談魯迅作品教學〉，《經典閱讀與語文教學》，103–105 頁。
101 錢理群：〈把魯迅精神紮根在孩子心上〉，《錢理群語文教育新論》，288 頁。

文章，記筆記，做了一大堆，也做了大量深層次的思考，才發現這個精神的漫步只是開了一個頭，怕是要走一輩子，走到頭了」，「有這樣一給標杆式的人物出現在我的世界裏，我的眼界開闊了許多，我自己已經不再局限在原本的那一點不透風的空間裏了」，「讀魯迅的文章，最讓我們少些浮躁，少些小家子氣，少些庸俗，少些醜陋。先生的文章就像一面明亮的鏡子，照出你我真實的內心。讀先生的文章，我們才逐漸成熟，正視人生，直面社會」。可以看出，正是魯迅作品觸動了孩子心靈深處的一些東西，讓他們思考一些最根本的問題：這就夠了。學生還說，「讓我走近魯迅的，是他的文字。我只是感性地去觸摸，融入他創設的意境，聽他內心的呼喚，然後感覺他想表達的情感。看魯迅的文章，有一種朦朧感。因為他要表達的情感很複雜，可以感受，卻難以明言。讀魯迅文章很舒服，儘管會引發一連串痛苦的思考，而且還想不清楚。但是，某一句話，某一兩個場景，就那麼清晰地留在你的腦海中，因為說到你的心裏了」。這樣的「由文而見人」，其實就是我們所強調的「立言以立人」，是道破了語文教育的真諦的。[102]

　　這次講課編選的《魯迅作品選讀》，後來經過評審，被定為全國選修課教材；而且以後的十數年來，全國許多學校，包括我講過課的南師附中，都有老師陸續開設魯迅作品選修課，取得了很好的效果，有的還彙集成書。我在序言裏寫道：「在全國範圍內，熱愛魯迅，自覺傳播魯迅思想與文學的中學老師，儘管比例不大，但絕對量卻不小，是可以數以百計千計的，聚集起來，是一股不可小視的力量」。當然，阻力依然存在，以至在全國選修教材裏，我只能用「趙黔生」的筆名署名。[103]

---

102 錢理群：〈和中學老師談魯迅作品教學〉，《經典閱讀與語文教學》，91頁，102頁。灕江出版社，2012年出版。

103 錢理群：〈讓自己更有意義地活着——90後中學生「讀魯迅」的個案討論〉，《經典閱讀與語文教學》，135頁。錢理群：〈屢戰屢挫，屢挫屢戰：我和中小學語文教學〉，《一路走來——錢理群自述》，342頁。河南文藝出版社，2016年出版。

到第一線老師中去總結實踐創造的
教育新思想新經驗

我曾寫過一篇文章，用「屢戰屢挫，屢挫屢戰」來概括我參與教育改革的命運。而我之所以能夠不管遭遇到什麼挫折，始終保持戰鬥的狀態，絕不退縮，原因就在於我與第一線的老師保持密切的精神聯繫：他們是我的力量與智慧的源泉，是我最堅強的後盾。而我之所以選擇紮根在第一線老師中間，又是基於三個基本信念：其一，「我們的一切教育理念，一切教育改革的措施，都需要落實到第一線教師的課堂上」，「整個中國教育的壓力實際上都是加在這些無權無勢又極端辛苦勞累的普通教師身上」，正是這些「沉默的大多數」支撐着整個中國教育的大廈；[104] 其二，「教育是有一種自救的力量的，它本質上的理想主義，總能吸引一批又一批的有志向的教師為之獻身」。這就意味着，無論外在的教育環境多麼惡劣，在校園裏總會有「真正的教師」堅守在課堂上，他們有獨立思想，喜歡讀書，一切為了學生的健全成長，儘管人數不多，在學生中卻有巨大影響，他們在長期教學實踐中所形成的教育思想與經驗是一個巨大的教育財富，「普通中小學教師能夠走多遠」是怎麼估計都不為過的。[105]

其三，第一線老師才是我的真正知音：我的教育思想，我所進行的教育實驗，在教育界的主流場域常常受到質疑，被指責為「過於理想，脫離這個教育實際」；但卻在同樣生活於困境中的底層教師這裏，引起共鳴，得到相應，「我們都是因為孤立無援而需要相互支援」。我最感自豪的是，我有一大批來自社會和教育底層的相濡以沫的教師朋

---

104 錢理群：〈後記〉，《做教師真難，真好》，279 頁。錢理群：〈向獻身於教育事業的羅老師們致敬〉，《語文教育門外談》，129 頁。

105 錢理群：〈後記〉，《做教師真難，真好》，280 頁。錢理群：〈做有限的可以做的事情——在「傾聽第一線老師的聲音」討論會上的發言〉，《靜悄悄的存在變革》，16 頁。

友。[106] 我一直強調，我和這些一線老師的關係是雙向的：不僅通過通信與寫序的方式，給老師們以力所能及的支持，更是自覺地從老師們的思考與實踐經驗裏吸取智慧與力量。因此，我每受挫折時，就像陳日亮老師所說的那樣，「從坐而論道的太平交椅，站起來，走下去」，走到第一線老師當中去，「走到個案中去」，研究學生「學習語文」的個案，教師「教語文」的個案，「儘量多占材料，從中發現機理，窮究本然」。我堅信「實踐出真知，堅信從大量的這樣的總結個案的研究中，是可以產生中國民族語文教育理論與方法的」。[107]

十數年來，我先後研究了 28 位老師的教學個案，除了前文一再提及的陳日亮（福州第一中學）、王棟生（南京師範大學附屬中學）、馬小平（廣東東莞中學、深圳中學）、梁衛星（湖北仙桃縣中學）、嚴淩君（東莞中學）、鄧虹（北京師範大學附屬中學）老師外，還有商友敬（上海師專）、黃玉峰（上海復旦大學附中）、夏昆（四川成都某中學）、馬一舜（湖北某鄉鎮中學）、許麗芬（浙江某鄉鎮小學）、楊林珂（西安一中）、李國斌（四川金堂縣中學）、王雷（南京師範大學附屬中學）、周春梅（南京師範大學附屬中學）、田帥軍（河南、湖北、浙江民辦中學）、曾宏燕（珠海一中）、管建剛（江蘇吳江小學）、李寰英（廣東某中學）、連子波（福建廈門松柏中學）、趙欽宣（廣東汕頭潮陽一中）、文勇（福建某中學）、徐思源（蘇州一中）、何傑（北京師範大學第二附屬中學）、羅光國（湖南婁底三中）、王學書（貴州安順教師進修學院）、陳成龍（福建某縣中學）、劉發建（浙江紹興柯橋小學）等老師。[108] 而我的教育思想無非是他們的教學經驗的一個總

---

106 錢理群：〈有這樣一位農村教師〉，《做教師真難，真好》，114 頁。
107 錢理群：〈關於語文教育改革的幾點想法〉，《錢理群語文教育新論》，023–024 頁。
108 參看錢理群：〈屢戰屢挫，屢挫屢戰：我和中小學語文教學〉，《一路走來——錢理群自述》，355–363 頁。

結，它背後有一部改革開放 40 年第一線老師為中國教育與改革默默奉獻的歷史，其價值就在於此。我自然十分珍惜，對這些底層教師心懷感激。並因此堅定了兩個信念。其一，要真正認識中國教育，必須「自己去看地底下」，關注底層教師的第一線教育。「那裏有真實的中國教育問題。因為邊遠，就更加赤裸裸，較少掩蓋遮蔽，那黑色的真實，或許更容易使我們警醒」，「那裏更有真正的教育智慧，因為產生於艱難的掙扎之中，就彌足珍貴。因為更近於本土本色，或許就會萌生新的教育因數」，「最重要的是，那裏的教師是魯迅最為讚賞的『埋頭苦幹的人』，『拼命硬幹的人』，那才是中國教育的『筋骨和脊樑』」。[109] 其二，「既尊重教育基層的實踐，又注意理論的總結與提升，實行語文教師和語文教育理論研究者的結合，以達到理論與實踐的統一」，這或許是一條創造中國自己的教育思想，推動教育改革實踐的正路。[110]

更值得注意的是，我和第一線教師在反覆討論與不斷實踐中，努力尋找一條在現行教育體制下有限度地堅持自己的教育理想、追求的「似乎可走的路」（魯迅語）。我們首先告誡自己，作為一個中國的教師，必須面對三大局限。其一，教師個人的局限 —— 必須正視在目前的教育體制下，一個普通教師的無權無勢的地位，由此造成的創造性教育空間的有限性，不僅受到行政權力的干預與控制，還要受到包括同行、家長、學生、輿論在內的種種教育與社會習慣勢力的干擾。其二，中國教育改革的局限 —— 它只局限於教育方法的改革與實驗，而回避了教育制度的改革與建設；而且是在政治改革停滯不前，經濟改革畸形化情況下，單方面進行教育改革。這樣的改革必然受到未加約

109 錢理群：〈《底層教師的聲音》叢書總序〉，《智慧與韌性的堅守》，165–166 頁。
110 錢理群：〈要有自己的教育思想 —— 在「陳成龍創造性語文教學實踐研究會」上的書面發言〉，《重建家園》，314 頁。廣西師範大學出版社，2012 年出版。

束的政治權力和經濟權力的干涉與控制，其走向形式化，以至變質，都是不可避免的。其三更是教育本身的局限：社會實際生活的邏輯比教育的邏輯強大得多。從更深層次看，教育是一個理想主義的事業，我們的教育理想是一個彼岸的理想，只能逐步趨近，而不可能完全達到。這就決定了真正的教育理想主義者是永遠不滿足現狀的，因而永遠是孤獨的，邊緣化的。清醒地意識到這三大局限，我們就自覺地認識到自己的實際處境：「這是一個前所未有的中國教育的艱難時刻」，而且還在繼續發展中；這不是一個在教育上大有作為的時代，中國的教育不可能有大的變化。但我們又絕不能因此走向虛無主義和犬儒主義，無所作為。不僅我們尚存的信念、良知不允許徹底放棄，而且也要看到現實（包括體制）的複雜性。我曾經作過這樣的分析：壓制固然存在，但也不是鐵板一塊，而且時鬆時緊，這就有魯迅說的「鑽法網」的可能；家長的反對、學生的不理解、同行的掣肘，固然讓人痛心，但也都是可變的：許多家長對現行應試教育也是有看法的，就有溝通的可能；學生更具有很大的可塑性，全靠我們如何引導；在我們的教學實驗取得成績時，也會對同事產生吸引力，會有越來越多的社會有識之士理解與支持我們。這都決定了今天的時代，在教育領域，即使不能大有作為，小有作為、中有作為還是可能的。這是一個反覆博弈的過程。反正我們並不謀求私利，就是想按照我們的信念，做一點有利於學生健全發展的事情，這是關不了，擋不住的。我們就是要堅持兩條：「既對教育現實保持清醒，又採取進取態度，既悲觀，又積極：這兩個側面是相反相成的」。這就是孔夫子說的「知其不可為而為之」，就是魯迅的「反抗絕望」的精神：所謂「絕望」，就是清醒的現實主義，看透中國教育的積重難返，看透自己的局限性；而「反抗」就是看透而不甘心，要在不可為、少可為中尋找可為的空間，從中獲得自我生命的某種意義和價值。或者乾脆既不抱希望，也不表示

絕望，就是實實在在的做，「只顧耕耘，不顧收穫」：這也就是我們所要倡導的「低調的理性的理想主義」。[111]

從這樣的低調的、理性的理想主義出發，我們嘗試一個教育實驗：進行「靜悄悄的教育存在變革」，倡導一種精神：「智慧與韌性」。

所謂「靜悄悄的教育存在變革」，有兩個要點。其一是從底層教師的「自救」開始，從改變「自己和周圍的教育存在」開始，從每一堂課開始，把我們的教育理想、觀念貫徹到每一次教育行為，每一個教育細節之中，落實到每一個具體的學生身上；從「現在、當下」開始，不虛構美好的未來，而採取現實主義和經驗主義的態度，不期待特殊的條件，從自己能夠做到、能夠改變、能夠嘗試的地方做起。不追求根本的改變，從一點一滴的改革、改良做起，能幫一個學生就幫一個，在荒誕的教育環境下，「做有限的可以做的事情」，並從中獲得意義，享受教育的樂趣；自救之外還要互助，志同道合者要聚集起來，盡可能地發出自己的聲音，營造一個稍微好一點的教育環境，這就是所謂「好人聯合起來做好事」。其二，這是一個「靜悄悄的變革」，不直接與現行教育體制對抗，只是「在現有框架之中加進一個異數」，在力所能及、可以控制的範圍內，自己的課堂上，按照我們的理念去做教學工作，有限度地創造「第二教育」。無須張揚，也不擺出挑戰姿態。只是默默地做，持續地做：真正的教育從來都是「潤物細無聲」的。要堅信，我們所做的教育實驗，是符合教育本性的，只要做

---

111 錢理群：〈莫斯科不相信眼淚 —— 夏昆《率性教育》序〉，《智慧與韌性的堅守》，171頁。〈做有限的可以做的事情 —— 在「傾聽第一線老師的聲音」討論會上的發言〉，《靜悄悄的存在變革》，4頁，7頁，12-13頁，10頁。〈給農村老師講三句話〉，《夢話錄》，225頁。〈堅守，需要韌性與智慧 —— 王雷《戰戰兢兢的講臺》序〉，《智慧與韌性的堅守》，192頁，〈作為思想者的教師 —— 給梁衛星老師的一封信〉，《做教師真難，真好》，56頁

好了，有效果了，就有説服力，能夠吸引更多的人。在這個意義上，我們的孤獨又是相對的。[112]

　　要做到這一點，就需要「智慧」。要善於在現行教育體制內尋找發展空間，學會「鑽法網」，懂得張弛進退的藝術：當體制控制出現縫隙，就擠進去將其擴大；它緊的時候，就沉下來做準備；再鬆了就作發揮，而且發揮得更為充分，縫隙會越來越大，路就會越走越寬。在現實生活與教育實踐裏，完全不妥協是不行的，但妥協又要有一個度，過了度，就失去了自己。如何掌握好度，既通過一定妥協，把事情辦成，又不喪失自己的基本原則，這也需要智慧。[113]

　　最重要的是，要有魯迅倡導的「韌性精神」。要有長期奮鬥的思想。魯迅説，一代不行，就兩代、三代……地堅持下去。我反覆地對老師們説，我是看明白、也想明白了：反正在我的有生之年是看不到中國的教育會有根本變化，恐怕老師們也看不到自己的教育理想的全面實現，對中國改革（不僅是教育改革）空前的複雜與艱巨要有充分的估計和思想準備，我們的努力只能是「只顧耕耘，不問收穫」。還要「慢而不息」。這個「慢」有兩個含義：一是中國做事太困難了，魯迅説連搬一張桌子都要流血。只能慢，必須慢。而且教育本身就是一個慢的事業，急不得，也無法立竿見影。但不能因為慢就停滯不前，認定做一件事，就做到底，絕不放棄，即使落後，也要堅持做：不怕慢，只怕是站着不幹。魯迅還説，做事情有兩種做法：不吃不喝不睡地幹，精神可嘉，難以持續；一邊做，一邊玩，該談戀愛談戀愛，該讀書就讀書，把你的奮鬥變成日常生活實踐，不是非常時期用非常手段去做時期，這樣反到可以持續很長時間。這就是「邊打邊玩，糾纏

---

112 錢理群：〈做有限的可以做的事情——在「傾聽第一線教師的聲音」討論會上的講話〉，《靜悄悄的存在變革》，9–10 頁。〈給農村教師講三句話〉，《夢話錄》，228 頁。

113 錢理群：〈做有限的可以做的事情——在「傾聽第一線教師的聲音」討論會上的講話〉，《靜悄悄的存在變革》，12 頁。

不止」地打持久戰。[114] 我和我的朋友就是這樣相互鼓勵：作為一個普通教師，我們一輩子只能做一兩件事，比如要讓我教的學生認真讀書，養成讀書的習慣，就竭盡全力去做，持續不斷地做，日日做，月月做，年年做，不動搖，不放棄，長期努力。每個班、每個學期有 5 個學生因為你的努力有了改變，你教 20 年、30 年書，日積月累下來，你就影響了一二百個孩子，這就是很了不起的成績。我們還算一筆賬：中國人口多，和我們一樣有理想追求的老師，一個學校大概就幾個，但從全國範圍看，絕對量絕對不小，加起來，就會在現行教育體制下，培養出數以百萬計的有理想，喜歡讀書的孩子：這件事的意義就非同小可。當然也不會大到根本改變什麼，但在變，小小的積極地變：這就夠了。在我看來，中國教育的希望就在這裏。[115]

正如王棟生老師所說，我們應該有一種「戰略家的思考」，給中國的基礎教育留點「種子」，「為未來的發展準備一批骨幹」。「歷史也會同時記下我們的掙扎和努力，至少說明在這樣一個混亂的時代，還有不同的聲音，不同的實踐。在這個意義上，我們是為未來鋪路的」。如今這個功利主義、實用主義、虛無主義的時代，是沒有多少人想到子孫後代的；但真正的教師是一定要時時想到的。就因為我們想到了，所以我們才要堅守，才要在「雨夜泥濘中跋涉」。「我們都是教育史上的過客 —— 前方是什麼？不知道。我只是知道不能後退。前方是什麼？管它呢，只管往前走」。[116]

　　2019 年 1 月 12 日–1 月 25 日，2 月 20 日–2 月 26 日斷斷續續寫成

---

114 錢理群：〈做有限的可以做的事情 —— 在「傾聽第一線教師的聲音」討論會上的發言〉，《靜悄悄的存在變革》，11–12 頁。

115 錢理群：〈給農村教師講三句話〉，《夢話錄》，226–227 頁。

116 錢理群：〈這才是個合格的、真正的教師 —— 讀王棟生老師的教育隨筆〉，《做教師真難，真好》，47 頁，48 頁。

圓人生最後一個夢
——和金波先生對話

從我的一個夢說起

1956 年我 17 歲高中畢業時，在我所在的學校南京師範大學附屬中學舉辦的「我長大了做什麼」的演講比賽上獲得了第一名，我的講題是「我的兒童文學家夢」。我從小就喜歡安徒生，還有 1950 年代在中國最有名的蘇聯兒童文學家蓋達爾，他的《鐵木耳和他的夥伴》也讓我入迷。我還寫過一篇上萬字的〈論蓋達爾的創作道路〉，這也是我寫的第一篇「學術論文」。我不僅讀童話，自己也寫。我至今還記得，每星期六的下午，我都和自己的好朋友到南京最有名的風景區玄武湖去，划船到荷塘深處，他畫畫，我寫自己的童話，還寫過一個電影劇本。因此，高中畢業就決心要當兒童文學家。當時盛行一個觀點：文學創作必須要有生活。我就報考北京大學中文系新聞專業，希望大學畢業後當《中國少年報》當記者，到全國各地跑，生活材料積累多了，就可以創作兒童文學作品。但到了北大，很快就發現，自己的興趣在

學術上，我的真正強項在理論概括力與想像力，喜歡對問題作判斷，提升。我也因此往往忽略具體的細節，對生活細節的敏感度、感受力、記憶力和描述能力都比較差，而這正是文學創作的根本，我終於明白，自己不適合從事兒童文學創作，應該搞學術研究。我的兒童文學夢也因此而破滅，終止，以後陰差陽錯，還真的成了一個學者。

但我和兒童文學的緣分還在，主要是我一直保持一顆童心，越到老年越是如此。於是，又有了我的新的兒童文學夢。最近，我在整理舊書信時，發現我 46 歲，也就是 16 年前寫給一位安徒生童話研究者的一封信。信中對「兒童的發現對中國現代作家和現代文學史的意義，至今沒有進入研究視野」感到遺憾，同時提到了我內心深處「研究兒童文學的衝動」，表示「這可能是我生命最後階段所要做的事，是我的最後一個研究計畫。這也是我的浪漫想像：在七八十歲時，通過兒童文學的研究，實現人生老年與童年的相遇，這是一件真正具有詩意的事情」。

現在 16 年過去了，我真的成了 81 歲的老人。可是由於自己的注意力一直集中在現當代思想史、知識分子精神史的研究上，實在無暇顧及其他，這個「兒童文學研究夢」就被擱置了。其實，我在 1980、1990 年代開始就在做準備，買了不少兒童文學作品，準備寫一部《現當代中國兒童文學發展史》，事情一忙，就放下了，甚至逐漸淡忘了。

萬萬沒有想到，我在養老院裏與著名兒童文學家金波先生相遇了，並且有了逐漸深入的交往。特別是因金波先生之邀，為他的兒童文學創作寫「點評」，仔細拜讀之後，我竟然被迷住了。本來，當學術研究成為職業以後，就有些麻木，不容易產生衝動。但這回，我卻完全沉浸其中，思緒綿綿，許多早已淡忘的關於兒童文學，關於兒童教育的思想全都奔湧而出，自自然然地就進入了研究狀態。我對自己說，真遇到知音了。這就是「我與兒童文學」17 歲－65 歲－81 歲三次相遇，並且有了這一次「王金波寫，錢理群評」的合作，以及今天的對話。

以上，就算是一個開場白吧。

我們共同的焦慮

　　為這次對話，我認真讀了金波先生的一些著作，不僅是他的創作，也包括兒童文學、兒童教育的論述。讓我最感觸目驚心的，是2005年他在和一位記者的交談中說到，有人主張要對孩子進行「狼性教育」。據說「孩子總要長大，與其讓他們沉浸在虛幻的兒童世界，不如讓他們儘快認同成人世界的價值觀」，「成人世界是一個競爭世界，是一個殘酷的世界，要對孩子進行狼性教育」。我真的被驚呆了：因為這樣的狼性教育正是我們一直在批判的應試教育的極端表現；無情的現實是，不管我們怎樣質疑，應試教育就是管用，事實上在支配着中國的教育，不僅得到許多領導、教師的青睞，更得到許多家長和孩子的認同。最根本的原因，就是它背後的弱肉強食的價值觀、世界觀，事實上在支配着中國成年人的思想與行動，自然也就要影響、支配我們的教育，包括兒童教育，最後必然發展為「狼性教育」。——我們的反思，討論，就從這裏開始吧。

　　先說主張狼性教育的理由：「與其讓孩子沉浸在虛幻的兒童世界，不如讓他們儘快認同成年人的價值觀」。且不論其所鼓吹的成人價值觀本身的問題，單就否定兒童世界的意義，急於用成人世界取代，就會造成極大危害，犯「顛倒人生季節」的錯誤。「人生季節」的問題，最早是周作人提出的。他說，人的生命就像大自然的四季：小學和中學是人生的春天；大學是盛夏；大學畢業後到中年就是人生的秋天；到老年就到了冬天。人生季節和大自然一樣，春天該做春天的事，夏天該做夏天的事。我們講「兒童文學就是春天的文學」，金波先生的文字就充滿了春天的氣息，我注意到一位評論者說「金波先生是很綠的」，綠色就是春天的顏色，因此，他的作品的最大價值就是幫助兒童在「春天的成長」。自然季節不能顛倒，人生季節更不能顛倒。現在的問題恰恰是人生季節的顛倒：讓孩子去想成年人的問題，去做成年人的事，

過早地學會成年人的思維和行為，而且是最壞的思維與行為。所謂「少年老成」，其實就是一位中學老師所説的「如今少年已成精」，其老到，精明，滑頭，見人説人話，見鬼説鬼話，讓我看得目瞪口呆。我所説的「精緻的利己主義者」就是中學老師最早提出來的。

強調「人生不能顛倒」，還有俄國文學評論家柏林斯基。他説，人生應分為三個階段：從小學，中學，甚至大學，應該是「做夢的人生」，唯一的任務就是「做夢」，在理想的、快樂的世界自由自在地馳騁；走出校門，進入社會，就會產生夢的破滅，於是就有了理想與現實關係的調整，這是一個痛苦的，卻必須經歷的人生過程；到了晚年，就應該重新做夢，在更高層面上做夢。我和金波先生大概都經歷過這三個階段：我們今天在這裏大談兒童階段的夢幻人生，本身就是在做夢。而我們今天的孩子，就沒有這樣的完整人生的幸運：他們從小就被剝奪了做夢的權利。一個沒有夢的童年是可悲的，一輩子沒有做過夢的人生更是可怕的。

這就説到了一個根本的問題：我們的教育剝奪了孩子「成長的權利」。我們不承認，中小學生是一個獨立的生命，是完全的個人，有他自己內外兩面的生活，有不同於成年人的生命成長過程中的問題，也就有獨立成長的權利。我曾在一篇題為《我理想中的中小學教育和中小學教師》的演講裏，談到今天的中小學教育，至少在相當程度上剝奪看孩子的三大權利：一是「好奇，探索、發現的權利」，二是「自由的時間和空間」，自由地支配自己生活、生命的權利；三是「歡樂的權利，盡興、盡情地「玩」的權利。這就從根本上扼殺了孩子的天性，本性。我特地用了「扼殺」這個重詞，絕非文學的誇張，而是無情的現實。我在演説中特地談到「這些年中學生、大學生、研究生自殺的惡性事件越來越多，小學生自殺的事情也屢屢發生」，已經成了重大的不能迴避的社會問題。作進一步的追問，就發現在一些青少年中「活着的理由成了問題」。我分析説，且不講大的人生目標，通常

讓人活下去的理由有兩條：因為有人（父母，兄弟姐妹，朋友，老師）愛我；因為我感覺到生活的快樂。無情的現實恰恰是，生活中愛的缺失——且不說農村的留守兒童，就是城裏的父母也是整天忙着督促孩子應試，嚴厲有餘而溫情嚴重不足。在這樣的嚴酷教育下，孩子也就不能充分感受到生命的快樂，甚至有些孩子從來就沒有感受過生命的快樂，那「活着的理由」就不充分了。彌漫在相當部分孩子身上厭生厭世的消極情緒正是敲起警鐘。我在演說最後發出了「保衛童年」的呼喚；金波先生在他的文章裏也提出，要「把真正的童年還給孩子」。這或許是我們在這裏對話最想說的話。

接下來的問題，是我們能作什麼？

呼喚「兒童文學新啟蒙」

這是金波先生在他的文章裏提出的一個意義重大、也很有意思的命題。有兩層意思。一是今天需要對兒童、青少年進行「新啟蒙」，把他們從應試教育、狼性教育造成的「蒙昧」狀態中解救出來。——這個問題，我們將在下面展開，詳盡討論。這樣的「新啟蒙」，當然主要依靠學校教育。在我們的理解裏，這也是今天的教育改革所要完成的歷史使命。而且事實上許多處於教育第一線的有理想的學校領導和老師也在作這樣的新啟蒙教育，並且取得了一定成效。我最近出了一本《寫在中小學教育的邊緣》的專著，就記錄了分散在全國各地、從大中城市到農村、邊遠地區的十五、六位老師的新啟蒙教育實驗。在我看來，中國中小學教育的希望正在這些堅守在第一線的老師身上。

我們所能做的，是站在民間立場上的輔助性的工作，這就是金波先生所說的，通過「兒童文學的寫作與閱讀」聊助一臂之力。金波先生在他的一篇文章裏特意談到，兒童文學啟蒙可以在五個方面影響兒

童的一生。即幫助孩子，一「認識自我，自然，社會」；二「理解真、善、美豐富情感，道德」；三「激發好奇心，直覺，想像」；四「學習母語」；五「培養閱讀興趣，養成閱讀習慣」。這五個方面，都很關鍵。我們在下面會一一展開討論。

我們實際是想在自上而下的學校新啟蒙教育之外，再推動一個自下而上的民間新啟蒙教育。因此，期待有更多的群體參與這樣的兒童文學作品創作與閱讀。具體地説，有三個方面的設想，也就是我們在這裏進行對話，並且準備與青島兒童出版社合作，編寫「王金波寫、錢理群評」的兒童讀物的一個總體設計。

（1）我們確定這本書的讀者對象，不僅是兒童讀者，還包括他們的家長。這背後就有一個教育理念，也就是金波先生和我這些年都在提倡的「親子共讀」的「詩教」。如金波先生所説，這樣的詩教包括兩個方面：詩的教育與家庭教育，同時也是家庭文化的新構建，把詩教、親子共讀作為「維繫家庭親情關係的一種方式」。

我也編過六卷本的《詩歌讀本》，寫有長篇總序，強調「詩與童心的內在契合」，提倡「家庭詩教，社會詩教，學校詩教的合一」，也可以擴大到整個閱讀，倡導家庭閱讀、社會閱讀和學校閱讀的合一。

而且，我們強調：家庭詩教（閱讀）要以不同方式貫穿孩子的一生，我們因此提出「讓詩歌（閱讀）伴隨你一生」的教育命題，家庭、人生命題。我們的理論依據，是「人類個體發生和系統發生的程序相同，兒童時代要經過文明發展的全過程」的人類學原理，強調孩子在一生成長的不同時期有不同的生命、精神追求，家庭詩教（閱讀）也有不同方式，不同要求。我們設計分為四個階段。（1）學前階段。以父母給幼童吟誦詩歌，在又吟又唱又跳的遊戲中讀兒歌。（2）小學、部分初中階段，由家長和兒童一起讀詩文，家長給予適當講解。（3）初中、高中階段，以已經進入少年和青年生命期的兒女自主閱讀為主，家長自己有要同步閱讀，並和兒女一起討論。這一時期兒女處於

青春反抗期，與父母交流有很多障礙，一起閱讀、討論文學作品，是最容易溝通的。（4）最後是老人（祖父、祖母）和第三代一起讀詩，可以以讀中國古詩詞為主，既是彼此精神需要，也是溝通祖孫輩的最佳方式。這樣，詩教、家庭閱讀就真的伴隨孩子一生的健康成長，伴隨家庭幾輩人的健全發展。我認為，今天提倡這樣的家庭閱讀，或許有很大的迫切性。因為在疫情中，在後疫情時代，家庭的接觸會愈來愈多，如何溝通家庭三代人的精神與感情，已經成為家庭和社會生活的一大問題，因此鄭重建議，家長們不管多忙，也要抽出時間，一個星期和孩子共同閱讀一兩個小時，慢慢形成習慣，以至傳統，新的家庭文化傳統。確如金波先生所說，這對維繫家庭的親情關係，家庭的和睦和諧，作用是十分巨大而有效的。

（2）這本書的預期讀者也包括學校裏的老師。這就是金波先生說的，「做孩子的老師，也要做孩子的學生」。今天的老師的問題也在於童心的喪失，因此也需要喚回孩子般的新鮮感，想像力，對美的探究與表達的願望。金波先生講得很好，我就不多說了。

（3）想多說幾句的，是出版社在民間啟蒙閱讀教育中可以發揮的作用。我注意到金波先生與好多出版社都有密切的合作，也主持了不少兒童書籍出版工程，我自己也在這方面作了一些自覺的嘗試，在課外閱讀方面作了許多努力。其中最成功的有三次：2001 年和廣西教育出版社合作編寫《新語文讀本》；2010 年與浙江少兒出版社合作，主編《小學生名家讀本》；今年（2020 年）又擔任了浙江少兒出版社編選的《跟著名家學語文》的掛名主編，金波先生就是我們重點推出的「名家」之一。我可以說前後 20 年始終堅持通過編寫、出版課外讀物，進行民間啟蒙教育閱讀實驗，在中小學語文界產生了持續的影響，這是我最感欣慰的。我也由此總結經驗，提出出版社在這樣的民間啟蒙閱讀教育中「應該擔負組織者的作用」，即「利用自己的出版實力，在社會和讀書界的影響，將有編寫課外讀物的積極性，又分散在全國

各地的作者，集中起來進行某一項重大編寫課題實驗」。「這就在由國家資金資助，進行國家課題的學術、出版組織模式外，開闢了一條發展民間學術、閱讀的新途徑」。對出版社自身而言，這樣的「學術研究、課外讀物編寫——出版——發行」一條龍的模式，就可以由被動接受稿件變成主動組織稿源，使出版「精品」的目標有了切實的保證。在我看來，我們這一套書的編寫，和這次訪談，都是這方面的自覺嘗試，是值得提倡的。

下面，我們要進入真正的，實質性的討論——

我們的基本兒童文學觀，兒童教育觀，我們所理解與倡導的「兒童文學閱讀新啟蒙」的實質和主要內容

保護兒童天性，把孩子的天性發展為「人的自覺」

這可能是金波先生和我的兒童文學觀、兒童教育觀的核心與本質。這裏有兩層意思：首先要「保護兒童天性」，這自然是針對前面談到的「在應試教育、狼性教育下兒童天性的喪失」，這也是我們要進行的啟蒙教育的前提。但這還不夠，要把本能、天性提升到自覺，「從自然人變成文化人，由自在的人變成自為的人」（〈我理想的中小學教育與中小學教師〉，收《我的教師夢》）。

這大概有四個方面。

和大自然融為一體的天性

兒童與大自然，人與大自然，這都是大文章。我注意到這也是金波先生兒童文學創作最重要的、最基本的核心母題。可以說一寫到兒童與大自然，他就會動真情，筆下也生輝了。金波先生在《自然筆記》序裏特意談到「孩子對大自然那一份獨特的感受和趣味。大自然對於他們來說，就是無邊無際的遊戲場」，「面對大自然的萬千生命，孩子的心胸最包容，態度最平等」，「以真誠結交朋友」，「有好奇的探究，新鮮的發現」，「還有內心的敬畏」。而「大自然裏的色彩，聲音和萬千物種」，還有大自然的「美」，永遠會讓孩子陶醉其間，並萌生新的渴望。而所有這些包容，平等，真誠，好奇，發現，敬畏，都是今天成年人與大自然相處時所稀缺的。而正是經歷了這一次全球範圍罕見的病疫災難的懲罰。人與自然的關係正是所有國家、民族面對的後疫情時代的全球性課題。在這樣的時刻，我們真的要回到童年，和孩子一起，按人的天性與大自然交往。

金波先生的《自然筆記》還重提孔子在《論語》裏說的那句話：「多識於鳥獸草木之名」，更是意味深長。事件上「多識鳥獸草木之名」正是中國傳統文化、傳統文學、傳統教育的根柢。因此，我們今天回到大自然中來，也是對傳統文化、文學、教育的回歸。

不過，我想強調的是另一面。這就是我在《〈新語文讀本〉編寫手記》裏強調的，我們，孩子生活在大自然裏，但「這大自然的美，是需要人用自己的感官、自己的心去發現的」，於是就提出了一個重要的教育課題：「會看的眼睛，審美的眼睛，會聽得到耳朵，審美的耳朵，是需要培育、訓練的」，於是就有了中小學文學教育、藝術教育必須擔負的任務：「開發學生的感官，即他們的視覺、聽覺、味覺、嗅覺與觸覺，特別是視覺與聽覺」，簡單說就是培育「會看的眼睛，會聽的耳朵」。

從這一角度讀金波先生的兒童文學創作，我真是驚喜不已。在我看來，金波先生所寫的是真正的「大自然的文學」，自己並引導孩子去擁抱大自然，感受大自然，發現大自然的美。我特別感興趣的，是他的三個大組合，我都寫了專門的點評。首先是關於如何觀察、感受、發現、欣賞、表述「樹之美」——光看題目：〈樹的名字〉、〈雨後的大森林〉、〈爺爺種下的一棵樹〉、〈河邊有了樹〉、〈樹和船〉、〈樺樹皮信〉、〈那裏的每一棵樹〉、〈深秋的樹林〉、〈樹的思念〉——，就夠迷人了。還有如何觀察、感受、發現、欣賞、表述「雨之美」——看看他都寫了什麼：〈小雨的悄悄話〉、〈聽雨〉、〈雨天的發現〉、〈雨夜的遐想〉、〈雨沒有停〉、〈雨天的好心情〉——，讀着讀着，不知不覺間，你就有了一雙會看雨的眼睛，會聽雨的耳朵，會想像雨的腦子了。還有呢，如何觀察、感受、發現、欣賞、表達「蟲之美」——單是這些昆蟲的名字：金鈴子、冬蟈蟈、伏涼兒、豆娘、老鴰蟲、金龜子、屎殼郎、蜘蜘蛄、花蹦蹦、書蟲、蟻獅、跟頭蟲、磕頭蟲——，就把你震住了。你是不是也迫不及待地要像金波爺爺那樣，重去「蹚蹚草地」，「驚起一片昆蟲的飛翔、蹦跳」，然後再去「捕捉它們」，作為「可以嬉戲的朋友」，痛痛快快地「玩一玩」？應該說，無論樹、雨，還是蟲子，都是身邊的大自然，大家卻都不注意，我們，可能還有我們的孩子的觸覺、聽覺、視覺——都麻木了。現在就是要把它重新喚起，並提升為審美的眼光，聽力，感受力，想像力，表述力，而且還要有不斷發現、重新發現大自然之美，進而發現生命之美的自覺與能力。這也是金波先生的自覺追求。在他看來，這是世界文學，包括兒童文學裏的「大自然的文學」的一個傳統。他專門提到了梭羅強調「黎明的感覺」——我由此想到，我的老師林庚也是一直強調「用嬰兒的眼睛去重新發現世界」；還有俄國的普里什文「把大自然與藝術，哲學，人生融為一體」，日本東山魁美的「面對大自然，發現生命的意義」：這都道出了文學、兒童文學、兒童教育的真諦。

愛（真善美）的天性的保護和提升

「愛」是從幼年到老年人的人生主題，也是文學（包括兒童文學）的永恆主題，「愛」更是教育的根本。但也正是「愛」在我們的現實教育與社會裏被扭曲得最厲害，需要重新維護。

首先要維護天性的愛。魯迅說，所謂「天性的愛」是「離絕了交換關係、利害關係的愛」。因此，他強調「父子之間沒有什麼恩」，人與人之間，社會與人之間，也都沒有「恩」。而我們現在進行的恰恰是「感恩、報恩教育」，要求孩子「感恩父母」，就在父母子女之間強加進了權力關係：父母養育了孩子，就有權力支配孩子的一切，子女必須無條件的依附於父母，由此形成的是「長者本位」意識與社會、教育體制。而魯迅等先驅正是要強調建立在天然血緣關係上的父母對子女、子女對父母的「絕對的，無條件的愛」，而且以從作為「人」的底線。同時也必須堅持「幼者本位」。

但我們也不能停留在這「天性的愛」上。按照弗羅姆《愛的藝術》的觀點，愛有一個從幼級階段向高級、成熟階段發展的過程。大體可以說，幼兒、初小時段是愛的初級階段。它的特點是以兒童自我為中心，兒童被無條件地愛。但到了高小，以後到中學階段，就更應該從「被愛」提升到「愛人」，逐步發展到「關心他人，以及同他人統一」的「愛別人」、「創造愛」，也就是從以血緣為中心的愛，發展到對他人、人類的愛。我們的教育，包括兒童文學、青少年文學的任務，就是要用理性的力量，引導學生「愛別人」，包括愛大自然、社會等外部世界，「創造愛」，達到「博愛（博大的愛）」的境界，從而獲得成熟的愛。這是引導孩子生命從幼稚走向成熟的重要方面，愛的教育也要從感性的維護上升到愛的哲學思考的層面。

好奇心，直覺，想像力的保護和提升

金波先生提出，「想像與幻想思維是人類精神生活的原素」；同時又強調「從原生態幻想引向藝術審美幻想」：這都是要害。

對未知世界的好奇心，對萬事萬物本能的直覺的反應，不受任何拘束和限制的想像力：這都是兒童的天性。到了少年時期（初中階段）更發展為「少年意氣」。我曾經將其概括為「喜歡思考大問題，包括人生、哲學的根本問題」，「沒有不可解的難題，沒有不可探索的奧秘的自信心」，「初生牛犢不怕虎的勇氣」，「不知天高地厚的狂氣」。這樣的「少年意氣」到高中時更發展為「自由，創造」的青春精神。這都是健全人生最理想的「底子」，彌足珍貴。但我們卻用各種各樣的理由，例如斥其為「幼稚」、「不成熟」予以扼殺。應試教育更是一種制度性的扼殺。在我看來，這正是應試教育的最大問題，甚至是最大罪惡所在。

關於對兒童好奇、想像力的提升、引導，我在編《新語文讀本》時，也作過一些嘗試，曾提出過一個對中小學生進行「基本想像力」的培育的課題。我們當時設計的基本想像力有兩個。一個是「宇宙基本物質元素的想像」，即中國傳統所說的「金，木，水，火，土」的文學想像。比如我們編了一個《「火」的文學想像》單元，選了梁遇春的〈觀火〉，梭羅的〈室內取暖〉，魯迅的〈死火〉。還有〈看山與寫山〉、〈愛海人的話〉、〈詩人：土地的永遠的歌手〉等等，引導學生從讀相關文學名作入手，進行新的想像，新的語言創造。另一個是對「基本圖形（圓形、方形、三角形……，以及點、線）的想像」。這都不是單純的數學圖形，也包含了豐富的人文內容，其實就是人對於宇宙生命、自然生命、人的生命存在的一種把握的數學抽象。記得我們選了愛默生的〈論圓〉，錢鍾書的〈論圓〉，把我們自己也帶入了一個新的境界、境地。我們當時還設計了「對時間和空間的想像與思考」的選題，但沒有選到合適的文章只能作罷。這裏還有一個意圖，就是引

導孩子不僅讀文學作品，也要讀科技美文，達到文科教育和理科教育的契合。我們因此把「文理交融」作為《新語文讀本》的基本概念。這背後也有一個基本理念：「審美和求知是人類自在的天性」，「在大自然裏，美和真是一體的；人類審美與求真也是互滲、互動、互補的」。我們追求的就是真、善、美的統一，這也是人類自在的天性。

此外，我們還這樣設想：要通過孩子對富有想像力的文學、科技作品的閱讀，引導孩子進行「虛構的想像性寫作」。因此在閱讀建議裏經常提倡「接着往下寫」。比如我們節選了《小王子》第一章，就寫了這樣的閱讀建議：「作者剛告訴我們，他在『遠離人煙沙漠裏遇見一個非常奇特的小男孩』，文章就中斷了。這引發了我們的好奇心：這位小王子是從哪裏來的？以後還會發生什麼奇特的事情？── 你能把這故事繼續講下去嗎？講完了，你再去看看作者寫的《小王子》全書，和你的想像比較一下，會很有趣，是不是？」這一次我為金波先生寫評點，也不斷提出這樣的「接着寫」、「另外寫」的建議。比如金波先生寫了一篇〈拔草的老人〉，我就加上這樣一句：「孩子，你看到老爺爺、老奶奶拔草，會想到什麼？如果從沒有注意，老爺爺、老奶奶在做什麼，就找機會好好看看，想想」。這也是對孩子的觀察力、思考力、想像力的一個引導吧。

玩的天性

金波先生有一篇〈快樂雞毛〉，深情地寫道：「現在回想起來，(小時候) 好玩的東西倒也不少。一塊布頭，幾根狗尾巴草，都可能成為有趣的玩具」。「雞毛居然能給我們帶來快樂，我至今沒忘」，「那時候，誰的書包裏沒有夾着幾根色彩鮮豔的雞毛呢？」文章最後這句話卻大大觸動了我。我在評點中這樣寫道：「今天，孩子的書本裏還夾着雞毛嗎？今天孩子讀書生涯裏，還有遊戲嗎？本來，孩子的生命中，

就是一個字：玩！現在都被應試教育『擠』走了！請還給孩子『玩』的權利！」大概也是出於這樣的感慨與憂慮，金波的作品裏，「玩」（孩子的遊戲）也是一大主題，彷彿一寫到「玩」，他就回到當年，下筆有神！他不僅以「好玩」的心情，寫「玩」，欣賞「玩」，還引導孩子「想」，思考「玩」背後生命的意義。在〈快樂的雞毛〉裏就寫到「玩」中不斷有「新的誘惑，新的追求」，在比「誰是贏家」的競爭中「好勝心得到滿足」的快樂。他還寫過一篇〈夏天的三種快樂〉，一是「玩」中的「發現」與「猜想」，二在「玩」中「戰勝自己」，最大的快樂是「能給別人帶來快樂」，最根本的是「玩」中的「自由自在」！我注意到，金波先生最喜歡用、不斷用的詞，就是「自由自在」。原來，「玩」就是一種「自由自在」的生命狀態。這樣的生命狀態是最為珍貴，應該保留延續下來，成為終生不變的追求。

我們理解與追求的「兒童文學新啟蒙」，除了以上詳盡討論的「保護兒童天性，把孩子的天性發展成人的自覺」之外，還有兩個要點——

突出母語教育

文學從根本上是語言的藝術，而如金波先生所說，兒童文學應該擔負起「培養學生熱愛母語的思想感情」，「以母語為樂趣或生活方式」的任務。

我們在編選《新語文讀本》小說卷時，就提出了三個指導思想，編選原則。一是「突出漢字特點」，特別引述了周作人的觀點：漢字具有「裝飾性，遊戲性與音樂性」，三大特點都與兒童天性相通。這應該是中國小學語文教育得天獨厚之處，在這方面是大有可為的。我們還特地注意到周作人提出的「可以用字謎來培養學生對漢字形象特徵的感悟」，以及他將對聯、急口令、笑話，以及拆字等語言遊戲引入教材

的主張。其二，除了前面說到的引導孩子對母語及其背後的母語文化的愛以外，還要根據漢語的特點，突出朗讀教育，注意引導孩子對漢語美與靈性感悟，注意「語感」的培育，包括對不同作者不同語言風格的感悟和把握。其三，要充分注意兒童學習語言的趣味性、遊戲性的特點，注意文學與藝術（音樂，舞蹈，戲劇）的結合。

這就必須談到金波先生的文字，他對母語的熱愛與創造性運用。這也是他的兒童文學創作最適合選作教材的重要原因。讀金波先生的文字，我總要想起現代文學的一個傳統：在五四時期，周作人就倡導「純粹的語體」；到了 30 年代，老舍自稱他的語言追求，是「把頂平凡的話調動得生動有力」，「燒出白話的『原味兒』」來，因此要「始終保持着『俗』與『白』」。研究者解釋説，「俗」就是一般人心中口中説的「日常用語」，「白」就是徹底的白話。到了 40 年代，就出現了一批這樣的自覺地追求「白話的『原味兒』」，「俗而能雅，清淺中有韻味」的語言藝術家。我提到了蕭紅、駱賓基、馮至、趙樹理等等，並且這樣分析蕭紅的《呼蘭河傳》關於童年回憶的文字：「這裏充溢着生命（大自然的生命，人的原始生命）的流動，這是兒童眼睛所發現的世界。一切都是本色的，連同它的語言：五官感觸到什麼，心裏想什麼，口頭上就怎麼説，筆下就怎麼寫，全是天然的流露。這是充滿直覺、質感的語言，這是極其單純的語言，也是生機勃勃的，自由無羈的語言。同時，這是藝術的語言，明麗的色彩，天籟般的韻律，使你直逼『美』的本身」。金波先生的語言，或許還沒有達到蕭紅、馮至這樣的大家的成熟，但他顯然是這一傳統的繼承人，他也在進行「在俗白中追求精緻的美」的語言實驗。這樣的語言是適合於兒童文學的創作，適合孩子的閱讀需求，足以成為孩子學習漢語寫作的範本。老師和家長也應該引導孩子從這個方面去讀金波先生的作品。

倡導「閱讀教育」

金波先生早在 2005 年就在和記者的一次對話裏指出，「聲畫的傳媒方式雖然有其直觀、快捷、娛樂等長處，但它代替不了閱讀。這是兩種不同的感受方式。前一種方式，欣賞者是被動的，被情節和畫面牽着走。後一種方式，閱讀者是主動的，他與書本之間有着思考的空間和時間。因此，我認為聲畫傳媒不能代替閱讀思維，如何吸引兒童閱讀，這不僅是兒童教育的問題，而且是社會的問題」。

這也引起了我的強烈共鳴。我當年在編寫《詩歌讀本》時，也注意到「現代電影、電視藝術對詩的精神產生的致命打擊」，並引述了一位專家的論述：「影視藝術的魅力在於它能將任何想像性內容變成現實的圖像，但同時將那些不能變成現實圖像的想像粗暴地遺棄，從而使思想變得簡單」，「它具有一種特殊的強制性，讓接受者沒有自我創造和自我獨立的想像」，「如果我們只重視動畫藝術，很可能全世界兒童的想像力將來都是一樣的。這是一個十分可怕的現象」，「我們或許可以通過保存詩教的方式來保護兒童的自由想像力」。——「保護兒童的自由的想像力」，這就說到了要害：強調文本閱讀的根本意義也在這裏。

需要補充與提醒的是，我們這裏着重談到了新媒體對傳統閱讀教育的衝擊，以及我們必須有的堅守。但更不可忽視的，是金波先生也談到的「科技進步帶來的新的創造的可能性」。這次疫情也說明，新科技給我們的傳統教育（包括閱讀教育）開闢了新的天地。「新科技時代的閱讀教育」，這可能也是未來我們必須面對的新的實踐和研究的課題。

再回到閱讀教育的話題上來。我經常談到，讀書（文本閱讀）的最大特點和好處，就是「不受時間、空間的限制可以和百年、千年之遙，萬里之外，任何一個寫書人進行精神對話與交流」，「而且可以『招之即來』，打開書就是朋友；『揮之即去』，放下書，就彼此分手。何等自由，爽快！」這就是說，「讀書是這樣一種精神活動：一書

在手，就可以打破時空界限，自由穿梭於古今中外，漫遊於人類所創造、擁有的一切文化空間」。而兒童閱讀的最大意義也就在於極大地開拓兒童的精神時間、空間緯度，從而構造一種豐富多彩的「立體生活」。這對生活空間相對狹窄、單調的孩子來說，是尤為重要和珍貴的。這也是課外閱讀的重要價值。我們如果把孩子的閱讀範圍限制在教科書和教參的閱讀，那就無異於封閉孩子的精神空間，窒息孩子的生命。我說過，人的童年就是兩件事：自由自在地「玩」和「讀書」。我們卻把他們限制在應試範圍內，那叫什麼「教育」呢？

在書本閱讀中，我們還要強調「經典閱讀」，讓孩子自由地與創造民族和人類精神財富的大師、巨人對話，交流，「站在巨人肩膀上，就可以達到前所未有的精神境界，極大地提高精神生活的品質」。我這樣描述我自己，我們這些成年人：作者，老師和家長的歷史使命和最大幸福：「牽着中小學生的手，把他們引導到這些大師、巨人的身邊，互作介紹之後，就悄悄地離開，讓他們——這些代表着輝煌過去的老人和將創造未來的孩子在一起心貼心的談話。我們隻身躲在一旁，靜靜地欣賞，時時發出會心的微笑……。就為這個瞬間，無論付出什麼代價，都是無怨無悔的啊！」

當然，也不能只是浪漫的想像，還要實實在在地做事。這就是金波先生所說的，除了培養閱讀興趣以外，還要「開拓閱讀眼界，學會鑒別」，更要「養成良好的閱讀習慣」。這也就是我說的，打好「五大基礎」：「培養讀書學習的興趣；授予學習各學科的基礎知識；培訓語言、思維的基本能力；教給讀書的方法；養成讀書學習的習慣」，這就真正「引入文化之門」，打下的「終身讀書學習的底子」。再加上「打好精神的底子」和「健康身體的底子」。有了這三個底子，「就意味着，孩子有了一個保證他終身身心健全發展的堅實可靠的基地，一個立人之本」。孩子有了「精神的家園」，我們這些成年人——作者，編者，老師和家長，也就可以放心了。

最後一個問題

也是我們自己的人生課題：就像金波先生所說的，「從一個老年人的角度，重新理解兒童文學，走進兒童的世界」。

回到開頭的話題：我與金波先生，在泰康養老院裏相遇相知，人到老年，還有這樣一次進行「兒童文學新啟蒙」的合作，在仍處於封閉中的養老院進行這樣一次對話，這都不是偶然，而且意味深長。

為什麼要這樣做，能夠這樣做，原因有二。一是金波先生說的，「我（我們）的心靈還活着一個童年的自己」，所謂「童心」不老，不死。更是因為我們漫長的人生旅程，走到最後一段，就有了需要：要回歸童年，特別是回歸兒童精神生活。人到了老年，就要回歸大自然，回歸大地。這就是「入土為安」，「死去何所道，托體同山阿」。人到了老年，就要回歸童年，這就是「返老還童」。而且這兩者是一件事，就是金波先生說的，「在大自然中與孩子相遇，學會和孩子在大自然中交往」，「在大自然中，人與人之間變得單純，純真，真實」。這就意味着，人到老年，既要保留老年的思考和智慧，又要回復兒童的純真、情趣，這才是「人生的完美結合」。這就是金波先生和我最後生命的選擇，人生理想境地。即使不能完全達到，也要心嚮往之。

2020 年 10 月陸續寫出，11 月 6 日定稿。

我的「中國人及中國社會改造」的思想與實踐

　　今年，三聯書店出版了我的《論志願者文化》，我非常高興。我把它看作是給自己 80 歲生日的最好禮物。我確實很看重這本書，因為它顯示了我的人生追求和思想、學術的一個很重要的方面。可惜至今也沒有多少人注意，只得我自己來說，於是就有了這篇《八十自述》之二。

　　在我的第一部魯迅研究專著《心靈的探尋》的扉頁裏，就有這樣的獻詞：「謹獻給正在致力於中國人及中國社會改造的青年朋友」。這句簡單樸實的話包含了三層意思，都很重要。首先自然是我對魯迅的一個基本理解，即魯迅思想就是「改造中國人和中國社會」的思想。應該說明，這一判斷是王得後先生在 1980 年代首先作出的，我覺得深得我心，就欣然接受並化作自己的思想了。順便說一句，當代魯迅研究者中對我影響最大的，就是得後先生。他所提出的這一論斷，以及同時提出的「立人是魯迅思想的核心」的概括，21 世紀初提出的「左翼魯迅」的概念，都對我有極大啟發，成為我的許多魯迅闡釋的重要

出發點。在這裏，我要鄭重地表示對得後先生的衷心感謝。在我看來，這樣的研究者之間的相互影響與呼應，是構成了 1980 年代以來的中國魯迅研究傳統的一個重要部分的。再把話題拉回來：我的獻詞的第二層意思，是要表明，「改造中國人和中國社會」的思想，也是我自己的人生和學術追求。這就意味着，我的學術研究從一開始就有極強的社會責任感和歷史使命感，心中始終有一個「中國問題」以及「世界問題」，有一種用學術的方式參與正在進行的中國和世界社會變革的自覺意識。這樣的研究，就自然不是為學術而學術，而具有了某種實踐性的品格，並且把自己的人生選擇與學術選擇、做人與治學融合為一體。其三，獻詞還表明，從一開始我就確定了自己的學術研究的主要接受對象，是「正在致力於中國人及中國社會改造的青年朋友」，也就是魯迅所說的「醒着的青年」。這也就使得我的學術研究始終與當代同樣在探討中國問題、世界問題的青年保持密切的精神聯繫。這樣的特定的接受對象，也決定了我的研究思路，學術著作的結構方式和敍述方式。這都構成了一種獨立的研究風格與特色，也是其生命力所在。應該說，就在 1987 年我寫出這題辭時，我的後半輩的人生格局和學術格局就此確立了。

而在 1980 年代及以後相當一段時間，我首先要做的是對魯迅改造中國人和中國社會的思想的研究與普及。《論志願者文化》一書裏，收入了我的〈魯迅論中國人和中國社會的改造〉一文，對我這一方面的研究作了一個概述，這裏就不再重複。這同時也是將魯迅的這一思想向當代青年的一個普及。前幾年出版的《魯迅與當代中國》一書，其中心內容就是對魯迅改造中國人和中國社會思想的當代闡釋，是我的「講魯迅，接着魯迅往下講」的自覺努力。這構成了我的魯迅研究的重要組成部分，而且很可能是最有影響的部分。

還有一個「接着魯迅往下做」的問題。這也是我確定以改造中國人和中國社會為自己的人生與學術追求的題中應有之義。但真正變為

實際行動，卻要到 1997 年。這就是我一再提到的，在此之前，我的具體努力目標是被學院體制所接受，並因此獲得自己的發言權和影響力；但在這一目標達到以後，到 1997 年前後，我就感到了學院體制對自己的束縛，並越來越為自己有可能被體制同化，最後背離自己的改造中國人和中國社會的理想追求而感到不安與恐懼。於是，就有了借北大百年校慶之機「破門而出」之舉，即以「學者兼精神界戰士」的身份和姿態，參與社會實踐，這本身也是對魯迅傳統的一個自覺繼承。我參與的社會實踐主要有兩方面，一是積極介入中小學的語文教育改革，一是支持和參與青年志願者運動和鄉村建設運動。開始時，對這兩個領域的介入，有一些偶然的機緣，但越到後來就越自覺意識到，這兩個領域都關係着我的基本理想與追求。中小學語文教育改革實際上是一場新的啟蒙運動，關係着「中國人的改造」；如我在收入《論志願者文化》一書裏的〈我的農村教育理念和理想〉一文裏所說，我參與中小學語文教育改革，是基於對現實中國問題的一個認識與判斷：當下中國眾多問題中「最重要、最基本的一條，是中國人心出了問題」；而「人心出問題是因為教育出了問題」；「教育的基本問題又出現在中小學教育」。這樣，我就把魯迅「改造中國人」即「改造中國國民性」的思想，落實為我可以參與的中小學語文教育改革。青年志願者運動和鄉村建設運動本身就是一種社會改造運動，它給我提供了一個實現改造社會的理想的機會。但由於年齡的限制，我已經不可能直接投身於運動的第一線，只能扮演一個吹鼓手的角色，通過給志願者講課和參加他們的討論等方式，為志願者運動提供思想理論資源，在「志願者文化」建設上作一點力所能及的事情。我深知這樣「光說不做」本身就有點滑稽，但也無可奈何。我更深知，我所能夠發揮的作用與影響都是極為有限的，只能盡力而為。而且要做到這一點，也不容易，因為這畢竟是我所不熟悉的領域。魯迅改造中國社會的思想，當然依然是重要資源；但顯然不夠：我需要尋求新的思想、理論資源。

於是，在最近幾年，我用了很大精力來研究上一世紀三四十年代的鄉村建設運動的幾位先驅，其成果就是收入《論志願者文化》一書裏的〈鄉村建設運動先驅四讀〉，包括〈讀晏陽初〉、〈讀梁漱溟〉、〈讀陶行知〉、〈讀盧作孚〉，以及收入《歲月滄桑》裏的〈1951：陶行知的命運〉、〈1952：對「盧作孚自殺」事件的一種分析〉、〈1953–1979：兩位同齡人梁漱溟與毛澤東的關係的歷史考察〉。後者是對鄉村建設派知識分子歷史命運的考察，前者則是對他們的「改造中國人和中國社會」思想及現實意義的闡釋，並在此基礎上編輯了一套《志願者文化叢書》，內含《晏陽初卷》、《梁漱溟卷》、《陶行知卷》、《盧作孚卷》與《魯迅卷》，每卷收入我的上述文章作為〈導讀〉，同時選編了幾位作者的相關語錄與文章，以此作為志願者和鄉村建設者的精神讀物，也算是我對志願者運動和鄉村建設運動的最後貢獻吧。

　　我自己也有了一個意外的收穫：我在研究過程中發現我的父親天鶴先生和盧作孚、晏陽初多有往來，他們都是上一世紀三四十年代關注「鄉村（傳統農村社會結構，傳統農業和傳統農民）改革」的「鄉村派」知識分子，只是有不同的改革方案：晏陽初、盧作孚等注重鄉村建設和鄉村教育；我父親作為農業科學家，第一個全國農業研究機構中央農業實驗所創辦人，國民政府經濟部農林司司長，抗戰時期的農林部常務次長，在 1950 年代又在晏陽初直接領導下出任台灣農村復興委員會的農業組組長，他始終關注的是中國農業的現代化建設。其實，早在 1990 年代初，我在整理父親的遺著，編輯《錢天鶴文集》時，就寫有〈中國現代農學界的先驅〉的長文，對父親關於中國現代農業發展的思想作了詳盡的論述（文收《拒絕遺忘——錢理群文選》），但只是盡作為子女的責任；現在，我在尋找改造社會的思想資源，研究鄉村建設思想傳統時，又與父親相遇，就強烈地感受到一種精神的傳承，這本身就構成了我個人生命成長史上的重要一頁，我自

是十分珍惜。（參看〈尋求中國鄉村建設與改造之路〉，文收《論志願者文化》）。

我在 21 世紀初與包括父親在內的 20 世紀三、四、五、六十年代的中國鄉村派知識分子相遇，面對當下中國的社會改造問題，從他們的思想遺產裏，吸取了什麼，並有怎樣發揮呢？主要有兩個方面。

關於中國的社會改造與建設必須以農村改造 與建設為基礎的思想

我在論述父親的發展現代農業思想時，就注意到一個貫穿其中的基本思路：「農民佔中國人口的大多數，以農立國，這是中國的基本國情與傳統」，要探尋「建立統一、獨立、富強的現代民族國家之路，也不能迴避中國的農業與農民問題」，必須從「改革鄉村」入手（〈中國現代農業界的先驅〉，收《拒絕遺忘：錢理群文選》）。這也是梁漱溟為代表的鄉村建設派的基本思想。梁漱溟就明確指出，「我所主張的鄉村建設，為的是解決中國的整個問題，非僅止於鄉村問題而已」，他要探尋、開拓的「中國自己的發展道路」，就是把「社會重心從城市移植於鄉村」，重新發現與覺悟鄉村的意義，「在近代都市文明之外，關造一種（新的）鄉村文明」。在梁漱溟看來，這是民族新自覺的開端與標誌。在這背後，更有對人類文明未來發展的長遠思考與展望」（〈讀梁漱溟〉，收《論志願者文化》）。有意思的是，梁漱溟由此而發現了他與毛澤東的相通：「（我們）可以說入手相同。他的革命入手是從農村包圍城市，我要建設新中國，我的入手也是農村」；他尤感興趣的是，毛澤東在領導社會主義建設時，也是強調工農業並舉，強調發展鄉鎮企業，走一條以鄉村改革推動城市改革，最後達到中國社會全面改革的道路（〈兩位同齡人梁漱溟與毛澤東的關係的歷史考察〉，收《歲月

滄桑》）。而在毛澤東之後的鄧小平的改革開放也是從農村經濟體制改革入手，並獲得巨大成功，從而為以後的改革開放奠定了基礎的。在我看來，從農民佔人口大多數的基本國情出發，始終以農村的改造與建設為中國革命與建設的出發點和基礎，這正是中國革命與建設的基本的，也是最重要的，應該繼承與發展的歷史經驗與傳統。

但我在 21 世紀初，參與以支農支教為中心的青年志願者運動，因而一定程度上介入了新時期的鄉村建設運動時，卻遇到了一個嚴酷現實：在中國經濟獲得高速發展的同時，農村的自然生態與人文生態都出現了嚴重危機，鄉村社會發生了整體性的凋敝乃至崩潰。更為嚴重的是，本來是共和國依靠對象的農民成了弱勢群體，「國家基礎階級陷入了物質與精神、權利上的相對貧困或絕對貧困，這就意味着，國家的立國之基、建國之本出了問題」（〈我們需要農村，農村需要我們〉，收《論志願者文化》）。更有人從理論上論證：這樣的鄉村凋敝與農民邊緣化，農業文明的淘汰，是中國經濟發展的必然趨勢，是為歷史的進步必須付出的代價。面對這樣的社會、思想、理論強勢的巨大壓力，我和我的志願者、鄉村建設者的年輕朋友，開始了對現實中依然佔據主導地位的「以工業化與城市化為目標的現代化道路」進行了根本的反省。我們「首先質疑的就是『從農業文明到工業文明是一個歷史的進化過程：前者代表落後，後者代表先進，前者消亡，被後者取代，是歷史的必然』的歷史觀。我們曾經把它看作是『天經地義』的規律，現在卻發現了其中的根本性問題。面對工業文明的負面作用，我們終於認識到了『生態文明』的意義；而且要立足於生態文明，對農業文明與工業文明及其相互關係，進行重新認識與檢討：它們絕不是必須『一個取代一個，消滅一個』的絕對不相容的文明形態，而是有各自優勢與問題，應該相互補充，在平衡與協調下求得發展；而在當下，最迫切的任務，則是『站在工業文明的肩膀上，回望農業文明時代，在那個時代裏尋找可以培育生態文明的土壤』。由此引發的是新

鄉村建設的新思路，新方向，新實踐，尋找一條『以顯示世界文明發展方向的生態（包括自然生態與人文生態）文明為核心的，能夠與以農業文明為主體的中國傳統文明相連接的，新農村發展道路』」（〈中國新農村建設理論創新的新發展〉，收邱建生：《在地化知識與互助型社區建設》）。我非常高興地看到我的這些年輕朋友正在為創建中國自己的社會改造、鄉村建設之路而默默探索與實踐，在我看來，這才是中國的真正希望所在。我雖不能直接投身其間，能夠充當一名搖吶旗喊者，也是十分自豪的。

鄉村建設與中國社會改造的根本，是社會自治化，發展農民和社會各階層的自治組織，發揮主體作用，把命運掌握在自己手裏

這也正是鄉村建設派先驅的鄉村和中國社會改造思想的核心。晏陽初明確提出，他所倡導的平民教育與鄉村改造的成敗，取決於「千百萬勞苦大眾的自覺參與」。他一再告誡運動的參與者：絕不能把「農村運動看作就是農村救濟」，「就是『辦模範村』」，那就『未免把農村運動的悠久性與根本性，普遍性與遠大性』抹殺了。在他看來，農村根本的出路是要通過社會、經濟、政治的全面改造，保障農民的權利，並把農民組織起來。有了「真正的、自動的、內發的組織」，農民就不再是處於無力無助的地位的單獨個體，而可以以獨立組織的力量，參與社會、經濟、政治上的博弈，爭取和維護自己的權利，農民才有可能真正掌握自己的命運，成為農村社會的主人。晏陽初特別強調兩點：一是鄉村建設需要政治之助，但又要警惕官僚政治對鄉村建設的干擾和影響，因此，要保證鄉村改造與建設的健康有效發展，就必須「把縣政府地方政治的改革放在特別重要的位置」；二是必須「認

真探討人民究竟缺的是什麼。一個強加於人民的計畫，即使其出發點是為了人民的利益，也會由於滿足不了其真正需要而宣告失敗」，「不能在民眾身上立基礎，沒有生根，自然不能生長，不能永存」（〈讀晏陽初〉，收《論志願者文化》）。這都是大有深意的。我特別注意到，我的父親在 1950、1960 年代，在參與台灣鄉村改造與建設時，也是緊緊抓住「農會的改組」這一重要環節，即將原具有官方性質的農會改造為「真正的民治機關」，以發揮其在「政府與農民間的橋樑」作用（〈尋求中國鄉村建設與改造之路〉，收《論志願者文化》）。可以說，中國鄉村派的先驅，都是以建立一個農民獨立自主的農村民間社會與組織，作為鄉村改造與建設的根本的。

這其實正是我在 21 世紀初參與新時期的鄉村運動即所謂「三農」建設時，所遇到的問題：從表面上看似乎轟轟烈烈的鄉村改造與建設，始終以政府為主體，農民是一個「被扶貧」的對象，缺乏任何主體性。我為此而深感不安，在與支農支教的青年志願者的談話裏，多次提出了這樣的問題：整個二十世紀中國知識分子、中國青年可以說是前仆後繼地奔赴農村，雖然也產生了一定影響，但大都是「雨過地皮濕」，農村的基本面貌並沒有發生實質性的變化。這是為什麼？（〈中國知識分子「到農村去」運動的歷史回顧〉，收《論志願者文化》）。一個基本原因，就是所有的「下鄉運動」都是一種外部的強勢資源的導入，而缺少農村自組織機制的支撐。鄉村改造與建設內發動力不足，就造成了農民主體性的缺失，農民始終處於被動接受的地位。這樣，只要外部強勢資源削弱或退出，農村變革就自然停頓以至恢復原狀（〈尋找中國鄉村建設與改造之路〉，收《論志願者文化》）。這正是我和年輕朋友所擔心的：今天轟轟烈烈的扶貧會不會又重走「雨過地皮濕」的老路？我們要追問的是，為什麼農民的主體性始終建立不起來？並由此而提出了兩個問題。一是鄉村改造和建設的目標究竟是什麼？問題就在於把農村問題簡化為單純的民生問題、農民致富問

題。不是説民生、致富不重要，而是若以此來遮蔽更為重要和根本的農民的權利（包括組織權）問題，那就會出現晏陽初當年就擔心的「農民吃飽了，依然不是自由人」的危險。其實就在 2000 年，1980 年代主持中國農村改革的前輩杜潤生老先生就已經明確提出，「農村發展的根本問題是使農民成為『自由人』」，他並且具體提出，要給農民三大權利，即經濟上發展更大的自由與自主權，政治上發展鄉村民間組織的權利，以及平等的受教育的權利（〈讀晏陽初〉，收《論志願者文化》）。這才是真正抓住了要害。另一個不可迴避的問題，是鄉村改造與建設，究竟應該依靠誰？曾經是梁漱溟鄉村建設中心人才培訓基地負責人的劉老石老師就在〈農民需要新農會〉的文章裏，談到他在農村調研時就發現，在農村改革和建設運動中，已經出現了一批「具有新思維的農民精英」，「有影響力的農村公共事務的帶頭人」，他們早在 2003 年和 2004 年就提出了成立農會的要求，但卻被一些部門視為「對社會秩序具有破壞作用」、「會被壞人所利用」的「異端」，而加以排斥。這樣的改革的真正動力被當作阻力，本應是改革依靠對象卻成為打擊對象（〈劉老石留給我們的思想遺產〉，收《論志願者文化》），是令人痛心的。看來，要使中國的農民真正組織起來，成為農村改革與鄉村建設的主人，還有漫長的路要走。

這裏所提出的，不僅是農村改革與建設的問題，而是一個關係中國社會改造的全域性的問題。許多中國問題的研究者都注意到，中國社會結構的最大特點，就是它是一種「全權主義的結構」，即國家在社會、政治、經濟和文化、意識形態各領域的功能是全方位的，內部幾乎不存在獨立於國家控制之外的自治性的社會個體細胞。在 1949 年中華人民共和國成立以後，這樣的全權主義的社會結構更有了進一步的發展，國家控制的無時不在、無所不在，就造成了民間社會、公共空間的嚴重缺失，既沒有獨立自治的民間組織，也不允許社會各階層、各利益集團、各政治力量、思想派別有表達利益述求的自由和維護自

己利益的權利。即使 1980 年代的改革開放，也始終是由權力和資本主導，缺乏社會力量的參與、推動與監督。這是改革中出現許多弊端的根本原因之一。因此，到了 1980 年代的後期，就 自然提出了改變民眾與社會的無組織狀態，建立獨立自主的民間社會和公共空間的歷史任務，儘管阻力重重，也發生了許多曲折，但從 1990 年代到 21 世紀，「培育社會力量，發展社會組織、提升社會自治程度」的呼籲與努力，一直沒有停止過。我所支持的青年志願者運動就是在這樣的背景下產生並逐漸發展起來的；而我從參與的一開始，就把推動民間社會的發展，作為自己的指導思想和目標。我的一篇在青年志願者中頗有影響的演講〈「我們」是誰〉裏，就突出了志願者組織的「民間性」：「我們既是『非政府性』組織，又是『非營利性』組織，是人們所說的『第三部門』。它對政府機制和市場機制形成必要的補充和制約，是所謂『第三種力量』，有效的民主政治和市場經濟是離不開社會領域發達的第三部門的支援的，後者將在社會改革和建設中發揮越來越大的作用」（收《論志願者文化》）。這樣，就打破了全權主義的社會結構，形成了一個「權力—市場—社會」相互制約、協調與平衡的多元化的社會結構。應該說，這是抓住了中國社會改造的根本的。

我至今仍然認為，中國民眾和社會的非組織狀態，以及中國民眾依然被意識形態所控制，處於不覺醒狀態，是當下中國社會的兩大根本性問題。我們要改造中國社會和中國人，也必須從這兩個問題入手。在某種意義上可以說，我的所謂改造中國人和社會的思想和實踐，就是圍繞着這兩大問題展開的。我當然知道，解決這兩大痼疾，是一個空前艱巨、曲折、漫長的過程，我的有生之年，大概已經看不到了問題的解決或基本解決了。但我曾經為此努力過：這就夠了。

我在參與志願者文化（它是「公民文化」的有機組成部分）的構建時，提出了一些思想命題，在青年志願者中產生了一定影響。它可

以説是我的改造中國人和社會思想的具體化，大概有四個方面，這裏且作一點概述。

認識你腳下的土地

我在和準備到農村去的青年志願者的談話〈我們需要農村，農村需要我們〉（此文後來曾在志願者中廣泛流傳）裏，一開始就提出了一個問題：「你認識你腳下的土地嗎？」我如此提出問題，是包含着一種隱憂的。我在觀察中國社會和年輕一代的動向時，發現了一種逃離故土的傾向：從農村逃到城市，從小城市逃到大城市，從國內逃到國外。本來，到「遠方」去尋求發展，也是人的本性；在經濟發展和全球化的時代，這樣的自由流動更是人的權利。問題在於，人們不僅身體遠離本土，而且在精神上對本土，本土蘊含的深厚文化，以及廝守其上的父老鄉親，產生了認知上的陌生感，以及情感、心理上的疏離感，這就造成了失去精神家園的危機。人本有「固守」（不離本土）和「漂泊」（遠離本土）兩種生命欲求，人生選擇與生存方式，如果心中自有家園，漂泊中就會有鄉思，固守也有依傍：他們都是有「根」的。但一旦和生養自己的腳下土地失去認知、情感、心理上的聯繫，漂泊者就走上了永遠的「心靈的不歸路」，固守者也會陷入生命的虛空；這就意味着人從生命的泥土中拔出，成了「無根的人」，從而失去了自我存在的基本依據，導致人的危機，以至民族的危機。我正是從這樣的危機意識出發，強調新世紀的中國年輕一代「到農村去」，最大的意義，就是「尋求自己的生命之根」，所謂青年志願者運動實質上就是一次「尋根運動」，是在補生命歷程中不可或缺的一課：「重新認識腳下的土地」。我對青年朋友説：「當你和這塊土地和土地上的文化、人民建立起了某種精神上的聯繫，使之成為你人生記憶中的永恆，以此作為你的生命的底色，那麼，今後無論走向哪裏，那怕是遠離故國、家

鄉，走到天涯海角，無論從事什麼職業，你都是有根的，都有一個精神的家園」(〈我們需要農村，農村需要我們〉，收《論志願者文化》)。

制度重建、價值重建、文化重建和生活重建

在和青年志願者、大學生朋友交流中，經常提出一個問題：「當今的中國最需要什麼？」也就是說，在已經基本解決了溫飽問題，進入小康社會，擺脫了貧困、開始富裕了的中國，將向何處發展？在我看來，當今之中國，正走在十字路口，面臨着新的選擇；這也關係到

每一個中國人，特別是中國的年輕一代，都存在一個選擇問題。我認為，在這樣的轉折關頭，需要提出「四大重建」的問題，即制度重建，文化重建、價值重建和生活重建。制度重建，事關重大，我自己也沒有想清楚，因此，在以後的討論中就沒有充分展開，但有些基本精神，還是貫穿於其他幾個問題的探討中（〈當今之中國和時代精神〉，收《論志願者文化》)。

文化重建

這是一個大題目，我也無力全面展開，只是在有關鄉村改造與建設的討論裏，提出了一個重建「地方、鄉土知識與文化」的問題。只要我們深入到農村，就會發現，在長期的歷史實踐中，中國每一個地區的老百姓都找到了一種適合於自己鄉土上生存的生產方式和生活方式與相應的文化觀念。所謂「一方水土養育一方人」，在人與環境的經濟、社會和精神的長期歷史聯繫中，必然會產生一個地方、一個民族的知識與文化，逐漸形成了各具特色的語言、宇宙觀、價值觀、飲食、建築、服飾、節日、禮儀、宗教信仰、技術、文學藝術和鄉規鄉約等社會文化。這樣的民族、地方性知識與文化，一方面具有本土、當地，多數是口頭傳承的實踐性知識的特點，自有其局限性；但同時

也積澱着普通老百姓追求和諧（人和自然和諧，人與人、人與社會和諧，多民族和諧）和多樣性（生物多樣性、文化多樣性）的理想和智慧，它所內含的自然生態平衡、文化生態平衡的觀念，是體現了人類文明的理想，而且是通向現代的。問題是，長期以來，我們事實上完全漠視民族、地方、鄉土知識與文化的存在與意義，將其視為落後，甚至迷信加以排斥。如研究者所說，改革開放前的政治文化使其「失憶」，近三、四十年的物質主義、消費主義、實用主義的文化又使其「失語」（〈民族、地方性知識與鄉土知識〉，收《論志願者文化》）。

面對這樣的地方、民族、鄉土文化全面衰落、流失的危機，我在力所能及的範圍內，做了兩件事：一是以貴州為「試驗田」，進行「構建地方文化知識譜系」的探索。我和貴州的朋友先是編寫了普及性的《貴州讀本》，後又嘗試民間修史，完成了近 200 萬言的地方誌《安順城記》（參看〈關於「構建地方文化知識體系」的討論〉，〈屯堡文化研究的動力、方法、組織與困惑〉，〈好人聯合起來做以件好事〉，收《論志願者文化》）。另一方面是參與鄉土教材的編寫，「將地方性鄉土知識納入學校教育，特別是農村教育的知識體系和教育體系，使普同性知識與地方性知識有效接軌」，以此作為「中小學教育，特別是農村學校教育改革的重要內容」（〈民族、地方性知識與鄉土知識〉）。

價值重建

我在與北大學生社團「我們」文學社的討論中，提出了一個「『我們』中的『我』，『我』中的『我們』」的命題，以後又和許多志願者一起作了深入討論。討論的中心，就是如何看待與處理「個體與集體（社會）的關係」。我在討論中作了一個歷史的回顧與梳理：在中國傳統文化裏，強調的是「家庭中的人，社會中的人，國家中的人，而比較少的考慮個體的人」；到了 20 世紀一、二十年代，人們在反思傳統

文化時，就針鋒相對地提出「個」的概念，強調人的生命個體獨立的地位，權利和價值，「個性解放」成了五四新思想、新文學的基本主題；到了 1930、1940 年代，面對嚴重的社會危機與民族危機，人們經常感到自我的無力與渺小，於是，「我們」就逐漸成了時代的最強音，人們紛紛到組織起來的戰鬥集體和革命政黨那裏尋找出路；到了 1950、1960、1970 年代，戰鬥的集體主義發展到極端，就導致了對個人欲望、利益、權利的全盤否定，「我們」開始上升為一種和權力結合在一起的秩序和體制，到了文革時期，人更是變成了一個純精神化、集體化的政治動物；這樣，到了 1980 年代，人們反思文革，「回歸五四」自然成了新潮，個性解放再次成為時代主題；但歷史的發展又轉到了另一個極端：1990 年代市場經濟中很快就充斥着資本主義原始積累時期的弱肉強食的叢林法則，導致個人欲望的極度膨脹，對個人利益的追逐，成了人活着的唯一動力，人與人關係的唯一聯結和尺度，人變成了純粹物質化和個人化的經濟動物；於是，到了 21 世紀又開始了對「我們」的呼籲和對集體主義、國家主義的重新提倡；鑒於歷史的經驗教訓，人們又不免擔心，會不會又回到那個要求大家為打着「國家」、「集體」旗號的「我們時代的代表」的利益而無條件地犧牲個人利益的年代呢？在這樣的歷史背景下，我們提出「我」和「我們」的關係問題，就是要跳出在「我」與「我們」兩個極端來回搖擺的歷史怪圈，回到人的本性上的個體性與群體性既相互矛盾、制約，又相互補充、協調的正常關係上來，這本身就是一個「價值重建」。所謂「我們中的我」就是強調我們（群體）的發展，必須以我（個體）的自由發展為基礎、出發點與指歸；所謂「我中的我們」就是強調，只有在我們（群體）的共同發展中才會有我（個體）的真正發展。這背後的價值觀，就是將「個體生命本位」與「個體的社會責任感、承擔意識」的有機統一，也就是人性中的個體性與社會性的有機統一。（〈「我

們」中的「我」,「我」中的「我們」──論價值重建〉,收《論志願者
文化》)。

生活重建

　　這是我和青年志願者討論得最多,也是他們最感興趣的問題:在
基本解決了溫飽問題以後,新一代的有理想、有追求的年輕人應該創
造一種什麼樣的生活方式?在討論中,首先要面對的,是如何看待與
對待在青年以及社會上十分盛行的消費主義的生活方式和價值觀,即
是以高消費(奢侈消費,一次性消費,高額度、大批量消費)和豪華
享受為「現代生活」,以消費能力與消費生活為社會地位、個人成功、
聲望的評價標準。討論中大家一致認為,作為個人,用自己誠實的勞
動去追求高消費,高享受,是無可厚非的,絕不能用道德主義去評
價、看待消費主義;但從我們的理想、追求來看,這樣的消費主義的
生活方式、價值觀卻是可以質疑的。且不論這樣的高消費、高消耗,
會導致高污染和環境大破壞,造成社會問題,就個人而言,也會導致
「用一切辦法掙錢供消費」成為唯一追求,從而發生一定程度上人自
身的異化,而且也會形成高度緊張的工作和生活方式,同時產生隨時
可能被淘汰的不安全感和焦慮感:這都是人的生命的健康發展所不取
的。那麼,我們又要追求什麼樣的「新生活」呢?我提出了五個方面
的問題與設想,得到了許多年輕朋友的共鳴。其一,如何處理「物質
與精神的關係?」魯迅說過,人一要生存,二要發展;那麼,在基本
解決了生存問題以後,就應該把重心放到「發展」上,於是就提出了
「追求簡單的物質生活、豐盈的精神生活」的設想。所謂「簡單的物質
生活」,就是拒絕奢華,過更接近人的生活本色、自然本性的生活;
另一面則是更注重人的精神需要,人的身心的和諧發展。為此而特別
強調了「讀書」對打破時、空限制,擴大人的精神世界,以及「體育」

對人的軀體和精神的健壯與協調的作用與意義。其二，我們的生活應該保持怎樣的節奏？為此提出了「在緊張與安閒，進取與散淡之間尋求平衡」的設想，強調閒暇對人的生命健康的意義。其三，如何重新認識鄉村生活的意義，強調「人在自然中」，真正地「腳踏大地，仰望星空」本身就是人的一個最基本、最重要的生存狀態，因此提出了「出入於城鄉之間」的生活理想。其四，重新認識體力勞動、手工勞動對於人的生命健全發展的意義，提倡在業餘時間通過手工勞動創造一種藝術化的生活。其五，如何使志願服務也成為一種生活方式與習慣，隨時隨地為需要幫助的人服務？這樣把博愛精神注入日常生活，就可以避免將「新生活」局限於一己的小自由，小歡樂。這五個方面的設想，自然有着強烈的理想色彩，甚至有些超前，追尋的是「現代烏托邦」，但或許正是這個一切都功利化的時代所或缺的，而且也並非完全沒有實踐的可能：「新生活」正有待開始（〈和志願者談生活重建〉，〈我們需要這樣的反思和試驗〉，〈尋找城市的根，重建城市與鄉村、自然的聯結〉，收《論志願者文化》）。

沉潛十年

我在為許多志願者朋友題辭時，喜歡寫這四個字：「沉潛十年」。好幾位後來成為鄉村建設運動的骨幹，都對我談起我的這一期待對他們的影響。所謂「沉潛十年」包含了兩個層面的意思。

首先是強調「十年磨一劍」，就是要充分估計，我們投身於其間的鄉村和中國社會改造事業的空前的艱巨性與長期性。我經常對年輕朋友說，鄉村改造與建設是一個慢活，細活，不可能立竿見影，不能急功近利，不能搞一哄而上的運動式的變革，要細水長流，慢慢積累，要有耐心，要善於等待，還要從容（〈新一代鄉村建設人才的培養問

題〉，收《論志願者文化》）。這就需要有魯迅説的「改革，奮鬥三十年，不夠，就再一代，二代……」奮鬥幾代人的戰略思想。對我們每一個人來説，就是要有一種「選定一個目標，就一步一步地長期奮鬥下去，哪怕奮鬥一輩子」的精神，除此之外，「實沒有更快的途徑」。同時還要「慢而不息」，「即使慢，馳而不息，縱令落後，縱令失敗，但一定可以達到他所向的目標」：這就是魯迅説的「韌性精神」（〈談「魯迅論中國人和中國社會的改造」〉，收《論志願者文化》），這是鄉村建設人才不可或缺的精神素養。

再就是「沉潛」。「真正有志氣的青年，應該把目光放遠一點，不要迷惑於眼前一時一地之利，更應該擺脱浮躁之氣。真正有力量有自信的人是不會去追求那些表面的炫目的浮光的」（〈我們需要農村，農村需要我們〉，收《論志願者文化》），要沉住氣，着眼於自身的長遠發展，先練好「內功」。就像那些大俠，不輕易出手，把內功練好了，出手就不凡。在我看來，作為一個志願者，鄉村建設者，主要內功有二。一是「沉潛於歷史的最深處，沉潛於社會的最深處」，真正地認識中國的國情。魯迅當年就對「到民間去」的青年們説，你們到了民間，就會發現在城市、學校裏想像的民間和真實的民間的巨大反差，「或許有若干人要沉默」。但也只有經歷這樣的「苦痛的沉默」，才可能真正地認識中國，認識腳下的土地。另一方面，就是「沉潛於自我生命的最深處」，這是一個自我修煉的漫長過程。這裏最重要的，就是現代公民基本素養、品格的修煉。我們的目標是要建立現代公民社會，必須從自己做起：不僅要把我們的志願者組織建設成公民大學堂，而且也要在實踐中把自己培育成合格的現代公民。具體來説，就是要「學會參與和獨立創造，學會對話、合作和互助，學會信任和尊重，學會民主、平等，公平和互惠，學會寬容、妥協，自我約束和相互監督」（〈「我們」是誰〉，收《論志願者文化》）。

靜悄悄的存在變革

這一命題在某種意義上是對以上討論的綜合。提出這一命題是基於對當代青年，以及我自己的生存困境的一種觀察與體認：我們所生存的社會與環境越來越嚴峻，各方面的限制越來越多，整個社會，特別是青年一代普遍存在一種焦躁、悲憤的情緒：既對現實不滿，又無能為力，卻不甘心於無所作為。更敏感的人就由此而提出了「到哪裏去尋找自己生存的意義？」「活着的理由是什麼？究竟該怎樣活着？」的問題。一些仍然沒有放棄改造社會的理想的青年（或許也包括我自己）也在問：我們的社會改造應該從哪裏入手？

一個偶然的機會，我瞭解到了捷克思想家哈維爾的「存在革命」的思想，大受啟發，有茅塞頓開之感。於是，就寫了〈從改變自己的存在開始〉的讀書筆記（收《靜悄悄的存在變革》一書），提出了「靜悄悄的存在變革」的命題，算是我的中國化的闡釋與發揮吧。其中有三個要點。

其一，從改變自己的生活開始，從改變自己的存在開始，以「建設你自己」作為「建設社會」的開端。我們既不滿意於現行體制下佔主流地位的觀念，價值，道德，行為，就按照自己認定的新價值觀念，道德觀念，行動起來：「當許多人沉湎於個人無止境的物質享受、感官刺激、奢侈消費時，我們這一群人嘗試着一種物質簡單、精神豐富的新生活」，「當許多人奉行個人中心主義和極端利己主義，我們卻嘗試利我利他、自助助人的新倫理」，「當許多人奉行將他人視為敵人的叢林法則，進行你死我活的生存競爭，我們嘗試着視他人為兄弟，建立起人與人信任、尊重、合作、互助的新關係」，「當許多人把真實的自我掩蓋起來，生活在謊言中，我們嘗試着想、說、行的統一，努力生活在真實裏」（〈「我們」是誰〉，收《論志願者文化》）。整個社

會管不了，但我們自己或我們這一群人卻可以自行其道。這是可以做到的，就看你做不做。

這樣一種「不跟你玩了，我們自己玩」的選擇，自然是有一種內在的抗爭性，本身就獨立意志的表現。但又不採取對抗、刺激的方式，是在現有框架內加進一個異數，成為「第二文化」，「第二教育」，「第二結構」。作這樣的另類選擇，當然會有孤獨感，當成為一群人，就可以抱團取暖；而且要相信我們做的一切是符合人性發展的內在要求的，只要做得好，就會對其他人產生吸引力，隊伍會逐漸擴大，從改變自己的存在開始，就會發展到改變（或影響）周圍人的存在，最後形成改變社會存在的力量。

其二，牢牢把握「當下」，不虛構美好的未來，不寄希望於一勞永逸地解決社會弊端的所謂「徹底、根本的變革」，而寧願選擇現實主義和經驗主義的態度，不是為了美好的明天，就是為了美好的今天。所以它必然是一個漸變的過程。而且是從當下做起，並在當下的實踐裏，獲得意義，享受快樂，是實實在在的，而不是渺茫的，幻想的。在我看來，這就是新時代新一代理想主義者和我們那一代充滿烏托邦幻想的，以犧牲自己換取「美好的明天」的傳統理想主義者的區別所在。(參看〈一百塊錢，有多輕又有多重？〉，收《論志願者文化》)。

其三，更注重行動，不僅是理想主義者，更是清醒的、理性的、低調的行動主義者，無論外在環境多麼嚴峻、荒誕，也要努力尋找空間，在可能的範圍內，做自己可以做、應該做的事情，能做一點就做一點。

我為此提出了兩條原則。一是「想大問題，做小事情」：小事情必須有大視野、大關懷作為支撐，不要做忙忙碌碌的事務主義者；大問題又必須落實到一件件具體的小事情上。要把思想者與實踐者統一起來，在兩者的張力中尋求更為健全的思考與行為方式。

既要堅持行動，又要認識行動的有限性。我對年輕朋友說，「必須有一個『邊界意識』。在弄清楚自己『要追求什麼』的同時，還要問自己：『我能做什麼？我不能做什麼？什麼是現在就可以做的？什麼是將來條件具備了以後才可以做的？我的優勢在哪裏？我的局限在哪裏？可能存在的危機與陷阱又在哪裏？』等等。正是在這樣對主、客觀的正確認識與把握中，你們將走向成熟」（〈新一代建設人才的培養問題〉，收《論志願者文化》）。

　　我反覆強調一點：無論怎樣，我們一定要行動，不能只發牢騷不做事；但我們做事又必須是低調的，不要公開擺出挑戰的姿態，也不大肆炒作，宣揚自己。我們追求的是實實在在的現實的改變和改造，哪怕只是一點一滴。

　　這就是「靜悄悄的存在變革」：對個人來說，這是把命運掌握在自己手裏；對社會來說，這是社會變革的基礎與開始。這背後自有一個戰略的考慮：要推動自下而上的改革，發展民間的，權力之外的草根運動。這對改變中國改革自上而下的單一結構，加強改革的民意基礎和民間監督，促進改革的健全發展，是一個不可或缺的環節。（以上討論參看〈做有限的可以做的事情〉，收《靜悄悄的存在變革》；〈為生命給出意義〉，原收入《論志願者文化》，後被刪去）。

2018 年 10 月 16 日，19–22 日寫

直面更為豐富和複雜的中國問題與中國經驗
—— 讀潘家恩《回嵌鄉土 —— 現代化進程中的中國鄉村建設》

　　好長一段時間，我都沉浸在潘家恩這本《回嵌鄉土》裏：它喚起了我的許多回憶，引發了更多的思考。

　　潘家恩在書中說，中國第三波鄉村建設起於 2001 年，其中一個重要方面就是「學生下鄉，支教支農」。[1] 他自己作為北京農業大學的學生，也就是在這時參與下鄉運動的。

　　他還特別提到時在中國改革雜誌社工作的劉老石老師也從 2001 年開始發起「大學生支農調研活動和大學生新鄉村建設運動」，在 2002 年他還在北師大舉辦了「寒假大學生支農調研培訓班」。我也就在 2002 年 11 月最後一天，參加北師大學生組織「農民之子」協會的活動，第一次接觸到大學生支農下鄉運動。我在當天日記裏這樣寫道：「坐在北師大那間小屋裏，傾聽青年學生談他們來到農民工及其子弟中

1　我手頭的潘家恩著作是列印稿，並非正式出版物；因此，以下引用潘家恩書裏的材料與論述，都不再採取直接引述，也不注明出處，請作者和讀者原諒。

的感受。說得那樣的投入，目光炯炯，激動地揮動雙手……彷彿又回到當年貴州安順的那間小屋，爐火映照下，年輕的『我們』也是那樣滿臉通紅……」。[2] 我立即意識到，這「標明新一代的理想主義者正在中國的校園裏悄悄出現。他們目光向下，關心社會底層，力圖與中國這塊土地上的人民保持血肉的聯繫；他們中有的人本身就來自社會底層，更是不忘養育自己的父老鄉親，產生為他們謀利益的自覺意識：這無論如何是一個意義重大的覺悟」，並當即下決心要參與支農支教和鄉村建設運動，和青年學生一起把思想與行動的注意力轉向中國農村。[3]

我如此當機立斷，是自有原因的。就在 2002 年 6 月我在北大中文系上了「最後一課」；這也就意味着我從此可以擺脫體制的限制與束縛，做我心嚮往之真正想做的事，開闢一個新天地，更為中國的思想、學術、教育開拓一個新方向。於是，就在 2002 年 11 月寫了一篇題為〈科學總結 20 世紀中國經驗〉的文章，語重心長地說了這樣一番話——

「20 世紀的世界，經歷了空前的歷史大動盪、大變革。三大歷史事件——兩次世界大戰及戰後的韓戰、越南戰爭、阿拉伯世界與以色列的衝突；世界殖民帝國的瓦解，民族獨立國家（所謂「第三世界」）的興起；國際共產主義運動的興起、發展、危機與變革，都極大地震動與改變了世界。而中國，在這三大事件中，都處於歷史的漩渦中心地帶（第一次世界大戰與以阿衝突除外），整個國家、民族、人民（包括知識分子），為此付出了極其慘重的代價，作出了巨大的犧牲，忍受着難以想像的痛苦，並且在這一過程中，獲得了獨特的『中國經驗』」。「但這樣的世紀中國經驗與教訓的總結，卻始終是少有人進入

2　那是在文革後期，我們貴州安順的年輕朋友組織了一個「民間思想村落」，討論「中國和世界向何處去」，以及我們這一代應該承擔的歷史使命。

3　〈面對 21 世紀：焦慮、困惑與掙扎——答《文藝爭鳴》記者問〉（2003 年 4 月），收《追尋生存之根——我的退思錄》，20 頁，廣西師範大學出版社，2005 年出版。

的領域。在我看來，這是中國思想學術界的最大失職。這是一個必須償還的歷史欠帳」。「這就是我們必須面對的遺忘。它意味着歷史的教訓沒有被吸取，導致歷史錯誤的觀念與體制沒有得到認真的反省，歷史的悲劇就完全有在人們無法預料的時刻，以人們同樣無法預料的形式重演的可能；而真正有價值的中國經驗，也會在這樣的集體遺忘中被忽略，從而導致思想與精神傳統的硬性切斷，人們不能在前人的思考已達到的高度上繼續推進，而必須一次又一次地從頭開始。這應該是中國現當代思想始終在一個低水準上不斷重複的重要原因。這背後隱藏着的民族文化、民族精神，以至整個民族發展的危機，是每一個有良知的知識分子不能不感到憂慮的」。[4]

坦白地說，直到今天重讀這些文字，我的心都還在隱隱作痛。18 年來，我始終念念不忘自動選擇的這一學術研究的方向；13 年後的 2015 年，我還在接受採訪時提出，「我最高的理想是創造出對中國的歷史和現實有解釋力和批判力的理論」，「在更開闊的視域裏，做更深入、更根本的，超越性的批判性的思考，進行學術與理論體系的創造，為社會提供新的價值理想、批判資源。在我看來，這才是知識分子的本分、本職，雖不能至，也要心嚮往之」。[5] 這更是我永遠的內疚、悔恨與痛苦，因為我恐怕走到人生的盡頭，最終也無法完成這一過於重大的歷史使命，而且我始終是孤獨的：學術界從無一人作出回應，今天恐怕連我當年的呼籲也已經被遺忘了。

還是回到 2002 年的歷史現場。我當時就清醒地意識到，這樣的時代使命，需要幾代人持續努力；我還是把希望寄託在年輕一代的身

---

4 錢理群：〈科學總結 20 世紀中國經驗〉（2002 年 11 月 8 日–13 日），收《追尋生存之根 —— 我的退思錄》，21 頁，23 頁。

5 〈我心嚮往之的是創造對當代中國有解釋力和批判力的理論 —— 錢理群訪談錄〉（2015 年 12 月 9 日），收《一路走來 —— 錢理群自述》，393 頁，河南文藝出版社，2016 年出版。

上。因此，在 2003 年 10 月南下講學時，在為復旦大學一個學生社團題辭中，就鄭重其事地寫下了這樣一句話：「關注中國問題，總結中國經驗，創造中國理論」：它概括了我對年輕一代最主要的終身期待。[6]

而且我當時就意識到「一個最簡單、最基本的，卻是極容易被人們所忽略的事實：生活在中國這塊土地上的絕大多數人是農民」，這也是一切參與 20 世紀中國歷史變革的任何組織、個人都必須面對的事實。我們要總結 20 世紀中國經驗，也必須從關注這一個世紀中國農民的命運開始。這就是我「當機立斷」非要參與剛剛開始的新鄉村建設的原因所在。我在 2004 年 11 月給青年志願者所作的〈我們需要農村，農村需要我們 —— 中國知識分子「到農村去」運動的歷史回顧與現實思考〉的報告裏，一開頭就提出「值得深思的兩個『為什麼』」：為什麼「整整一個世紀，中國知識分子、中國青年可以說是『前仆後繼』地奔赴農村，走向民間」？為什麼每次下鄉都是「雨過地皮濕」，「中國農村的政治、經濟、文化的全面落後與貧困狀況沒有發生根本的改變」？[7]我也正是期待新世紀的青年志願者從這裏入手，去總結 20 世紀的中國經驗和教訓。據說這篇演講在第一代支教支農的大學生中產生了相當影響；我記得潘家恩請我去晏陽初鄉村建設學院演講，講的也就是這個題目，我也是因此與潘家恩相遇相識的。

但我受年齡和身體的限制，卻無法到農村第一線去，只能在「後方」給志願者講講課，充當吹鼓手，而不能成為真正的實踐者。這就構成了一個終生遺憾。也受到我自身的知識結構的限制，就不可能直接從事鄉村建設歷史的研究和總結，而把主要注意力集中在我更為得心應手的當代政治思想史、民間思想和知識分子精神史上的研究

---

6 〈後記〉，收《追尋生存之根：我的退思錄》，325 頁。

7 錢理群：〈我們需要農村，農村需要我們 —— 中國知識分子「到農村去」運動的歷史回顧與現實思考〉，收《二十六篇 —— 和青年朋友談心》，19 頁，東方出版公司，2016 年出版。

上，這當然也是 20 世紀中國經驗的總結的一部分，但又受到理論準備、修養不足、缺乏理論創造力的限制，始終拿不出讓自己滿意、也交代得過去的研究成果。我終於對自己徹底失望，在我的周圍也很少看到我所期待的有「關注中國問題，總結中國經驗，創造中國理論」的自覺的中青年人，讓我十分的失望，開始懷疑自己這些期待本身就有問題。

正是在這樣的時代、思想、心理背景下，我讀到了潘家恩的這本《回嵌鄉土》。我也不敢對這本書作出過高的評價，但他在學術上的高度自覺卻足以讓我感到震撼。當我在書中讀到我引作文章題目的這一全書指導思想：「直面更為豐富且複雜的中國問題和中國經驗」，和他所提出的「對 20 世紀中國歷史的重新理解和對當下社會實踐的批判性介入」的研究目標時，我對自己說，這才是我期待近 20 年的回應和知音！真的「後繼有人」了！記得我在 2004 年對聽講的包括潘家恩在內的支教支農的大學生提出了「沉潛十年」，「沉潛到民間，底層，沉潛到生活的深處，生命的深處。歷史的深處」的囑咐；[8] 現在，16 年過去，潘家恩這一代終於以自覺的研究，對 20 世紀中國經驗作出了自己的總結，發出了獨立的聲音！

他的這一研究的具體成就，意義和價值，溫鐵軍先生的〈序言〉裏已有精當的評價和闡述，我不再重複。我想要討論的是，他的研究的自覺追求，所形成的五大特色，由此引發的我的關於「如何科學總結 20 世紀中國經驗」的思考。

其一，實踐者與研究者的統一，實踐與研究的交織。

這是潘家恩的自覺追求：「以『實踐—研究者』的視覺進入鄉村建設歷史與現實」。就這簡單的一句話，讓我眼睛一亮：它一下子就打破

8　錢理群：〈我們需要農村，農村需要我們 —— 中國知識分子「到農村去」運動的歷史回顧與現實思考〉，《二十六篇：和青年朋友談心》，210 頁。

了歷史形成、至今也還在制約着我們的學院研究與社會實踐相互隔絕的格局，而試圖實現「學院派」與「實踐派」的互動，將二者優勢集於一身：這正是今天我們需要的新的研究格局與知識生產方式。我終於明白了自己的追求難以實現的原因所在：我的研究完全陷於單純的歷史脈絡的清理，缺乏實踐的介入；而要真正總結 20 世紀中國經驗，就必須將歷史脈絡與當下實踐有機連接。

應該說，這樣的選擇與追求是擊中當下中國研究的要害的：要麼陷入對所謂普泛理論的簡單移植與抽象同步；要麼局限於微觀實踐，「就事論事」，見樹不見林，忽視內在動力、張力與宏觀脈絡，缺乏整體性思考。其實，當年我在提出「總結 20 世紀中國經驗」，參與鄉建建設運動時，同時提出「想大問題，做小事情」的命題，就是想避免或陷於空想或陷於瑣碎的兩個極端。我注意到潘家恩的書裏也提到了「想大問題，做小事情」，並且指出，前述兩個極端，都會「導致虛無」。這正是所謂的鄉建實踐者的「悲情」造成的危機：或陷於空想，沉醉於自戀自憐，或陷於看透一切的幻象。這都會陷入對既有秩序、權力的屈從。在潘家恩看來，理論大視野（「想大問題」）與具體實踐（「做小事情」）的結合，也是當下鄉建運動自身隊伍建設的迫切任務。

我特別感興趣的，是這樣的「歷史在場者」的研究，所形成的新的研究風格和境界。這就是潘家恩所說的，「拋棄不偏不倚的超然態度」，強調「個人經驗、切身經歷、真情實感的介入」，同時又正視自身主體的局限性。於是也就有了這樣的自我定位：「不是客觀的，權威的，中立的觀察者，而是一個處於一定的歷史時期、一定地區，富有人性的，對人類生活進行觀察的人」。這些，都深得我心，和我一直自覺追求的「主體介入式」的研究顯然存在內在的相通與契合。這樣，「實踐—研究者」的統一；大膽加入實踐者參與鄉建的生命史，個人經驗與情感在場者的研究，就構成了潘家恩研究的兩個最鮮明的特色。

其二，由此也就決定了潘家恩研究的雙重目標，這就是我在前文引述的「對 20 世紀中國歷史的重新理解」與「對當下社會實踐的批評性介入」。

這也同樣有着豐富的歷史與現實的內涵。大概也有兩個方面。

從歷史研究的角度看，它強調要「從中國現實中提取問題」，這就是潘家恩要選擇「回嵌鄉土」作為自己的重新理解 20 世紀中國歷史，總結經驗的研究與實踐的切入點的原因所在。他完全自覺地意識到，「鄉村是中國的根，是理解過去中國並思考未來中國無法繞開的底色與載體」，就是中國最大的現實問題，他要「在『回嵌鄉土』中尋找並創造更多的可能性」。

從實踐的角度看，潘家恩要「以理論的方式對現實議題進行介入」，就決定了他的選擇具有更大的批判性。這就是他所強調的，要「挑戰主流認識框架，為現實實踐的推進提供源源不斷的動力」，要「在近代中國和城鄉中國間尋找更多的批判資源與抵抗性力量」。

這些，也都引起了我的強烈共鳴，和我主張的「總結 20 世紀中國經驗，創造具有解釋力與批判力的理論」的追求也是不謀而合的。

其三，突破既定模式，擺脫權力控制。

我注意到，潘家恩在他的書的一開頭就引述湯普生的話：「在一般的分析中，我們的考慮多從統治者的角度，這裏需要把各種平民從後世的不屑一顧中解救出來」。在後文的分析裏，也提及這句話。這都表明，潘家恩對「統治者的角度」的主流研究的警惕，對勝利者歷史觀的拒絕，他要把傳統歷史敘述裏「不屑一顧」的平民解救出來，也把自己解救出來。

這正是我們今天所面臨的問題：「知識生產與社會權力、利益體制的相互糾纏」，以及「謀求鞏固學科的專業地位」的種種限制和控制——專業化背後也有一個學術權力的問題。我們需要的是「不一樣

的知識生產」，擺脫權力控制的知識生產，擺脫利益化的學科框架：這也正是潘家恩所自覺的。

在潘家恩看來，當下對 20 世紀中國歷史的敍述與研究，存在着三大問題。首先是「多在革命或現代化話語框架內展開論述」。在主流的既定研究模式裏，20 世紀中國歷史就是一部「革命史」或「現代化史」，而所謂的「現代化」，就是城市中心主義的「都市化、工業化、非農化的現代化」。因此，在主流敍事與意識形態裏，「相對於農業，工業與國防優先；相對於鄉村，城市優先；相對於農民，國家優先；相對於文化，經濟優先；相對於生態，人類優先」。這樣，同樣貫穿於 20 世紀中國歷史，產生實際影響的「從底層民眾和『三生』（生計、生活、生態）出發的鄉村建設實踐」，就被完全排斥於 20 世紀中國歷史的敍述與研究之外，這樣的「20 世紀中國經驗」的總結也就必然是片面的，畸形的。而這樣的「統治者角度」的主流研究的背後，又存在着兩個問題：一是「成王敗寇」的勝利者史觀，二是「浪漫化、道德化的研究視角」，「理想化的實踐標準」。

潘家恩所要做的，就是挑戰這樣的受權力控制的既定 20 世紀中國歷史研究模式，「以民眾、民間的建設視角重新理解現代中國」。於是，就有了對 20 世紀中國歷史的新發現，新總結，新概括，即所謂「三個『百年』」：「百年激進」，「百年鄉村破壞」與「百年鄉村建設」。在主流敍述裏，前者被視為「正向運動」，後者自然就是「反向運動」。潘家恩的研究，正是要把研究的重心由「以激進烏托邦為特點」的「正向運動」轉向「以自我保護和鄉土重建為雙重定位的百年鄉村建設」的「反向運動」。本書即是這樣的研究重心，也就是對 20 世紀中國經驗總結重心的轉移的一個成果，這是一部潘家恩自稱的「在革命史與現代化史夾縫中的鄉村民間、民眾建設史」。這樣，他也就為 20 世紀歷史的研究，20 世紀中國經驗的總結，打開了一條新路，至少是提供了一種新的可能性。

其四，打破「二元對立」的思維、研究模式。

其實，我當年在提出「總結 20 世紀中國經驗」時，就已經注意到這個問題，指出：「中國的一些學者至今還沒有擺脫『非此即彼，不是全盤肯定，就是全盤否定』的二元對立的模式，而這樣的思維方式在處理如此複雜的 20 世紀中國經驗時，就幾乎是無能為力的」。我也因此希望年輕一代注意學習魯迅的思維方式：「他從不對某一單一的命題作孤立的考察，而總是關注與提出與之相對的反題，也即在正、反題的對立中進行辯證的思考」，「但他又從不把正、反題的對立絕對化，對任何一方作絕對肯定或絕對的否定。他總是在肯定的同時提出質疑，又在質疑的同時作出肯定」，「這種雙重肯定與雙重否定的立場、態度，使他的價值判斷帶有很大的相對性。但他又從不追求折中的『合題』。他並不迴避自己在選擇上的矛盾和困惑。他在肯定與質疑中往返、反覆。正是深刻地反映了他已經把正、反題的外在矛盾內化為他自己精神上的矛盾和痛苦」。[9]

現在我十分高興地發現，這樣的「在肯定與質疑中往返」的非簡單化，也非立場在先、意識形態化的思維和研究方式，在潘家恩的研究中已經得到不同程度的體現，也許他未必完全自覺，他大概也不熟知魯迅式的思維與研究模式。但他對突破二元對立模式則是完全自覺的，這是因為當他選擇從只承認「正向運動」的主流模式，轉向對「反向運動」的關注與強調，就很容易陷入將「正向運動」與「反向運動」絕對對立的陷阱。難能可貴的是潘家恩對此一直保持一種清醒。他一方面並不迴避佔主流地位的「正向運動」與「反向運動」的矛盾與衝突 —— 如很長時間裏，鄉村建設都等同於改良，被視為革命的對立物；但他同時不斷提醒自己，絕不可忽視「鄉村建設與中國革命的

9　錢理群：〈科學總結 20 世紀中國經驗〉，收《追尋生存之根 —— 我的退思錄》，22 頁，26 頁。

纏繞關係與內在張力」──如「建國後鄉建一方面走向破壞性烏托邦的正向運動發展的歧路，同時又有部分在國家主持下的延續，如教育、醫療下鄉」。他還專門討論了「鄉村建設與鄉村革命的關係」，充分注意實際運動中的「多樣性，差異性，複雜性」，避免「精心挑選單一面向」。潘家恩還不斷警示自己，「不應該浪漫化地看待反向運動，其間也充滿內在矛盾，既可能產生積極效果，也可能產生不期然的消極效果」，更不可能「一勞永逸」。他還不斷自省自己：會不會因為「內在的平民立場」，而自覺、不自覺地「將鄉村、農民式生活方式本質化與審美化」，實際上「陷入主流邏輯」而「自戀自憐」？他因此選擇了「雙向拒絕」：「對主流進行質疑和挑戰；又反思一般意義上的反主流」，從而「拒絕二元對立的分析框架與道德意義上的簡單化價值判斷」。他說自己需要「左右開弓」。

或許更為重要的是要堅持質疑精神：不僅是「對真理唯一性與客觀性的質疑」，更是一種自我質疑：「拒絕把自身構建成一種完成並唯一的理論主張」。這也是我對潘家恩的這本書最為滿意之處：他做到了這些年我一直在倡導的「理直氣不壯」。

其五，全球化的視野，「全球」與「在地」的雙重自覺。

我在 2004 年作關於知識分子「到農村去」運動的報告時，就注意到了新時代的鄉建運動的「全球化的背景」，它既是「世界範圍的理想主義者的運動」，更是「發展中國家的國際運動」。還專門談到了晏陽初在 50 年代把定縣實驗推向全世界的努力，特意提到鄉建先驅者期待後來者要有「國家和世界的眼光」。[10] 這一次我在潘家恩的書裏，看到了他對晏陽初倡導的「發展中國家鄉村建設運動」的論述，自然很感興趣。我注意到他所提出的「追求『全球』與『在地』的雙重自覺」

---

10 錢理群：〈我們需要農村，農村需要我們──中國知識分子「到農村去」運動的歷史回顧與現實思考〉，收《二十六篇：和青年朋友談心》，195 頁，203 頁，214 頁。

的命題。潘家恩強調，新世紀的世界鄉村建設運動和研究「超越歐洲中心論」，反對「資本主義全球擴張的霸權格局」的背景，關注、參與者不僅有「嘗試擺脫殖民主義多重壓迫的話語束縛的第三世界民眾」，還有「西方發達國家內部對不可持續發展模式提出質疑和挑戰的實踐者」，實際上是在「資本主義全球擴張背景下，在限制中尋找並創造新的可能性的努力」，由此而「構成了鄉建建設的世界性光譜與全球性視野」。在潘家恩看來，我們今天進行中國鄉建歷史與實踐的研究，總結20世紀中國經驗，也都應該納入這樣的「世界性光譜與全球性視野」。

正是在潘家恩的啟示下，我想到了 2020 年全球疫情危機帶來的世界格局的大變化，所提出的新問題，新使命。在我看來，這一次真正是「全世界都病了」，所有的文明形態的內在矛盾、問題，都得到了充分的暴露。這就為對所有國家、民族歷史與現實的反省反思，提供了一個難得的機遇，從而提出了「對人類文明的各種形態進行全面檢討」的新的歷史使命 —— 這種「檢討」當然不是全盤肯定或否定，是既要充分肯定各種文明形態的歷史合理性，更要徹底揭示其已經暴露的內在矛盾與危機。而危機也是機遇：正因為現存的所有理論都已經無法解釋我們所面對的全球性的巨大衝擊和變動，當下所發生的一切，也就提出了理論和實踐創新的新要求，提供了新的可能性。把我們這裏討論的「直面更為豐富且複雜的中國問題與中國經驗」問題置於這樣的全球性新危機、新機遇的大背景，大視野下，我有一種豁然開朗的感覺：不僅對中國問題的正視，對中國經驗的總結具有了更大的迫切性，顯示了前所未有的全球性的意義，而且也展現了一個「從世界看中國」的更為廣闊的天地。

看來，一切都還只是開始。潘家恩說，他的研究，以及這本書的寫作，「只是漫長征程的一個起點」，「這個意猶未盡的總結，不是句號，而只是冒號」，「希望借此拋磚引玉，能與更多的研究者和實踐者在未來共同努力」：這絕不是謙辭，而是對更重大、更長遠的歷史使命

的更為自覺的承擔。作為年長者，我對此感到欣慰。我對中青年幾代人的期待，或許是最後的期待，也還是 2003 年，即十七年前的提出的那個歷史命題——

關注中國問題，總結中國經驗，創造中國理論。

2020 年 9 月讀書稿，10 月 18-21 日寫

附：給作者的一封信

家恩：

　　序言終於寫完，但意猶未盡，有的話也不便公開發表，就再寫這封信。主要有兩點意思。

　　一、我特別重視你對「後革命時代」的「80後」基本弱點的反省、反思。因為它十分難得和重要，我在這裏也作一個引述，大概有四個方面。1）對「外在於和鄉建高度相關的『革命／社會主義改造』等歷史脈絡缺乏真正的感知」；2）「這一代人的基本成長環境還是『後冷戰』背景下全球範圍對『另類』探索的『審判』與『告別』；3）「不僅內在於『成王敗寇』的個人主義邏輯與精英主義立場，現代社會的整體危機更孕育着隨處可見的『犬儒』心態與深層無力感」；4）「多年的現代教育浸淫與主流知識結構則讓我們更習慣於主流意識形態影響下的敍述與認知」，「要以被簡化的知識結構去把握複雜的情感結構，不僅勉為其難，其中也充滿着內在的空虛與惶恐」。這都點到了要害。我也因此更理解了你的研究與寫作力圖擺脫、衝破自己這一代人的歷史局限，不僅十分（萬分）困難，而且造成自己的精神困境。比如當大部分同代人，還有下幾代人都陷入主流意識形態的愛國主義、民族主義、國家主義，民粹主義、烏托邦主義的泥潭裏，還洋洋自得，你卻提出要擺脫主流意識形態的束縛與控制，要作「另類」探索，就不僅使自己陷入孤立，而且意味着要和自己從小就受到國家教育決裂，要從根本上改造自己既定的知識結構，你說自己「充滿了內在的空虛與惶恐」，我是完全理解的。但更為殘酷，也是你必須面對的，還有你自己也無法徹底擺脫的「後革命時代」的一代人的歷史局限。比如你談到的對建國後「革命／社會主義改造」等歷史脈絡缺乏真正的感知，就直接影響了你對這一段歷史的認知與研究。我作為一個歷史的現場者和反思者，在閱讀你的相關敍述時，就強烈地感覺到，儘管你在理

論上承認其中存在的問題，但實際上還是把五六十年代的農村，特別是國家主義引導下的「鄉村建設」理想化、浪漫化了。比如認為五六十年代「對原先以城市為導向的文化教育、社會建設進行了方向性改變，確立了勞動者的尊嚴、主體性與能動性」等等。（343頁）我想建議你去讀一讀顧準與趙樹理對這一時期的農村現實的敍述與分析。趙樹理就指出，當時農村的問題恰恰就在「生產者不當家，當家者不生產」，導致「直接生產者勞動積極性、主動性的喪失」，影響農業生產力的發展；以及直接勞動者不能直接獲益，生活水準不能切實提高。趙樹理歸結為「鄉村民主」的缺失。顧準更是尖銳地指出，五六十年代國家在農村實行的就是「社會主義史前期的羊吃人」。他們都是農村底層社會的歷史現場者，是和農民真正同命運、共患難的，他們的親歷、觀察、思考與理論概括，就特別值得注意。順便說一下，你對「梁漱溟1950年代的曲折思想」的研究很有意思，對揭示歷史的複雜性很有啟發性，但也有簡單化與理想化的問題，這裏只提醒你注意一點：梁漱溟對毛澤東在大躍進時代創造的「社會主義農村新圖景」的描述、判斷，都不是他親自到農村第一線考察的結果，其依據基本上是報紙上的報導、宣傳。在我看來，他筆下的「毛澤東社會主義新農村思想」實際是「梁漱溟化的毛澤東思想」，是梁漱溟的「社會主義烏托邦想像」。對趙樹理、顧準、梁漱溟的相關思想與論述，我也有所研究，都收在《歲月滄桑》一書裏，或可參考。

二、其實我最為關注，也最想和你討論的，是「如何評價當下中國國家主義的鄉村建設（「扶貧」和「建設新農村」）這個重大而尖銳的問題。我注意到你的這一論述：「雖然鄉村建設實踐者對國家主義一直有所反思，但同時也認識到現代全球競爭是以國家為單位，特別是其具有社會主義性質時，國家不僅具有全球化競爭中的保護性，同時其與人民的利益也有一定的重疊性，不能簡單加以否定」。我完全同意「不能簡單加以否定」的看法，在我看來，當前鄉村進步主要表現

在基層設施的改進，這也是脫貧攻堅的主要收效。但我更同意你的分析：「當下中國更為深刻的困境恰恰是類似悖論——經濟上的發展與生態上的犧牲，物質上的富足與精神上的空虛（如各種鄉村留守問題）的存在」，而物質上的用非常措施達到的「富足」恐怕也具有「不可持續性」。你的論述裏談到的中國國家的「社會主義」性質，我也有些懷疑：我同意中國現在實際上奉行的是「國家資本主義（權貴資本主義）」，說尖銳點，就是「最壞的社會主義和最壞的資本主義的結合」。實際上我們下面要討論的，當下中國國家主義的鄉村建設的問題，都是由此產生的。這些問題，你的論述裏實際都有涉及，我在閱讀時，也就隨手寫下一些批註，有的是引述你的論述，並有所展開，有的則完全是我的「借題發揮」。我現在把它抄錄如下，我自己算是一個留存，你也姑且看看——

（1）「隨着『鄉村建設主流化』，歷史與當下有一定的內在相通之處」，所謂「相通」就是「鄉村建設的『淺圈』、『變質』及『與國家機構混為一體而富於強制性與機械性」（334 頁）——當下鄉村建設即是如此。

（2）當下的主流經濟學家談扶貧、鄉建也是「多談收益，少談成本」，背後有一個「收益持有者」與「成本承受者」是誰的問題。（334 頁）

（3）「在新農村資源配置中，大多數政府主導實際上已經淪為部門利益主導，它們追求的並不是公共利益的最大化。普遍性的『精英俘獲』已經導致精英農戶得益多，而多數小農被『客體化』和邊緣化。這既不利於『農民主體』地位的實現，更可能因『大農吃小農』而產生農村進一步的分化等新問題。還可能造成合作社虛假繁榮局面」。——這是一個重要概念：「精英農戶」，與之相關的是「大農吃小農」，導致農村進一步分化。這正是我最擔憂的。還有「部門利益主導」，這都是值得高度警惕的新動向。根本的問題是，當下中國農村的

真正「主體」是誰？所謂「農民主體」不過是說說而已，甚至是一塊有意的遮擋布。所謂「扶貧」，農民最多也只是救助物件對象。還有一個問題：我們究竟在「扶」誰？其實有許多就是「因懶而貧」的農村痞子。這就導致了農村道德的敗壞：不是鼓勵「勤勞致富」，而是慫恿「因痞致富」，現在變成躺在政府身上致富。據說他們擁有「一票否決權」；各級幹部，特別是駐村扶貧幹部根本不敢得罪他們。這是一個中國鄉村革命和建設始終沒有解決的問題：究竟依靠誰？依靠痞子，還是趙樹理說的「直接生產勞動者」？（335頁）

（4）「如何看待從歷史延續至今，普遍內在於鄉村建設與國家建設間的張力」？「正如梁漱溟所認為，鄉村建設非建設鄉村，本身就是國家建設和社會建設」，所以他開始搞單純的農村建設實驗，後來就提出了「縣政建設」的問題。「在政治條件下懸而未決且國權不穩的情況下，以教育、社會運動和經濟建設來改良鄉村是否可能？」——這可能是一個對參與鄉村建設運動的支農支教者的一個更為尖銳的問題：外力投入的單一的教育、社會運動和經濟建設，而不涉及農村政權體制問題，這樣的「改良鄉村」是否可能？實際效果如何？（335頁）

（5）50年代梁漱溟在和毛澤東就中國農村問題的論爭中提到「農會在土改後逐漸式微，鄉村中只有黨政幹部」的問題。（338頁）——他所提出的，是一個國家權力控制直抵農村社會底層的問題。這是中國農村社會的一個帶有根本性的變化。在中國傳統社會裏，皇權統治只到縣一級，縣以下的農村有一個由士紳社會和家族社會組成的民間社會。建國後就不再允許相對獨立的民間社會的存在，發展到今天，國家主義的鄉村建設更是自覺地把權力掌控發展到無所不在、無時不在的地步，根本不允許成立民間自治組織。而沒有農民的自治權利，就根本就不可能有農民在鄉村建設中的主體地位。這是在當下中國進行民間鄉建的根本困境，對此必須有清醒的認識和充分的思想準備。

（6）如何看待 50 年代所實行的「規模勞動集中投入，代替資本」？（342頁）——在我看來，它可能有一時效；但就其本質而言，是名為「社會主義民主與群眾路線」，實為「對農民生產、分配權利的全面剝奪」。

（7）「重新定位科技、文化與農民的關係」，「知識、技能、智慧能應由民眾掌握」，「讓技術回嵌社會」——這都是智慧能化新科技時代給鄉村建設帶來的新機遇，也是新問題。農民接觸到網路絡文化以後所發生的思想、觀念、心理、生活習慣的變化等等，都很值得關注，研究。（358頁）

（8）「資本和權力多種形式的滲透、擴張，而相應的支配性文化正支撐着各種偏見的生產與流通」（372頁）——當下關於「脫貧」後的「新鄉村建設」的宣傳、想像實際上就是一種滲透了資本和權力的「支配性文化」想像。所謂「青山綠水就是金山銀山」，本身就是浸透了資本與權力邏輯的「生態幻象」。

（9）關於「鄉愁」。「無情扯下『城市浪漫主義』面紗，我們如何自覺於另一種正在發生的『鄉村浪漫化』？」還有農二代、城市中產、資本精英的「多種鄉愁」，「以『鄉村為名，在主流框架內十分安全又不失優雅優越的修飾與撫慰」的中產階級「鄉愁」，「鄉村被抽象為無『人』的風景與新的欲望空間」——一語道破了所謂「鄉村旅遊」的本質。（373頁，374頁）

「一種新的陷阱——鄉愁既可能成為一種主流意識形態，也可能成為城鄉關係惡化現實的文化包裝與情懷掩護」，「鄉愁文化迅速引發鄉愁經濟」，「鄉村文化產業和旅遊業」這些鄉愁經濟「很容易變為一種『都市趣味』的下鄉」——

請注意：這樣的「鄉愁文化」、「鄉愁經濟」正在被納入「脫貧致富」的國家政治、經濟體制的運作之中。我擔心，這樣的政治主導的遍地開花的農村旅遊業能否持續，不僅消解、扭曲了真正的鄉村文

化，更會形成對農民的新的剝奪：一旦農村旅遊業出現衰敗，其所付出的成本代價是由農民來承擔的。

（10）「隨着階級固化與全球危機的加劇，各種『屌絲逆襲泡沫化』和『中產夢未成先碎』的殘酷後果正逐步顯現，橫亙於城鄉之間的『新窮人』群體正在形成。一體兩面的『鄉愁』和『城困』其實是鄉土中國激烈轉型中整體性危機的突出表現」。（377頁）——這樣的「新窮人」群體，及其背後的兩極分化這一整體性危機，卻在當今中國的主流敍述裏完全消失，被有意識地遮蔽了。

凡此種種，都使我擔心：當下中國國家主義的鄉村建設，會不會是歷史上的「正向運動」的延續，最後導致「新的鄉村破壞」？

但我又沒有完全的把握：因為我畢竟只是鄉村建設的旁觀者。因此十分希望聽到你這樣的長期堅守在第一線的實踐者和研究者的意見，希望以後有機會進行專門的深入討論。

就寫到這裏。

理群

2020 年 10 月 21 日夜

晚年百感交集憶北大、中文系

受訪人：錢理群
採訪人：姚丹 [1]
採訪時間：2020 年 10 月 5 日

    姚：錢老師，今天非常榮幸，也非常高興，借北大中文系「系慶」的機會和你做一個學術訪談，就你與北大中文系的淵源，你在北大中文系過往經歷中難忘的往事，你的教學與學術研究的特點、取得的成績和留下的遺憾等等，做一次回顧和省思。

---

1 姚丹，1968 年生，中國人民大學文學院教授、博士生導師。2000 年畢業於北京大學中文系，獲文學博士學位。主要研究領域為中國現代知識分子與現代文學、中國現代教育與現代文學、當代文學制度的生成與演變。

一切從那時開始
——打下人生的「底子」（1956–1958）

姚：我們知道你是 1956 年考上北大中文系新聞專業的，這是你和北大最初的結緣。記得你的文章裏以前說過，你在中學的時候是科目均衡發展的好學生。你能談談在當時普遍更重視科學科目的時代，你為什麼會選擇新聞專業這樣的純文科專業呢？你最初對北大中文系新聞專業的印象如何？咱們就從這開始吧。

錢：我是 1956 年從南京師範大學附屬中學考上北大的。當時我報考北大，而且選的是北大中文系新聞專業，原因就是我從小就有一個夢，想當一個兒童文學家。每禮拜六我都跟我的一個好朋友，到南京的玄武湖荷塘深處，他畫畫，我寫神話、童話。

姚：那些作品還在嗎？

錢：早就不在了，但還留了一幅中學美術課上一幅打腰鼓的畫。當時有個觀點，就是文學必須有生活，所以我就決定做記者，我當時的夢想是當《中國少年報》記者，到處採訪，有了生活積累，就可以作兒童文學創作。其實當時我的功課真的非常好。高中畢業時，語文老師建議我考中文，數學老師勸我學數學，因為我的抽象概括力和想像力都比較豐富。當時我們幾個今天說的「學霸」暗裏比就是數學試題的一題多解，不滿足於一題一解。這樣的一種「別樣思維」的追求，其實對我後來的文學研究是起作用的。中學畢業前我還作了一個學習經驗的總結報告，核心就是要「懷着好奇心，帶着問題去聽課，每堂課都是一個新的開始，進入創造新境界」，這樣的不斷創造的欲念，也是貫穿我此後一生的。

我當時確實非常「牛」，準備高考時，就憑自己的猜想，預寫了一些文章，還真被我猜中了。走出考場，我就對自己說，北大，非我莫屬也。不等放榜就隨着母親到上海去玩了。

但一進北大，我很快就發現，我這個人不適合搞文學創作：我喜歡並善於作理論概括，卻對細節不注意，不敏感，無記憶，不適合文學創作。另外我也不適應於各種各樣人打交道，這樣的性格不適合當記者。我最喜歡的是關在家裏讀書寫作，和朋友海闊天空閒聊天，一直到今天都是這樣。我終於明白，自己不適合做作家，也不適合當記者，可能應該選擇學術研究。

姚： 大學一年級差不多就有這樣的認識？

錢： 對。當時費孝通先生有一句妙言，說知識分子追求的，就是「一間屋，一本書，一杯茶」。這一句話，決定了我的一生。我一輩子追求的就是一個相對寬闊的，自由閱讀和寫作的空間和時間這個願望直到晚年搬到這養老院裏才真正實現。仔細想起來，這既可喜也可悲。

再回到歷史的現場。到一年級下學期，我就提出申請，要求轉到文學專業，自然遭到拒絕。我就自己鑽進圖書館，認認真真、自由自在地埋頭讀書。儘管唯讀了一年，到 1957 年就開始反右，1958 年又搞「大躍進」，就讀不成書了；但這一年苦讀，還是為以後從事學術研究奠定了基礎，可惜時間太短。我老說自己根基不深厚，心裏很明白：是被這個時代耽誤了。

話說回來，這一年發瘋讀書，收穫仍然不小，對我以後的學術研究還是很關鍵的。首先是迷上了魯迅。1956 年正好出《魯迅全集》，儘管很貴，我還是從自己有限的生活費裏擠出錢來買下了，不管懂不懂，從頭到尾讀一遍，我就明白，自己此生此世和這位浙江老鄉「周樹人」難解難分了。魯迅的小說、散文之外，我還喜歡艾青的詩，曹禺的戲劇。

姚： 後來都成了你的研究對象了。

錢： 對，這都是一種機遇，緣分。我從小喜歡演戲，曹禺也是我的中學偶像。到了北京，就成了「人藝」最忠實的觀眾，就是為看

人藝演的曹禺的戲。都想像不出來的那種年輕人的熱情：進城去看演出，演完以後，公共汽車只通到西直門，我們就從西直門走到北大東門，然後翻牆跳進校內。後來研究曹禺其實就是要圓大學裏的「曹禺夢」。我另一個崇拜對象是艾青，特別是他的那句「為什麼我的眼裏常含淚水？因為我對這土地愛得深沉」，也影響了我一生：不僅是學術研究，更是人生道路的選擇。我後來研究 40 年代文學，就是以這句詩作底；晚年研究地方文化，提出「認識腳下的土地」的命題，都受到了艾青那代知識分子在抗戰時期與土地的血肉聯繫的啟示。順便說說，我在北大讀書時，最喜歡去未名湖畔，從中獲得靈感，寫了不少「艾青體」的詩。在朋友們的慫恿下，寄給了艾青，自然是沒有回音。朋友推薦給天津一個文藝刊物，被編輯看中，準備發表，卻被我拒絕了。因為我相信當時對我們很有影響的蘇聯詩人伊薩科夫斯基的話：你是不是詩人只有自己明白，而我總覺得自己離心目中的「詩人」很遠。當不了詩人，隨便發表點詩就沒有意思。其實，我對詩歌始終有一種說不出的神聖感，神秘感，我覺得詩是人類最高級的精神產物，只能神會，而不能用語言解讀。所以我也迴避研究詩，即使寫了點文章，也不願誇示於人。同時，我自己心裏又明白：自己本性、本質上是「屬於詩」的。——這些話，我從來沒有說過，這裏就多說幾句。

那一年讀書，重點還是古代文學，主要學先秦文學。因此和先秦兩位大師屈原和司馬遷相遇，當時不覺得什麼，在以後的曲折人生的關鍵時刻，卻起到決定性的作用：文革中我以屈原的「路漫漫其修遠兮，吾將上下而求索」為座右銘；晚年又選擇走司馬遷之路。還有外國文學的閱讀。不知道為什麼，我喜歡希臘神話裏的普羅米修斯，但丁的《神曲》，賽凡提斯的《堂吉訶德》，又為莎士比亞的戲劇所陶醉，還愛讀法國雨果、巴爾扎克的作品，更入迷的是深刻影響我們那一代人的俄國文學。特別喜歡普希金，屠格涅夫，車爾尼曉夫斯基，別林斯基，卻沒有讀過托爾斯泰的作品。我後來寫《豐富的痛苦：堂

吉訶德和哈姆雷特的東移》依仗的就是大學時的這些積累。以後我讀到樊駿的文章，講現代文學研究第一代學者王瑤們的精神譜系：國內是「屈原 —— 魯迅」，國外是「普羅米修斯 —— 但丁 —— 浮士德 —— 馬克思」。這一傳統延續到樊駿這一代。我作為第三代人，也接近這樣的精神譜系，這是一個很有意思的精神現象，也為我們研究現代文學研究學術思想史提供了一個重要線索。

不能不說的，是隨後的政治運動中我的表現。1957 年大鳴大放時，我因為年紀小，自己的生命也處在上升時期，對右派的許多批判性言論並不理解，就一句話沒說，也沒寫過一張大字報，但內心對右派能夠自由發表不同意見還是很欣賞的。反右運動開始後，我作為一個團員，當然擁護黨的決策，但又擔心人們，特別是知識分子從此不再敢講話，就在團內的討論會上發表了一個「『反右』是兩害相權取其輕」的怪論。這就闖了大禍。幸虧鳴放期間我沒有任何言論，班上的黨支部、團支部的幹部，又因為我人小、聰明，成績好，從內心裏喜歡我，就手下留情，批判了我一通，又讓我在批判班上「右派」的會上發了個言，我的批判又有點「理論水準」，班上幹部很滿意。最後，只劃了一個「中右」，要我「定期改正錯誤」，就這樣過了關。我自己卻因為在關鍵時刻為保護自己對右派同學投井下石而悔恨終生。

但我習性不改，老喜歡發表不同意見。1958 年搞「紅專辯論」，批判個人主義，我卻說「個人主義像臭豆腐，臭而別有味道」，捨不得徹底放棄。後來批判赫魯曉夫，我又表示，自己還是欣賞他說的「一切為了人」這句話，公開為人道主義思想辯護。這其實都是反映了我的真實思想的。所以大學畢業時，給我的鑒定是，錢理群「有系統的資產階級的民主、自由、平等、博愛思想」，又補了一句：「但他有深刻認識，反省得很好」。這也是事實。

姚：後面這句話很重要。

錢：其實這些都是奠定了我的思想、人生基礎的。我一輩子就是堅持個人主義和人道主義理想，就是喜歡獨立思考，發表不同意見，是一個不讓領導放心的人。這樣的北大奠下的「底子」是永遠變不了的。後來到了人大，這就不說了。只說一句：我似乎只認定自己是「北大人」，不大願意多談人大，這大概也是一個偏見吧。1960年大學畢業時，人大正好要開設一個研究生班，我就提出要讀研究生。支部書記回答說，錢理群，你還讀什麼研究生？書讀得這麼多，已經把你讀蠢了，你應該到實踐中去鍛煉，好好改造自己！經過一段曲折，最後還是把我分到了貴州這個邊遠地區的底層。

「離去」又「歸來」
——人生曲折路（1958–1978）

姚：那到貴州之後那段時間的生活，因為現在都說「一座城和你的關係」，就是說其實貴州很重要。雖然我們這個訪談是北大中文系發起的，我還是想請你簡單談一下你在貴州那十七年，這種人生的青壯年時期，也是養育和形成你個人風格的時期？

錢：我一到貴州，省人事處就對我們說，進了貴州大山，這一輩子就別想出去了。我的心就涼了。最後從省裏下到地區，分配到安順衛生學校去教語文。那是所中專學校，學生根本不重視語文。一進課堂，講臺上就放了一個骷髏頭標本，把我嚇了一跳，這個老師怎麼當啊？我就跟領導說，要考研究生。領導說，看看你檔案裏的材料，你還是老老實實地在這裏接受改造吧。這樣，我一走出校門，就遇到一個人生困境：既然走不了，那又怎樣待下去？我突然想到一句成語：「狡兔三窟」。我可不可以為自己的人生設計「兩窟」呢？「一窟」是想做，但現實條件不具備，需要長期準備和等待，就算是一個理想吧。

但只有理想，沒有現實目標，是很難堅持的。或許我更需要的，是一個現實條件已經具備，只要努力就能夠達到的目標。於是，我冷靜分析自己的處境。雖然糟得不能再糟，連班主任都不讓當，北大畢業的身份也讓人不放心，後來「文革」一開始我就被打成「反動學術權威」；但畢竟還允許我上課，講台還是屬於我的。這樣我就有了一個出路：做這個學校最受學生歡迎的教師。學生雖然學醫，但班上總有一兩個學生會喜歡文學，我就為這一兩個學生講課，並從中獲得「成功感」。我下定了決心，就搬到學生宿舍，和他們同吃、同住、同勞動、同學習。這在當時是非常少見的，學生開心得不得了，我一下子真的就成為學校裏最受歡迎的一個老師了。但是我也清楚，過於滿足現實的成功，沒有更高的目標，就可能被現實所淹沒。於是，我又給自己制定了一個長遠的奮鬥目標：研究魯迅，而且總有一天要回到北大講魯迅！在那個大饑荒的年代，在那麼邊遠的地區，居然有這麼一個小夥子，要到北大講台去講魯迅，這真是「白日做夢」。那時候北大就是我心中的一塊「精神的聖地」，它照亮了我從大饑荒到文革這人生最艱難的歲月。我就是心懷這樣的理想、抱負，從 1962 年第一個清晨，開始我的「魯迅研究」，即使在文革最動盪的日子，也沒有中斷。前前後後寫了幾十萬字。

姚：持續了多少年？

錢：從分配到安順衛校（後來轉到安順師範）算起，我整整準備了、等待了十八年。一直到 1978 年文革結束後恢復招收研究生。當時把考生年齡限制定在 40 歲，我已經 39 歲，這是最後一次機會。而且當我知道可以考的時候，只有一個月的準備時間，我連基本教材都沒有，到貴州師範大學去借，只借到半本劉綬松寫的《現代文學史》。而且我還遇到一個難題：研究生考試必須過外語這一關，而我經過文革十年動盪，早把外語（大學學的是俄語）忘光了。我只得寫信給想報考的南京大學、浙江大學等學校，說自己寫有幾十萬的魯迅研究筆

記，可否破格免考外語。但誰也不理睬我。萬萬沒有想到，王瑤先生根據他的豐富的閱歷和經驗，也想到了這個問題。他找到北大中文系的總支書記，對他說，你如果真想要人才，就不能考外文。文革這麼多年，很多有才華的學生是不可能讀外文的，一考外文就把最好學生全部都卡住了。正是王瑤先生的高瞻遠矚，全國只有北大中文系現當代文學專業不考外文。

姚：這就給了你最後一個機會。

錢：對。但我又遇到了一個更大的考驗。這是我後來才知道的。當時北大現當代準備招六名研究生（最後擴大到八位），報考的卻有八百人，是真正的百裏挑一。系領導就跟王先生說，你要出一個非常難的題目，才能把考生的分數拉開。王瑤就出了一個研究生畢業考試題。你知道什麼題嗎？

姚：不太知道，師兄（指吳曉東老師）可能知道？

錢：題目是「魯迅說過，五四時期的散文成就高於小說、戲劇和詩歌，你同不同意魯迅的判斷？同意、不同意都說出理由來。」我一看就懵了：五四的散文家，我就知道魯迅；周作人、冰心等都只知其名，卻沒有讀過他們的作品。但我的直覺告訴我，能不能回答好這個考題，就決定自己能不能被錄取。情急中突然靈機一動：能不能作反向思考，五四時期的小說、詩歌、戲劇的弱點，大概就是散文的優點。五四時期的詩歌是新詩，是外來的；五四時期的戲劇，也是外來的；中國的小說，也從來處在邊緣位置。那麼，很可能五四散文的優勢就在它跟中國傳統的關係比較密切。我就按這樣的思路作答，然後大量引述我最熟悉的魯迅的《朝花夕拾》作例，最後說一句：魯迅之外，還有周作人、冰心等等，就不多說了：就這樣蒙混過關了。後來，我進北大後才聽參加閱卷的老師說，果然大多數考生都回答不出，得了零分；據說是凌宇答上了一個邊，大家都很高興；王先生說，再等等，說不定還有更好的；等到看到我的答卷，就都放心了：

我，就這樣考了個「第一名」。聽說我是老北大新聞專業的學生，王瑤先生就到處打聽，恰好遇到我們班的團支部書記，說了我的一些好話。我自己也把在貴州寫的魯迅研究文章寄給了兩位導師，王先生大概沒有仔細看，嚴家炎先生卻認真讀了，心裏也有了底。

但這一切，我自己都不知道，參加複試時心仍然惴惴不安。沒有想到，我竟被排為第一個被考問者，一進門，王瑤先生就瞪我一眼，王瑤的眼光是極厲害的，瞪得我嚇一跳。王先生顯然準備給我出難題。開口就問：「錢理群，你告訴我，魯迅可不可以一分為二？」我一聽就明白，這實際上是在問「毛澤東能不能一分為二」，這是在考學生的獨立思考能力和理論勇氣。這又是一個關鍵。幸虧這個問題，我在我們那個貴州「民間思想村落」裏已經有過思考，但心裏還是沒底，就結結巴巴地說了一些。王瑤先生沒有再問下去，大概心裏是滿意的。

但是王先生那銳利的眼光，還是嚇壞了我，心想這下完了，沒希望了。我就在未名湖繞圈，我是1958年北大中文系新聞專業合併到人大新聞系時離開未名湖的，現在二十年後又來作最後的告別。繞夠了就在商店買了一個大西瓜，痛痛快快地吃開了：這是我的性格，越到這個時候就越要鎮靜，豁得出去。吃完大西瓜就預備回貴州在那裏待一輩子。於是就到二姐家去跟他們告別。正談着，當天的報紙送來了，我二姐打開一看，就樂壞了：哎呀，小弟，你上報了！原來報上登的是記者對嚴家炎先生的採訪，問他這次北大考試有沒有發現人才。嚴先生說，我們發現了一個叫錢理群的，他來自邊遠的貴州，文革中寫了很多研究魯迅的文章。真沒有想到會有這樣的結果：我聽得目瞪口呆。

這一下我就出名了。當時就誤傳我是全國研究生考試的狀元，其實我不過就是個北大現當代文學專業的第一名。反應最強烈的，自然是貴州，到處都在傳「文曲星下凡了」。但沒想到，這又引起了嫉恨：一些原來多少和我有些矛盾的人，就聯名寫信給中文系，「檢舉」文

革後期我曾在報上發表文章批判鄧小平。這在當時可是一個了不得的罪名。系領導徵求王瑤、嚴家炎兩位的意見，他們都表示，這樣的寫批判文章在歷次運動中是常見的，不必過分追究。這樣，王、嚴兩位導師就在關鍵時刻保護了我。我也就千辛萬苦、一波三折地回到了北大。現在到了晚年，再回過頭來看這些往事，只能說明，我就是與北大有緣，是一個「天生的北大人」：這真令人感慨萬千。

那裏有一方「精神的聖土」
——心靈深處的輝煌記憶（1978–1997）

姚：那麼，現在就可以談談你終於「歸來」以後與北大，特別是中文系的關係了，就先從王瑤先生說起吧。想請你談兩點，一是他的學術訓練對你的個人的學術品格和學術方向的影響，二是王瑤先生所代表或者開創的中國現代文學研究的傳統在咱們中文系是一個什麼樣的情況？

錢：關於王瑤先生我寫過很多文章。這次準備採訪的時候，就總結了一下王瑤對我的影響，主要在四個方面。首先，也是最重要的，就是「怎樣做一個獨立的知識分子」。王瑤先生有一句名言：「什麼叫知識分子？首先要有知識，其次，他是『分子』。所謂『分子』，就是要有獨立性。否則『分子』不獨立，知識也會變質」。這句話太重要了，幾乎概括了王瑤先生自己，也是他們那一代，甚至幾代人最基本的歷史經驗教訓。如果不聯繫這幾代人（也包括我自己這代人）所經歷的時代和人生曲折，是無法理解這看似簡單的話深刻的歷史內涵與現實意義的。在中國，要做到並始終堅持這點，是極難極難的，因為我們的生存環境實在太險惡，需要極高的生存智慧，更要有極高的人生定力。王瑤先生在這兩方面都是個典範。他的生存智慧極高，懂得

如何「保護自己」；到關鍵時刻，又能挺身而出，發出驚天動地的歷史最強音，顯示知識分子的骨氣與勇氣。而且這樣的挺身而出者在北大不只王瑤先生一人，還有朱德熙，季羨林等等等等。這或許是北大「最後的輝煌」，卻永遠留在我們北大人的心靈深處。我一直把北大視為「精神的聖土」，就是因為北大有這樣的真正的「人」，真正的「知識分子」，這樣的改變不了、也抹殺不了的精神傳統。今天到晚年回想起來，雖然有幾乎隔世之感，但仍然激動不已，感慨不已。

王瑤先生還教導我們，要做「獨立的學者」。他認為，關鍵是在學術上「要找到自己」，即自己特有的研究對象、研究領域與方法，形成自己獨立的研究格局。正是在王瑤先生引導下，我找到了魯迅與周作人這兩個現代文學的真正領軍人物，把他們研究透了，整個現代文學史就拎起來了。這對我以後的學術發展太關鍵了。

姚：所謂「一個中心，兩個基本點」。

錢：我後來主張一定要研究「大家」，不要在邊邊角角大做文章，就是這個道理。只有這些「大家」，才能長期研究下去，不斷有新的發現。而一些不那麼重要的作家當然可以研究，頂多寫幾篇文章就完了。

第三，在學術方法上，王瑤先生提倡「典型現象」研究。這也對我有極大影響，我自覺地運用與發展，後來就成了我的主要研究方法。這些你們都很熟悉，就不多說了。

還要多說幾句的，是王瑤先生在「基本的人生道路選擇」上對我的指引與影響。主要是三句話：第一句是我畢業後留下來做他的助手時說的：你現在留在這個位置上，以後要發文章、演講、出書，都有許多有利條件；但從另一個角度來說，誘惑太多，也是一個危險。你一定要把握好自己，想清楚「到底要什麼，不要什麼」。對自己理想的追求一定抓住不放，其他虛名，一時之利，就要堅決捨棄。否則，最後你到晚年回顧自己一生，出了很多書，做了很多演講，也非常出名，影響很大，但自己真正想要的都沒得到，那你這輩子就白活了，

你這個學者也白當了。你們也可以看出王瑤先生的這一教導對我的影響實在太大了:「拒絕誘惑」是我的最重要的人生選擇,一輩子任何情況下,都堅持「全身心讀書、思考、寫作」,我能夠四十年如一日的每年寫 50 萬字,如果加上編書,就有近 100 萬字,原因就在我幾乎拒絕了「一切誘惑」。

王瑤先生的第二句話就是:要記住。一個人一天只有 24 小時。這也是王瑤先生的一個特點,他對學生的教導,就跟你聊天似的,隨便說一句,點到即止,不作任何解釋和發揮,全靠學生的悟性。他這麼一說,我就明白了:人不能面面俱到,要有所得,必有所捨,因為你的人生只有這麼點時間。你要做學術,希望有所成就,別的事情就得有所捨棄。我這個人,到走上學術之路以後,就變成了一個純粹的「精神的存在」,除了精神的東西,其他都捨棄了。當然,這是有明顯的局限的,我也正在作新的調整,但仍把精神追求放在第一位,這至少對我是合適的,必要的,否則就不是「錢理群」了:任何選擇都是有得有失的。面面俱到,什麼都想要,就沒有「自己」了。

第三句話,是王瑤先生退休以後說的:我現在老了,最後的結局就是「死」;我的選擇是「與其坐以待斃,不如垂死掙扎」。這也就是魯迅說的,「與其凍滅,不如燒完」。我現在到了王瑤先生的年齡,這一選擇對我就有直接的影響。這一段我一直在研究「養老人生」,其中一個核心命題,就是看透生死,既順其自然,又積極從容面對,「向死而生」。

姚:在現代文學學術傳統方面,王瑤先生對中文系現代文學研究留下了什麼,有什麼影響?

錢:上次李浴洋博士論文答辯的時候,我有個發言,吳曉東也在。我認為北大中文系現代文學專業,有一個特殊優勢,一個「朱自清—王瑤—王瑤眾弟子(包括樂黛雲、嚴家炎、孫玉石,到我們這批文革後首批研究生,再到我們的學生王風、吳曉東這一代)」的學術

譜系，形成了一個獨特學術傳統，治學追求、方法和格局。大概也有四個方面。其一，一切研究都建立在事實基礎上，強調扎實的史料功夫，獨立的史料準備。將查閱原始期刊作為學術訓練的第一步。同時又重視文本細讀。其二，強調在對前人研究全面深入瞭解基礎上的獨立創造，也就是今天所說的「學術創新」，以此作為學術研究品質的基本標準和努力目標。這就是王瑤先生說的，你的重要文章和著作，必須做到在所論述的課題領域裏，成為「後人研究繞不過去的獨立存在」，後人一定要、也會超過你，但在研究前，必須先看你的有關文章和著作。其三，學術研究要堅持「價值中立」的原則，訓練學術判斷力，分寸感，每一個研究者對研對象自然有自己的判斷，但又應保持必要的警惕與自省，要把它相對化，留有餘地，充分考慮和揭示歷史的複雜性、曲折性。其四，王瑤先生強調，我們的研究是為了「從歷史看未來」。也就是說現代文學研究必須處理好歷史和現實的關係：研究的課題與問題的意識來自現實，而且是廣闊的，多方面的現實；但進入研究時，又必須和現實拉開距離，善於把現實問題轉化為學術問題，進行長時段的深度的學理探討，而且要進行理論概括和提升，以追求與歷史現實融合一體的思想性，即「由學術而思想」。這四大要求，既是基本學術理念，也具有學術方法論的意義，這樣的朱自清所開創，王瑤所奠定的學術規範、格局，是北大中文系現代文學專業最大的財富。

姚：可惜沒有得到認真總結。

錢：這確實是一個大遺憾。

姚：說到王瑤先生，我就想到你之前也會跟我們聊到林庚先生和吳組緗先生，你都特別敬仰。這些先生的風采，哪些對你有一些特別深的啟示也可以談一談。

錢：我這次總結就想說，北大中文系有「三巨頭，六大將」。哪「三巨頭」呢？王瑤、吳組緗和林庚。吳組緗和林庚兩位先生分別有兩

句名言，對我都有終身影響。吳組緗說，你如果提出一個命題：「吳組緗是人」，卻沒有意義；說「吳組緗是狗」，就有意義了。什麼意思呢？說「吳組緗是人」，當然正確，但卻是「正確的廢話」，對人們從學術上認識吳組緗沒有任何啟發，沒有任何貢獻；說「吳組緗是狗」，儘管錯誤，但至少逼着別人想想：「吳組緗是狗」對不對呀？引起思考，這就有了一定價值，即所謂「有啟發性的錯誤」。這背後有吳組緗的學術信念，追求和方法論，就是把學術的創造性、啟發性放在第一位。這決定了吳組緗先生的風格和特點：無論是創作還是學術研究，數量都不大，但每有一作，必有新的探索，新的發現，新的特點，顯示一種新的獨立存在，既不重複前人，也不重複自己，給人以新的啟發，讓人耳目一新。這是極高，也是極難達到的學術境界，真讓我心嚮往之。這樣的永遠的創新欲求是揭示了學術研究的真諦和真價值的。

說到林庚先生，我總要想起他的「天鵝的絕唱」。嚴家炎老師當系主任的時候，安排我做一個工作，請退休老教授來跟年輕學生做演講。我請了王瑤，也請了林庚。林庚先生非常認真，換了很多題目，作了精心的準備。最後上課那一天，穿一身黃西服，一雙黃皮鞋，往講台上一站，就把所有人給震住了。只聽他緩緩說來：寫詩，作研究，最關鍵的，就是要用「嬰兒的眼睛」去重新發現、重新描寫世界新的美。說到這裏，他自己也沉浸在一個奇異的藝術世界裏，陶醉、欣賞於其間，眼睛發出異樣的光彩。包括我自己在內的全場所有的聽眾也都目光閃閃，卻沉靜得沒有任何聲音。課講完，我送林庚先生回家，他就病倒了。他可以說把整個生命投入，將自己一生最重要的創作、研究、人生經驗，都留給了學生，留給了北大，成為北大學術史、教育史上最光彩奪目的一個瞬間。

更重要的是，林庚先生創造了另一種學術傳統：和吳組緗、王瑤的「現實主義傳統」不同，林庚先生的做人、做學問，都有更強烈的「浪漫主義」色彩。他更注重學術研究的感悟力，直覺判斷力、想像力

與主體投入。更強調嬰兒般的「好奇」和「發現」在學術研究中的地位與作用，自覺追求「詩的學術化，學術的詩化所達到的文學境界，學術境界和人生境界」。你們大概不難看出，我的學術與人生在內在氣質上是更接近林庚先生的；在學術上，我自覺追求的，是將王瑤、吳組緗先生的傳統與林庚先生的傳統有機結合起來，即所謂「現實主義和浪漫主義的結合」。我也重視史料，特別是史料的獨立準備；但我反對「爬行」在史料上，拒絕學術研究的想像與飛躍、理論提升的研究方式，我稱之為「爬行現實主義」，就是這句話得罪了許多人，但也還是「我行我素」，這裏就不多談了。我寫過一篇講林庚先生對我的影響的文章，題目就是「那裏有一方心靈的淨土」。我或許更欣賞、嚮往林庚先生的純淨、純粹的生命形態，它確實如林庚先生所說，更接近人的生命起源的「嬰兒」狀態，就是人們所說的「星斗其文，赤子其心」。用我這些年一直在講的話來說，就是做一個「可愛的人」，又「可笑的人」。我是把這樣的追求作為自己人生的最後歸宿的：這或許是北大傳統的另一個重要的，不可或缺的方面。我說北大是自己「精神的聖地」，其神聖性也包括了「心靈的淨土」這一面。

三巨頭之外，還有六君子：樂黛雲，謝冕，嚴家炎，孫玉石，洪子誠……——，有些沒把握。

姚：想把第六個給誰？

錢：陳平原算不算？因為陳平原就輩分來說，他是另外一輩，從他的影響力來說，他應該算，就屬於這六個人。這六個人中，樂黛雲、嚴家炎都是我的導師，也是我的保護人，對我有更大更直接的影響，也有許多話題好談。但今天姑且不講，主要談他們六位的共性所形成的北大中文系獨特的優勢。六位的學術個性都極其鮮明，而且都很強大，都有自己這一套，成就也很高。但更可貴的是，他們之間不是沒有矛盾，學術觀點也不完全一致，但總體來說，卻互相合作互補，相互理解，支援，甚至互相欣賞，這是極其難得的。比如說我

跟洪子誠的關係，我們走得並不近，不是天天糾纏在一起，但確實彼此欣賞：我覺得洪子誠先生學術上的許多追求都是我想做而沒有做到的，他的研究的許多特點，正是我的弱點，是我想彌補、調整而又做不到的。洪子誠大概也會覺得我做的努力，形成的一些特點對他也有不同程度的吸引力。其實，我們每個人，特別是年輕的時候都有各種幻想，欲望，自我設計，真正實現的只是其中一部分，於是就有了很多遺憾。現在你在另外一個人那裏看到了，你就會欣賞，這也是你要的。這就形成了一種「互補」，不僅是學術的互補，也是生命的互補。

姚：精神結構上的？

錢：對，學術結構和精神結構上的互補。這是一個學術群體能夠獲得健全發展的關鍵。在這方面，我覺得這是北京大學中文系，特別是現代文學專業的獨特優勢，在當下中國學術界是少有的。我們這裏關起門來，說一點「大話」。據我的觀察，當下許多大學的實際學術狀態和氛圍大概有三種情況：或普遍處於平庸狀態，沒有學術個性，對學生也沒有吸引力；或有一位教授特別突出，一家獨大，也就不同程度的獨霸；或雖然都不怎麼樣，卻都覺得自己了不起，互相鬥來鬥去，學生也無所適從。但我們這裏不同，學生可以自由出入於學術路子不同，風格也不同的老師之間，進行多元、多樣的廣泛吸取，這是最有利於學生的成長的。到最後也會自然形成一種學術格局：每位老師周圍都有一群學生圍着他，不是因為他的地位，而是出於學術興趣、修養的接近和吸引，這就形成多個學術群體。但又彼此相容、相通，學生可以自由流動，絕無門戶之見。我特別高興的是，這樣的學術氛圍、格局已經在高遠東、王風、孔慶東、吳曉東、姜濤這一代繼承下來，大家一定要珍視，更自覺地推動與發展。

姚：這確實難能可貴。我們現在就可以轉入下一個話題：你研究生期間的那些同學，你願意說一下嗎？比如說談談對他們的那些看法，或者什麼有意思的事情？

錢：實際上這是一個很大的問題，就是我讀研究生後，「歷史中間物」的自覺選擇。它反映了我在「文革後的研究生一代」中的微妙和尷尬地位。我和洪子誠先生都是 1956 級北大中文系的同學。按我的年齡和讀書經歷來說，我本屬於中年這一代；但我 1978 年考上研究生時，就和陳平原他們成了「一代人」，被稱作「青年學人」。我曾經開玩笑說，我沒有學術的「中年期」，80 年代學術界都把我看作「青年學者」，到新世紀退休了，就成了「老教授」。我在 1978 年讀研究生時，洪子誠就是我們的老師。我在大學（中文系新聞專業）同班同學李思孝給我們研究生班講文藝理論，我還真成了他的學生。魯迅提出的「歷史中間物」的概念，就引起我強烈共鳴，並成為我自覺的自我定位。記得研究生剛畢業，一位和我同齡的吳組緗先生的研究生突然去世，我在〈紀念第一個倒下者〉的文章裏，就這樣寫道：「歷史要求我們為上一代畫句號，又為下一代作引號。夾在老年與青年，歷史與未來，理想與現實——之間，我們身心交瘁。我們唯一的依靠，就是幾十年的苦鬥練就的內在的堅韌的力量」。我只是個過渡性的人物。在我的第一部著作《心靈的探尋》的〈題辭〉就說，我的書是「獻給致力於中國人和中國社會改造的年輕一代」的，而且表示，年輕一代一旦發出自己的聲音，我要「自動隱去」。王瑤先生也覺得很奇怪，就問我：你怎麼剛出山就要隱去，這是怎麼回事？這確實是我的心裏話：我真的覺得自己的魯迅研究、現代文學研究，只是一個引號，真正的研究要從年輕一代開始。我不過是一個承前啟後的「歷史中間物」.

姚：你 1988 年給我們上本科課的時候，「歷史中間物」那個部分，印象特別深。

錢：因為我是王瑤先生的助手，所以很多人都覺得我是王瑤的接班人，其實不是。我心裏明白．自己接不了王瑤的班。道理很簡單：王瑤的學術是學貫古今中外的，而我既不懂外語，古代修養明顯不足，當什麼「接班人」？我真的把我的希望寄託在我的年輕的同學身上。可以舉

一個例子，就是「論20世紀中國文學」的倡導。陳平原的回憶是有一定道理的，最早提出這個概念、構想的可能是我。但事情的主要推動者卻是黃子平和陳平原。這裏有一個原因，就是我因為閱歷比較豐富，做事就有點瞻前顧後，猶豫不決，總覺得思想和學術準備都不足，貿然打出旗幟，會被抓住「小辮子」，陷入被動。後來嚴家炎老師也提出了這樣的批評。這其實是中年人的思維：一切都得準備好了，然後再去說。但是陳平原和黃子平的年輕人思維，就覺得只要方向是對的，就要提出來，有問題以後再補救。這樣，從發表文章到「三人談」，都是以他們兩個為主的。我自己也願意如此，希望把他們推出去。

姚：所以公開代表發言選的是陳平原。

錢：對，他當時還是在讀博士生，我不管怎麼說也是老師了，好像按道理應該我去說。這裏當然也有個知識結構的問題，我對晚清完全不熟，要講為什麼把現代文學的起點推到20世紀初，我講不出所以然。這也確實說明，我這樣的有明顯知識局限的中年人只能在幕後出出主意，真正的學術開創還得依靠黃子平、陳平原這樣的新一代的青年人。

記得我在1980年代寫給崔老師的信裏，就很高興地告訴她，我在北大、北京學術界，發現了三個年輕人：汪暉，陳平原，和葛兆光。

姚：這個預言我們在二十年前也聽你說過，你當時覺得他們會很出色。

錢：現在看來，還應該加上趙園和黃子平。他們五個人的知識結構都比我合理，趙園、陳平原，特別是葛兆光的古代文化修養，汪暉的外文水準，黃子平的理論興趣與修養，都是我所不及的。王瑤先生也是這麼看我的。事實上，他是視中國古典文學研究為他的興趣與事業的，有人說「王瑤屬於古典，而非現代」，這是有道理的。他看得很清楚，現代文學時間很短，政治性太強，政治干預太多，在當代中國，現代文學研究不大可能有太大的發展。他到晚年，真正屬意的，

是用現代的方法和眼光研究古代文學。所以最後選擇的，是作現當代歷史時期「中國古代文學學術史」的研究，而且看中陳平原，而不是我作他的助手。他對我也有期待，就是「幫助他守住現代文學這塊陣地」。他最後對夫人的交代就是，以後有關現代文學這塊就找錢理群。

我對這些都看得很清楚，而且坦然接受，並不覺得受到什麼委屈，或者受到排擠，我沒有這種感覺，一點沒有。我對年輕同門能夠接王瑤先生的班，自己對王瑤先生也盡到了責任，都由衷的高興，因為作到了自己能夠做的，也不奢望去作做不到的事情：這就是我自己定位的「歷史中間物」。我也自覺地作了自己的學術選擇。在 1990 年代，很多搞現代文學、魯迅研究的朋友，都在調整自己的知識結構，或積極學習外語，或惡補古代文化知識，汪暉、王曉明他們都是如此。我決定基本不作調整，一不學外語，二不讀古書，三不看（少看）西方理論，死守現代文學。我覺得自己年齡偏大，惡補也補不上來，反而弄得不倫不類。乾脆保守一點，集中精力開拓現代文學研究新領域。這樣的選擇，今天看來，有點過頭，造成很大的遺憾。但也確實形成了我的獨特優勢，即在現代文學研究領域，我的知識最全面，也最深入，對所有的作家，文體，文學思潮 —— 都有興趣，都有自己的獨立見解，不局限於某個作家，某個文體，某種思潮，是一個典型的、也相對理想的「現代文學史家」。我也像王瑤先生那樣，心裏有數：在當下現實條件下，現代文學研究的發展餘地不大，自己到晚年也有意識地將研究重心逐漸轉向思想史、精神史研究。我對自己的現代文學研究，包括魯迅、周作人研究，也很清楚它的價值與局限，不過是為後人的研究打下了一個基礎，盡到了「歷史中間物」的責任而已。

「歷史中間物」的自我定位的另一方面，就是全身心地培養年輕一代，保持和一代又一代的年輕人，大概有 40 後、50 後、60 後、70 後、80 後五代人的密切聯繫，主要紐帶就是魯迅。這是我一生最光輝

的成就：從 1985 年給 81-84 開魯迅選修課，到 2002 年 6 月 27 日上完最後一課，連續 17 年，先後給 21 屆北大學生講魯迅。我總結說，不管「周圍和世界發生什麼變化，但在北大這裏，都從未間斷心靈的交流，精神的對話、傳遞。我因此而堅信魯迅的力量：他活生生地存在於當代中國；堅信北大的力量：不管經歷怎樣的曲折，它永遠是中國精神的聖地；堅信精神的力量：人之為人，總要有超越物質的精神追求，可以遮蔽於一時，這人生變動中的生命永恆，遲早要顯示自己的力量」。

我的魯迅課，影響最大的有四次，都發生在某個關鍵時刻。

第一次，就是 1980 年代，在啟蒙主義時代氛圍下講「我之魯迅觀」。從中文系 81 級開始，也包括你們（吳曉東，姚丹）所在的 84 級，86 級，你們都在現場。那是一種生命的相遇與相融，「魯迅—我—學生」生命的交織，精神的共鳴，心心相印：那是永遠都不會再有的現實感受和歷史記憶。

第二次，就到了賀桂梅這一代，那是 1990 年代之初，剛剛經歷了一場歷史的大變動，人們也開始了新的選擇。這時候講魯迅，就引起了激烈爭論，主要是「我們和魯迅的關係是什麼？」明顯分成兩派。因為聽我的課，大家都很敬佩魯迅；但一派認為，我們不必活得像魯迅這麼「重」，這麼「累」，我們要活得「輕（輕鬆，輕快）」一點。因此希望魯迅成為博物館裏的人物，我們尊敬他，但是他和我們沒什麼關係。另一派就是賀桂梅這些人，強調我們現在的生命恰好太「輕」了，要追求生命之「重」。就不能夠離開魯迅，「魯迅還活在我們中間」。

第三次，比較特別，1997 年，正是北大百周年校慶的前夕，北大學生在沉默了十年之後，重新掀起了一個「尋找北大傳統」的熱潮。正是在這樣的背景下，我開了一門「周氏兄弟研究」課，而且有意識地重點講魯迅、周作人的思想，他們代表的「五四傳統」的現實意義，

而且是面向全校開講。這就跟北大傳統直接相連，引起全校轟動。當時你還在不在？

姚：在，我有印象，是一個大課堂。

錢：不，這個課是每節課換一個新教室，因為聽課的學生越來越多。後來孔慶東告訴我，全校各系最牛的，也就是最有獨立思考精神的學生，不管他是什麼專業，都彙集在你的課堂上，你好幸福啊。這是一個意想不到，卻也是我所期待的高潮，好像有點回到 80 年代。雖然很短暫，後來就過去了，但卻讓我終生難忘，也是北大精神史上又一個「瞬間」。

姚：我記得講稿後來也出書了書。

錢：對，就是《話說周氏兄弟》。最後一次，就是我退休前 2003 年開設的「魯迅研究」課。這一次，聽課的學生發生了一個微妙的變化：都奔着我來，動機卻大不相同。許多人還是受精神的驅動，更有一種好奇心：這是錢老師在北大最後一次講魯迅，他要留下什麼？但無可迴避的嚴酷現實是，有相當一部分人追求的是「名人效應」：他快退休了，要抓住機會，以後也可以向人炫耀。我明白這一點後，心裏很難過：我最害怕的就是別人把我當「名人」，師生關係中，授課者與聽課者之間加入利害關係，不再有精神的共鳴，這樣的教學就沒有任何意義了：我的「北大講魯迅」真該結束了。從我 1960 年代初，在貴州作「北大講魯迅」夢，到 2003 年在北大最後講魯迅：在這大半個世紀裏，經歷了多少人世滄桑，個人命運的變遷啊！

但沒有想到，在極度失望之時，我在學生交上來的試卷裏，意外發現了一封信，這樣寫道，「錢老師，我很喜歡你的課。因為你的課顯示了另外一種生命的存在方式，讓我知道人還可以這麼活着。儘管我不會按你那麼去活着，因為你是另外一代人了。但是我知道還有另外一種『活法』，而且可能更有價值。在我未來的生命裏，打下這樣的印記，我將終生受益。真要感激你，再喊一聲：錢老師！」我一看，真

的感動不已：這就是「北大」啊，有「北大人」在，北大精神永遠不死！這也是對我的最高評價和獎勵，我在北大講幾十年魯迅，真的沒有白講。

姚：這是最高的獎勵了。

錢：這背後可能還有一個更重要、更根本的問題：課堂講課的根本意義是什麼？我的上課與青年的關係，究竟是什麼？就像這位學生所說，教師最根本的就是要通過你的教學，顯示自己生命的存在。尤其是在社會混亂、動盪的時代，教師就是要守住自己的底線，告訴學生，不管世事如何，作為個人，還可以為自己的愛好、理想活着。你不一定是要學生都按你這麼去做，這是不可能的。教師的職責不是指導學生怎樣具體做人做事，那是他的事；但你要顯示出一種獨立的存在。學生生命中有沒有這樣的存在是大不一樣的。

在我的上課和學生關係上，還有一個重要方面：我是把自己的教學和學術研究有機統一起來，並吸引學生參與其中。你們作為我的學生，大概已經習慣於我的研究和教學方式和習慣：先是在研究構思過程中，與你們（研究生）不斷交流、碰撞；醞釀得差不多，寫出初稿或提綱就拿到課堂上去講；課後整理成書稿時，又最大限度地把學生課堂討論或作業中的創造性意見吸收進來。有的有心人就注意到，我的學術著作中最喜歡引述不知名的年輕人（學生）的見解；這確實是我保證自己的學術與生命擁有活力的一個重要方式。當然，在和年輕人接觸、交往中也會有「播下龍種，收穫跳蚤」的尷尬與悲哀，這都是必須付出的歷史代價。

姚：你說的這些，我們都親歷過，今天聽你回述，還是有許多啟發，特別是今天我們都成了教師。你剛才談到你的教學與學術研究的結合，這也引發了我們對你的學術工作的興趣，因為我們現在也是同時顧及教學與學術研究的。我們是不是可以把話題轉到你的學術工作上。其實，你不僅自己集中精力作研究，而且還抽出時間在學術組織

工作方面作了許多有意的嘗試。我們熟知的，就有和廣西師範大學出版社合作的《二十世紀中國文學與大學文化》研究叢書，還組織編撰了《中國現代文學編年史 —— 以文學廣告為中心》這樣的大型文學史寫作，等等，對學科建設其實意義都很重大，就想請你談一下這方面具體的構想和內容。

錢：剛才談到，我是自覺地選擇中國現代文學作為自己的領域，而且幾乎是全力地投入，這也是王瑤先生期待的。這也就形成了我的學術工作的一個特點：不僅自己全力從事現代文學史研究，而且對現代文學研究的學科建設和學科的發展很有興趣，而且是高度自覺的。這也是新時期我們的現代文學研究界的一個傳統：像嚴家炎先生，特別是樊駿先生，還有遍佈全國各地的錢谷融、賈植芳（上海）、陳瘦竹（南京）、田仲濟（山東）、范伯群（蘇州）、支克堅（蘭州）、任訪秋、劉增傑（河南）等等先生都在自覺地推動現代文學的學科建設。這也是我們學科第一、二代兩代學者的一個重要貢獻。我作為第三代學人，又有自覺的「歷史中間物」意識，自然就要「接着樊駿們往下做」。在這方面，我確實是花了很大功夫，大概有這樣幾個方面。一是研究學科發展史，對上兩代的學人的學術貢獻與經驗進行總結。二是關注整個學科的發展，不斷提出學科研究的新課題，新方向。比如比較早地提出現代出版文化、學術文化、大學文化、政治文化與現代文學的關係等研究課題，在現代文學研究界產生了相當的影響。還有倡導對抒情詩傳統的研讀，吳曉東也參與了，最後出了一套叢書。我還提出過 40 年代文學研究的整體設計，當時沒有什麼反響，但聽說這幾年引起了年輕一代的興趣。我不但進行理論倡導，還利用自己學會秘書長、副會長，《現代文學研究叢刊》的副主編的地位，作了許多具體的組織工作。

這又涉及一個更有意義的問題，就是要自覺地推動自下而上的民間學術研究。在我們的現行體制裏，學術研究主要是由國家主導

的：先要報國家課題，列入國家項目，得到國家資助，才能開始研究，研究成果也要由國家鑒定，最高榮譽就是得到國家獎；而能否列入國家項目，得到國家獎，又和個人職稱的評定直接相關。近年我多次談到，我只參加過一次國家項目研究，沒有得到任何國家獎，居然能評為博導，這在今天是不可想像的。或許正是看到這一點，就試圖另闢一條民間研究之路。我發現，這在我們中文系，也是一個傳統。謝冕、孫玉石、洪子誠他們創建新詩研究所，陳平原主辦好幾個學術刊物，走的都是民間研究之路。我要嘗試的，就是利用商品經濟發展的條件，推動市場化時代的民間學術研究，主要是和出版社合作，以出版社為中心，組織全國範圍的大型科研專案。我在推動自下而上的中小學教育改革時，就和廣西教育出版社、浙江少兒出版社合作，編寫、出版了《新語文讀本》、《小學名家文學讀本》等，產生了很大影響。現在又嘗試推廣到學術研究領域，其中最成功的就是《中國現代文學編年史 —— 以文學廣告為中心》三卷本的編輯出版，由我牽頭，和吳福輝、陳子善等有影響的學者合作，集中了全國高校一大批有抱負、有實力的中青年學者，按照我們的文學史觀，進行一次「理想主義者的學術創新實驗」，出版社提供研究資金，起到了具體組織者的作用。這也獲得了很大成功。

姚：對，我和曉東都參加了。我們印象最深的是，你不是空頭主編，是主要作者。

錢：我確實寫得最多。缺什麼我寫什麼。這也是一個經驗：要真正辦成一件事，就不能只掛虛名，一定要自己也全身心的投入，不僅是起帶頭作用，更是為了保證品質，實現你的主編意圖。還有一個重要經驗：這樣的民間研究，因為集中了全國範圍內的老、中、青三代優秀人才，就是培養年輕學者，給他們一個施展天地的一個大好時機。這也是我的一個特點和習慣，即以扶植年輕人為自己的天職。我真的沒有任何門戶之見，不管哪個師門的學生，我只要看中，就一定利用我的條件幫

助他們。我直到今天，還是在關注報刊上出現的學術新人，發現了具有啟發性、創造性的研究文章，就興奮不已，儘管我並不認識文章的作者。當然，我現在也沒有能力給他們以任何幫助了。但當年，我還是很盡力的。這也是晚年的我很感自豪的：當下現代文學界許多著名學者，都不同程度地得到過我的支持，我跟他們都是朋友。經常有人跟我說，我的第一篇重要的文章就是你給我發在《叢刊》頭條的；我第一次列席參加學會年會是你引薦的，等等，其實我自己早就忘了。這些都是小事，但從發現和培養學術新生力量的角度看，都是有長遠影響的大事。可惜現在已經很少有人來關注這些「小事」了。

　　姚：這又引出一個新的話題：剛才談北大教育時，主要談的是你的本科生教育；現在是不是可以再談談你的研究生教育。我們都是直接受益者，很想聽聽你在研究生培養方面的追求和經驗。

　　錢：我的研究生教育，自認為有三次比較成功。先說我對吳曉東這一批研究生的培養，一個重要方法，就是讓他們直接參加我主編的《淪陷區文學大系》的編選工作，這是一塊前人很少進入的「未經開墾的生荒地」。因此需要從原始資料的發掘開始，然後從整理資料過程中發現新作家、新作品，最後進行歷史的概括和理論的提升，寫出學術性的《導論》。這也就經歷了學術研究的全過程，也是對研究學術素養和修養的全面培訓：不僅要求學生讀現成的原始資料，而且要自己去發掘原始資料；更重要的是要求「發現」新作品、新作家，這是對研究者的藝術審美力和思想判斷力的培養過程；最後要求作歷史的概括和理論提升，就更是一個對學術研究的概括力與理論思維能力的全面鍛煉。我一直認為，文學史家的功力，就看能不能從廣如煙海的文學作品中發現別人沒有注意的有真價值的新作品、新作家，或者對既定的評價提出新的看法；還有就是從漫無條理的處於混沌狀態的文學現象中，清理出歷史發展的線索，揭示其內在的聯繫，作出理論的概括。在我看來，夏志清的文學史研究的價值與貢獻，就在他發現了

張愛玲、師陀，給張天翼以新的歷史地位。我對吳曉東他們的培養就是着力於對他們「文學史家」的基本素質、素養的培養。應該説，對初學者來説，是一個太高的要求，多少有些出格，冒險，這也恰恰是我的教育理念與風格：必須要給學生樹立一個「要跳起來才夠得着」的目標，學術研究就得付出超乎尋常的努力，否則出不了人才。我感到欣慰的是，吳曉東他們歷經「千辛萬苦」終於有了收穫：吳曉東在吳興華的發現上就較早地作出了自己的貢獻，他還發現了丁景唐等從未入史的詩人的獨特價值。范智紅對東北作家群中具有現代派特點的小説家的發現，也是一個新突破，她在此基礎上寫出的那本《世變緣常——四十年代小説論》，儘管只是薄薄一本，其價值可能超過一些宏論，原因就在她有自己的獨立發現和獨立評價。還有謝茂松對淪陷區散文，朱偉華對上海淪陷區戲劇，都有自己的發現和新概括，至今都不失其價值。現在，除謝茂松改行以外，他們都成了自有見解的，有影響的學者或編輯，絕非偶然。

其實，在此之前，我對孔慶東他們那批的培養，也作了一些嘗試，主要是「重讀經典討論課」。在此之前，培養研究生主要是老師講課，現在學生已經習慣於進行課堂討論，那時，還不多見，特別是文本細讀，而且是「經典重讀」。我對學生提出兩點要求：一是先要提供一個所討論的作品的研究史的報告，弄清楚在你之前的研究已經達到什麼水準，存在什麼問題；然後再提出你的新見解，新突破，提不出新的東西，就不准在課堂發言。我們前面提到的我們中文系現代文學專業研究的基本模式，這裏已見雛形。我記得孔慶東就作了一個關於茅盾《子夜》的發言，確實有新意。

第三次，就是姚丹你們這批研究生的「對話與漫遊」，對 40 年代小説的研讀了。這是我的研究生培養方式的一個綜合性試驗。首先是沿着吳曉東那一批的培養路子，強調對作品與作家的「新發現」。像李拓之就基本沒什麼被注意過，到現在為止研究得也不夠。而討論的蕭

紅、路翎、張愛玲的作品，都是他們的「另類嘗試」，被研究者所忽視的。也有我們認為沒有得到足夠重視的作品（如馮至的《伍子胥》）的重新評價。其次，重點還是放在「文本細讀」，但前後又都有教師的「領讀者言」和「縱橫評述」，進行「總體掃描」和「歷史線索梳理」，這就把宏觀研究與微觀研究有機結合起來。當然，這一次討論也有新的嘗試：因為研讀的都是「實驗性小說」，就更注重文學形式、語言、美學這些方面的細讀。這也是有意識地彌補我自己在學術研究和文學教育上的缺陷和不足。在這一次研讀中也確實出現了一些更具創造性的嘗試，比如王風將汪曾祺同一個作品 40 年代、80 年代兩次書寫作比較研究，就很有新意。這大概也是三次嘗試的一個貫穿性的努力目標，就是着眼於「創新性人才」的培養，這自然是我在學術研究上的追求相一致的，這也是北大中文系學術與教育的一大特點和傳統吧。現在都成了美好的回憶了。

北大（體制）內外的掙扎與反思（1997-2002）

姚：很多人都注意到，你自己也經常談到，到 1990 年代末，你有一個新的選擇，在體制內已經比較成功了以後，又有了「走出體制」的衝動和要求。在我看來，這也是一種拓展。比如，開始關注中小學教育，關注青年志願者運動，等等。同時又更關注北大的歷史，參與北大校慶的民間紀念活動，對北大傳統、北大精神有了新的理解和闡釋，你能不能談談你在這些方面的思考？以及你對北大中文系現在的希望。

錢：我在北大當教授是分成兩個階段的。第一階段是 1981 年留校到 90 年代末，奮鬥目標就是做體制內的知識分子，獲得教授身份和地位，既有了生活保障，也獲得了一定發言權。這就要壓抑自己內在的，也是在貴州底層社會培育的野性，退居於「寧靜的書齋」，也

處處守「規矩」。應該說，「一間屋，一本書，一杯茶」的書齋生活，是我從大學時就心嚮往之的；但處處守「規矩」卻和我的野性格格不入，這就陷入了深刻的矛盾與苦悶中。於是，就有了 1997 年所寫的〈我也想罵人〉，這樣寫到內心的「憂慮，擔心，恐懼與悲哀」：「我擔心與世隔絕的寧靜，有必要、無必要的種種學術規範會窒息了我的生命活力，學術創造力與想像力，導致自我生命與學術的平庸與萎縮；我還憂慮於寧靜生活的惰性，會磨鈍了我的思想與學術的鋒芒，使我最終喪失了視為生命的知識分子的批判功能；我更警惕、恐懼於學者地位和權威會使我自覺、不自覺地落入權力的網絡，成為知識的壓迫者與政治壓迫的合謀和附庸。同時又因為成了學術名人，陷入傳播媒體的包圍之中，在與普通百姓及年輕人的交往中增添了許多不必要的障礙而感到悲哀」。於是，就有了這樣的生命的呼喚：「要像魯迅那樣，衝出這寧靜的院牆，『站在沙漠上，看看飛沙走石，樂則大笑，悲則大叫，憤則大罵，即使被砂礫打得遍身粗糙，頭破血流，也在所不惜』」。

這裏詳細引述 1997 年的這番「宣言」，是因為我把它看作是自己學術史與生命史上的一份重要歷史文件。它表明了我的自我角色的重大調整：我又回到了魯迅這裏。不僅要做思想者，還要做實踐者；不僅要做學者，還要做「精神界戰士」。——不是政治運動的實踐者，政治活動家意義上的戰士，更不是用幕僚、智庫的方式參與政治；而是魯迅呼喚的「精神界戰士」。對現實政治的關懷最後轉化為精神：對學術的探討（不是象牙塔裏的學術，而是介入社會的學術），思想的批判和創造；着眼於魯迅說的「文明（文化）批評」和「社會批評」。以思想、學術的方式介入社會：這就找到了思想、精神、學術與社會、政治的契合點，也確定了自我的角色，做魯迅說的「真的知識階級」：「對於社會永遠不會滿意」，又「不顧利害」，因而是永遠的批判者；「與

平民接近」,「確能替平民抱不平,把平民的苦痛告訴大眾」。[2] 這兩大特點,決定了「真的知識階級」在任何時候都是為社會和大多數人不理解,不相容,永遠處於邊緣位置。「站在邊緣位置而關心、思考、研究時代的中心問題」,是這類「真的知識分子」的真正的困境,也是其真價值所在。這也是我在 1990 年代末作出的自覺選擇。

應該說,這樣的 1990 年代末的選擇,是自有一種歷史意義的。首先它建立在對現行思想、文化、學術、教育體制的自覺反省和對被體制收編、自身變質的危險的高度警惕的基礎上,這是多少有些超前的。現在,「收編知識分子」已經成為既定國策,如何面對:迎合,利用,以獲得最大限度的利益;還是盡可能地遠離誘惑,保持相對獨立,甚至抵制;或者不得不有所妥協,還保持一定的清醒和節制——這都是巨大的現實考驗。這裏還有一個重要問題,作為一個學院知識分子,如何處理和自己所處的時代和民間社會的關係,學術研究和社會實踐的關係,這也關係着從哪裏去不斷吸取學術研究的源泉,以保持學術的活力,以及如何保持學術的創造性、獨立性等一系列關係學術生命的根本問題。還有不可迴避的矛盾:無論如何,我們還在學院裏,「在」體制內,我們不能離開自己的學術作一個社會活動家,哪怕批判,也要以學術為底;但我們又自覺受到了學院體制的限制與束縛,希望「走出」體制。這樣,如何處理自己與體制關係,就成了一個大問題。

這也是 1997 年我宣佈要「罵人」,擺脫體制束縛時,所必須面對和處理的現實問題。我的選擇是:既「在」又「不在」,不脫離體制(也脫離不了),在體制內尋找另一種可能性,也就一定程度上「走出」了體制。這時候,我的「民間」立場就起到了作用:要在體制允許的

2　魯迅:〈關於知識階級〉,收《集外集拾遺補編》,《魯迅全集》8 卷 226 頁,227 頁,224 頁。

範圍內，推動「民間思想、文化、教育、學術、社會運動」。於是，我選擇從五個方面介入社會：一以和教育出版社合作編寫課外讀物的方式推動中小學民間教育改革，主要是語文教育改革；二和高校出版社合作，主導大型學術工程，推動民間學術研究；三和地方半官方、半民間組織（如文史館）合作，推動民間修史；四支持青年志願者運動，為他們提供理論資源；五通過青年學生的支教支農，一定程度地參與民間鄉村建設和鄉村教育改革。這就意味着，不與體制對抗，卻在體制提供的有限空間即所謂「空隙」裏，構建「第二個存在」：民間教育、學術、歷史書寫、社會組織、社會運動的體制內的另一種存在。我把它叫做「靜悄悄的存在變革」，並提出要以堅定的「韌性精神」和高度的「智慧」去進行這樣的自下而上的民間變革。儘管舉步維艱，在我和朋友們的感覺裏，就是不斷「掙扎」，但持續下來，也確有收穫。我自己統計了一下，就有民間教育改革成果：以《新語文讀本》（中學卷，12 冊，廣西教育出版社 2001 年出版）、《小學生名家文學讀本》（10 卷本，浙江少兒出版社，2012 年出版）為代表的五大套課外讀物；民間學術研究成果：《中國現代文學編年史 —— 以文學廣告為中心》（三卷本，北京大學出版社，2013 年出版）；民間修史成果：《安順城記》（七卷本，貴州人民出版社，2020 年 11 月出版）。我自己的相關研究成果則有《論北大》（廣西師範大學出版社出版社，2008 年出版），《魯迅與當代中國》（北京大學出版社，2007 年出版），《論志願者文化》（三聯書店，2018 年出版）。到了晚年，面對從 1990 年代末至今 20 多年的不懈努力收穫的這十大套成果，確實悲喜交集。我又想起了自己最喜歡對我的夥伴說的話：「我（們）存在着，努力着，又相互攙扶着 —— 這就夠了」。

就今天討論的重點話題「我和北大的關係」而言，這也意味着我與北大關係的重要變化：總體上我也由努力「進入」北大轉為試圖「走出」北大，也是建立一種「既在」又「不在」的更加複雜、微妙的關

係。在具體行動上，我也更加自覺地參與北大自身的改革，開始了對北大歷史的研究，對北大傳統、精神的反思，逐漸形成了我自己的「北大觀」以至「大學教育觀」。同時，我個人在北大的處境，命運，和北大人的關係，也都更具「時代和北大特色」。——這些，都是我們下面要詳盡討論的。

有意思的是，我對北大現實的介入，也從參與北大百周年校慶民間紀念活動開始，具體的說，就是組織話劇《蔡元培》的編寫與演出。本來百周年校慶完全校方主持，是一個國家政府行為。但校內一些老師要想以普通教師、學生個人的身份介入，就策劃要將蔡元培的形象搬上北大舞台，藉以宣傳蔡元培開創和代表的北大精神。他們找到了我，我毫不猶豫地參與其中。校方的態度卻頗為模糊微妙，宣佈「不反對，不支持，不宣傳」：校方顯然不願意民間的介入，但我們打出的是「弘揚蔡元培精神」的旗號，他們又不便公開禁止。校方沒有反對，我們就自籌資金自己幹了起來，開展了一系列的活動：組織對與蔡先生有過的老人、專家的採訪；舉辦各種學術講座；舉辦有關圖書、圖片展覽；開闢宣傳櫥窗；特別是發動校友、師生寫研究論文，搞得有聲有色，不僅在校內產生轟動效應，也引起了社會、輿論的廣泛關注，成為校慶活動的一大亮點。我主要負責劇本的編寫，找來我的貴州學生、也在北大中文系作家班學習過的羅銀賢擔任編劇，我不但參與構思，還動筆寫了一些關鍵台詞。有意思的是，在編劇、排演過程中劇組內部引發了激烈爭論。這也顯現了「北大傳統」：任何時候，任何問題上都會有不同意見的爭論。相當多的老師、學生都認為，「回到蔡校長那裏」就可以解決當下北大與中國的教育問題。我和羅銀賢及一部分老師、同學卻認為，蔡元培的教育理想，他對北大的種種設想，只在很短時間內，在北洋政府十分軟弱的情況下，得到部分實施，他本人是一個「悲劇性的人物」，今天北大的問題也不是簡單回到蔡元培思想那裏就能解決。我們更注重挖掘蔡元培的孤獨感和寂寞感，他在新、

舊夾擊中的掙扎。我寫了這樣一段台詞:「那新舊兩派總是互不相容,不許有爭議和討論,甚至不容對方有自由存在的權利;全不理會我既要為新的開路,又要保留舊的這番苦心。看起來誰都擁戴我蔡元培,其實都在逼我、壓我,又有幾人和我真正同道呀」。全劇結尾原來也是我設計的:蔡校長終於回到北大,師生一片歡呼:「北大有救了!中國的教育有救了!」蔡元培苦笑着問夫人:「你看我,—— 我真有這樣的能耐嗎?」全劇也就戛然而止。但這樣處理,顯然通不過,觀眾也不接受;最後演出的情景是:蔡元培在強烈的燈光照耀下,緩緩走向前方,響起雄壯的音樂……。今天來看,我和羅銀賢對劇本的編寫,顯然注入了我們對蔡元培思想、北大精神在現實中國的命運的擔憂,但在 1990 年代初卻有點超前,很難為大多數北大人理解。

但我卻由此開始了對北大傳統與現實的具有批判性的反思,以及對「什麼是北大精神」的追問,思考和探索。從北大百年校慶前後,到 2002 年 6 月退休,我根據自己的思考,在北大全校範圍內,作了五次公開發言,產生了意想不到的巨大反響。

1996 年 10 月 25 日,對北大新生的演講《周氏兄弟與北大精神》。這是我第一次公開討論「我理解的北大精神」。我引述魯迅對北大精神的概括:「常與黑暗勢力抗戰」,「常為新的改進運動的先鋒」,並作了自己的理解和發揮,明確提出:「北大精神就是八個字:獨立、自由、批判和創造」。同時,我又特地引述魯迅關於「北大失精神」的擔憂和警示。這樣的概括和擔憂,以後貫穿於我關於北大的所有的討論,因此可以算是我的「北大觀」的一個總綱。我也談到了北大人的負面,將其概括為「不願、不屑、不能作具體的腳踏實地的小事,眼高手低,志大才疏」。這大概是第一次公開反省,以後就成為北大師生私下議論的一個話題。我和學生重點討論的是,「北大應該辦成什麼樣的學校?」我根據蔡元培「大學為純粹研究學問的機關,不可視為養成資格之所,亦不可視為販賣知識之所」的觀點,提出「北大應以培養具

有獨立批判意識的思想家型的人才為主，它應着眼於民族的，人類的長遠利益，為未來國家、人類發展提供新理想，新思維」。我強調，北大「培育的各類專家，不是操作型、技術型的，應該是思想者型的，是本專業新的學術思想、思路，新的研究領域、方向，新的技術、方法的開拓者」。因此，「北大的教學和學術研究，應更注重基礎理論，更具有原創性，開拓性與超前性，更注重自然科學、社會科學與人文科學的綜合」。為此，就要「特別呼喚思想的自由，作為北大傳統的兼容並蓄、容納多元思想、文化的寬容精神，呼喚『拿來』人類文化寶庫的一切的寬闊胸懷」。—— 我至今也還堅持這樣的理想主義的北大觀：北大培養目標，北大人才，北大教學、學術追求和特點。

1998 年 3 月，我在《讀書》上發表了一篇〈想起七十六年前的紀念〉，直接對「如何紀念北大百年校慶」發表意見，提出校慶不應自我陶醉，應該是「全體師生反省的日子」。強調「北大不僅應該敢於和社會黑暗勢力抗爭，更應敢於正視與無情揭露自身的黑暗」。並尖銳指出，北大當下的最大黑暗，就是把教育對象，特別是喜歡獨立思考的青年學生，視為「不安定因素，嚴加防範，千方百計將其納入既定秩序，思想者竟然變成『有問題者』」。—— 此文一發，在社會上和校內都引起爆炸性反響，校方後來就宣佈我是百年校慶「最不合作」之人。

1998 年 5 月校慶期間，我還作了多次全校性演說，對北大的歷史作了自己的講述。提出北大不僅有「百年光榮」，更有「百年恥辱」，兩者的交織，衝突，此起彼伏，才構成真實的北大歷史。紀念校慶，就不只要發揚光榮傳統，還要總結歷史恥辱的教訓。而我特別引以為豪的是北大歷史上「1919–1957–1980 年代末」三次輝煌：這就是杜威所評價的，一所大學能對整個國家、民族的政治、文化、思想的發展產生如此巨大的全國性的影響，全世界只有北大。我對北大歷史的這些別樣總結，自然很不合時宜，卻也引起了北大許多師生的興趣和熱議。

我還是我行我素，又認真開始了對北大歷史與傳統的學術研究，準備寫一部《五四新文化運動與北京大學》的專著，還真的擬定了一個提綱，設想寫六章：「現代知識分子的聚集 —— 北大的改造 —— 新思想、新精神規範 —— 新學術 —— 從學校到社會運動 —— 矛盾與危機」等等。但最終沒有寫成，只作了些個案研究，主要是三位關鍵性的歷史人物 —— 蔡元培、胡適與魯迅的教育思想、北大觀的研究，相關文章都收入了《論北大》一書中。在這些研究基礎上，我逐漸形成了自己的「大學觀」，在 2002 年最後一門課裏作了公開的宣講。

我的「大學觀」主要是提出了大學的「保守性」與「革命性」的雙重功能。

首先強調大學教育擔負着民族文化與人類文明的積澱與傳承任務。有兩個側面。一是「知識的傳授」，將思想、文化轉化為知識、學術，並在一定程度上將它體制化與規範化，這樣才能一代一代傳下去。在這個意義上，學術體制、規範都有合理性，不能簡單地否定。另一方面，就是「精神傳承」，這就決定了大學的保守性。所謂「保守」，就是堅守，大學不能與時俱進。大學不能脫離現實，但又必須與世風流俗保持一定距離，保持乾淨，冷靜和清醒。整個社會鬧，北大必須靜；整個社會熱，北大必須冷，起到社會清潔劑、清醒劑，中流砥柱的作用。尤其在民族危難和社會失範的時候，大學的堅守（保守）—— 學術的堅守，精神的堅守，就特別重要。

另一面是革命性功能，創新的功能。大學要對社會發展的既定形態，對已有的佔支配性地位的思想、文化、知識體系，以及人類自身，不斷反省、質疑、批判，進行思想、學術的新創造。這就要求大學和「現狀」保持距離，形成本質上的張力關係，懷疑、批判的態勢。絕不能緊跟，聽風就是雨。我經常說，大學裏至少應該允許一部分教授胡思亂想、胡說八道，否則就不可能創新，特別是劃時代的重大創新。當然，也要掌握好分寸，應限於課堂、實驗室，在實驗、探索

階段不能到社會上擴散，把社會搞亂。也就是說，大學至少要有一部分教授，自覺處於學術、社會的邊緣位置，以保持思想、學術的獨立性，前沿性，超越性。

人們經常說，北大自己也不斷宣稱，要成為「世界第一流大學」，但從不去思考、追問什麼是「第一流」？在我看來，所謂「第一流大學」，就應該擔負本民族與世界「精神、文化堡壘」和「新思想、新文化、新學術的發源地」的雙重使命，把大學的保守性與革命性功能都發揮到相當的高度與深度。為此，大學的思想、學術都必須在「規範化與反規範，體制化與反體制」的相互補充、衝突、制約中得到發展。

2002 年 6 月 27 日，我在北大上「最後一課」，對北大學生提出最後的「兩個期待」。第一，萬萬不要拋棄「獨立，自由。批判，創造」的北大精神：「你或許從政，必須作一個具有獨立、自由思想和批判、創造精神的政治家、公務員，而不是謀求私利、隨風轉舵的政客，或唯唯諾諾、無所事事的官僚；你或許經商，必須作一個具有獨立、自由思想和批判、創造精神的企業家、經營者，而不是投機取巧、謀取暴利的奸商，無所作為的庸商；你或許治學、任教，從事新聞出版工作，必須作一個具有獨立自由思想和批判、創造精神的學者、教師、編輯和記者，而不是出賣靈魂的幫忙、幫閒文人，混跡文壇、學界的無用之人」。第二，「目光要永遠向前，向下，立足中國大地」：「要聽得見『前面的聲音』的呼喚，不停地向前走；同時又目光向下，沉入民間，關注老百姓的真實生活，自己也要做一個真實的普通人」。

對自己與北大的關係，也作了這樣的總結：「燕園的林子很多，各樣的鳥都有，我大概是一隻烏鴉，北大的一隻烏鴉。北大不能只有喜鵲，都是烏鴉也不行。學術、教育的生態平衡決定了必須有各種各樣的鳥，這就叫『兼容並包』。我希望成為北京大學兼容並包的大的生態環境中有自己獨立個性的一個獨特的存在」。「我從來不試圖將自己的人生之路、治學之路、自己的思想觀點強加給學生。我最喜歡說的

話就是『我姑妄説之，諸位姑妄聽之』。「我只是希望通講課顯示自己的生命存在」，「同學們可能會從這樣的存在中受到某種啟示，或者毫無感覺；或者在以後的某個瞬間，回想起北大的生命歷程中還遭遇過這樣一個生命個體，或許早就遺忘。這都不要緊。自己的生命與北大生命有過聯繫這就夠了」。「這些年，我對北大越來越失望，越來越感到，自己似乎不太適合在北大生存了，我大概是該走的時候了」。

　　或許我總是對佔主導地位的既定秩序提出質疑，思想與行為都有些異類，就自然不能被體制所容，在 1998 年和 2002 年兩次被封殺。這方面的情況過去談得不少，今天就不再多説；説實在話，好些事都逐漸淡忘了。永遠留在記憶裏的是，在關鍵時刻，北大師生，也包括系、校領導對我的保護和支持。就在 1998 年被禁止公開演講之時，我被全校學生選為「最受學生歡迎的十佳教師」之首，1999 年又獲得校方頒發的「1998–1999 年度教學優秀獎」。一位學生給我寫信：「很喜歡你的笑，笑得天真，爽朗，沒有心機，燦爛極了。我想，一個可以那樣笑得人，絕不可能不可愛（請原諒我得『童言無忌』）。喜歡你，為了你的真誠，為了你的赤子之心！」這是我到了晚年特別珍惜的來自北大學生的這一「歷史性」評價，並留下遺言，希望在自己的墓碑（有形的或無形的）上寫下「這是一個可愛的人」幾個字。更難忘的是，1999–2000 年我面臨被取消博士生導師資格的嚴懲時，北大學生在網上發起了「挽留錢教授運動」；中文系黨委和系主任溫儒敏（他是我研究生同班同學）也竭力保護我，提出「如果要批判錢理群，要允許他本人提出申辯；處理他更要謹慎，要吸取『隨意處分遲早要平反』的歷史教訓」。還有一位心理系的同學代表他周圍的一批同學來信：「無論你以後遭遇怎樣的波折，我們都請你堅持住。我和我那些有思想的朋友，你的學生，年輕一代會成長起來，守住我們的良知和精神家園。而你，是我們心中永遠的守望者。老師，你多保重！」—— 這就

是「北大」！許多朋友都對我說，如果你不在北大，在全國任何一所大學，你早就被滅了：這是千真萬確的。

這樣，我最後告別北大的那一天，就成了一個「紀念日」：最後一批學生——孫曉忠、汪衛東、趙璕、張慧文、謝保傑、黃維政、李世文、安榮銀……全部聚齊，還有我的老學生邵燕君，以及學校外系、外校的許多年輕人都聞訊趕來，教室擠得水泄不通。學生們還給我送上一個寫有魯迅設計的校徽上的「北大」兩個字的大花籃，最後一起留影。課程剛結束，網上就傳出一個帖子：「上午，12 點一刻，錢老師在三教 203 上完了他在北大的最後一節課。從此，精神流浪漢開始了他的遠行。魯迅說，北大失精神。現在我要問，北大還有什麼可以失去的？路漫漫，永遠進擊而不怕弄得頭破血流的錢老師，一路走好」。很快就有無數跟帖，大概有六百多條。最讓我難忘的，是這樣的評語：「一位最像老師的朋友，也是一位最像朋友的老師」：這大概就是我在北大學生中留下的最後印象。一位學生的帖子說出了真實：「他該說的都已經說了，願意接受的也就接受了，不願接受的大家也不在乎了，也該退休了」。說的是老實話：這是北大人說話的特點與風格，正是我最喜歡聽的。學生一再說「老師，一路走好」，有點感傷，還多少有點悼亡意味，彷彿有一種精神失落之感：或許我這一類型的知識分子、老師，在北大歷史上真的從此消逝、遠行了。當晚我應「北大鄉土中國學會」之邀作報告，會後一群學生陪同我在未名湖繞行一周：一切都結束了。[3]

3 參看錢理群：〈2002 回顧〉，收《知我者謂我心憂：十年觀察與思考（1999–2008），191–201 頁，里克爾出版（香港）有限公司，2009 年出版。

走出北大，在更高層面上相遇
——不是「結束」的結尾

　　姚：一段歷史結束，新的歷史又開始。這也是我和大家都關心的：你退休後，與北大的關係，有怎樣的變化，有什麼新故事？

　　錢：講的時間太長，還是簡單說說吧。我在最後一堂課上宣佈，退休後要「回歸家裏，開始新的研究」，「回歸『第二故鄉』貴州」，「回歸母校，到中學去」，這就「走出」北大了。但真要走出，也不容易，還是念念不忘，遇到機會，總要「說北大」。不過，是走出北大後再回過頭來看和說北大，視野就更寬更深，談北大折射出的大問題。這樣的「胡說八道」大約有三次，就先說說吧。

　　第一次是 2003 年，我退休不久北大公佈了《北京大學聘任和職務晉升制度改革方案》，要進行人事制度改革，引發了熱烈爭議。我寫了一篇〈中國大學的問題與改革〉的長文，還和高遠東老師合編了一本同題的論文集，收錄了討論中的文章。我在文章中提出了對北大和中國大學教育與改革的兩點警示。一是「一定要注意，不要以經濟的力量改造北大，用資本邏輯將北大這個最後的精神堡壘一起摧毀」。二是當改革、與時俱進成為一種時髦的時候，「我更想提醒人們要注意背後可能存在的危險」，「我贊同、可以說渴望北大的改革，但又憂慮於北大的改革。我擔心，如果不能對症下藥，甚至下錯了藥，就會舊病未除，新病又來，北大就真的承受不住，連那點老底都要陪進去了。在這樣的情況下，有時候，冷一冷，看一看，保守一點，也不見得不好」。

　　第二次是 2008 年北大 110 周年校慶，我又提出：北大的性質決定它必須培養精英；但現在的問題是，北大正在培養什麼樣的精英？我歷來認為，北大應培養具有獨立思考，創新能力的，有批判、懷疑、創造精神的精英。而現在「北大和中國的大學，正彌漫着兩種可怕的

思潮：實用主義與虛無主義，這就必然培養出『絕對的，精緻的利己主義者』」。而事實上今天北大和大學培養出來的「人才」有不少都是「精緻的利己主義者」，「他們驚人的世故，老到，老成，故意作出忠誠姿態，很懂得配合表演，更懂得利用體制的力量來達到自己的目的」，「這樣的人，一旦掌握了權力，其對國家、民族的損害，大大超過了昏官」。「問題是我們的教育對此毫無警戒，我們的評價、選材機制，又恰恰最容易將這樣的『有毒的罌粟花』選作接班人，這會給未來國家、民族 發展，帶來不可預計的危害」。後來，在討論劉道玉先生教育思想的會上，我把自己的這一擔憂又說了一遍，沒想到在網上迅速傳開，在國內國外都引起了意想不到的強烈反響，成了我晚年最有影響的「名言」，這大概這是當下中國政治、思想、文化、教育體制，以及中國國民性的重大問題，大家都為之焦慮不安，被我說破了而已。

在 2014 年北大大搞燕京學堂的時候，我在一次座談會上又提出了一個「在當下北大和中國大學裏，佔主導地位的，是什麼樣的教授」的問題。我分析說，觀察與評價一所大學，就看在學校起主導作用的教授是什麼樣的人。在我看來，上一世紀 80 年代，主導北大和全國大學的都是啟蒙知識分子，90 年代以後就是學院派知識分子，他們各有各的優勢，也各有各的問題，但也有一個共同點，就是為人、作學問，都有底線，不管外在環境和條件發生什麼變化，基本上都能守住。他們來主導，學校不管出什麼問題，都不會太出格。但王瑤先生在 80 年代就提醒我要注意和警惕新出現的一類知識分子，王瑤先生把他們稱作「社會活動家型的知識分子」。他們開始時也做了一些學術研究，也有一定成績和貢獻；然後就利用自己因此獲得的學術地位，最大限度地獲取取個人的利益。這些知識分子也就發生了質變：知識和學術成了裝飾，主要精力全在進行社會活動，以謀求名利為目的。由這些變質的知識分子來引領學術，就必然導致學術的高度政治化與商業化而變質。當下北大和中國大學教育、學術的最大危機，就在於這

樣的社會活動家型的知識分子已經取代啟蒙知識分子、學院派知識分子，成為現行教育、學術體制的主要依靠對象；而他們自身也從「社會活動家」發展為「政治活動家」或者二者兼顧。魯迅曾一針見血地指出，歷來的執政者對知識分子的要求有四：一「同意」，無條件擁護其政治主張和政策；二「解釋」，用自己的學術知識論證其政治決策的英明、合理合法；等而下之，就是三「宣傳」，四「做戲」了。今天在大學校園裏擁有最多話語權的政治活動家型的知識分子，可以說把魯迅說的四大功能發揮到了極致，而且高度自覺，他們力圖擠進既得利益集團，獲取最大的權力和利益，因此也沒有任何底線。在他們那裏，「政治正確」最重要，學術的最高職責和價值就是「為政治服務」。他們都是典型的「精緻的利己主義者」。這樣一大批精緻的利己主義的教授，培養出一批又一批精緻的利己主義者的學生，大學也就真的墮落了。我的北大之憂，中國大學教育之憂，就在這裏。這樣的北大，這樣的大學，這樣的學術界，就離我越離越遠了。

於是，就有了 2014 年底的「最後告別」：和北大，和當下中國教育界，學術界告別，不再有任何關係和糾纏；也和新的年輕一代告別，不再試圖對他們有任何影響。這也就意味着，從 1980 年代就一直壓在我頭上的「歷史中間物」的包袱被徹底卸下，王瑤先生授予我的「為中國現代文學研究學科發展盡力」的歷史使命也可以交差了。我雖然早在 1988 年出版的《心靈的探尋》的題辭裏，已經表示了要「自動隱去」的意願，但到 30 多年以後，才真正退隱。

但我同時聲明，這樣的退隱，並不消極，而是要最後「完成和完善自己」，也就是「回歸自己」，作自己真正想做，能做，最吸引自己的新的思考與研究。這就是我的最後選擇：不再以做「中國現代文學史家」作為追求目標：在這方面，我能夠做的都已經做了；應該轉移到現當代思想史（政治思想史和民間思想史）和現當代知識分子精神史研究上來：這是真正「屬於我」的領域。它最能顯現我的滲入骨髓

的憂國憂民憂自己的情懷，思考「中國向何處去，世界向何處去，人類文明向何處去」的大問題的思維習慣，最能滿足我的「總結 20 世紀中國經驗」，探討「中國體制問題」、「國民性問題」的研究欲求，最能發揮我的人生經驗、體驗豐厚，想像力豐富，概括力較強等優勢，更能實現我的做前人較少問津，更具開創性，更具思想性、批判性的研究的夢想。當然也會把我的思想、學術，學養以至性格的弱點暴露無餘，我本來追求的就是「有缺憾的價值」。對於我來說，最重要的是，讓一輩子心嚮往之「獨立，自由，批判，創造」的北大精神得到最大程度的發揮：我在「告別北大」以後，又在更高層面上與北大「相遇」了。

其實，這樣的「告別」又「相遇」，不僅表現在我和北大的關係上，我和自己的導師王瑤先生的關係也是如此。前面比較多的講到王先生對我的影響，以及我的自覺繼承；其實，還有「反叛，走出」的一面。這也是一個規律：導師越強大，作學生的就必須「走出」，否則一輩子處在老師陰影下，還有什麼出息。王瑤先生作為現代文學研究的開創者，也自有其局限性。他的《新文學史稿》就深刻打上了建國初期那個時代的烙印：它是以毛澤東的《新民主主義論》作為理論基礎的，把「五四」傳統與革命傳統直接相連，現代文學史就成了中國革命史的一個部分。到了 1980 年代我們這一代要解放思想，就要求從革命史敍述的既定模式中擺脫出來。我們提出「二十世紀中國文學」的概念，就是追求學科獨立性的一個自覺嘗試，某種意義上，就形成了對導師的一種反叛。我是清楚這一點的，因此，文章發表前，就不敢告訴王瑤先生。

姚：先斬後奏。

錢：後來王先生知道了，自然很不高興。他還是找我談了一次話，尖銳指出，你們完全迴避中國革命對現代文學的影響是不對的。他後來也寫了文章，提出自己的不同意見，但卻有意不點我們的名，

因為當時社會上另有一種極「左」的，要把我們置於死地的「批判」。王瑤先生這樣的既批評又保護的態度，使我十分的感動。我後來對「理想的老師和學生的關係」作了這樣的總結，它應該是「三步曲」。第一步「學習與繼承」，把所有老師的優點全部學來，開始階段還要「描紅」；第二步「反叛，走出」，努力尋找「自己的路」。有的學生走出就不回來了，那也是他的權利，不必大驚小怪。我就經常對學生說，在校你必須聽我的，畢業之後你遠走高飛，飛哪兒去我不管。當然，也有學生還有第三步：在更高層面上與老師「相遇」，繼承的就不是具體的學術主張，方法，而是精神的共鳴和發展。這也是我所追求的師生關係的理想境界。今天和你們這些學生輩談這些，一是希望你們反叛我，二是期待更高層次上的相遇、相融。我們北大人的北大精神、學術傳統，就可以沿着比較健康的道路，一代一代傳下去。就以此結束今天的訪談吧。【完】

我與魯迅《頹敗線的顫動》的遲遲結緣

先說說我的魯迅閱讀史、研究史。

1947 年還在讀小學四年級時，我從哥哥的書裏讀到一個叫「魯迅」的人寫的《臘葉》，似懂非懂中，留下了一團顏色：紅的、黃的、綠的斑斕色彩中突然跳出一雙烏黑的眼睛在盯着我，本能地感到又美，又奇，還特別怪。這是我的第一個「魯迅印象」。到 1950 年代讀初中、高中時，才正式看魯迅作品，看的是《吶喊》、《彷徨》。那時候，魯迅在我的心目中是一位「棒極了」的小說家：獨特的藝術構思與語言，讓我這個有着極強的創造欲的青少年，讀得如癡如醉。1960 年大學畢業分到偏遠的貴州，面對大饑荒和文革的嚴峻現實，就對魯迅的雜文產生興趣，開始了我的魯迅研究，並逐漸樹立起一個民族英雄、「硬骨頭」鬥士、銳利的思想家的魯迅形象，敬仰之不及。在這樣的心態下，魯迅的《故事新編》與《野草》（包括《頹敗線的顫動》）就進入不了我的視野：根本讀不懂，自然也無緣。直到文革後期，有了更多的人生經驗和生命體驗後，才沉下心來細細研讀，由此而開始進入魯迅的

內心和他獨有的藝術殿堂，並逐漸融入自己的生命。到 1978 年改革開放後讀研究生，寫自己第一部魯迅研究著作《心靈的探尋》，試圖構建「個人的魯迅」的獨特世界時，就自然以《野草》為中心。就在這樣的背景下，我開始接觸到《頹敗線的顫動》，在書中多有引述，但並未展開：大概還不到結緣的時候。真正讀進去，是在 2000 年我突然被欽定為知識分子中的「異端」，遭到全國性的大批判，並因此而大病一場之後。處在生命的低谷中，種種外在的壓力還算頂得住，最感困惑和痛苦的，是內心的逼問：「我是誰？我和我要質疑、並試圖『走出』的傳統（包括古代傳統與革命傳統）和體制（包括學院體制）的關係究竟是什麼？我將何以、如何存在？」就在這個時刻，我與魯迅《頹敗線的顫動》突然相遇了：所受到的靈魂的「顫動」是難言的。於是有了這樣的感悟與解讀——

頹敗線的顫動

　　文章前兩段，魯迅以小說家的筆調，寫了兩個夢中的場景：「在破塌上，在初不相識的披毛的強悍的肉塊底下，有瘦弱渺小的身軀，為饑餓、苦痛、驚異、羞辱、歡欣而顫動」：這是一個女人為了自己的兒女免受饑餓而出賣肉體的悲劇。「空中突然另起了一個很大的波濤，和先前的相撞擊，迴旋而成漩渦，將一切並我盡行淹沒，口鼻都不能呼吸」。這裏突然出現了「我」，掀起內心的巨大波濤，把自己也融入了故事中。接着的場景是：當年出賣肉體而救活的孩子，長大了，結婚了，有了兒女；他（她）們「都怨恨鄙夷地對着一個垂老的女人」：「使我委屈一世的就是你！」你「害苦」、「帶累了我」和全家！「最小的一個正玩着一片乾蘆葉。這時便向空中一揮，彷彿一柄鋼刀，大聲說道：『殺！』」

這位老女人的命運顯然具有象徵性。魯迅從她的身上看到了自己的命運，也是所有的啟蒙主義者的命運：為了喚醒年輕一代不惜犧牲了一切，包括自己的身體，得到的卻是抱怨與放逐，甚至第三代都是一片「殺」聲！這是典型的啟蒙主義夢的破滅。

　　以上都是一個鋪墊：文章的真正展開，在「老女人」及融入其中的「我」，對這樣的命運作出的反應與選擇。而且有三個層次：正是我們所要詳細解讀的──

　　「她冷靜地、骨立的石像似的站起來了。她開開板門，邁步在深夜中走出，遺棄了背後一切的冷罵和毒笑。」

　　──「站起來」的，顯然不只是這個老女人，也包括魯迅自己。這「骨立的石像」就是魯迅的自畫像。「遺棄了背後的一切的冷罵和毒笑」：不是兒女遺棄自己，而是自己要主動遺棄一切：這是魯迅式的拒絕和復仇。

　　「她在深夜中盡走，一直走到無邊的荒野；四面都是荒野，頭上只有高天，並無一個蟲鳥飛過。她赤身露體地，石像似的站立在荒野的中央。於一剎那間照見過往的一切：饑餓，苦痛，驚異，羞辱，歡欣，於是發抖；害苦，委屈，帶累，於是痙攣；殺，於是平靜。……又於一剎那間將一切併合：眷戀與決絕，愛撫與復仇，養育與殲除，祝福與咒詛……。」

　　── 這一段是全文的關鍵處：不僅「她赤身露體地，石像似的站立在荒野中央」的文字有極強的雕塑感，令人神往；而其情感的反應更具有震撼力，讓我們悚然而思。作為被遺棄的異端，魯迅當然要和這個社會「決絕」，並充滿「復仇」、「殲除」與「咒詛」的欲念；但他又不能割斷一切情感聯繫，仍然擺脫不了「眷戀」、「愛撫」、「養育」、「祝福」之情。在這矛盾的糾纏的感情背後，是他更為矛盾、尷尬的處境：不僅社會遺棄了他，他也拒絕了社會，在這個意義上，他已經「不在」這個社會體系之中；但事實上他又生活「在」這個社會

體系之中，無論在社會關係上，還是在情感關係上，都與這個社會糾纏在一起：這是一種「在而不在，不在而在」的生存處境與狀態。

讀到這裏，有被雷電擊中的感覺：我突然看清、明白了自己。我不否認自己骨子裏的異端性，反叛性，我確實試圖衝破歷史傳統和現實體制的束縛；但我更不能否認，自己也在傳統與體制之中：不僅像魯迅一再自警的那樣，「我是吃人的人的兄弟！」「我未必在無意之中，不吃了我妹子的幾片肉」（《狂人日記》），批判傳統與體制也是在批判自己；我更是傳統與體制所「養育」，傳統與體制的正、負面都已滲透我的生命，我不僅不能不加反思地全面認同，也無法與之徹底決裂。而非白即黑、非對即錯，你死我活、一個吃掉一個的二元對立的絕對思維，本身就是必須反思的。我與自己努力想「走出」的傳統、體制之間，有着千絲萬縷的、不可隨便隔絕的複雜關係，只能是藕斷絲連：既批判、咒詛，又眷戀、愛撫。這樣的不夠鮮明的模糊態度，自然很容易被誤解、曲解，左右不是；但恰恰是我之為我的特點，它當然可以批評、質疑，但也自有價值，即是我到了晚年最喜歡說的「有缺憾的價值」。

再回到魯迅文本上來：在生命的困境的背後，還有更深層次的困境——

「她於是舉兩手儘量向天，口唇間漏出神與獸的、非人間所有，所以無詞的言語。

「當她說出無詞的言語時，她那偉大如石像，然而已經荒廢的、頹敗的身軀的全面都顫動了。這顫動點點如魚鱗，每一鱗都起伏如沸水在烈火上；空中也即刻一同振顫，彷彿暴風雨中的荒海的波濤。

「她於是抬起眼睛看着天空，並無詞的言語也沉默盡絕，惟有顫動，輻射若太陽光，使空中的波濤立刻迴旋，如遭颶風，洶湧奔騰於無邊的荒野。」

——這裏提出了「無詞的言語」：異端知識分子於生存的困境之外，更有言說的困境。他立足於社會之外反叛社會，自然不能、也不願用既成體系中任何語言來表達自己；但他又置身於社會之中，只要一開口，就有可能仍然落入社會既有的經驗、邏輯與言語之中：這就無法擺脱無以言說的困惑，陷入了「失語」狀態。所謂「神與獸的，非人間的，所以無詞的言語」，指的是尚未受到人間經驗、邏輯所侵蝕過的言語，只有在沒有被異化的「非人間」找到它的存在，它的表現形態就是「無詞的言語」即「沉默」。這就是魯迅在《野草》題辭裏就指明的，「當我沉默的時候，我覺得充實；我將開口，同時感到空虛」。這樣的兩難，是所有的知識分子，甚至是人所共有的：人的內心最深層面的思想與情感，恰恰是説不清楚、也難以説出的；言語的表達是有限度的，人的某些生命存在是言語所達不到的。我因此常常説，或許那個「沉默的魯迅」是更本真的魯迅，言説出來的多少有些變形。我與魯迅的相遇，除了熟讀他的作品外，還喜歡和書房裏的魯迅畫像默默相對，進行無言的交流。

　　但魯迅的獨特之處，又恰恰在於，他偏偏要挑戰這不可言説：他要用語言來照亮那難以言説的存在，這就是研究者所説的魯迅的「語言冒險試驗」。在《頹敗線的顫動》裏，他先把人「無詞的言語」，內在的「沉默」，外化為「荒廢的，頹敗的身軀」的「顫動」；再化為「點點魚鱗」，「烈火上」的「沸水」，最後變幻為「空中」的「振顫」，「暴風雨中的荒海的波濤」。再陡然一轉：「無詞的言語也沉默盡絕」，「惟有顫動」：又把這寂靜化為神奇的畫面：顫動「輻射若太陽光，使空中的波濤立刻迴旋，如遭颶風，洶湧奔騰於無邊的荒野」。這就把人的內心的無聲的沉默，不斷轉換為魚鱗，沸水，暴風雨，荒海，太陽光，颶風，荒野，有聲有色，充滿動感，又無比壯闊：可以看出，魯迅是完全自覺地借鑒現代美術與現代音樂的資源，創造一種極具畫面感與音樂感的語言，來表達一般語言難以進入的人的沉默的，而又無

限豐富、無限闊大、無限自由的內心世界。這就把現代漢語的表現力提到了空前的高度。在我看來，這才是只屬於魯迅的語言創造；與《頹敗線的顫動》相遇，我才真正進入了魯迅的精神世界和藝術世界。

這樣，從 1947 年為《臘葉》的色彩所吸引，到 2000 年被《頹敗線的顫動》的畫面感、音樂感所震撼：這就構成了我和魯迅五十多年的結緣史。

而且我與魯迅緣分未盡。面對當今的時代，我突然產生了「重讀魯迅雜文」的衝動：那將是一次新的相遇與發現。

2018 年 10 月 8 日–9 日

關於「同時代人」的兩點隨想
—— 在「同代人的文學與批評」
對話會上的發言 2019 年 10 月 27 日

　　我剛從貴州趕來開會。我是 1960 年 21 歲時去貴州教書的，1978
年離開，來北京讀研究生，這次五十九年後回去和當年的老學生、老
朋友見面，就沉浸在 60 年代、70 年代的歷史回憶中；現在，又來參加
今天的老朋友對話，要回顧 80 年代的歷史，有些不知從何說起。就只
有從子平兄的書裏偷取靈感。而且真的在今天要着重討論的他的新著
《文本及其不滿》裏得到兩大啟發，就此談兩點隨想。

　　子平首先談到了「同時代人」的關係。特別提到李陀曾用「友情」
和「交談」概括他所親歷的 80 年代。子平說，這是「很傳神，準確」
的，「當年的各種思潮與文章的蓬勃潮流」，正源於那些年的「無限交
談」。子平稱之為「新啟蒙」的「態度同一性」。我讀到這裏，心裏為
之一震：因為今天這樣的「無限交談」和「態度同一性」已經不復存
在了。我在前年王富仁先生逝世後，曾經說，我們現在生活在一個分
裂、分離的時代。人與人之間，當年的老同學、老朋友之間，甚至在
家庭內部，都失去了共識。能夠毫無顧忌地，推心置腹地暢所欲言的

朋友越來越少。子平概括的「同時代人」已經分崩離析了。在這樣的現實情境下，回顧當年的歷史情景，怎能不感慨萬千！

李陀把當時的友情和交談概括為四條：第一，可以直言不諱；第二，可以誓死捍衛自己的觀點，跟人家吵得面紅耳赤；第三，相信朋友不會為這個介意；第四，覺得這爭論有意義。我還想補充一句：什麼都可以談，政治、經濟、文化、文學、哲學……的各種問題都隨便聊，沒有任何顧忌，這背後就有一個思想自由的環境與氛圍，這或許是最根本的。我們「三人談」就是這樣的「自由談」的結果。在那個年代，自由聊天，不僅是一種生存方式，學術方式，我們還創造了「學術聊天」的自由文體。我還要特別回憶的，是當年我和學生之間的「無限交談」。這就是所謂「老錢的燈」。學生上完晚自習路過我住的 21 樓，看見老錢的燈還亮着，不管時間多晚，敲門，撞進去，就談開了。王風回憶説，他經常和我聊天，聊到三、四點鐘，這大概是真的。而且我和學生的交談，都是平等的，是所謂「以心交心」，學生可以發表不同意見，也可以爭論。一些經常來聊天，比較親近的學生和我就形成了「亦師亦友」的關係，在我退休時就有學生在網上發文，説我是「最像朋友的老師，最像老師的朋友」，我是十分認可這樣的評價的。所以學生都叫我「老錢」，其中含着説不出的親切感。在這個意義上，我和我的學生也是「同時代人」。

這其中的那個時代的人與人之間的關係，確實是令人懷想的：這是思想自由、解放時代的人際關係，是以共同的理想、信念、追求為基礎，超越名和利的人際關係。我曾經説過，自己或許也包括我們同時代人，前半生充滿艱難曲折，後半生發展就比較順利。這其中關鍵是在 80 年代遇到了「好老師」，按平原的説法，我們是與三四十年代的學者直接接軌，得到了他們的傾力教誨，也得到了 50 年代的老師的無私支持。另一條就是我們有了這樣一群「同時代人」。我回顧自己的八十人生，最要感謝的是三個群體，一是貴州、安順的朋友群：這是

我的基礎，我的根；這次回安順就是落地歸根。再一個是我的北大老師群：吳組緗，林庚，王瑤，樂黛雲，嚴家炎、樊駿、王信等等。第三個就是同代人群。我所接觸到的關係密切的同代人自然以北大的老同學、老學生為主，也包括外校、外地的幾十年沒變的一些老朋友。這個同時代人群，在我看來，有四大特點。一是思想、精神、學術上都有自己的理想，追求；二是思想、性格、學術個性都十分鮮明，各有不可替代的特色；三是在彼此交往中都深知對方的弱點，保留不同意見，但又求同存異，彼此寬容。不是黨同伐異，也不親密無間，相互合作又保持一定距離，最大限度維護各自的獨立性；四是彼此欣賞，形成良性互補。我萬幸生活在這樣的朋友圈裏，沒有任何內鬥，內耗和干擾，可以心無旁騖地做自己心愛的學術，還可以時刻感受到朋友的理解與支持。許多人都驚訝我怎麼寫了這麼多，我心裏明白，其中一個重要原因，就是儘管時有大的環境的干擾，但我所處的具體小環境，卻極為和諧，安靜，溫暖，有利於我的自由創造。這是我要永遠感謝我的老伴和周圍的這些老同學、老朋友、老學生，我的同時代人的。

這裏，我要特別談談黃子平兄。我多次說過，子平是我們中間智商最高的，也最具有獨創性，以致我不知道用什麼來概括他的學術特點。我只能說說我最為佩服他的幾點。一是他的理論自覺與修養，特別是他對西方各種現代、後現代理論的強烈興趣，熟悉程度與廣泛運用。坦白地說，他的文章有的地方我看不懂，原因是我對相關理論的不熟以至無知。二是他的藝術感悟和美學自覺。三是他對語言表達的獨有情鍾，講究與獨特運用，即所謂「語不驚人死不休」。四是他的社會、歷史、學術視野的廣闊，多學科把握學術的高度自覺。這四個方面大都是我的弱點。我比較關心政治，社會，思想史。我發現子平從表面上很少直接談論政治、社會、思想，但他實際上是有很強的社會

關懷，思想關懷和政治關懷與焦慮的。在這方面，我們倆是有內在相通的。意識到這一點，我內心有一種說不出的溫暖感。

我還要說說子平對我的學術工作的幫助和啟示。一是他把我舉薦到出版社，打開了我的學術通往社會之路。我們四個人中最早出名的是黃子平，他的那篇評論林斤瀾的文章在《人民文學》發表，一舉成名以後，上海出版社的編輯找到他，問他的朋友中還有哪些出色的人才，他推舉了趙園和我，我的第一本魯迅研究專著《心靈的探尋》才得以順利出版。而在此之前，我的書怎麼也找不到出版社願意接受，子平的出手相助，就是「雪中送炭」。我更難忘，並心懷感激的，是子平的學術思想、思路對我的直接啟發和影響。我的著作中，引述子平的意見最多。像最早注意到「堂吉訶德和哈姆雷特的東移」現象的就是子平，他在自己的一篇文章裏提及，卻沒有展開；我當時正在思考知識分子與共產主義運動的關係問題，卻找不到切入口，讀到子平的這一發現，就茅塞頓開，立刻緊緊抓住，最後寫成了《豐富的痛苦——堂吉訶德和哈姆雷特的東移》一書，我至今還認為，這是我的主要代表作。這當然有我自己的努力與貢獻，但始作俑者是子平，是我永遠忘不了的。後來，我構想《廣告文學史》的結構，也是得到了子平關於文學史敍述結構的設想的啟示。這樣的相互溝通、相互啟發，學習，借鑒的學術關係，也是今日所難得，我特別珍惜的。

子平《文本及其不滿》，在說到「同時代人」的相互關係之外，還特別談到了「同時代人」與他的時代的關係。子平指出，他們既「如此密切地鑲嵌在時代之中；另一面又不合時宜地格格不入」，他們「屬於這個時代，但又要不斷地背叛這個時代，批判這個時代」，他們「緊密聯繫時代，同時又與時代保持距離」，他們「緊緊凝視自己的時代，又最能感知時代的黑暗」。我理解這就是說，同時代人與時代的關係是既「在」又「不在」。我認為，子平的這一論述，很好地概括了我們這些人與 80 年代的關係。我們當然是這個時代的弄潮兒，就像前面所說

的，我們似乎是「如魚得水」。但這只是「似乎」，實際情況要複雜得多。這涉及對那個時代的認識。80 年代既有思想自由、言論自由的那一面，又有對思想言論自由的壓制。這是一個兩種傾向、力量，兩種發展道路、體制相互博弈的時代。我們在思想解放的呼喚下迎風而上時，背後就追隨着大批判的陰影。這裏，就需要談到「三人談」的一個人們不太熟知，以致被遺忘和淡化的背景：在我們之前，曾有過一次在「五四」領導權問題上的大批判。我們從這次大批判中，意識到現當代文學研究中存在着一個「依附於政治史敍事的文學史框架」，這個框架不打破，就會從根本上束縛學科的發展。因此，我們提出「20世紀中國文學」的概念，就是對既定現當代文學史研究框架的一個自覺的挑戰，這是顯示了這一代人的學術從一開始就具有的不合時宜的反叛性的這一面。黃子平在 80 年代的兩句名言：「深刻的片面性」，「創新的狗追得我們撒尿的功夫都沒有了」，前者是對批判的學術的辯護，後者則是對創新成為時髦的警惕與自嘲，這都表現出某種異質性。因此，這些同代人在那個時代的心情，既有舒暢盡興的一面，同時也是內含憂慮。子平解釋我們以「悲涼」概括 20 世紀文學的美學特徵時說，我們自己當時就懷有「焦慮、憂患意識」，「劫後餘生，心境一直悲涼得很」，雖然這不是主要原因，但也有一定道理。

但或許正因為如此，我們既融入了時代潮流，又保持了一定距離，這就從根本上維護了自身學術上的獨立性。因此，到 90 年代以後，我們由學術的中心位置逐漸邊緣化，一方面依然保持了學術的活力，另一面又因為邊緣化，就看到了子平所說的「身處中心無法看到的問題」，對學術思想、方法進行了不同程度的調整與發展，而且更加自覺地追求學術的獨立性。當然，並不是所有的學者都做到了這一點，以至於 10 多年後子平回到大陸，發現許多當年的同時代人都變了，但我們這個小群體卻沒有變，自然彌足珍貴，至今也還是「相互攙扶」着。但我們也確實感到了孤獨。現在，我們都老了，能夠做的

事情已經不多了。但我們還可以做一點歷史經驗的總結。今天的「四人談」，重話當年同時代人，就有總結的意思。我想歸結為兩條，也是我今天發言的重點：要保證個人與整個學術界健康地發展，有兩個關鍵，一是思想的自由，一是學術的獨立。

2019 年 10 月 30 日整理

和來自重慶的朋友談「安順這幫人」

2019 年 10 月 11 日

　　諸位百忙之中從重慶趕來貴州，要見安順這幫朋友，由我先作介紹，就從我的貴州經歷説起吧。

　　我是 1960 年 21 歲時來到安順的，現在 80 歲時重返舊地，回想 59 年前初來時的情景，我和「安順這幫人」的友情，自然是百感交集。所謂「安順這幫人」首先是指我在安順衛生學校教語文的學生。我作為一個來自南京、北京這樣的大城市裏年輕人，第一次和貴州山野的孩子相遇，彼此都有一種好奇感。為了走近進學生，我乾脆搬進學生宿舍，和他們同吃同住同勞動同學習；這在當時以至今天，都是罕見的，大家都很興奮。很快我就成了衛校最受歡迎的老師，給學生留下了終身難忘的印象。這次我回安順，就有 50 多名當年的老學生從全省各地趕來看我。或許更為重要的是，我在衛校任教期間，培養了一位最出色的，終身相伴的學生與朋友 —— 孫方明，他以後就成了安順這個群體的核心人物。

文革發生，我積極投入了造反運動，因此接觸到了更多的年輕人。到文革後期，大概在 1974 年前後，我的身邊就聚集了一批更有追求與思想的青年朋友。他們下過鄉，有的進了工廠，有的流落在社會打零工，但都喜歡讀書，有極強的現實關懷，也處於極度精神困惑中，渴求探索真理。這其中就有在座的杜應國，以及你們在 14 號的座談中會見到的羅布農、朱偉華、劉丹倫等人。杜應國是其中的骨幹，他成了我們安順這幫人的另一個核心。你們要瞭解安順群，不妨從瞭解孫方明、杜應國和我三個人入手。我們都有回憶專著：方明的《潮起潮落 —— 記中國農村發展問題研究組》，應國的《奔突的地火 —— 一個思想漂流者的精神歷程》，以及我的《一路走來》。

　　再回到當年的聚集。那是文革後期。面對文革產生的種種後果，人們，特別是年輕人，處於極度苦悶狀態，產生了三個問題：中國向何處去，世界向何處去，以及我們自己向何處去。值得注意的是，問題的出發點，是個人看不到前途，自己向何處去的問題；但思考的視野卻是中國向何處去，世界向何處去。這樣的個人前途和國家命運、世界前途相關聯的認識與眼界是一個很高的起點。那時候，還沒有考慮到地方問題，但它是包含在國家、世界命運的思考裏的。當時的思考，還有一個重點，就是儘管苦悶，但我們都堅信，文革之路，已經走到了盡頭。我們處在建國以來最黑暗的時期，同時也處在歷史發生巨大變革的前夕。由此而產生了一種歷史的責任感：我們必須為這樣的一定要到來、但又不知道什麼時候、以什麼方式到來的歷史巨變作好思想與理論的準備。當年，應國和他的朋友的一封信裏，就明確提出了我們這些普通人必須承擔這一歷史任務。這封信幸而保存了下來，正可以作為那段歷史的佐證。

　　在 1974 年左右，我們就是帶着這些苦悶、期待和歷史使命感聚集起來的。而且，這是一個全國性現象。這就是後來有研究者（朱學勤）提出的「民間思想村落」。我們安順群只是其中的一個。順便説一下，

我們這個安順民間思想村落，已經載入了歷史。北大印紅標的文革民間思想研究專著《失蹤者的足跡》裏就專門談到了我們。

不知道諸位的感覺如何，我今天回顧這段歷史，有一種特殊的感慨。歷史似乎正在重演。我自己，或許包括在座的諸位，我們大家都面對着新的，也許是更根本的苦悶與彷徨，我們又重新面對着「中國向何處去，世界向何處去」以及「我們每一個人向何處去」的問題。當然，已經有了完全不同的歷史、時代背景，完全不同的中國和世界的現實環境與問題。但或許也依然存在着某種歷史的連續性。

再回到 1974、1975 年的歷史現場。印紅標的書裏，將我們安順的民間思想村落稱之為「毛澤東後期思想派」。這並不準確，但也有一定的依據。這就是我在有關回憶裏談到的我當時的思想狀況：我是一個「毛澤東主義者」。我身處底層，直接受到學校領導（當權派）的不公平對待，又通過我的學生，多少瞭解一點農村的種種黑暗。因此產生一個問題：為什麼自稱社會主義的中國，卻會出現社會不公平現象。毛澤東的後期思想裏提出的「官僚主義者階級」的概念，以及他發動的以「打倒走資本主義道路的當權派」為號召的文化大革命，似乎給了我一個答案。我之所以積極投入文化大革命，就是這個原因。但我（我們）很快就發現，文革不但沒有解決我們關注的社會不公的問題，反而出現了更多的社會不公。官僚主義者階級沒有打到，又出現了以「四人幫」為代表的文革新貴。於是，我們這些人中就流行「文革死了，文革精神萬歲」的說法。這也就決定了我們當時的政治立場與選擇：既反對文革新貴四人幫，也對周恩來、鄧小平為代表的老官僚保持高度警惕。但我們（特別是我）依然相信毛澤東，認為他是高踞於四人幫和周、鄧之上，真心要解決黨的資產階級化的問題，追求社會公平的社會主義理想的「真正的革命派」。這恰恰是一個致命的錯誤判斷：儘管毛澤東和黨的新、舊官僚階層存在這樣那樣的矛盾，但他們都要維護黨的既得利益集團的利益。但在當時，至少是我，對此卻是

糊塗的。而且我的認識的迷誤，偏差，影響了我周圍的年輕朋友，形成了總體偏左的傾向。這是我至今還對應國這些老朋友感到抱歉的。

當然，也不能誇大這樣的失誤。如應國後來所説的那樣，正是我們這樣的既反對四人幫，又警惕老官僚的立場，決定了我們在文革結束後的歷史巨變中，保持比較清醒的頭腦和比較獨立的立場。

再回到當年民間思想村落裏的討論。為了思考和回答「中國向何處去，世界向何處去，個人向何處去」的問題，我們首先要做的，是到四處尋找思想資源，主要辦法就是讀書。而當時的安順處於極度封閉狀態，這是一個大難題。記得當時我們把個人的藏書都集中起來，成立一個圖書館，書也少得可憐。但還是通過各種途徑，得到一些資源。主要是兩個方面。一是西方啟蒙主義運動思想資源，一是馬克思主義的各種流派的思想資源：我們開始以新的眼光看待被宣佈為異端的「修正主義」思潮，注意伯恩斯坦、考茨基、盧森堡等的著作，也開始接觸南斯拉夫的《新階級》等著作。而我給大家提供的則是魯迅的資源，講魯迅雜文，《故事新編》、《野草》。應國和方明就是在這個時期認真閱讀了大量馬克思主義的原著，為終生研究馬克思主義、社會主義運動奠定了堅實的理論基礎。

我們的討論也逐漸集中到三個問題上。首先是思考並提出「社會主義民主」問題。這自然是針對文革中發展到極端的「全面專政」。為尋找理論根據，我們認真研究了列寧的後期思想，特別是他的「新經濟政策」。其次，針對文革時發展到極端的蒙昧主義，重新肯定民主、自由、平等等普世價值觀。當時有的民間思想村落的朋友明確提出了要發動「新思想啟蒙運動」的任務，這是能代表我們的思考的，這在當時是石破天驚的。其三，我們在進行理論思考的同時，也開始考慮行動。於是就有了到全國大串聯的動議。大概是 1975 年的暑假，我與孫方明準備去河南駐馬店，那裏以陳一諮為首，聚集了一批來自全國各地的民間思想者，其中有許多是高幹子弟。他們開辦了「農民

勞動大學」，探討中國發展的新路：要從推動國家體制的改革，具體地說，就是進行農村社會、經濟體制改革入手。除了聚集大量民間力量之外，還注意和高層的聯繫。陳一諮就和尚未解放的胡耀邦進行了深入交談。實際上是在為推動自上而下的體制內改革與自下而上的民間改革運動的結合，作思想上與組織上的準備。——順便說一點，我和孫方明乘火車走到武漢，發現前面發大水，我就中途回了家；孫方明於1976年初一個人去了駐馬店，並迅速成為陳一諮群體的重要一員，而我則和他們失之交臂。

後來發生的事大家都很清楚：1976年下半年四人幫倒台，文革結束，我們終於等到了把文革後期的思想轉化為社會實踐的歷史機遇。開始，我們還是觀察了一段時期，並得出兩個結論：鄧小平主導的改革開放具有歷史的進步性，是一次難得的歷史機遇，我們必須參與，投入；但也要保持自己的獨立性。

但在如何參與、投入上，又產生了一定的分歧。杜應國主張立即投入西單民主牆開創的「大辦民間刊物，建設民間自治組織」的民間社會民主運動之中。而孫方明更傾向於參與體制內的改革，即從影響上層入手，發動農村社會、經濟改革運動。他們的爭論到了我這裏，我的反應是更傾向於杜應國的選擇。我這個人受魯迅影響有無政府主義的傾向，對權力有天生的反感和警惕。我又是一個天生的讀書人，習慣於胡思亂想，胡說八道，卻怯於行動。我不習慣於在政治污泥中打滾，更嚮往明淨的書齋生活。於是，我在給應國的信中坦然承認，文革中我在客觀情勢與你們這些年輕人影響、推動下，投入政治實踐，我內心是不安的；現在，我要回歸書齋，因此，再也不能，也不配當你們的老師了。你們應該擺脫我的影響，走自己的路！我會在一旁靜靜觀察，關心你們，支持你們，在必要時出手幫助你們。

於是，在80、90年代，我們三個人——應國、方明和我，選擇了三條不同的路徑。應國第一個「出山」，積極投入了1978–1980年間

的社會民主運動，並且因為當年早有理論準備，而成為民間社會民主運動最重要的理論家之一，為他作為少有的民間思想家、理論家的歷史地位奠定了基礎。方明參與了「中國農村發展問題研究組」和「中央政治體制改革研究室」，並成為其中的骨幹之一，是中央《政治體制改革總體設想》的主要執筆者，又曾擔任過朱厚澤任中宣部長時的秘書，成為 80、90 年代中國農村體制改革和政治體制改革的智囊團的重要成員。我則積極投入了 80、90 年代的思想啟蒙運動。其中有兩個階段。在 1981–1997 年間，主要目標是被大學教育、學術體制所接受，以獲得思想、文化、學術、教育領域的話語權與影響力；到被體制接受以後，又深感學術、學院體制對自己的束縛，產生了可能被收編的危機感和恐懼感，就於 1997 年北大百周年校慶前後，「破門而出」，積極投入了大學教育體制的改革，以後又發展到推動中小學教育體制改革，產生了很大影響，2000 年前後就遭到了全國性大批判。以後又在支持青年志願者運動，參與鄉村建設運動中，找到了自己參與社會實踐的具體途徑：主要給年輕一代中的理想主義者提供思想、理論資源，通過他們和充滿活力的現實生活保持聯繫。而我的學術研究的重心也發生重要的變化：由現代文學史的研究轉向我真正心愛的思想史、精神史的研究，纏繞我的始終是當年提出、現實中又不斷遇到的「中國向何處去，世界向何處去，我自己向何處去」的問題。這大概也是我們「安順三人談」的永遠的話題。

最後作一點小結：在 80 年代的改革開放的歷史巨變中，我們這三個安順群體的代表，都積極投入其中。在三個最重要的領域：底層民間民主運動，高層經濟、政治體制改革，以及中層的思想、文化、學術、教育改革運動中，都發揮了重要作用。這也是我們文革後期思考、討論的成果。但我們也都在歷史不同時期遭到種種挫折，並在體制內逐漸邊緣化。

但歷史總要前進，我們這樣的人是壓制不住的。

前面談到，我在 2000 年左右就開始參與以支教支農為中心的青年志願者運動，我和潘家恩就是那時相識的。到 2003 年從北大退休最後一堂課上，同學問我，退休後準備做什麼？我的回答是「三大回歸」：回歸家庭，回歸中小學，以及回歸貴州、安順。這就要說到，我們貴州、安順群體中的另外兩位重要人物：戴明賢老師和袁本良老師。文革後期我和袁老師同在安順師範學校任教，當時就有婁家坡水庫的一大風景：我，本良和另一位老語文教師夏其模的湖邊漫遊。我和戴老師相識較晚，大概在改革開放以後的 2000 年左右，有一種相見恨晚的感覺。但我們很快就有了合作的機會，這就是歷史又提供了一個進行「地方文化研究」的新機遇。這也是你們這次考察的重點，會有很多的交流，我這裏就只提供一個發展線索，不做詳細展開了。

　　我們的貴州、安順地方文化研究是從編寫《貴州讀本》入手的。從一開始，就有一種理論的自覺，這大概是我們安順這幫人區別於其他群體的一個特點。我們提出了三大理念。第一是「文化安順」，這是戴明賢老師在他的《一個人的安順》裏提出的：要用人類文化學的視角來重新認識我們的家鄉，研究安順文化。這就提供了一個全新的理論資源，而與傳統的鄉村研究區別開來。其二是「認識我們腳下的土地」。這是我在《貴州讀本》序言裏提出的。它所針對的是全球化、市場化的新時代背景下的「人」的生命存在的特點（在漂泊與堅守中生存）與危機（失根的危險），構成了我們所要進行的新時代的地方文化、鄉土文化研究的問題意識和精神意蘊，也是其意義與目標所在：要通過我們的研究，重新建立我們（我們這幾代人和具體的每一個人）和腳下的土地 —— 土地上的文化與父老鄉親的血肉聯繫。其三，「地方文化知識體系的建構」，這是貴州著名的評論家何光渝先生在評論安順地方文化研究與書寫時提出的；杜應國在回應中作了兩個重要的發揮，一是強調今天研究地方文化的世界意義：面對全球化可能導致的文化單一化的偏頗，提倡全球化時代的文化多元化；二是提出新時

代的地方文化研究必須建立在多學科綜合研究的全新的知識結構基礎上。這三大理念自然有着重要的意義。首先，依然是它大視野：把當今地方文化研究置於全球化、市場化的背景下，背後就隱含着「中國向何處去，世界向何處去」的問題。其次，它也同樣關係着「我們自己向何處去」的問題。我們當年思考國家、民族、世界，人的「大問題」，卻多少脫離個人的現實存在，總是生活在「雲裏霧裏」，就隱含「不着地」，失根的危險。現在提出「認識腳下的土地」，關心腳下這塊具體的土地（貴州，安順）上的具體文化（地方文化），具體的「父老鄉親」，就真正落地歸根，用今天的話說，就是「接了地氣」，這對我們每一個地方文化的研究者都是至關重要，直接關乎我們每一個人的生命存在。

在編寫《貴州讀本》之後，又有了一系列的工作和活動，大概有七個方面：「安順老照片」的發現、整理；系列安順文化讀本的編寫、出版；安順地方大散文的書寫（代表作有戴明賢的《一個人的安順》，宋茨林的《我的月光我的太陽》等）；屯堡文化的調查與研究（主要成果是《屯堡鄉民社會》，《建構與生成：屯堡文化及地戲形態研究》）；點校《續修安順府志輯稿》，點校《安平縣志》；編輯、出版《文化安順》；最終集大成，就是 200 萬言的《安順城記》的編寫。在我看來，《安順城記》除其自身的傳世意義與價值外，最值得注意的是，它的體例的創造性和新的組織方式。前者以後會有專門的討論，這裏要多說一點的，是我們所嘗試建立的「主編—總撰稿—撰稿人」的組織結構。主編是「30 後、40 後（出生）」，總撰稿是「50 後」，撰稿人以「50 後，60 後，70 後」為主體，也有「40 後、80 後」參與，這樣，就形成了六代人的大合作，集中了我在安順的舊友和這些年陸續出現的新人，這是難得的歷史性聚會和總結。其中的一個關鍵，就是要有一個總撰稿人。記得《安順城記》提出最初的動議，徵求專家的意見時，就有省裏的專家提醒我們，這樣的地方志的集體編寫的最大難題

就是「以眾人之手寫一家之言」。我們最後找到的應對之策，就是設立總撰稿人，由他最後統稿。但這樣的總撰稿人卻很難找到，因為他必須既具有足夠廣博和深厚的學養來統領全書的寫作，更有足夠的凝聚力和威信和撰稿人協商，修改，令人心服口服。萬幸的是我們有杜應國擔當此重任；可以說，《安順城記》得以最後編成，應國是功不可沒的。你們這次來見安順朋友，我也就這次講話向諸位鄭重推薦杜應國：他不僅是安順地方文化研究的奠基者，安順文化圈的核心，而且有很高的理論修養和準備，他還有更大的發展空間，對我的最大理想：創造對中國現當代歷史與現實具有解釋力與批判力的理論，他將作出重要貢獻，我對他始終充滿厚望，相信諸位也會逐漸認識這位民間思想者、理論家的意義。

最後作兩點總結。一是我們的介紹和討論，可以歸結為「仰望星空，腳踏大地」這八個字，這既是對安順這幫人生存狀態的一個描述，也是對我們的歷史經驗的一個總結：既要有大關懷，大視野，更要落實到腳下，融入自己個體的生命。

二是我對諸位的期待：不僅要積極參與中國變革的實踐，也要注重理論的思考，總結與創造。中國 20 世紀的經驗如此豐厚，中國遇到的現實問題如此複雜，中國發展的道路如此曲折，我們有責任自己總結，並提升為理論，貢獻給世界。當今中國與世界都處於空前的歷史大變動的時期，這就提供了一個最大的歷史機遇。我們今天面對的中國與世界的問題，已經很難用既定理論來解釋，這同時也就是一個理論創造的大好時機。我們所面臨的歷史任務，是對人類文明進行重新檢討，重新認識每一種文明的歷史合理性和歷史局限性、矛盾與危機。在此基礎上，創造出新的理論，新的烏托邦想像，創造更理想的世界新文明。前面一再說到的中國問題與經驗的空前複雜性、尖銳性和豐富性，決定了中國知識界、文化人有責任，不僅在變革現實的實踐上，更在理論創造上作出更大的貢獻。這是我對諸位的最大期待，

也是近 60 年後重返安順，對應國，也是在座的諸位年輕朋友的最大囑咐。在這個意義上，我今天的講話，既是歷史的回顧與總結，也是一個告別詞。我已經老了，雖然也還有自己的事要做：最後完成和完善自己；但我最為看重的理論創造，已經不能做多少事了，就只有拜託應國、照田、家恩，以及比我更年輕的朋友了。

2019 年 10 月 27、28、29 日整理

我和貴州、安順地方文化研究

寫在前面

　　本文原不在我的「八十自述」系列寫作計畫之內，有些內容已經寫進「八十自述」之二〈我的「改造中國人和中國社會」的思想與實踐〉一文裏。但今年 9 月 18 日–10 月 20 日我的安順之行中，在和安順與專門來訪的重慶的年輕朋友的談話裏，不斷談及「我和貴州、安順地方文化研究」的話題，大家都覺得很有意思；我自己更逐漸意識到，我和安順這塊土地的關係，我對安順地方文化研究的關注與參與，對我的學術研究，人生道路的基礎性、決定性意義，有必要單獨回顧，總結成文。

　　還要說一下這次安順之行。此行是懷着喪妻之痛而來的：可忻病重之時，就特地囑咐我，在她走了以後，第一件事就要去貴州，代表她看看安順的老朋友和衛校的老學生，自己也得到精神的安慰與休息。而我這個人任何時候都在憂國憂民，因此，我又是帶着前所未有的思想困惑，來到我的根據地，和我的精神兄弟

見面的。在安順短短的一個月間，我見到了當年在安順衛校、師範學校的老學生，有許多都是 40 年、50 年未見的，雖歷經歷史滄桑，他們仍懷念和我與可忻一起度過的青春年華，從全省、全國趕來，重溫不變的師生之情：對我和可忻這樣的以播種為使命的教師來說，這是一個真正的收穫的季節，而且我始終感覺到可忻依然和我在一起，和她的學生在一起——

更讓我難忘的，是和當年的老戰友及年輕一代的新朋友的多次長談。我曾經說過，今天的中國和世界，都面臨着「無真相，無共識，無確定性，無安全感」的時代困惑。而我們這群安順朋友，還能進行毫無距離，毫無顧忌，敞開胸懷的傾心交流，彷彿又回到了當年爐火邊徹夜神聊的歲月，這真是我們老年生命中難得的機遇。儘管談話並不能完全解決思想的焦慮，但留下的內心的暢快與溫暖，卻讓我們又有了繼續思考與探索的信心與力量。

而我要特別感激的，是應國安排我住在他農村老家的新居裏，對面是山，家門口就是稻田，深夜在犬吠中入睡，清晨聞雞鳴而起身，我也就因此重歸土地與大自然：應該說，這是此次安順之行最令人難忘，並且永遠神往之處。每天凌晨，正午，黃昏，我都坐在應國的姪子為我特意安排的木亭下的轉椅上，仰望天空與大地。當我看到對面稻裏一位 82 歲的老農，每天準時下地，收割、播種不已，突然有一種感動，和說不出的親切感：我這個 80 老人不也是在我的北京老屋書房裏的「一畝三分地」上筆耕不止嗎？我們同是這塊土地上的耕耘者啊！和中華大地上千千萬萬普通勞動者有了這樣的生命的認同，我的心就落下，踏實了。而當我與藍天中的浮雲，黃土上的稻穗默默相對，我更是感到了一種大自然和人生命中的永恆：太陽永照天空，萬物永在地裏生長，人也歲歲年年地耕地，吃喝，生兒育女，不因自然和社會陡起風雲而停息。以這樣的超越時空的大自然與人的生命存在

作底（精神源泉），我們就獲得了一種內在的力量，可以心閒氣定地應對一切外在的干擾與壓迫：「我存在着，我努力着，我們又彼此攙扶着——這就夠了」。記得 2003 年編完《貴州讀本》時，給編委會的朋友的信裏，我無限感慨地談到，「原來我的生命與這塊土地及生息其中的普通百姓，竟是如此纏繞，密不可分，這是我的真正回鄉之旅」，「一進入貴州，我的心就平靜下來，彷彿回到真實的大地，感受到某種永恆的東西。於是，所有外界的紛擾，就變得無足輕重，有如過眼雲煙了。真沒想到，這回編《貴州讀本》，對於我，會起到精神提升的作用——這塊神奇的土地，又一次施恩於我，真不知該如何報答了」。[1] 現在，16 年後，我在失去老伴，孤獨一人面對更加紛繁的世界之時，又有了這樣一次「回鄉之旅」，再一次從這塊「神奇的土地」上獲得了精神的拯救和提升。

我回到了北京，繼續耕耘我的「一畝三分地」。但我又分明感覺到，自己有一種沐浴後的新鮮，乾淨和平靜。

我發出了無言的微笑。[2]

2019 年 11 月 4 日–5 日

---

1 錢理群：〈「因為我對這土地愛得深沉」——《貴州讀本》編者絮語〉附記，收《追尋生存之根——我的退思錄》，200–201 頁，廣西師範大學出版社，2005 年出版。

2 12 年前的 1997 年，在為應國的《山崖上的守望》所寫的〈序〉的結尾，我也有這樣一句話：「我靜靜地笑着」。見〈思想尋蹤——籃子：《山崖上的守望》序〉，錢理群：《漂泊的家園》，184 頁，貴州教育出版社 2008 年出版。

漂泊者與困守者

應國在 2003 年所寫的《歸來的學魂》裏，這樣談到我的生命與學術和貴州、安順的關係：「這裏不僅是他成年人生之旅的開端，而且是他學術生涯的起點」，「追蹤他後來的學術路向、思想特點，甚至包括他的學養、品行和人格構成，可以毫不誇張地說，貴州 18 年，已經融入了他的生命記憶和個人敘事最核心的內核，成了一段他今生再世再難以將它理清、打散的『連結』」。[3] 這是知我之言：不瞭解我與貴州、安順的關係，就無法真正理解我的學術與人生。因此，我的貴州、安順地方文化研究，是內在於我的人生和學術生命之中的，但它在什麼時候開始，以什麼方式進行，又取決於我與時代的關係，以及我的生命存在所面臨的不同問題：這樣，研究對象、客體的「貴州、安順地方文化」和研究主體的「我」(我的生命存在的困惑，我與時代的關係)之間，就存在着一種結構性的關係，必須作全面的敘述與把握，才能真正理解我的貴州、安順地方文化研究。

這樣的研究的內在衝動與起始，是在 1989 年歷史的大動盪之後。1989 年 7、8 月，我寫了研究 1940 年代作家的兩篇論文：《蘆焚：知識者的漂泊之旅》和《無名氏：生命的追尋與幻滅》(二文均收《精神的煉獄》)，文章總結並提出了一個「離去—歸來—離去」的文學敘事模式，實際上也是一種生命存在和選擇模式：人出於「要到未知的遠方去探險，尋找沒有人知道的命運」的渴望，離開生養自己的鄉土，走上了四處漂泊的人生之路；但到了異鄉的城市，卻發現了「另一種生命形態的萎縮」，成了「精神的流浪漢」，懷着「我是誰？我到哪裏去」的困惑，重又響起了「歸去」的呼喚；但真正回到家鄉，卻已經

3　籃子（杜應國）：〈歸來的學魂——錢理群 2003 年貴州之旅〉，收錢理群：《追尋生存之根——我的退思錄》，202 頁，廣西師範大學出版社，2005 年出版。

不能適應永遠不變的農村生活，自己也成了「陌生的客人」，只能再度「離去」：這就陷入了「哪裏也不是靈魂的安息地」的生存困境。這裏對 1940 年代「中國大地上的跋涉者」的生命軌跡的描述，讀起來「竟像是在描述正在從農村湧向城市的 1990 年代的中國農民與鄉村知識分子的命運」；「但在 1989 年的夏天，引起我強烈共鳴的，卻是自我生命無可着落、無所皈依的漂泊感」。[4]

正是在歷史巨變中充滿「漂泊感」的心理背景，以及「我是誰？我到哪裏去？」的問題意識下，我把目光轉向了貴州、安順。1990 年，我的安順朋友和學生羅迎賢寫的劇本《故鄉人》到北京演出。劇本寫的正是一個「由農村流向城市」又「回到故鄉」，發生種種衝突後，又不得不「再次離去」的故事。我在寫的評論文章裏，卻借題發揮，談「我與安順」的問題。我的答案是：「我眷戀『安順』，又害怕回歸『安順』，只好在異鄉繼續做生活的精神的流浪」，並且聲明：「所說的『安順』，既是實指，又是象徵」。[5] 這裏所描述的「眷戀安順，又害怕回歸安順」的內心矛盾，今天一些朋友看來，似乎有些奇怪；但正反映了我當時（1989、1990 年間）的思想狀況。後來我在《我的精神自傳》裏，有一個說明：我剛剛寫了《豐富的痛苦——堂吉訶德和哈姆雷特的東移》一書，「正在對自己身上的堂吉訶德氣進行反省，其中一個重要方面就是所謂『堂吉訶德的歸來』。我對精神皈依的要求，是既理解，更警惕其可能落入的陷阱的」。[6] 這裏的「歸來」自然指的是回歸傳統與故土，我所說的「安順」的象徵意義也正指於此。其背

---

4 錢理群：〈漂泊者與困守者〉，見《我的精神自傳——以北京大學為背景》，191–193 頁，台灣社會研究出版社，2008 年出版。

5 錢理群：〈觀《故鄉人》有感〉，原載《安順報》，後改題為〈鄉之子的漂泊與困守——我看羅迎賢《故鄉人》〉，收《漂泊的家園》，231 頁，貴州教育出版社，2008 年出版。

6 錢理群：〈漂泊者與困守者〉，收《我的精神自傳——以北京大學為中心》，193 頁。

後是一個現代文明與傳統文明，農業文明與工業文明的關係問題。在反思現代文明和工業文明時，必然提出要重新評價傳統文明與農業文明，這樣的「皈依」自然可以「理解」；但這同時就存在着一個將傳統文明和農業文明理想化的危險即所謂「陷阱」，我所説的「警惕」正針對這一點。這樣的既理解又警惕的態度，使得我們在以後研究貴州、安順的地方文化時，有一個比較複雜的立場；但當時，我們對貴州、安順地方文化還沒有深入研究，對其內在的複雜性、豐富性也缺乏更科學、全面的認識，多少有些簡單化和表面化。但無論如何，問題提出來了，就有了一個好的開端。

我的關於鄉人與故鄉「離去—歸來—離去」關係的描述，引起了正在安順苦苦掙扎的應國的深思。他在一年多後的 1992 年 2 月發表了一篇題為〈故鄉路上〉的文章，提出了與「離去者」不同的另一種「困守者」的選擇：「離去者一走了之，將一切都置於腦後。而困守者卻只能守住命運的壕塹，無可退讓地承受起離去者所避開的一切輕與重」，「與離去通常所獲得的成功相比，困守只有無言的艱辛和默默的忍耐」。「當他們習以為常，不聲不響地輾轉於那從四面八方擠壓過來的艱苦與繁巨，沉重和壓抑，痛苦和失望，庸俗與瑣碎時，他們所表現出來的那種沉着和平靜，是怎樣一種默默無聞的英雄氣概啊！於是，在平淡無奇、見慣不驚的凡庸之下，我們發見了一種被無數不被引人注目的『同名教』所掩蓋起來的困守精神 —— 一種只有從整體的把握中才能去體悟、去領會的集體精神狀態。這是一個國家，一個民族最深層強固的存在基礎，最悠久綿長的成長根須。這是一種無言的偉大，卑俗的崇高，一種貌似柔弱和順從的頑韌和不屈不撓」。結論是「困守比離去更難，更需要力量和信心」。於是就有了最後的呼喚：「故鄉的路啊，願你也能在離去與困守之間，駕起一條溝通彼此的心靈

之路吧」。[7] 應國的文章引起了我的極大震撼：他讓我注意到始終在我視野之外的「以群體顯示存在的普通平民百姓，大地的困守者」，並引起我對既定的佔主流地位的歷史敍述，歷史觀和文化觀的反思：歷史書所記載的「只是決定億萬人民命運的大人物的歷史活動，恰恰忽略了那億萬人的活動」；人們一談起文化，總是關注記載在歷史典籍裏的文化，而忽略了普通人的日常生活中的文化，「它深縶在普通民眾精神結構的深處」，因而構成了民族文化的底蘊。不論歷史發生什麼變動，最終總要回到這塊土地上大多數人的生活邏輯上來，這種變動中的「不變」所具有的「最悠久綿長」的生命力，也是一個民族真正的力量所在。後來，我把自己的文章和應國的回應合成一篇，命名為「鄉之子的漂泊與困守」。從此，「漂泊者」與「困守者」就成了我的一個基本生命命題、精神命題和學術命題，成了我研究貴州、安順地方文化的最初動因和貫穿性線索。[8]

我們的思考與探索還在繼續與發展：三年以後的 1995 年，《讀書》發表了朱學勤的〈思想史上的失蹤者〉，提出了文革後期的「民間思想村落」的概念，又引起我和應國的強烈反應。它喚起了對我們當年的安順民間思想村落的回憶，應國專門寫了〈流散不盡的「思想群體」〉（1996 年作）和〈剪不斷的思戀〉（1997 年作），深情敍述了那段難忘的歷史（文收籃子《山崖上的守望》，1999 年福建教育出版社出版）；我也在為應國的《山崖上的守望》所寫的序言〈思想尋蹤〉（1997 年作）裏對文革後期的民間思想村落的歷史背景，特點，特殊價值與局限，作了理論上的初步總結（文收《漂泊的家園》）。但我們更要討論的，是這些當年的民間思想者在 1990 年代的命運，現實處境與精神困惑。對我們來說，這又是一次關鍵性的自我反省與反思。

7　陳墨（杜應國）：〈故鄉路上〉，收錢理群：《漂泊的家園》，232–233 頁。

8　錢理群：〈漂泊者與困守者〉，收《我的精神自傳──以北京大學為中心》，194–195 頁。

我在文章裏談到，自己在 1980 年代的改革開放中，「實現了由邊地向政治、思想、文化中心的轉移，並且被大學體制所接納，成了專業的研究者，因此得以繼續當年的思考，並將其轉化為學術」；但「當年的民間經歷與體驗已經滲入靈魂，總還保留着某種民間野性，而對知識體制化毒素懷有警惕與近乎本能的抵制，並轉化為內心的矛盾與痛苦。於是我把自己定位為『學院裏的精神流浪漢』」，有一種「哪裏也不是靈魂的安置（更不用説安息）處的無所歸依的漂泊感」。[9] 也就在 1997 年我寫了一篇文章，題目就叫〈我也想罵人〉：「我無法迴避內心的疑慮，擔憂，恐懼與悲哀。我擔心與世隔絕的寧靜，有必要與無必要的種種學術規範會窒息了我的生命活力與學術創造力和想像力，導致自我生命與學術的平庸和畏縮；我還憂慮於寧靜生活的惰性，會磨鈍了我的思想與學術的鋒芒，使我最終喪失了視為生命的知識分子的批判功能；我更警戒、恐懼於學者的地位與權威會使我自覺、半自覺地落入權力的網絡，成為知識的壓迫者與政治壓迫的合謀與附庸。我同時又為成了學術名人陷入傳播媒體的包圍中，在與普通百姓及年輕人的交往中增添許多不必要的障礙，而感到悲哀。於是，我內心深處，時時響起一種生命的呼喚：像魯迅那樣，衝出這寧靜的院牆，『站在沙漠上，看看飛沙走石，樂則大笑，悲則大叫，憤則大罵，即使被砂礫打得遍身粗糙，頭破血流』也在所不惜」。[10] 我決定在堅持學院裏的啟蒙教育的同時，「破門而出」，參與社會變革實踐，直接對社會發言，回歸更加廣闊的大地，獲得更加自由的發展空間。這就是後來我一再説到的，要構建「兩個精神空間」，堅守處於頂端、中心地位的北京大學的陣地，同時又在社會底層、邊緣，建立自己的精神基地：這

9　錢理群：〈思想尋蹤——籃子：《山崖上的守望》序〉，《漂泊的家園》，91 頁。

10　錢理群：〈我也想罵人——讀《恩怨錄》〉，收《走進當代的魯迅》，北京大學出版社 1999 年出版。

樣，我在 20 世紀末、21 世紀初，把目光轉向貴州，重歸安順，就是一個自然、必然的選擇。

應國的命運、處境，在當年的思想者中或許更帶典型性：他雖積極投身於 1978–1980 年代的社會民主運動，盡到了自己的歷史責任，但很快就為體制所不容，「幾經掙扎，又回到了生息之地，並且重新散落於民間」，這大概就是朱學勤先生所説的「思想者的失蹤」。問題是如何看待這樣的「失蹤」？我在給應國的《山崖上的守望》序言裏，特意談到，「這些當年唯有使命感，而將個人置之度外的年輕人，現在回到了個人日常生活中，而且發現並品味着人的日常生活中的美」，「從當年夢幻中的英雄人生到今天腳踏實地的平凡人生，正是人日趨成熟的表現」，何況還有「平凡人生中的文化（精神）堅守」。應國和當年的朋友辦起專營文學書、學術書的書店，主持一張小報的副刊，都懷有「服務鄉梓為後人留下一點文化種子的拳拳之心」，這正表明，「當年的英雄氣概依舊，不過已經轉化為『無言』、『卑俗』與『尋常』了」。但不可否認，「日常生活也存在着消磨人的意志的因素」，「陷於物欲橫流的世界包圍中的精神孤島的生存環境，更是使人的思考無法深入」，這都要求應國這樣的並未失蹤的民間思想者，必須開拓新的空間，尋求新的突破。也就是説，到了上世紀末、新世紀初，應國們也面臨着要重新打開眼界，把地方問題與中國問題、世界問題聯繫起來的歷史使命與機遇。

我正是基於對我自己及應國面臨的精神危機和思想突破的要求的以上認識和分析，提出了將「學院的專業研究與民間的業餘研究」也即「體制內的思考與民間的思考」相互結合、聯繫的歷史任務。[11] 應國對此表示了強烈認同，並作出高度的評價。他指出，「能夠從一個國

---

11 以上討論見錢理群：〈思想尋蹤 —— 籃子：《山崖上的守望》序〉，《漂泊的家園》，182–184 頁。

家，一個民族的精神文化發展的整體高度，對民間思想的基礎與後盾作用，給予了前所未有的關注與強調。據我所知，至少在當代思想史研究上，還沒有人注意到這一點。因此，我甚至在想，這個發現，或許會對今後的思想史研究產生這樣的影響，以致將由此開掘出一個新的思路乃至一個新的領域也未可知」。[12] 應國的期待或許太高；但可以肯定，在 20 世紀末、21 世紀初，確實給我和應國這樣的有着不同境遇的當年民間思想者提出了一個新的合作的要求與條件。在某種意義上，甚至可以説，這是新的「民間思想村落」的另一種形態的重建：我們又在新的歷史條件下，重新思考「中國向何處去，世界向何處去」，而這樣的思考又是建立在「我們自己向何處去」的探索的基礎之上，這意義是不可忽視的。

「自己來描寫我們自己」：編寫《貴州讀本》

儘管在 20 世紀末的 1997 年、1998 年間，我們已經有了重啟民間思想村落，開拓民間思想的新領域的要求，但要尋找突破口，卻並不容易，需要有一個探索的過程。直到 2001 年，才有了一個具體的設想。這一年，由貴州人民出版社出版了何光渝先生主編的《20 世紀貴州文學史書系》，內含小說史、戲劇史、散文史、詩歌史四種，還有一本民間文學史待出版。這是貴州文學界、學術界的一件大事，我自然找來認真閱讀。當我讀到何光渝先生的〈總序〉時，就被其中一段話吸引了：「在文學史事實上已經逐漸成為中國人耳熟能詳的知識體系的今天，我們仍然沒有看到有一種對於貴州文學整體的、真誠的描述。臨到這世紀、千歲之末，我們還能讓這樣的命運再落到 21 世紀貴州人

---

12 籃子：〈新年來信〉，收錢理群：《漂泊的家園》，187 頁。

的頭上？」我立刻想到，當年魯迅曾經談到中國常常處於「被描寫」的地位的現象和問題。[13] 這是一個弱勢民族（國家，文化）在與強勢民族（國家，文化）遭遇時經常面對的尷尬。「在現代中國文化（文學）的總體結構中，貴州文化（文學）無疑是一種弱勢文化（文學），也就會面對『被描寫』或根本被忽略這類問題。而問題的解決也只能是我們自己用自己的話來真誠與真實地描寫自己。這正是貴州的學者的歷史責任」。[14] 想到這裏，我心裏為之一震：我似乎找到了創造新的民間話語空間的途徑：作為「黔友」，和「黔人」一起，研究貴州文化，書寫貴州歷史，一起來「描寫與認識自己」，並在這一過程中，「追求生存之根，重建精神家園」。

2002 年 6 月 27 日，我在北京大學講台上「最後一課」。學生問我：「老師，你退休後要幹什麼？」我的回答是「三回歸」：回歸家庭（書齋），回歸中學，回歸貴州。這表明了一種新的選擇，即逃離中心，走向邊緣，走向底層，回歸大地 —— 不僅是回歸大地上的文化（地方文化，民間文化），生息其上的父老鄉親，也包括回歸大自然（退休後我周遊世界，大攝其影，並非偶然；我說過，我和自然的關係是通過攝影來表達的）：這都是真正的「生存之根」，我為自己設計的人生晚年境界，就是「詩意地棲居在大地上」。[15] 我從網上看到，大多數學生都理解和支持我的選擇，但也有學生擔憂：錢老師離開北大，還有多大發展空間？我微微一笑：讓事實來說話吧。

2003 年，我回到了貴州。在 2001 年 –2003 年間，我已經和戴明賢、袁本良、杜應國、羅迎賢等老友一起編出了《貴州讀本》，並於

---

13 魯迅：〈未來的光榮〉，收《花邊文學》，見《魯迅全集》第 5 卷，444 頁，人民文學出版社 2005 年出版。

14 錢理群：〈令人大開眼界的文學史景觀 —— 讀《20 世紀貴州文學史書系》〉，收《生命的沉湖》，70、71 頁，三聯書店，2006 年出版。

15 錢理群：〈漂泊者與困守者〉，《我的精神自傳 —— 以北京大學為中心》，210–211 頁。

2003 年 8 月由貴州教育出版社正式出版。2003 年 12 月 1 日–15 日，我帶着《貴州讀本》到貴陽、黔東南、黔南、遵義、安順作巡迴演講，「為宣傳貴州文化鼓與呼」。應國全程陪同，並寫有〈歸來的學魂〉，以作歷史的存念。[16]

在《貴州讀本》與我的巡迴宣講中，主要提出和討論了兩個問題。

提出了「認識我們腳下的土地」的命題

這是對之前的「漂泊者」與「困守者」命題的延續和深入；但又有了一個更大的時代背景和更大範圍內的思考。這就是 1990 年蘇聯和東歐瓦解，世界進入了以美國為首的全球化時代；而隨着 2001 年加入世界貿易組織，中國也更加融入了全球化的世界，大踏步地走向工業化、現代化的道路。有許多知識分子都預言全球化將「給我們帶來富裕，帶來自由，民主，帶來全人類的協調，合作，帶來人類公理的確立」等等。但在我看來，「這都像是在說夢話；而在 20 世紀我們已經吃夠了做夢的苦頭，我再也不願意沉湎於幻覺之中」，就開始緊張地思考：「全球化將給我們帶來什麼」，而且「直覺告訴我，世界將不得安寧，中國恐怕也未必太平。21 世紀將依然是一個充滿矛盾，充滿對立和鬥爭的動盪的年代」。特別是 2003 年美國發動伊拉克戰爭，更有許多知識分子鼓吹「要建立一個一切由美國說了算的『美利堅世界帝國』」，這就引起了我的更大警惕，開始了對工業化、現代化、全球化的全面反思。[17] 今天回過頭來看，我對全球化、工業化、現代化的正面價值，特別是對中國的積極影響與意義，顯然存在估計不足的問題；

---

16 詳見籃子（杜應國）：〈歸來的學魂 —— 錢理群 2003 年貴州之旅〉，收錢理群：《追尋生存之根 —— 我的退思錄》，202–228 頁。

17 錢理群：〈漂泊者和困守者〉，《我的精神自傳 —— 以北京大學為中心》，200–203 頁。

但它也使我在全球化的浪潮中，保持着清醒，採取更為複雜的既肯定又懷疑、反思的態度，並直接影響了我對很多問題的觀察與思考，也包括剛剛開始的地方文化研究。

在這樣的思想背景下，提出的「認識腳下的土地」就反映了我對工業化、全球化時代的人的生命存在的危機的擔憂。我這樣説道：「現在不僅僅是貴州，包括全國，有一種很值得注意的現象，我稱之為逃離現象：鄉村往小城市跑，小城市往中等城市跑，中等城市往大城市跑，大城市往國外跑」。這種現象應該從兩方面看，「一方面，這是人的權利。取得外國國籍，在全球一體化的時代也是沒有什麼值得非議的」；但「作為一種思想文化現象來看，就值得思考了」，因為它反映了一種逃離「腳下土地」的心理與訴求：許多人「對自己生長的土地的文化，越來越無知，不認識這塊土地了。這塊土地上的父老鄉親成了陌生人。不僅在認識上陌生了，而且在心理上、在情感上疏離了」，這就「一去不復返了」。而另一方面你從農村到了城市，從中國到了外國，你在那裏工作，生活，但內在文化、心理上的差異，卻使你很難真正融入你所在的社會。「這邊回不來，那邊進不去，你就成懸空的人，無根的人」。「新一代人變成了無根的人」，這就是我們在工業化、全球化時代所面臨的新的危機。[18] 我在《貴州讀本》前言裏説，「這不僅可能導致民族精神的危機，更是人自身存在的危機：一旦從養育自己的泥土中拔出，人就失去自我存在的基本依據」，「實際上所失落的不只是物質的，更是精神的家園」，離去者走上了永遠的「心靈的不歸路」，即使不離鄉土，也因「失去家園感而陷入生命的虛空」。我們編寫《貴州讀本》的動因和基本思路正由此而產生：

---

18 錢理群：〈認識我們腳下的土地〉（2003 年 12 月 5 日在貴州民族學院的演講），收《漂泊的家園》，15-17 頁。

「期待着和年輕的朋友們一起，去關心貴州這塊土地，去發現、認識其中深厚的地理文化、歷史文化、民族文化，去和祖祖輩輩耕耘於這塊土地的父老鄉親對話，共同感受生命的快樂和痛苦，從中領悟人的生命和價值，並將這一切融入自己的靈魂和血肉之中，成為自我生命的底蘊與存在之根：這就能為自己一生的發展，奠定一個堅實而豐厚的底子」。[19]

重要的是，《貴州讀本》編寫與宣講過程中，我自己也經歷了一次自我反省和反思。我突然發現，雖自稱「黔友」，其實我對安順農村社會和文化傳統絕對的陌生與無知，而「陌生背後隱藏着冷漠」。「我們這些自稱社會精英的知識分子，已經深陷於自戀與自憐之中不能自拔，早就失去了對中國大地上的普通民眾生活的感覺、感受和體察能力，甚至連這樣的願望也沒有了。我們事實上是越來越陌生於甚至脫離腳下的這塊土地了」：這恐怕是包括自己在內的中國知識分子的一個「更帶根本性的危機」。[20] 這樣，研究腳下的土地，尋求生存之根，重建精神家園，也成了我自己的生命發展的需要，是一種「自我拯救」。

對貴州文化的重新認識

戴明賢先生在《貴州讀本》「後記」裏，提到貴州人頭上的「三座大山」，即所謂「夜郎自大」、「黔驢技窮」和「天無三日晴，地無三裏平，人無三分銀」。[21] 我們正是被這些「偏見（包括『原始』、『落後』、『迷信』）壓垮了」，「產生了強烈的自卑感」；「我們的心靈也麻

19 錢理群：〈《貴州讀本》前言〉，《漂泊的家園》，23–24 頁。
20 錢理群：〈尋求中國鄉村建設與改造之路〉，《漂泊的家園》，319 頁。
21 戴明賢：〈《貴州讀本》後記〉，《貴州讀本》，517 頁，貴州教育出版社，2003 年出版。

木了」,「身在黔山中,不知黔山真面目」。[22] 於是,就提出了「重新認識貴州文化」的歷史任務。

《貴州讀本》即是這樣的「重新認識」的最初嘗試。首先要揭示的是貴州文化的豐富性與獨特性。讀本逐一展開了對貴州地理文化(「天下之山萃於雲貴」,「山之精魂聚於石」,「真山深處有真水」),歷史文化(「藏在深山人未識」,「峨峨奇山藏靈秀」,「走出大山的山裏人」,「走進貴州的故事」),民族文化(「群山的靈感」,「大山的包容」),民俗文化(「山鄉風物」,「黔味」),方言文化(「黔語鄉音」)的生動描述。在不知不覺之中,你走進了貴州文化深處,貴州人的心靈深處,恍然大悟:貴州有「真、大、奇」的文化![23] 它構成了中華民族文化不可或缺的有機組成部分,有着極為獨特的貢獻;它也是「人類文明的有機組成部分,既有自己鮮明的民族、地方色彩,也與人類其他地區、民族的文明相溝通,它屬於生長於這塊土地上的貴州人民,屬於中國,也屬於人類」。[24]

由此引發的是對貴州文化特點和價值的新認識。人們注意到,「貴州是一個移民省,絕大多數的住民是移民和移民的後裔,不僅漢族,少數民族的大多數也是從外地遷來的」,「各民族的雜居、交融、繁衍,形成了今天的貴州人」,由此決定了貴州文化的「包容性」與「多元會合型」特色,並形成了「相應的彈性結構」。[25] 在長期歷史發展過程中就逐漸形成了一種發展低水準上的自然生態、文化生態平衡與和

---

22 錢理群:〈認識我們腳下的土地〉,《漂泊的家園》,15 頁。

23 明末崇禎 11 年(1638 年),徐霞客入黔考察,寫下了《黔遊日記》,成為「發現貴州文化第一人」。清代學者錢謙益稱讚他描述貴州的文字是「世間真文字,大文字,奇文字」,這也可以視為對貴州文化的概括。見錢理群等:〈「因為我對這土地愛得深沉……」〉,《漂泊的家園》,58 頁。

24 錢理群等:〈「因為我對這土地愛得深沉……」〉,《漂泊的家園》,65 頁。

25 錢理群等:〈「因為我對這土地愛得深沉……」〉,《漂泊的家園》,52–53 頁。

諧，主要表現為「人和自然，人類的生活需求和自然物種之間的平衡、和諧」，「分屬於不同文化傳統的各民族之間，長期和平共處」，以及「來源於不同時代、傳統，不同國家、地區的文化，如儒釋道巫以及西方宗教文化、五四新文化等等多元文化，都能共生共榮。」[26] 由此造成的是貴州地方文化的兩重性：它屬於不發達地區的文化，有落後的一面；但它追求的自然生態平衡和文化生態平衡，又表達了人類的一種文化理念和理想。「特別是惡性的工業化、現代化開發，造成了自然生態和文化生態的嚴重破壞，人們開始着手於治理『現代文明病』時，突然發現了貴州這塊『淨土』，其所產生的驚喜感，是可以理解的。這再一次證明了，所謂『原始』或『現代』並非絕對對立，也有相通的一面」。「作為貴州自身，當然不能安然做『活化石』、『博物館』，自然要謀求新的現代文明的建設和發展，但這並不意味着要將自己的傳統全盤拋棄，一切重起爐灶，特別是如果把前述體現了人類文明理想的寶貴的文化內核，像『髒水』一樣潑掉，那或許在獲取某些方面的進展的同時，又造成歷史的局部倒退，這更是不可取的。難道我們真的還要重複那條人類已經付出巨大代價的『先破壞，再恢復、重建』的老路？」重要的是，必須「跳出二元對立的思維方式，將『新』與『舊』，『先進』與『落後』，『現代』與『原始』絕對化：或者絕對肯定，或者絕對否定；或者全盤保存，拒絕任何變革，或者全盤拋棄，盲目求異，以他人的標準作為自己的座標，這都是我們所不能認同的」。「我們設想，如果能夠以較為複雜的態度來分析與對待貴州文化，或許我們將因此走向成熟」。[27]

---

26 錢理群：〈認識我們腳下的土地〉，《漂泊的家園》，10 頁。

27 錢理群等：〈「因為我對這土地愛得深沉……」〉，《漂泊的家園》，81–82 頁。

「土地裏長出來的散文」
——《一個人的安順》及其他

2004 年 5 月戴明賢先生的《一個人的安順》由人民文學出版社出版，是我們安順文化研究、書寫的一件大事。

戴明賢先生在〈後記〉裏，首先提出了一個重要的命題：「文化安順」。他說自己作為「安順人」，對這座小山城的認識，卻有一個由外到裏的過程：「小時候看人看景看社會，一切都是天生如此，理所當然，後來離鄉出外求學和工作，有了參照物，才發現有差異。進入新時期，眼界拓寬了，尤其是讀了一些文化人類學的著作，感到童年的家鄉，竟有一分自己的文化，竟是一個完整的文化生態圈。於是，把它們寫下來的念頭油然而生」。[28] 這就意味着，我們發現了一個「文化安順」。「這是另一個安順，是我們既熟悉又陌生的安順，是被遮蔽在歷史深處的這座城的本原」，而且它在「未加反思的『現代化』、『城市化』的邏輯下」，「在急劇擴張的城市建設和城市變遷中」，正在被遺忘，瓦解，甚至被摧毀。[29] 我在評論另一本描繪安順文化的散文集《黔中墨韻》的文章裏，把文化安順的精神稱之為「城氣」：「一個人要有『氣』，一座城市也要有『氣』。一個家庭，人丁興旺之外，還要『人氣旺』；一座城市，市面繁榮之外，還要『城氣』旺盛」，現在的問題正出在這裏：城市經濟發展了，「傳統城氣」卻「失落了」。我不無沉重地寫道：「安順已經不是『我的安順』，它失去了精神，個性，已經不再能成為我們的精神家園；對年輕一代更是沒有了吸引力，無法建立精神的血緣關係」。我尖銳地問道：「城市是越來越現代了，但是

---

28 戴明賢：〈《一個人的安順》後記〉，《一個人的安順》，233 頁，人民文學出版社，2004 年 5 月出版。

29 錢理群：〈「土地裏長出來的散文」——讀宋茨林《我的月光我的太陽》，兼談《黔中走筆》〉，344 頁，《漂泊的家園》。

一個失精神，沒有氣的城市，對我們有什麼意義？我們就把這樣的城市交給子孫後代嗎？我們又怎樣向列祖列宗交代？」[30] 放在這樣的背景下看，戴明賢先生的《一個人的安順》就有着非同尋常的意義：它描述自己童年記憶中的安順，正是在呼喚一個具有安順「人氣」和「城氣」的安順，真正屬於「安順人」的安順，更是對正在走向「單一經濟發展」的「畸形城市化」道路的現實，發出了警世之言。

　　或許我們應該更注意戴明賢先生在《一個人的安順》裏給我們提供的「文化安順」的具體圖景。我在〈序言〉裏寫道：這是「豐富多彩的關於戰爭時期的小城教育，文化藝術，商業，警務，宗教，關於民間習俗、餐飲、縫紉、娛樂……方方面面的『清明河上圖』式的生活長卷」；這是形形色色的「戰亂中的小城人物」，一個個活生生地站在我們面前，「傳遞着那個已經消失的時代的生命氣息」；我們從中看到了「某種『永恆』的東西。是小城永遠不變的散淡、瀟灑的日常生活，還是小城人看慣寵辱哀榮的氣定神閑的風姿」，「或許正是這『城』這『人』所特有的韻味，讓人們感受到了一種堅韌的生命力量，它在 40 年代的戰亂中支撐了這座小城，這個國家，因而不朽」。[31] 戴明賢先生更關注的是文字的表達與文體的創新。他在〈後記〉裏，特地談到他的追求：「寫憶舊散文，一切按記憶實錄」；「以一個時段（抗戰前後）的這小社會為對象，取橫的結構」；「取中國筆記體裁的特點，只作白描勾勒。力求信息量大些再大些」；「『人以群分』、『物以類聚』，多以群體為單位，寫他們的共性和個性」；我自己「只是一個好奇心很重的局外人」。戴明賢先生最後將他的《一個人的安順》定性為「一部散

30 錢理群：〈怎樣培育安順的『城氣』？──《黔中墨韻》引發的浮想和建議〉，收《那裏有一方心靈的淨土》。

31 錢理群：〈序言〉，收戴明賢：《一個人的安順》，3 頁，7 頁。

文筆調的文化志，或是文化志性質的散文」。[32] 我在〈序言〉裏，則將其文體追求概括為「將中國傳統的筆記體小品與滲透着文化人類學意識的現代文化散文糅合為一體」。[33]

應該説，這樣的「文化志性質的散文」的創造，是戴明賢先生的一大貢獻，對安順地方文化的研究和書寫的影響，是深遠的。

戴明賢先生的《一個人的安順》還激發了我研究 1940 年代五四新文化與貴州文化關係的興趣，寫了一篇題為《抗戰時期貴州文化與五四新文化的歷史性相遇》的學術論文。這樣的相遇具有雙方面的意義。一方面，抗戰時期的「全民總動員」必然要求「全民族文化的總動員」：「不僅是漢文化，也包括少數民族文化；不僅是中原文化，也包括邊緣地區的文化；不僅是精英文化，也包括民間文化」；在這樣的背景下，貴州文化就顯示出特殊的意義，1940 年代五四新文化對貴州文化的接納與主動吸取，本身就具有「補課」的意義。另一方面，貴州因成為「大後方文化中心」之一，大批文化人的南下，也獲得了大規模接觸五四新文化的歷史機遇。對於貴州這塊土地上的知識分子、青年學生，以致普通市民，這樣的「文化傳遞及所引起的精神變遷是帶有根本性的」。而這樣的來自中國邊緣地區、社會底層的回應，「才真正顯示了五四新文化的深刻性與深遠影響」。可以説，抗戰時期五四新文化與貴州文化的相遇，「使雙方都發生了深刻的變化，但它又是潛移默化，難以言説的」。[34] 而我自己，也通過這樣的研究和《一個人的安順》的閱讀，重又回到了「20 世紀 40 年代中國這塊土地上。我是誕生在那個年代的：1939 年 3 月，我在重慶山城第一次睜眼看這個世

---

32 戴明賢：〈《一個人的安順》後記〉，《一個人的安順》，233–235 頁。

33 錢理群：〈序言〉，《一個人的安順》，8 頁。

34 錢理群：〈抗戰時期貴州文化與五四新文化的歷史性相遇〉，《漂泊的家園》，91 頁，93 頁，105 頁。

界」，現在看了幾十年，又重新「回到歷史的起點上，從頭看起」。「我知道，自己內心深處的 40 年代的情結，是根源於對生我養我這塊土地的永遠的依戀」：「為什麼我的眼裏常含淚水？因為我對這土地愛得深沉……」。[35]

　　其實，在戴明賢先生的《一個人的安順》出版前後，安順文化界已經推出了一系列的地方文化散文。如鄭正強的《大山深處的屯堡》，鄧克賢的《子丑寅卯》，以及多人合集的《神秀黔中》、《黔中墨韻》、《黔中走筆》等等，可以說一個文學與文化上的「安順流派」正在形成中。[36]戴明賢先生的《一個人的安順》不僅是其代表作，而且在其示範作用下，創造具有鮮明地方色彩的文化散文，已經成為越來越多的朋友的自覺努力。我也寫了〈「詩意地在大地上棲居」── 喜讀《神秀黔中》〉、〈怎樣培育安順的「城氣」──《黔中墨韻》引發的深思和建議〉等文，為之鼓吹。2007 年宋茨林的《我的月光我的太陽》出版，我在序言裏對方興未艾的安順文化散文寫作作了一個學理的總結。首先借作者一篇文章的題目，為安順地方文化散文提出了一個更有詩意的命名：「土地裏長出的散文」，認為「它概括了近年來關於黔中文化、文學發展的許多思考與實踐」，並作了四個方面的梳理。首先是「文化安順」的概念。由此而進一步提出了「構建地方文化知識譜系」的理念。我們在下文還會有更詳盡的討論。其二是「大土地」的概念。強調安順文化是「歷史悠遠的本土文化與外來文化相互撞擊、交融的產物」，「安順、貴州這塊土地並不封閉，它是和中國，以至世界的更加廣大的土地聯結一起，息息相通的」。因此，我們對安順文化的把握與書寫，

---

35 錢理群：〈關於 20 世紀 40 年代至 70 年代文學研究的斷想〉，《追尋生存之根 ── 我的退思錄》，284 頁。

36 錢理群：〈「土地裏長出的散文」── 讀宋茨林：《我的月光我的太陽》，兼談《黔中走筆》〉，《漂泊的家園》，349–350 頁。

應該「出於本土，又高於本土，有一個大座標的參照，全國，以至全球大千世界的映襯和深層次的思考」。正是在這樣的時代的「大土地」的視野裏，「地方」、「鄉土」才顯示其意義：不僅是現實的意義，「更有超越的，形而上的意味」：在「土地」的意象裏，是蘊含着「土地和時間，生命和命運，墳墓與死亡，精神家園這類哲思和隱喻」的。其三是「普通人的日常生活才構成了真正的歷史」的歷史觀。「我們所提倡和實踐的紀實散文，就是一種用文字寫下的歷史記錄片」，即「小城故事」，「以小城記事為主的，追求老百姓原汁原味的日常生活實錄的散文」。其四是「大散文」的概念。我們倡導「文化志性質的散文」文體，即「把文、史、哲都包容在一起」，「包含了社會學、民俗學、文化人類學等等價值和功能」的文體，超出了散文或文學的範疇，卻更加接近了中國傳統散文」。中國傳統就是文、史、哲不分家；近代以來，受西方影響，才有了學科的嚴格劃分；到了 20、21 世紀又出現了交融的趨向：把「大散文」的概念放在這樣的「合—分—合」的思想、文化、學術潮流背景下看，是很有意思的。而對具體作者來說，「大散文」更多的是一種「自由表達的內在需要」，吸引我們的是一種「非類型化的寫作」，「自然，自在，自主，自為」的寫作狀態。[37]

可以看出，安順文化研究、文學書寫流派的逐漸形成，安順地方文化知識譜系的構建，這一系列的概念、理念的提出，都是一種組織化的自覺努力。如杜應國所說，這是「一個政府與民間，集體和個人互相結合，體制內外的資源的有效利用，良性整合的聯動 —— 共振過程。上有地方官員和政府部門的重視與支持，下有地方文化學者的努力與配合，這正是近年來安順文化建設工作成果突出，績效顯著的原

---

37 錢理群：〈「土地裏長出的散文」—— 讀宋茨林《我的月光我的太陽》兼談《黔中走筆》〉。《漂泊的家園》，344–349 頁。

因之一」。[38] 許多安順文化界的老人都懷念當年的安順市委宣傳部長朱學義，他提出「繼承創新黔中文化，熔鑄安順人文精神，構建安順文化，是一個系統工程」，要從「一本書，一冊畫，一張碟，一台戲」做起，為此作了大量的組織、領導工作，[39] 成了安順文化人有力的理解者，支持者與保護者。這才將我所說的安順地方的文化「理想主義者」聚集起來，為以後的「政府支持下的民間修史」奠定了堅實的基礎。

不可忽視的，還有地方報刊的作用。早在 1990 年代，杜應國、李曉、羅銀賢、鄧克賢等朋友在編《安順廣播電視報》「小世界副刊」時，就有意識地發表有關安順文化的散文，起到開風氣之先的作用。到新世紀宋茨林主持《安順日報》副刊和《安順晚報》，就更加自覺地提出「地方報紙應成為地方文化的載體」的理念，強調「一定要有文化追求，把展現、詮釋和守護黔中文化作為報紙的生命和使命」。如戴明賢先生所說，在報紙日趨商業化、低俗化的情勢下，能夠「盯住地域文化（歷史人文）做文章，不受時尚的誘惑和干擾」，是一種難能可貴的文化價值、信念的「堅守」。重要的是這些理念都變成了具體實踐：《黔山夜雨》、《潮音》等文化專欄的設置，「建構地方文化知識譜系」的討論，「老照片」的徵集、整理、發表，等等，都引起了作為讀者的安順市民的強烈反響。於是，就出現了這樣的街頭小景：「小城安順為數不多的閱報欄前，每天都有不少細心閱讀《安順晚報》副刊的

---

38 杜應國：〈「破題」和「接題」，任重道遠 —— 關於「地方文化知識譜系」的構建〉，收《黔中走筆》，398 頁，貴州人民出版社，2006 年出版。

39 朱學義：〈繼承創新黔中文化，熔鑄安順人文精神 —— 從《黔中墨韻》的出版發行說起〉，《黔中走筆》，374,377 頁。

熱心人，有的人甚至看得如癡如醉」：這就有效地把地方文化資源轉化成了社會精神資源與教育資源。這正是我們所追求的。[40]

構建地方文化知識譜系

2005 年 5 月 30 日《安順晚報》發表何光渝的文章，正式提出「構建地方文化知識譜系」的命題，並引發討論：這也應該算是安順地方文化研究的一個重要事件。

何光渝的文章是從前文已經談到的書寫安順文化的幾本書，引出建立「地方文化知識譜系」的命題的。他說自己從這些書裏，看到了「被歷史遮住在歷史深處的（安順）這座城，這座城的另一面，這座城的本原」，「那些已經消逝的時代的生命氣息，那些嚮往已久的歷史文化情境，使我彷彿真正成為文化安順中人：這『城』，這『人』，陌生的變得可以理解，不懂的似乎可以理解。這只是因為，我從中讀到了安順的文化」。但他不滿足於此，繼續追問：「關於貴州這片鄉土的知識，還有多少不為人知？已知的知識中，還有多少亟待整合起來，形成貴州文化自己的知識譜系？」[41]

何光渝先生這是在提醒我們，要跳出安順文化的小圈子，追尋和構建貴州文化，以及更大範圍的地方文化的知識譜系，思考具有更根本意義的「地方文化的意義，方法與組織方式」的問題。

---

40 以上討論見錢理群：〈「土地裏長出的散文 —— 讀宋茨林《我的月光為太陽》兼談《黔中走筆》〉，《漂泊的家園》，350–351 頁。新世紀以來，由企業家創辦的《黔中文化》、《京海百合》等刊物，也都繼承了這樣的傳統，關注和支持地方文化的研究和書寫。

41 何光渝：〈構建地方文化的知識譜系 —— 以五本關於安順的書為例〉，收《黔中走筆》，392–393 頁。

杜應國的回應〈「破題」與「接題」，任重而道遠〉就在這兩個方面展開了討論。

　　一、杜應國首先溯本求源，指出「知識譜系」的概念來源於法國後現代思想家福柯的「知識考古學」和「權力譜系學」；將「地方文化知識譜系」的提出，「放到全球化的背景下來考察，該命題實則已超越了具體的地域局限，而具有某種普泛性的蘊含」。我們所進行的是一個「全球化新時代下的地方文化研究」，我們要追問的是全球性文化危機下的地方文化研究的意義與價值。

　　杜應國對此作了具體分析：在全球化的時代，「在世界經濟一體化的背後出現的文化趨同現象，正在蠶食和瓦解着傳統意義上的國家邊界，原有民族國家的文化防護膜已被明顯的軟化和弱化，於是出現了國家性文化特徵淡隱而地方性文化特徵凸顯的趨向。不僅如此，在全球化快速消滅差別、去除個性的發展過程中，以多元性和多樣性為支點的地方性特徵，已經成了制約全球化單一與趨同法則最重要的平衡點。在這個意義上，地方文化知識譜系的構建就成了一個世界性的問題」。[42]

　　這裏所說的地方文化「在全球化時代堅守文化多元性與多樣性」上的特殊作用與意義，是一個要害。這也是我們在討論安順地方文化建設時，經常提及的問題。杜應國在〈歸來的學魂〉記錄我的「2003年貴州之旅」時，就特意記下了我關於「全球化與本土化、多元化」問題的思考，其中也有他的發揮，可以說是我們這一幫人的一個共識吧。我當時是這樣說的：「全球化是一個悖論。在消抹差別，追求統一的同時，它還需要用差異性和多樣性來加以支撐。失去了地方性和多樣性，全球化不僅沒有意義，而且必然造成災難。試想想，如果北

---

42 杜應國：〈「破題」與「接題」，任重而道遠 —— 關於「地方文化知識譜系」的構建〉，《黔中走筆》，395–397 頁。

京的經濟和文化和紐約一樣，中國與歐盟沒有什麼差別，那全球化不是很可怕嗎？可見全球化並不僅僅只是單純地與國際慣例接軌，它還應有注重地方性和本土性的一面，這是制約單一化的手段，也是全球化的內在張力」。我還特別提醒：「要警惕將某一種文化絕對化和普世化，將全球化變成用某一種文化征服全球，形成單一的世界文化格局的文化霸權主義。所以，統一和分殊，普適價值與多元文化，正是全球化悖論中不可分割的兩個側面，從這一點看，我們今天來關注貴州文化，強調本土建設和本土文化，包括強調少數民族文化，正是為了維護這種多樣性、地方性特點，這不是對全球化的抵抗和消解，而是為了使之更協調、更有序，也更有益」。最後我滿懷憂慮、語重心長地說了這樣一段話：「應該說我們面臨的是兩難選擇：一方面，為改變貴州發展的低水準的現狀，必要走現代化、全球化的道路；另一面又必須面對現代化、全球化的邏輯及其陷阱，其中一個重要方面即是自然生態平衡的破壞，與消滅文化差異導致的文化生態平衡的破壞，對貴州來説，則意味着貴州文化傳統內核的喪失。我們必須對此保持必要的警惕」。[43]

再回到杜應國對何光渝文章的回應上。他在指出今天我們研究貴州、安順文化全球視野下的意義時，還特意強調安順地方文化研究的特殊性：我們的地方文化知識體系的提出和建構，不是出於「他者的眼光」，而是「來自內部的一種自我闡釋衝動，是源於自我意識覺醒後的一種自我審視、自我描寫的訴求，故而其內在的自覺與本真就更難得，更顯可貴」。[44]

---

43 籃子（杜應國）：〈歸來的學魂 —— 錢理群 2003 年貴州之旅〉，《追尋生存之根 —— 我的退思錄》，209–211 頁。

44 杜應國：〈「破題」與「接題」，任重而道遠 —— 關於「地方文化知識譜系」的構建〉，《黔中走筆》，397 頁。

這就是我們在前文一再提及的，我們的貴州、安順地方文化研究，是出於「認識腳下的土地」的內在要求，是為了尋求自我的生命之根，為了構建自己的精神家園的需要。在我們這裏，「自我—貴州、安順—世界、全球」，形成了一個統一、有機的思想、學術、生命的網絡，這是真正屬於我們的特殊意義和價值。

　　二、杜應國在他的回應文章所討論的第二個問題，是「知識體系的構架」。他指出，「『地方文化知識譜系』，絕不是一堆雜亂無章的知識堆積，而是有着其內在的邏輯結構並學科構成與學理支撐的知識體系架構，因此其構建過程，就應當是一個多學科、多層面，協同努力，互補遞進的系統工程」。由此提出的是兩個關鍵環節。第一就是「學科構架」，「它至少涉及考古學、歷史學、經濟學、社會學、人類學、民族學、文化學、民俗學、文獻學、語言學、文學、藝術、音像、戲曲等等多種門類，多種學科」。這種多學科、多門類的研究，也應該是新時代地方文化研究的基本方法論。學科構架、方法論之外，還有一個組織方式問題。一些「綜合性、跨學科的重點課題、重點項目，確需多人合作，集體協同，因而需要有相應的組織依託和資金保障」，「更有不少課題、專題、專案等，應該也必須由文化學者們以個體勞動的方式去實施和完成」，「進行過程中的某些環節如資料查閱、田野作業，以及成果出版等，也需要獲得相應的資助與支持」。這樣，地方文化知識譜系的構建，就必須建立一個「政府與民間」，「體制內外」的合作機制。在這方面，如前文所說，安順在這方面有了一個較好的基礎，但也還「需要有持續的努力」。[45]

---

45 杜應國：〈「破題」與「接題」，任重而道遠 —— 關於「地方文化知識譜系」的構建〉，《黔中走筆》，397–398 頁。

地方文化研究與鄉村建設的有機結合
——屯堡文化研究

　　問題是，我們的安順地方文化研究，從哪裏切入和突破？經過一段調查與研究，我們最終選擇了「屯堡社會與文化研究」。所謂「屯堡」是安順的民間村落，其特殊之處，在於它是明王朝實行「調北征南」的軍事政治戰略，大批中原和江南各省軍士及其家屬入住西南，在黔中一帶形成了一種有着獨特的生活方式、禮儀習俗、語音語義、衣着服飾、宗教信仰和建築風格，並保持相對封閉狀態的地方社會與文化，它是「江淮漢文化與貴州山地文化的結合」，因而也最能體現貴州的移民文化的特點，有很大的社會文化發展潛力與研究空間，我們的研究正可以從這裏入手。

　　早在 2000 年，在我之後來安順師範任教的孫兆霞就帶領着學校裏的一批年輕教師與學生，到屯堡的一個大村落九溪村作田野調查，這是中國社會科學院支持的「中國百村調查」的一個子專案。我們原先民間思想村落的杜應國、羅布農等也積極參與，成為其中的骨幹。到 2004 年結項，出版了《屯堡鄉民社會》一書。從 2003 年開始，原來民間思想村落裏的更多的朋友朱偉華、劉丹倫、杜應國、何幼等都投入屯堡文化及地戲研究，於 2008 年出版了《建構與生存——屯堡文化及地戲形態研究》一書。這樣，我們的屯堡社會、文化調查與研究，前後持續 8 年之久，而且收穫了兩個具有相當分量的研究成績，證明「在看似落後的邊緣地區，仍然可以有前沿性的課題與成果」。其意義更在於，這是我們文革後期的民間思想村落的再聚集，再出發。就像我在為《建構與生存》一書所寫的〈序言〉所說的那樣，「到了 21 世紀初，我們在新的歷史條件下，又面臨着『中國向何處去，我們自己裏向何處去』的問題，又不約而同地把目光集中在中國的農村。這幾十年一貫的關注本身就意味深長」。

而且又有了一批新生代的年輕人，加入了我們的隊伍，這更是影響深遠。[46]

屯堡社會與文化研究，早在 20 世紀 80 年代即已開始。在 90 年代以後，「全球化與地方性的緊張、衝突成為學界普遍關注的問題」，正是在這樣的背景下，「屯堡文化現象也為一些省外、海外，包括台灣學者所注目」。而我們介入研究，自然如前文所說，也有全球化下的文化多元化發展的背景與動因，但我們更為關注的，是屯堡社會、文化的研究與當下處於社會轉型期的鄉村建設、改造與文化重建的關係。也就是說，我們是懷着強烈的「中國問題」意識深入到屯堡老百姓中間，和他們一起重新審視歷史傳統，尋找現實農村建設與改造之路的。[47]這也就決定了我們的屯堡社會、文化研究的特點：一方面，「它不同於通常理解的下鄉做扶貧工作，而是帶着一個課題，去做學術研究、文化研究的」；另一方面，我們的工作雖然是「從學術出發」，但最後又「內在地需要走出學術，直接參與到鄉村（九溪）的改造與建設實際工作中來」。這既是學術研究的成果的現實化，又為學術研究的發展提供新的可能性：「現實的實踐對屯堡文化內在潛力的激發會反過來加深對屯堡文化的體認：這是一個良性的互動過程」。重要的是，這樣的研究與實踐的結合，對於我們自己 —— 課題的參與者、研究者的意義：如課題的指導者社科院王春光研究員所說，「我們知識分子終於找到了一條能為老百姓和村裏發展做事的路徑」；同時也為我們自我的生命，找到了一條和生養自己的這塊土地和父老鄉親建立血肉聯繫的路徑：這樣，我們的學術研究，就「不再為外在的功利目的所驅使，而是社會發展的內在需要，也是自我生命發展的內在需要」，我們也因此找到了

---

46 以上討論見錢理群：〈屯堡文化研究與鄉村文化重建 ——《建構與生成：屯堡文化及地戲形態研究》序〉，收《論志願者文化》，484,486,489 頁

47 錢理群：〈屯堡文化研究與鄉村文化重建 ——《建構與生成：屯堡文化及地戲形態研究》序〉，《論志願者文化》，487，484 頁。

「學術研究、文化研究的真諦」。我也由此而總結了「地方文化研究的意義」：它是「緊貼」四頭的：立足於「地方」（貴州、安順），又連接「全國」和「全球」，通向「自我」。[48] 這大概就是我（我們）的文化研究理想主義吧。

應該說，《屯堡鄉民社會》正是這樣的一個自覺的嘗試。該項目通過大量的田野調查和深入研究，得出的新的發展思路，引起學術界與從事鄉村建設的朋友的特別關注。人們議論最多的，是所提出的兩個命題。其一是要尋求「適合自己省情、地情的獨立自主之路」。該書明確提出，「鄉鎮工業和農業產業化並非農村發展的唯一選擇」。他們發現，「屯堡鄉民社會核心家庭經濟結構與鄉村旅遊、綜合農業、傳統農村工業、副業、手工業的現代改造的親和力和可融性，向我們昭示了在經濟領域、傳統資源與現代經濟運作相結合形成農村另一種經濟發展模式的可能性」，「動輒單一的集約化、上規模、高科技取代人力投入的農業產業化，並不一定適合像黔中這一類喀斯特環境特徵的農村發展，其經濟結構的要求也原有基礎之間存在難以逾越的鴻溝」。[49] 這裏提出的具體意見當然可以討論，但其內含的問題意識卻是抓住了要害：在我們進行地方經濟、社會、文化改造與建設時，「西方國家的發展之路，東部地區的發展之路，其他西部地區的發展之路，都只能借鑒，而不能照搬」，要「走出自己的路，首先是要正確瞭解我們自己，從對歷史與現狀的調查、研究做起」。[50] 其二，要「探索農村發展的內發資源和動力」。該書尖銳地指出，「中國農村普遍缺乏有利於村落發展的自組織機制。而多數是一種外部強勢資源的導入去推動村落的發

---

48 錢理群：〈地方文化研究的意義——2005 年 8 月 23 日在安順屯堡文化學術討論會上的發言〉，《漂泊的家園》，325，326，327 頁。

49 孫兆霞等：《屯堡鄉民社會》，352 頁。社會科學文獻出版社，2005 年出版。

50 錢理群：〈尋求中國鄉村建設與改造之路〉，《漂泊的家園》，323–324 頁

展。但這種導入基本上沒有考慮村落內部的文化網絡和社會基礎，因而效果欠佳」。[51] 這也同樣抓住了要害：我在考察中國從「五四」開始，一個世紀的鄉村建設運動的歷史時，最感痛心與困惑的，就是近百年來知識分子幾乎是「前仆後繼」地到農村去，但每一次去都是「雨過地皮濕」，農村的落後面貌沒有得到根本改變。一個關鍵原因，就是這裏所説的，只是「一種外部強勢資源的導入」，「缺少農村自組織機制的支撐，村民自治資源、鄉村建設與改造的內發動力不足，就造成農民主體性的缺失，農民始終處於被動接受的地位。這樣，只要外部強勢資源削弱或退出，農村變革就自然停頓以至恢復原狀」。[52] 正是總結了這樣的歷史經驗教訓，《屯堡鄉民社會》始終把發掘與總結屯堡社會的內發資源和動力作為調查研究的重點，並提出了「鄉民社會」、「自組織機制」、「內穩態機制」、「農村公共空間」等概念，引起了注意和討論。中國社會科學院國情調查研究中心主任陸學藝研究員在為本書寫的序言裏，即指出：「鄉民社會」的概念「大大拓展了我國農村社會的研究」，「費孝通先生提出過『鄉土社會』這一概念，無疑是對我國社會學的研究的豐富和發展，而鄉民社會這個概念實際上是對鄉土社會思想的發展和創新」，「鄉民社會」的概念更「重視村民在鄉村社會的主體性」，具有很大的現實意義。[53] 課題組通過對九溪村的調查、研究，發現在屯堡社區「存在着一個於傳統社會與國家之間的具有豐富內容的社會空間」，「這一空間作為第三領域」，「在多元的組織、組織中的精英的活動、空間中社會輿論的控制等因素共同作用下，起着一種溝通一、二空間（國家與社會）的功能」，「這些公共空間是從傳統農村的自主空間演變過來的」，這就為今天的重建村民自治建設，提供

---

51 孫兆霞等：《屯堡鄉民社會》，213 頁。

52 錢理群：〈尋求中國鄉村建設與改造之路〉，《漂泊的家園》，320–321 頁。

53 陸學藝：〈序〉，《屯堡鄉民社會》，2 頁。

了傳統的資源。[54] 由此引出的是「如何將傳統資源與現代化進程結合起來」，「在傳統和現代之間找到一條可通達的橋樑」的問題，這或許是更為重要和迫切的。[55]

《建構與生成：屯堡文化及地戲形態研究》的課題負責人為自己的研究預設的目標是：「通過多學科的綜合打通研究，從學理層面完整闡釋（屯堡文化）這一特殊文化現象的建構過程和性質特徵」，「最大期許是通過這個文化個案結構的剖析，提供一種超越地域局限的更具普適性的文化人類學範例」。[56] 因此，此書最引人注目之處，即在通過獨立的研究，對屯堡文化的「建構過程和性質特徵」所作出的全新概括：屯堡人「這個族群並非人們所想像的由於『天高皇帝遠』而遺世獨居，也不是『心遠地自偏』地自外於歷史變遷；相反，我們今天所看到的一切，都是他們積極應對變化了的生存環境的產物。整個屯堡社區不是一塊保存完好的『異域飛地』，而是他們重建的故土家園；屯堡文化也不是一種足資見證歷史遺跡的單純移民文化，而是一種豐富複雜的生成性、建構性族群文化。也就是說，屯堡文化在形成過程中有明顯的『文化增容』和『文化重組』」，「地戲的形成，即是一個典型的例證：它並非簡單的移植，而是在移民帶來的形式碎片基礎上，在本土的合成，是一個新的重構和創造」。不難看出，本書的研究，更強調「屯堡人積極應對變化了的生存環境的主動性，創造力，以及屯堡文化所具有的『建構性』特徵」，這背後的「對屯堡文化及屯堡人精神」的關注與研究，這或許是更具啟發性的。[57]

---

54 孫兆霞等：《屯堡鄉民社會》，307，309 頁。

55 陸學藝：〈序〉，《屯堡鄉民社會》，2 頁。孫兆霞等：《屯堡鄉民社會》，349 頁。

56 朱偉華等：《建構與生成：屯堡文化及地戲形態研究》，378 頁。

57 錢理群：〈序二：屯堡文化研究與鄉村文化重建〉，《建構與生成：屯堡文化及地戲形態研究》，10 頁。

這樣，從上一世紀的 80 年代到本世紀 20 年代，經過近 40 年的努力，屯堡社會、文化的研究，已經走向成熟：屯堡社會、文化的多重意義逐漸呈現，它的內在綜合性逐漸被認識；更重要的是，一個多學科（從歷史學、民族學、文學、美學、經濟學，到民俗學、文化人類學、旅遊學、社會學、宗教學、統計學、社會性別學等等）的綜合研究的基本格局已經形成。同時提出的是「進一步擴大視野，進行比較的、溯源性的研究的要求，以及向宏觀、微觀兩個方面開拓的要求：微觀方面進入村落組織、個人生命史等等具體對象；宏觀方面，則要求更高視野中的整體關懷，從研究屯堡到以屯堡為切入口，研究中國社會、文化形態及其變遷」。這表明，屯堡研究已經發展到需要進行總體提升的階段。正是在這樣的學術發展的背景下，提出了「有組織、有步驟地建立地域性的專門學科 —— 屯堡學」的歷史任務，並出現了相應的組織機構：民間的「貴州省屯堡研究會」，以及大學和研究院的專門研究機構，如安順學院的「屯堡文化研究中心」，由此又提出了「地方院校應成為建構地方文化知識譜系的中心」的理念和歷史任務。所有這些屯堡社會、文化研究的新發展，新使命，都引起我的強烈興趣和認真思考，為此而寫了〈屯堡文化研究的動力、方法、組織和困惑〉的長文，也算是我參與屯堡文化研究的一個總結，以及我對屯堡文化研究界的朋友的一個期待：「學術研究從根底上說，是需要沉潛的。我們要用屯堡人的精神來研究屯堡文化。而在關於屯堡人的描述中，最觸動我的，是屯堡從事佛事的老年婦女，她們那分虔誠，那舉重若輕的氣定神閑，正是我們所缺少的，而又是真正的學術研究應有的境界」。[58]

---

58 錢理群：〈屯堡文化研究的動力、方法、組織和困惑 ——《學術視野下的屯堡文化研究》序〉，《論志願者文化》，500–502 頁，504 頁。

民間修史：《安順城記》之集大成

從編寫《貴州讀本》（2001-2003 年），戴明賢先生的《一個人的安順》問世（2004 年），由此帶動的安順地方文化散文（「土地裏長出來的大散文」）的創作熱潮，到「構建地方文化的知識譜系」的理論倡導（2005 年），屯堡社會、文化研究的開創性成果：《屯堡鄉民社會》（2005 年），《建構與生成：屯堡文化及地戲形態研究》（2008 年），以及我們在前文未及討論的《續修安順府志輯稿》的整理點校、出版（2012 年），有了這樣的 10 年積累與準備，就自然要有一個「集大成」的工程，即以全新的視野、觀念和方法，編撰貴州地方文化史志，進行「民間修史」的嘗試。[59]

但這樣的學術大工程，卻是由我個人的一個夢引發的。瞭解我的朋友都知道，我到晚年形成一個習慣：每天早晨要提前醒半個多小時，靜靜地躺在床上，胡思亂想，就作了一個又一個的關於學術研究、寫作、編書的計畫，大都出於個人想像，標新立異，違背既定常規，只能說是「夢想」。但我總不甘心，偏要去做，說不定就做成了。這一回，是在 2004 年 11 月 2 日，想着自己及整個學界的歷史研究，也包括地方志的寫作，覺得按老路子走下去，實在沒勁……。想着想着，就突發異想：能不能用《史記》的體例，來寫一部《安順城記》？想出這個「鬼點子」，我真是興奮極了，就迫不及待地和「小杜」交流 —— 這也是我的習慣：要做夢，就要拉着杜應國一起做。應國也立刻被我打動，還寫了一個《構想脈絡》，我的《安順城記》夢

---

59 錢理群：〈好人聯合起來，做一件好事〉，收《論志願者文化》，505–509 頁。

就成了我們兩個人的夢。[60] 但當時這個夢還是太超前了：不僅其強烈的理想主義色彩，和世紀初的中國社會與學術現實距離太大，客觀條件不具備；而且我們安順這一群人還沒有重新組合，進行這樣大的學術工程的主觀條件也欠缺。這樣，《安順城記》夢只能暫時存於我們兩人心裏。2005 年討論地方文化知識體系的構建時，應國談及「我們前面還須做、也可以做的事還很多」，提出的第一項任務就是「地方文化史志的書寫」，算是向學術界透露了一點「消息」。[61] 我自己則於 2007 年寫《土地裏長出來的散文》時忍不住將編寫《安順城記》的計畫和盤托出：我們這些年所做的工作，都是在為編寫安順地方志作準備；現在就應該把「編寫安順《城記》的設想和任務」提到議事日程，而「命名為《城記》，則顯然是提倡對《史記》紀傳體歷史體例的自覺借鑒」。於是，就有了所謂「三大工程」的總體設想：「如果說《一個人的安順》系列是個人化的歷史，可以構成安順小傳統；那麼這樣一部《城記》就是安順的正史。如果再加上對安順歷史、文化典籍的有計劃的整理出版，就構成了安順的大傳統。完成了這三大工程，我們就真的就可以向後代交代了」。文章最後還寫了一段特別動情又意味深長的話：「司馬遷是在 42 歲至 55 歲期間寫出他的《史記》的；那麼，安順的這批朋友，在陸續從工作崗位第一線退出以後，也正是坐下來寫史，寫文化散文的年齡。兒女都已長大，自身也臻成熟，趁身體尚

---

60 《構想脈絡》幸而保存下來，現抄錄如下：「安順城記（或史記）（構想脈絡）：一，安順城本紀：有關安順的歷史、沿革、事件、風土、特產及山川地理等。二，安順世家：城中大姓、望族、老姓、土著、縉紳及少數民族重要支系（家族）等。安順人物列傳，可分：1）本土（地）人物；2）外來人物（徙居、流寓、派駐等）；3）過客（短暫住留、路過等）。三，年表：歷史年表？世系年表？人物年表？注：該書材料組合，可考慮為三類：1）自傳筆記類文字；2）訪談性口述史材料；3）相關圖片。文本總體架構，應以走向現代化、現代化的邏輯指向、歷史指向為依歸。2004 年 11 月 2 日夜錢師電話轉達之最新創意及構想，特錄此存照，應國記於同日夜十點。」

61 杜應國：〈「破題」和「接題」，任重而道遠 —— 關於「地方文化知識譜系」的構成〉，《黔中走筆》，398 頁。

健，何不再為生養自己的故土做點文化積累的工作？」「我一再提到司馬遷，並不是要硬作攀援，而是要提醒諸君：不可妄自菲薄，小城裏自有大文章。我們所做的工作，放在當今中國，以至世界，都是有大意義和大價值的，是值得作為一個事業來做的」。[62] 任務提出來了，但還有一個重要環節沒有找到解決之法：這樣的大工程，沒有政府的支援，是難以啟動、操作的。2008 年我就找戴明賢和袁本良兩位商量。他們都覺得我的《安順城記》夢「有意思」，願意一起做夢。本良有詩為證：「舊夢新夢話題多」，並出主意找省文史館的主任顧久先生，由文史館牽頭主持，這就有了組織保證。以後又找到了賈正寧、高守應，安順社科聯也成了實現夢的推動者。於是，終於有了 2012 年 10 月 25 日的編撰預備會的召開。這是由一個人的夢，變成一群人的夢，由夢想到實現的決定性的一步。[63]

我在 2012 年編撰預備會講話裏提出一個口號，叫「好人聯合起來做一件好事」，據說感動了好多朋友。我說的「好人」，指的就是我們這一幫安順老、新朋友。它是以當年民間思想村落的朋友為主的，再加上 80 年代、90 年代、2000 年代以後陸續認識，有過合作的新朋友；因此既可以視為民間思想村落的第三次大聚集，也可以說是「三零後（1930 年代出生）」、「四零後」、「五零後」、「六零後」、「七零後」、「八零後」六代人的大合作。能夠在今天這個時代做到這樣的聚集與合作，是因為「我們共同經歷了共和國歷史的幾次巨大轉折，在這一過程中形成了某些共同的或接近的思想觀念、精神氣質。比如說我們多多少少有一點理想主義，多多少少有一點社會承擔意識，多多

---

62 錢理群：〈「土地裏長出的散文」——讀宋茨林《我的月光我的太陽》，兼談《黔中走筆》〉，《漂泊的家園》，369、370 頁。

63 錢理群：〈為我們自己，為未來的讀者寫作——在《安順城記》第三次工作會議暨審稿會議上的講話〉，收《安順城記通訊》第 2 期，1–2 頁。

少少有一點對家鄉、本土的情感和責任感」。這樣，我們這些「好人」來編撰《安順城記》，「不僅是一項學術工程，更是一種感情的投入，生命的投入」，《安順城記》也就成了我們在特殊年代結成的友誼的「紀念碑」。但我們又清醒地認識到，在今天的中國，《安順城記》的編撰與出版，是「不合時宜」的，它會有讀者，但「不可能成為真正為人們所關注的時代話題」。因此，我們更是「為未來寫作」的：「我們要用自己的寫作，告訴後人和子孫：在那個物質主義的時代，還有人在堅守精神；在那個追求與國際接軌的時代，還有人在堅守鄉土文化；在那個言論空間十分有限的年代，還有人堅守自由思考與寫作」。今天這個時代，「諸多有形無形的限制，已經使我們這些普通老百姓做不成什麼事情了，包括對當下中國的社會發展，對當下貴州的建設，儘管有很多的看法和想法，但無權無勢的我們，已經處於完全無能為力的狀態。所以我常講：現實我們管不了，總可以將歷史整理一下留給後人吧」。在這個意義上，可以說我們編撰《安順城記》是「上對得起祖宗，下對得起子孫」的事，是我們當年民間思想者這一代「能夠做的最後一件事」，做完了，就可以真正地頤養天年，「什麼都不管，也管不了了」。[64]

當然，我們聚集起來編撰《安順城記》，不僅出於個人生命發展的需要和我們的社會責任感，更有學術的自覺追求；從我們的地方社會、文化研究的角度看，其所提出的歷史觀和方法論，也有一個總結、集大成的意義。

首先自然是所謂「仿《史記》體例」。問題的提出，「主要是出於現行史學和歷史書寫的反省」。我曾經將其概括為三大問題，即「有史事而無人物；有大人物而無小人物；有人物的外在事功而忽略了人

---

64 錢理群：〈為我們自己，為未來的讀者寫作 —— 在《安順城記》第三次工作會議暨審稿會議上的講話〉，《安順城記通訊》第 2 期，2–4 頁。

的內心世界」。最根本的問題還在於,「今天包括歷史學在內的中國學術,越來越知識化、技術化、體制化,缺少了人文關懷,沒有人,人的心靈,人的生命氣息。這樣的學術,史學,只能增知識,不能給人以思想的啟迪,心靈的觸動,生命的感悟」。這就使我想起了中國自己的傳統,即司馬遷的《史記》開創的傳統。它的最大特點,就是「文、史、哲不分,既是一部史學經典,又是一部文學經典」。它至少有三大優勢:「其一,不僅有大人物,而且有小人物;不僅有人的事功,更有人物的性格,形象和心理。其二,在體例上,將通史和國別史,專史與區域史相結合,史事和人物互相穿插,較好地解決了史觀與史識的表述問題。它的「本紀」、「列傳」、「表」的結構,也很有啟發性和可借鑒之處。其三,在歷史敘述上突出文學的表現手法,其中最重要的,就是注意歷史細節的感性呈現,以及對於歷史人物個體生命的呈現」。於是就產生了我們的設想:「如果在吸取《史記》的觀念和方法的基礎上,再吸取一些傳統的方志學的體例優勢(如分篇較細,門類較專等),取長補短,以相得益彰,就會有一個新視野,新敘事,背後是一個新的史學觀」。由此而提出了在《編撰構想》裏提出的任務:「撰寫一部仿《史記》體例的《安順城記》,以現代眼光、現代視角,採取國史體例與地方志體例相結合的方式,嘗試為 1949 年以前的安順歷史作民間修史的探索,以形成一部較為完整的,角度不同,撰寫手法新穎的地方志,使此前散亂、零碎的地方資料有一個系統的整合,與富於現代語境的言說」。[65]

這樣,我們所期待的《安順城記》的寫作,就有了鮮明的特色,其中貫穿着我們的歷史觀。其一,這是一部以安順這塊土地,土地上的文化,土地上的人為中心的小城歷史。「土地」—「文化」—「人」,

---

65 錢理群:〈好人聯合起來做一件好事 —— 2012 年 10 月 25 日在《安順城記》預備會上的講話〉,《論志願者文化》,509–510 頁。

構成它的中心詞，關鍵字。其二，突出安順多民族聚焦區的特點，除了為各少數民族設立專紀外，還首次把各世居民族的創世想像寫入歷史，顯現「多民族共同創造歷史」的史觀。其三，呈現一個多元的，開放的安順文化。不僅對內突出民族並存與相互影響的特點，對外也要突出與外部世界的交流與吸收。其四，貫穿「鄉賢與鄉民共同創造歷史」的歷史觀，既突出鄉賢的歷史貢獻，也關注鄉民中的代表人物，老百姓的風俗習慣和日常生活。其五，貫穿生命史學的觀念。要通過一個個具體民族、家族、個體的生命狀態的描述，體現一方土地的生命，寫出歷史的「變」和「常」，地方文虎性格，寫出安順人「永遠不變的散淡、瀟灑的日常生活，看慣寵辱榮哀的氣定神閑的風姿」。其六，融文學、社會學、民俗學、人類文化學、歷史、哲學為一爐，用「大散文」的筆調書寫歷史，注重文筆，講究語言，適當運用安順方言土語，要求盡可能有一點形而上的意味。其七，增強直觀性，追求歷史的原生形態，盡量收入有關安順的圖像學資料，以及各時代的老照片。其八，努力發現和運用新的史料和新的學術研究成果。[66]

最重要的是，這是一次政府支持下的民間修史的自覺嘗試。《安順城記》的最大意義，就在於，這是由我們貴州、安順的民間學者獨立寫出的自己的地方文化史。我們中間沒有專業的歷史研究者，是名副其實的普通教師、公務員中的愛好者的業餘寫作；這可能帶來一些問題，但卻最大限度地發揮了民間智慧與創造力。在整個編撰過程中都沒有受到任何干擾，顯示了民間寫作的獨立與自由。這都是極其難得，特別值得珍惜。而且，在編撰過程中，培養了一批年輕作者，形成了一隻安順地方文化研究的學術隊伍。後繼有人，我們這些文化老人也就放心了。這篇〈我與貴州、安順地方文化研究〉的文章，也可以到此結束了。記得杜應國在他大概寫於 2007 年的〈心靈的拷問與追

---

66 錢理群、杜應國：《安順城記》序。

尋 ── 一個『倖存者』的精神之旅〉裏，特意提醒：儘管錢理群寫了那麼多，與貴州有關的生活、經歷卻「很少觸動，很少細說」。「貴州之於他，不僅是一段記憶，一段刻骨難忘的精神蝶化期，而且，更是一段與昨天或傳統、與泥土和草根緊密相連的標誌。這或許是他心中最後一座富礦，輕易不肯開掘，不定在哪一天，這隱藏很深的礦脈或許會敞開，再度給我們帶來驚喜也未可知」。[67] 現在，我的生命走到了應該總結一生的最後階段，就把「我與貴州」的這一段歷史寫出來了。能否「帶來驚喜」，就不知道，也不想它了。

2019 年 11 月 4 日–14 日

---

67 杜應國：〈心靈的拷問與追尋 ── 一個「倖存者」的精神之旅〉，《故鄉道上》，274 頁，貴州教育出版社，2008 年出版。

附錄一：有關文章篇目

1. 〈鄉之子的漂泊與困守——我看羅迎賢《故鄉人》〉（1990 年 7 月 10 日）（錢理群），收《漂泊的家園》，貴州教育出版社，2008 年出版。

2. 〈故鄉道上〉（1992 年 1 月 16 日）（陳墨即杜應國），收《漂泊的家園》。

3. 〈思想尋蹤——籃子《山崖上的守望》序〉（1997 年 12 月 19 日）（錢理群），收《漂泊的家園》。

4. 〈新年來信〉（1998 年 1 月 1–2 日）（籃子，即杜應國），收《漂泊的家園》。

5. 〈《山崖上的守望》後記〉（1997 年 11 月 13 日）（籃子，即杜應國），收《山崖上的守望》，福建教育出版社，1999 年出版。

6. 〈令人大開眼界的文學史景觀——讀《20 世紀貴州文學史書系》〉，（2001 年 3 月 10 日）（錢理群），收《生命的沉湖》，三聯書店，2006 年出版。

7. 〈《貴州讀本》前言〉（2003 年 4 月 15 日）（錢理群），收《漂泊的家園》。

8. 〈認識我們腳下的土地〉（2003 年 12 月 5 日），（錢理群），收《漂泊的家園》。

9. 〈歸來的學魂——錢理群 2003 年貴州之旅〉（2003 年 12 月 30 日）（籃子即杜應國），《追尋生存之根——我的退思錄》，廣西師範大學出版社，2005 年出版。

10. 〈「詩意地在大地上棲居」——喜讀《神秀黔中·安順地域文化抒情散文》〉（2003 年 9 月 15 日）（錢理群），收《漂泊的家園》。

11. 〈我看《一個人的安順》〉（2004 年 4 月 6 日）（錢理群），收《漂泊的家園》。

12. 〈怎樣培育安順的「城氣」——《黔中墨韻》引發的浮想與建議〉（2005 年 10 月 26 日）（錢理群），收《那裏有一方心靈的淨土》。

13. 〈「土地裏長出的散文」——宋茨林《我的月光我的太陽》，兼讀《黔中走筆》〉（2007 年 3 月）（錢理群），收《漂泊的家園》。

14. 〈構建地方文化知識譜系——以五本關於安順的書為例〉（2005 年 5 月）（何光渝），收《黔中走筆》，貴州人民出版社，2006 年出版。

15. 〈「破題」與「接題」，任重而道遠——關於「地方文化知識譜系」的構建〉（2005 年 8 月）（杜應國），收《黔中走筆》。

16. 〈漫說譜系建構〉（2005 年 12 月）（戴明賢），收《黔中走筆》。

17. 〈尋求中國鄉村建設與改造之路——在《屯堡鄉民社會》首發式上的講話〉（2005 年 8 月 23 日）（錢理群），收《漂泊的家園》。

18. 〈地方文化研究的意義——在屯堡文化學術討論會上的發言〉（2005 年 8 月 23 日），收《漂泊的家園》。

19. 〈活着的危機：鄉村文化、教育重建是我們自己的問題〉（2007 年 2 月），收《活着的理由》，廣西師範大學出版社，2010 年出版。

20. 〈屯堡文化研究與鄉村文化重建——《建構與生存：屯堡文化及地戲形態研究》序〉（2008 年 6 月），收《論志願者文化》，三聯書店，2018 年出版。

21. 〈屯堡文化研究的動力，方法，組織和困惑——《學術視野下的屯堡文化研究》序〉（2008 年 8 月）（錢理群），收《論志願者文化》。

22. 〈好人聯合起來做一件好事——在《安順城記》預備會上的講話〉（2012 年 10 月 25 日）（錢理群），收《論志願者文化》。

23. 〈為我們自己，為未來的讀者寫作——在《安順城記》第三次工作暨審稿會議上的講話〉（2014 年 5 月 16 日）（錢理群），收《安順城記通訊》第 2 期，安順市社科聯編印。

24. 〈關於《安順城記》的書寫問題〉（2014 年 5 月 19 日）（錢理群），收《安順城記通訊》第 2 期。

25. 〈走好最後十裏路——在《安順城記》工作推進會上的講話〉（2017 年 10 月 13 日）（錢理群），未收集。

26. 〈《安順城記》序〉（2018 年 8 月）（錢理群，杜應國），未收集。

附錄二：有關研究成果書目

1. 《神秀黔中——安順地域風情散文》，（安順市文聯編，主編朱學義，執行編委杜應國），貴州人民出版社，2003 年 6 月出版。

2. 《貴州讀本》（錢理群、戴明賢、封孝倫主編），貴州教育出版社，2003 年 8 月出版。

3. 《一個人的安順》（戴明賢著），人民文學出版社，2004 年 5 月出版。

4. 《黔中墨韻》（朱學義主編，執行編委羅銀賢、郭堂貴），天津人民美術出版社，2005 年 3 月出版。

5. 《屯堡鄉民社會》（孫兆霞等著），社會科學文獻出版社，2005 年 8 月出版。

6. 《黔中走筆》（安順日報編，主編朱學義，執行編委宋茨林，特約編輯杜應國），貴州人民出版社，2006 年 12 月出版。

7. 《我的月光我的太陽》（宋茨林著，特約編輯杜應國），貴州人民出版社，2007 年 11 月出版。

8. 《建構與生成：屯堡文化及地戲形態研究》（朱偉華等著），廣西師範大學出版社，2008 年 9 月出版。

9. 《學術視野下的屯堡文化研究》（貴州省屯堡文化研究會、貴州省屯堡文化研究中心編，主編李建軍），貴州科技出版社，2009 年 6 月出版。

10. 《續修安順府志輯稿》（整理點校稿），（任可澄總撰）（整理點校：袁本良，杜應國），貴州人民出版社，2012 年 10 月出版。

11. 《安順城記》（錢理群、戴明賢、袁本良主編，總撰稿杜應國），貴州人民出版社，2020 年 1 月出版。

我與攝影：我的一種存在與言説方式
——《錢理群的另一面》代序

　　每次旅遊，我都沒有文字留下，我從不寫遊記。最初以為是自己文字功力不足，但細想起來，這只是一個表面的原因。更深層次的問題是，自然，包括自然風景，恐怕不是語言文字所能描述的。語言文字只是人的思維和表達的工具，在自然面前，就顯得無能為力。

　　坦白地説，面對大自然，我常有人的自卑感。那些大自然的奇觀，使你感到心靈的震撼，而無以言説。

　　正是這一點，顯示了攝影（包括電影攝影）的力量和作用。所謂攝影，本質上是人和自然發生心靈感應的那瞬間的一個定格，是我經常喜歡説的「瞬間永恆」。它所表達的是一種直覺的、本能的感應（因此我堅持用傻瓜機照相，而反對攝影技術的介入），不僅有極強的直觀性，也就保留了原生態的豐富性和難以言説性。這正是語言文字所達不到的。攝影所傳達的是人與自然的一種緣分；攝影者經常為抓不住稍縱即逝的瞬間而感到遺憾。這實際上意味着失去了，或本來就沒有緣分。

於是，我的自我表達，也就有了這樣的分工：用文字寫出來的文章、著作，表達的是我與社會、人生，與人的關係；而自我與自然的關係，則用攝影作品來表達。

我經常在學生與友人中強調攝影作品在我的創作中的重要性，甚至說我的攝影作品勝過我的學術著作的價值，這其實並非完全是戲言。對於我來說，與自然的關係是更重要的：我本性上是更親近大自然的。只有在大自然中，我才感到自由、自在和自適，而處在人群中，則經常有格格不入之感，越到老年越是如此。

即使是旅遊，我對所謂人文景觀始終沒有興趣，我覺得其中虛假的成分太多。

真正讓我動心的，永遠是那本真的大自然。這樣的類似自然崇拜的心理，還有相關的小兒崇拜，其實都是來自「五四」——我承認，自己本質上是「五四」之子。

（摘自〈旅加日記〉）

附：獨語（一）

寂靜、空澄

晨六時即起，去湖邊散步。看直立於晨曦中的獨木，靜臥在波光裏的圓石，竟有一種莫名的感動，心也變得分外的柔和。

——〈旅加日記〉

公園有如鄉村，坐在湖邊長椅上，閑看雲飛水流，身心都極放鬆。

——〈旅加日記〉

去多個海邊公園，一路觀海。最難忘的是，獨自面對海的那一刻：一切的一切，山，海，天，雲，樹，草，鳥，船……全都凝定。人也凝神靜氣，心中一片空澄……

旁邊一個外國老頭兒，躺在草地上酣睡——或許我這個中國老頭兒會是他的夢中人？

——〈旅加日記〉

坐林中長椅上閉目靜聽鳥鳴，試圖用各種擬聲詞將其記錄下來，卻不能；遂拍下兩張照片，於畫面外聽鳥音，也是饒有興味。

老伴帶兩個孩子來，與他們談話。我端坐其間，一邊是人類的聲音，一邊是鳥類的鳴叫，有一種奇妙的感覺。

——〈旅加日記〉

獨自讀書中，突然發現（或感覺到）「寂靜」。它無聲，卻並非停滯，在無聲中有生命的流動：樹葉在微風中伸展，花蕊在吸取陽光，

草叢間飛蟲在舞動，更有人的思想的跳躍、飛翔。這就構成了「寂靜之美」。

事實上，在北京也經常處於這樣的寂靜中。但身處在國內現實環境中，就總有一種匆忙感。因為和這塊土地聯繫過於密切而產生的內在衝動而渴望行動，連寫作都成了這樣的行動的一部分，而且永無休止。這就缺失了距離感與從容心態，因此就不能盡情享受這寂靜之美。

——〈旅加日記〉

色彩

連續拍攝了好幾張「風箏漂浮於晴空中」的照片，意在表達我內心的「藍色」感，那麼一種透亮的、飽滿的，彷彿要溢出的，讓你沉醉、刻骨銘心的「藍」！

——〈旅加日記〉

驅車去一原始森林公園。在老樹枯藤的暗綠與赭色之中尋找綠的閃光，在百年古樹的森嚴下發現生命的亮點，這都需要想像力。攝影因此而顯示魅力。

——〈旅加日記〉

我來加拿大之後，最深的感受是空氣的純淨造成的天空的澄明，以及漂浮於上的雲彩的多姿多變。我照的許多照片其實都是以天空與雲彩為主角的。各種建築物反而是陪襯 —— 更準確的說，應該是相互映襯。四百年前的古建築顯示歷史的恒定，給人以沉穩感；現在因有

了變幻的浮雲與光線，就產生了飄動感。一靜一動，一重一輕，就有了一種藝術的張力。

——〈旅加日記〉

參觀國會山，我關注的依然是這些建築物在藍天、白雲、陽光映照下的千姿百態所顯示的形式（線條，輪廓，色彩）美。

——〈旅加日記〉

驅車去寶翠公園，園中集中了各種奇花異木，色彩之豔麗多彩令人瞠目結舌，更是只能用攝影來表現了。美妙的心靈感應的瞬間簡直應接不暇。這樣的生命陶醉持續了幾個小時，終於在飯桌上呼呼入睡。在夢鄉裏，卻是什麼都沒有，整個生命又沉沒於黑暗中，這是「充滿了光明的黑暗」，實在是太美妙了。

——〈旅加日記〉

到了西藏，由於高原氣候反應，一上車就沉沉地睡，對周圍的一切，什麼感覺都沒有，好像墜入一個黑洞，墜下去，墜下去⋯⋯。老伴突地碰我一下，示意我看窗外的風景。我睜開眼，好像有一團藍色掠過，總算有了點色彩的感覺，但很快又沉了下去⋯⋯。直到羊卓雍措（藏語意為「天鵝池」）的「藍色」才把我完全震醒：無論是天色之藍，還是水色之藍，竟是如此之純淨！它超出了我在全國和世界旅遊時對各種藍色的感受與體驗，以至想像：原來還可以這樣「藍法」！這時候，我突然有了一種欲望，甚至有了力氣，去尋找新的發現。於是又發現了「黃色」——又是純淨的，透明的「黃」！還發現了藍、黃之間的黑色、白色的牦牛群！我陷入對色彩的沉醉之中，又忘記了一切⋯⋯

——〈旅藏日記〉

談到色彩，我也一個恐怖與荒唐的記憶：文革一開始，我就被打成反革命，人們就給我安上許許多多你想像不到的罪名。有一個和我關係很密切的學生揭發說，錢某人喜歡藍色，特別是天藍色。這是真的，因為我喜歡天空。但下面一句就是編造的了：說我不喜歡紅色。這就麻煩了。於是一位美術老師站出來分析，說錢某人為什麼喜歡藍色，因為國民黨的旗子是青天白日，他不喜歡紅色，因為它仇恨五星紅旗。你看他多反動，是個死心塌地的國民黨反動派的孝子賢孫。這位美術老師還從專業的角度給我加上一條罪名，說藍色是冷色，紅色是熱色。這暴露了他內心的陰冷，他對人民冷酷，對共和國沒有感情。這些話今天聽起來可能覺得好笑，但在當時卻形成了巨大的壓力。

——〈我的人生之路與治學之路〉

用一天時間將在香山植物園拍的照片與上海、南京之行的照片整理出來，分別命名為「京郊尋春」與「金陵踏青」。色彩極為豔麗，內在情感極為飽滿，真正是「情意綿綿，春意盎然」，將我內心深處對於美和愛的追求表現得淋漓盡致。這是在我的文字裏，包括最近一段寫的文章裏絕對見不到的。因為整理這些照片，我的心裏也充滿陽光和色彩，內心的陰霾為之一掃。

——〈2010 年 5 月 17 日日記〉

生命的酣暢狀態

一個人的生命、生活必須有目標感。而且要善於把自己的大理想、大目標、大抱負轉化為具體的，可以操作、可以實現的目標。我把讀一本書、寫一篇文章、編一本書、策劃一次旅遊或者到這裏演講，都當做實現大目標的一次努力，帶着期望與想像，懷着激情與衝

動，投入其中，陶醉其中，把這看作是生命的新的開端，新的創造，從中獲得詩的感覺。

我更追求生命的強度，要全身心地投擲進去。我給北大學生有一個題詞：「要讀書就玩命地讀，要玩就拼命地玩」。這樣才使你的生命達到淋漓盡致的酣暢狀態，這是我所嚮往的。

所謂「大學」，就是在這樣一個大的生存空間、精神空間裏，活躍着這樣一批沉潛的生命，創造的生命，酣暢的生命和自由的生命。以這樣的生命狀態作底，在將來就可能為自己創造一個大生命；這樣的生命多了，就有可能為我們的國家，為我們的民族，以至為整個世界，開創出一個大的生命境界：這就是「大學之為大」。

——〈漫說大學之大〉

我比較喜歡從不同角度拍同一對象，當年拍彼得堡的青銅騎士與羅丹的思想者都是如此。在我看來，這都是我與這些人的創造物（建築物，雕塑作品）的相遇，心靈所受到的震撼，非得從不同角度拍攝的一組照片，才能將其淋漓盡致地表達出來，否則就不夠盡興。—— 即使攝影，我也追求盡興。對生命的酣暢狀態的追求，其實是貫穿一切方面的。

——〈200 年 12 月 21 日日記〉

生命的原始體驗

車到瀑布所在地，先看立體聲影片，算是先聲奪人。而當年印第安人發現大瀑布真容時，不由自主地向自然天神下跪那一瞬間，是最具震撼力的。—— 在大自然面前，人就應該有這樣的敬畏感。

當遊船將我們載到瀑布底下，頓時捲入狂風暴雨中時，所有的人都本能地快活地大叫起來，這場面實在動人。

加拿大自然之神終於向我們露出了他的另一面：在從容、和諧、寧靜的外表下，湧動的是這樣的生命激情！

這塊土地上的居民，以及來到這塊土地上的所有的男男女女，老人和小孩，也都如此：激情乃是宇宙生命的源泉，正是大瀑布讓我們每個人生命深處被壓抑的激情噴發了。

每個人走出大瀑布，都是目光炯炯，容光煥發，孩子般的快活！彷彿都從生命的童年和原始時期重走了一遭，接受了一次洗禮。

——〈旅加日記〉

在花園裏遇見了許多中國人，來自台灣、香港、大陸的都有。於是，就聽到了許多華語。按説他鄉聽鄉音是一件極高興的事，我卻有一種陌生感。想來大概是因為來加拿大以後，我為兩種聲音所包圍 —— 英語和廣東語，都是我聽不懂的。這樣，近半個月來，我除了與老伴、兒女用語言（漢語）交談外，與人的交流（包括兩個孩子）都是借助於某個眼神、動作和表情，更多的是與大自然進行無聲的對話。我幾乎已經適應於這樣的近乎原始的交流方式，現在突然置於熟悉的語言世界中，反倒覺得不習慣了 —— 這也是一種獨特的生命體驗吧。

小兒與大自然

全家同游大海。但見兩個孩子共築一泥城堡，當潮水湧來，即築溝守衛，但終被淹沒，遂大喊大叫。無論城之建造，與城之毀滅，均在歡樂中進行，與成年人心態迴異：後者往往自作多情。

晚飯後又見孩子匍匐於沙地中，忽悟小兒與水、土之天然親和，十分感動。

——〈旅加日記〉

吃飯前播放剛從社區圖書館借來的 CD 片「彼得與狼」交響樂，小傑聞聲而起，應着音樂的節拍，隨意作各種舞蹈動作。這是我第一次看見兒童的即興表演，乘興而舞，又乘興而止，一切出於自然，讓人感動。以至自己也躍躍然欲與小傑共舞，但筋骨已硬化，欲而能動，惜哉，惜哉！

——〈旅加日記〉

嬰兒的眼光，黎明的感覺

林庚先生退休後最後一次上課時，把一生的經驗總結為一句話：「詩的本質就是發現，詩人要永遠像嬰兒那樣，睜大了好奇的眼睛，去看周圍的世界，去發現世界新的美」。說的就是要保持嬰兒那樣第一次看世界的新奇感，用初次的眼光與心態去觀察，傾聽，閱讀，思考，從而產生不斷有新發現的渴望與衝動。美國作家梭羅在他的《瓦爾登湖》裏說，「人在休息了一夜之後，人的靈魂，或者說人的感官吧，每天都得精力彌漫一次」。因此，早晨起來，都會有一種「黎明的感覺」，驅使人們去重新發現與追求一種「崇高的生活」。如果你每天都這樣重新看一切，你就會有古人所說的「苟日新，日日新，又日新」的感覺，也就是進入了生命的新生狀態，長期保持下去，也就有了一顆人們所說的「赤字之心」，即始終保持孩子般的純真，無邪，好奇心與新鮮感，因而具有無窮的創造力。

——〈永存赤字之心 —— 我的中學經驗和貴州經驗〉

真山，真水，真人

這裏不僅有我在貴州生活十八年的生活的記憶，還有對自己的貴州經驗的總結，從中可以看出貴州這塊土地對一個人文學者的培育和影響。概括起來，就是：貴州的真山真水養育了我的赤子之心；和貴州真人的交往，培育了我的堂吉訶德氣；文化大革命中的摸爬滾打，練就了我的現實關懷、民間情懷、底層眼光；十八年的沉潛讀書，更是奠定了我的治學根基與底氣。

——〈《漂泊的家園》後記〉

在我的生命的深處，一直保留着「如何發現貴州大自然的美」的記憶：每天清晨，我都登上學校對面的山，去迎接黎明第一線曙光，一面吟詩，一面畫畫。為了體驗山區月夜的美感，我半夜起床，跑到附近的水庫，讓月光下的山影，水波，一起瀉在我的畫紙上。下雨了，我衝出去，就着雨滴，塗抹色彩，竟然成了一幅幅水墨畫。當然，我還真的寫詩，有的就題在我的畫上，有的寫在彩色的本子上，稱為「藍色的詩」、「紅色的詩」、「綠色的詩」等等。可惜這些畫和詩在文化大革命中已付之一炬，但看過的朋友都説有種童趣，那其實就是我努力保存的赤子之心的外化。可以説，是貴州的真山真水養育了我的赤子之心。

——〈永存赤子之心 —— 我的中學經驗和貴州經驗〉

安順友人本良先生有這樣的詩句：「黔山深處最清幽」，這是感悟安順山水的一個獨特視點：他的《初遊龍宮》，最注目的就是其「竇罅幽長通水府」的幽深，「澄澈如斯未污染，濯纓洗耳任由君」的清純。本良筆下的安順山水，更有「萬千氣象歎奇雄」的一面：舉世聞名的黃果樹瀑布帶來的就是「倏爾千尋來絕頂，匐然萬丈下深潭」的生命

的酣暢感，「裂石崩崖下九陔，挾雲裹霧進山隈」的心靈的震撼。這安順山水的「清幽」與「奇雄」兩極，是對安順文化及安順人的一種發現，也可以說是安順山水客體對安順人主體性情的浸潤，其魅力就在主客體的交融，相互養成。

——〈我們的堅守與追求 —— 讀袁本良《守拙齋詩稿》的斷想〉

談到貴州「真人」，總要想起我的老友尚沸，難以忘懷他身上的堂吉訶德氣質：永遠執迷於一種幻覺 —— 一個絕對的、純粹的真、善、美的理想境界，不惜為之付出一切代價。這自然是我們生活的那個「製造烏托邦的時代」的深刻影響，恐怕也與貴州封閉而又相對清純的地理、文化環境有關。尚沸在向我描述他心目中美的化身（通常是一位女性）時，他是那樣的動情，眼睛閃着光，微笑着，沉浸在一種宗教般的感情中，以至旁觀者都不忍心告訴他，那不過是他的幻覺；但很快，他自己就清醒過來，幻想破滅了，他又是那樣的沮喪，痛苦。這時候誰要去責備他的輕信、輕率都會是過分的殘酷。但不久，他又會製造出一個新的美，又開始新的迷戀，新的破滅，新的痛苦⋯⋯。這就是尚沸：他永遠是幻想的俘虜，認真、率真、真誠，甚至到了天真的地步。他的內心世界一輩子都是生活在童話世界裏的，他也終生保存着，更準確地說，是終生追求着兒童的純真：他是長不大的。尚沸的不幸卻正在這裏。時代、周圍的環境，以至周圍的人，迅速地畸形成長，越來越顯示出醜惡的方面。儘管不能適應，他彷徨，苦悶，卻依然不願意放棄已經成為他生命一部分的對於真、善、美的追求，而且越來越帶有自我掙扎的意味。

尚沸這樣的堂吉訶德式的悲劇人生、喜劇人生是屬於我們這一代人的。我自己何嘗不是如此。而且我在遠比當年更加嚴峻的年代，就只有到大自然裏去尋找真、善、美了。

——〈痛悼同代人的「死」〉

尚沸之後的貴州真人當屬戴明賢和袁本良先生。朋友形容明賢先生是「恂恂醇儒」，本良則自有仙骨，而我的外貌頗似彌羅，因此戲稱我們一起出遊是「儒釋道三人行」。我是湊數的，他們二位確實是古風猶存，而且是存在於貴州深山裏，這本身就很有意思。我們是差異型，而非趨同型的摯友，但恰恰最為相知相親，可以說是相互傾慕與欣賞。我的內心深處，渴望着戴、袁二位那樣的平和，淡泊，寧靜，瀟灑，從容，我極其羨慕他們那樣的自由讀書，隨意行走，任情揮筆潑墨的閒適的生活方式。我知道那也是我的生命因素裏原本就有的，它是屬於我的；但我由於另一方面發展的欲望過於強烈，而不得不有所捨棄，構成了生命永遠的遺憾；現在在對方身上得以實現，就會感到那是另一個自我。這樣，朋友之間的關係，就超越了一般所說的「友誼」，而都成為對方生命的有機組成部分，做到「我中有你，你中有我」了。我能夠在這個層面上與貴州真人結交，真實人生之幸事，快事！

——〈答貴州「小朋友」問〉，

〈我們的堅守和追求 —— 讀袁本良《守拙齋詩稿》的斷想〉

精神家園

　　「人在自然中」，真正地「腳踏大地，仰望星空」，這本身就是一個最基本、最重要、最理想的生存方式，同時也是最基本、最重要、最理想的教育方式。

——〈和志願者談「生活重建」〉

　　梁漱溟有言，人活在世界上，就是要處理三大關係：人與自然的關係，人與人的關係，人與自己內心的關係。因此，最理想的讀書、

生活方式與境界，應該是志同道合者聚集在大自然環境裏，共同勞動，做飯，過簡樸生活，一起讀書，討論。真正靜下心來，既與大自然交流，又彼此交流，更逼向內心 —— 讀書不僅是交流，還要內省。這樣，生命就真正沉潛下來：沉到歷史的最深處，社會的最深處，大自然的最深處，思想的最深處，內心的最深處，生命的最深處。這樣的沉潛讀書，才是真正的讀書，就能達到人與自然，人與人之間的和諧，讓心靜默，這就自自然然地建立起了真正的心靈家園，精神家園。

——〈讀書，為了健康地、快樂地、有意義地活着〉

那一方淨土

真的，西藏對於我，有一種生命的蠱惑。

寫到這裏，一件隱藏在記憶深處的往事，突然浮現出來：1948 年《中央日報‧兒童週刊》曾經發表過我的一篇作文，那時我正在中央大學附屬小學四年級讀書，大概是老師推薦的，卻是我第一次公開發表的文章，一開頭就說：「假如我生了兩隻翅膀，一定要飛到喜馬拉雅山的最高峰上，去眺望全中國的美景！」難道正是這 9 歲時的夢想，驅使我 66 歲時一定要踏上這塊土地？這冥冥之中的呼應，在自己的生命歷程上是多麼神妙的一筆！

而西藏對我的蠱惑又不止於「還夢」。我突然又想起了來西藏前一天為我的第二本《退思錄》所擬的書名：《那裏有一方心靈的淨土》，心為之一震：西藏不就是這樣的「淨土」嗎？昨天在羊卓雍措湖所發現的純淨透明的藍色又呈現在眼前，是的，西藏正是我一直追尋的大自然的淨土！是全球污染以後僅有的少數淨土！

——〈旅藏日記〉

我因此將這一次西藏之行稱為「朝聖者之旅」。「淨土」必在高處，深處，非有虔誠者的苦心苦力地追尋而不可見。因此，景致被稱為「聖湖」、「聖泉」、「神木」，人（旅行者）其實都是「朝聖者」。我們一路看見這些朝聖者從千里萬里之外三步一扣首地前往拉薩大昭寺聖地，祈求降福，堅守着心靈的淨土。在某種意義上，我們自己也是人生道路上的旅行者與朝聖者，我們拜倒在神奇的大自然面前，同時追尋着自己心靈的淨土。

——〈《那裏有一方心靈的淨土》後記〉

　　這裏有一種宗教精神，是類似宗教的生命體驗和生存境界，這或許就是我所要追求的，儘管我仍然堅持我的無神論立場，不願成為宗教信徒。但宗教文化、宗教精神卻對我有一種誘惑力。這樣，西藏之行，或許就有了一種特殊的意義。在退休以後，我一直在尋根；現在「那裏有一方心靈的淨土」命題的提出，就多少進入了宗教的境界。西藏之行實際上就是一次心靈的淨化，或許會照亮我晚年的生命歷程，是一次生命的提升。

——〈旅藏日記〉

永恆之旅

　　早上去參觀神廟的途中，進入視野的，是另一種景觀：騎着毛驢的老人……剛剛起身的男人……在河邊洗衣的女人……更多的還是上學路上的孩子……。於是，就有了一個瞬間：一個女孩在前面走，一個小男孩追着喊，小女孩猛一回頭，她那燦爛的微笑，正對着我的鏡頭，我竟然呆住了，沒有來得及反應，汽車已經開過去了。一路上我都未能拍下這瞬間而後悔不迭，同時又突有醒悟：這些景觀，在地球

上任何地方，人類歷史上任何時代，都會出現，這是大地上普通百姓的日常生活，它是超越時代，超穩定的，是人類的一種「永恆的存在」。

於是，我在埃及發現了兩個永恆：一個是金字塔、獅身人面、神廟所代表、象徵的人類歷史與文明的永恆，另一個就是生活在大地上的普通老百姓日常生活的永恆。

其實，這些天一直注意到的「世界旅遊者」的單純與友好的人的本性的人自然流露，也是一種永恆。人在與遠古相遇時，彷彿也回到自己的人生童年，彼此在微笑、點頭之間有着說不出的親切感，真是置身在「人類共同感」。我曾經說過，在大自然面前，大家都成了嬰兒；現在可以說，在遠古歷史面前，人也同樣成了嬰兒。而人經過大自然和歷史的洗禮，就會恢復自己的天性。

在發現了這樣的三個永恆以後，就可以把這次埃及旅遊命名為「永恆之旅」。

——〈旅埃日記〉

面對獅身人面像，確實大為震撼。我圍繞其身從各個角度仰望、拍攝，儘管其「人面」已經斑駁，但仍有一種說不出的神秘美。不由自主地想和她對話而又說不出口。但是小鳥毫不膽怯，而又自然地棲立於她的耳間與鼻尖。這樣巨大的獅身人面與如此嬌小的飛鳥之間的隨意相處，自有說不出的動人之處。

——〈旅埃日記〉

我在卡納克神廟所受到的震撼，某種程度上是超過面對人面獅身面時的感受的。如此巨大的，眾多的石柱、雕塑，聚集在一起，真可謂「氣勢磅礴」。從每一個角度看，都是不凡的。我在其中轉圈，不停地拍照，每一個瞬間，都給你以驚喜，感受到連續不斷、應接不暇的

生命的旋律的顫動，這真是少有的美的體驗。埃及的「永恆之旅」，正是在這裏達到了高潮。

──〈旅埃日記〉

當我們登上沙漠中的一個山丘，看茫茫無際的沙漠，仍感到驚喜與震撼，大家一起情不自禁地高喊起來：「我──來──了！我──來──了！！」真是暢快極了！！！這樣的生命的酣暢狀態，正是我一直追求的。如果說前幾天參觀金字塔和神廟更多的感受到歷史生命的莊嚴與沉重，內在的生命力到了沙漠裏才得到一次難得的釋放。

──〈旅埃日記〉

反差與和諧

到意大利第一天，主人將我帶到一個古城堡。我立刻注意到，古城堡牆上畫滿了各種現代繪畫，都是近幾年青年畫家繪製的，卻一點也不給人以不倫不類之感。古建築與現代繪畫之間，傳統與現代之間，反而達到一種和諧。這裏的遊人極少。沉寂的古城堡給人一種神秘之感，卻又偶爾有幾個長得十分健壯的意大利少年大喊大叫着踢着足球穿越其間，二者的反差與和諧給人一種說不出的感覺──這大概是意大利給我的「第一感覺」吧。

在主人花園裏的白色躺椅上閉目養神，突然有一種奇異的感覺：左邊耳朵聽見一聲聲清幽的鳥鳴，而右邊耳朵裏卻傳來汽車呼嘯而過的聲音。而在我的感覺中，卻並沒有所謂「市聲」與「鄉音」的對立，相反，這二者之間又形成了一種並行不悖的和諧，這大概是我昨天感覺的一個繼續吧。

住在廣場旅館，印象最深的自然世界聚集在廣場上的年青的「流浪者」——真正的「（旅）行人」。每個人都腳穿希臘式的皮革鞋——周作人所説的人類三大最自然、自由的鞋之一，身背巨大的行李袋，穿着極其隨便，神態又極其自信與灑脱。據説他們都是大學生，坐着最便宜的火車（汽車），從一個城市到一個城市，一個國家到一個國家，一路自由地走來走去，玩夠了，便就地躺下（他們總帶着巨大的睡袋）。這些不同民族、國家的旅行者隨意坐在廣場四周的台階上，有的在低低交談，更多的人卻什麼也不説，獨自坐在那裏。並非沉思，而恰恰是無思，這種卸下一切負擔，什麼也不想的狀態也是美的。忽而一群人又擁進了大廳，其實什麼事也沒有，趣味就在人流中穿行，擦肩而過的那種「味兒」：這裏依然存在着「群體」的「人」與「孤獨」的「人」之間人反差與和諧。

　　處於博物館中心位置的自然是「大衛」的雕像，儘管早就看過複製品及照片，但似乎只有在這裏才能感受到「他」的魅力。意大利友人一個勁地讚歎着「完美無缺，完美無缺」。我儘管從理論上否認完美無缺的存在，此刻卻也只能承認唯有「完美無缺」才能説明這一切：大衛確實集中了人的全部美，首先是形體的，同時也還有內在精神的，這確實是靈與肉、神性與人性的完美結合——一種真正的和諧。而且他的美是通體的：從不同角度去看他，都可以發現美。

　　一踏上意大利的土地，我就注意到，到處都是鴿子，它們如此和諧地與人相處在一起，態度悠閒安詳，實在令人羨慕。它們毫不陌生地在人群中飛來飛去，自由地停留在塑像與人的頭上。彷彿在他看來，已經死去、化作歷史的雕像的古人，和活着的現代人之間並無區別，都是他的朋友，或者是他可以放心安息的「家」：這本身就非常感人。

　　意大利之遊的最後一天，最有興趣的自然是羅馬古道，因為我又回到了大自然。説實在話，連日參觀羅馬各種名勝古跡，已經使我

感到疲倦。現在來到郊外的綠草地與黃土地中，頓時感到心曠神怡。而且我還冒險爬上了不准通行的古城牆的頂端。陪行的意大利主人感到非常驚奇。她說，我原以為你是一個文靜的學者，卻不料你是如此不守規矩。我告訴她，我的性格、氣質中原有野性的一面，連我做學問都是如此。她聽了以後哈哈大笑。說真的，今天是我來羅馬以後感到最為輕鬆、愉快的一天。我終於明白，即使是羅馬所代表的偉大歷史對於人依然是一種壓抑；而我自己，本質上是一個自然之子。我更期望在自然狀態中人性的自由無羈：意大利之行後，還應有一次貴州雲遊……

——〈旅意日記〉（1993 年 6 月）

與大自然交友、對話

這是我對旅遊的理解：無非是「走親戚」，也是「對話」，人與自然兩個平等生命的對話。

我由此獲得了一種新的旅遊方式：不僅用眼，更用心去感悟、發現、熟悉和理解一個陌生的朋友，和他竊竊私語——無論在什麼時候：黎明，黃昏與黑夜；無論什麼地方：天底，星空下，懸崖邊，小路旁。

不僅是陌生朋友——也是熟悉的。

不僅是朋友——也是自己，自己的一部分。

是「我」中有「他」，「他」中有「我」。神農架裏有我過去、現在和未來的生命。發現神農架，就是發現我自己。開發神農架，也是一種自我開發。

旅遊是什麼？是到自然兄弟中去尋找自己已經消失了的童年，去發現和發掘潛在的，或被掩蓋、漠視的自我生命的種子，去吸取可以作為未來發展的滋養的生命元素，是去追求人與自然的淨化與昇華。

你走進神農架，你走出神農架，你變了 —— 變得更加豐富，更加深厚，更加純正，也更有生機。

神農架也因為你，因為我，因為他，因每一個旅遊者而變：也變得更豐富，同時更親切，更有活力。

你離開了神農架，又投身於現代生活的喧囂中。但在不經意之中，「神農架」會像老朋友般悄悄造訪，給你帶來絲絲溫馨。

他其實已經在你的生命的深處播下種子，並且終要發芽，長大，就像那天你在風景埡看見的那株參天大樹一樣。

—— 〈呼喚「愛」與「平等」的朋友之道

—— 參加 97「神農架筆會」的感想〉

在去維也納的途中，路經一個小湖，附近小鎮的田園風光竟引起我的一陣狂喜。我這才明白，真正吸引自己的還是自然之美。在自然風光的映照下，我突然發現全車的旅伴的面孔都顯得特別美，脫口而出：「最美的還是我們自己，首先是我！」引起滿車人暢懷大笑。

—— 〈旅歐日記〉

人進入大自然，發現風景的兩種方式

「由來美景待文心」，旅行的目的即在「跟自然山水為鄰，與前代先賢共語」。對於一個詩人而言，觀看風景最簡明的方式還是借鑒前輩詩人的智慧。當旅遊者為眼前的風景所動，不知如何評價的時候，就常常通過聯想，把眼前景納入前人所描述的圖景中。他筆下的風景，其實就是自然景象與文心所喚起的文化記憶與文學想像的結合，既反射展現在自己眼前的風景，同時也修改了風景。這樣的「山水文人

化」，所發現與表現的「風景」也就有了文化的意味與歷史的積澱，顯示出深厚的人文底蘊，同時也賦予了風景以意義。

另一類「風景的發現」，就沒有那麼多的文化意味，更多地保留了在面對自然時的直覺與感悟，或許是更本色狀態下的自然。即所謂「初始的感觀」，「瞬間頓悟」：這是兩個生命（自然的生命與自我生命）在排除了一切外在干預以後，直接面對面的相晤，就是李白詩中所描述的「想看兩不厭，只有敬亭山」。但又是有距離的，這就是美學家朱光潛所說的，「旅行家到一個地方總覺得它美，就因為沒有和他的實際生活發生多少關聯，對於它還有一種距離」。這是心與心的交融，又有諸多層次：先是外在的感官的感應（「水是醉心綠，天真逼眼藍」），同時因醉心而進入內在生命：先是山與水的互融（「水是山之神，山是水之仙」），然後是山、水和我的交融（「山水入我心，我在山水中」），最後就達到了渾然的夢境界（「山水如夢幻，我在白雲邊」）。這就是「山水之樂，在與自然相觀相親，對酌對語，於茲參悟真元化境，此人生之大樂也」。最重要的是「歸本心」三個字：先要有心的解放，方能以心觀景、契景，最後還要回歸本心，達到景與心的融合與昇華。這其實就是「旅遊 —— 發現風景」的真意所在。

—— 〈旅遊，風景的發現和行旅詩
—— 讀本良《詩裏遊蹤：我在白雲邊》的浮想〉

黑暗體驗

最難忘的是筆立於燕子埡頂的那個夜晚：上面是黑沉沉的天空，下面是黑沉沉的群山，中間是我，再沒有、也感覺不到別的，簡單極了，也純透了，只聽見彼此（天，地，我）的呼吸，卻無言，也無思，什麼都凝定了……

而在燕子洞的那個瞬間，卻無法述說。深處，很深很深處，有燕翅的鼓動，有流水的涼意。然後是消失，一切一切的消失，唯有黑暗，黑暗⋯⋯

後來，我讀流傳於神農架的《黑暗傳》，彷彿聽見歌師蒼涼的聲響：「先天只有氣一團，黑裏古洞漫無邊。有位老祖名黑暗，無影無蹤無臉面。那時沒有天和地，那時不分高和低，那時沒有日月星，人和萬物不見形。汪洋大海水一片，到處都是黑沉沉⋯⋯」。莫名的感動襲上心頭：這靈魂的相互顫慄難遇不可求，我尋得了。

——〈我與神農架〉

佛像與拜佛

在我看來，旅遊中對異國風土人情的瞭解，都是極其有限，走馬觀花的；真正讓你享受的，除飲食之美外，主要就是各地風景的色彩之美，所謂「賞心悅目」就是旅遊的真正意義所在。所以我在旅遊中，最在意的是與大自然的接觸，色彩的撲捉，當然也因此提升了對人自身的認識。

這是銀廟：真正的素與靜，與雙龍寺的金碧輝煌、人群湧動，形成鮮明對比。在泰國佛教音樂伴奏下，我們在銀白色的廟宇間，從容走動，拍照，十分愜意，自然產生不少精美的藝術作品。

金佛的色彩：金黃之外，更有藍色與綠色，自有斑斕之美。

臥佛果然不凡：長46米，高3米，足長5米。雖然安詳地躺在那裏，卻有一種氣勢，人稱「臥獅」是有道理的。

大皇宮的建築集輝煌與淡雅於一身，可以說是泰國宮殿建築之集大成，色彩也是金黃與藍白相間。

泰國、柬埔寨佛教寺廟之遊，最注意的，自然是無所不在的佛像。遂發現佛之相有兩個特點。一是許多佛相都會讓你想到在當地街市上遇到過的面孔，也就是它有世俗的一面，因此才神態各異；但另一方面，佛相又不同於世俗面孔，自有神聖之光彩，實際上是人的內在人性中的神性的一種昇華。這就意味着，所謂「佛相」就是世俗相與神相的統一，人性中的平凡性與神性的統一。在這個意義上，可以說拜佛實際上是人對自身為日常世俗生活所遮蔽的內在神性的一種膜拜。因此，拜佛的過程，也就是人性的揚善抑惡的過程：在寺廟裏，人不會做惡事，只會發善心。這是人假助於想像中的神的力量來自我完善的過程，是人性的一種昇華。

——〈旅泰日記〉

附：獨語（二）

童年的夢

假如我生了兩隻翅膀

假如我生了兩隻翅膀，一定要飛到喜馬拉雅山的最高峰，去眺望全世界的美景！那帶子般的河流，世界上最長的長城，北平各種的古跡，和古代的建築，煩囂的上海，風景幽雅的青島，那時我是多麼快樂啊。

假如我生了兩隻翅膀，一定要飛到空中去和小鳥，蝴蝶舞蹈，和白雲賽跑。數一數天空中亮晶晶的星兒，去拜訪月宮中寂寞的嫦娥，和白雪般的玉兔玩耍。可惜我沒有翅膀，假如有了翅膀，是多麼有趣啊。

—— 中大附小　錢理群

（載民國三十七年九月二十五日《中央日報》「兒童週刊」），時九歲。）

可愛的人

1999 年，我被北大學生選為「十大最受學生歡迎的教師」之一，收到一位學生來信。信的結尾有這樣一句：「想告訴你，很喜歡你的笑，笑得天真，爽朗，沒有機心，燦爛極了。我想，一個可以那樣笑的人，絕不會不可愛（請原諒我的童言無忌）。喜歡你，為了你的真誠，為了你的赤子之心」。我讀了以後，大為感動。在一篇文章裏，這樣寫道：「讀了這番肺腑之言，我真有若獲知音之感。已經不只一次聽

見學生說我『可愛』了。坦白地說,在對我的各種評價之中,這是我最喜歡、最珍惜的。我甚至希望將來在我的墓碑上就寫這幾個字:『這是一個可愛的人』。這正是我終身的最大追求」。

而「可愛的人」的內涵,卻是大可琢磨的。

它包含了幾層意思:一是真誠 —— 但有點傻;二是沒有機心 —— 但不懂世故;三是天真 —— 但幼稚;四是有赤子之心 —— 但永遠長不大,是個老小孩兒。前者是正面評價,後者則含調侃或批評之意。因此,「可愛的人」也是「可笑的人」。這很容易讓我們想起堂吉訶德。一切真正的知識分子都有堂吉訶德氣 —— 當然,也還有哈姆雷特氣。

—— 〈我理想中的中小學教育和中小學教師〉

「海化」的詩人

冰心《山中雜記・七》裏,有一段「說幾句愛海的孩子氣的話」,就是用孩子般的天真、固執、極端的語氣,談海與山的比較,從顏色,從動靜,從視野,從透視力,力爭「海比山強得多」,甚至詛咒發誓:「假如我犯了天條,賜我自殺,我也願投海,不願墜崖!」一顆未泯的童心躍然紙上。而對於諸如顏色的感受與思索卻又是成熟的成年人的:「海是藍色、灰色的。山是黃色綠色的。拿顏色比,山也比海不過。藍色灰色含着莊嚴淡遠的意味。黃色綠色未免淺顯小方一些。固然未免常以黃色為至尊,皇帝的龍袍是黃色的,但皇帝稱『天子』,天比皇帝還尊貴,而天卻是藍色的」。在顏色的議論裏,竟包含了如此豐富的哲學的、歷史的,甚至心理學的內容,由此而產生的審美意識、審美評價完全是現代的。

冰心由看海到議海,由寫表面的海上景色到寫內面的海的神韻,這「海的女神」,既是藝術的,又是哲學的,而最後歸結為人的「海

化」，集海的「溫柔而沉靜」「超絕而威嚴」「神秘而有容」，「也是虛懷，也是廣博」於人之一身，以「接近大自然」作為「理想的人性」。這正是冰心人格的寫照，也恰恰是冰心散文思想與藝術的神韻所在。冰心正是五四時代產生的「海化」的詩人。

──〈「海化」的詩人 ── 讀冰心幾篇寫海的散文〉

魯迅筆下的「看兔圖」

畫面的中心是那隻小小兔子，在那裏「跳躍」着；周圍是一群小孩子一邊看，一邊也跳着。而我們還可以想像，在畫面外，小小兔子的父母小兔子也在看。既驕傲：孩子被欣賞，父母是最高興的；又有幾分擔心：這些「人」會不會欺負、傷害自己的孩子呢？我們還可以想像一下：在後面看着這一切的，還有誰？對了，還有魯迅在看！他以欣賞的眼光默默地看小小兔子，看小孩子如何看小小兔子，想像小小兔子的父母如何看他們的孩子！這幾層「看」，看來看去，魯迅的心柔軟了，發熱了。

可以說，一觸及這些幼雛，魯迅的筆端就會流瀉出無盡的柔情和暖意。而我們每一個讀者，也被深深地感動了。

──〈讀《兔和貓》〉

《天・地・人──〈野草〉集章》賞析

文本中「大笑而且歌唱」的「我」（《題辭》），「偉大如石像」的老女人（《頹敗線的顫動》），以及「叛逆的猛士」（《淡淡的血痕中》），「雨的精魂」（《雪》），現在抽象為一個真正意義上的「人」。他「屹立」在「天」和「地」之間。這「天地」是「如此靜穆」；這

「無邊的曠野」，是這樣的「闊大」；在「沉默盡絕」之中，唯有天空在「顫動」「迴旋」，如遭颶風，洶湧奔騰於荒野：這又是怎樣磅礴的生命運動。人挺身而立，「天地」在他眼裏「變色」，人和自然（雨，雪）的精魂合為一體，「在無邊的曠野上，在凜冽的天宇下，閃閃地旋轉升騰」……

這是一個生命的大境界，是充滿了動感與力度的，具有壯闊的美的文學大世界。雖不能至，也要心嚮往之。

——〈生命的大境界，文學的大世界

——《天·地·人——〈野草〉集章》簡析〉

我也説不清自己

要真正説清楚「我」也不容易，連我也説不清自己。「我」遠比人們描述中、想像中的「錢理群」要複雜得多。最近，有一位朋友寫文章説我的「人」與「文」有不一致之處，這我是知道的。一位韓國朋友第一次見到我時，就露出十分驚異的神情，説，在讀錢先生的文章時，我想像你是痛苦的、憔悴的，卻不料先生竟是這樣的樂觀而健壯。其實我的思想也是充滿矛盾，而人們總是要按照已經成為我們中國集體無意識的「站隊意識」，把我歸為「某一類」。這當然是自有根據的，可以舉出我的許多言行作為「鐵證」。但我自己卻很明白，我還有另外一面，被論者有意無意地忽略不計了。這就不免有被誤解，以至委屈之感。比如，説我「激進」，其實在生活實踐中，我是相當保守、穩健，有許多妥協的；説我是「思想的戰士」，其實我內心是更嚮往學者的寧靜，並更重視自己在學術上的追求的；説我「天真」，其實我是深諳「世故」的；説我「敢説真話」，其實是欲説還止，並如魯迅所説，時時「騙人」的。人們所寫的「我」，有許多是反映了我的某些

側面；但同時也是他心中的「錢理群」，或者說是希望看到的「錢理群」，有自己主觀融入的「錢理群」——恐怕一切言說、研究者者與被言說、被研究者的關係都是如此。

——〈一封致友人的信〉

從摯友身上看到「另一個自己」

我所遇到的「貴州真人」當屬戴明賢（著名作家、書法家）和袁本良（語言學家，貴州大學教授）先生。朋友形容明賢先生是「恂恂醇儒」，本良則自有仙骨，而我的外貌頗似彌羅，因此戲稱我們一起出遊是「儒釋道三人行」。我是湊數的，他們二位確實是古風猶存，而且存在於貴州深山裏，這本身就很有意思。我們是差異型，而非趨同型的摯友，但恰恰最為相知相親，可以說是相互傾慕與欣賞。

人的內心世界比人們想像的要複雜、豐富得多，充滿着各種對立矛盾、相反相成的因素；但主客觀的種種原因，卻使人們只能將多種因素、多種可能性的某些方面得以發展，形成人們看到的此人某種生命、性格形態。但只有他自己心裏清楚，內心的另外一些因素、可能性實際是被壓抑的，未能發揮的，這就形成了某種遺憾。而且因為是片面的發展，就必然有許多缺陷。對一個追求生命的全面釋放、發展的人來說，他對自己已成的生命形態和性格，必然是不滿的，而渴求某種突破。在這樣的不滿與遺憾中，一旦遇到將自己未能發展的「另一面」充分發展、發揮的另外一個人，就必然要把他看作是「另一個自己」，而且是渴望而不可得的「自己」，其若獲知音、欽慕不已、傾心相待之情，是可以想見和理解的。我對明賢、本良就是這樣一份特殊的情緣：我的內心深處，渴望明賢、本良那樣的平和、淡泊、寧靜、瀟灑、從容，我極其羨慕他們那樣自由讀書，隨意行走，任情揮

筆潑墨的閒適的生活方式。我知道那也是屬於我的；但由於另一方面發展的欲望過於強烈，而不得不有所捨棄，只有從明賢、本良這樣的友人的交往中得到某種補償和滿足。這裏有一個更深層面的問題：人應該怎樣發展自己的性格和生命：是單方向、單面的發展，還是在相反相成中求得多面發展？前者是一種現實的發展形態，後者卻是理想的發展模式。我們不能不面對現實，但又不願完全放棄理想，就只有用擇友、交友的方式來作某種彌補。這樣，朋友之間的關係，就超越了一般所說的「友誼」，而都成為對方生命的有機組成部分，做到「你中有我，我中有你」了。

——〈我們的堅守與追求 —— 讀袁本良《守拙齋詩稿》的斷想〉

愛美之人的赤子之心

請看先生的自我描述：「我愛美，遇到美麗靈秀的事物，就會馬上興奮起來。所以我喜歡遊山玩水，倒不是特別鍾情山水，而實在是因為我們這個人世間，美麗的人和事未免太少了些」，「我無能而又懶惰，卻留戀風景，愛好一切美麗的事物。《世說新語》載謝安有『眼往屬萬形，萬形來入眼否』的疑問。而我則是個專等『萬形來入眼』的懶漢，但求哂而憐之。」「但有愛美之心，為了美（藝術的，人生的），可以付出自己寶貴的心力」。很難想像，這些話是出於一位耄耋老人的筆尖汩汩流出；歷經磨難，還如此完整地保留了愛美之心：這都令人感動。我也因此明白，為什麼在《書簡》裏，只要談到女性，孩子，和大自然，錢先生的文字，就特別動情，格外有靈性：在他心目中，這都是宇宙、人間最美的生命；而他自己，也正是徜徉其間，同樣美麗而純淨的赤子。

——〈讀錢谷融先生〉

像嬰兒一樣睜大好奇的眼睛

最讓我醉心，並深刻影響了我的學術與生命的，是林庚先生最後一次講課中最後一句話：「詩的本質就是發現；詩人要永遠像嬰兒一樣，睜大了好奇的眼睛，去看周圍的世界，去發現世界的新的美」。此語一出，所有的學生都頓有所悟，全都陷入了沉思。而先生一回到家裏就病倒了。這是林庚先生的「天鵝絕唱」。

以後，我幾乎每一次向研究生、大學生、中學生講課，都要如此反覆申說：「這裏的關鍵字是『好奇』和『發現』。人必須時時把自己處於『未知狀態』，才會產生無窮無盡的好奇心；而這樣的好奇心正是一切創造性的思想，學習、研究、勞動的原動力。『發現』則包含了文學藝術、學術研究，教育與學習，以至人生的秘密與真諦」。「如果你每天都這樣像嬰兒一樣，重新看一切，你就會有古人說的『苟日新，日日新，又日新』的感覺，也就是進入了生命的新生狀態。長期保持下去，也就有了一顆人們所說的赤子之心」。

我直到今天住進養老院，也還努力保持這樣的習慣：每天早上散步，都以「重新看一切」的好奇心，觀察庭院裏的一草一木一水一石，並且都有新的發現，散步回來，就有一種「新生」的感覺。

——〈那裏有一方心靈的淨土——林庚先生對我的影響〉（有補充）

玩命地讀書，盡興地玩

我們不但要認真讀書，想做大事業，而且還要玩（學生大笑）。該讀書的時候，就玩命的讀，該玩的時候，就盡興地玩（鼓掌）。「玩命」和「盡興」就是要把自己的整個生命都投進去（鼓掌）。慚愧得很，我們這一代人就是只會讀書不會玩（笑）。我個人更是慘，從小就只知道讀書，以至小時候沒有跳過繩（活躍），沒有滾過鐵環，這都是到了中

學，在體育課上補學的（笑）。今天漸漸老了，該休息休息了，卻發現自己不會玩（大笑）！同學們覺得好笑，但我覺得悲哀：這是一個時代的人性的扭曲。魯迅、周作人就是從人性、民族性的健全發展的角度來談論「玩」、「輕鬆」這類問題的。魯迅主張，人的生活是應該有「餘裕」的。就是說，生活至少應該有餘閒、輕鬆、從容、充裕這一面，不能一味緊張，忙亂，填得太滿，不留餘地。魯迅說，「在這樣的『不留餘地』空氣的圍繞裏，人們的精神大概要被擠小的」，「人們到了失去餘裕心，或不自覺地滿抱了不留餘地心時，這民族的將來恐怕就可慮」。周作人則說，「我們於日用必需的東西以外，必須還有一點無用的遊戲與享樂，生活才覺得有意思。我們看夕陽，看花，聽雨，聞香，喝不求解渴的酒，吃不求飽的點心，都是生活上必要的」（笑）。這同樣是一個提高我們的生活品質與精神境界的問題。

當然，我們玩的時候，也不必想這麼多，玩就是玩嘛（笑）。因此，關於玩，我就不多說了，反正同學們都比我會玩。不過我也可以談談我的玩法（活躍），就是多接觸大自然。但不一定要到旅遊勝地去，大自然是要靠你的眼，你的心，去發現的。路邊的一株小草，星空下一棵樹的影子，黎明時分漸亮漸亮的天空，你默默相對，就會悟出文學、哲學的真諦。

我們北大得天獨厚有未名湖（活躍）。我看過春天的，夏天的，秋天的，冬天的未名湖，看過霧中、雪中、風沙中的未名湖，看過黎明、清晨、早上、正午、下午、傍晚、夜晚、子夜時分的未名湖，看了幾十年，那真是千姿百態、萬種風情，看不夠，品不盡的。未名湖是我們北大人審美情趣的源泉（大鼓掌）。

——〈周氏兄弟與北大精神
—— 1996 年 10 月 25 日對北大新生的演講〉

一個「精神的人」

在某種意義上，我是一個「精神的人」。能夠吸引我的，我願意全身心投入的，唯有精神問題。用老伴的話來說，我整天生活在雲裏霧裏。自己日思夜想的，和別人交往中談的都是思想、文化、政治、歷史、學術。即使我的旅遊，我與大自然的接觸，也都偏重於精神的層面。這固然有特點，甚至與眾不同，但從我自己最關心、看重的人性發展來說，顯然屬於魯迅所說的「人性的偏至」。而對世俗生活的陌生，不懂，甚至無興趣，也造成了和自己最為關注的底層人民（包括貴州的父老鄉親）和青年一代之間的隔膜。這大概是一個人性、人生的悖論，有一種內在的悲劇性，甚至荒謬性。我明白於此，卻不能、也不想糾正，就只能這樣有缺憾地活着，一路走下去，直到生命的終點。

——《八十自述》

我的兩個園子

晚年的我，有兩個園子。一個是燕園的庭院，它優雅，安靜，我每天都要繞着走幾圈，或者在路邊長椅上閉目養神。另一個是自己的書房，就如同老農仍喜歡在地頭打轉一樣，整天在書房裏耙來耙去，繼續耕耘我的「一畝三分地」：這是僅屬於自己的精神的園子。

——〈《燕園草》序〉

用另一種眼光看大自然

我贊同這樣的觀點：要用另外一種眼光看待我們身邊的山、水、石頭和草木。它們都是「有靈有性，有感情，有能力，有變化」且「多姿多彩」的。也就是說，山性，水性、火性、草性……都是和人性想通的；因此，在大自然中，萬物就像一家人一樣。人對自然要有兄弟情懷，要有敬重之心，要有感恩、回報；順應自然，愛護自然，保護自然之外，還要讚美、欣賞自然。這樣才能達到人和自然的和諧共融，最後達到「天，地，人合一」的境界。

──〈我們需要這樣的反思和試驗

── 區紀復《愈少愈自由 ── 鹽寮樂修二十年》書序〉

藏在斑斕色彩中的黑眼睛

我讀到的魯迅的第一篇作品就是《野草》裏的《臘葉》。那時候我還是小學四年級的學生，從哥哥的書裏，讀到一個叫「魯迅」的人寫的。在似懂非懂中，一段文字引起了我的注意：楓樹「也並非全樹通紅，最多的是淺絳。有幾片則在緋紅地上，還有幾團濃綠。一片獨有一點蛀孔，鑲着烏黑的花邊，在紅的、黃的、綠的斑駁中，明眸似的向人凝視」。我當然讀不懂它的意思。在我的感覺裏只是一團顏色：紅的、黃的、綠的色彩中突然跳出一雙烏黑的眼睛，在看着我。當時本能地感到這非常美，又非常奇，還特別怪：這樣一種莫名的感覺，就在一瞬間留在自己的心上了。以後，長大了，從中學到大學到研究生，不知道讀了多少遍魯迅著作，對魯迅的理解也有很多變化，但總是能夠從魯迅的作品背後，看見這雙藏在斑斕色彩中的黑眼睛，直逼你的心坎，讓你迷戀，神往，又讓你悚然而思：這就是魯迅著作給我的第一印象。

──《與魯迅相遇》

關於人和自然關係的深層次思考

在當今中國與世界，以至未來三十年，五十年，也就是中青年朋友所生活的時代，人和自然的關係，將成為人類第一大問題。

這個問題，我們和我們以前的幾代人都不曾遇到過。當年我們把大自然看作利用、征服的對象，人與自然的關係是以人為主體，並且是可以由人來掌控的。於是，在「工業化，現代化」的目標與口號下，我們不斷地向地球開戰，破壞大自然。現在，遭到了大自然的反抗和報復。連細菌都在反抗 —— 人類原來製造了大量的抗菌素，現在細菌就用變異來反抗，反過來造成我們今天在瘟疫面前束手無策。現在我們再設計、規劃、決定人類問題時，就不能不考慮大自然的存在、反應與作用 。人類中心論從此被打破。人們認識到，人與自然起碼要處於平等的地位。2008 年汶川地震時，作家王安憶說了一句很有啟發性的話：「我們將和自然永遠處於較量、協調，再較量，再協調的關係中」。或許我們可以這樣概括：「人和自然之間的不斷較量與協調，將成為未來三十年，五十年，以至更長時間的時代的主要內容，時代主題詞。

由此提出的，是許多我們從未想過的問題；我們既定的觀念、思維方式、生活方式、行動方式 …… 都會遇到巨大的挑戰。

首先是發展模式。我們講大自然的報復，其實就是對工業化、現代化的報復。征服大自然，向大自然無止境地索取，正是單一的工業化、現代化的特徵，自然資源、環境的破壞，就成為其必然的結果。而這樣的工業化、現代化發展模式，背後有一個「文明進化論」的理念，斷言「漁獵文明—農業文明—工業文明—資訊文明」是一個歷史進化過程：農業文明與工業文明，農村文明與城市文明是二元對立的，有落後與先進的絕對的質的區別。必須全面否定前者，以後者全面取而代之。對這樣的幾乎是天經地義的發展理念與模式，在重新

思考人與自然的關係的今天，恰恰是應該進行反思、質疑的。農業文明、鄉村文明保有的人與自然關係的相對平衡與和諧，儘管建立在低生產力水準上，但其精神內核自有它的合理性。今天推動改革時，對鄉村文明、農業文明就不能採取簡單的全盤否定的態度，而應該有所改革，又有所吸取，注意保護原有的生態平衡，絕不能走「先破壞，再建設」的道路。

其二，人與自然關係的緊張，必然引起人與人關係的變化。生活在同一自然環境下的各階層的人，有了某種共同的利益，由環境問題引發的不滿和反抗，就具有了全民性。這很有可能成為未來社會不穩定的最大因素，從而引發新的政治問題，甚至形成新的社會政治運動的新的組織方式。西方已經出現了以解決環保問題為政綱的「綠黨」，就很值得注意。

其三，人和自然的關係，還會引發新的倫理問題。這些年圍繞動物保護發生的爭論與衝突，背後就有一個動物倫理的問題。此外，還有人倡導「簡樸、自然的生活」，以「重建人與自然的關係」，這都是在人的生活方式上提出的新問題。由此展開的是一系列的形而上的宇宙觀、天命觀的哲學討論，重新提出「天、地、人的關係」問題，中國「天人合一」的傳統觀念，這些年被廣泛關注，當然不是偶然的。

——〈年輕的朋友，你們準備好了嗎？〉

自然崇拜下的生命敬畏

在貴州許多民間故事與傳說裏，都有一個動植物相互轉化的模式。如布依族傳說《直他的老虎父親》裏，父親死了還要變成老虎來保護他的兒子：這都發人深思。

而且還有植物崇拜，動物崇拜，以至山、石崇拜。

但我們曾經把這一切都斥之為迷信的愚昧。

其實，魯迅早在 20 世紀初就發出過「迷信可存」的呼喚：「此乃向上之民，欲離是有限相對之現世，以趣無限絕對之至上者也」。所謂自然崇拜所要追尋的正是人與自然的同源共生關係，所表達的是人對尚未認識的自然的敬畏感，而這背後則隱含着人與自然之間如同一個大家庭那樣的和睦相處的祈求。

　　在做夠了「向自然開戰」這類真正的愚昧之舉（這或許是 20 世紀人類最大的錯誤之一），並受到懲罰以後，今天又要回到歷史的原點上來：當然不是簡單地回歸自然崇拜，但保持某種敬畏之心卻是必要的；或許我們更應該視大自然為友，建立一種平等與和諧的關係。讀者不妨從這一角度重讀貴州民間故事，一定會別有興味。

——《貴州讀本》

就《錢理群的另一面》答記者問

為什麼要出這本書？

問：錢先生為什麼要出這樣一部攝影集？你認為這本書的主要價值是什麼？（《或風文化》記者，《北京青年報》記者）

如果你不是著名學者錢理群，你覺得這本攝影集能出版嗎？如果沒有配文字，你覺得這本書能成立嗎？（《中國青年報》記者）

先生在攝影集裏提及「不專業」以及「不願示人」，再到超過 200 張攝影作品的出版，中間轉變的緣由是什麼？（《中國新聞週刊》記者）

答：你們說得很對，這本攝影集很大程度是因為是「錢理群的作品」而出版的；因此，我建議讀者朋友要把它和我其他的著作一樣看待：這也是我的一次「發言」，一次「自我表現」；只不過以往的發言，談的是我和社會、人的關係，因此全用文字來表達；這本書談的是我和自然的關係，就用攝影來表達，但也必須同時配以文字。——順便說一點：書裏的文字，有的是為圖片作解說特意寫的，但更多

的是從我的著作與日記裏摘抄出來，具有相對的獨立性，只是過去發表了，沒有引起注意，現在和圖片配在一起再發表，構成一個新的整體，或許就產生了新的意義和興趣，這正是我所期待的。

其實，在 2019 年出版這本書，是有一個特殊背景與用心的：這是我給自己 80 歲壽辰準備的禮物。在今天的中國，人活到 80 歲是很尋常的，不必專門慶賀；但我要編和寫兩本書——這本《錢理群的另一面》和剛剛編好的《八十自述》，給自己的八十人生作一個全面的回顧與總結：這也算是文人的積習吧。既然要求「全面」，就不僅要總結我的「入世」——強烈的社會關懷和批判的，已為我的讀者所熟知的這一面，也要袒露我的相對「出世」——自我生命和另一個世界——大自然相融合的，讀者所陌生的「另一面」。這就全面呈現了我的生命和精神世界的兩種形態：既冷峻，頑強，焦慮，絕望，為黑暗所包圍；又淡泊，寧靜，柔軟，天真，充滿陽光。兩者相互交集，既矛盾，又互補，在來回擺動中獲得平衡，構成一個完整的「錢理群」。

這就說到了我在此時出版這本書的現實背景。一位深知我的網友讀了《另一面》，特地引述了我在《生命的沉湖》裏的一段話：「我在向社會的黑暗宣戰的同時，也必須向自身精神的黑暗宣戰。或者說外在的黑暗愈濃，我愈要喚起我內心的光明；外在的敵意愈多，我愈要煥發出內心的愛」。因此，本書的出版具有自我救贖的意義，它引發的是內心的光明和黑暗，希望與絕望的博弈，它的指向是生命——自然、社會、歷史和自我生命中永恆的力量，它是真正不可摧毀的。

攝影之於我的意義

問：你對攝影的理解如何？攝影與你的研究之間有怎樣的關聯？能談談你是如何對攝影產生興趣的麼？發燒的程度如何？初期如何學

習技術？在你的這本攝影集中，很少看到人物攝影，主要面對風景，是不願意將人物攝影拿出來，還是對此不感興趣？風景攝影對器材要求太高，你為何對風景攝影這麼關注？你與許多著名人物有接觸，沒想過拍一些人物攝影，留下歷史記錄麼？你的集子中，也很少展現時代的痕跡，比如上世紀 80 年代、90 年代的市景等，是你對這些不感興趣麼？你出現過因為技術問題造成的遺憾嗎？攝影是很消耗金錢的，你家人是否願意？（書評人蔡輝）

如果沒有攝影，你的生命裏會有什麼缺失？（《濟南時報—新時報APP》記者）

在你旅行的時候，你用什麼設備進行攝影？這麼多年，你使用的拍攝工具有沒有發生變化？你會用手機自拍嗎？（《南方都市報》記者）

你覺得自己的攝影技術如何？（《北京青年報》記者）

答：先回答我對攝影的理解。在本書〈我與攝影：我的一種存在與言說方式〉一文裏已有明確的說明：「所謂攝影，本質上是人和自然發生心靈感應的那瞬間的一個定格，是我經常喜歡說的『瞬間永恆』。它所表達的是一種直覺的、本能的感應，不僅有極強的直觀性，也保留了原生態的豐富性和難以言說性。這正是語言文字所達不到的。攝影所傳達的是人和自然的一種緣分」。這樣的攝影觀，強調的是「攝影」對於「人」（我）的意義：它是「人（我）」和「自然」發生心靈感應時的「瞬間定格」。這背後有很強的「人（我）」的主體性：我是把攝影看作是一種表達「我與自然關係」的言說方式，就和我用語言文字來表達我與社會、他人的關係一樣，是一種自我表達的工具。這樣的理解，大概有點獨特，但也顯然偏狹，因為它把記者們提到的攝影的「留下歷史記錄」、「展現時代痕跡」等等社會、歷史、文化功能全都排除了。在這樣的攝影觀指導下的我的攝影作品裏，很少出現人物攝影，沒有時代市景，就不是偶然的，甚至是有意為之的：我只追求攝影作品對我和自然關係的完美表達，而從不考慮這樣的作品是否

符合既定的攝影藝術的理念，規範和規矩，也從不考慮能否得到攝影界的承認，他人的認可。老實說，在出版本書之前，我根本不準備發表，也很少示人，它只屬於我。熟悉我的朋友都知道，這其實也是我的學術研究的一個特點，而且越到晚年越是如此。在這個意義上，我是天生的「以自我為中心」的學術與藝術的叛逆者。當然也造成了我的學術、藝術的某些局限和缺憾，我坦然承認，卻不準備改，改也改不了。

我的這一攝影觀的另一個要點，就是強調攝影所表達的是一種人對自然的「直覺的，本能的感應」。因此，我的攝影也完全憑着自己與自然風景相遇的瞬間直覺與感悟，而反對攝影技術的介入。攝影界的朋友和愛好攝影的本書讀者恐怕很難相信：我從來不研究攝影技術。連一本攝影專業的書都沒有讀過；我始終使用的是傻瓜照相機，直到2016 年我到柬埔寨、泰國旅遊，因太專注於我的拍攝對象大象，將照相機摔碎，上海的幾位學生特地送我一個比較現代的照相機，我就始終使用不好，更不用說手機照相，最近一兩年我逐漸不再拍照，不適應新技術、新器材是一個重要原因。這樣的完全不講技術的攝影自然上不了台面，這是我長期拒絕公開發表的原因所在。但本書的編輯寶海軍卻憑着他對攝影藝術的研究和理解，把我這樣的無技術介入的個人化攝影稱之為「人類非藝術套路的表達」，提出「是否會更加地自然，樸實，真切，是否更容易得見藝術的真諦」，「藝術是不是該向返璞歸真的路數靠一靠了？」的問題。但願我的貿然出現，會有助於對這一問題的思考與討論：這大概也是本書出版的一種意義吧。

還需要說一點的是，記者問，搞攝影費錢費時間，家人是否支持？我也想借此對我剛剛遠行的老伴表示感激、懷念之情：她不僅對我到處亂跑亂拍照完全理解全力支持，自己也參與了我的攝影：我的那些生日怪臉就是她拍的，還有那張我和孩子在一起的照片，以及我

獨坐樹林間閉目傾聽鳥鳴的照片，也都是她的作品：我的這本攝影其實是獻給她的。

當然，也不能簡單地認為，我的攝影毫無藝術上的準備。應該還是有的：這就是我在本書中的一段文字談到的「在我生命的深處，一直保留着『如何發現貴州大自然的美』的記憶」。那是在大饑荒的1960年代，我分到貴州安順衛生學校教語文，才20來歲，生活與精神都處於極度貧困之中，我就到大自然中尋找生命的慰藉：「清晨，我常常登上學校對面的山，去迎接黎明第一線曙光，一面吟詩，一面畫畫。為了體驗山區月夜的美感，我半夜起床，跑到附近的水庫，讓月光下的山影、水波，一起瀉在我的畫紙上。下雨了，我衝出去，就着雨滴，塗抹色彩，竟然成了一幅幅水墨畫」。這些畫在文化大革命中都成了我的「充當美帝的間諜」的罪證，並付之一炬；但看過的朋友都說有種童趣，其實就是我努力保存的赤子之心的外化。

我大概也就在繪畫之美與貴州真山真水之美的交融裏，感受到了藝術的魅力，潛移默化地打下了藝術思維與技藝的基礎。在我這裏，由繪畫轉向攝影，應該是順理成章的。

我和大自然：追求「天・地・人的合一」，「人性與神性的合一」

問：你從自然當中收穫了什麼？你的自我和自然是怎樣一種關係？當你拍攝自然景物的時候，最吸引你的是什麼？形態，色彩，結構，還是那無拘無束的生命力？你也拍攝了一些動人的人像，為什麼對人的臉特別有興趣？（《南方都市報》記者）

答：關於我和大自然的關係，在書中也有明確的表述：「我不去改造自然，但自然也不要改造我。我們相互發現，是一種平等的對話」。

「要用另外一種眼光看待我們身邊的山，水，石頭，草木。它們都是有靈有性，有感情，有能力，有變化且多姿多彩的。也就是說，山性、水性、火性、草性……都是和人性相通的。因此，在大自然中，萬物就像一家人一樣。人對自然要有兄弟情懷，要有敬重之心，要有感恩，回報。順應自然，愛護自然，保護自然之外，還要讚美、欣賞自然。這樣才能達到人和自然的和諧共融，最後達到『天，地，人合一』的境界」。自然於我，「不僅是朋友，也是自己，自己的一部分。是『我』中有『他』，『他』中有『我』。大自然裏有我過去、現在和未來的生命。發現大自然，就是發現我自己；開發大自然，也是一種自我開發」。

我更注重的，是我和自然交往的方式。我說過，人們旅遊，欣賞自然風景，有兩種方式。許多人，特別是熟讀古典詩詞的文人，在面對景觀時，往往聯想起前人相關描述的詩句，文詞，這就把自然景象與自己的歷史、文化記憶聯接起來，把「山水文人化，歷史化」了。而我，在觀賞大自然時，恰恰要排除一切歷史、文化的記憶，盡力讓理性缺席，更願意盡可能地保留最初面對自然時的直覺和感悟，所觸摸的，「或許是更本色狀態下的大自然」。這樣的初始感觀、瞬間頓悟，是「兩個生命（大自然的生命和自我生命）在排除了一切外在干預以後，直接面對面的相晤，就是李白詩中所描述的『相看兩不厭，只有敬亭山』。」

這樣的心與心的交融，又有諸多層次。首先是外在感官的感應：最初觸動我的，就是大自然的色彩和線條。我多次說過，我最為癡迷的，是天空和大海的藍色，「那麼一種透亮的、飽滿的，彷彿要溢出的，讓你沉醉、刻骨銘心的『藍』！」還有那「讓你瞪目結舌」的「豔麗色彩」。最吸引我的，還有「千姿百態的建築物在藍天、白雲、陽光映照下所顯示的線條、輪廓、色彩等形式的美」。外在感應逐漸向內心滲透，就有了「寂靜之美」的感悟：「它無聲，卻並非停滯，在無聲

中有生命的流動：樹葉在微風中伸展，花蕊在吸取陽光，草叢間飛蟲在舞動，更有人的思想的跳躍」。還有「充滿了光明的黑暗」體驗：「筆立於夜晚的山頂，上面是黑沉沉的天空，下面是黑沉沉的群山，中間是我。再沒有、也感覺不到別的，簡單極了，也純透了，只聽見彼此（天，地，我）的呼吸，卻無言也無思，什麼都凝定了……」。這樣的由感官的激發而進入「醉心」的層面，大自然的生命就滲入了人的內在生命，達到天、地、山、水和人（我）的交融（「山水入我心，我在山水中」），最後就達到渾然的夢的境界（「山水如夢幻，我在山水邊」）。而最終的指向，應該是「歸本心」：先是排除一切外在干擾的「心的解放」，方能「以心觀景，契景」，最後還要「回歸本心」，達到心與景的「昇華」。走出自然風景區，「你變了——變得更加豐富，更加深厚，更加純正，也更有生機。自然風景也因為你，因為我，因為他，因每一個旅遊者而變：也變得更豐富，同時更親切，更有活力」。

　　不可忽視的，是我對大自然的「純淨，崇高」背後的「神性」的無限神往。記者朋友注意到我對「人臉」（還應該加上「神臉」）的特別關注，這也是出於人和神的「神性誘惑」。我說過，我特別喜歡拍普通人的臉，兒童的臉，以及中外市廟神像的臉，而且喜歡用大特寫鏡頭。「這是『我』與『人』、『神』的瞬間妙遇，靈性交流，是『真人』的顯現」。最讓我動心的是佛相的雙重性：一方面許多佛相都會讓你想到在當地街市上遇到過的面孔，也就是它有世俗的一面，因此才神態各異；但另一方面，佛相又不同於世俗面孔，自有神聖之光彩，實際上是人的內在人性中神性的一種昇華。這就意味着，「所謂『佛相』就是世俗相與神相的統一，人性中平凡性與神性的統一」。在這個意義上可以說「拜佛實際上就是人對自身為日常世俗生活所遮蔽的內在神性的一種膜拜」，「拜佛的過程，也就是人性的揚善抑惡的過程。在市廟裏，人不會做惡事，只會發善心。這是人假助於想像中的神的力量來自我完善的過程，是人性的一種昇華」。在這樣的理解裏，我所嚮往、

追求的人與自然關係中神性的喚醒，最終達到人性與神性的統一，是和宗教精神、情結聯結在一起的。我在西藏旅遊時，在「拜倒在神奇的大自然面前」的同時，也被西藏虔誠的信徒，那些「朝聖者」所感召，最後發現「我們都是朝聖者，同時追尋着自己的心靈的淨土」。我理解，「這裏有一種宗教精神，是類似宗教的生命體驗和生存境界」。我由此而思考我與宗教的關係：「儘管我仍然堅持無神論的立場，不願成為某個具體宗教的信徒。但宗教文化、宗教精神卻對我有一種誘惑力」。我在西藏旅遊的最後進入一座藏族寺院，「順其自然」地接受了「摸頂」；我和老伴到法國旅遊，也「情不自禁」地走進巴黎聖母院，在那裏默默祈禱：這恐怕都不是偶然的。我對大自然的膜拜，對「天、地、人合一」、「人性與神性合一」的境界的嚮往和追求，都是與宗教相通的。

「我是『五四』之子」：
這一代人與大自然的關係

問：先生退休時，說自己是「五四之子」；但我們發現，先生是1930 年代生人。現在時間又過去了近 30 年，「五四之子」的觀點是否發生了變化？書中，先生更強調自己是「五四之子」，意涵更為闊達，原因是什麼？作為知識分子心靈史的重要研究者，在自己之外，先生是如何看待 1930 年代的知識分子？先生在書中表述為自我思想充滿矛盾，或許「另一面」也是為了緩和外界對先生誤解的方式。這種深刻的矛盾性，是否具有「一代人」的普遍性？（《中國新聞週刊》記者）

這本攝影集最前面有一組搞怪表情的照片，你可以描述一下，何為「卸下面具的我」嗎？（《南方都市報》記者）

答：我強調自己是「五四之子」，其中一個目的，是要回答我的「大自然情結」的思想來源。我曾經說過，「五四」啟蒙主義的最大貢獻，在於「四大發現」，即大自然的發現，兒童的發現，婦女的發現，以及以農民為主體的底層人民的發現。人們很容易注意到，兒童、婦女與農民和大自然的密切關係。我對大自然的獨有情鐘，應該是對這樣的以四大發現為基礎的五四啟蒙主義傳統的自覺繼承。在我的攝影作品裏，在展現對自然風景的發現之外，還突出了對動物的發現，對兒童的發現，以及對底層人民的發現，它們之間構成了一個以大自然為中心的結構，都是與這裏討論的「五四」四大發現有關的。——唯獨沒有更多地拍攝婦女，是因為我的人物攝影都是偷拍的，在偷拍婦女時多少有些顧慮，就成了一個遺憾。如果大家聯繫到我對魯迅、周作人的研究，就不難注意到，我對魯迅、周作人的自然觀，兒童觀，婦女觀，農民觀的特別關注和着意闡釋；而且在這樣的關注、闡釋裏，是滲入了我的主觀性的：這也是我的心之所系和情之所在。在這個意義上，用「五四之子」來概括我（或許還有我們「這一代」），是有道理的。

記者朋友注意到，我還是「30後的一代」，這就提供了一個觀察和認識我和我們這一代的另一個重要視角。我出生於 1939 年，距離 1919 年的「五四」整整 20 年，那正是一個戰爭與革命的年代；而在我 10 歲時，就進入了一個共和國的時代。這樣，「戰爭—革命—共和國」就構成了我和 30 後這一代更為重要的精神成長背景。從表面上看，革命與新中國的歷史文化裏，自然、兒童、婦女、農民依然是「時代主題詞」；但其內涵卻發生了實質性的變化。兒童、婦女、農民的問題相當複雜，需要另作專門討論；這裏討論的是「自然觀」的變異，簡單說，它成了「征服的對象」。毛澤東時代的「大躍進」、「人民公社運動」、「農業學大寨」無不打着「向自然開戰」的旗號；鄧小平時代的改革開放，推行工業化、現代化路線，也依然是以破壞自然生態

來換取經濟的發展。在這樣的背景下，我以及我們這一代中的大多數人都是以「與天鬥，與地鬥」的鬥爭思維來看待人和自然的關係，這和社會生活中「與人鬥」的階級鬥爭思維相輔相成，完全拒絕人和自然關係、人與人關係中的「和諧」與「相通」。這就越來越遠離我們前面討論的「五四」傳統。我的覺醒與反思，要到90年代、新世紀反思工業化、現代化的時候。其重要轉捩點發生在2002年，在我退休前的最後一課上，學生問我：老師離開北大後，準備去哪裏？我的回答是「三回歸」：回歸家庭、書齋，即回歸內心；回歸中小學，即回歸兒童、青少年世界；回歸貴州，即回歸大地：鄉土與大自然。從2003年起，我帶着「認識腳下的土地」的問題，開始了我的地方（貴州）文化研究。在這一過程中，我接觸到了鄉土社會和少數民族地區的動植物崇拜，山石崇拜，我立刻聯想到魯迅在19世紀初「迷信可存」的呼喚（這是「五四」那一代的自然觀的起點），突然有了新的醒悟：「所謂自然崇拜所要追尋的正是人與自然的同源共生關係，所表達的是對尚未認識的自然的敬畏感，而這背後則隱含着人與自然之間如何同一個大家庭那樣的和睦相處的祈求」。這樣，我就在自己的晚年，從民間鄉土社會獲得了重新認識、反思我和自然關係的思想資源，這自然是意義重大的。

我的反思，並不局限於我和自然的關係，我更要面對的，是這種處理人與自然、人與人的關係的鬥爭思維、哲學，對我和我們這一代的精神傷害。簡單地説來，它激發了人的激情、好鬥、破壞性的這一面，並推向極端；而壓抑了人對和諧的嚮往，平和、淡泊、寧靜的這一面，這就形成了我們這一代的畸形人性與人生。具體到我，儘管我自覺地把鬥爭性轉向了對社會的弊端的強烈批判，對不合理的體制的懷疑和反抗，將成為「精神界的戰士」作為人生追求，自有一種積極的意義和價值；但不可否認，這樣的「戰士」人生對自我人性的傷害：它壓抑了我內心同樣強烈的柔軟，純淨，寂靜，天真的這一面。我在

本書裏有這樣一段話，說的就是我內心的矛盾與遺憾：「人的內心世界比人們想像的要複雜、豐富得多，充滿着各種對立矛盾、相反相成的因素。但主客觀的種種原因，卻使人只能將多種因素、多種可能性的某些方面得以發展，形成人們看到的此人某種生命、性格形態。但只有他自己心裏清楚，內心的另外一些因素、可能性實際是被壓抑的，未能發揮的，這就形成了某種遺憾。而且因為是片面的發展，就必然有許多缺陷。對一個追求生命的全面釋放、發展的人來說，他對自己已成既定生命形態和性格，必然是不滿的，而渴求某種突破」。我是從兩個方面來尋求突破的。一是「尋友」，就是我在多個場合說到的，「一旦遇到將自己未能發展的『另一面』充分發展、發揮的另外一個人，就必然要把他看作是『另一個自己』，而且是渴望而不可得的『自己』，就若獲知音，傾慕不已，傾心相待」。另一個舉措，就是在實際生活裏，尋找、開拓另一種生命存在方式，多少釋放一點自己人性中被壓抑的，未能發揮的方面。於是，在退休以後，我選擇了走進大自然：不僅通過旅遊，更在日常生活的閒蕩、漫遊裏，去發現大自然。我的說法就是「大自然是要靠你的眼，你的心，去發現的。路邊一顆小草，星空下一株樹的影子，黎明時分漸亮漸亮的天空，你默然相對，就會悟出文學、哲學的真諦」，而你的身心也就徹底放鬆，人性中更本然、更具神性的方面，也得以從容呈現，用攝影記錄下來，就構成了生命的「另一面」。現在公之於眾，不僅有助於朋友對你的理解，更是一種人生、人性追求的展示，這就是魯迅說的，人性的此岸、現實形態總是「偏至」的，而且這樣的「偏至」也自有意義；但卻不能放棄彼岸、理想的「人性之全」的嚮往與追求。這樣的人性之全，雖不能至，經過自覺的努力，卻是可以逐漸接近，人性是能夠，也應該不斷調整、改善的。有了這樣的人性調整和改善，人的生命就可以「苟日新，日日新」了。

很多朋友對書中「搞笑」的照片很有興趣，覺得「好玩」；我的內心卻是「別有一番滋味在心頭」。這組照片也是自有背景的：它是我66歲生日和老伴私下嬉戲由她隨手拍下的，這在每一個人的家庭生活中，本是經常發生、再自然不過的事。它的引人注目之處，在於那着意的放鬆，放肆，誇大的自由、隨意感，這乃是因為我們總是戴着面具，生活得太緊太累，太虛太假，太壓抑，就只有借私密的搞笑，作出自我解放的姿態。這固然很痛快——終於「玩」了一把；但也令人心酸——一輩子就此一次！現在將它公開展現，無非是提示一個問題：什麼時候，才能使我們的人性的方方面面獲得真正自由與釋放，而不要只是在偶爾的情境下作一次表演？

我的社會關懷和
人性關懷的「兩面」是統一的

問：書名《錢理群的另一面》，對你來說，這另一面是更內在的一面嗎？它與那個關心教育、講述魯迅、探究20世紀中國知識分子心靈史的錢理群，是什麼關係？

你說這幾年回歸自然，回歸家庭，這種變化是否也讓你更能體察到研究對象的「另一面」？比如書裏幾次提到魯迅，談到他對斑斕色彩的描繪，他的柔情和暖意，等等。（《環球人物》記者）

答：你問到了點子上。其實前面關於我和我們這一代人對大自然的認識的歷史敘述裏，就不難看出如何對待大自然，是關係着國家發展道路的全域性問題。我在近年不斷提出「人和自然的關係」，背後確實有一個「大關懷」。在收入本書的〈關於人和自然關係的深層次思考〉裏，我就向年輕的朋友們明確指出，「在當今的中國和世界，以至未來的三十年、五十年，也就是中青年朋友所生活的時代，人和自

然的關係，將成為人類第一大問題」，「人和自然之間的不斷較量與協調，將成為未來很長歷史階段的時代主要內容，時代主題詞」。「由此提出的，是許多我們從未想過的問題；我們既定的觀念、思維方式、生活方式、行動方式……都會遇到巨大的挑戰」：我們要重新審視現有的工業化、現代化發展模式：重新面對人與自然關係緊張引發的人與人關係的新問題，新的倫理問題；由此而「展開一系列形而上的宇宙觀、天命觀的哲學討論」，等等。這背後是一個未來的中國與世界「向何處去」的大問題。這和朋友們關注的那個關心和研究教育、魯迅、知識分子心靈史，喜歡思考與提出「大問題」的錢理群，是一脈相承的：錢理群的「社會關懷」和「人性關懷」的「兩面」，現在都統一到關於人和自然關係的關懷和思考裏了。

我多次說過，自己的社會關懷和發言，是以我的學術研究為基礎的，兩者之間是存在內在一致的。現在我的人性關懷自然也會深化我對自己的研究對象 —— 以魯迅為代表的現代知識分子的認識。我的魯迅研究始終以《野草》為中心，可能不是偶然的。在本書裏有一段對《野草》的新的解讀：「魯迅文本中『大笑而且歌唱』的『我』（〈題辭〉），『偉大如石像』的老女人（〈頹敗線的顫動〉），以及『叛逆的猛士』（〈淡淡的血痕中〉），『雨的精魂』（〈雪〉），現在抽象為一個真正意義上的『人』，他『屹立』在『天』和『地』之間，這『天地』是『如此靜穆』；這『無邊的曠野』，是這樣的『闊大』；而『沉默盡絕』之中，唯有天空在『顫動』『迴旋』，如遭颶風，洶湧奔騰於荒野：這又是怎樣磅礴的生命運動。人挺身而立，『天地』在他眼裏『變色』。人和自然（雨，雪）的精魂合為一體，『在無邊的曠野上，在凜冽的天宇下，閃閃地旋轉升騰』—— 這是一個生命的大境界，是充滿了動感與力度的，具有壯闊的美的文學大世界。雖不能至，也要心嚮往之」。這裏，不僅是人和自然的生命，也是魯迅和我的生命，都「合為一體」了：這正是我所追求的生命發展與學術研究的境界。

我的選擇：
欣賞大自然，沉潛於歷史和內心深處

問：你現在的生活是怎樣的？在出版了《錢理群的另一面》後，還有哪些「另一面」是你想繼續完成的？（《環球人物》記者）

你現在的研究、寫作是怎樣的狀態？（《華西都市報》記者）

你在書裏寫道，你一直保持一個習慣，每天早上散步，以「重新看一切」的好奇心，觀察庭院裏的一草一木，而且都有新的發現，有「新生」的感覺。你覺得對一個人的生活來說，這種好奇心和「新生」的意義是什麼？（《濟南時報─新時報 APP》記者）

錢先生現在一面面對現實，堅持對社會性問題的探討，又擔當個人對生命本源的回歸的使命。人們很容易簡單地用「儒與道」來闡釋你的選擇，錢先生對此怎麼看？（《或風文化》記者）

答：梁漱溟先生曾經說過，人活在世界上，就是要處理三大關係：人與自然的關係，人與人的關係，人與自己內心的關係。我是在進養老院前讀到這句話的，我感到極為震撼，立刻想到自己（或許還有我的同代人）的一生。由於受到外界的控制與干預太多太深，我們根本無法處理好這三大關係，強調「與天鬥，與人鬥，也和自己鬥（所謂「自我改造」）」，無論與自然的關係，還是和他人的關係，以及自己的內心世界，都處於極度緊張狀態，是一種極不正常的畸形人性，人生，可以說從來就沒有享受過其中應有的歡樂與寧靜。因此，我決定要進養老院的動因之一，就是不甘心一輩子這樣窩囊地活着，希望在人生的最後一段，活得稍微正常一點，舒暢一點，簡單說，就是要活得「人性化」一點。關鍵在重新處理好這三大關係。為此，我為自己的養老院生活設計了兩項主要內容：關在書齋埋頭寫作，在院子裏遊走。埋頭寫作，就是沉潛在歷史和內心的深處，將自己的內心世界昇華到一個更加開闊，自由，豐富的境界；在院子裏遊走，就是欣賞

自然之美，追求「每天都有新的發現」。我也要求通過每一次寫作，自己的內心世界都有新的開拓。這樣，我在精神上幾乎每天都處於「新生」狀態，和身體的老化形成奇妙的平衡。我唯一淡化的，是與人的關係。我幾乎拒絕了所有的社交活動，與養老院的居民也只是相敬如賓，很少來往。我通過讀書交友，和信得過的老朋友聊天，維持一種相對單純、和諧的人際關係。至少我入院的這四年，基本做到了這三大關係的和諧，算是對我的不健全的人生的一個彌補吧。儘管我依然堅持社會關懷，即所謂「在邊緣位置思考中心問題」，就不免有許多焦慮；但總體上是寧靜，從容，安詳，溫馨的。這樣的最後人生，是不是人們喜歡說的「儒道合一」，我不知道，至少我主觀上沒有這樣的自覺。前文提到的那位網友說：「從思想到直覺，從書齋到曠野，從終點到原點，錢理群先生彷彿已然體驗到天地人合一的融合境界，達到了自我身心的和諧與圓滿。而這，原本不就該是人生的常態嗎？」我大概還沒有達到這樣的境界，但我主動調整、改善自己的人性，人生，卻是真的。

至於我在這本《另一面》之外，還有什麼待展現的「另一面」，大概是有的吧。在前文提到的我 2002 年退休時談到的「回歸大地」，其實是有兩個含義的：「回歸自然」之外，還有「回歸鄉土」，這就是我的貴州地方文化研究。經過此後 10 多年的努力，現在已經有了一個總結性的成果：由我主編的 200 萬言的《安順城記》，準備在明年年初出版。到時候諸位可以再看看這「另一面」是個什麼樣子，這裏就不多談了。

對年輕一代的期望：認識腳下的土地，
培養好奇心、異端思維和想像力

問：80 歲的錢先生個人對於後輩（相對的年輕人）最本質與普遍的關切是什麼？（《彧風文化》記者問）

對當下年輕人熱衷的網絡，你關注嗎？對年輕人總體抱有希望嗎？（華西都市報記者）

答：自從住進養老院以後，我和當代青年已經很少交往，也不太瞭解了。但青年已經滲透到我的生命深處，我的社會關懷與人性關懷，不可能沒有青年。因此，這裏也可以憑藉我的人生經驗和現實觀察思考，對青年說幾句話，主要有兩點。第一，還是我的那句老話：「『人在自然中』，真正地『腳踏大地，仰望星空』，這本身就是一個最基本、最重要、最理想的生存方式，同時也是最基本、最重要、最理想的教育方式」。因此，我期待青年盡可能創造條件，尋找機會，到大自然中去，到鄉村去，「認識腳下的土地」。其二，我們正面臨一個以人工智能為中心的科技大發展，以及中國和世界的歷史大變動的時代，能否具有「創新」思維、技能，就成為國家、民族能否自立、個人能否立足的關鍵。青年一定要在培育自己的創新思維和技能上下功夫，作準備。在我看來，創新思維有兩個要點。一是要永遠保持「對未知世界的好奇心」，這是不斷創造發明的源泉與動力；二是要有異端思維，能夠對既定的公理、公意、共見、定論……提出質疑和批判，同時具有想像力，在別人覺得不是問題的地方提出問題，在別人認為不可能的地方，想像、創造出可能性。這或許是一個高標準，卻實實在在地是現實與未來時代的要求，希望青年朋友即使暫時做不到，也要好好想一想。

2019 年 12 月 2 日–5 日

「我的深情為你守候」
──《崔可忻紀念文集》代序

（一）

可以説從 2015 年 7 月，我和可忻住進泰康之家養老院，我們就進入了生命的「晚年」。進養老院是我們共同的選擇，而最後是可忻下的決心，就是考慮到我們兩人中總有一人先走，留下的將如何渡過餘生，我們需要一個相對安全、生活有保障的最後棲息地。

而一進養老院，就意味着我們將面對「老、病、死」這三大人生最後的難題。

老實説，在此之前，生活在原來的圈子裏，天天和中青年朋友來來往往，我們並不覺得自己「老」；但進了養老院，身處與世隔絕的環境中，周圍全是步履蹣跚的老人，心態就逐漸發生微妙的變化，感到自己真正地老了。於是，就開始思考：如何安排老年生活？應該説這是有現成的答案的：健康地、快樂地活着，即所謂「開開心心過好每一天」。這也是我和可忻都樂意接受的：辛苦一輩子，老了老了就

該什麼也不管不問，享享清福了。但我們似乎又不甘心於僅限於此，我們在「健康地、快樂地活着」的同時，還期待「有意義地活着」。在我們看來，人之「幸福」不僅是身體的健康，更有在為社會、他人服務中感到生命存在的意義而產生的精神的充實與愉悅。我們這一代人，都有極強的事業心，我們從不把自己從事的專業工作，僅僅看作謀生的手段，而是當作自己可以為之獻身的事業，全身心地投入，並樂在其中。我的文學研究，可忻的醫學，最後都融入了我們的生命，須臾不可離。現在退休了，離開了工作崗位，如何延續我們的事業，就成了一個大難題。我要解決這個問題相對容易，因為我的文學研究是一個個體的勞動，只要有「一間房，一堆書，一支筆」就可以進行，進了養老院，外在干擾減少，反而可以更集中精力，更自由地暢開來寫，更為充分地實現生命意義與價值。但可忻的醫學是一個公共服務事業，離開了醫院、病人、研究單位，就沒有了用武之地。這就使可忻陷入了生命的困境。按說，進了養老硬件相當不錯的泰康之家，一切都有人照顧，真正是衣食無虞，而且沒有後顧之憂，應該心滿意足了；但我們，特別是可忻，卻總覺得失去了什麼，心裏不踏實。她無數次地問我：這樣整天吃吃喝喝，有什麼意義？「活着的意義是什麼？人老了到哪裏去尋找與實現自我生命的意義與價值？」就成了一個我們倆，特別是可忻為之焦慮不安，苦苦探索的問題。而且我們深知，這樣的追問具有極大的個人性；因為對許多人來說，這不是個問題：活着本身就是一種意義。有的人甚至會認為，這樣的追問多少有些自作多情，我們也不想辯解。我們承認，這樣的問題是我們自己的人生經歷和人生哲學（包括幸福觀）所決定的，它不具有普遍意義，而且只能由我們自己面對並解決，本也不足以對外人說。但我們也不想掩飾自己的孤獨感；我則因為相對容易解決這一問題，而對陷入困境的可忻多少有些歉意：我理解她的痛苦，卻完全無能為力。

而可忻則習慣於自己的問題自己解決，而且她更有極強的行動力：她從不為抽象的憂思所困擾，總是從現實生活的實踐裏找到出路，她的辦法是到科學技術的最新發展，醫學的前沿裏尋找自我實現的新的可能性。她通過網絡的搜尋，得知北京大學成立了健康醫療大數據中心，對相關材料進行了認真的研究與分析以後，立即敏感到，中國的科學技術、經濟、社會發展，包括她心愛的醫學，將進入大數據的時代，正面臨着新的挑戰和前所未有的歷史機遇。而最吸引她的，是突然發現一個可以施展身手的新的天地。而且説幹就幹，立刻制定了一個《關於建立泰康養老社區醫養結合數據庫的設想與建議》，並作出了詳盡、具體的規劃，提出了四大項目與指標，即 1），通過基本情況調查表、健康情況調查表，建立相應數據庫，可對入住居民有一大致的瞭解並可得出數據性描述；2），通過健康風險評估和患病情況（包括診斷和治療）調查表，初步分析常見疾病的發病率，對慢性疾病患者建立檔案，定期隨訪。這就為以後選擇性的對幾種老年性疾病做分析研究（如高血壓病、前列腺腫大、牙齒和義齒脱落、心率不齊、心絞痛等）提供基本數據；3），通過老年人生活滿意度調查表、心理健康評估調查表，膳食營養調查表，瞭解燕園老人心理健康、膳食營養等現狀，使醫養結合更科學地向前發展；4）估計通過 1–2 年的工作，可將一定數量的數據提供泰康其他園區參與，作相應的數據分析與研究，條件成熟時可以舉辦相應的學術研究討論會，寫出相關研究論文與著述。也可以在泰康博客、網頁、印刷品和出版物使用，成為以後要逐漸建立和完善的養老文化的有機組成部分。再經過若干年或許可以爭取加入健康大數據行列。至今的事是要從基本的數據庫做起」。在我看來，可忻的這一選擇與設想，是很能顯示她的思維特色和研究風格的：既有開闊的大視野，具有前瞻性——不僅是敏鋭、及時地抓住了大數據這一前沿課題，而且對構建「養老醫學」和「養老文化」也有超前的把握；又細緻入微，具體落實，具有極強的可操作性。

同時顯示的是她的承擔意識：《設想》明確提出，她自己作為項目業務負責人，將「全面負責從方案設計、數據收集、計算機錄入、數據的提取與運用等幾乎全部技術操作」工作，只要求配備一名業務助理，提供「一間房，一台計算機及簡單用品」。看來，可忻是準備全身心地投入養老醫學事業，以此作為她的養老生涯的主要內容。這本身就是一種全新的開創，我們都為之興奮不已。但我們還是太天真，過於超前了。當時，幾乎無人真正理解其重要性，遇到點實際困難，就被束之高閣，不了了之了。這是我們養老生活遇到的最大挫折；在可忻重病時，談起此事，還是唏噓不已：如果當年真的起了步，到兩三年後的今天，泰康社區醫養結合數據庫就有了一個堅實的基礎，可以放心地交給接班人了。

但可忻卻不會因為遇到挫折而「善罷甘休」，她很快就又找到一個新的用武之地。她在和社區居民的接觸中發現，老人們普遍都對醫學知識有濃厚的興趣，甚至有強烈的渴求。但每回看病，醫生三言兩語就給打發了，老人對自己的病一肚子「糊塗賬」，只能稀裏糊塗地一切聽命於醫生，處於完全被動的狀態，有時還因此生出許多疑慮、驚惶、恐懼等等心理疾病，也容易病急亂投醫，聽信各種醫療假新聞，上當受騙。面對這些老年醫療亂象，可忻立即敏銳地提出，必須在養老院裏開展老年醫學教育，不是偶然隨意開幾個講座，而要有總體的規劃，針對老年人的特點與需求，進行系統的醫學知識普及：它是一個包括所有醫科（外科，內科，牙科，婦科……等等）在內的全科教育，特別注意各種疾病的內在聯繫；它以醫學知識為主，但也涉及醫學心理學、醫學社會學、醫學倫理學、醫學哲學……等等多學科的相關知識；它注重知識的講授，更注意結合臨床經驗，提供具體的醫學常識；它關注老人在就醫中的疑難問題，用老人容易接受的語言和方式，和老人一起討論，交流；它還有針對性地提供國內外醫學研究、實踐的最新成果……等等。這樣的設計，顯然總結和吸收了可忻長期

進行的醫學教育的經驗，更有極強的創新欲求和意圖，即是要開創一個不同於以往學校與社會醫學教育的，適應於養老社區的特殊對象的特殊需求的老人醫學教育模式，成為養老醫學、養老文化的重要組成部分。可忻願意為之作出奉獻：她收集了幾乎所有的醫科教科書，特意購買了一部筆記型電腦，制定了一個詳盡的教學計畫，準備開講100次，這樣，她的養老生活就充實而有意義了。但她這充滿理想色彩的勃勃雄心，還是在現實面前知難而退，又留下了永遠的遺憾。

最後，可忻把對生命意義的追求寄託在了音樂上。而在我看來，這依然延續了她對醫學的關注和關愛，只是深入到了一個新的領域，即醫學與藝術的關係。可忻在以極大的心血灌注於養老社區燕園的歌唱事業時，常常和我一起討論：音樂對於養老醫學，養老文化的意義和貢獻。我曾經寫過一篇〈醫學也是「人學」〉的文章，雖然重點是在討論「魯迅與醫學的關係」，是從自己的專業出發的；但也專門討論了「醫學和文學藝術的關係」，這背後顯然有可忻的影響，在某種意義上可以說是代表了我們共同的思考。文章談到，「醫學與文學藝術都面臨同一個對象：人。這看起來是個常識，卻很容易被忽略：文學家往往熱衷於直接表達思想，講故事，忽略了寫人；醫生卻常常只見病，不見人」；「醫學和文學藝術的對象，都是個體的生命。文學藝術最應該關注的是區別於他人的『這一個』的特殊命運、思想、情感、性格；醫生所面對的是一個個具體的病人，同樣的病，在不同病人的個體身上會有不同的表現和特點，需要我們對症下藥。但可惜在我們現在許多醫生的眼裏，病人不是活生生的個體，而是某一類型的疾病患者，往往按類型的醫療慣例開藥」。文章特意談到，「魯迅是以『誠與愛』之心，去從事文學，看待醫學的。這應該是醫學與文學藝術更為內在的一致：這是最基本的倫理底線，也是醫生和文學藝術家的基本素養與性格」。文章同時引述魯迅的論述：科學本質上是一種「人性之光」，因此特別要警惕「惟知識之崇」，陷入科學崇拜、技術崇拜的

「唯科學主義」，並由此而引申出醫生對病的診斷和文學藝術的創造一樣，也需要有「建立在多年積累的豐富經驗基礎上的直覺與靈感，需要醫學想像力」的觀點。文章還談到醫學與文學藝術的不同，以及由此產生的互補性：同樣面對人，「醫學面對的主要是生理、身體上的病人，而文學藝術面對的更多的是健康的人，或者説是更全面也更複雜豐富的人」。這也會產生一個問題：「醫生天天面對的是人的病態，醫院裏充斥着『病』（病態，病痛）的氛圍，氣息。長期沉浸其中，不但會影響醫護人員的心境，心情，心理，而且也容易造成對人性的陰暗看法，這就需要文學藝術的補充」，「文學藝術的魅力就在於永遠能夠引人走向真、善、美的境界」。「為什麼許多老醫生，成功的傑出的醫生，都有閱讀文學作品，欣賞音樂、美術的業餘愛好，不僅是為了陶冶性情，舒緩職業性的疲累感，更是為了堅守對人性的真、善、美的信念與追求」。「這也提出了醫學管理學上的一個問題：如何營造一個更為健康的，不僅是醫學的，更充滿人文氣息的醫院環境與氛圍」。這個問題同樣存在於養老院：居住其中的都是身患各種疾病的老人，在某種意義上甚至可以説，養老院就是一個「大病房」，它天生地容易滋生生命的壓抑感，無力感，絕望感……。我們不必迴避：老年人最大的危機，就是染上生理與心理的雙重疾病；而解脱之道就是醫學與藝術並進。我和可忻由此而認為，讓養老院充滿歌聲，不是一般的娛樂娛樂，而關乎養老院的本分，本質：養老院就應該是一個大音樂廳，聚真、善、美於一身的精神家園。發展老年音樂事業，是建造養老醫學、養老文化的一個重要環節。——文章寫到這裏，突然在報紙上看到一條消息：2019 年 3 月上海召開了「腫瘤治療藝術高峰論壇」，許多中國醫學名家談腫瘤治療的醫術與藝術，強調「醫學人文的回歸，是對生命的尊重」，明確提出了「今時今日，我們當如何看待腫瘤？是信奉『技術至上』，還是承認醫學技術的局限，以醫學人文之光來拓展治病救人的邊界？」的問題，並且引述了一句名言：「我要牢記，醫學既

是科學，又是藝術。溫暖、同情和理解，可能比手術刀和藥物更為有效」。這裏，對醫學的人文之光的提出與強調，和我與可忻關於「醫學是人學」的思考，可以説是「想到一塊兒」了，我們都敏感到了自然科學、社會科學與人文科學相互滲透、融合發展的趨勢，一個醫學和藝術相結合的時代即將或已經到來。可忻試圖在養老院裏來實現醫學與藝術的結合，可能又是一個新的開創。與她之前提出的建立養老社區醫養結合數據庫，有計劃地開展老年醫學教育的設想，則有內在的相通，都是建立養老醫學、養老文化的自覺嘗試，並希望由此而找到一生獻給醫學的自己晚年生命的意義，儘管最終未能實現，但畢竟作了努力，掙扎過了，即所謂「屢戰屢挫，屢挫屢戰」：這本身或許就是一種「意義」吧。

（二）

2018 年 8 月我和可忻幾乎同時得到了癌症：先是我在體檢中發現前列腺癌症病兆，隨即到北大醫院作穿刺檢查，找到了癌細胞，最後確診；接着可忻感到胃疼，血糖也突然增高，這實際就是胰腺癌的病兆，但當時沒有想到，只當胃病和高血糖病治療，耽擱了時間。

不管怎樣，我們倆都直接面對了疾病與死亡。

應該説，我們對此是有思想準備的。老實説，我們當初選擇養老院，就是預感到這一天遲早要到來，必須未雨綢繆。而且我們家有癌症遺傳基因，我的幾位哥哥、姐姐都因患癌症而致命。我進養老院，沒日沒夜地拼命寫作，就是要和遲早降臨的「腫瘤君」搶時間。因此，當我看到穿刺結果檢查報告，第一反應就是「幸虧我想寫的都已經趕寫出來了」。我在當天（8 月 20 日）日記裏這樣寫道：「多年來一直擔心得癌症，現在這一天還是來了。雖然不見得是絕症，但確實是我住

院時預料的那樣：我的人生最後一段路，終於由此開始了」。「今後的人生就這樣度過：盡人事，聽天命；或者說是：一切順其自然」。「其實，我也應該滿足了——想寫的，都寫出來了；想做的，都做了」。「看透生死，就這樣『不好不壞地活着』」：「這些，都是這些年，特別是進養老院以後一直念叨着的話，現在也寫出來了」。這些話我並沒有對可忻詳細說：我們早已無數次討論過，自然不必多說。其實，我們進養老院就已經想透兩點：一是把「錢」想透，該花的就花，要把自己晚年生活安排得舒服一點，我們不惜賣房子住進泰康，就是看穿了這一點；再就是把「生死」想透，已經活到80多歲，再多活幾年少活幾年，已經無所謂了。因此，我們在家裏總是聊生呀死呀的，沒有任何忌諱。這樣，死的威脅真的來了，反而十分坦然，淡然，像沒事似的：我照樣寫自己的文章，可忻還是唱她的歌。

但到了10月底，可忻突然胃痛，背脊疼，吃不下飯，人也變得消瘦：我們這才感到問題的嚴重。我再也寫不出一個字，可忻則獨自苦苦思索「問題出在哪裏？」根據自己的人體各器官位置的知識和醫學經驗，她突然想到：是不是患上了胰腺癌？於是，當機立斷，找到了我們的老朋友，北大腫瘤醫院的朱軍院長，提出進行PED全身檢查的要求。儘管這樣不按正常檢查秩序進行的越規計畫，讓朱院長有些吃驚，但他仍然迅速作了安排，而且在檢查當天，就直接從檢查室取出結果，從網上發給了可忻：果然發現了胰腺癌的病兆！可忻也當即作出判斷：她得了不治之症，「上天」留給她的時間不多了！儘管我和可忻對「最後的結局」早有精神準備，患上胰腺癌還是萬萬沒有想到的！但可忻很快就鎮靜下來：既來之，則安之，一切積極、從容應對吧。於是，就有了一系列的檢查，不斷出入於醫院，各方求診，奔波了兩個月。最後果如所料，胰腺癌已經種植性地轉移到了腹腔，到了晚期。——這樣，我們就真的要直面死神了！

問題是，如何渡過這最後的歲月。我和可忻沒有經過什麼討論，就不約而同地作出選擇：不再治療，不求延長活命的時間，只求減少疼痛，有尊嚴地走完人生最後一段路！後來我們才意識到，這是向傳統的「好死不如賴活」的人生哲學挑戰，而要反其道而行之：「賴活不如好死」，我們一輩子都追求人生的意義，就要一追到底，至死也要爭取生命的品質！

　　但可忻並不滿足於此：她不僅為自己制定了「消極治療」的方案，更要利用這最後一段時間「積極做事」：她要趕在死神之前，做完自己想做的事，並且親自打點好身後之事，把最後的人生安排得盡可能地完善，完美，將生命的主動權牢牢掌握在自己手裏。而且說幹就幹，連續幹了完全出乎我和所有親友、學生意料之外、我們想像不到的四件大事。

　　就在 2019 年 1 月 22 日協和醫院檢查，發現了胰腺癌細胞種植性轉移的第二天，可忻突發異想，要在 6 天後的社區春節聯歡會上作「告別演唱」。我雖然表示支持，並立即與院方聯繫，獲得同意，但心裏直嘀咕：她身體吃得消嗎？果然第二天晚上，她就疼得睡不着覺，之後連續兩天都到康復醫院輸液四小時。到第 5 天，可忻堅持要去參加彩排，勉強唱完就疼痛得不行，趕緊吃嗎啡藥。真到了 1 月 28 日那天，她已經不得不住院治療，上午輸液到下午 1 點，來不及喘口氣，就回到住所換服裝，稍稍練練聲，在 4 點鐘登上聯歡會的舞台，作「天鵝的絕唱」。知情者都感動不已，我心裏卻有些感傷：可忻的一生也就此結束了。她要高歌一曲「我的深情為你守候」向她心愛的醫學告別，向所有愛她的人告別，更要用視為生命的音樂來總結自己的人生，留下一個深情、大愛，有堅守、有尊嚴的「最後形象」。而可忻精心設計的高雅的服飾，則讓我想起她的母親也是在晚年不願讓人們看見她的病容老態而拒絕一切來訪者，要將一個「永遠的美」留在人世間。

當天晚上，可忻又是疼痛得一夜難眠。經過醫院用藥，稍有緩解，可忻又提出一個新的計畫：趁着自己還有點力氣，頭腦也還清醒，要把家裏自己的東西全部清理一遍，該處理的處理掉，該送人的送人，該留下的留下。她要乾乾淨淨、清清爽爽地離開這個世界，不遺留任何麻煩事給家人。我知道，這當然是為我着想，為之感動不已；但也暗中懷疑：這等於要把她精心經營的整個家倒騰一遍，她做得到嗎？可忻不想這些，只管立即動手，住進醫院第 4 天，就坐着輪椅回家清理。除夕夜又回家翻箱倒櫃到深夜。由此開始，整整忙了兩個月：開始是自己回家指揮兒子、女兒、女婿和學生清理；到後來身體日趨虛弱家也回不了了，就讓大家把家裏的衣物、光碟、書籍、研究論文筆記……等等，陸續搬到病房，自己忍着疼痛一一過目以後又搬回去。如此硬幹、拼命幹，到 3 月 20 日居然全部清理乾淨。我四顧一切都規規整整的屋子，突然感到可忻的強大存在：她永遠關照、支撐着這個家！

可忻還要親自安排自己的後事，一再叮囑我：千萬不要開追悼會，寫悼詞，獻花圈，告一個別就可以了。有的親友、學生如果還想見見我，就到我的住房來，看看我留下的著作，我珍愛的光碟，聽聽我唱的歌，看看我的錄影，就像以往來我家做客小聚一樣，重溫當初美好的時光……。為此，她精心挑選了一張自己端莊、美麗的照片，要永遠用她清澈的目光凝視着我們……。

在已經一個多月不吃不喝，身體極度虛弱的情況下，3 月 7 日一大早，一夜睡不好的可忻突然把我叫去，說想編一本紀念文集，收入自己的著作、論文和回憶文章，以及親朋好友學生的「印象記」，在加上錄音、錄影，就相當可觀了。乍一聽，我有些吃驚，但很快就被她的超越常規的思維和不拘一格的想像力所折服，表示欣然同意，並立即動手，組織了一個由學生輩的友人組成的四人編輯小組，着手組稿，編輯，聯繫出版，一切都十分順利，進展神速，不到 20 天，就基本編

就。在編輯過程中，特別是讀了近 40 位朋友的印象記，也就慢慢地感受到可忻的設想的深意，理解了這本不尋常的小冊子不尋常的意義。這不僅是關於崔可忻「這一個人」的紀念文集，而是我們這一群人（從可忻近四、五十年的老友，到才結識兩、三個月的新朋友）的一次真誠對話，深層的精神交流。崔大夫、崔老師只不過是話題的引發人，我們回憶與她的交往，實際是在追憶我們自己的一段歷史。而從中發掘出來的，是我們人生中最美好的時光，發現並重新認識了可忻的，更是我們自己的人性之美，我們彼此之間的暖暖人情。更重要的是，我們因為可忻而重新面對和思考人生的重大問題。諸如如何對待生、老、病、死，如何追求生命的意義，如何對待我們從事的工作，等等。在今天這個虛幻、浮躁的年代，人們已經很少談人性，談人生，現在突然有了這個機會，大家就自然抓住不放了。在我看來，這次約稿、寫文如此順暢，這是一個重要原因。

　　而作為可忻的親人，我在閱讀朋友們的文章時，更是感慨萬千。我深知，可忻，包括我自己，都絕非完人，我們也有自己的人性、性格的弱點，我們的人生更是多有缺憾和遺憾，朋友們，也包括學生，其實也都心中有數。但寫的文章中都沒有涉及，這不僅是紀念集的性質所決定，或許還有更深層的原因：在這個虛無主義盛行的年代，多談談我們每個人都有的人性之美，人生的正面價值，哪怕有一點誇張，也是別有一番意義。許多朋友的文章，包括我們自己的文章，都談到了可忻和我的人生選擇，朋友們對此都有一種同情的理解，這讓我們深受感動。但我們依然要強調，這都帶有極大的個人性，如果有人從中受到啟發，自然很好，但我們更希望有不同意見的討論。我們不過是走了一條自己的路 —— 自己選擇的路，適合自己的路。最後要說的是，可忻這一生，也包括我這一生，只是堅守了醫生、教師、研究者的本分，盡職盡責而已。在一個正常的社會裏，再尋常不過，本不足為談；現在卻要在這裏紀念，也是因為現實生活中有太多的不

守底線的失職，不負責任的行為，一旦有人堅守，就自然覺得彌足珍貴了。

　　既然如此，那麼，我們這些老朋友、新朋友，就不妨借這次編輯紀念集的機會，再抱團取暖一次，彼此欣賞一回，大喊一聲：「我愛你！」

　　「我的深情為你守候」！

3 月 24 日–31 日凌晨

附：歌聲伴隨我這一生

崔可忻

　　醫學和音樂是我生命中的兩大要素和亮點，有朋友用「科學與藝術的結合」來概括我的一生，大概是有道理的。因此，我的回憶必須從唱歌說起。

　　我從小就喜歡唱歌，大人們總是說我是先學唱歌再學講話的。——其實，從兒科的角度看，每一個幼兒都是如此；大人們這樣說無非是要強調，我是一個唱歌的「胚子」。

　　我的唱歌的天分自然是與母親有關。先母范織文畢業於蘇州景海高級師範，受過專門的音樂（唱歌，彈琴）訓練，以後又擔任家庭音樂教師，還為當時的無聲電影作鋼琴伴奏，在家裏經常聚集着一批年輕人，一起「玩音樂」。在這樣的家庭氣氛的薰陶下，我也跟着叔叔阿姨一起哼唱，唱西洋歌曲，也唱三四十年代的黎錦暉他們的流行歌曲，我也有自己的歌，「咪咪小黑貓」之類，後來就唱《報童歌》。抗戰爆發了，我跟隨着父母，從天津到香港、桂林、重慶，在逃難中也不忘唱歌。曾和傅雷、傅聰一家比鄰而居，他家時有鋼琴聲傳出，不過似乎兩家並沒有太多的交往。但後來傅聰在上海國際禮拜堂彈琴，我也經常去聽。

　　抗戰勝利後，全家回到上海，南開大學經濟系畢業的父親崔勉之時任茂華銀行董事長，還兼任某貿易公司總經理，家住太原路，是原先的租界地，環境很安靜。我家雖不豪華，卻挺新式，也使人舒服。在斜對門有一個拉小提琴的年青人，母親也依然興致勃勃地在家裏舉行音樂會。暑期中的一天，這位張姓青年就以音樂為名，自動上門，從此成了我們家的常客。父親私下提醒母親：此人是奔着「小貝」（這

是我的小名）來的，母親卻並不介意。天長日久，我倆就真的越來越接近了。這一段因為音樂而結緣的「初戀」，給我留下了十分美好的記憶。

當然，青少年時最難忘的記憶，還是在中西女中住校讀書六年（1949-1955）的經歷。這是一所著名的教會學校，是宋氏三姐妹的母校；而最讓我感到愜意的是那美麗的校舍，大草坪，小河，情人島，供我騎自行車、穿着滑冰鞋一路疾行的平坦大道，還可以搞一些小動作 —— 深夜偷偷帶了食品爬上陽台去賞月。我就是在這樣的環境裏，接受了最好的教育，其中一個重要方面，就是音樂素養的培育：除了音樂課上正規的彈琴、唱歌（合唱與獨唱）的訓練之外，我還參加了學校合唱隊，在上海天蟾舞台演唱《黃河大合唱》。我也是學校禮拜堂的唱詩班的一員，那樣一種沉醉在宗教與音樂裏的生命體驗，潛移默化地影響了我的一生。

也就在這時，我有機會接觸到歌唱家周小燕的音樂藝術。她的姑姑是我母親在武漢基督教會學校的密友，周小燕剛從法國留學畢業歸國，經常在姑姑家舉行家庭音樂會，唱《長城謠》什麼的，我也就混在其中跟着唱。不知怎麼的，引起了周小燕的注意，她稱讚我發音基礎好，訓練有素，也願意教我：這樣，周小燕就成了我的啟蒙老師。到了晚年，我還在網上收集她的音樂教學視頻，暗暗追隨着她。

1955 年我中學畢業考入上海第一醫學院，似乎順理成章地就成了班上的文娛委員，於是就有了組織班級唱歌、跳舞的職責。到 1958 年「大躍進」，學校要求大家「解放思想」，自己寫詩，創作歌曲。這任務又落在我頭上，我也當仁不讓，毫不困難地就寫出了一首具有「兒科特色」和「時代特色」（這都是組織的要求）的「新兒歌」，我至今依然記得，可以開口即唱：「一連三天沒有看見爸爸媽媽了，一連三晚上都是我一個人睡覺。我爸爸是最好的爸爸，毛主席和他拍過照。我媽媽也是最好的媽媽，聽說她有什麼先進的稱號。一連三天沒有看見

爸爸媽媽了，真氣死了啊：是不是爸爸媽媽不愛我了？在第四天的黎明，一支溫暖的手把我驚醒，爸爸媽媽站在床前說：我們寫了三天三夜的大字報！」這首歌在廣播站播放後，立刻在學校傳開，大家都知道兒科系有一個會寫歌的「小崔」。

大學五年生活裏，最讓人懷念的，是1958年夏天參加上海郊區青浦縣「血吸蟲病殲滅戰」，毛主席的《送瘟神》就是為此戰役的勝利而寫的。我們兒科三年級負責給畢業班同學當助手，一天到晚，忙得不亦樂乎。但也有輕鬆的時候：青浦縣是魚米之鄉，每逢去縣裏開會、領藥，坐着小船回村已是傍晚。明月，流水，頗有詩意。有誰提議：「小崔，唱一個吧」。這一組人，不管好歹要算我還能唱一點。「唱什麼呢？」「隨便什麼，你喜歡的我們都喜歡」。我也就隨意引吭高歌一曲，而且總有同學用動人的口哨伴着唱。身處此時此境之中，周圍都是心心相印的同學，朋友，我們這一船人，猶如是上帝的旨意，「彼此相愛」，這是怎樣的幸福！

在中學、大學裏，除了唱歌之外，我還喜歡上了地方戲曲。越劇《梁山伯與祝英台》，錫劇《羅漢錢》等等，都成了我的拿手好戲。前年還在養老院的舞台上表演了一出「地方戲曲聯唱」。一位居民是老上海，聽了我的演唱私下裏問：「你怎麼會唱得如此地道？」我微笑不語：這都是我的「老功底」啊！

1960年，我大學畢業被分配到了貴州安順，遠離了上海。而且正趕上大饑荒，接着又是政治、思想、文學藝術領域的大批判，最後發展為文化大革命，政治形勢越來越嚴峻，我所喜歡的西洋歌曲，俄國歌曲，三四十年代的流行歌曲，以至左翼進步、革命歌曲，都被視為「封（建主義）、資（本主義）、修（正主義）」，一股腦兒地通通列入禁區。我自然也不敢再唱，連哼哼的興致也嚇沒了。就只能遠離音樂，一門心思地鑽入醫學之中，在給病人看病，帶學生實習中獲得生命的意義。但藝術的種子依然埋在內心深處，一有機會就會探頭。

記得 1964 年突然大唱紅歌，演紅戲，連我們小小安順城也很熱鬧了一陣。我也就乘勢在話劇《年青的一代》裏扮演一位叫夏倩如的「上海小姐」，男主角蕭繼業是錢理群演的。我們還組織了一場「革命歌曲大聯唱」，老師、學生們穿上「第三世界」各國的服裝，高唱《亞非拉人民要解放》，還有新創作的《我們走在大路上》。但文革一開始，這些也都被「革命群眾」所拋棄，只唱毛主席語錄歌了。我也不再去湊這個熱鬧了。到文革後期，許多人都成了「逍遙派」，在民間、私下傳抄、偷唱被禁的歌曲，如文革前的中外電影歌曲《洪湖赤衛隊》、《劉三姐》、《柳堡的故事》、《流浪者》，民歌《敖包相會》、《跑馬溜溜的山上》，蘇俄歌曲《莫斯科郊外的晚上》、《喀秋莎》、《三套馬車》，還有少量英美港台歌曲《地久天長》（《魂斷藍橋》插曲）、《籃色的街燈》、《苦咖啡》等，大多數都是我所熟悉的，我終於可以在暗中哼哼中學、大學最愛唱的歌了！我的母親更是不甘寂寞，隔三差五地去附近劇團偷彈鋼琴之外，還約兩三個上海籍的中學老師在家裏聚會，喝咖啡，唱洋歌。這類活動我一般不大參加，但也時不時跟着「過過癮」。後來才知道，當時全國各地有不少這樣的家庭音樂沙龍，但都是處於秘密、半秘密狀態。

真要公開放聲歌唱，自然要等到文革結束、改革開放以後，特別是 1984 年我回到北京，調入中國兒童發展中心工作，就有了更多的唱歌的機會。特別是在出國訪問時，我更常常在兩國專家的聯歡會上，高歌一曲，都是我從小的熟悉的盛行於三四十年代的西洋歌曲，沒想到這些歌也是這些外國專家青少年時代所愛唱的，這一唱就很自然地把大家的距離拉近了：這是我第一次感受到音樂超越國界，溝通不同國家、民族人的心靈的魅力。回到國內，我就更是大唱特唱了。每次外出開會、搞調查，我都是一路唱過去。這個習慣一直延續到我退休後的旅遊中。記得有一次我和錢理群他們那一群朋友到湖南沈從文的家鄉玩，車上有不少人也是歌迷，大家就唱得更起勁了，從 20 年代

北伐戰爭的《打倒列強，打倒列強》唱起，接着是 30 年代的《夜半歌聲》、《漁光曲》，抗日戰爭時期的《遊擊隊員之歌》、《黃河大合唱》，解放戰爭時期的《茶館小調》、《解放區呀好地方》，到 50 年代的《歌唱祖國》、《一條大路寬又廣》，60 年代的《我們走在大路上》，文革時期的《北京頌歌》，最後是 80 年代的《年青的朋友來相會》……。就這樣，歌聲把國家、民族發展的現當代歷史，我們每一個人的人生經歷與記憶，完全糾纏在一起，我們唱得如癡如夢，欲罷不能。到了目的地下車後，一直坐在車裏沒做聲嚴家炎老師，突然認真地對我說：「謝謝你，讓我回到了自己的青少年時代」。這大概就是唱歌的歷史記憶的功能與魅力吧。還有一次，我和老伴到加拿大旅遊，坐在大巴車上，看着窗外的歐式風景，情不自禁地低聲哼唱起我熟悉的英語歌曲；沒想到下車時旁邊一位默聽我的歌唱的伊朗籍的旅客突然用英語對我說：「你的歌聲是用心唱，我很感動。」我真沒想到，竟然在他鄉遇到了知音！讓我難忘的，還有一次在西藏旅行，我也是觸景生情而唱起我喜歡的民歌來，唱了一首又一首；突然聽見旁邊響起了一個男高音，用藏語唱藏族民歌，我一看，是開車的司機在唱，也是十分投入。他豎着大拇指，連聲稱讚說：「你是我們高原的百靈鳥！」這一讚把我樂壞了：真是千金難買的評價呀！通過音樂，我竟然和異國、異族的歌迷結交，並且有了「世界公民」的感覺：這感覺真好！

　　這樣，在我的生命裏，就越來越離不開音樂。特別是 2015 年到了養老院以後。我突然發現，自己賴以生存的醫學越來越用不上了，特別是我經過種種努力，想繼續發揮我的醫學生命的餘熱，最終都以失敗告終以後，就陷入了深刻的痛苦之中，無數次地和老伴討論：到哪裏去尋找我的老年生命的意義？這樣，音樂的價值就在生命的困境中突顯出來：我要把音樂當作一件「事」來做，它是繼醫學之後我的另一項「事業」！我就是以這樣的眼光、胸襟、志趣投入了燕園的歌唱活動中。無論是在愛樂興趣小組唱歌，還是參加大合唱團活動，我都是

全力以赴，盡力盡責，需要唱什麼聲部我就唱什麼，沒人彈琴我試着彈，臨時缺指揮我就去湊數，為找歌篇、印歌篇，甚至為挑選服裝，我經常忙到深夜。這一切，在我來說，都是十分自然的，就像當年我為給病人治病不惜付出所有一樣。我不求名，也沒有表演欲，就是求大家開心，我自己也從中獲得了生命的快樂與意義。前幾年每逢聖誕夜或春節，我都要邀請朋友到家裏唱歌，聊天，喝咖啡，吃點心，那年中秋節還在院子裏組織賞月晚會，大家不約而同地唱起童年的歌，跳起舞來，進入了生命的無邪、天真狀態，這都在我和朋友晚年記憶裏留下了最美好的印記，至今難忘。我和老伴還經常討論：音樂對老年人的生命，對創建「養老文化」究竟有什麼作用和意義？在我們看來，唱歌可以養生，悅心，喚起歷史的記憶，獲得生命的存在感，意義感，更因歌而交友，營造相濡以沫的共同的精神家園，對緩解、克服老人難免的寂寞、孤獨感、無聊、虛無感的作用全在無形之中。為養老院的唱歌事業的付出是值得的。為了其長遠發展作準備，就如前文提到的那樣，我還在網上專門下載周小燕教唱的錄影，反覆研究。可惜好事不長久，由於種種原因，我的這些努力最後都無疾而終，我自己也逐漸從燕園歌唱中淡出……。

但我並不死心，把對音樂的追求轉向自身。我說過，我真正喜歡的，是給自己唱，特別是用「心」唱。我永遠不忘那位伊朗朋友對我的歌聲的評價。也正在這時候，我突患重病，不得不直面疾病與死亡。當我決定理性應對，不再留戀「賴活」，只追求最後時刻的生命品質時，音樂就成了我的最終選擇：我要用歌聲伴隨我的餘生。在四處奔走，看病，檢查的間隙，我關起門來，或低聲吟唱，或放聲一歌。我可以說是忘情而全身心地投入，真正唱到心裏去了；而且聲音也是從未有過的清脆，乾淨，因為有幾分感傷而顯得格外的深沉：這真是奇跡啊！我就這樣錄唱了將近 30 首歌，把自己一生的精粹都融入了其中。在 2018 年 12 月 24 日的平安夜，我又舉辦了一場家庭音樂

會，依然是唱得如癡如醉。不瞭解我的病情的朋友都驚訝於這音樂生命的突然爆發；知情者更是唏噓不已，備感珍惜。但在這以後，我的身體就越來越支持不住了，終於在 2019 年 1 月 28 日住進了社區裏的康復醫院。也就在這一天，上午我打了點滴，下午就出現在養老院春節聯歡會上，穿一襲白色短袖連衣裙，十分自由、自然、坦然地高歌一曲《我的深情為你守候》。這「天鵝的絕唱」感動了許多人，我自己也感慨不已。正像朋友們所説，這是「清歌唱別意高昂，生命因之寬敞」，我要用自己的方式「告別心愛的音樂」，告別親人與友人，告別又愛又痛的世界，也「銘刻此生的意義」，「展現凝然的人生尊嚴」。2 月 17 日，從加拿大趕來的兒子小彤，女兒安莉，女婿文明，外甥小龍、小傑和朋友給我過生日，又是一次音樂的盛會。因為受我的影響而走上音樂之路的外甥特意演唱了一首為我而作的歌曲，他唱得十分深情，我的心情卻分外平靜：音樂又延續到了我的後代的生命之中。

2019 年 3 月 9 日－3 月 16 日
（理群據可忻口述、筆記片斷整理而成，經可忻審定）

附：別了，我心愛的醫學

崔可忻

我與醫學結緣，也是家庭的影響。崔家是一個大家族，出了各類人才，像我父親就是學經濟的，一輩子都在銀行、公司、工廠幹事；我的叔叔崔之道卻畢業於美國海軍學校，後來當了國民黨政府的海軍副司令，國防部副部長；而我的另一位叔叔崔之義則是著名的外科醫生，五六十年代一直任上海第一醫學院的副院長。我的母親家更是醫學世家，姑姑就是協和醫學院畢業，可惜因患結核病，英年早逝。舅舅范樂成，也是協和醫學院赫赫有名的尖子，抗戰時期被盟軍林可勝將軍點名參加美國軍隊醫院服務，二戰結束後，就在武漢組建陸軍醫科大學，建國後成為武漢大學醫學院，後又與上海同濟醫學院合併為同濟醫科大學，擔任院長。舅媽朱文思是舅舅協和醫學院的同學，也是公共衛生領域的佼佼者，同在同濟醫科大學任教。80年代我在中國兒童發展中心從事醫學研究，還專門到舅媽主持的公衛培訓班進修。我從小生活在這樣的環境裏，到1955年高中畢業考大學，就順理成章地報考醫學，成了叔叔當院長的上海第一醫學院的學生，繼承了崔、範兩家的醫學事業。我還有幾個表哥、表弟，堂哥、堂弟也是學醫的。

對我一生發展起了決定性作用的，自然是我從1955年到1960年在上海第一醫學院所受到的第一流的醫學教育。現在回想起來，上海一醫的醫學教育有幾個特點，讓我終生受益。首先是注意基本功的訓練，人體解剖課讓我們對人體的各個部位爛熟於心，基礎打得深厚而扎實；又注意專科教育與全科教育的結合，不僅要求精通兒科專業，對其他內科、外科、婦科⋯⋯等等也不可忽略，這才能有全局在胸，

觸類旁通，和今天的許多醫生知識面越來越窄，只守着那點專業技術，其他一概不知，也不感興趣，是完全不同的醫學視野和境界；作為學校教育不僅重視知識的傳授，更注意學習方法的引導和學習習慣的養成，影響之下，我自己在學校畢業以後的六十年間，就從未中斷過對醫學知識和最新發展的關注和學習。我更要感謝老師的是，他們在教給我技術的同時，也教給了「一切為病人着想」的醫德，和嚴謹、認真、耐心、細緻的醫風，教會了我「怎樣做個醫生」。我至今也還清楚地記得，在畢業實習那一年，給外科九病房主任吳肇光大夫當助手，他是從美國回來不久的腫瘤「一掃光」的專家。每逢假日、節日要加班上手術台，總是開玩笑地問我們有無約會，並對我們給他當助手表示感謝。他的習慣是一直看着實習生縫完皮膚，才脫手套下台，去看一眼回病房的病人，開完醫囑，才去吃飯。實習生也是同樣待遇 —— 火腿蛋炒飯。畢業多年來，我總會見到一些「本事不大，架子不小」的外科大夫在手術室那模樣，就讓我自然想起這位老師。其實老師也沒有特別做什麼，只是盡職盡責，盡了醫生的本分。這本分構成了一個底線，是做醫生絕對要堅守的，這同樣影響了我一輩子的從醫生涯。

在上醫學習還留下了兩個鮮明的記憶。一個是我在青浦實習期間和比我大幾屆的學長發生的衝突。事情出在收治病人上，這位學長在檢查某病人的病情時，突然厲聲問道：「這個病人是誰收的？」他一說，我就明白了：病人脾大過於臍，我一定是壓在它上面而沒有觸到邊緣，卻誤以為是摸不着的，何況那全身甚差的情況，分明是個晚期腹水病人，我怎麼會沒有注意到呢？可是他那副了不起的模樣，我受不了，就反過來先發制人：「我不像話！？好吧，你安排我做點別的吧！從此我不接觸病人就是了」。晚上，這位學長把我叫到那既是宿舍又是辦公室的屋裏，主動承認不該在病人面前說那樣的話。最後語重心長地說：「醫學是一門科學，當一個醫生，不能只憑熱情，更需要的

是謙虛，謹慎……。慢慢地你就會明白了」。我或許經過了以後的長期醫學實踐才真正「明白」：說「一切為了病人」不能僅僅是一個說給人聽的豪言壯語，而是要落實到治病的每一個環節，每一個細節，絕不能有任何忽略，萬萬不能粗心大意，想當然，稍有差錯，就會鑄成大錯，而醫生的錯誤往往是無可彌補的。醫生看病就必須謹慎謹慎再謹慎，小心小心再小心。以科學的態度，周密細緻地處理好每一個細節，就成了此後我給所有的病人看病的基本原則。

我們實習那時兒科醫院是不允許家屬陪伴的，和今天一切生活護理由家屬、護工負責，醫生、護士撒手不管的風氣完全不同。我們這些實習生就自然以醫院為家。特別是傳染病房，孩子和家長常常一個多月不見面，我們就要同時負起醫生、護士與家長的責任。我們與作為病人的孩子建立了超越了醫護人員與病人的感情。記得一位一直得到我的照顧的 2 歲多的小男孩，到出院時就高低賴着不肯走，說「我要阿姨，我不回家」。我的確受到了感動，當着他那高大的海軍軍官的父親的面，親親他的額頭，答應過幾天去看他，這才解了圍。儘管這樣的情景，在以後我的醫學生涯裏並不少見，但因為是「第一次」，就特別刻骨銘心：我由此而真切、具體地感受到了做醫生，特別是兒科醫生的意義和樂趣。我們不僅給病人「治病」，更是「治心」，在生理的療治的同時，也給予心理的慰藉，在病人（特別是病兒）以及自己生命中留下一個美好的瞬間，以後回想起來，會有絲絲暖意，即使忘記了，也畢竟有過一次相遇。我們面對的是「人」，醫生與病人的關係，就不僅是醫、患關係，更是人與人的交往，心靈的交流。醫生治病就不僅要有科學的，理性的態度，更要有豐厚而不外露的情感，有一顆「大愛」之心。有朋友提到我的「醫學是人學」的基本倫理，這是在長期的醫學實踐裏逐漸形成的，但底子卻是在上醫學習時奠定的：這是母校給與我的最重要的精神財富。

1960 年我被分配到貴州安順衛生學校任教，可以説是「一個跟斗翻到了最底層」。但我似乎來不及反應，就一頭扎進了醫學教育的業務中，開始了我的實實在在的從醫生涯。安順衛校是培養中專生，也即基層和中層醫務人員的，後來也辦了在職大專班，在當地就算是「最高學府」了。現在回想起來，這是一所不錯的學校：學生大多數來自農村，畢業後就業方向也很明確，就是回到農村，作公社、區、縣級的醫生與護士。在當時的社會條件下，對農村孩子來説，這是最好的出路。因此，學生學習很安心，也很認真刻苦。學校的老師大部分都是貴州、安順本地人，據説是 1960 年這一年開始，才陸續吸納了我們這樣的來自外地、名校的老師，我可以説是第一個經過正規訓練的科班出身的兒科教師。本地老師們都很樸實，和我們相處也很和諧。可以説，離開了上海這樣的繁華大都市，身處在這樣的環境裏，反而有一種踏實感，用今天的話來説，就是真正「接了地氣」。我一直認為，上一世紀五六十年代發展以培養農村、基層建設人才（農村醫生和教師……）為方向的中等專科教育，應該是我國教育的一大特色和寶貴經驗，可惜這些年紛紛轉成專科和本科大學，衛校就併入了安順職業學院，把適合中國國情的中專教育傳統棄之如敝屣，是十分可惜的。今天回顧當年，也還心存懷想：記得 1960 年我來到衛校，很快就安下心來，一心一意、盡心盡力地在課堂上講我的兒科學，並且理所當然地成了全校最受學生歡迎的臨床課教師之一。我的學生兒科成績都很好，每一次全省統考總是名列前茅。

　　但我最投入的，還是帶領學生到醫院實習，我也借此機會直接給病人看病：這是我真正的心之所愛。我們的實習基地除了專區醫院，主要是縣醫院。而縣醫院本來就缺少醫務人員，現在來了這一大批經過專業訓練的實習生，還由我這樣的名牌大學出身的兒科老師帶隊，醫院就放心地把整個病房交給我們，我經常一個人總管幾十個病人，就真正有了用武之地。我也把整個身心全部撲在病兒身上，幾乎是不

分晝夜，只能抓緊間隙時間睡一會兒覺，病人有了情況，學生一叫，我就馬上從夢中驚醒，立即投入緊急治療之中。直到今天，我還是極容易入睡，又隨時可以醒來，就是那時養成的生活習慣。我還利用自己的總管權，特地多收病人，收重病人，不僅是要讓學生有多看多練的機會，更是因為一到了最底層，就深知農民就醫之難，我始終難忘因為不能得到及時治療而痛苦呻吟的村民的孩子和親人束手無策、焦慮萬分的神情，我就只能多救一個算一個，聊盡我的醫生職責了。我還經常遇到父母無力照顧被丟在病房的死嬰，我也只有帶着學生把死嬰悄悄埋在醫院的後山上，不讓他們拋在露天。1964 年以後，毛澤東發出「把醫療重點放在農村」的「六二六指示」，學校就把學生實習基地直接放到公社，邊勞動，邊看病，我也隨着學生下放農村，在半年的時間裏，跑遍了平壩縣五個公社的村村寨寨。文化大革命時期，我也沒有閒着，開始在部隊 626 醫療隊服務，作了 400 餘例小兒麻痺後遺症手術。後來為了繪製「貴州戰備中草藥地圖」，漫山遍野地採標本。在真正無事可做時，為了彌補我臨床經驗不多的缺陷，我又貪婪地讀書讀雜誌，為以後的發展作準備，往往到深夜……。在這次重病期間，我總結自己的一生，寫下了這樣一段話：「我雖不是教徒，卻好像按照上帝的旨意在做奉獻。我不是黨員，卻真心實意在『為人民服務』。即使在今天，我仍認為在貴州那 25 年，是我一生最有意義的日子。我培養了 2000 多名醫學學生，療治的病兒更是不計其數：這都是實實在在的成果。就是在那些日日夜夜的磨練中造就了今天的我，比起以後在北京的『高大上』工作有意思得多」。

1984 年我來到了北京中國兒童發展中心，開始了後 10 年的醫學生涯。應該說，這是一個不小的變化。我從臨床醫生和兒科教師變成了醫學研究者，進入了我完全不熟悉的醫學統計學、公共衛生學、醫學社會學的領域，有了一番新的天地；更有了一個廣闊的活動空間：不僅在全國各省區進行調研，更有機會參加國內國際的學術交流。但

我仍不忘「自己從哪裏來」：貴州的從醫經歷與經驗依然或明或隱地影響着我的醫學研究。最近在病中整理舊物時，發現這一時期的兩張照片，一張身着西裝在國際醫學論壇（西班牙第 6 屆國際發育學會）上作學術報告，一張穿一身樸素大方的傣族服裝，這是我在少數民族地區調研留下的身影。這或許具有某種象徵性：就像一位朋友所說的那樣，我「從安順到北京，從邊緣到中心，幹的仍是密切聯繫現實的工作。上至雲端翱翔，下至溝谷行走，落差雖大，卻依然應對自如，上來下去，遊刃有餘」。

我在兒童發展中心主要從事了三項研究工作。先是 1985 年參加「十省城市農村兒童體格發育調查」，並在此基礎上獨立編著了《7 歲以下兒童體格發育與營養評價 —— CDCC 系列量圖》，由人民衛生出版社正式出版。這在 80 年代是一個具有前沿性的研究課題。我在〈前言〉裏寫道：「20 世紀以來，由於科學的發展，人們對健康的含義有了新的認識；世界衛生組織指出：『健康不僅是沒有疾病或虛弱，而且應包括體格、心理和社會適應能力的全面發展』。在這樣新的『健康』觀念中，保證兒童體格的健全發展就成了兒童保健工作的一個重點目標」。這表明，課題的提出，有着明顯的「與國際接軌」的自覺。而我們的具體做法卻是從從調查研究入手，在全國範圍內，選擇了具有各種不同特點的 10 個省市 17 萬餘城鄉兒童作全面的體格發育調查，掌握了大量第一手的數據，這又顯然有對「重視調查研究」的中國學術傳統的自覺繼承。而且我們的最終研究成果系列量圖裏，又從中國國情出發，「突出了城鄉的差異」，並明確提出「中國兒童應有自己的體格發育標準」。這在片面強調所謂「向國際標準」（實際是美國的 NCHS 的標準）看齊的當時的歷史環境下，無疑具有開拓性、創新性。2006 年 4 月世界衛生組織公佈了兒童發育新標準，並聲明：「推行了 40 年的國際生長發育標準，是有問題的。由於標準過高，會造成肥胖，長大後的糖尿病、心臟病的機率大增」，證明了我們當年的研究結論還是有道

理的，説明我們一開始就堅持「既趕上世界潮流，又保持自己的特色」的學術道路，是正確的。「十省城市兒童體格發育調查」在 1989 年獲得衛生部科學技術進步二等獎，我的《CDCC 系列量圖》得到好評，都不是偶然的。

我從 1885 年開始，還參加了「少數民族兒童體格發育調查」，對朝鮮族、蒙古族、黎族、苗族、布依族、侗族、藏族 7 個民族 4 萬多名兒童的生存狀態、體格發育進行了全面考察。我們的做法依然是深入到底層第一線作實地調查。那一年到雲南邊境考察的情景至今仍歷歷在目：我們從昆明出發，直到西雙版納，再由西沿着瀾滄江返回，沿途考察了 10 餘個少數民族自治縣，條件可謂艱苦，還有一定危險性。給我印象最深的，是我們去孟連傣族、祜族、佤族自治縣的一個村子，全村男女老少不穿衣褲，最多只有一塊遮羞布。孩子們沒有見過汽車，跟着我們在車後奔跑。我們去西盟佤族自治縣，縣城在高山雲霧裏，從下面下來，要走 3 個小時，才能見到對面的景物。我第一次到了比貴州還要窮困的地區，真是感慨萬千，並油然而生一種社會和職業的責任感：有多少在貧困、病疾中掙扎的各族同胞在等待着我們去為他們服務啊！以後，我又在 1993–1994 年參加了全國少數民族健康素質調查。應該説，我們在 1980 年代這樣持續關注少數民族兒童健康，是並不多見的；聯繫到 1990 年代以後提出西部建設，強調對弱勢群體（包括少數民族兒童）的關懷，就更能看出，我們當時的工作也同樣具有前沿性。

我的另一個重要成果是在參加在北京舉行的世界婦女大會，所提供的《中國農村女童體格發育現狀分析》的論文，更是表現了對弱勢群體的關注，提醒人們注意「我國農村女童體格發育與營養狀況還很差，各項指標明顯低於城市女童」，「為達到 2020 年 5 歲以下兒童嚴重、中度營養不良減少一半的目標，解決農村女童營養問題是當務之急」。論文特意提出了「農村男女童性別比」的問題，指出不僅男嬰

出生率較高，而且女嬰死亡率也明顯高於男嬰，這「勢必造成較嚴重的性別失調，應引起重視，加強《保護婦女兒童合法權益》條例的宣傳與執行，進一步開展從胎兒期開始有關性別比的研究」。文章就此提出警告：「男女性別比的失調，必然造成對家庭與社會發展的嚴重影響」。可惜這較早發出的警示之言，不僅沒有引起重視，還以「要對外保密」為由，最終取消了我在大會發言的資格。近年來，男女性別比的失調的問題越來越突出，並造成嚴重後果，這才成為一個熱門話題，我真有哭笑不得之感。

在退休以後，我還參加了《北京、南京兩地未成年人的暴力犯罪的危險因素探討》的調查，對兒童暴力犯罪的社會因素與生物──醫學因素作綜合研究：這又是一個全新的嘗試和探索。我不僅參與項目設計，而且主動承擔審查調查卡片，將數據輸入電腦的繁重而瑣細的任務，最後也沒有署名。

回顧最後 10 年的醫學工作，我在為自己的努力帶來的收穫與貢獻感到欣慰的同時，更有一種莫名的失落感。這大概是因為我脫離了自己真正傾心的臨床工作：那是實實在在的治病救人。而醫學研究，特別是具有醫學社會學性質的研究，它能否發揮作用往往取決於社會因素。我研究的十省城市農村兒調，有結果，有結論，反應也不錯，還得了獎，但就是不能推廣，沒有社會效應；而少數民族兒童調查，有大量的資金和人力的投入，卻幾乎顆粒無收，雖然最後作了補救，發表了文章，我已經是筋疲力盡了。我後來在一篇懷念當年中心的領導的文章裏，就有這樣的老實話：搞來搞去，「都把我搞怕了，搞傷心了」，也只有用「幹多少算多少吧，事情總是要有人做的」來聊以自慰。在退休以後，勉強參與了一兩項研究工作以後，就「洗手不幹」了。

但我仍然放不下「我的醫學」。許多朋友都提到晚年的我成了他們的「家庭醫生」和醫療信息的提供者，這是我自覺、不自覺的一個選

擇。固然是出於對朋友和他們的孩子的關愛，但更多地是一種職業的習慣，甚至是本能似的反應。我是一個天生的醫生，見到病人就想去醫治，就有一種深入瞭解病情，考慮如何進行最有效的醫療的衝動，遇到疑難病症，更充滿好奇，恨不得立刻在網上（例如集中了全國科技成果的「萬方期刊」網）尋找相關的治療與研究的最新進展，以便及時提出醫治建議，我自己也從獲得新的知識，長了見識。我因此而樂此不疲，甚至是十分地享受：我終於又成了一個實實在在的治病救人的「醫生」！每當朋友們因為我的及時有效幫助而表示感謝時，我心裏常常想，真應該表示感謝的是我：我從中獲得了醫生的樂趣與生命的意義！

2015 年我來到了養老院，首先想到的，也還是如何在生命的餘年繼續「從醫」。我在網上看到北京大學成立了健康醫療大數據中心的消息，其中一位負責人還是我在中心作研究時的合作者。消息透露，他們準備作的三項基礎工作，有一項是：「針對心理、行為、環境、營養等內容為輔的健康發展，通過健康數據的採集、健康狀態的評價、疾病的干預，建立全人群、全生命週期的健康發展平台，促進向健康化、連續性發展」。在 2015 年，建立大數據庫，沒有三年後的今天這樣「時髦」，當時還是沒有多少人知曉和關注的「新生事物」；但我立即敏感到，這是一個科學技術和醫學的重大發展，是一個新的歷史挑戰與機遇，應該緊緊抓住，及時跟上。而且我從北大健康醫療大數據的這一項研究計畫中得到啟發：我們也可以在泰康養老社區建立「醫養結合數據庫」，這應該是當時社區所強調的「實行醫養結合，建立和完善養老文化」的具體落實，甚至可以以此作為一個突破口。我也從中找到了自己的位置：擔任顧問，並全面負責從方案設計、數據收集、計算機錄入、數據的提取和應用等技術操作，這不但可以充分發揮我的有較扎實的臨床、教學和社會實際工作經驗，並熟悉計算機操作的優勢，同時也可以由此進入「養老醫學」領域，我的養老生涯也

就有了嶄新而豐厚的內涵。按照我「想到即幹，說幹就幹」的性格與習慣，立刻制定了一個《關於建立泰康養老社區醫養結合數據庫的設想（建議）》，送交泰康養老社區的領導部門，雄心勃勃地準備大幹一場。但我還是太天真，思想也太超前了。根本就沒有人理解我的這一前瞻性設想，更不用說認真具體實行：最終是不了了之。

但我還不死心，又突發異想：要在社區開設系列醫學常識講座，它不是偶爾講一兩次，而是一個系統、全面，有長遠規劃的在老年人中進行醫學知識普及的學術與教育工程。我計畫講一百講，包括所有醫學科目，不但講相關醫學知識，還根據自己豐富的臨床經驗，就老年人關心的醫學、健康問題進行具體坦率的討論與交流，同時又隨時報告中國與世界醫學的最新進展。這同樣可以將我當年在貴州從事醫學教育的經驗，我的比較全面的醫學知識結構，以及我從網上的醫學科學雜誌上不斷獲取醫學新發展、新動向的信息等優勢得以發揮，這也是建構養老醫學的一個重要方面。開始時我也是說幹就幹，收集了幾乎所有醫科的教科書，還特意買了一台電腦，以供講課專用，並制定了詳細的講課計畫。但這回我似乎沒有那麼自信；而且很快養老院發生的許多事情，都讓我敏感到真要認真實行我的計畫，會出現許多意想不到的事情，這是我這個理想主義者和完美主義者不願看到，且無法應對的。思來想去，最後還是打了退堂鼓，可以說是自動放棄吧。

這樣，我的醫學「事業」就走到了盡頭，於是把做事的重心轉向了也是我所心愛的音樂。儘管我依然保持了對醫學的興趣，不斷讀醫學書，在網上查看醫學雜誌，但僅是「業餘愛好」了。

萬萬沒有想到，最後我又以特殊的方式回到醫學：自己給自己診斷，治病，做「自己的醫生」。

我的身體底子本來不錯，但年紀大了，自然會有各種病：我安裝過心臟起搏器，一直擔心心臟有病；後來又出現胃返流，心與胃就成為關注的重點。因此，在 2018 年 8 月，胃疼得厲害，就習慣性地去查

胃鏡，看看是不是發生胃癌，結果沒發現問題，也就放心了。接著血糖突然飆升，醫生開了藥，吃了就降下來了。後來才知道，這兩項症狀正是胰腺癌的病兆。我們沒有注意，就耽擱了。到了 10 月底，我突然渾身疼痛，特別是胃與後背，吃不下東西，人也消瘦得厲害。我這把這些病症聯繫起來，根據我的醫學知識（包括人體解剖學知識）和經驗，就猛然想到，很有可能是深藏在後面的胰腺出了問題。我當機立斷，立刻找到了我們的老朋友、北京大學腫瘤醫院副院長、黨委書記朱軍先生，要求立即作 PED 全身檢查。朱軍對我這個不經過常規的正常系列檢查，直奔 PED 的做法，頗感驚訝，還開玩笑說：「你們是不是錢多了，願意自費花這近萬元的檢查費？」但朱軍先生大體知道我的醫學底子，這樣做或許也自有道理，就迅速作了安排，而且在檢查的當天，就直接去檢查室查看結果，並立即從網上傳給了我：果然發現了胰腺癌病兆！可以說在第一時間就讓我知曉了一切，這真要感謝朱軍院長！而我的第一反應，就是我得了不治之症，而且必須面對。對人生道路上的這一驟變，我雖然有所預感，卻還是有些意外：什麼病不得，偏偏遇上了胰腺癌這一絕症！我很快就鎮定下來：既來之，則安之，我一生什麼沒有經歷過，現在出現了新的生命難題，我也一定能從容應對！後來，朋友們說，我的胰腺癌是我自己發現、診斷出來的，這也有一定道理。我所依靠的，就是「醫學想像力」。有研究者早就指出，許多有經驗的老醫生，常作出許多普通醫生想不到的正確診斷，其中就有建立在多年積累的豐富經驗基礎上的直覺和靈感。而醫學想像力更是貫穿在疾病診斷過程中：先是面對某種病變的症狀，在追朔病因、病源時，就需要建立在深厚的學養與經驗基礎上的各種假設、想像，然後再作相應檢查，在檢查的基礎上逐漸排除原先設想的各種可能，最後作出一個準確的診斷。我為自己作出患胰腺癌的診斷，就是經過了「在掌握病症的基礎上，通過聯想，提出假設性的診斷，再作有針對性的檢查，最後根據檢查，作出正確的診斷」

的過程。在我看來，這就是醫學想像力的魅力所在：醫生每天都在破解各式各樣的「歌德巴赫猜想」，醫生的快樂就建立在這樣的創造性的勞動中。

我得了胰腺癌，這是「上天」的安排，我無力對抗，自有無奈之處。但我又想，怎樣對待自己的病，甚至如何治療，這些關乎自己命運的事，還得自己掌握。記得剛診斷出病，醫生就對我說，你現在要徹底忘記自己的醫生經歷和身份，只需把自己看作是病人，一切聽醫生的。這話自然有一定道理：病人不能隨便干擾醫生的治病。但我還是很難全盤接受：我任何時候都不能忘記自己是個醫生，不但要治病救人，也得自己救自己，要盡可能地掌握主動權。就病的診斷而言，我無意無端懷疑北京大學腫瘤醫院的診斷（後來還檢查出胰腺癌已經發生轉移），但我的兒子提醒說，按照外國的習慣，還得多看幾個醫院。我覺得這有道理，是一個科學的負責任的態度，於是就主動找北京協和醫院，請他們作多科室的會診，並作穿刺檢查，獲得了癌細胞的活檢，這才最後確診。

在確診，並確定不可能作外科手術之後，我就決定不再作化療等治療，也就是不求延長生命時間，只求減少疼痛，以保證生命品質與尊嚴為目標，為自己制定了一個「保守治療」的方案。我十分平靜地作出了這樣的選擇，就安住家中，自己吃止痛藥，安排飲食，調節生活節奏。開始時似乎頗有效，一時間有朋友還真的認為我有可能逐漸好轉。但不久疼痛就由初級升到二級，必須打嗎啡針了；但一打我就吐，不能接受：這就陷入了兩難。為尋求解決辦法，我反覆研讀癌症教科書和相關著作，並在網上查找最新治療、研究成果，結果發現了可以作一個內鏡引導下腹腔神經切除的手術，以制止疼痛。儘管我知道這樣的手術風險很大，過幾個月神經又會重新長出來，但我就要這幾個月的相對平靜，並願意為此付出一切代價。我四處求醫，卻很少有醫院、醫生願意、能夠做。在北京多次碰壁之後，發現上海復旦

大學腫瘤醫院可以做，就決定冒險去上海求醫。正準備動身，因為大便不通，到社區的康復醫院求治，外科主任宋安大夫檢查時，摸到了幾個腫塊，懷疑胰腺癌細胞已經轉移到腸內。第二天連忙趕到協和醫院，醫生作了認真檢查後，確定腫塊並不在腸道內，而在直腸、子宮窪陷處，診斷為「胰腺癌腹腔種植性轉移」。這是一個最壞的結果：繼續檢查、治療已經沒有多大的意義。這樣的結果，本也在預料之中；之前的種種努力，不過是「盡人事」，以後就只有「聽天命」了。我就是這樣於 2019 年 1 月 28 日住進了燕園養老院的康復醫院。可以說對自己的病已經完全無能為力了。在這種情況下，我依然要求及時瞭解醫院大夫給我治病的方案與醫囑，維護作為病人的知情權，以便清楚地知道，自己的病情將如何發展，並理性的對待，安排好自己生命的最後時間。有朋友說，人在世界上的生存有許多是我們自己無法選擇的，但我總要盡最大努力，理性而獨立地安排自己的生存：大概就是如此吧。

我多次說過，我這患病、查病、治病的生命最後階段，真的是又累又煩，可謂五味雜陳，很難描述。我內心的焦慮不安，主要是為自己的病，但也不局限於個人的不幸：我在各醫院之間來回奔波，就有機會實地接觸我所心愛的醫學在中國社會的種種「實情實景」，我從旁觀察，親身感受，也是五味雜陳。對診斷、治療我的北京大學腫瘤醫院、協和醫院和泰康養老院的康復醫院，我始終心懷感激；特別是給我作最後診斷的那位協和醫院的年輕大夫，他從醫 10 年連一個副教授都沒有評上，但其所表現出來的扎實的基本功，相對廣博、合理的知識結構，下診斷時的周密、細緻與果斷，對病人的體貼⋯⋯，都讓我十分感動。儘管是他宣佈了我的「死刑」，但我離開醫院的一路上，沒有半點悲傷，反而一個勁地表示自己為醫學後繼有人而感到欣慰。但我要坦率地說，我更多的感受是處處、時時可見的醫學亂象，這裏也無暇細細敍說，簡單說一句，就是醫學技術進步了，醫療條件改善

了，但是醫學的「魂」沒有了，早已不是我所心愛的醫學了。我在昏睡醒來偶爾寫點的「雜感」裏寫道：「中國有好苗子，但沒有培育它們的土壤」，「我理想的中國醫學路途遙遙何處求？」。我真的失望了。過去我一直說，來世還是要當醫生；現在，臨近離世，卻有點說不出口了。

別了，我心愛的醫學！

別了，腫瘤君！

2019 年 3 月 16 日-3 月 23 日

（理群據可忻口述、筆記片斷整理而成，經可忻審定）

長壽時代養老人生思考三題
——為泰康之家（燕園）創院 5 周年而作

養老人生的三大原則：
三和諧，三寬和順其自然

　　我和老伴入住泰康養老院是 2015 年 7 月 14 日，到 2020 年 7、8月，正好五周年。我說過，自己的養老人生是從進燕園開始的；最初只是想讓晚年生活舒服一點，並沒有更多的想法。但日子一久，就逐漸開始考慮「如何走好這人生最後一程」；老伴說我喜歡「雲裏霧裏胡思亂想」，想多了，就有了一些感悟、認識，不妨在這裏說一說。主要有三點。

　　回顧自己一生已經走過的路，自然會有一些美好的記憶；但總覺得有許多遺憾，讓心有不安和不甘。記得梁漱溟先生說過，人活在世界上，就是要處理三大關係：人與自然的關係，人與人的關係，以及人與自己內心的關係。我（或許還有我們這一代人）恰恰就在處理這三大關係上出了問題：在很長時間內，我們都熱衷於「與天鬥」、「與

地鬥」,「與人鬥」,還沒完沒了地「與自己鬥」,進行所謂的「思想改造」。這七鬥八鬥,就把人與人的關係,和大自然的關係,以及和自己內心的關係,弄得十分緊張、彆扭,實際是扭曲了自己的人性與人生。我和老伴經常感慨說,我們這一輩子實在是活得「太苦太累,太虛太假」了。如果不抓住進入老年這一最後時機,進行彌補,就實在太虧、太窩囊了。這樣,我們的「養老人生」就有了一個目標:要恢復人的本性、真心、真性情,取得和自然的關係,和他人的關係,以及自己內心的關係的三大和諧,藉以調整、完善我們的人性與人生。於是,我就給自己的養老生活作了這樣的安排:閉門寫作,藉以沉潛在歷史與內心的深處,將自己的精神世界昇華到更廣闊、自由的境界;每天在庭院散步,不僅是鍛煉身體,更是欣賞草木花石、藍天浮雲的自然美,而且每天都要有新的發現,用攝影記錄下自己與自然相遇時的瞬間感悟;同時儘量使自己的人際關係單純、樸實化。所有這一切的安排,最終要回到自己的內心,追求心靈的寧靜,安詳。這才是我們所追求的養老人生理想的核心與關鍵。

我因此想起了 80 年代所倡導的「三寬」,我們的生活與內心都應該「寬鬆」,對周圍和世界的一切,對自己都要「寬容」,更要以「寬厚」待之。有了這三寬,就可以避免一切不必要的矛盾與衝突,我們的晚年也就進入了一個寬闊、自由的天地。

老年人遇到的最大、也是最後的難題,自然是如何面對「老、病、死」的問題,這是不必迴避的。我自己也是因為老伴的患病、遠行而和老伴一起作了嚴肅與艱難的思考,還寫了〈我的深情為你守候〉一文,進行討論。這裏只作一個簡單的說明。我們認為,這是每一個人遲早要面對的人生課題,不必消極迴避,也不必緊張恐懼,要「看透生死,順其自然」。患了病,哪怕是重病,也應積極治療;但一旦患了不治之症,就不必勉強治療,不求延長活命的時間,只求減少疼痛,有尊嚴地走完人生最後一段路:我們不選擇「好死不如賴活」的傳統

哲學，而選擇「賴活不如好死」。我們一輩子都追求人生的意義，這就要一追到底，至死也要爭取生命的品質。而獨立而堅強的可忻，更作出了「消極治療，積極做事」的選擇，趕在死神之前，做完自己想做的事，並且親自打點身後之事，把最後的人生安排得盡可能完善、完美，將生命主動權始終牢牢地掌握在自己手裏。可忻的選擇得到許多人的尊敬，大概不是偶然的。

疫情中思考養老人生

這一次疫情突發，並被封閉在養老院裏，長期與世隔絕，處於完全無助的狀態。對此，我們沒有任何思想準備。萬萬沒有想到，老了老了還會遇到這樣一場「大災大難」：國家、世界的災難，也是我們自己的災難。開始時真像生了一場大病，恐懼，無奈，焦慮，不安。

但八十年的人生經驗告訴我，絕不能為這樣的焦慮所支配、壓倒，一定要跳出來。於是，就冷靜下來思考。疫情災難讓我終於看清，自己此後餘生將面臨一個歷史大變動，以至動盪的年代，一切都還只是開始。想到這裏，我突然意識到，自己的，或者我們這一代的「養老人生」將遭遇前所未有的挑戰：所謂「養老」，就是要取得生活、生命的穩定和安詳；那麼，如何「在時代的紛亂和個人的穩定之間，構成一種矛盾與張力」，怎樣「在動盪的年代，獲得一份精神的充裕和從容」，就是「養老人生」的一大課題、難題，但處理好了，就會成為人生一大藝術和創造。這本身就很有誘惑力。

我只有求助於我的專業領域裏的「老師」。我想起了中國現代作家沈從文的一句話：要「在變動中求不變」；還想起被魯迅譽為「中國最傑出的現代詩人」的馮至，他在二次世界大戰的戰亂中尋求不變的本質，在一切化為烏有的時代尋求不能化為烏有的永恆，終於有了兩大

發現：一是「千年不變的古老中國土地上延續的日常生活」，二是「平凡的原野上，一棵樹的姿態，一株草的生長，一隻鳥的飛翔，這裏面含有永恆的無限的美」。想到這裏，我突然有一種恍然大悟的感覺。

這次疫情災難最引人注目之處，就是疫情對老百姓日常生活的破壞、干擾、打擊，以及普通人的堅守。正是這一次自然瘟疫肆虐，促使我們（包括我自己）懂得並且開始思考平日見慣不怪的日常生活對人自身的意義，不可或缺的永恆價值，由此獲得「一切都要過去，生活仍將繼續」的信念。

老年人的生活自有特點，它是一種「休閒生活」。而「休閒生活」的意義，正是在這次疫情中被發現，引發思考與討論的一個重要話題。這裏，我要向諸位推薦一篇文章：〈重塑悠閒觀：智能革命對人類智慧的新考驗〉，它發表在 2020 年 4 月 2 日《文匯報》，提出了一系列很有意思的命題。首先是對傳統的，主要是「工業化時代的休閒觀」的反思：休閒從來被看作是附屬於勞動的，可有可無，並無獨立意義。這樣的休閒觀指導下，老年人的休閒生活就被看作是消極的，喪失了勞動力之後的被動選擇，甚至有一種說不出的「不得已」之感，不過是「打發日子」而已。作者提出，現在需要「重塑追求生命意義的休閒觀」，實際是回到「休閒」的原始定義，本質意義。文章介紹說，英語和拉丁語中的「休閒」，其中就含有「教養」的意思；在古希臘哲學家亞里斯多德裏，人的休閒是終身的，而不是指一個短暫的時段，是「真、善、美的組成部分，是人們追求的目標，是哲學、藝術和科學誕生的基本前提之一」。亞里斯多德還把「休閒」與「幸福」聯繫起來，認為休閒是維持幸福的前提。在我的感覺裏，這就把我們養老院的休閒生活一下子「照亮」了：這是一個「充實精神家園，豐富內心生活，追求生命意義，提升人生境界，踐行人生智慧，達到自我完善」的大好時機，是自我生命的最佳階段。因此，要提倡「健康的休閒生活」，其中有兩個關鍵，一是追求養老休閒生活的「創造性，多

樣性，個性化」，二是突出和強調「興趣」。每個人完全可以按照「興之所至」，或唱歌，聽音樂；或跳舞，打拳，游泳；或作手工勞動，田間耕作；或看書，看電影；或閉門寫作……，等等等等，自由自在地過「屬於自己的生活」。其實，這也是對人的潛能的發揮，人生、人性的調整。在我看來，人的欲望，人生旨趣，自我期待從來就是多面的，體現了人性的豐富性，人的生命發展的多種可能性；但在現實人生裏，實現的只是極少部分，我們活得十分被動，經常處於受被壓抑的狀態，甚至陰差陽錯走了與自己期待不同的人生之路。因此，我們晚年回顧自己的一生時，總會覺得有許多遺憾。我們當然不可能「重走人生路」，但借這樣的完全由自己支配的養老休閒生活，作一些力所能及的調整和彌補，卻是可以的。這也算是我這樣的不可救藥的理想主義者晚年生活的最後一個理想吧。

而且還有一個理想的生命狀態，就是「和自然對話」，追求另一種生命的永恆。「大自然」也是我們這一代匆忙人生中不幸被錯過了的「友人」。不能善待大自然更是我們最大的歷史錯誤和終生遺憾。這一次病疫災難就是一次無情的「報復」，它也就以最尖銳的形式向每一個國家、民族和世界，也向我們每一個人提出了「如何處理人與自然關係」的問題，它真正關係到我們的「未來」。它也給我們的養老人生提出了一個全新的生命課題：如何從大自然那裏吸取晚年生命的滋養與樂趣。醒悟到這一點，我的每天在園子裏的散步，就獲得了一種新的意義：我不僅要在大自然環境下，鍛煉身體，更要以嬰兒的心態與眼光，去重新發現大自然之美。我最喜歡的，就是仰望藍天，「那麼一種透亮的、飽滿的、彷彿要溢出的、讓你沉醉、刻骨銘心的『藍』！」還有對「寂靜之美」的感悟：「它無聲，卻並非停滯，自有生命的流動：樹葉在微風中伸展，花蕊在吸取陽光，草叢間飛蟲在舞動，更有人的思想的跳躍」。因此，每次散步回來，我的心就沉靜下來，並且有一種「新生」的感覺。

我更沉浸在第三種「永恆」之中，這就是歷史的永恆。這是我最為傾心、投入的：通過自己的思想史、精神史的研究與寫作，潛入現實與歷史的深處，自己也就超越了現實的時空，進入無限廣闊的空間，永恆的時間，這其間的自由和樂趣，不足與外人道，只有獨自享受：這真是人生的最大幸福，最好歸宿。

這樣，我就從日常生活、大自然和歷史這三大永恆裏，找到了養老生活的新動力、新目標，內心變得踏實而從容，進入了生命的沉思狀態。

讀陳東升先生〈長壽時代的理論與對策〉有感

首先是「老年人的價值要重新認識、定位和發掘，而不是定位在社會資源的消耗者上」，「老人的需求將不是維持生存，而是實現自己的願景」，「老年人的生產力和創造力甚至可能隨着年齡的增長而提高」。

說得真好。我自己對此就深有體會。我 63 歲退休，邁入老年階段，一直到今年 81 歲，將近 20 年，就一直保持着旺盛的創造力和想像力，處於生命的高峰狀態，遠遠超過之前的中年，甚至青年時代。從 2015 年 7 月進入泰康之家（燕園）養老院這五年，更是進入最佳狀態，寫出了三本最重要的學術著作，約 250 萬字，還寫了 50 多萬字的兩本思想隨筆、學術隨筆，編了一本攝影集，共 300 萬字，平均每年 60 萬字，不僅數量上前所未有（過去最多一年 40、50 萬字），而且品質上也是最高水準，是我真正的成熟之作。還可以向大家報告的是，這次封院 4 個多月裏，我又寫了 30 多萬字，真是「思如泉湧，手不停筆」。更重要的是，精神狀態、學術狀態也不一樣：青年、中年階段的思考、寫作，很容易被時代潮流所裹挾，有一種緊迫感和焦慮感，

總是靜不下來，沉不下去。這樣的匆忙趕作，就容易浮在表面，也站不高，看不遠，缺乏學術應有的高度與深度。現在，到了老年，就完全靜下來，既沉浸其中，又跳出來，進行有距離的，更高層面的追問和思考。而且排除了任何功利目的和顧慮 —— 這樣的功利性，只要在崗，處於某種職位之上，就不可避免。而現在在養老狀態下，就可以真正「為自己寫作」，憑一己之興致，任意盡興揮灑；「為未來寫作」，就有更大的歷史感，超越時空，與想像中的另代讀者對話，在這一過程中，追求自我學術生命的永恆。這一段封閉式寫作，就更加接近這樣的生命與學術的理想狀態。當然，我不敢把自己的這一「經驗」絕對化、普遍化，但至少說明，老年人依然可以攀登生命的更高峰，其創造、想像的潛力是不可低估的。另一面也要看到，老年人的生命畢竟處於「帶病生存狀態」，我自己就患有高血糖、高血脂等多種疾病。但只要身體保持相對健康狀態，在被疾病壓倒之前，還是有發揮的時間和空間。現在，是社會和我們自己，重新估量老年人的生命價值，提高老年人的生命品質的時候了。

或許更為重要的是，我們正處於人工智能的新科技的時代。這正是陳東升先生文章裏提醒我們的：必須改變工業化時代的「教育期—就業期—退休期」三階段論，把退休後的老年階段，看作是一個以維持生存為主的消極、消費階段。我們必須跳出這一認識誤區，賦予老年人一種更積極的意義：這是一個生命的再創造時期，發揮「銀髮智慧」，「繼續創作與生產的時期」，繼續創造財富、提供社會服務的時期。而新科技時代正是為這樣的「再創造」提供和創造新的條件。這就是許多學者都提到的，「當代信息技術革命創造了『人腦與電腦相結合』的新的思維活動模式，新的知識創造模式，新的活動方式」，甚至可以說，「人工智能和人類智力的結合」，將是未來經濟、社會、科學技術發展的基本方式。老年人的智慧，他的學識、閱歷、經驗，正可以「增加智力要素的供給」，顯示出特殊的優勢和價值而受到重視。

如何重新發掘和發揮老人的作用，正是長壽時代必須面對和解決的歷史新課題。而新科技的發展也正為解決行動力受到限制的老年人繼續發揮其智能的矛盾，提供了條件與可能。這就是陳東升先生文章所說的，「我們正處於科技驅動的轉型期，對於體力勞動的需求在持續減少，或者可以被機器所代替。互聯網正在重新組合生產要素，使得空間上的移動需求大大減少」，養老社區正可以「為長者們發揮餘力反哺社會搭建新的平台，通過提供遠端教學、搭建專家平台等方式，讓長者們積累的知識經驗指導社會生產，持續創造價值」，「創造屬於他們自己的第三次人口紅利」。看來，一邊養老，一邊繼續在自己的專業領域 —— 教育、科研、經濟管理、醫療、工程……各方面進行再學習、再受教育、再就業、再創收，是完全可能的：這將是另一種更為豐富的養老人生。

在我看來，還有一個領域，值得有興趣、有能力的老人去開拓、創造，甚至成為自己的「新職業」，這就是「養老業」。養老本身就是一種「事業」：它不僅是經營，更是知識和文化。在今天這個「知識經濟，知識社會」就更是如此。在養老院初建規模以後，就應該把創立「養老科學」提到議事日程上，它包括了養老經濟學、養老管理學、養老社會學、養老倫理學、養老心理學、養老醫學、養老音樂、文學、養老運動學、養老哲學……等等極為廣闊的領域。它當然需要有一支專業隊伍；但我們這些養老院裏的居民，也應該成為其中不可或缺的成員，也可以算是「志願者」吧。而且我們也自有優勢：不僅有切實的體會，實際的要求，而且我們的專業知識和經驗，更是建立多學科的養老學所急需的知識財富。在這方面，還有許多組織工作要做。我們自己也可以在不同程度參與創建養老學中獲得生命的新意義，新價值。

總起來說，我們理想的養老人生應該是一個多彩人生。每個人可以根據自己的興趣和條件，作出多種選擇，或致力於財富的新創造，

智力的新開發；或參與養老事業的新開拓；或傾心於休閒養老，等等，我們所追求的是：「各取所需，各有所值，各有所歸」。

這一切，都還只是開始。五年前進院之時，我就說過這樣的意思：中國的養老事業，還處於開創階段，要真正成熟，並形成自己的特色，至少需要 10 年的探索和積累。現在剛過五年，就已經初具規模。我們這裏所作的也只是初步的總結。期待再過五年，會有更全面、深入的討論。

2019 年 10 月–2020 年 6 月陸續寫成

養老生活與農耕生活的適度融合

　　自從提出追求「人與自然的和諧」這一養老人生的基本理念以後，我一直在關注與思考，如何將這一養老理念落實為具體可行的實踐，建立一種新的養老生活模式？

　　前不久，我的一位長期從事鄉村建設實踐與理論研究工作的年輕朋友，寫了一部總結性的著作：《回勘鄉土——現代化進程中的中國鄉村建設》，希望我寫一篇序言。我也一直在關心鄉村建設，特別是鄉村文化與教育的發展，曾提出過「認識腳下的土地」等命題，自然欣然同意。國慶期間就在仔細閱讀作準備，並且注意到當下中國鄉村建設有了一種新的嘗試，即由單純的鄉村建設發展為「城鄉融合」建設。其中一個重要方面，就是提倡「在地農業」，在城市裏按照「低碳、生態、有機」的原則，開闢「市民農園」，讓城市裏的消費者，也適度參與有機農產品的生產。本書的作者和他的朋友（其中也有我當年參加青年志願者運動相識的朋友）就在北京郊區開闢了一個「小毛驢市民農場」，也有一些退休老人參加。其中一位談到，他每星期天驅車大老

遠趕到郊區幹農活，「不在乎收多少蔬菜，主要是一種心情」，不僅獲得「生態安全」、「食品安全」感，更在人與人的共同勞作互動中擺脫生命的孤獨感，更進入一種「直接與土地、自然和真實相連接的生活狀態」，從而收穫豐富而無言的快樂感和幸福感。這是一種「生產者與消費者、城市與鄉村、人與自然、消費與生產、勞動與閒暇、農業與非農業、種地老手與新手」相互融合的全新的生產、生活形態和生命形態。作者指出，這本也是中國傳統：「無論市民的『男耕女織』，或是讀書人的『晴耕雨讀』、『耕讀傳家』，都表明農耕生產與生活、娛樂、審美、傳承、社區精神不可分割」：這更是一個全球化時代的新發展潮流：西方和東方許多國家都在嘗試建設「田園城市」，日本的一位實踐者就在倡導「半農半 X」的新生。這個問題也引起了中國政府的注意，據作者介紹，2007 年中央一號文件就特意指出，農業不僅具有食品保障功能，還具有「生態保護、觀光休閒、文化傳承等功能」，也即具有生態、文化、社會等多重面向。這樣的「多功能農業」大概是代表了全球化時代世界經濟發展，以至社會發展的新趨向的。事實上，在這次疫情中，人們不但強烈感受和認識到「重建人與自然的和諧關係」的極端迫切性與重要性；在重新思考人的生活方式的選擇時，許多人都已經意識到「城鄉生活的融合與協調」可能是一種頗有吸引力的選擇。

我讀到這些論述時，心裏為之一動：這不也是為我們的養老生活提供了一種新的可能性與路徑？我們是不是也可以嘗試在養老院的「生活、娛樂、審美、傳承、社區精神」裏，融入農耕生活，形成「半農半養」的新的生活模式，進入一種「直接與大地、自然和真實相連接的生活狀態」？這也正是我當年提出「認識腳下的土地」的命題的一個新的發展：人到老年，就應該「回歸大地」。記得我曾經說過，我在泰康養老院裏，每天筆耕不止，就像老農每天在田間地頭每天轉來轉去一樣：這當然只是一個比喻；如果進一步變成實踐，我也真的在

田間地頭適當地轉來轉去，那不更加美好？其實，我這樣的讀書人，年輕時讀陶淵明等的田園詩，何嘗不嚮往田園生活？只是長期困居在大中城市裏，只能做做白日夢。但我們這一代人中有許多是來自農村的，他們從小就在田間地頭奔跑、遊戲，享盡田園生活的樂趣，只是後來進了城，遠離農村，日子久了，連幼年田園生活薰陶下養成的一些生命意識、審美習慣、生活方式……也逐漸淡化，以至消失：嚴格的說，這都是一種生命、人性的異化。現在，我們老了，沒有任何負擔，不正應該「返老還童」，「復歸本性」？「還農耕生活，還童年生活」，這至少是一種可供選擇的生活方式。

而按照我的理想主義、浪漫主義的思維習慣，我更突發異想：這可能為實現我們的「創造具有中國特色、時代特色的養老事業」的理想與追求，提供新的思路與想像空間。在我的理解與想像裏，未來的長壽時代，也是一個城鄉融合、城市田園化的時代。我們現在就應該為此作準備，把我們的養老院打造成一個「田園式的養老院」：在養老院的新建設中，應開闢專門的「農園」，在現有與今後的養老居所裏，也可以利用有限空間見縫插針種養各種花卉，甚至莊稼，形成一個田園式的家居環境。更要創造一種「田園氣氛」，比如播放田園音樂、影視片，舉辦各種專題講座，開展閱讀、討論田園詩歌的讀書活動，等等。相信生活在這樣的「綠色健康」的環境裏，我們不但取得了與大自然的和諧，而且也獲得了人與人之間的和諧，更感受到內心的和諧與寧靜。

這不僅是想像，也有現實的依據。據我所知，我們燕園就有一個「農藝康小組」，他們有一塊農作地，已經耕耘了好幾年，真不愧為養老院農耕生活的先驅。而且聽說在社區第三期工程裏，也有設置「農園」的設計。事實上這些年我們社區已經舉辦了不少有關田園生活的講座。我們完全有條件在現有基礎上，再往前跨一步：一方面進行思想、理論的提升，由自發的努力發展為更加自覺的實驗；一方面在

管理、經營層面進行全面規劃，總體安排，變為有計劃、有目的的運作，同時發動更多的居民志願者參與其中。相信如此持續幾年，就會初見成效：我對此滿懷期待也不乏信心。

最後，還要強調一下本文標題「養老生活與農耕生活適度融合」中的「適度」二字。我們畢竟是老人，體力與精神都很有限，過分用力就會造成身體的傷害，因此必須安排一定的中青年職工作為農耕的主力，並負責照顧參與農耕的老人。一些完全失去勞動能力的老人則不必勉強親自勞作，但可以不時到田邊地頭轉轉，作旁觀者、欣賞者：這也是一種參與。更重要的是，不可誇大田園生活的意義和價值，它只是我們晚年養老人生的一種富有詩意的選擇，老人完全有權利，也必然會有人作別樣的選擇。這也是我們一再強調的，

養老人生必須、也必然是多元化、個性化的。

2020 年 10 月 6 日

關於養老人生的總體設想
2020 年 10 月 14 日在燕園養老社區講

　　老伴的患病與遠行，引發了我對養老人生的思考與研究，而且一發不可收拾。接連寫了〈我的深情為你守候〉、〈養老人生的三大原則〉、〈疫情中思考養老人生〉、〈讀陳東升先生《長壽時代的理論與對策》有感〉、〈我們燕園泰康醫院需要宋安這樣的大夫〉、〈關於推動康復醫院「安寧緩和醫療」事業的幾點想法〉、〈養老生活與農耕生活適度融合〉七篇文章（編按：沒有全收入本書）。現在，就作一個總結，提升出一個「養老人生的總體設想」，主要有十一點。前面的文章已多少有所闡述的問題，就不再多講；有幾點或許要多說幾句。

五大「回歸」

（1）回歸日常生活，重新認識和享受老年休閒人生。

（2）回歸大自然，回歸土地，打造「田園式養老院」。

（3）回歸童年。

我們燕園有一位兒童文學家，我最近正在讀他的書，並且和他一起討論，提出了一個「回歸兒童精神生活」的命題，即所謂「返老還童」：既要保留老年人的思考、智慧，又要回復兒童的純真、情趣。這裏有幾個關鍵點。一是做人的「真」與「純」。首先是「真」，活得真實點。我說過，我們這一代一輩子與天鬥，與地鬥，與人鬥，與自己鬥，活得太緊太累太虛太假。如果現在還在單位上工作，就還得戴上面具，不同場合說不同的話，繼續自欺欺人。現在，我們老了，擺脫了一切利害關係，就可以脫下面具，活得真實，真誠點。再就是要活得「單純」一點，不要那麼複雜。「真純」之外，還有「情趣」：兒童生活得最大特點，就是「一切為了好玩」，遊戲就是他們的最大人生。我們這些老人也應該放下種種包袱，「一切為了好玩」，重返「遊戲人生」。還要保留童心，喚回兒童的好奇心，新鮮感和想像力。而兒童出於生命本能與大自然的融合，我們中許多人小時候都有過這樣的生命體驗，只是以後步入社會就逐漸淡化、消逝了，現在就需要回歸：回歸自然與回歸童年也是融為一體的。

（4）回歸家庭。

這也是陳總所說的，在後疫情時代，「健康與家庭比黃金更重要」。這更是養老人生的一個大問題。據我的觀察，老人到了人生最後時刻，一定要回到對具有血緣關係的子女本能的愛上，這也可以說是生命的一種回歸。還有一個隔代之愛，對孫子、孫女、外甥、外甥女之愛，這也是回歸童年的一種重要途徑與方式。而老年人生中，如何和子女相處，也會有許多新的問題、新的矛盾，甚至新的衝突。老年人生中如何回歸家庭，在家庭中獲得生命的寧靜，找到生命的歸宿，也是一個大問題，大學問。

（5）回歸内心。

如何學會「獨處」，這是這次疫情中遇到的一個大問題，更是老人最困難的人生課題。人既是社會的，更是個人的，一切外在的交往，最後都要回到自己的內心深處。如何擺脫獨處中的孤獨感、焦慮感，甚至恐懼感，這也是一個大題目。應該說，「孤獨」本身是有積極意義的，甚至可以說，一切獨立的人，都是孤獨的。關鍵在於有沒有足夠強大的內心世界。我所研究的魯迅，就是這樣一個靠自己強大的精神力量去戰勝一切外在的壓力、攻擊，以至迫害，戰勝內心的超越自己的時代，不被理解的孤獨感的獨立知識分子。但我們普通人很難有他那樣堅強的內心，因此我常說魯迅是不可學的。但我們可以做一些努力，使自己內心世界稍微充實一點，強大一點。

於是，就要談到我的思考的第二個方面——

兩大「進入」

（1）進入「歷史」。到歷史的永恆裏尋求精神力量。

我自己應對現實的困惑、困境的辦法，就是到歷史研究，具體地說，就是到現當代政治思想史、民間思想史、知識分子精神史的研究中去追根溯源。用我自己的話來說，就是把自己親歷、參與的歷史搞清楚，搞明白，才能安心去見「上帝」。不僅從歷史研究中吸取經驗教訓，更從前仆後繼地奮鬥獻身的前輩那裏，獲得精神的支撐。

對於沒有歷史研究的興趣和條件的老人，我有兩個建議。一是不一定要研究，還是可以通過歷史的回憶來總結自己的一生，獲得內心的慰藉和力量。再就是可以重新學習歷史，古今中外的歷史。這既是補課，更是開拓。過於沉浸、拘泥於現實，會陷於其中，越來越絕

望。如果放到歷史的長河，更到中國傳統和世界的歷史視野中看，就會想開許多，現實的那些喧鬧都要過去，歷史才是永恆的，該留下的就會留下，這就是「風物常宜放眼量」。

（2）進入「宗教境界」。

許多老人皈依宗教，心中有「上帝」，也就有了依靠、支撐。我這樣的「無神論者」，不會皈依具體的宗教，但也要有宗教情懷，接受宗教文化（包括宗教音樂）的薰陶，進入宗教境界。我理解的宗教情懷、境界，就是要有「彼岸」關懷，「彼岸」視野，保持自己內心對彼岸世界的嚮往與追求。這個問題比較複雜，今天就不多說了。最後還要說的，就是我們所說的宗教不限於基督教、天主教，也包括東方世界的佛教和中國傳統的道教等等，這裏就有了一個「傳統文化回歸」的問題。

兩個「開拓」

（1）重新學習。

超越過去一生中的專業限制，進行知識結構的重新開拓，更是精神世界的新開拓。建議一些從事自然科學、工程技術、管理的朋友，學點人文科學，我們這些獻身人文的，就要多學點自然科學知識，包括最新科技，至少是懂得點基本常識，在這方面，讀書報告、討論會有很大的發揮空間。

（2）重新就業。

除了原專業範圍內的繼續貢獻之外，還有我前面說的「養老學」的研究與實踐，創造自己的「新事業」。現在極需要組織一隻專業和業餘相結合的研究隊伍，

兩個「構建」

這涉及養老院的經營管理，我們作為養老院的成員，也可以積極參與。

（1）構建養老社區新的人際關係和環境氛圍。

這首先是這次疫情提出的新問題。據我的觀察，疫情期間人與人的關係有兩大特點：一方面在實際生活中彼此隔離，不相往來；另一方面，卻在網上發生你死我活的激烈論爭。我從中獲得兩點啟發：一是人與人之間是應該有距離的，親密無間的「友誼」是不能持久的；二是人與人之間應該相互寬容，要根本擺脫「非黑即白，非對即錯」的二元對立的思維，要學會換位思考，也要有自我質疑，「理直而氣不壯」。

這更是養老人生的大問題。我們原來在各自的單位，由於多年的「人鬥人」，再加上不可避免的利益衝突，人與人的關係總搞得緊張，不順暢。現在到了養老院，彼此之間並不相識，也沒有歷史的恩恩怨怨，就沒有必要再搞窩裏鬥。即使有意見分歧，也不必爭得個你死我活，完全可以意見相合多接觸，意見不同就各管各的。也就是說，養老院裏的人際關係應該「樸實化，簡單化」，更要有距離。保持各自的獨立性，更尊重彼此的獨立性。有分歧，也各讓一步，取得一種和諧，即所謂「和平相處」。

但這只是一面。還有一面，就是提倡「互助」，用群體的力量來緩解個人的孤獨感、焦慮感，以至恐懼感。應大力開展各種興趣小組，各種形式的沙龍活動。沙龍裏也要提倡相互尊重，和平相處，而且堅持自由出入原則。

這裏還有一個特殊問題，也是上次演講後的討論裏，許多老人朋友都提到的養老院裏的特殊群體，即一些單身老人，又開始患上憂鬱症等精神疾病，他們極需給與更大的關注和幫助。據說這樣的老人在

這次疫情中有逐漸增多的趨勢,這也是疫情帶來的新問題。我建議,社區領導應對此予以高度的重視,首先要經過調查,確定一批名單,作逐一重點幫扶。居民間也應該進行必要的互助。據説在疫情期間社區已經有一批相對年輕,大概是六七十歲的老人已經組織了志願者隊伍,應該把這些老年志願者組織長期化、制度化,並對列入名單的老人進行一對一的重點幫扶。今天講得比較多的,是身體狀況比較好的老人的可能的選擇;對於逐漸失能的老人,要有更多的醫療與心理的關懷,應進行專門的討論。

(2) **構建以「安寧緩和醫療」為中心的醫療、服務新體系。**

這其實是老人最關心、最揪心的問題,即怎麼走好人生最後一段路的問題。我為此也寫了專門文章:〈關於推動燕園康復醫院「臨終關懷」事業的幾點想法〉。在這方面,應該更多地聽取居民的意見和要求。需要強調的是,我所説的「安寧緩和醫療」,不應只限於最後離世的那幾天,幾個星期,而是應該從老人經過一切積極治療的努力無效,老人和家屬選擇了「緩和醫療」),即「不追求延長生命,只求減少疼痛,有尊嚴地走完人生一段路」為目標和宗旨開始,這樣的時間大概有半年到一年左右。這是老人及其家人最難煎熬,也極需心靈寧靜的「最後的日子」,更是一篇「大文章」。

其實,我以上所説十一點:五大「回歸」,兩大「進入」,兩個「開拓」和兩個「構建」,都是一篇篇「大文章」。我只是提出問題 —— 有些問題我自己也沒有想清楚,還需要不斷討論。我的期待是,通過這些問題的提出,給大家打開一個思路,用更加積極、主動的態度,去應對後疫情時代我們必須面對的種種人生困境、養老困境,開始新的思考、新的探索、新的實踐。最後走出一條真正具有後疫情、新科技時代特色的中國自己的養老之路。而我們每一個養老院的居民也因此開拓出一種新的生活方式,進入新的生命狀態,走好人生最後一段路。

附錄

附錄一：錢理群學術紀事

(1981–2019)

1981、82 年

1978 年回北京讀研究生，並於 1981 年畢業，留校擔任王瑤先生的助手。但一入學，王瑤先生就教導說，要沉住氣，北大的傳統是「後發制人」，沒有準備好，就不要亂發文章。因此，直到 1982 年還沒有發表一篇有分量的文章。掩飾不住內心的焦慮，就因為研究生同學張全宇英年早逝，而寫下了〈悼「第一個倒下者」〉這篇沒有發表，也無處發表的悼文。其中談到「歷史要求我們為上一代畫句號，又為下一代作引號」，就已經隱含了我一生的定位：「歷史的中間物」。

1985 年

直到這一年，我才真正準備好了，開始在學術界、思想界發出自己的，獨立的聲音。這一年春，我和友人黃子平、陳平原一起，提出了「二十世紀中國文學」的概念；這一年連續兩個學期，我在北大第一次獨立開課，講授《我之魯迅觀》，並在講稿基礎上整理出《心靈的

探尋》一書:「它是我對魯迅的第一個獨立發現,我也第一次發現了我自己」,「這是我的《狂人日記》」(〈再版後記〉)。

1988 年

1986、1987、1988 連續三年都是這樣度過的:一面緊張而愉快地寫着《周作人論》與《周作人傳》,逐漸進入學術研究的第一個爆發期;一面卻依然為基本的生存條件 —— 家人的調動、住房,等等 —— 所困擾,更由此照見了自己的膽怯無能,卑瑣平庸,而自愧。因此,寫下一篇短文:〈我的那間小屋〉。

1989 年

這一年,我 50 歲。在我的生日 —— 1989 年 3 月 7 日(農曆己巳年正月三十日)晨,寫完《周作人傳》最後一個字時,我長長地吐了一口氣。這又是一次艱難的精神清理:周作人研究既喚醒了我家庭的影響和幼小的教育所播下的對個性獨立與自由的近乎本能的追求,和建國後我所受的革命教育發生了激烈衝突;但周作人的失足又引起了我對排斥民族、國家、群體意識的個人主義和世界主義的反思和警惕。

這一年,整個中國都捲入了社會的大動盪。在事件發生前,我已經感到隱隱的不安,連續寫了〈現實的危機在哪裏〉、〈由歷史引出的隱憂〉等文,這大概是我最早寫的時政、思想評論文章。和當時許多知識分子良好的自我感覺相反,我開始了對知識分子的批判性審視,提出了「在中國,要『啟蒙』,先得『啟』知識分子之『蒙』;要『改造國民性』,先要改造知識分子的『劣根性』」的命題。

1990 年

王瑤先生在那樣的歷史時刻驟然離世,頓時有一種「大樹突然倒了」的恐懼,並且分明感到,隨着先生的遠去,一個時代,那個啟蒙

主義的，理想主義的 80 年代結束了。從此，再也沒有了依傍，一切都要自己獨自面對。

1991 年

這一年依然處於「生命的低谷期」，精神的痛苦未除，又遭遇病魔的襲擊，終於躺倒在手術台上。病後就有了先前沒有過的「要趕快做」的念頭。《大小舞台之間 —— 曹禺戲劇新論》的寫作不僅圓了我少年時期的戲劇夢，更具有了「自我解脫，自我拯救，生命力的自我證實」的性質。我也終於通過這樣的研究與寫作，走出了時代與個人的「鬱熱」氛圍，進入生命的「沉靜」狀態，開始了新的思考與創造。

1992 年

這一年，迎來了自我學術、思想、生命創造的一個新的高潮，其標誌是完成了《豐富的痛苦 —— 堂吉訶德和哈姆雷特的東移》一書。這是我對「這些年來，中國與世界所發生的歷史巨變」所提出的時代重大課題 ——「知識分子和共產主義運動的關係」的一個學術的回應；是對我自我精神結構中的「堂吉訶德氣」與「哈姆雷特氣」的一個發現和自覺的反省和清理；是我的「知識分子精神史」研究的開始；是我的學術視野從中國向世界的擴展；是文學研究與思想、文化研究相互滲透的一個嘗試，提出了一系列重要的思想命題，是我的學術中思想含量最大的一部著作。

1993 年

也許只有到 1993 年 11 月 24 日寫〈永遠壓在心上的墳〉這一刻，我才意識到那沉重的死亡記憶（二十七年前和幾年前的）已經融入了我的生命和學術，是永遠也不可能擺脫的夢魘。同時，也讓我意識到自己的生命和貴州這一方土地，和青年這個群體之間的割不斷的精神

聯繫，它也必然要滲入我的學術研究與寫作中，或許我以後的學術發展與變化，也就在這一刻悄然不覺地開始了。

1994 年

應該說，1993、1994、1995 年連續幾年，我都沉浸在對歷史、現實和自身的反思、反省中。〈中國知識者的「想」、「說」、「寫」的困惑〉是其中的代表作之一。反省的對象，是啟蒙主義。這既是對自己一直堅持的啟蒙主義立場的反省，也是對 80 年代啟蒙主義時代精神的反思。我依然從魯迅那裏吸取思想資源，強調了魯迅的「雙重懷疑」：「對啟蒙主義的懷疑，以及對『啟蒙主義懷疑』的懷疑」。後來，我又明確地將其概括為「既堅持又質疑啟蒙主義」，並以此作為我自己的基本立場。

1995 年

1994、1995 年間，應韓國外國語大學之邀，任中文系客座教授。這樣，我就有了時間和空間的距離，對歷史和現實進行根本性的思考和無顧忌的自由寫作，開始着手毛澤東思想研究：在對「我和魯迅」的關係進行了基本的清理以後，我迫切需要處理「我和毛澤東」這樣的也許是更為根本的精神與生命課題。

1996 年

1995 年底，一個突然的約稿：謝冕先生主持《百年中國文學總系》，希望我加盟寫「1948 年文學」一書，就改變了我的寫作計畫，並於 1996 年寫出了《1948：天地玄黃》這本新書。在完成了《周作人傳》以後，我就開始了 40 年代中國文學的研究，計畫以此作為我的「二十世紀中國文學」研究的一個開端。儘管已經準備了五六年，積累了大量材料，卻因為沒有找到恰當的文學史結構與敘述方式，就始終

未能提筆。而謝冕先生「從一個年代看一個時代」的設想，就突然激發了我的文學史想像和寫作熱情，並因此提出了「文學史敘述學」的概念。

1997 年

1997 年，是我的學術研究、寫作，以至生命歷程的一個轉捩點。有兩篇文章可以看作是這種轉變的宣言。〈我想罵人〉傾訴的是，作為「寧靜的學者」的「內心的疑慮，擔憂，恐懼和悲哀」，因此，「時時響起一種生命的呼喚」：像魯迅那樣，衝出學院的大牆，「站在沙漠上，看看飛沙走石，樂則大笑，悲則為大叫，憤則大罵，即使被沙礫打得遍身粗糙，頭破血流」也在所不惜。這是一個自我選擇的重大調整：從單純的學院學者，轉而追求「學者與精神界戰士」的結合，也就是立足於學術研究，加強對現實的介入，因而強化學術研究的批判力度，同時追求更接近自我本性的精神境界：「獨立自由意志的高揚，批判精神的充分發揮，大愛與大憎的結合」。這自然也要付出代價：平靜的書齋生活被打破，從此進入「多事之秋」。

〈民間思想的堅守〉一文通過對文革後期的「民間思想村落」的回顧（我正是從那裏走出來的），強調「民間思想者存在的本身，對於中國的現在與未來的思想與學術發展的不可忽視與抹煞的價值」，這就預示着我的人生道路和學術研究下一步的發展方向：參與和推動自下而上的民間改革運動，進行民間思想的歷史與現實形態的研究。

1998 年

我的介入現實的第一個行動，就是借北大百年校慶之機，推動一個「重新認識老校長，繼承和發揚蔡元培先生開創的北大精神傳統」的民間紀念活動，以衝破 80 年代末以來北大校園沉悶、窒息的空氣，

對新一代的北大學子進行新的思想啟蒙，發揚「科學，民主，自由，獨立，批判，創造」的五四精神。

1999 年

這一年，我 60 歲。寫〈不容抹煞的思想遺產 —— 重讀《北大右派分子反動言論彙集》〉一文，這是我的「中華人民共和國民間思想史」研究的起端，後來寫成《拒絕遺忘：「1957 年學」研究筆記》一書（2008 年牛津大學出版社出版），這是我的學術研究的一個新的重大開拓。

2000 年

這一年，我「運交華蓋」：先是全國性大批判，最後是權力出場。幸而我身處北大，在中文系領導、老師和同學的支持、保護下，我依然保留了教書的權利。我在「咒罵聲不絕於耳」中做自己的事情：為中小學生編寫課外讀物《新語文讀本》，藉以推動自下而上的民間教育改革運動，對我們的孩子進行思想啟蒙。這一年的生命體驗，最後凝結為一句話：「我存在着，我努力着，我們又相互攙扶着：這就夠了」。

2001 年

但在 2000 年底，我還是因為身心交瘁而病倒了。但正是在病中，我第二次與魯迅相遇（第一次是文革後期），我又獲得了超越苦難，從低谷逐漸走向高山的生命體驗。2001 年初，大病初癒，我就「帶着傷痕累累的醜陋面孔」，迫不及待地走上北大講台，講了一年的魯迅，最後整理出了《與魯迅相遇》一書。我的講課和寫作風格也逐漸從峻急走向從容，但內在的批判的、懷疑的精神，則始終如一。

2002 年

終於到了和北大告別的時刻。

2002 年 6 月 27 日上完了最後一課。當天北大校園網裏，學生發了六百條帖子，許多學生都說：「錢老師一路走好」，聽起來頗有悼亡的味道。也有學生說：「他該說的都已經說了，願意接受的也就接受了，不願意接受的，大家也不在乎了，也該退休了」，說的是實話。最讓我動心的是學生的這句話：「一位最像老師的朋友，一位最像朋友的老師」，我一輩子給學生寫了無數評語，最後得到了學生這樣的評語，我滿足了。

對我來說，這是一段生命的結束，又是新的生命的開始。

學生問我，退休後，你要去哪裏？我說，要回家，要去中學，要到貴州，去「追尋生存之根」，後來這就成了我的第一本《退思錄》的書名。

2003 年

這一年，我和貴州的友人一起編了《貴州讀本》，然後帶着這本書到貴陽和黔南、黔東南、遵義、安順各地區，和當地的大學生進行面對面的交流。以後，我幾乎每年都要去貴州。這是重新建立我與中國這塊土地，土地上的文化，父老鄉親的血肉聯繫，尋找自身的根。

在學術與寫作上，我也因此大有收穫。先後寫了很多文章，縱論「貴州發展道路」、「貴州大學教育」、「中國鄉村建設和改造之路」、「地方文化研究」，具體探討「屯堡文化」的歷史與現狀，當代以「小城故事」為中心的「文化志散文」的意義，並和友人一起提出了「構建地方文化譜系」的命題，最後結集為《漂泊的家園》一書（貴州教育出版社 2008 年出版）。

2004 年

2004 年 3、4 月，回到母校南京師範大學附中，開設了「魯迅作品選修課」。2005 年，又在北大附中和北師大實驗中學分別講了一個學期的魯迅。這不僅是對中學教育改革的關注與參與，由理論鼓吹到親自實踐，更是自我生命的回歸：中學是我們永遠的精神家園。

這也是我對魯迅認識的深化與傳播魯迅的大計畫的重要環節。在我看來，魯迅屬於為數不多的民族精神原創性、源泉性的文學家、思想家，如同英國的莎士比亞、德國的歌德、俄國的托爾斯泰一樣，應該是國民基礎教育的基本教材，是培育民族精神的教育工程的重要組成。我因此用了極大精力，編寫了系列《魯迅讀本》，即《小學魯迅讀本》（和小學教師劉發建合作）、《中學生魯迅讀本》（和幾所中學老師合作）、《魯迅作品十五講》（供大學生學習用）、《與魯迅相遇》、《魯迅九講》（供研究生和成年人閱讀與研究參考）。我的講稿也整理出《錢理群中學講魯迅》一書（北京三聯書店 2010 年出版）。

2004 年我還積極投入了北京師範大學志願者組織「農民之子」主持的「首屆北京市打工子弟學校作文競賽」的工作：這是參與民間青年志願者運動的開端。以後，先後和「西部陽光行動」、「晏陽初鄉建中心」、「梁漱溟鄉建中心」等志願者組織發生了密切聯繫，我所作的工作主要是為志願者提供思想資源，進行理論總結，提倡和參與構建志願者文化，最後結集為《論志願者文化》（北京三聯書店 2019 年出版）一書。

2005 年

退休後的回歸其實主要還是回到家裏，在享受日常家居生活之樂之外，主要興趣有二，一是旅遊，二是讀書、寫作。

每年有旅遊，每遊必攝影。正是在旅遊中體悟到「人在自然中，是一種最好的生命存在方式」，並用攝影表達自我與自然的關係。我終

於走出了前半生「與天鬥，與地鬥，與人鬥」導致的人性的扭曲的困境，獲得了和大自然、他人，與自己內心的和諧。

而閉門讀書、寫作則是沉浸於歷史和內心的深處，既衝破禁區，研究最想觸及的課題，又將自己的精神世界提升到新的時代高度。於是，就興致勃勃地開始了民間思想史與知識分子精神史的研究。本年所寫的《我的精神自傳》，以後又完成了《拒絕遺忘：「1957 年學」研究筆記》（2008 年出版），《知我者謂我心憂：十年觀察與思考》（2009年出版），是我退休後的三大學術著作，是計畫中的「中國知識分子精神史（1949 年以後）」系列著作的重要部分。

2006 年

退休後的寫作，還有一種重要文體，就是「思想學術隨筆」，我稱之為「退思錄」，不僅涉及當下社會政治、經濟、思想、文化、教育、學術，國際國內的各種問題、現象，而且大多直言不諱，是我一再聲明的「不是以專家的身份，而是作為一個關心時事的公民的發言」。或許也因為如此，這些文章的發表，書的出版都不太順利，我另編有《刪餘集續編》、《刪餘集三編》，將其中曲折「立此存照」。

2007 年

2007 年作《我為什麼屢戰屢挫，屢挫屢戰》的演講，談退休後在教育方面所作的一切努力的結果，也可以看作是我退休以後的境遇、以至命運的概括：總是有人要把我從教育領域趕出去，而我偏偏不走，中學不行到小學，城市不行到農村，反正就要堅守在教育崗位，死而後已。懷着這樣的「反抗絕望」的意志和「只顧耕耘，不計收穫」的精神，我寫了三大本教育論著：《我的教師夢 —— 錢理群教育演講錄》（2008），《做教師真難、真好》（2009），《錢理群語文教育新論》

（2010）；除修訂《新語文讀本》（2006）外，還主持編寫了《地方文化讀本》（2010），《詩歌讀本》（2010），構成了三大讀本系列。無論所著所編，全當作嚴肅的學術工作，傾盡全力來做，只求對得住自己和孩子。

2008 年

2008 年，我作了三大演講，而且都是應志願者之約而作：《當今之中國青年和時代精神 —— 震災中的思考》、《奧運會後的思考》、《和志願者談生活重建》。這樣頻繁地和「當今之中國青年」對話，出於一種判斷：我在汶川地震的演講裏說，「從現在起，應該有一個新的覺醒，要在思想上作好準備：中國，以至世界，將進入一個自然災害不斷、騷亂不斷、衝突不斷、突發事件不斷的『多災多難』的時代」，而經濟發展，基本解決了溫飽問題的中國，也走到了十字路口，面對着「制度重建、文化重建、價值重建和生活重建」的四大重建任務。而所有這一切都需要年輕一代 —— 80 後、90 年後的青年，「直接去面對，直接去參與，直接去承擔」。面對中國與世界的災難和困境，我憂心如焚而又無能為力，只能寄希望於年輕人，我唯一能作的就是把我們的經驗教訓，把我們感覺到的危機，如實告訴他們，發出我們的預警。

2009 年

2009 年最重要的事，就是去台灣講學：在清華大學為中文系本科學生講「魯迅作品選讀」，這是台灣大學本科課程裏第一次系統講魯迅；為交通大學文化研究所的研究生講「我和毛澤東、共和國六十年」，也是第一次在台灣系統講毛澤東。1948 年，我和父親在大陸離別，六十年後，我來到父親的安魂地台灣講學，實際上是向冥冥中的

父親傾訴。而我最為珍視的教師生涯也因此而結束在台灣。這都是命運的安排，讓我感動不已，感慨不已。

2010 年

2010 年，是我閉門著述的一年。《毛澤東時代和後毛澤東時代：另一種歷史書寫》年終完稿，近八十萬言。此書最初的寫作衝動產生於 1985 年寫完《心靈的探尋》以後，前後醞釀了二十五年；收集材料，進行構思，則起於 1994 年，又準備了十五年。

2011 年

集中精力寫主編的《中國現代文學編年史 —— 以文學廣告為中心》。此書是構建我自己的文學史觀念與方法的自覺努力。最初的想像與構思產生於 2006 年；2007 年 12 月組織編委會；今年就進入了全面寫作階段，到 2012 年，寫了數百條條目，約八十萬字，並負責全書統稿。

2012 年

和前幾年閉門著述不同，這一年突然被社會所關注。

年初，《毛澤東時代和後毛澤東時代：另一種歷史書寫》由台灣聯經出版事業有限公司出版後，先後翻譯成了韓文與日文。在香港與韓國都召開了相關學術討論會。以後又獲得了韓國、日本、台灣、香港民間出版界的坡州圖書獎、「亞洲著作獎」；年終，再獲台灣國際書展著作獎。我也因此兩次出訪韓國。

年末，又去印度參加「魯迅國際學術討論會」，作《魯迅在當代中國的命運》的主旨發言，並向印度知識界作《我對當代中國思想文化狀況的觀察》的講話。

《夢話錄》一書被《中華讀書報》評選為「年度十佳圖書」之一，並獲新華網股份有限公司與中國圖書商報評選的「2012年度中國影響力圖書獎」。

在一次關於「理想的大學教育」座談會上，我的關於「大學正在培養高智商的精緻的利己主義者」的發言，在網上廣泛傳播。互聯網新聞中心因此授予我「中國好教育 —— 敢言獎」，《南方人物週刊》也將我評為「最具影響力的年度人物」。

在某企業家主持的「傾聽第一線教師的聲音」座談會上，提出「超越教育談教育」，被視為「告別教育」，也引起轟動。

從1999年即開始的「年度觀察史」寫作，本年寫的《我看2011年》在網上傳開，突然成為公眾熱門話題，實出意外。

2013年

這一年，「超越教育談教育」，更多的就公眾關注的社會問題發言。年初，在《炎黃春秋》召開的新春座談會上，提出「好人聯合起來，做幾件促進政治體制改革的好事」。以後，就當代知識分子等現實問題作了五次發言，分別為《尋找共同底線，堅守知識分子的本分》、《保衛探索真理的權利，為真理而鬥爭》、《「他山之石」引發的思考》、《贊「胡說八道老來風」》、《從廢除勞教制想起的》。

本年，在寫作上是我的「收官之年」，即將原先鋪得過寬的寫作範圍作最後的掃尾工作。

寫完《錢理群家庭回憶錄》一書，參與編選《丁毅文集》（四卷本）、《高山蒼柏 —— 錢樹柏紀念文集》：這就盡到了對家庭的責任。

補寫一批文章，編成《中學語文教材裏的魯迅作品解析》一書：這是對中小學語文教育的最後服務。

主編《平民教育人文讀本》（經典卷、當代卷），編選《志願者文化叢書》（《晏陽初卷》，《梁漱溟卷》，《陶行知卷》，《盧作孚卷》，

《魯迅卷》），並在研究基礎上寫長篇〈導讀〉：這也是為青年志願者運動作基本理論建設和隊伍建設服務。

在學術上也開始作總結：編選《錢理群精選系列作品》（十一卷）；為本年出版的《中國現代文學編年史——以文學廣告為中心》寫長篇文章〈我的文學史情結，理念與方法〉：這是對自己的文學史研究的一個概括與提升。

2014 年

今年就北大問題作四次發言。其中為紀念王瑤誕辰一百周年所寫《王瑤師的十四句話》（國內發表時縮為「九句話」），以及為北大以建立「中國學」為中心的改革所作的講話《我的北大之憂，中國大學之憂》，都引起社會反響。連續兩年的對社會的密集發言，內含着一個隱憂：這樣的公開議論公共事務的機會已經不多了。

終於有了年終在「錢理群精編系列作品」出版座談會上的發言，題為《權當告別詞》，宣佈：「我的時代已經結束，所要做的是最後完成與完善自己」，因此，要「告別學術界，告別青年，退出歷史舞台」，轉向「為自己寫作，為未來寫作」。

2015 年

本年 7 月 10 日，搬進泰康之家（燕園）養老院，意味着人生與學術選擇的又一個重要調整：在越來越嚴峻的時代背景下，選擇「以董狐之筆寫歷史春秋」的史官之路，作歷史與現實的觀察者、記錄者與批判者，用以退為進的方式，堅守自己的知識分子立場和責任。由此開始了自由出入於自然庭院與書齋之間的閉門寫作與休養的晚年生活。在上半年完成了《1949-1976：歲月滄桑》和《一路走來：錢理群自述》以後，下半年即全力投入《燼火不息：文革民間思想研究筆記》的寫作。

2016 年

本年由上海東方出版中心出版了《1949–1976：歲月滄桑》刪節版，共 30 萬字。2017 年由香港城市大學出版社出全版，共 78 萬字，並獲本年度香港圖書獎。此書主要書寫 1949 年建國以後中國知識分子精神史，主題詞有二：「改造」：對知識分子進行有組織、有計劃、有目的、全覆蓋的思想改造，這是真正的「中國特色」；「堅守」，「始終如一地探索真理，獨立思考，對既定觀念、體制提出質疑與批判」的知識分子精神是一份寶貴的精神財富。

本年，《燼火不息：文革民間思想研究筆記》完稿，於 2017 年由香港牛津大學出版社出版，共 97 萬字。本書試圖為文革研究建構一個全面的研究格局和模式，並且有更為強烈的反思性、反省性，自覺地在「歷史」與「當代」之間找到契合點。

2017 年

開始寫《未竟之路：1980 年代民間思想研究筆記》，是共和國民間思想史三部曲的最後一部。這就從民間思想的角度對共和國歷史上的 1957–1966 至 1976–1989 的三大運動，作了完整的歷史總結。

2018 年

繼續寫《未竟之路：1980 年代民間思想研究筆記》，開始寫《八十自述》系列文章。所寫《論志願者文化》、所編《志願者文化叢書》（包括《魯迅卷》、《梁漱溟卷》、《晏陽初卷》、《陶行知卷》和《盧作孚卷》）出版，集中了我對志願者運動和鄉村建設的思考，是我的「改造中國人和中國社會」的思想與實踐的總結。

2019 年

老伴患病遠行，編寫出版了《我的深情為你守候——崔可忻紀念文集》一書。

在極度困難的處境下，堅持繼續寫《未竟之路：1980 年代民間思想研究筆記》。為紀念自己的八十壽辰，書寫《八十自述》一書。

《不知我者謂我何求：第二個十年的觀察與思考（2009-2018）》也在本年完稿，這是當下中國政治思想經濟社會發展的年度觀察，是真正的以史家之筆寫當代史。

這樣，在養老院的四年多的時間裏，就完成了三部重要著作：《熠火不息：文革民間思想研究筆記》、《未竟之路：1980 年代民間思想研究筆記》和《不知我者謂我何求：第二個十年的觀察與思考（2009-2018）》，約 250 萬字，構成了對共和國 70 年政治思想史和民間思想史的全面觀察與思考，也是對和共和國一起成長的自己個人思想、精神史的歷史回顧與總結，目的是要把我們這一代人付出了沉重代價的歷史經驗教訓留給後人。

本年還出版了我的攝影集《錢理群的另一面》，在人們所熟知的有着強烈的社會關懷的「入世」的錢理群的那一面之外，展現我的「出世」：自我生命與另一個世界——大自然相融合的一面，全面呈現我的生命與精神的兩種形態：既冷峻，頑強，焦慮，絕望，為黑暗所包圍；又淡泊，寧靜，柔軟，天真，充滿陽光，努力追求社會關懷與人性關懷的統一。

2004 年「做夢」，2012 年啟動的《安順城記》，終於在今年完成，預計於 2020 年出版，歷時 16 年。此書的特點在「仿《史記》體例」，是對《史記》為代表的中國史學傳統的自覺繼承，為地方歷史的研究與書寫，創造了一個新的模式。

今年又是我的晚年學術與生活的新的起點：在基本完成了歷史敍述與總結以後，又開始了對當代政治、思想史、知識分子精神史進行

理論分析，總結和批判的新的努力和嘗試同時，進一步以「三寬（寬鬆，寬容，寬厚）」精神調整晚年生活，在生命的不息燃燒與超脫之間尋求某種平衡，追求自己的人性更為健全的發展。

2020 年

因「庚子大疫」而封閉在養老院裏，自由寫作，大半年寫了六十餘萬字，達到了思想與寫作的又一個高峰：系統總結自己一生，編成《八十自述》，整理了多種文集；對正在發生的百年少遇的「大疫」進行「現場觀察與歷史書寫」；更對疫情暴露的中國與世界問題作了嚴肅認真思考，一面回過頭來重新總結中國政治思想史、知識分子精神史的歷史經驗，一面又展望「後疫情時代」的中國和世界未來發展，進入新的思想境界。同時開始研究「長壽時代的養老人生」，提出了總體構想，對晚年生活和心態作了調整：既繼續憂國憂民憂世界憂自己，又重歸大自然，童年和日常生活，努力進入生命的純淨、沉思狀態。

附錄二：錢理群著作目錄

（按首次出版年份排序）

1. 《中國現代文學三十年》（與吳福輝、溫儒敏、王超冰合作），上海：上海文藝出版社，1987 年 8 月出版。北京：北京大學出版社，1998 年 8 月修訂版，2016 年 3 月二次修訂版。

2. 《心靈的探尋》，上海：上海文藝出版社，1988 年 7 月初版。北京：北京大學出版社，1999 年 11 月再版，補充了部分注釋，校訂了部分引文，標點符號也作了部分調整，並刪去了「題記」，增加了「寫在前面」與「再版後記」。2015 年作為「錢理群系列精編」由三聯書店出版。

3. 《二十世紀中國文學三人談》，與黃子平、陳平原合作。北京：人民文學出版社，1988 年 9 月出版。北京：北京大學出版社，2004 年 8 月將本書與《漫説文化》合為一本重版，2019 年 10 月增訂本出版。

4. 《中國現代文學函授講義》，載北京人文函授大學編《函授教材》，1988 年，未正式出版。

5. 《周作人傳》，北京：北京十月文藝出版社，1990 年 9 月出版，2001 年 2 月第 2 版，校正了初版的一些錯誤，又刪去了初版引述的未公開發表的《周作人日記》裏的有關內容。台北：業強出版股份有限公司，1991 年 10 月出版，刪去了前四章，將五、六章合為一章，改題為《周作人傳：凡人

的悲哀》。北京：中國華僑出版社，1997 年 4 月版，此為台灣版基礎上的壓縮版，改題為《周作人》。北京：華文出版社，2013 年 1 月出版，對 2001 年版作了少數的修改與補充，訂正了若干引文、出處和錯字。

6. 《周作人論》，上海：上海人民出版社，1991 年 8 月初版。台北：萬象圖書股份有限公司，1994 年 1 月出版。北京：中華書局，2004 年 10 月出版，改題為《周作人研究二十一講》。2014 年作為「錢理群作品系列精選」，由三聯書店出版。

7. 《心繫黃河 —— 著名水利專家錢寧》，北京：北京科學普及出版社，1991 年 9 月出版。

8. 《豐富的痛苦 —— 堂吉訶德與哈姆雷特的東移》，長春：時代文藝出版社，1993 年 5 月初版。北京：北京大學出版社，2007 年 1 月再版。2015 年作為「錢理群作品系列精選」由三聯書店出版。

9. 《人之患》，杭州：浙江人民出版社，1993 年 9 月出版。

10. 《刪餘集》，自印，1993 年。

11. 《大小舞台之間 —— 曹禺戲劇新論》，杭州：浙江文藝出版社，1994 年 10 月初版。北京：北京大學出版社，2007 年 1 月再版。

12. 《彩色插圖本中國文學史》，與董乃斌、吳曉東等合作，擔任「新世紀的文學」部分編寫工作。美國：祥雲出版公司，1995 年 7 月，出版海外版。北京：中國和平出版社、美國：祥雲出版公司，1995 年 12 月，聯合出版國內版。貴陽：貴州人民出版社，2004 年 6 月再版。韓國，藝譚出版社，2000 年，將「新世紀文學」部分譯為韓文出版。

13. 《名作重讀》，上海：上海教育出版社，1996 年 6 月出版。上海：上海教育出版社，2006 年第 2 版，補充了《「遊戲國」裏的看客（一）—— 讀〈示眾〉》等 12 篇文章。

14. 《精神的煉獄 —— 中國現代文學從「五四」到抗戰的歷程》，南寧，廣西教育出版社，1996 年 12 月出版。

15. 《壓在心上的墳》，成都，四川人民出版社，1997 年 7 月出版。

17. 《世紀末的沉思》，石家莊，河北人民出版社，1997 年 8 月出版。

18. 《1948：天地玄黃》，濟南，山東教育出版社，1998 年 5 月出版。北京：中華書局，2008 年 12 月再版。2015 年，作為「錢理群作品系列精選」由三聯書店出版。

19.《學魂重鑄》，上海：文匯出版社，1999 年 1 月出版。

20.《拒絕遺忘 —— 錢理群文選》，廣東，汕頭大學出版社，1999 年 5 月出版。北京：大百科全書出版社，2009 年 5 月出版，有刪節。

21.《對話與漫遊：四十年代小說研讀》，上海：上海文藝出版社，1999 年 8 月出版。

22.《六十劫語》，福州：福建教育出版社，1999 年 8 月出版。

23.《話說周氏兄弟 —— 北大演講錄》，濟南，山東畫報出版社，1999 年 9 月出版。北京：九州出版社，2013 年 7 月重版，改題為《北大演講錄 —— 話說周氏兄弟》，刪去了《後記》。

24.《走進當代的魯迅》，北京：北京大學出版社，1999 年 11 月出版。

25.《返觀與重構 —— 文學史研究與寫作》，上海：上海教育出版社，2000 年 3 月出版。

26.《讀周作人》，天津：天津古籍出版社，2001 年 10 月出版。北京：新華出版社，2011 年 5 月出版，改題為《錢理群讀周作人》。

27.《語文教育門外談》，桂林：廣西師範大學出版社，2003 年 7 月出版。

28.《與魯迅相遇 —— 北大演講錄之二》，北京：三聯書店，2003 年 8 月出版。

29.《魯迅作品十五講》，北京：北京大學出版社，2003 年 9 月出版。台北：五南圖書出版股份有限公司，2001 年出版，改題為《魯迅作品的十五堂課》。

30.《我存在着，我努力着》，哈爾濱：黑龍江人民出版社，2004 年 1 月出版。

31.《遠行以後 —— 魯迅接受史的一種描述（1936–2001）》，貴陽：貴州教育出版社，2004 年 4 月出版。

32.《追尋生存之根：我的退思錄》，桂林：廣西師範大學出版社，2005 年 1 月出版。

33.《對話語文》，與孫紹振合作，福州：福建人民出版社，2005 年 6 月出版。

34.《錢理群教授學敍錄》，北京大學二十世紀中國文化研究中心編，2005 年 9 月印。

35.《生命的沉湖》，北京：北京三聯書店，2006 年 8 月出版。

36.《魯迅九講》，福州：福建教育出版社，2007 年 1 月出版。

37.《錢理群講學錄》，桂林：廣西師範大學出版社，2007 年 5 月出版。

38. 《拒絕遺忘：「1957 年學」研究筆記》，香港：牛津大學出版社，2007 年 10 月出版。

39. 《我的精神自傳》，桂林：廣西師範大學出版社，2007 年 12 月出版，為刪節版。

40. 《刪餘集續編》，2007 年 12 月自印。

41. 《漂泊的家園》，貴陽：貴州教育出版社，2008 年 3 月出版。

42. 《致青年朋友：錢理群演講、書信集》，北京：中國長安出版社，2008 年 7 月出版。

43. 《我的教師夢：錢理群教育講演錄》，上海：華東師範大學出版社，2008 年 8 月出版。

44. 《我的精神自傳 —— 以北京大學為中心》，為廣西師範大學出版社《我的精神自傳》第二部分完整版，台北：台灣社會研究雜誌社，2008 年 8 月出版。

45. 《那裏有一方心靈的淨土：我的退思錄之二》，北京：中國文聯出版社，2008 年 9 月出版。

46. 《我的回顧與反思 —— 在北大的最後一門課》，為廣西師範大學出版社《我的精神自傳》第一部分的完整版，台北：行人出版社，2008 年 10 月出版。

47. 《與周氏兄弟相遇》，香港：香港三聯書店有限公司，2008 年 10 月出版，為繁體版；上海：復旦大學出版社，2010 年 8 月簡體版。

48. 《論北大》，桂林：廣西師範大學出版社，2008 年 10 月出版。

49. 《知我者謂我心憂：十年觀察與思考（1999–2008）》，香港：星克爾出版有限公司，2009 年 6 月出版。

50. 《做教師真難，真好》，上海：華東師範大學出版社，2009 年 8 月出版。

51. 《中國知識分子的世紀故事 —— 現代文學研究論集》，台北：人間出版社，2009 年 12 月出版。

52. 《錢理群語文教育新論》，上海：華東師範大學出版社，2010 年 1 月出版。

53. 《解讀語文》，和孫紹振、王富仁合作，福州：福建人民出版社，2010 年 4 月出版。

54. 《活着的理由：我的退思錄之三》，桂林：廣西師範大學出版社，2010 年 10 月出版。

55. 《倖存者言》，上海：復旦大學出版社，2011 年 1 月出版。,

56. 《錢理群中學講魯迅》，北京：三聯書店，2011 年 1 月出版。

57. 《智慧與韌性的堅守：我的退思錄之五》，北京：新華出版社，2011 年 9 月出版。

58. 《重建家園：我的退思錄之四》，桂林：廣西師範大學出版社，2012 年 4 月出版。

59. 《中國現代文學史論》，桂林：廣西師範大學出版社，2011 年 9 月出版。

60. 《毛澤東時代和後毛澤東時代：另一種歷史書寫》（兩卷），台北：聯經出版事業股份有限公司，2012 年 1 月出版。韓文版由韓國 Hanul 公司於 2012 年 9 月出版，日譯本由日本青土社於 2012 年 12 月出版，改題為《毛澤東和中國 —— 一個中國知識分子眼裏的中華人民共和國史》。

61. 《夢話錄》，桂林：灘江出版社，2012 年 2 月出版。

62. 《血是熱的》，南京：江蘇教育出版社，2012 年 4 月出版。

63. 《中國教育的血肉人生》，桂林：灘江出版社，2012 年 6 月出版。

64. 《經典閱讀與語文教學》，桂林：灘江出版社，2012 年 6 月出版。

65. 《中國現代文學編年史 —— 以文學廣告為中心》（三卷），與吳福輝、陳子善等合作，北京：北京大學出版社，2013 年 5 月出版。

66. 《活着的魯迅》，北京：北京師範大學出版集團、合肥，安徽大學出版社，2013 年 4 月出版。

67. 《示眾》，重慶：重慶出版社，2013 年 11 月出版。

68. 《靜悄悄的存在變革：我的退思錄之六》，北京：華文出版社，2014 年出版。

69. 《我的家庭回憶錄》，桂林：灘江出版社，2014 年 1 月出版。

70. 《世紀新路 —— 現代作家篇》，北京：三聯書店，2014 年出版。作為「錢理群作品系列精選」一種。

71. 《精神夢鄉 —— 北大與學者篇》，北京：三聯書店，2014 年出版。作為「錢理群作品系列精選」一種。

72. 《中學語文教材中的魯迅作品解析》，桂林：灘江出版社，2014 年 9 月出版。

73. 《和魯迅面對面：我的退思錄之七》，廣州：廣州人民出版社，2015 年 5 月出版。

74. 《刪餘集三編》，2015 年自印。

75. 《錢理群教授學術敍錄續編》，2015 年自印。

76. 《情系教育——教師與青年編》，北京：三聯書店，2015 年出版。作為「錢理群作品系列精選」一種。

77. 《和錢理群一起閱讀魯迅》，上海：中華書局，2015 年 7 月出版。

78. 《漂泊的家園——家人與鄉人篇》，北京：三聯書店，2016 年出版。作為「錢理群作品系列精選」一種。

79. 《風雨故人來——錢理群談讀書》，北京：商務印書館，2016 年 7 月出版。

80. 《二十六篇：和青年朋友談心》，上海：東方出版中心，2016 年 2 月出版。

81. 《一路走來——錢理群自述》，鄭州，河南文藝出版社，2016 年 7 月出版。

82. 《歲月滄桑》，上海：東方出版中心，2016 年 7 月出版。

83. 《爝火不息：文革民間思想研究筆記》（兩卷），香港：牛津大學出版社，2017 年 4 月出版。

84. –86. 《20 世紀中國知識分子精神史三部曲》，分《1948：天地玄黃》、《1949–1976：歲月滄桑》、《1977–2005：絕地守望》三部，其中《天地玄黃》系依據 2008 中華書局版重版，《歲月滄桑》系未刪節的全文版，《絕地守望》原名《我的精神自傳》，也是未刪節的全文版，香港：香港城市大學出版社，2017 年 3 月出版。

87. 《魯迅與當代中國》，北京：北京大學出版社，2017 年 6 月出版。

88. 《魯迅作品細讀》，北京：北京出版社，2017 年 10 月出版。

89. 《上下求索集——錢理群文選》，貴陽：貴州人民出版社，2018 年 6 月出版。

90. 《論志願者文化》，北京：三聯書店，2018 年 9 月出版。

91. 《錢理群的另一面》，北京：作家出版社，2019 年 10 月出版。

附錄三：錢理群編纂目錄

（按出版年份排序）

1. 《紀念錢寧同志》，北京：清華大學出版社、水利電力出版社，1987 年 5 月出版。

2. 《王瑤先生紀念集》，天津：天津人民出版社，1990 年 8 月出版。

3. 《魯迅小說全編》，與王得後合編，〈前言〉由錢理群執筆，杭州：浙江文藝出版社，1991 年 11 月出版。

4. 《魯迅散文全編》，與王得後合編，〈前言〉由錢理群執筆，杭州：浙江文藝出版社，1991 年 11 月出版。

5. 《說東道西》，此為《漫說文化》叢書之一種，北京：人民文學出版社，1992 年 5 月出版，2005 年由上海復旦大學出版社重版，2018 年由北京時代華文書局三版。

6. 《鄉風市聲》，此為《漫說文化》叢書之一種，北京：人民文學出版社，1992 年 5 月出版，2005 年由上海復旦大學出版社重版，2018 年由北京時代華文書局三版。

7. 《世故人情》，為《漫說文化》叢書之一種，北京：人民文學出版社，1992 年 5 月出版，2005 年由上海復旦大學出版社重版，2018 年由北京時代華文書局三版。

8.《父父子子》，為《漫說文化》叢書之一種。北京：人民文學出版社，1992年5月出版，2005年由上海復旦大學出版社重版，2018年由北京時代華文書局三版。

9.《中國文學縱橫論》，台北：大安出版社，1993年1月出版。

10.《魯迅雜文全編》（上下），與王得後合編，杭州：浙江文藝出版社，1993年2月出版。

11.《魯迅語萃》，與王乾坤合編，〈編序〉由錢理群執筆，北京：華夏出版社，1993年9月出版。

12.《周作人散文精編》（上下），杭州：浙江文藝出版社，1994年10月出版。

13.《遺愛永恆》，此為二哥錢臨三的紀念文集，1994年自印。

14.《冰心自傳》，與謝茂松合作，南京：江蘇文藝出版社，1995年6月出版。

15.《王瑤文集》七卷本，錢理群負責編選第二、五、七卷，太原，北嶽文藝出版社，1995年12月出版。石家莊，河北教育出版社，2001年1月重版，編為八卷，並改題為《王瑤全集》。

16.《錢天鶴文集》，北京：中國農業科技出版社，1996年5月出版。

17.《先驅者的足跡 —— 王瑤學術思想研究論文集》，開封，河南大學出版社，1996年6月出版。

18.《魯迅學術文化隨筆》，與葉彤合編，北京：中國青年出版社，1996年9月出版。

19.《百年中國文學經典》八卷本，與謝冕合編，負責第一至四卷編選，北京：北京大學出版社，1996年12月出版。

20.《二十世紀中國小說理論資料》第四卷（1937–1949），北京：北京大學出版社，1997年2月出版。

21.《吳組緗時代小說》，上海：上海文藝出版社，1997年8月出版。

22.《二十世紀中國文學名作中學生導讀本》，南寧，廣西教育出版社，1998年9月出版。

23.《中國淪陷區文學大系》，共七卷八冊，錢理群主編，封世輝副主編，南寧，廣西教育出版社，1998年12月出版。

24.《二十世紀中國文學與大學文化叢書》，錢理群主編，包括《東南大學與學衡派》（高恆文）、《二三十年代的清華校園文化》（黃延複）、《西南聯大

歷史情境中的文學活動》（姚丹）、《抗戰時期的延安魯藝》（王培元），桂林：廣西師範大學出版社，1999 年 5 月，2000 年 3 月、4 月、5 月先後出版。

25. 《走近北大》，成都，四川人民出版社，2000 年 1 月出版。

26. 《校園風景中的永恆：我心目中的蔡元培》，成都，四川人民出版社，2000 年出版。

27. 《新語文讀本》中學卷，十二冊，錢理群主編，南寧，廣西教育出版社，2001 年 3 月出版，2004 年 5 月出版農村版，2007 年 3 月出版修訂版。

28. 《魯迅雜感選集》，錢理群撰寫長篇導讀，貴陽：貴州教育出版社，2001 年 8 月出版。

29. 《王瑤和他的世界》，石家莊，河北教育出版社，2002 年 1 月出版。

30. 《中國現當代文學名著導讀》，錢理群主編，北京：北京大學出版社，2002 年 1 月出版，2004 年作為「博雅導讀叢書」之一重版。

31. 《二十世紀中國小說讀本》，錢理群主編，杭州：浙江文藝出版社，2002 年 2 月出版。

32. 《新語文寫作》，錢理群主編，南寧，廣西教育出版社，2003 年 5 月出版。

33. 《貴州讀本》，錢理群、戴明賢、封孝倫主編，貴陽：貴州教育出版社，2003 年 8 月出版。

34. 《詩化小說研究書系》，錢理群主編，包括《鏡花水月的世界：廢名〈橋〉的詩學解讀》（吳曉東）、《〈邊城〉：牧歌與中國形象》（劉洪濤）、《魯迅詩化小說研究》（張箭飛），南寧，廣西教育出版社，2003 年 8 月出版。

35. 《中國大學的問題與改革》，與高遠東合編，天津：天津人民出版社，2003 年 10 月出版。

36. 《盡是塵寰警世詩 —— 鐘朝岳文鈔》，這是為四川一位右派編選的書，2003 年自印。

37. 《中學生魯迅讀本》，南京：江蘇教育出版社，2004 年 3 月出版。台北：台灣社會研究雜誌社，2009 年 9 月出版，改名為《魯迅入門讀本》。北京：中國長安出版社，2012 年 8 月出版簡體本。

38. 《那時我們多年輕：北大 —— 人大（1956-1960）》，中國人民大學新聞系五六級十三班集體編寫，2004 年 4 月自印。

39. 《大學文學》，與李慶西、郜元寶合編，負責編選第二編《中國現代文學》，上海：上海教育出版社，2005 年 1 月出版。

40. 《魯迅雜文選》，武漢，長江文藝出版社，2005 年 2 月出版。

41. 《魯迅雜文選讀》，北京：人民文學出版社，2005 年 3 月出版。

42. 《二十世紀詩詞注評》，與袁本良合作，桂林：廣西師範大學出版社，2005 年 6 月出版。

43. 《魯迅作品選讀》，此為中學選修課教材，與南師大附中語文教研室合編，江蘇教育出版社，2005 年 6 月出版。

44. 《魯迅作品選讀教學參考書》，與南師大附中語文教研室合編，南京：江蘇教育出版社，2005 年 6 月出版。

45. 《在酒樓上·傷逝·阿金》，天津：天津人民出版社，2005 年 10 月出版。

46. 《魯迅散文全編》，在 1981 年浙江版基礎上重編，補充了「南腔北調演講詞」，並重寫「前言」，西安，陝西師範大學出版社，2006 年 3 月出版。

47. 《現代教師讀本》，錢理群為主編之一，南寧，廣西教育出版社，2006 年 7 月出版。

48. 《附中：永遠的精神家園》，此為中學同學回憶錄，錢理群主編，2006 年 9 月自印。

49. 《我的父輩與北京大學》，北京：北京大學出版社，2006 年 11 月出版。

50. 《新語文讀本：一段歷史，一個故事》，南寧，廣西教育出版社，2007 年 5 月出版。

51. 《小學生魯迅讀本》，與劉發建合編，桂林：廣西師範大學出版社，2009 年 5 月出版。

52. 《地域文化讀本》，包括《北京讀本》、《上海讀本》、《江南讀本》、《楚湘讀本》四本，與王棟生共同擔任主編，上海：華東師範大學出版社，2010 年出版。

53. 《詩歌讀本》，分《學前卷》、《小學卷》、《初中卷》、《高中卷》、《大學卷》、《老人兒童合卷》六卷，和洪子誠共同擔任主編，南寧，廣西師範大學出版社，2010 年 10 月出版。

54. 《小學生名家文學讀本》，分《魯迅讀本》、《冰心讀本》、《老舍讀本》、《葉聖陶讀本》、《朱自清讀本》、《豐子愷讀本》、《巴金讀本》、《沈從文讀本》、《蕭紅讀本》、《汪曾祺讀本》等十本，杭州：浙江少兒出版社，2012 年出版。

55. 《閱讀王瑤》，與孫玉石合編，北京大學出版社，2014 年 5 月出版。

56. 《志願者文化叢書》，共 5 卷：《魯迅卷》、《梁漱溟卷》、《晏陽初卷》、《陶行知卷》、《盧作孚卷》，北京：三聯書店，2018 年 6 月–12 月出版。

57. 《我的深情為你守候 —— 崔可忻紀念集》，自編，由北京活字文化出版公司於 2019 年 4 月出版。

58. 《未名詩歌分級讀本》，分《小學卷 1》、《小學卷 2》、《小學卷 3》、《初中卷》、《高中卷》五卷，和洪子誠共同擔任主編，南京：江蘇鳳凰少年兒童出版社，2019 年 5 月出版。

《八十自述》後記

也許是歷史的巧合，我在己巳年（1989）正月三十日 50 歲生日那天早晨，為《周作人傳》寫下最後一筆，寫到了周作人 79 歲（1964）時即賦《八十自壽》詩：「可笑老翁垂八十，行為端的似童癡」；80 歲（1965）又為《遺囑》定稿，表示「死無遺憾」，卻又期望自己暮年所譯希臘對話「識者當自知之」。但萬萬沒有想到，30 年一晃而過，我自己居然也是垂垂老翁，要寫《八十自述》了。這真是歲月不饒人哪！

但歷史畢竟在變化和發展，隨着國人平均壽命的延長，今天的中國，80 歲已經不算「大壽」，用不着大張旗鼓地慶賀了。我在學生和朋友圈裏也早已宣佈不作任何祝壽活動，要用自己的方式來紀念：出一本攝影集，寫一兩篇文章就算「交差」了。但真動起筆來，卻又收不住，這是我的臭脾氣。最後竟然寫成了一本書，變成了對自己的八十人生的一個全面總結。其實我已經寫了兩本自傳式的書：《我的精神自傳》和《一路走來》，這回的不同在有意識地「補短板」：寫人們不太注意、瞭解的我的一些方面。主要有二。一是我的學術研究之外的

社會實踐活動：我所參與的大、中、小學的教育改革，我與青年志願者運動、鄉村建設運動的關係，重點在我的這些實踐背後的思考，與我的學術的內在聯繫，兩者實際上是融為一體的。其二，是我的生命與學術深處的，我更為珍惜，也不輕易示人的方面，主要是「我和鄉土（貴州，安順）」以及「我和大自然」的關係，那是我的精神家園之所在。不作瞭解，是不能真正理解我的。

而寫「八十自述」時，是我的一生最為艱難的時期，正處於生命的低谷。從 2018 年 8 月開始，我和老伴同時患病，直接面對「老、病、死」三大最後的人生難題。儘管我們共同挺了過來，維護了生命的尊嚴；但那樣一種生死相守的孤獨、絕望，是非親歷者難以體會與想像的。最後老伴還是走了；留下了一本生前按她的意願編成的《紀念文集》，算是生命的傳遞。我把我們寫的幾篇也收入本書，這應該是我的「八十自述」的有機組成部分。我和可忻的生命是既相依相存，又保持各自獨立的。

我的 80 歲這一年，最後是在貴州、安順度過的，而且就住在鄉間、田邊。儘管懷著喪妻之痛，又心憂天下，但我仍從土地上父老鄉親「日出而作，日落而息」的不變人生中，感受到人世間某種不為外界干擾左右的永恆力量，我的心也變得踏實。我回到北京，繼續寫和編我的「八十自述」，今天終於完稿，就以此獻給八十年來養育、支撐我的生命存在的生者與死者。

2019 年 11 月 15 日晚 10 時寫於燕園

又記

　　此刻正是一年以後。萬萬沒有想到，這一年竟然發生了全國、全世界新冠病毒疫情大災荒，我自己也被封閉在養老院裏將近八、九個月，還發生了許多讓人永遠難忘的事情。這是我的又一個思考與寫作的高峰，思考的廣度和深度遠超以往，卻怎麼寫也説不清楚。其中一個重要方面，是重新回顧、總結自己的一生，其實內心深處的東西還是隱含在文字之間。但不管怎樣，我的《八十自述》畢竟增添了七八篇。正好香港城市大學出版社準備出版《八十自述》全稿，就趁這幾天稍有空閒，抓緊時間整理出來，才發現因為寫得太多，部分內容同時在好幾篇文章裏出現，這是要請讀者原諒的。別的話也不再多説，反正在大陸特殊環境裏折騰來折騰去，變成這個樣子的「錢理群」，已經站在香港及其他地區的讀者面前，任人評説了，評説也很有可能並不限於我個人。這都要感謝出版社的朋友給我這個機會。

2020 年 11 月 8 日晚 11 時急就

天地之間　無以言説
我的另一種存在

　　五光十色、萬紫千紅，為何會鍾情於藍色？堅持無神論，為何會着迷於神態各異的佛相？

　　2019年我出版了攝影集《錢理群的另一面》，在人們所熟知的有着強烈的社會關懷的「入世」的錢理群的那一面之外，展現我的「出世」：自我生命與另一個世界——大自然相融合的一面。

　　對於我來説，與自然的關係是更重要的：我本性上是更親近大自然的。只有在大自然中，我才感到自由、自在和自適，而處在人群中，則經常有格格不入之感，越到老年越是如此……

攝影所傳達的是人與自然的一
種緣分；攝影者經常為抓不住
稍縱即逝的瞬間而感到遺憾。
這實際上意味着失去了，或本
來就沒有緣分。在此有緣捕捉
到風箏於晴空中，與白雲重疊
的「瞬間永恆」。

樹葉在微風中伸展，在湛藍的天空中更顯碧綠，自然、樸實、真切。「或許因為經歷過文革，徹底感受過人性中的惡，即使是旅遊，我對所謂人文景觀始終沒有興趣。我覺得其中虛假的成分太多。真正讓我動心的，永遠是那本真的大自然。」

人在自然中，真正地「腳踏大
地，仰望天空」。我最喜歡的，
就是仰望藍天，「那麼一種透亮
的、飽滿的、彷彿要溢出的、
讓你沉醉、刻骨銘心的『藍』！」

晨六時去湖邊散步，看直立與
晨曦中的獨木，在波光粼粼的
湖面與倒影中所顯示的線條、
輪廓、色彩等形式的美。外在
感應逐漸向內心滲透，就有了
「寂靜之美」的感悟。景無聲，
卻並非停滯，在無聲中有生命
的流動。

我贊同要用另外一種眼光看待我們身邊的山、水、石頭和草木。它們都是「有靈有性，有感情，有能力，有變化」且「多姿多彩」的。在大自然中，萬物就像一家人一樣。

在高速行駛的車上，與其說是
看景，不如說是賞色。

西藏——一直追尋的心靈的淨土。在社會的高速發展下，在羊卓雍措湖湧動着、潛隱着純淨透明的藍，不受污染、更加原始。

大自然是要靠你的眼，你的心，去發現的。路邊的一株小草，星空下一棵樹的影子，黎明時分漸亮漸亮的天空，你默默相對，就會悟出文學、哲學的真諦。

宗教有兩個作用，它使人有所
愛和有所怕。缺乏宗教精神，
簡單地講就是缺乏「愛和怕」。
既不愛，也不怕，於是就會喪
失底綫。其實做壞事也是要喪
失底綫的，就是不能做傷天害
理之事，不能危害別人的生命。

在市廟裏，人不會做惡事，只
會發善心。人假助於想像中的
神的力量來自我完善的過程，
是人性的一種昇華。朝聖者同
時在追尋着自己的心靈的淨土。